AEIOU

Schilddorfer & Weiss

EWIG

SCHILDDORFER & WEISS

Ewig

THRILLER

LangenMüller

Aux filles qui nous accompagnent

Besuchen Sie uns im Internet unter
www.langen-mueller-verlag.de

1. Auflage Juli 2009
2. Auflage August 2009
3. Auflage September 2009
4. Auflage November 2009

Umschlaggestaltung: Wolfgang Heinzel unter
Verwendung zweier Illustrationen von
Stefanie Bemmann und Gustav Weiss
Illustrationen im Innenteil: Gustav Weiss
Herstellung und Satz: VerlagsService Dr. Helmut Neuberger
& Karl Schaumann GmbH, Heimstetten
Gesetzt aus der 10,5/13,2 Punkt GaramondBQ Regular
Druck und Bindung: GGP Media GmbH, Pößneck
Printed in Germany
ISBN 978-3-7844-3191-8

Prolog – 7.3.2008

Wien/Österreich

Der dunkle Wagen glitt fast lautlos über das Kopfsteinpflaster der Innenstadt in Richtung Donaukanal. Die beiden Männer hinter den getönten Scheiben hingen ihren Gedanken nach und hatten für die erleuchteten Fassaden der Palais und Patrizierhäuser, die draußen vorbeizogen, keinen Blick. Figuren und Denkmäler, Gedenktafeln und Heiligengruppen wurden von den Scheinwerfern des schweren Audi in helles Licht getaucht, um gleich wieder in der Dunkelheit zu verschwinden. Unter einem geschwungenen Baldachin reichten sich Maria und Josef in Stein gehauen die Hände zum Bund der Ehe, der Hohepriester nickte seinen stummen Segen, von den Vorbeifahrenden weder gewürdigt noch beachtet.

Wien Anfang März war kein anheimelnder Ort. Es nieselte und der braune Schneematsch war vom Regen fast völlig in die Kanalisation gespült worden. Die Touristen waren weitergezogen, südlich, der Wärme nach und der Sonne entgegen. Wien gehörte wieder den Wienern, und die hatten es eilig, ins warme Wohnzimmer zu kommen. Die Straßen waren um diese Zeit leer und wie ausgestorben. Von irgendwoher schlug eine Kirchenuhr dreiviertel neun.

Der kleinere der beiden Männer im Wagen schaute zum fünften Mal in der letzten halben Stunde auf seine Uhr. »Wir müssen uns beeilen, sonst ist das Tor gesperrt«, sagte er und vermied es dabei, den neben ihm sitzenden hageren Mann anzusehen, der einem Modemagazin entstiegen zu sein schien. Hochgewachsen, in Anzug mit passendem Stecktuch und langem schwarzem Mantel, einen weißen Schal lässig umgelegt und schwarze Rindslederhandschuhe im Schoß, schaute er gelangweilt auf den Rücken des Chauffeurs. Die Stadt interessierte ihn nicht, er kannte sie gut genug, um zu wissen, wo sie waren.

Der offene Platz versickerte in mehreren engen Gassen. Die Scheinwerfer des Wagens strahlten plötzlich ins Leere. Die Fahrbahn war zu Ende. Breite Stiegen führten hinunter zum Fluss.

Als die Limousine in der dunklen Sackgasse anhielt, schien die Stadt weit hinter ihnen geblieben zu sein. Aber das täuschte. Sie waren in ihrem Herzen angelangt. Es war plötzlich ruhig und man hörte in der Ferne das leise Plätschern eines Gewässers. Nicht weit von ihnen warfen die Fenster einer kleinen Kirche gelbes Kerzenlicht auf die feuchten Pflastersteine.

Der große Mann zögerte keinen Moment, als der Schlag geöffnet wurde. Er stieg aus, blickte sich kurz um wie ein Jagdhund, der die Witterung aufnimmt, und nickte dem Chauffeur zu, bevor er zu dem alten Kirchentor hinüberging. Der kleinere Mann war ihm vorausgeeilt, hielt den Flügel der schweren Holztür offen und lief dienstfertig in die Dunkelheit voraus, bevor der Mann im langen Mantel ihm einen fragenden Blick zuwerfen konnte.

Vor den Seitenaltären des kleinen alten Gotteshauses brannten einige Dutzend Kerzen. Ihr Licht schaffte es kaum, die Dunkelheit zurückzudrängen, die wie ein weiches schwarzes Tuch in alle Ecken der Kirche gefallen war. Es roch nach Staub und altem Stein, nach langen Gebeten und verschämten Beichten. Der kleinere der beiden Männer eilte zur Empore, blickte sich um und sah die hagere Figur im schwarzen Mantel im Mittelgang stehen, wie ein Teil der Dunkelheit. Unbeweglich verharrte die hochgewachsene Gestalt, den Kopf vorgestreckt wie ein Adler, lauernd. Dem kleineren Mann wurde plötzlich kalt und er zögerte, sein Magen zog sich in einer dunklen Vorahnung zusammen. Dann fing er sich, griff in seine Jacke und zog eine kleine, starke Taschenlampe heraus, knipste sie an und richtete sie nach oben. Der weiße Lichtkreis schnitt durch die Dunkelheit. Putten, Ornamente und Heiligenfiguren erwachten kurz zum Leben, erstrahlten und erstarrten wieder, versanken in der Finsternis.

Als der Lichtkreis endlich sein Ziel erreicht hatte und anhielt, nur mehr leicht zitterte, trat der große Mann näher, lautlos, wie über die alten, abgenutzten Steinplatten schwebend.

Sein Blick folgte dem Lichtstrahl zur Empore, hinauf zu den fünf Buchstaben und der Zahl, die nun aufzuleuchten schienen. Seine

Miene verriet keine Regung, seine Augen ruhten für einige Sekunden unverwandt auf der Empore, der Schrift und der Jahreszahl. Ohne seinen Blick auch nur eine Sekunde abzuwenden, zog er die rechte Hand aus der Manteltasche und mit einer fließenden, schlangenhaften Bewegung setzte er die Pistole auf die Schläfe seines Begleiters und drückte ab. Sein Opfer hatte die Gefahr nicht kommen sehen. Es gab ein leises Plopp, und der Kopf des kleinen Mannes explodierte in einem Schauer aus Blut und Knochensplittern.

Mit einer weiteren Bewegung, die fast nebensächlich aussah, fing der Mann im schwarzen Mantel die Taschenlampe auf, bevor sie auf dem Boden aufschlug, schaltete sie aus und steckte sie ein. Dann ging er zu den großen Platten voller eiserner Spitzen, auf denen die Opferkerzen steckten. Er arrangierte einige neu, löschte andere aus und verließ dann mit ruhigen Schritten das kleine Kirchenhaus, zog die Tür hinter sich zu, holte einen Schlüssel aus einem seiner Handschuhe hervor und sperrte ab.

Während er in den Wagen stieg und der Chauffeur langsam anfuhr, nahm er ein Handy aus seiner Tasche und begann zu wählen. Es war eine lange Nummer und es dauerte eine Weile, bis es am anderen Ende läutete. »Es ist tatsächlich da«, sagte er nur und legte auf. Dann lehnte er sich zurück und schloss die Augen. Es hatte begonnen.

Kapitel 1 – 8.3.2008

Wien/Österreich

Der Morgen war grau und düster, die rotierenden Einsatzlichter der Polizeiwagen färbten den Nebel blau und ließen ihn noch dichter erscheinen. Ein Kordon aus rot-weißem Absperrband war quer über den Platz gespannt, einige uniformierte Polizisten standen dahinter, gelangweilt und frierend. Sie unterhielten sich über das Fußballspiel, das gestern ganz Wien vor den Fernsehern fasziniert, die Straßen leergefegt und die Extrazimmer der Wirtshäuser gefüllt hatte. Die wenigen Passanten, die es um diese Zeit meist eilig hatten, ihren Arbeitsplatz zu erreichen, verschwendeten keine Minute, um stehen zu bleiben.

Das war dem Mann, der neben der Kirche darauf wartete, dass die Spurensicherung mit ihrer Arbeit fertig wurde, nur recht. Er mochte keine Neugierigen an Tatorten. Kommissar Berner sah aus wie ein Buchhalter, dem der Wind das sorgfältig gescheitelte Haar zerzaust hatte. Sein unglückliches Gesicht sprach Bände – es sagte »zu früh, zu kalt, zu windig, zu regnerisch und überhaupt ...«. Berner, der Bernhardiner, wie er von Kollegen genannt wurde, nahm jeden Mord in seinem Revier, der Inneren Stadt, als persönliche Beleidigung. Die Glut der Zigarette in seinen Fingern hatte den Filter erreicht, und als er versuchte, sich eine neue anzuzünden, löschte der Wind immer wieder die Flamme des Feuerzeugs aus. Berner fluchte und verstaute die Zigarette wieder in der Packung, öffnete die Kirchentür und steckte den Kopf in das von Scheinwerfern hell erleuchtete Innere.

»Ich will einen Bericht und keine Dissertation!«, rief er zu niemandem Bestimmten und seine Stimme hallte in der Kirche wider.

Als er keine Antwort bekam, drehte er sich achselzuckend um und wandte sich dem verstört blickenden, großen Mann zu, der neben ihm fröstelte. Berner zog sein Notizbuch aus der Tasche, blätterte und fand die richtige Seite, überflog seine Notizen.

»Also wenn ich Sie recht verstehe, dann war die Tür zur Kirche versperrt?«, zitierte er und Pater Johannes, der zuständige Pfarrer, nickte nur stumm. Er wirkte völlig geschockt von seiner morgendlichen Entdeckung, entsetzt über die Entweihung des Gotteshauses. Die fleckenlose, schwarze Soutane ließ sein blasses Gesicht noch fahler erscheinen. Pater Johannes war ein Schrank von einem Mann, massig und über einen Meter neunzig groß, Kommissar Berner musste zu ihm aufschauen.

»Wer hat alles einen Schlüssel für die Kirchentür?«

Die Frage riss den Geistlichen aus seiner Erstarrung, er fuhr sich mit einer fahrigen Bewegung über den Kopf. »Es gibt einige Schlüssel, weil immer wieder Führungen und Besichtigungstouren in und um die Kirche veranstaltet werden, manchmal mehrere am Tag.« Pater Johannes schaute hilflos über den Vorplatz, der nun durch das rot-weiße Band wie von der Außenwelt abgeschnitten aussah. Er wollte fortfahren, setzte an, aber dann schwieg er doch.

Berner schaute ihn an. »Ja?«

Der Pfarrer schüttelte nur den Kopf. »Wer rechnet schon damit, dass so etwas …« Seine Stimme verlor sich im Wind.

Berner seufzte. Seine Haare standen weiter in alle Richtungen ab und er fror. Der Nebel kroch vom Kanal herauf wie eine hungrige Schlange, schlich um die Ecken und wand sich im Wind.

»Und weiter?« Berner versuchte ein Gespräch in Gang zu halten, von dem er wusste, dass es zu nichts führen würde.

»Dann ging ich hinein und kniete mich nieder, wie immer, bekreuzigte mich und wollte zum Altar gehen.« Johannes stockte. »Dann … sah ich ihn.« Er schloss den Mund, bis seine Lippen nur mehr zwei dünne Striche waren. »Es war so viel Blut überall …«, setzte er noch einmal an, dann verstummte er endgültig.

Berner tat so, als lese er in seinen Notizen.

»Und die Kerzen …«

Der Kommissar sah hoch, direkt in die graugrünen Augen des Geistlichen, die ihn unsicher ansahen. »Was ist mit den Kerzen? Davon haben Sie vorher nichts erzählt«, drängte er und überflog nochmals die paar Zeilen in seinem kleinen Heft.

Pater Johannes schien plötzlich einen Kopf kleiner zu werden und in seiner Kutte zu schrumpfen. Er senkte den Kopf. »Vielleicht hat es ja nichts zu bedeuten oder es ist Zufall«, fuhr er unsicher fort. »Die noch brennenden Kerzen bildeten zwei Buchstaben – ein großes ›L‹ und ein ›I‹.«

Berner war überrascht. »Sind Sie sicher?«, setzte er nach und schrieb gleichzeitig ein paar Worte auf die feuchte Seite, die begann, sich am Rand einzurollen.

»Ja, ganz sicher.« Die Stimme von Pater Johannes war wieder fest. »Ich schaue immer nach den Kerzen, das ist schon ganz automatisch. Wie viele brennen und ob ich den Vorrat nachfüllen muss.« Der Pfarrer runzelte die Stirn und schaute Berner von unten her an. »Alle anderen Kerzen waren ausgelöscht, nicht heruntergebrannt. So etwas habe ich noch nie erlebt.«

Während sie sich unterhielten, klang es, als ob ein Gewitter mit Donnergrollen und Platzregen unmittelbar bevorstünde. Die Polizisten unterbrachen ihre Unterhaltung und Berner blickte irritiert in die Richtung, aus der der Lärm immer näher kam. Über das nasse Kopfsteinpflaster jagte ein Motorrad auf die Absperrung zu, bremste knapp davor und kam mit rutschendem Hinterrad zum Stehen. Die schwere blau-weiße Suzuki GSX-R 1100 schien einer Zeitmaschine entsprungen, in makellosem Zustand trotz ihres Alters. Die von allen Sammlern gesuchte Rennversion war 1988 gebaut worden, galt als das schnellste Motorrad ihrer Zeit und war selbst zwanzig Jahre später noch immer respekteinflößend.

Berner schloss die Augen. Heute war nicht sein Glückstag. Es war überhaupt nicht sein Tag. Hatte er es beim Anblick des Toten geahnt, spätestens jetzt wusste er es.

Der Fahrer des Motorrads lehnte die Suzuki auf den Seitenständer, stieg ab, zog die Handschuhe aus und den Helm vom Kopf. Nachdem er beides nachlässig auf die Sitzbank gelegt hatte, blickte er sich um, bückte sich und schlüpfte unter der Absperrung durch, wo ihn die grinsenden Polizisten schon erwarteten.

»Du bist heute aber spät dran«, meinte einer von ihnen und warf einen demonstrativen Blick auf die Kirchturmuhr. »Du wirst auch immer langsamer …«

»Liegt nur an meiner Kaffeemaschine«, erwiderte der Motorradfahrer gut gelaunt, »die hatte heute Morgen einfach keinen Dampf, so wie ihr …«

Während sich die Polizisten lachend wieder ihrem Fußballgespräch widmeten, schlenderte er auf den griesgrämigen Berner zu, der sein Notizheft einsteckte, den Pfarrer stehen ließ und ihm entgegeneilte.

»Für alle Umbauten, die an diesem Motorrad nicht originalgetreu sind, könnte ich Sie verhaften lassen und heute hätte ich gute Lust, es einfach zu tun«, fuhr Berner den Mann in Jeans und Lederjacke an, der offensichtlich immun gegen die Kälte und den Nebel war. »Schon allein die Lautstärke dieses Vehikels verstößt mindestens gegen drei Paragraphen.«

»Schlecht drauf heute, Herr Kommissar?« Es war weniger eine Frage als eine Feststellung.

Berner verzog das Gesicht, während der Wind ihm die Haare zu Berge stehen ließ. »Ersparen Sie mir einfach Ihren Sarkasmus, Wagner. Und drehen Sie gleich wieder um, nehmen Sie Ihr Lärmgerät und verschwinden Sie in den Tiefen der Stadt!«

Paul Wagner schüttelte den Kopf. »Keine Chance. Ich bin zu Unzeiten aufgestanden, habe den Kampf gegen die Kaffeemaschine verloren und das Prachtstück durch dieses Wetter gejagt«, meinte er und deutete auf die abgestellte Suzuki. »Jetzt will ich etwas geboten bekommen.«

Berner steckte die Hände in die Manteltaschen, reckte den Kopf vor und seine Augen funkelten. »Ich hasse leichenfleddernde Reporter am frühen Morgen, auf nüchternen Magen und Sie ganz besonders, Wagner.«

Die grünen Augen des Journalisten waren plötzlich von Lachfalten umringt. »Die Spurensicherung hat Sie noch nicht reingelassen, stimmt's? Kein Tag für Künstler und Kommissare …«

Berner fühlte sich ertappt. »Wie auch immer, ich will Sie nicht hier haben. Unsere Pressestelle wird einen Bericht herausgeben, viel Spaß damit und fröhlichen Ritt nach Hause.«

Der Kommissar wollte sich wegdrehen und zur Kirchentür zurückgehen, als das Tor aufging und ein untersetzter, grauhaariger Mann mit einem kleinen Metallkoffer eilig die Stufen herunterkam und auf Berner und Wagner zuging.

»Hallo, Kommissar! Hallo, Paul!«

Berner verfluchte den Morgen und diesen Fall im Speziellen. Warum war der Amtsarzt des Bezirks Innere Stadt auf Urlaub? Warum war es ausgerechnet Dr. Strasser gewesen, der ihm zugeteilt worden war? Warum jemand, der mit Wagner per Du war? Der Reporter machte keine Anstalten zu gehen und der Arzt sagte zu niemandem im Besonderen: »Aufgesetzter Schuss an der Schläfe. Großes Kaliber, die Kugel steckt noch in der Kirchenwand. Vom Kopf ist nicht mehr viel übrig, der Tod muss gegen 21:30 Uhr eingetreten sein. Der Mann war Mitte vierzig. Alles andere steht dann in meinem Bericht. Sonst noch was?« Es klang wie auswendig gelernt.

Der Kommissar war verärgert. Was hatte er erwartet?

Paul Wagner sah ihn an. »Aufgesetzter Schuss? Sie haben ein Problem, Commissario, würde ich sagen. Eine Hinrichtung in der Kirche?«

Berner verzog erneut das Gesicht, drehte sich um und ließ den Reporter einfach stehen.

Der Amtsarzt sah ihm kurz nach, als er so mit hängenden Schultern durch den stärker werdenden Nebel wieder zur Kirche stapfte. Dann wandte er sich an Wagner. »Du hast recht, Paul, es sieht ganz nach einer Hinrichtung aus, und nach einer bewussten Provokation. Mit einem Hinweis, den leider keiner versteht.« Dr. Strasser legte den Kopf schief und sah Wagner herausfordernd an. »Oder sagen dir die Buchstaben L und I etwas? Die Initialen des Killers? Oder des Opfers?« Ohne eine Antwort abzuwarten, drehte sich der Arzt um, winkte kurz zum Abschied und schlüpfte unter der Absperrung durch. Paul sah ihm lange nach, auch noch, als der Nebel ihn schon längst verschluckt hatte.

Im Kircheninneren kauerte Kommissar Berner fasziniert vor einem gläsernen Sarg. Die Spurensicherung hatte ihre Arbeit endlich beendet und die Scheinwerfer wurden abgebaut. Langsam leerte sich die kleine Kirche wieder. Berner beugte sich vor, um besser sehen zu können. Hinter der Glasscheibe in dem reich verzierten und schwer vergoldeten Vitrinenschrank befand sich ein Skelett in prächtigen barocken Gewändern. In stundenlanger Handarbeit hatten Nonnen jeden einzelnen Knochen mit Goldfäden, Perlen und Spitzen verziert. Ein kleines Schild mit dem handgemalten Namen »Vitalis« glänzte im Licht des letzten Scheinwerfers, bevor auch er verlöschte. Nur mehr das graue Tageslicht fiel nun durch die schmalen Fenster.

Berner drehte sich um, schaute zu dem mit einer dunklen Plane zugedeckten Toten hinüber und zog sein Notizbuch wieder aus der Tasche. Dann erinnerte er sich an das, was Pater Johannes gesagt hatte. Kerzen. In Form von zwei Buchstaben. Er erkannte die große schwarze Platte mit ihren Hunderten schmiedeeisernen Spitzen, die wie eine waagrechte Eiserne Jungfrau aussah. Auf einigen steckten Kerzen, dann, wie eine Insel inmitten schwarzer Wellen aus Dornen, erkannte er die Form, von welcher der Geistliche gesprochen hatte. Aus einigen Dutzend weißen Kerzen waren die Buchstaben »L« und »I« gebildet, gut erkennbar, zweifelsfrei.

Berner sah genauer hin. Die Spurensicherung hatte die Kerzen gelöscht, um das Muster zu erhalten, sie am völligen Niederbrennen zu hindern. Auf den anderen, weiter entfernten waren die Dochte in das inzwischen erkaltete Wachs gedrückt worden. Jemand hatte absichtlich die Flammen erstickt, hatte methodisch alle ausgelöscht, die ihm nicht ins Konzept passten. Berner fröstelte und fühlte sich plötzlich leer. Er quetschte sich in eine der hölzernen Kirchenbänke, setzte sich und war versucht, seit langem wieder einmal zu beten.

Das Knarren der Kirchentüre holte ihn in die Realität zurück, riss ihn aus seiner Meditation. Zwei Männer mit einem Plastiksarg kamen herein, sahen ihn fragend an und er nickte nur stumm. Er hatte den Toten schon vorher gesehen, da war nichts, was es noch zu betrachten gab, nichts, was ihm hier noch weiterhelfen konnte. Das Obduktionsergebnis der Gerichtsmedizin konnte er sich schon jetzt vorstellen. Zehn Zeilen, lapidar und ohne Überraschungen. Die Taschen des Toten waren völlig leer, sie würden auf die Kleidung angewiesen sein, wenn es um die Identifizierung ging. Oder auf das Kerzenarrangement. Sowie auf die Fingerabdrücke, da das Gesicht fehlte …

Berner schloss die Augen und hörte, wie die Männer schnell und professionell arbeiteten, hörte sie hinausgehen, dann Stille. Er wollte die Augen nicht wieder öffnen, in der Hoffnung, alles würde sich als Irrtum herausstellen, die Blutspritzer an der Wand und auf den großen Steinplatten wären gar nicht vorhanden. Da klingelte sein Handy. Er tastete in der Innentasche des Mantels, griff nach dem Telefon und nahm das Gespräch mit einem Grunzlaut an.

»Und?« Die Stimme am anderen Ende der Leitung klang wach, befehlsgewohnt und leicht gelangweilt.

Berner fühlte sich erschöpft. »Aufgesetzter Schuss in die Schläfe, sieht aus wie eine Hinrichtung. Keine Papiere, Mitte vierzig, nichts Auffälliges.« Warum verschwieg er die beiden Buchstaben? Weil er irgendwie nicht daran glaubte? Weil es lächerlich klang? Weil …

Die Stimme des Polizeichefs unterbrach seine Gedankengänge. »Das wird weder dem Erzbischof noch dem Innenminister gefallen. Berner, bringen Sie das schnell zu Ende, bevor wir uns dafür rechtfertigen müssen, dass ein Killer friedliche Menschen in der Kirche umbringt, und das mitten in Wien. Sie wissen schon, Tourismus und so, sichere Stadt. Weiß die Presse davon?«

Der Kommissar zögerte einen Augenblick zu lang.

»Also ist Paul Wagner schon da. Verdammt!« Der Polizeichef hatte aufgelegt, bevor sich Berner irgendwie rechtfertigen konnte. Er hatte plötzlich Lust, sein Handy weit weg zu werfen und mit seinem Wagen drüberzufahren. Als er es resignierend einsteckte, öffnete sich die Tür und mit einem Schwall kalter Luft trat der Reporter in die Kirche, schaute sich um und erblickte den Kommissar, der auf der hölzernen Bank saß.

»Vor oder nach der Beichte?« Wagner grinste.

»Danach«, murmelte Berner und wie auf Bestellung läuteten die beiden Glocken der Kirche. »Die ältesten Glocken Wiens, mehr als siebenhundert Jahre alt«, dozierte Wagner und blickte nach oben. Berner fühlte sich plötzlich genauso alt.

Das Büro des Polizeichefs im fünften Stock des Wiener Polizeipräsidiums wirkte fast gemütlich mit der dunklen Holztäfelung, den Perserteppichen und den alten Stichen von Wien an der Wand. Einem großen, überladenen Schreibtisch stand eine Sitzgarnitur gegenüber, die zu informellen Treffen einlud. Seine Sekretärin nahm eine Kaffeetasse von dem kleinen Beistelltisch und brachte sie dem massigen Mann, der am Fenster stand und den Verkehr auf der Ringstraße beobachtete. Seine Hände, hinter dem Rücken verschränkt, öffneten und schlossen sich in einem Takt, den nur er kannte.

»Ihr Kaffee, Herr Doktor. Die beiden Akten liegen auf Ihrem Schreibtisch ganz obenauf.«

Mit einem Nicken bedankte er sich und nippte an dem heißen, süßen Kaffee, während er über den Rand der Tasse weiter auf den Ring hinunterschaute. Dann drehte er sich um, nahm die beiden roten Akten von seinem Tisch und verließ das Büro. Er wandte sich nach links, den langen, hell erleuchteten Gang hinab, der mit den Bildern der Polizeipräsidenten der vergangenen hundert Jahre ein wenig Farbe in seine triste Existenz zu bringen suchte. Die Tür des Besprechungszimmers war geschlossen und er klopfte nicht, als er sie aufstieß und eintrat.

Am langen, ovalen Tisch saß ein einzelner, hagerer Mann. Er hatte seinen Mantel nicht ausgezogen, die schwarzen Rindslederhandschuhe lagen vor ihm auf der spiegelnden mahagonifarbenen Tischplatte. Seine dunklen Augen blickten ruhig dem Polizeichef entgegen, der sich neben ihm einen Stuhl nahm, ihn zurückzog und sich hineinfallen ließ. Die beiden Akten platzierte er vorsichtig vor sich und legte seine flache Hand darauf. Beide Männer schwiegen für einen Augenblick.

»Ich nehme an, die Pistole war nicht registriert«, setzte der Polizeichef an, doch der kalte Blick des hageren Mannes neben ihm ließ ihn verstummen.

»Wer ist der ermittelnde Kriminalbeamte?« Das Deutsch seines Tischnachbarn war akzentfrei und seine Stimme blieb ungerührt. Sie klang wie Chris Rea nach drei Whiskys, rau und tief.

»Berner, ein kriminalistischer Buchhalter auf dem Weg in die Pension. Er hat keine Ahnung und wird sie nie haben.« Der Polizeichef strich geistesabwesend über das Deckblatt der Akten vor sich.

»Und Paul Wagner?« Der dunkelhaarige Mann lehnte sich leicht vor, streckte die Hand aus und zog die oberste Akte unter der Hand des Polizeichefs weg, legte sie vor sich auf den Tisch und blätterte den Ordner auf.

»War schneller da, als Berner ›Guten Morgen‹ sagen konnte.«

»Gut.« Der hagere Mann las, blätterte weiter, betrachtete die Fotos. »Paul Wagner. 38 Jahre alt, ledig, 180 cm groß, blondes Haar, grüne Augen, sportlich, hartnäckig, intelligent, Beruf: Journalist, Korrespondent der wichtigsten Tageszeitungen in Europa und in Übersee. Geboren in Wien, Mutter: Amerikanerin, Vater: Wiener.« Er rezitierte offensichtlich auswendig, ohne zu zögern, während sein Blick weiter über die Seiten vor ihm glitt. »Leidenschaft: Motorrad fahren, sein Beruf und Frauen – in dieser Reihenfolge. Viersprachig, langjährige Hobbys:

Geheimschriften entziffern und alte Rennmaschinen restaurieren. Wohnt in einer ausgedienten Straßenbahn-Remise am Stadtrand, wo er genug Platz für seine Sammlung alter japanischer Rennmotorräder hat und im Winter lieber friert als umzuziehen. Wohnt alleine, obwohl er Platz genug hätte für dreißig Motorräder mehr und einen Harem.«

Aus dem Mund des hageren Mannes klang das nicht einmal ironisch, eher feststellend, aufzählend. Er blätterte weiter, bis eine Seite voll mit Bildern – Unfallfotos – vor ihm lag. Sein Zeigefinger klopfte einen langsamen Rhythmus auf die Tischplatte, während sein Blick gedankenverloren auf den Bildern ruhte. Sie zeigten ein auf der Seite liegendes Motorrad, eine junge dunkelhaarige Frau, blutüberströmt, und pinkfarbene Striche auf dunklem Asphalt. Selbst der Blitz der Polizeikamera hatte dem Gesicht der Frau seine Schönheit nicht rauben können. Sie sah aus wie eine gefallene Madonna. Sie war tot. Ihre blicklosen braunen Augen ließen daran keinen Zweifel.

»Unser Handicap«, stellte der Mann im Mantel unbewegt fest und fixierte den Polizeipräsidenten. »Clara Sina, unser Handicap.« Aber die eigentliche Botschaft lautete: »Und was werden Sie dagegen unternehmen?«

Der Polizeibeamte blickte auf die zweite Akte unter seiner Hand, die fast ein wenig beschützend auf dem Deckblatt ruhte. »Wo Paul Wagner ist, da ist Georg Simon Sina nicht weit«, meinte er.

»War nicht weit«, korrigierte sein Nachbar. »War! Und Sie wissen, wir brauchen beide, nicht nur einen. Wo ist Sina jetzt?«

»In der Einöde«, murmelte der Polizeichef. »Unerreichbar und unwillig, unversöhnlich und gestört.« Es klang ein wenig nach Sympathie und nach widerwilliger Bewunderung. »Er hat kein Handy, kein Telefon, keinen Computer, keinen Kontakt zur Außenwelt, außer zu seiner Gemischtwarenhändlerin im nächsten Dorf. Sie hat sogar eine Haltestange für seinen Haflinger vor dem Geschäft anbringen lassen …«

»Wofür?« Der hagere Mann wirkte zum ersten Mal erstaunt.

»Für sein Pferd«, erklärte der Polizeichef trocken. »Er hat kein Auto, schickte uns seinen Führerschein vor drei Jahren zurück und hat seither seine Burgruine im Waldviertel im Norden Österreichs nicht verlassen. Und er spricht seit drei Jahren mit niemandem mehr. Mit gar niemandem …«

Der Mann im schwarzen Mantel stand auf, ging zur Türe, öffnete sie, blickte hinaus und schloss sie zufrieden wieder. »Der genialste Mittelalterforscher Europas, der beste Professor, den die Wiener Universität je hatte, international ausgezeichnet und weltweit anerkannt, mutierte mit einem Schlag zu einem paranoiden Einsiedler. Was für eine Verschwendung.« Zum ersten Mal war so etwas wie eine Regung in seiner Stimme zu vernehmen. Dann griff er in seine Tasche, zog einen weißen Umschlag heraus und legte sie auf die Akte von Georg Sina vor den Polizeipräsidenten. »Von unserem Zentralbüro für Sie als Dank und Anerkennung für Ihre Hilfe, die wir sehr zu schätzen wissen.« Sein Ton war offiziell, die Sätze klangen wie auswendig gelernt, oft wiederholt. »Und noch etwas, Dr. Sina: Wir brauchen Ihren Sohn mindestens so dringend wie Sie, vergessen Sie das nicht.«

Der Polizeichef nickte müde. »Wer sind Sie und worum geht es eigentlich, können Sie mir das erklären?«

Der hagere Mann richtete sich auf, seine dunklen Augen bohrten sich in die des Polizeipräsidenten. »Das wollen Sie nicht wissen, glauben Sie mir. Das wollen Sie nie erfahren.«

Burg Grub, Waldviertel/Österreich

Das wollen Sie nicht wissen, glauben Sie mir. Das wollen Sie nie erfahren.« An diese Worte erinnerte sich Professor Dr. Georg Simon Sina gerade, als im weit entfernten Wien die dunkle Limousine aus der Nebenfahrbahn vor dem Sühnhof in die Ringstraße beschleunigte und den Unbekannten, der über einen Seiteneingang ohne Personenkontrolle das Polizeipräsidium verlassen hatte, zum Flughafen nach Schwechat brachte.

Sina saß vor seinem offenen Kamin im Wohnturm der Burgruine Grub und schaute in die Flammen, die den großen Raum nur teilweise wärmen konnten. Er schien die Kälte nicht zu spüren, lebte in seiner eigenen Welt und ließ die Reise nach China, die er gemeinsam mit seiner Frau Clara vor – er dachte nach – ja, vor vier Jahren gemacht hatte, vor seinem geistigen Auge Revue passieren.

»Das wollen Sie nicht wissen, glauben Sie mir«, hatte der blasse Archäologe ihnen geantwortet, als Clara beim Besuch des Grabmals von Kaiser Qin Shihuangdi in Xi'an eine Bemerkung gemacht hatte, die den jungen Chinesen völlig unvorbereitet getroffen hatte. Der erste Kaiser von China hatte eine eigenwillige Persönlichkeit gehabt und sehr grausame Vorstellungen davon, wer mit ihm begraben sein sollte.

Von den massigen Erdwällen und den grimmigen Mienen der Hunderten Terrakottasoldaten alleine in der ersten überdachten Grube eingeschüchtert und von den massiven Sicherheitsvorkehrungen irritiert, hatte sich Clara die lächerliche Bemerkung nicht verkneifen können: »Das sieht ja gerade so aus, als wollte man uns hier einsperren«, hatte sie gemeint, sich umgesehen und dann den Archäologen mit ihrem Eindruck konfrontiert. »Man bekommt hier wirklich das Gefühl, dass man ungebetene Gäste nicht fern-, sondern den Kaiser und seine Tonarmee im Grab festhalten möchte. Als hätte man Angst, dass Qin Shihuangdi aus seinem Grab klettern und entkommen könnte. Habe ich recht?«

Sina hatte sich schon damals sehr darüber gewundert, wie der Archäologe bei Claras, seiner Meinung nach, kindischem Einwand erschreckt aufgeblickt hatte und sofort der »Zwangsbeglücker«, wie Clara ihn nannte, der von der Volksrepublik beigestellte offizielle Reisebegleiter, das Wort an sich gerissen hatte. Der schmale Chinese, extra mit ihnen aus Beijing angereist, hatte wie ertappt gestottert: »Das wollen Sie nie erfahren.«

Weitere Nachfragen waren sinnlos, die Chinesen waren alarmiert, gar nicht mehr kooperativ, sehr schweigsam. Damit fand der Besuch der sensationellen archäologischen Stätte ein jähes Ende. Wieder einmal hatten sie Claras vorwitzige Bemerkungen um einen Kulturgenuss gebracht. Schnell und endgültig waren sie von den Aufsehern vom Gelände der Ausgrabung komplimentiert worden. Man brachte sie zurück nach Beijing, und als sie endlich das Land verließen und im Flugzeug saßen, konnte sich Sina des Eindrucks nicht erwehren, dass ihre Gastgeber irgendwie erleichtert schienen.

Sina holte ein paar Holzscheite aus einem kleinen Nebenraum und fütterte damit das niederbrennende Feuer im Kamin. Funken stoben, es zischte und krachte und roch plötzlich nach frischem Holz und verbranntem Harz. Der kleine tibetanische Hirtenhund, der sich vor dem Kamin zusammengerollt hatte, rührte sich nicht. Er hatte sich an die Geräusche längst gewöhnt und schlief weiter, als ob nichts gewesen wäre. Der heiße Tee in der großen Tasse dampfte. Sina kostete schlürfend, nickte anerkennend und seine Gedanken wanderten wieder zu Clara zurück, wie so oft in den letzten drei Jahren. Clara. Er vermisste sie immer mehr, je tiefer er in die Einsamkeit rutschte. Er redete mit ihr, aber sie antwortete nicht mehr so oft. In den ersten Jahren war es eine lebhafte Unterhaltung gewesen, aber jetzt schwieg sie immer öfter.

Die ganze Welt schwieg. Es störte ihn nicht. Er hatte die Einsamkeit gewählt und sie war seine Freundin geworden. Was zählte, trug er in sich. Erinnerungen an eine Zeit vor seinem emotionalen Tod.

Der kleine Hund hob den Kopf und lauschte. Sina strich sich über das schwarze Haar, das von grauen Strähnen durchzogen war und am Hinterkopf in einem langen Zopf endete. Er war gleich alt wie Paul Wagner, wirkte aber durch seinen struppigen, grau werdenden Bart älter. Die Falten um seinen Mund verrieten seine Enttäuschung, und die tiefen senkrechten Kerben auf seiner Stirn zwischen den Augenbrauen seine Skepsis. Seine drahtige, muskulöse, fast asketische Gestalt erzählte vom Leben auf dem Land und den ständigen Instandsetzungsarbeiten am Gemäuer seiner baufälligen Ruine ohne Zentralheizung. Fließendes Wasser gab es erst seit einigen Monaten. Sina hatte das Interesse und den Genuss an körperlichen Dingen verloren. Er aß, damit er nicht verhungerte, und schlief, weil man eben schlafen musste. Wenn er nicht Zement mischte und Steine zu Mauern schichtete, verbrachte er die meiste Zeit lesend und arbeitend in seiner Bibliothek, die jedem Schloss oder jeder Abtei Ehre gemacht hätte.

Der Hirtenhund legte sich wieder zurück, rollte sich zusammen und versteckte seine Schnauze unter den Hinterpfoten. Sina leerte seine Teetasse und griff zu einem dicken, in rotes Leder gebundenen Buch, auf dem in großen goldenen Lettern »Symbolik der mittelalterlichen Herrscher-Monogramme« stand. Er ahnte noch nicht, dass eines dieser Monogramme ihn bald zu einem der meistgejagten Männer Europas machen würde.

Kapitel 2 – 9.3.2008

Grub, Waldviertel/Österreich

Paul Wagner sah ihn kommen und hätte ihn beinahe nicht erkannt. Der Reporter lehnte an einem Stehtisch mit geblümter Plastiktischdecke, in einem jener skurrilen Geschäfte, die es als »Gemischte Warenhandlungen« nur mehr im österreichischen Waldviertel gab. Bei diesem hier fehlte das »W« seit langen Jahren, es war eines Tages von der Hausfassade abgefallen und nie wieder ersetzt worden. So war es eine »arenhandlung« geworden, was aber niemanden störte, der hier einkaufte.

Das Angebot war umfangreich, um es vorsichtig auszudrücken. Es reichte von rosa Liebestötern bis zu hölzernen Mausefallen, von frischem Gebäck bis zu Zahnpasta mit roten oder blauen Streifen. In einem Eck hatte die Besitzerin des Ladens vor langen Jahren einen Stehtisch aufgestellt, der wohl den Absatz von Kaffee und Kuchen hätte fördern sollen. Nach kurzer Zeit jedoch war er mit Stapeln von alten Zeitungen und Prospekten übersät gewesen, die niemand mitnahm oder die andere einfach weggeworfen hätten. Aber in Orten wie diesem warf man nichts weg. Alles war irgendwann einmal brauchbar.

Paul suchte auf der runden Tischplatte einen Platz für seine Kaffeetasse und fand keinen. So hielt er sie in der Hand, während er den ankommenden Georg Sina durch die blinden Auslagenscheiben des Ladens beobachtete. Er ist alt geworden, dachte er sich und überraschte sich dabei, an die gemeinsame Schulzeit in Wien zu denken, als das Leben noch vor ihnen lag und die Tage endlos schienen.

Sina und er waren unzertrennlich gewesen und auch nach dem Abitur trennten sich ihre Wege nicht oder nur kurz. Sie studierten an derselben Universität im Zentrum der Stadt, schräg gegenüber dem weltberühmten Burgtheater. Im Café nebenan kellnerten sie beide, um sich das Studium zu finanzieren. Sina hätte es nicht nötig gehabt, mit einem leitenden Polizeibeamten als Vater. Aber da Paul das Geld brauchte, machte er einfach mit. Sie waren wie die zwei Seiten eines Blattes gewesen bis … Paul schluckte. Bis zu jenem warmen Sommertag vor drei Jahren, der ein Leben genommen, eines zerstört und eines für immer gezeichnet hatte. Er horchte in sich hinein. Es tat immer noch weh, gab ihm einen Stich ins Herz.

Sina war inzwischen abgestiegen und band seinen braunen, glänzend gestriegelten Haflinger vor dem Laden an, nahm die beiden Packtaschen ab und trat in das Geschäft. Er trug einen alten Rollkragenpullover und eine fleckige Jacke darüber. Die Jeans war ausgebeult und steckte in Stiefeln, die seit Jahren keine Bürste mehr gesehen hatten. Er nickte der Besitzerin des Ladens zu, reichte ihr seine Einkaufsliste über die Theke und wollte sich an seinen Stammplatz, den Stehtisch, hinter die Papierstapel zurückziehen, als er Paul sah und mitten in der Bewegung reglos verharrte.

Er schaute Paul an und zugleich durch ihn hindurch, wie durch einen Geist aus einer längst vergangenen Zeit. In dieser seiner Welt hatte Paul keinen Platz mehr, weder als Freund noch als der Eindringling, der er jetzt war. Dies war die Wirklichkeit, keine klischeehafte Reportage. Nichts und niemand hatte das Recht, in das von ihm geschaffene Universum vorzustoßen. Er hatte niemanden eingeladen, würde es nie und selbst wenn, dann wäre Wagner der Letzte.

Eine Verkäuferin machte sich im Hintergrund des Ladens zu schaffen, um die Waren für Sina zusammenzusuchen, und der Reporter hatte den Eindruck, die Zeit würde plötzlich stehenbleiben, so wie Georg Sina, unvermittelt und scheinbar für immer. Der Wissenschaftler rührte sich nicht, stand da wie zu Stein erstarrt.

Paul fragte sich, ob Sina ihn überhaupt wahrgenommen hatte.

»Ich weiß, dass du mich nicht sehen willst«, setzte der Reporter leise an, wie zu sich selbst sprechend. »Du hast dir oft genug gewünscht, ich wäre tot, gestorben an ihrer Stelle. Aber das macht sie nicht wieder lebendig, Georg.«

Sina schaute ihn zum ersten Mal wirklich an, schaute direkt in seine Augen und Paul erschrak. Sie waren stahlblau und hart, voller Hass und Anklage. Kein Vergeben, kein Verzeihen, nur endloser Vorwurf waren darin zu lesen. Clara war noch immer in Georgs Gedanken und

Träumen, lebte fort und stand zwischen ihnen wie eine unüberwindbare Wand aus Stahlbeton. Unzerstörbar, glatt und riesig.

Paul verfluchte, dass er überhaupt gekommen war. Was hatte er sich gedacht? Was hatte er erwartet? Drei Jahre Einsamkeit hatten aus Georg Sina einen Monolithen gemacht, steinern und unbeweglich. Hart zu sich selbst und noch härter zu allen anderen.

Es fiel Paul schwer, die richtigen Worte zu finden. »Georg, um unserer alten Freundschaft willen, komm mit und hör mir zu. Trink einen Kaffee mit mir und lass mich dir eine Geschichte erzählen, eine seltsame Geschichte, die gestern in Wien passiert ist und die ich nicht verstehe.« Paul fühlte sich am falschen Platz zur falschen Zeit. Er wollte weiterreden, aber da drehte sich Georg Sina plötzlich um und verließ den Laden, wortlos, grußlos. Die Tür schlug hinter ihm zu wie ein finaler Schlussakkord in einer Ouvertüre, die kein Stück eröffnete, sondern für immer allein stehenbleiben würde.

Die Verkäuferin schaute dem Wissenschaftler überrascht nach, in einer Hand die Einkaufsliste, in der anderen eine Dose Bohnen. Paul folgte ihm zögernd nach draußen, sah Sina neben dem Haflinger stehen. Der Reporter setzte sich in den roten Golf, mit dem er gekommen war.

Es war ein Fehler, sagte er sich, ich hätte nicht hierherkommen sollen. Es ist sinnlos.

Sina flüsterte etwas in das Ohr des Pferdes, eindringlich und lange. Dann trat er zurück und der Haflinger setzte sich in Bewegung, zielstrebig, erst langsam, dann immer schneller, bis er auf der engen Landstraße um eine Biegung verschwunden war. Da drehte sich der Wissenschaftler um, kam zur Beifahrertüre des roten Golf, öffnete sie und stieg wortlos ein. Er verschränkte die Arme vor der Brust, schaute geradeaus und wartete.

Paul war verblüfft und erleichtert zugleich. Zuerst zögerte er, dann startete er den Wagen, bog auf die Straße ein und fuhr los.

Als der rote Golf eine halbe Stunde später die Ortstafel »Zwettl« passierte, hatte Sina kein einziges Wort gesprochen, ja nicht einmal den Kopf bewegt. Das Gespräch, das Wagner in Gang zu bringen versuchte, war ein Monolog, der schnell verebbte, und schließlich fuhren sie schweigend die letzten dreißig Kilometer. In Zwettl am Hauptplatz angekommen, hielt der Reporter vor dem Stadtcafé und Sina stieg aus, ging ohne zu warten in das Lokal und verschwand in seinem Inneren. Paul seufzte, schloss den Wagen ab und folgte ihm.

Das kleine, stadtbekannte Kaffeehaus war gut besucht und die Luft bläulich vom Rauch aus unzähligen Zigaretten. Sina hatte bereits einen Platz gefunden und auch gleich bestellt, als der Reporter sich ihm gegenüber auf einen harten Stuhl zwängte. Der Wissenschaftler schaute auf seine Hände, die er vor sich auf den Tisch gelegt hatte. Er bewegte sich auch nicht, als Wagner eine Zeitung entfaltete, damit unzählige Brandspuren von Zigaretten auf der Tischplatte zudeckte und zu erzählen begann.

Als er geendet hatte, mit Vermutungen und Auslegungen, welche die seltsamen Buchstaben L und I betrafen, blieb Sina noch eine Minute sitzen, wie um sich zu vergewissern, dass Wagner wirklich alles geschildert hatte. Dann stand er auf, legte ein paar Münzen auf den Tisch und verließ mit großen Schritten das Café. Er hatte noch immer kein Wort gesprochen. Paul stützte den Kopf in seine Hände, niedergeschlagen und mutlos.

Georg Sina atmete in tiefen Zügen die reine Luft ein, die ihm nach dem verrauchten Kaffeehaus noch klarer vorkam. Er hatte die Hände in die Jackentasche gesteckt und bemerkte innerlich lächelnd, wie ein Polizeibeamter einen Strafzettel hinter die Scheibenwischer des roten Golf klemmte. Dann wanderte er planlos zwischen den alten Häusern der Stadt umher, bis er sich vor dem Rathaus wiederfand. Fasziniert betrachtete er die Sgraffitos auf der Fassade, die fahnenschwingenden Landsknechte und Inschriften, bis sein Blick auf ein unscheinbares Spruchband fiel. Er schaute genauer hin und die Buchstaben sprachen zu ihm, flüsterten und raunten.

Wagner hatte inzwischen die Hoffnung aufgegeben, den Wissenschaftler jemals wiederzusehen. Er überlegte noch, wie der Einsiedler wohl jetzt von Zwettl zu seiner Burgruine zurückkommen würde. Soll er doch per Anhalter zurückfahren, dachte sich Paul und verlangte die Rechnung. Da wurde die Tür geöffnet, Sina betrat das Lokal und kam schnurstracks an seinen Tisch. Wortlos legte er einen Zettel vor Wagner, drehte sich um und ging wieder.

Wagner traute seinen Augen nicht. Er las:

A+E+I+O+U = 1+5+9+15+21 = 51
In römischen Ziffern: L und I

Frühjahr 1541, Staufen im Breisgau/Vorderösterreich

Es hatte begonnen ... Georg Sabellicus, der sich selbst Faustus, der Gesegnete, nannte, kniete in der Gebetsnische seines Laboratoriums und dankte seinem Schöpfer für die Gnade, die dieser ihm zuteilwerden ließ. Leise hörte er zu, wie es im tönernen Cucurbit brodelte und zischte. Bald würde der Dampf aus dem Destillierkolben in den Alembik aufsteigen. Dann endlich wäre es so weit, er würde den Destillierhelm aus Keramik nur noch auszukratzen brauchen und das gewonnene Pulver in die dafür vorgesehene Form pressen, um endlich, nach Jahren der Entbehrungen, am Ziel seiner Mühen zu sein. Endlich! Der Alchemist konnte es kaum fassen. Der Weg war lang und beschwerlich gewesen, aber der Inhalt des trichterförmigen Aufsatzes würde ihn für alles entschädigen.

»Visita interiora terrae rectificando invenies occultum lapidem«, murmelte Faustus in seinen Bart. Danach kratzte er sich am Kopf. Wieder war ein Büschel Haare mehr zwischen seinen Fingern. »Verfluchtes Quecksilber und Antimon!«, zischte er. Aber sogleich huschte ein Lächeln über sein Gesicht. Mit einer gleichgültigen Handbewegung warf er die Haare auf den Boden. Worüber sollte er sich aufregen?

O ja, er hatte die inneren Bereiche der Erde aufgesucht, alles richtig gemacht, den verborgenen Stein gefunden. Aber wie hatten sie über ihn gespottet! Als fahrenden Scharlatan hatten sie ihn bezeichnet. Der feine Abt Trithemus, neidisch auf seine Erfolge in der schwarzen Kunst, hatte ihn diffamiert. Luther hatte ihn öffentlich als Erzspitzbuben beschimpft. Egal, dass er dem Herrn von Hutten korrekt den Ausgang seiner Expedition vorausgesagt hatte. Verreckt war der Ritter in der neuen Welt, wie er, Faustus, es vorausgesehen hatte! Er konnte machen, was er wollte, er blieb in den Augen der Herren nur der Schausteller auf einem bunten Wagen, der die Welt unstetig durchwanderte und Wässerchen und Horoskope verkaufte.

Aber darüber wollte er fortan nur noch lachen. Faust hatte sich vorgenommen, auf den Gräbern seiner Feinde zu tanzen. Und das würde er. Gewiss würde er das. So sicher, wie auf den Abend der Morgen folgte.

Mühsam rang er sich ein Lachen ab, aber seine von den Dämpfen und Reagenzien zerfressene Lunge machte ihm einen Strich durch die Rechnung. Ein heftiger Hustenanfall schüttelte seinen Körper. Er zog ein Sacktuch hervor, um sich den Mund zu wischen. Als er es betrachtete, bemerkte er das Blut daran. Gar nicht beachten. Nein, nein. Er schüttelte den Kopf, schlug ein Kreuzzeichen und erhob sich mühevoll von seinen Knien. Das alles spielte bald keine Rolle mehr.

Mit geübten Fingern schürte er das Feuer unter dem Destillierkolben. Wehmütig betrachtete er die Muffeln, Aschkuppellen, Blasen, Retorten, Aludeln und all das andere Gerümpel, das seine Laborausrüstung darstellte. Wie sehr hasste er es, wie sehr liebte er es. Sein ganzes Geld war dafür draufgegangen. Jede Münze hatte er investiert, in Ausrüstung, Material, geheimnisvolle Ingredienzen aus allen Teilen der Welt. Sein Leben, sein Glück, seinen guten Ruf, alles hatte er für seinen Traum aufgegeben. Sanft streichelte er mit den Fingerspitzen über einen Siebtrichter und schloss die Augen.

In dem Moment hörte er ihr Gelächter. Oh, wie sie sich amüsierten über ihn, den Spitzbuben, den Scharlatan … Mit beiden Fäusten ausholend schlug er auf seine Ausrüstung ein. Die Keramiken flogen durcheinander, Behälter zerbarsten und ergossen ihren Inhalt auf den Boden oder spuckten ihn in bunten Staubwolken in die Luft. Faust spürte plötzlich die feinen Körner zwischen den Zähnen.

»Ihr wollt mich umbringen?«, schrie er. Mit dem rechten Arm wischte er all seine Gefäße und Werkzeuge von der grob gehobelten Tischplatte. »Ich bin der Meister! Ich habe Millionen Legionen unter mir! Bevor ihr das schafft, holt mich der Teufel!«, brüllte er und sprang auf den Tonscherben auf und ab und zermalmte sie mit seinen Füßen. Der Schutt knirschte unter seinem Gewicht, als er ein Tänzchen wagte, wobei er sich vorstellte, der Haufen sei ein Epitaph.

Das lauter werdende Brodeln im Destillierkolben zog seine Aufmerksamkeit auf sich. Schweiß perlte auf seiner hohen, faltigen Stirn. Mit wenigen Schritten war er dort. Es war so weit, die richtige Temperatur war erreicht. Es hatte begonnen …

Da plötzlich zerbarsten mit lautem Krach die Dielen der Türe. Faust fuhr herum. Sein Famulus stürmte in das Laboratorium, eine Axt in der Hand. Im Türrahmen hinter ihm konnte Faust fünf Männer erkennen, die ihm auf dem Fuße folgten. Der Alchemist kniff die Augen zusammen, konnte ihre Gesichter im flackernden Licht der Kerzen nicht ausmachen. Er sah, dass sie weiße Mäntel mit einem roten Kreuz und einem Stern darunter trugen.

»Wer zum Teufel seid ihr und was wollt ihr?« Keine Antwort. Nur die Turmuhr in der Ferne schlug Mitternacht. Es war plötzlich still, nur das Brodeln im Destillierkolben war noch zu hören. Sogar das Gelächter im Untergeschoss war mit einem Mal verstummt.

Ohne Vorwarnung sprangen zwei der Eindringlinge auf ihn los. Mühelos brachten sie den ausgemergelten Körper des Alchemisten in ihre Gewalt. Aus den Augenwinkeln konnte Faust beobachten, wie die drei anderen sich sogleich anschickten, das Feuer unter dem Destillierapparat zu löschen. Sie begannen sofort alles, was er von seinem Lebenswerk übrig gelassen hatte, zu zerschlagen. Er heulte auf vor Wut und wehrte sich mit aller ihm zu Gebote stehenden Kraft gegen den eisernen Griff der beiden Unbekannten. Ein heftiger Faustschlag traf ihn mitten ins Gesicht. Als er den Blick hob, erkannte er, dass es sein Gehilfe gewesen war, der den Hieb ausgeführt hatte.

»Hundsfott! Degenerierte Schlange!«, presste Faust hervor und spuckte Johann Wagner an. Der Adlatus wischte sich das Gesicht. Voller Ekel betrachtete er den dunkelroten Schleim auf seinem Handrücken. Ein zorniger Kehllaut entfuhr ihm, dann schlug er abermals zu. Wieder und immer wieder.

Die Männer, die Faust festhielten, rührten keine Miene, schauten unbewegt zu. Als den Adlatus die Kraft zu verlassen schien, bemerkte Faust, dass er die schönen weißen Mäntel seiner Besucher durch sein Husten und Bluten total besudelt hatte.

»Da werden eure Wäscherinnen im Kloster aber einiges zu tun haben«, röchelte er, gefolgt von einem gurgelnden Lachen. Befriedigt lächelte er aus seinem zerschlagenen Gesicht, denn über die steinerne

Miene von einem hatte er kurz einen Schauder huschen sehen. Ja, er wusste es, er wusste alles, er kannte das Geheimnis. Da zerrten sie ihn auch schon zur nächsten Wand, packten seinen Kopf und schlugen ihn gegen die Steine des Gewölbes. Eine Welle von ungekanntem Schmerz durchwogte seinen Körper. Er schrie auf, dass seine Lungen brannten. Sie rissen ihn brüsk herum, kurz darauf wurde ein weiteres Mal sein Hinterkopf gegen Gemäuer geschmettert. Dann wurde es ganz still und ruhig um Faust.

Es schien ihm, die Zeit verginge langsamer. Wie aus weiter Ferne hörte er Klirren und Krachen, sah sein Leben in Trümmer gehen. Mehrmals durchquerte er schwebend, von hell schimmernden Engeln getragen, sein Laboratorium. Stimmen drangen dumpf und dunkel an sein Ohr. Durch einen feuchten Schleier fiel sein Blick. Zwei rote Kreuze, zwei lodernde Sterne. Sechs Zacken. Wofür stand doch gleich die Sechs? Egal. Feuchtes Gemäuer kam näher, verschwand wieder und stürzte doch wieder auf ihn zu. Immer wieder. Dann wurde es dunkel, stockfinstere, pechschwarze Nacht, schwarz und zeitlos wie der Rachen der Hölle.

Die Magd schrie sich fast die Seele aus dem Leib, als sie am nächsten Morgen die verdrehte und zerschmetterte Leiche des Magister Faustus am Misthaufen fand. Sein Schädel war zerborsten und leer, das Gesicht fast bis zur Unkenntlichkeit zertrümmert. Der herbeigerufene Magistrat der Stadt wunderte sich über den Verbleib des Gehirns.

Ein Büttel fand es schließlich und holte den Beamten ins Laboratorium des Toten. Den Bewaffneten und Offiziellen stockte der Atem, so etwas hatten sie alle ihr Lebtag noch nicht gesehen. Das Gewölbe war bis zu den Schlusssteinen mit Blut und Hirnmasse bespritzt.

Der hinzugeeilte Geistliche presste sich durch die eingeschlagene Pforte, stieg über die Dielen, die am Boden kreuz und quer lagen, schob Stadtwache und Magistrat zur Seite und schlug sogleich ein Kreuz. »Nun ist es geschehen, liebe Leute!«, rief er so laut, dass man ihn bis auf die Straße hörte. »Den Erzspitzbuben hat letztlich doch noch der Teufel geholt!«

Bei diesen Worten stieß sich der Mann, der vor der Tür im Erdgeschoss an der Wand gelehnt hatte, ab und ging davon. Bald war er im Gewühl der Gassen verschwunden. Wo er gestanden hatte, war mit der Stiefelspitze ein sechszackiger Stern in den Staub der Straße gezeichnet worden. Spielende Kinder, die einen Stoffballen an einer Schnur nachzogen, verwischten ihn wenige Minuten später.

Lissabon – Almouriel/Portugal

Das Tor der Botschaft in der Rua S. Caetano in Lissabon öffnete sich wie von Zauberhand und der schwarze Mercedes mit dem diplomatischen Kennzeichen und der Standarte am Kotflügel tauchte in den Schatten der alten Gasse ein. Der einzelne Passagier auf der Rückbank rückte seine Ray-Ban-Sonnenbrille zurecht und lehnte sich zurück. Er war gestern aus Wien angekommen, aus einer kalten und trüben Stadt. Als der Airbus den Anflug auf den Flughafen von Lissabon begonnen hatte und über die ersten Häuser einschwenkte, glänzte der Tejo unter ihnen im Vorfrühling. Die Nacht in der Botschaft war luxuriös gewesen, er war wie ein hochrangiger Staatsgast behandelt worden: Der Botschafter hatte mit ihm zu Abend gegessen und seine Sekretärin als »Zerstreuung« angeboten. Der hagere Mann hatte höflich, aber bestimmt abgelehnt.

Als der Wagen keine zwei Kilometer später in der Avenida Infante Santo am Park von Estrela vorbeifuhr, klopfte der Mann dem Chauffeur kurz auf die Schulter. Der fuhr sofort rechts an den Straßenrand, hielt an und der Unbekannte stieg aus. Nachdem der Wagen der Botschaft wieder verschwunden war, ging er durch den Park, ein Spaziergänger von vielen, im eleganten Staubmantel mit dazu passendem breitkrempigem Hut, der den Großteil seines Gesichts verdeckte. Am anderen Ende angekommen, ging er nach links in die Straße des heiligen Bernhard, blieb bei einem parkenden grauen Fiat Punto stehen, den er nach einem kurzen prüfenden Blick aufschloss, und setzte sich hinein. Ein Griff ins Handschuhfach genügte und er wusste, dass alles bereit war. Dann reihte er sich zügig in den Verkehr Lissabons ein und verließ die Stadt nordwärts, immer den Tejo entlang.

Keine neunzig Minuten später erreichte er die alte Templerstadt Tomar, die schon im zwölften Jahrhundert von dem berühmten Orden gegründet worden war und seitdem das Symbol der Templer, das Tatzenkreuz, im Wappen führte. Die Frühlingssonne strahlte auf die hoch aufragende Burg im Zentrum der mittelalterlichen Stadt. Tomar war von Anbeginn an das Hauptquartier des Ordens in Portugal gewesen und nach der Verbannung der Templer blieb es das Zentrum der Nachfolger, des Christus-Ordens.

Aber die Templerstadt war nicht sein Ziel und so hielt er nur kurz am Stadtrand bei einer vorher vereinbarten Adresse, um seine Ausrüstung zu komplettieren. Der junge Mann hinter der Theke stellte keine Fragen, er schob das Paket über die zerkratzte Resopalplatte und sah sofort wieder weg. Dann machte sich der Unbekannte auf den Weg zum Tejo, der keine halbe Stunde entfernt lag.

Er vermied die Autobahn, benützte kleine Straßen durch die hügelige Landschaft und kam schließlich nach einer Bahnunterführung, keine hundert Meter vom Fluss entfernt, zu einem Anwesen, das rechts von der Straße lag und verlassen zu sein schien. Das kleine Wäldchen davor versteckte den grauen Fiat perfekt.

Als sich der Unbekannte umgezogen hatte, war aus dem eleganten Stadtflaneur ein Wanderer mit Rucksack und staubigen Bergschuhen geworden. Er schloss sorgsam den Fiat ab und legte die letzten dreihundert Meter zur Fähre zu Fuß zurück. Dann blieb er kurz stehen und vergaß nicht, aus der Flasche an seinem Gürtel etwas Wasser über seinen Kopf zu gießen. Verschwitzte Touristen waren hier an der Tagesordnung. Von seiner gewohnten Eleganz war nichts mehr zu sehen. Er kam sich schmutzig und deplatziert vor.

Lange bevor er die kleine Fähre erreichte, sah er sie: Kühn ragte die alte stolze Burg auf einer Insel nahe dem linken Ufer des Tejo in der Mittagssonne auf, uneinnehmbar wie eh und je. Almourol oder Almouriel, wie die Burg früher hieß, war zwei Jahre vor der Festung von Tomar fertiggestellt worden. Die Templer hatten sich hier mitten im Fluss ein Denkmal gesetzt, ein Symbol von Stärke und Kraft, von Stolz und Macht, ein Symbol, das mehr als neunhundert Jahre Bestand hatte und heute noch genauso beeindruckend war wie zu Zeiten der Kreuzzüge.

Ein blaues schmales Boot verband Insel und Ufer, und so reihte sich der hagere Mann in die kleine Gruppe der Touristen ein, die Almouriel besuchten. Nur vier weitere Wanderer waren mit ihm auf der Fähre, die keine fünf Minuten für die Strecke benötigte und sie an dem schmalen Steg der Insel aussteigen ließ.

Während alle anderen sich der Burg zuwandten, ging der Unbekannte nach rechts, dem schmäleren Ende der tropfenförmigen Insel zu. Es war noch wärmer geworden und ein leichter Wind strich durch die Zweige. Man konnte den Frühling bereits riechen.

Kaum war er außer Sichtweite der Burg, stieg er einen Abhang hinunter bis zu einem Gebüsch am Rande einer Geröllhalde, die er vorsichtig überquerte. Einige Steine polterten unter seinen schweren Schuhen und unter einem ausladenden Baum stieß er auf zwei Steinplatten und stemmte eine davon langsam zur Seite. Darunter kam eine Öffnung zum Vorschein, einige abgetretene Stufen, die in die Dunkelheit führten. Mit der Taschenlampe in einer Hand und einer kleinen Karte in der anderen verschwand er unter der Erde. Seine Informanten hatten recht gehabt. Der Gang, der in Vergessenheit geraten war, bestätigte die Legende, wonach ein arabisches Mädchen Tod und Verderben über die Burg ihres Vaters gebracht hatte, weil sie ihrem christlichen Angebeteten diesen geheimen Zugang zur Burg verraten hatte. Der Ritter missbrauchte das Vertrauen und eroberte die Burg im Sturm. Der Emir und seine Tochter wählten den Freitod.

Als die letzte Fähre dieses Tages wieder am Ufer anlegte, fiel niemandem auf, dass einer der Passagiere von der Insel nicht zurückgekehrt war.

Eingerollt in seinen Schlafsack verbrachte er die Nacht in der Finsternis des unterirdischen Geheimgangs, den die Templer einst als Fluchtmöglichkeit gebaut hatten. Er schlief tief und fest. Als seine Armbanduhr ihn erst nach Sonnenaufgang weckte, schlüpfte er leise und unbemerkt aus seinem Versteck und begann mit seinen Vorbereitungen. Er schob die Steinplatte wieder an ihren Platz, verwischte seine Spuren und hinterließ den Ort, wie er ihn vorgefunden hatte, offenbar unberührt. Langsam wanderte er in Richtung Almouriel und wartete auf die ersten Touristen, die von der Fähre jede halbe Stunde auf die Insel gebracht wurden. Gegen Mittag hatte er sein Opfer ausgemacht, eine alleinreisende Rucksacktouristin, eine junge Spanierin auf Kulturlaub, wie sich im ersten Gespräch herausstellte.

Sie war arglos und freute sich, als er sie einlud, sein karges Mahl – zwei Sandwichs und Mineralwasser – zu teilen. Sie setzten sich etwas abseits der hohen Mauern unter einen Baum, der nahe dem Wasser stand. Als sie auf die Zyankali-Pille biss, die in dem Sandwich versteckt gewesen war, war sie erst überrascht und wollte dann den vermeintlichen Olivenkern ausspucken, aber mit einem schnellen Griff an ihre Kehle und einer Hand auf ihrer Nase zwang er sie zum Schlucken.

Dann ließ er sie los und beobachtete, wie sie zuerst zuckte und sich am Boden in Krämpfen wand, die Augen weit aufgerissen, und wie panisch um sich schlug. Dann streckte sie sich plötzlich und lag ganz ruhig. Der Killer fühlte ihren Puls und als er sicher war, dass sie tot war, nahm er einen elastischen Schlauch aus seinem Rucksack, zog sich dünne Gummihandschuhe an und führte ihr den Schlauch in die Speiseröhre ein.

Am Ende des roten Gummischlauchs war ein Gewinde, an dem er vorsichtig eine Metallflasche befestigte und darauf achtete, nichts zu verschütten. Dann ließ er das Nervengift in ihren Magen rinnen. Der chemische Kampfstoff VX war direkt aus Bio-Kampfwaffen-Laboratorien nach Lissabon geflogen worden und einen Tag vor ihm auf dem Flughafen angekommen. Er war schon in kleinsten Dosen tödlich und die farblose Flüssigkeit wirkte über einen langen Zeitraum, selbst im freien Gelände. Geruchs- und farbneutral, war VX nur schwer aufzuspüren, aber darum ging es ihm nicht. Es sollte ein Zeichen sein, wie in Wien. Nur die Adressaten waren diesmal andere.

Er zog sein Messer und ritzte in die Stirn seines Opfers »Agnes« ein, bevor er die Leiche an das steile Ufer der Insel im Tejo zog und sie so hinlegte, dass nur ihr Kopf unter Wasser war. Den Rest des Körpers bedeckte er mit den runden Steinen des Flussbetts, bis er wie eine kleine, in den Fluss ragende Böschung aussah. Die Öffnungen im Kopf – Nase, Mund, Augen, Ohren – würden das Gift langsam an das Wasser freigeben und einen ökologischen Supergau verursachen, der bis Lissabon jeden Fisch im Tejo töten würde.

Nachdem der Unbekannte alles wieder in seinen Rucksack eingepackt hatte, wanderte er um die Insel herum zum Bootssteg, nahm die nächste Fähre ans Ufer und schlenderte zurück zu seinem versteckten

Wagen. Keine Stunde später war er auf dem Weg nach Lissabon, in das sichere exterritoriale Gelände der Botschaft. Diesmal würde er die Sekretärin nicht ablehnen.

Waldviertel/Österreich

Als Paul Wagner an diesem Tag erwachte, war es noch dunkel und er streckte sich und löste seine verkrampften Muskeln. Das Bett war zu kurz gewesen und auch noch zu weich und nun musste er sich erst einmal aus der Kuhle herausarbeiten, die sich in der Matratze gebildet hatte.

Er war gestern nicht mehr nach Wien heimgefahren, hatte sich in Zwettl in einer kleinen Fremdenpension ein Zimmer genommen, nachdem Georg Sina einfach aus dem Kaffeehaus verschwunden war und ihn mit der Lösung allein gelassen hatte. Sina war auch nicht wieder aufgetaucht. So war Wagner durch Zwettl gewandert, auf der Suche nach dem Wissenschaftler, der vielleicht ebenso wie er unruhig die Gegend erkundete. Aber er hatte ihn nicht gefunden und so war er, in Erinnerungen versunken, einfach ziellos durch die kleine Provinzstadt gelaufen, bis er am Stadtrand auf ein Schild »Zimmer frei« gestoßen war. Das alte Haus hatte sauber und einladend ausgesehen und als nun der Kaffeeduft durch die Räume zog, stand Wagner auf und hörte seinen Magen knurren. Zeit für ein Frühstück, dachte er sich und ging nach einer ausgiebigen Dusche hinunter ins Frühstückszimmer.

Die Tageszeitung lag auf dem kleinen Tisch neben der Kaffeekanne und Wagner warf einen Blick drauf. Sein Artikel über den Toten in Wiens ältester Kirche stand auf Seite drei. Die Polizei tappte noch immer im Dunkeln. Das wird sich auch kaum ändern, dachte sich Wagner und ihm fiel der Zettel mit der Lösung des Buchstabenrätsels ein. Er holte ihn aus seiner Tasche und strich ihn glatt. AEIOU … Dann sollten die Kerzen in Form der beiden römischen Zahlen ein Hinweis auf die fünf Buchstaben sein. Aber weshalb? Hatte der Tote irgendetwas mit den Buchstaben zu tun? Wagner hatte die Inschrift irgendwo in der Kirche gesehen, sie nebenbei registriert, ohne ihr irgendwelche Bedeutung zu schenken. Aber wo? Er versuchte sich zu erinnern. Ja, es war irgendwo oben, auf einer der Wände, nicht auf einem Bild. Wagner lächelte. Sina hatte natürlich sofort gewusst, dass in der kleinen Kirche die Buchstaben AEIOU vorhanden waren. Er kannte wahrscheinlich alle Orte in Österreich, wo AEIOU zu finden waren.

Wagner beschloss, auf dem Heimweg die Burg Grub aufzusuchen, bei Sina vorbeizufahren. Aber vorher wollte er noch einen Fotografen treffen, mit dem er bereits lange Jahre zusammenarbeitete und der ihn immer wieder gedrängt hatte, ihn zu besuchen, wenn er in Zwettl wäre. Wagner trank seinen Kaffee aus und machte sich auf den Weg.

Es war früher Nachmittag, bevor die Ruine Grub vor ihm auftauchte. Der Fotograf, der alles und jeden im Umkreis von hundert Kilometern kannte, wusste sofort, wie Wagner am schnellsten zu der abgelegenen Burgruine kommen konnte. Er kannte auch die lange und abenteuerliche Geschichte der im elften Jahrhundert erbauten Feste. »Grub ist strategisch so günstig gelegen, dass sie lange Zeit als uneinnehmbar galt«, erzählte er Wagner. »Der Stein, auf dem sie errichtet wurde, ist ein auf drei Seiten unzugänglicher Felsvorsprung. Der einzige Zugang ist aus Norden, über einen tiefen Graben. Wer möchte, bleibt da auch heute noch ungestört«, lächelte er und Wagner dachte an Georg Sina und seine Isolation. Er hatte sich den idealen Platz dafür ausgesucht.

»Nachdem Grub nach 1500 nicht mehr umgebaut wurde, ist sie ein perfekt erhaltenes Beispiel für mittelalterliche Burgen«, dozierte der Fotograf weiter und erzählte von dem alten Ehepaar, das Grub über Jahrzehnte erhalten und teilweise wiederaufgebaut hatte. Dann, aus Altersgründen, hatten sie aufgeben müssen und Sina war eingezogen. »Seitdem renoviert er allein weiter und versucht, die alten Mauern zu erhalten.« Der Fotograf zündete sich eine Pfeife an und schaute Wagner nachdenklich an. »Wenn du nicht eingeladen bist, dann wirst du es schwer haben, in die Burg reinzukommen. Man spaziert da nicht einfach so hinein wie in den Garten eines Einfamilienhauses.«

An diese Worte erinnerte sich Wagner, als die Burg abweisend und trutzig im Nebel vor ihm lag. Gerade als er den Wagen geparkt hatte und die unbefestigte schmale Straße den Berg hinaufstieg, klingelte sein Handy. Der Reporter erkannte die angezeigte Nummer des Polizeikommissariats Innere Stadt.

»Kommissar Berner! Sie haben den Täter schon gefasst und wollen sich einen Platz in den Medien sichern?«

Berner war noch schlechter aufgelegt als üblich. »Wenn ich Unterhaltung brauche, geh ich ins Kino und rufe nicht Sie an«, bellte er ins Telefon. »Haben Sie irgendetwas aus Sina herausbekommen?«

»Wie kommen Sie darauf, dass ich mit ihm gesprochen habe?«, fragte Wagner und setzte nach, »ich habe nämlich nicht mit ihm gesprochen, nicht ein einziges Wort, wenn Sie es genau wissen wollen. Oder besser, er hat nicht mit mir gesprochen ...«

Berner schwieg eine Weile und Wagner dachte schon, er hätte aufgelegt. Als der Kommissar weitersprach, klang seine Stimme unsicher. »Ich habe gehofft, er hätte zu den beiden Buchstaben etwas sagen können. Wir haben übrigens das Opfer in der Zwischenzeit identifiziert, es ist ein Fremdenführer.«

Wagner war überrascht und blieb stehen. »Ein Fremdenführer?«, wiederholte er und hörte Berner seufzen.

»Ja, ein Fremdenführer, nichts Auffälliges, bis vor zwei Tagen ein geordnetes und ganz normales Leben. Bis zu seinem Tod ...« Der Kommissar schien verärgert darüber, dass der Tote in der Kirche nicht eine stadtbekannte Größe im Rotlichtmilieu war.

»Wer erschießt einen Fremdenführer?« Wagner sagte es mehr zu sich selbst als zu Berner, aber der Kommissar dachte offensichtlich gerade das Gleiche.

»Und hinterlässt dann brennende Kerzen in Form von zwei Buchstaben«, vollendete Berner den Gedankengang, »die nicht die Initialen des Opfers sind. Unser Fremdenführer heißt nämlich ganz anders ...«

Wagner beendete das Gespräch, die Verbindung wurde sowieso immer schlechter, je näher er der Burg kam, und stieg langsam den restlichen Weg zur Ruine hinauf. Ein Fremdenführer mit Kopfschuss und das AEIOU.

Denk nach, sagte er zu sich selbst, während er im Schlamm immer wieder ausrutschte, irgendjemand setzt ein Zeichen, ganz bewusst. Das ist alles kein Zufall, der Tote, die Kerzen, der Ort.

Der Anstieg wurde steiler und das Wetter schlechter, es hatte zu nieseln begonnen und der Nebel kroch immer tiefer hinunter ins Tal. In der Ferne, hinter den Mauern der Burg, hörte Wagner einen Hund bellen.

Der Weg machte eine leichte Biegung nach rechts und Wagner sah vor sich einen halbverfallenen Bau, durch den der Weg weiterführte bis zu einer hölzernen Zugbrücke, die sich über einen respektablen Burggraben spannte. Das doppelflügelige Tor dahinter war verschlossen, davor zusätzlich ein eisernes Fallgatter heruntergelassen. Als er über die Zugbrücke ging, hallten seine Schritte zwischen den hohen Mauern. Es kam ihm vor, als sei der Dreißigjährige Krieg noch voll im Gang und jeden Moment würde es flüssigen Teer und Armbrustgeschosse auf ihn regnen.

Als er vor dem Fallgatter stand, dessen Spitzen sich tief in den nassen Steinplatten verankert hatten, wusste er, dass es sinnlos sein würde, nach einer Klingel oder einer Gegensprechanlage zu suchen. Der Hund bellte wieder. Wagner blickte an den groben Mauern empor und war überrascht, wie gut erhalten sie aus der Nähe aussahen. Sina muss eine Menge Zeit in Restaurierungsarbeiten investieren, dachte er und fragte sich, wie er jemals auf sich aufmerksam machen sollte. Kein Fenster, keine Schießscharte in Sicht. Das Nieseln war in einen leichten Regen übergegangen und das Wasser sickerte Wagner langsam immer tiefer in den Kragen, kalt und ungemütlich. Der Reporter schüttelte den Kopf und die Tropfen flogen in alle Richtungen. Der Hund hatte aufgehört zu bellen. Es war völlig still. Wagners Stimmung sank auf den Nullpunkt.

Georg Sina beobachtete seinen ungebetenen Gast durch ein kleines Loch im groben hölzernen Burgtor. Tschak, der tibetanische Hirtenhund, lief im Burghof einem kleinen roten Ball nach und hatte das Bellen vergessen. Er rutschte über das nasse Pflaster und verschwand in einem Durchgang, den Ball immer im Visier. Sina beneidete ihn irgendwie. Schließlich hob der Wissenschaftler die Hand zum schweren Türriegel, der mit Ornamenten verziert war, zögerte kurz, dann zog er mit einem Ruck den eisernen Riegel zur Seite und öffnete das Tor einen Spalt breit. Zwischen ihm und seinem Besucher lag noch immer das Fallgatter und schaffte eine, wie er fand, beruhigende Barriere. Georg Sina lehnte sich an das Tor, die Arme vor der Brust verschränkt, und schaute Wagner an, abwartend.

»Hast du die Soldaten strategisch günstig postiert?«, fragte der Reporter und trat einen Schritt näher ans Gatter. »Oder ist dir entgangen, dass der Krieg schon vorbei ist?«

Sina zuckte mit den Schultern und traf Anstalten, das Tor wieder zu schließen.

»Warte, Georg, bitte!«

Irgendetwas in der Stimme Wagners ließ Sina innehalten, ein Unterton, der ihn alarmierte. Wie früher, viel früher …

Der Reporter sah Sina zurücktreten, hinter den Torflügeln verschwinden und wollte sich schon resignierend umdrehen und wieder gehen, als er ein Geräusch hörte, das so laut und drohend klang, dass er unwillkürlich den Kopf einzog. Da sah er, wie sich das Fallgatter langsam hob, erst wenige Zentimeter, dann immer höher und schließlich rastete es in zwei Meter Höhe ein und bewegte sich nicht mehr. Die Stille danach war umso drückender. Wagner blieb, wo er war, und wartete ab. Rund um die Burg schien die Zeit zu versickern wie Wasser im Sand.

Sina trat hinter dem Torflügel hervor, schaute Paul Wagner an, dann drehte er sich um und ging voran in den Burghof.

Santarem/Portugal

Miguel Almeida fischte im Tejo, so lange er sich erinnern konnte. Die Sandbänke im Fluss bei Santarem, nördlich von Lissabon, zwischen denen sich der Tejo im Sommer träge durchschlängelte, waren jetzt, im Frühjahr, kleiner als sonst. Almeida war spät dran, seine Enkelin hatte ihn mit ihrem berühmten Augenaufschlag gebeten, ihr Fahrrad zu reparieren, und er war natürlich schwach geworden. Nun, als er am Nachmittag ans Wasser trat, in seinem vertrauten Revier, war es ihm, als käme er nach Hause. Er bereitete die Köder vor, legte den Kescher zurecht und wollte gerade die Angel auswerfen, als er den ersten toten Fisch sah, der mit dem weißen Bauch nach oben wie ein deplatzierter Farbfleck langsam schaukelnd flussabwärts trieb.

Und dann folgte etwas, das Almeida sein ganzes Leben lang nicht mehr vergessen würde: Wie in einem Albtraum tauchte ein toter Fisch nach dem anderen auf, ein weißer Bauch nach dem anderen trieb in den kleinen Wellen, bis es Hunderte und Tausende waren. In allen Größen schaukelten sie an Almeida vorbei, der wie versteinert dastand und mit weit aufgerissenen Augen das Schauspiel verfolgte und es doch nicht fassen konnte. Der Tejo schien die Fische auszuspucken, sie zu erbrechen, als ob der Fluss sich weigern wollte, ihnen weiterhin ein Zuhause zu bieten. Der Fischer verfluchte sich dafür, dass er sein Handy immer zu Hause ließ, um nicht von seiner Frau gestört zu werden. Er ließ die Angel fallen und rannte los.

Burg Grub, Waldviertel/Österreich

Paul Wagner tränten die Augen. Das offene Feuer im Kamin qualmte bei dem feuchten Wetter mehr, als es wärmte. Sina hatte im Wohngebäude der Burg einige Räume so weit hergerichtet, dass man darin überleben konnte. Sie gemütlich zu nennen, das wäre Wagner nicht in den Sinn gekommen. Er wagte gar nicht darüber nachzudenken, wo das Bad und die Toilette sein würden – und vor allem in welchem Zustand.

Die rohen Mauern waren großteils unverputzt, der Boden bestand aus großen, gelblichen Steinplatten, die wohl ursprünglich aus einer Kirche stammten. Sie waren blankgeschliffen, als ob Generationen von knienden Pilgern darüber hinweggerutscht wären. Wagner fragte sich, ob ihre Gebete erhört worden waren.

Die Einrichtung des großen kalten Raumes war funktionell, abgewetzt und sah aus, als käme sie direkt vom nächsten Flohmarkt. Das einzig anheimelnde Stück war ein Sofa, das Tschak in Beschlag genommen hatte. Wagner zog einen Sessel zu sich, der so unbequem war, wie er aussah, und beneidete den Hund. Es roch nach Rauch und Kälte.

Als Georg Sina mit zwei großen Bechern heißem Tee, einer Flasche Rum und einem Handtuch unter dem Arm in der Tür auftauchte, sprach Wagner ein stilles Dankgebet. Der Wissenschaftler hatte nach wie vor kein Wort mit ihm geredet. Schweigend reichte er Wagner das Handtuch und stellte den dampfenden Becher vor ihm auf den Tisch. Dann setzte er sich in einen abgewetzten Lehnstuhl, der einmal dunkelrot gewesen sein musste, nippte an seinem Tee und schaute zum Fenster hinaus, dem Nebel zu, der immer dichter um die Burg zog.

»Ich weiß jetzt, warum ich als Kind nie Ritter spielen wollte«, sagte Wagner und schaute sich um. »Das karge Burgleben steht auf meiner Skala der sinnlichen Wohnerlebnisse ziemlich weit unten.«

Sina schaute unverwandt durch das Fenster und schien ihn nicht zu hören. Der Reporter fröstelte, hielt sich am heißen Becher Tee fest und vermisste seine warme Remise geradezu körperlich.

»Wenn du nicht mit mir reden willst, Georg, dann hör mir wenigstens zu.« Wagner zog die Schultern hoch, wie um sich gegen die Kälte zu wappnen, und goss noch einen Schluck Rum mehr in seinen Tee.

»Es ist jetzt drei Jahre her«, begann er stockend, »und ich weiß, du hast dich immer geweigert, mit mir darüber zu reden. Ich hab es Dutzende Male versucht, vor allem in der ersten Zeit. Du hast mir nie eine Chance gegeben. Dann gib mir wenigstens jetzt eine.«

»Nein!«

Das Wort kam so unvermutet, so überraschend, dass Wagner in seinem Sessel zusammenzuckte und fast den Becher umgestoßen hätte.

Georg Sina schaute in seinen Tee und es war, als ob er nie gesprochen hätte, als ob dieses »Nein« eine Illusion gewesen wäre. Sein Gesicht war unbewegt, nur seine Augen hoben sich langsam und blieben an Tschak hängen, der am Sofa eingeschlafen war. Die weißen Finger, die sich um den Becher krampften, verrieten seine Anspannung. Paul Wagner sah zum ersten Mal, wie sich die Muskeln unter Sinas Pullover spannten, und er ahnte, welche Kraft sein Freund in den drei Jahren hier auf der Burgruine aufgebaut hatte. Die vielen schweren Steine waren sein wöchentliches Fitness-Training gewesen. Wagner sah die grauen Quader vor seinem geistigen Auge in weitem Bogen über die Burgmauer fliegen und hatte plötzlich Mitleid mit eventuellen Angreifern, die nicht über die Zugbrücke hinauskommen würden.

»Nein, Paul, ich gebe dir keine Chance.« Sina klang endgültig. Das Feuer knisterte und Wagner glaubte so etwas wie Wärme zu spüren. Aber vielleicht war es auch nur der Rum, der langsam Wirkung zeigte. Er schenkte sich nach.

»Ich habe dich hier hereingelassen, weil ich etwas in deiner Stimme gehört habe, das mich an früher erinnert hat. Das heißt noch nicht, dass ich dir eine Chance gebe, über Clara zu reden.« Sina blickte wieder in seinen Tee, als ob auf dem Boden des Bechers ein Orakel die Zukunft vorhersagen würde. Dann wandte er langsam den Kopf zu Wagner. »Du klingst alarmiert und ratlos zugleich, wie gestern im Kaffeehaus.«

»Du kennst mich zu gut«, sagte Paul tonlos. »Ich hab dir von dem Toten in der Kirche erzählt und von den Buchstaben.« Sina nickte. »Du hast mit der Zahl 51 sicherlich recht«, meinte Wagner. »Seit heute wissen wir, wer der Tote ist. Ein Fremdenführer aus Wien, unbescholten und rechtschaffen.« Der Reporter stand auf und ging näher ans Feuer. »Es ist alles so unlogisch, Georg. Ein Fremdenführer wird in einer Kirche ermordet, hingerichtet, sein Mörder hinterlässt eine einzige Spur – die Zahl 51. Wozu? Berner weiß noch nicht einmal, dass die Buchstaben L und I die Zahl 51 ergeben. Er tappt völlig im Dunkeln.«

»Dann denk logisch«, kam es leise vom Fenster.

Wagner schaute zu Sina und wartete.

»Wenn nicht für die Polizei, dann hinterlässt er die Spur für jemand anderen. Die Kirche ist die Ruprechtskirche, die älteste Kirche Wiens. Erster Hinweis. Auf der Empore stehen die Buchstaben AEIOU. Zweiter Hinweis. Die Buchstabensumme ist 51. Dritter Hinweis. Daher auch die Kerzen. Wer immer diese Spur hinterließ, er wollte sichergehen, dass niemand die Verbindung zu den fünf Buchstaben übersehen konnte. Außer Berner, aber …« Sina schwieg.

»Der Tote ist ein Fremdenführer. Vierter Hinweis. Also jemand, der anderen etwas zeigt …« Wagner nahm den Faden damit auf und streckte die Hände dem Feuer entgegen.

»Friedrich III.«

»Wie bitte?« Der Reporter schaute Sina fragend an und war nicht sicher, ob er richtig gehört hatte.

»Kaiser Friedrich III. war der einzige Habsburger, der die Buchstaben AEIOU verwendete. Sie waren sein Markenzeichen, wenn du so willst. Niemandem ist es bisher gelungen, ihre Bedeutung zu entschlüsseln.« Der Wissenschaftler stand auf und verschwand im Nebenraum. Als er nach einigen Minuten wieder auftauchte, hatte er ein kleines braunes Buch in einer Hand und die Kanne Tee in der anderen. Er goss Wagner nach.

»Kannst du mir einen kleinen Anhaltspunkt geben, wann Friedrich regiert und gelebt hat? Das war vor meiner Zeit«, meinte Wagner ironisch und nippte vorsichtig am Tee. Er freute sich, dass Sina wieder mit ihm redete. Wie lange der Waffenstillstand dauern würde, das war eine Frage, die er sich lieber nicht stellte.

Der Wissenschaftler versank wieder im fleckigen Lehnstuhl und schlug das Buch auf. »Lange vor deiner Zeit«, antwortete er, »zweite Hälfte 15. Jahrhundert.«

»Du meinst in fünfhundert Jahren ist es niemandem gelungen, die Bedeutung der fünf Buchstaben zu enträtseln?« Wagner klang skeptisch. »Das kann ich nicht glauben.«

»Na ja, wir haben zwar bis heute rund dreihundert Deutungen, von der absurdesten bis zu einer Reihe von möglichen. Endgültig weiß man gar nichts. Ob ›**A**ustria **E**rit **I**n **O**rbe **U**ltima‹ oder › **A**lles **E**rdreich **I**st **O**esterreich **U**ntertan‹ oder andere, wir wissen nicht einmal, warum oder wofür Friedrich die Buchstaben verwendete.« Sina blätterte weiter in dem braunen Buch auf seinem Schoß. Die Seiten knisterten unter seinen Fingern und plötzlich blickte er auf. »Er hat es gewusst«, sagte er nur.

»Wer hat was gewusst?« Wagner hatte sich nie an die Gedankensprünge seines Freundes gewöhnen können. Er verglich sie immer mit einem Libellenflug über die Wasseroberfläche eines schilfbewachsenen Sees, unvorhersehbar und abrupt.

»Der Mörder wusste, dass die Polizei mit den Hinweisen nichts anfangen würde.« Sina dozierte mit erschreckend klarer Logik. »Das wollte er auch gar nicht. Die Polizei nahm er in Kauf, aber sie störte ihn nicht. Er wusste, wer sofort am Tatort erscheinen würde. Es ging nicht um Berner.«

Wagner kam zum Lehnsessel und schaute Sina fragend an. »Sondern?«

Der Wissenschaftler lächelte dünn, zum ersten Mal seit langer Zeit. »Es ging um dich.«

Lissabon – Almouriel/Portugal

Der Tejo starb in seinem Unterlauf an diesem Nachmittag und mit ihm alles Leben im Wasser zwischen Almouriel und dem Meer. Der Alarm von Miguel Almeida war kaum bis zum Umweltschutzministerium in Lissabon vorgedrungen, da ergossen sich die Massen toter Fische schon bis in die Mündung des Tejo und trieben aufs Meer hinaus. Das Nervengift leistete ganze Arbeit, in rasend schneller Zeit und mit einer teuflischen Effizienz.

Als die portugiesischen Behörden den Kampf aufnahmen, konnten sie nur mehr den Schaden begrenzen. Erste Untersuchungen des Wassers und der Fischkadaver riefen binnen weniger Stunden Spezialisten für chemische Kampfwaffen auf den Plan, die versuchten, den Ursprung des Super-Gaus zu lokalisieren. Sie fuhren in Schutzanzügen mit ihren Booten den Tejo hinauf, gefolgt von Schlauchbooten der Armee und der Polizei. Dann kamen in größerem Abstand Boote der Presse und der Fernsehstationen. CNN richtete eine Satelliten-Übertragungsstrecke direkt am Flussufer ein.

Als der Abend dämmerte, war die Vorhut in Almouriel angelangt. Die sensiblen Messinstrumente bewiesen schnell, dass weiter flussaufwärts keine Vergiftungen mehr vorhanden waren. Die Schadstoffwerte sanken binnen weniger Meter auf Null. So konzentrierte sich alles auf die kleine Insel im Tejo, als Dutzende Boote am Ufer festmachten und die Experten auf die Suche gingen. Sie brauchten nicht lange zu suchen. Was sie fanden, schockierte selbst hartgesottene Kriminalisten. Minuten später wusste es die ganze Welt.

CNN berichtete live und bis auf Bilder der toten Touristin, die man aus Pietätgründen nicht sendete, wurde die Katastrophe bis in die letzten Ecken der zivilisierten Welt medienwirksam via Satellit vermarktet. Die ersten Berichte mit Aufnahmen der toten Fische und der zahlreicher Scheinwerfer, die Almouriel in gleißendes Licht tauchten, füllten die Fernsehkanäle, als der Unbekannte in der Botschaft gerade sein Abendessen beendet hatte und auf sein Zimmer ging, wo die Sekretärin des Botschafters schon auf ihn wartete.

Bevor er einschlief, klingelte das Telefon in seinem Appartement. »Das Zentralbüro ist mit Ihrer Arbeit sehr zufrieden«, stellte eine

Stimme am anderen Ende der Welt fest. »Die vereinbarte Summe wurde soeben auf Ihr Konto überwiesen. Wir rechnen mit Ihrer weiteren erfolgreichen Mitarbeit.«

Der Unbekannte legte wortlos auf. Erfolg war sein Markenzeichen.

Kapitel 3 – 10.3.2008

Innere Stadt, Wien/Österreich

Polizeipräsident Dr. Walter Sina hatte auf seinem Schreibtisch zwei Tage lang das weiße Kuvert von links nach rechts und wieder zurück geschoben, ohne es zu öffnen. Er hatte es in den untersten Schubladen verstaut und dann wieder hervorgeholt, voller Unruhe und Vorahnungen. Niemals, auf seinem ganzen Weg vom Verkehrspolizisten bis zum höchsten Beamten der Wiener Polizei, niemals hatte er sich bestechen lassen, nie ein noch so kleines Geschenk angenommen und jetzt … Er hatte nicht gedacht, dass es so schwer sein würde, dass sein Gewissen ihn so quälen, seine Gedanken so gebannt an dem weißen Umschlag heften würden. War es das wert? War irgendeine Summe, irgendein Vorteil dieses Gefühl wert, sich selbst nicht mehr in die Augen schauen zu können, wenn er sich am Morgen rasierte? Er drehte den Umschlag zwischen seinen Fingern, fühlte die Stärke des Papiers, versuchte ihm ein Knistern oder ein anderes verräterisches Geräusch zu entlocken. Vergebens. Er dachte an seinen Sohn, der am Schicksal gescheitert war. Würde ihm das gleiche Los beschieden sein? Würde auch er am Ende nicht mehr an Gott glauben, verzweifeln und sich irgendwo verkriechen, wo ihn keiner mehr finden würde?

Die Anordnung, den Todesfall in der Ruprechtskirche aus »Staatsräson«, wie es hieß, nur »nachlässig zu verfolgen« und damit eine »wichtige ausländische Macht« zu unterstützen, war von ganz oben gekommen. Dagegen gab es keine Möglichkeit der Opposition. Aber der Umschlag war etwas anderes.

Nach einem letzten Blick auf das jungfräuliche Kuvert gab er sich einen Ruck. Der Brieföffner, ein Geschenk der World Police Association, glitt mit einem hellen Geräusch durch die Lasche, der Umschlag war offen, doch Sina wagte noch immer nicht hineinzublicken.

Dann endlich zog er den Inhalt heraus, es war ein einfaches Blatt Papier, gedrittelt. Er schlug es auf und war verblüfft – da stand gar nichts, das Blatt war unbeschrieben. Er drehte es, besah es sich von beiden Seiten. Ein leeres, weißes Blatt Papier. Er nahm es mit zum Fenster und hielt es gegen das Licht. Nichts. Nicht einmal ein Wasserzeichen war zu sehen. Sina wusste nicht, ob er erleichtert oder verärgert sein sollte. Er schüttelte den Kopf, steckte das Papier wieder in den Umschlag und wollte beides in den Papierkorb unter seinem Schreibtisch werfen, überlegte es sich dann und schob es unter seine Schreibunterlage.

Er war erleichtert, stellte er fest und atmete tief durch. Als das Telefon klingelte, hob er fast beschwingt ab und meldete sich energisch.

»Herr Doktor, die Überwachungskamera am Eingang der Fußgängerzone hat gerade einen roten Golf aufgezeichnet, der dem Reporter Paul Wagner gehört«, sagte der Beamte der Verkehrsleitzentrale, »er fährt in Richtung Ruprechtskirche trotz des Fahrverbots.«

Sina war verwirrt. »Ja, und was ist daran so besonders?«, fragte er.

»Ihr Sohn sitzt auf dem Beifahrersitz. Wir dachten, das sollten Sie vielleicht wissen«, meinte die Stimme ruhig, bevor der Beamte auflegte.

Wagner parkte den Golf in Sichtweite der kleinen Kirche direkt unter einem Halteverbotsschild und stieg aus. Georg Sina schaute ihn fragend an, aber der Reporter zuckte nur mit den Schultern. »Wenn schon, denn schon. Berner wird in wenigen Minuten wissen, dass wir hier sind, die verdammten Kameras hängen seit Neuestem überall. Also machen wir ihm die kleine Freude.«

Beide blickten hinüber zu der kleinen, fast schwarzen Kirche und Georg Sina trottete los, den Kopf gesenkt, die Hände tief in den Taschen vergraben. Wagner schaute auf seine Armbanduhr und wettete mit sich, wie lange Berner brauchen würde, um sie in der Kirche einzuholen. Dann folgte er Sina über den schmalen Platz zur Kirchentür, die geräuschlos aufschwang.

Diesmal brannten nur wenige Kerzen in der Ruprechtskirche und im grauen Tageslicht, das durch die Bleiglasscheiben fiel, erkannte Wagner Pater Johannes in seiner schwarzen Soutane. Hingebungsvoll damit beschäftigt, Blumen zu wechseln und neue Gestecke vor dem

Tabernakel zu platzieren, rauschte der Pfarrer unablässig von einer Seite des Altars zur anderen.

Sina stand bereits breitbeinig im Mittelgang und schaute zu der Empore hinauf, dann lehnte er sich an eine der Bänke und strich sich über den Bart. »1439 war das Jahr, als Kaiser Friedrich in Wien einzog«, sagte er leise, als Wagner neben ihm stand und ebenfalls die Empore betrachtete. Er las die fünf Buchstaben gefolgt von der Jahreszahl.

»Und dafür bringt man jemanden um?« Wagner schaute Sina von der Seite an und bemerkte, dass sein Freund tief in Gedanken versunken war.

»Friedrich war ein seltsamer Mensch, voller Gegensätze, so erzählt man es jedenfalls. Ich war mir da nie so sicher.« Sina blickte sich schnell in der Kirche um, so als befürchtete er, belauscht zu werden. »Er liebte Geheimschriften, doppeldeutige Rätsel, die ihre wahre Lösung erst dann preisgaben, wenn man auf mehreren Gedankenstufen gleichzeitig dachte und sich nicht mit dem Vordergrund, der Oberfläche zufriedengab. Er war ein durch und durch moralischer Mensch, ein gnadenloser Realist, der letzte in Rom vom Papst zum Kaiser gekrönte deutsche König, dem aber das Regieren nicht so wichtig schien. Er war geizig und sammelte trotzdem Edelsteine. Er war penibel und schrieb die fünf Vokale auf jedes wichtige Schriftstück. Sie müssen ihm wirklich am Herzen gelegen haben und dennoch konnte sie bis heute niemand entschlüsseln.« Schließlich wies er auf die Empore. »Diese Inschrift muss nicht von 1439 stammen und soviel ich weiß, ließ Friedrich sie erst viel später anbringen.«

Wagner hatte aufmerksam zugehört, aber nun schüttelte er energisch den Kopf. »Georg, das ist alles seit fünfhundert Jahren vorbei. Warum sollte jemand für diese Inschrift töten? Was würde es an der Geschichte, an dem Geschichtsbild von Friedrich ändern? Und wen interessiert heute überhaupt noch Friedrich III.?« Paul Wagner war ratlos. »Ich weiß, du meinst, dass dieser Mord mich auf den Plan rufen sollte, aber weshalb? Ich wusste nicht einmal, dass dieses AEIOU überhaupt existiert!«

Sina setzte sich in eine der Bankreihen und fuhr mit seinen Händen fast zärtlich über die schmale Ablage, auf der während der Messe die Gesangsbücher geöffnet wurden. Er begann mit dem Zeigefinger der rechten Hand unentwegt Dreien auf das Holz zu malen – eine Angewohnheit, die er seit seiner Schulzeit hatte, ein Zeichen höchster Anspannung und Konzentration.

»Denk mit«, forderte er Wagner auf. »51. Er hinterlässt uns die Zahlenwerte von AEIOU. Er verwandelt damit Buchstaben zu Zahlen. 51 und 1439. Ergibt 1490, wenn wir sie addieren.« Sina lächelte. »Das ist eine erste Ebene. In diesem Jahr stirbt Matthias Corvinus, der große Gegenspieler von Friedrich in Wien. Im Jahr 1439 zieht Friedrich in die Stadt ein. Es geht also um ihn und um Corvinus. Das allein sagen uns die Zahlen. Dazu brauchen wir die Buchstaben gar nicht.«

Wagner hatte sich neben ihn gesetzt. »Wer war Matthias Corvinus?«

»Lateinisch für ›Der Rabe‹. Der einzige ungarische König aus dem Geschlecht der Hunyadis, der einzige, der einen Raben im Wappen führte. Er eroberte weite Teile der Habsburgischen Erblande, war eine wahre Plage für Kaiser Friedrich, vertrieb ihn aus Wien und regierte selbst hier fünf Jahre lang bis zu seinem Tod. Aber Friedrich überlebte ihn wie fast alle seiner Widersacher.«

Sie hörten, wie Pater Johannes den Vorrat an Kerzen auffüllte und den Opferstock aufschloss. Einige Münzen klimperten in den kleinen Beutel des Pfarrers. Wagner kontrollierte instinktiv die gelblichen Steinplatten. Die Spuren der Mordkommission waren beseitigt worden, die Kreidestriche auf dem Boden der Kirche verschwunden. Es roch nach gelöschten Kerzen.

Sina war inzwischen verstummt, sein Blick ging ins Leere. Gerade als er erneut ansetzte zu sprechen, sprang die Tür auf und Kommissar Berner stürmte mit wehendem Mantel in die Kirche, blickte sich nur kurz um und stand nach einigen schnellen Schritten neben ihnen.

Wagner schaute demonstrativ auf die Uhr. »Nicht schlecht, gar nicht schlecht, Herr Kommissar. Dreizehn Minuten. Und ich dachte, Sie würden mindestens fünfzehn Minuten brauchen. Haben Sie das Blaulicht eingeschaltet?«

Berner machte eine wegwerfende Handbewegung und beachtete den Reporter weiter gar nicht. Er schaute an Wagner vorbei, beobachtete Sina, dessen Zeigefinger noch immer Dreien aufs Holz malte.

»Professor Sina, welche Überraschung! Begeben Sie sich nur kurz in die Niederungen der plebejischen Welt oder haben Sie vor, länger zu bleiben?«

Der Wissenschaftler ignorierte den Kommissar, schien weit weg, unterwegs im Labyrinth seiner Gedanken. Schlug einen Bogen zwischen Friedrich und Corvinus, zwischen den fünf Buchstaben und einem skurrilen Mord.

»Ist es in Ihrer baufälligen Ruine zu kalt geworden oder regnet es herein?« Berner zog sein Notizbuch aus der Tasche. »Wie auch immer. Wenn Sie Informationen haben, dann lassen Sie hören. Ich nehme an, Ihr Freund Wagner hat Ihnen von dem Mord erzählt und Sie wegen der Buchstaben hierhergebracht.« Der Kommissar deutete auf die Empore.

Sina lächelte vor sich hin. »Diesen fünf Buchstaben hat in den letzten fünfhundert Jahren niemand ihr Geheimnis entlocken können, Kommissar«, sagte er, »wieso nehmen Sie an, dass ich es kann?« Er schaute den Kriminalbeamten an und seine Augen waren plötzlich so dunkel wie gebläuter Stahl. »Sie stören, Berner. Sie stören meine Überlegungen. Leute wie Sie haben mir in den letzten drei Jahren am wenigsten gefehlt.«

Wagner grinste spöttisch.

Gerade als Berner wütend zur Entgegnung ansetzen wollte, klingelte sein Handy. Unwirsch meldete er sich, hörte wortlos zu. Als er das Gespräch beendet hatte, warf er noch einen letzten Blick auf Sina, drehte sich um und verließ die Kirche. Wagner schaute ihm ratlos nach.

»Er ist auch nicht mehr das, was er mal war. Früher hätte er sich zumindest verabschiedet.«

»Corvinus – hmm, der Rabe ist von jeher das Zeichen der Alchemisten.« Sina war wieder bei seinen Gedankenspielen und malte Dreien. »Der Rabe von Ungarn, der Alchemist, Gegenspieler von Friedrich, dem Kaiser, der selbst immer von illustren und geheimnisvollen Persönlichkeiten umgeben war, dem man nachsagte, Gold zu machen und Lebenswasser zu mischen.« Irgendwie klang es gar nicht ironisch. Der Wissenschaftler stand auf und streckte sich.

»Ich glaube, wir kommen hier nicht mehr weiter. Die Buchstaben sind da, die Zahl auch, aber das ist auch schon alles. Ich sehe wirklich nicht, wohin uns das führen soll. Wir können noch Friedrichs Grab in der Stephanskirche besuchen, wenn wir sowieso schon da sind. Ich war vor langer Zeit einmal dort, sehr beeindruckend und monumental, über und über mit Symbolen und Wappen dekoriert. Vielleicht finden wir irgendetwas, das uns weiterhilft, dieses Rätsel zu verstehen.«

Sina strich sich mit einer Hand über das Haar. »Ich weiß noch immer nicht, was dieser Mord soll und das ärgert mich. Deswegen bin ich nämlich überhaupt mit dir nach Wien gekommen. Sonst wäre ich noch immer auf meiner Burg und ich frage mich inzwischen, ob das nicht besser gewesen wäre. Wir laufen sinnlos in der Gegend herum.« Wagner horchte auf. War der Waffenstillstand schon zu Ende und Sina wieder auf seinem Weg zurück in die Einsamkeit? Sina klang missmutig.

»Stephanskirche? Dann werde ich einen Freund anrufen, der bei der Sicherheitstruppe im Dom arbeitet, damit er die Schranke vor dem Grabmal öffnet und uns seine Kollegen vom Leib hält«, meinte Wagner und zog sein Handy aus der Tasche. Sina hörte ihn nicht mehr, er war schon auf dem Weg nach draußen.

Kommissar Berner eilte in sein Büro und nahm sich nicht einmal die Zeit, seinen Mantel auszuziehen. Er betrachtete den alten, weißhaarigen Mann, der vor seinem Schreibtisch saß und bei einem Glas Wasser auf ihn wartete, in seinem Schoß ein Heft mit Kreuzworträtseln. Der Kommissar grunzte etwas Unverständliches zur Begrüßung. Dann setzte er sich hin und fragte:

»Und warum melden Sie sich erst jetzt?« Berner war nicht zu Freundlichkeiten aufgelegt. Bei diesem Fall lief nichts, wie es sollte. Er hatte seine Beamten in alle umliegenden Häuser rund um die kleine Kirche geschickt. Kein einziger Augenzeuge war aufgetaucht, niemand hatte etwas gesehen. Und jetzt, drei Tage später, meldete sich plötzlich dieser Pensionist und behauptete, ihn habe bisher niemand befragt.

»Wir waren bei unserer Tochter in Krems und ich habe von dem Mord in der Ruprechtskirche erst heute von meinen Nachbarn erfahren. Da bin ich sowieso gleich zur Polizei gegangen.« Der Pensionist, dessen Wohnungsfenster auf den kleinen Platz schauten, klang entrüstet.

Berner zog sein Notizbuch aus dem Mantel. »Na, dann erzählen Sie mir, was Sie gesehen haben«, forderte er sein Gegenüber auf.

»Also, das war so. Ich wollte die Sendung im Fernsehen nicht anschauen, die meine Frau so gerne hat, Sie wissen schon, dieses ...«

»Schon gut«, unterbrach ihn Berner ungeduldig, »Sie standen also am Fenster – und?«

»Da hab ich diesen Wagen gesehen, diese große schwarze Limousine, aus der die beiden Männer ausstiegen und in die Kirche gingen. Ich habe mich noch gewundert, wer um diese Zeit in der Fußgängerzone mit dem Auto unterwegs ist.«

»Wissen Sie, welche Marke es war? Wie haben die Männer ausgesehen?« Berner sah einen Lichtstreif am Horizont seiner Ermittlungen aufsteigen. Vielleicht war noch nicht alles verloren.

»Ich glaube, es war ein Audi, aber beschwören kann ich es nicht. Und die Männer hab ich nicht gesehen, dazu war es zu dunkel.« Der Lichtstreif verschwand wieder so schnell, wie er gekommen war. Wie hätte es anders sein können? Berner verwünschte sich dafür, nicht auf Urlaub gefahren zu sein.

»Und wann war das ungefähr?«

»Na ja, während der Fernsehsendung natürlich, so gegen 21.00 Uhr.«

»Wann fuhr er wieder weg, dieser Wagen? Wissen Sie das noch?«

Der Zeuge senkte den Kopf.« Nein, Herr Kommissar, ich bin vorher wieder zurück zum Fernsehen gegangen, meine Frau wollte, dass ich ihr einen Tee mache, und hat mich gerufen.«

Berner fuhr sich mit beiden Händen durch die Haare. Er hätte am liebsten auf den Schreibtisch geschlagen, einmal mit voller Kraft. Aber wozu?

»Danke, dass Sie sich hierher bemüht haben«, presste er mühsam beherrscht zwischen den Zähnen hervor und der alte Mann stand auf, wandte sich zur Tür und zögerte kurz, bevor er sie öffnete und der Lärm vom Gang ins Büro strömte.

»Wollen Sie nicht das Kennzeichen des Wagens wissen?« Der alte Mann klang überrascht und ein wenig trotzig.

Berner erstarrte. »Wie bitte?«

»Na ja, ich hab mir nicht die ganze Nummer gemerkt, aber die beiden ersten Buchstaben. Es war ein Diplomatenkennzeichen, WD, und dann kamen zwei Zahlen, 56. An mehr kann ich mich nicht erinnern.«

Berner fühlte, wie ihn eine tiefe Dankbarkeit durchströmte. Der Lichtstreif war plötzlich wieder da, heller denn je. Seine Laune besserte sich schlagartig. Fast freundlich verabschiedete er den alten Mann und griff zum Telefon.

Die internationalen Zeitungen hatten, auch zwei Tage nach dem makabren Fund am Tejo, fast alle die gleichen Schlagzeilen. Die Umweltkatastrophe in Portugal beherrschte die Titelseiten. Das Fischsterben und die Frauenleiche waren noch immer die wichtigsten europäischen Nachrichten. Als der Unbekannte von Lissabon kommend in Wien landete, hatte er während des Fluges mit unbewegter Miene die größten portugiesischen und österreichischen Zeitungen überflogen. Er war zufrieden mit dem Presseecho. Die erste Klasse war kaum besetzt gewesen und er hatte jede Menge Platz gehabt, um seine Beine auszustrecken.

Am Wiener Flughafen Schwechat gelandet, wunderte sich der Unbekannte über die Schwerpunktkontrollen der Polizei. Er reihte sich in die Schlange an der Passkontrolle ein, reichte seinen Diplomatenpass dem Beamten hinter dem Schalterfenster.

»Herr Peer van Gavint? Sie kommen aus Lissabon?«

Der Mann bejahte und nahm die Sonnenbrille ab.

Der Beamte las den Geburtsort – Pretoria, Südafrika – und reichte den Pass wieder zurück mit den Worten »Schönen Aufenthalt in Wien«.

Van Gavint nickte nur und verließ das Flughafengebäude kaum wenige Minuten später. Mit einer einzigen Tasche als Gepäck stieg er in die bereits wartende schwarze Limousine der Botschaft, die ihn schnell in die Stadt brachte.

Gerade als Sina und Wagner durch das Haupttor des Stephansdoms in das dunkle Kirchenschiff eintraten, schob sich ihnen eine japanische Reisegruppe auf Kollisionskurs entgegen. Die Reiseleiterin mit dem Fähnchen, einen hellblauen unmöglichen Hut auf dem Kopf, lief voran und wie die Lemminge folgten ihr mindestens hundert Touristen aus dem Land der aufgehenden Sonne. Sina zog unbewusst die Schultern hoch. Es waren viel zu viele Menschen um ihn herum.

Wagners Freund, in der blauen Uniform der Security-Mannschaft des Doms, wartete bereits, begrüßte die beiden mit Handschlag und verdrehte die Augen, als die japanische Reisegruppe endlich an ihnen vorbeigezogen war.

»Es gibt Tage, da sehne ich mich nach einem Job in einer ruhigen Fabrikhalle am Rande der Stadt«, meinte er und ging voran. Sina und Wagner folgten ihm.

Das Grabmal von Friedrich stand unweit des Eingangs, in einer Seitenkapelle des Doms, hinter einer niedrigen Absperrung. Wagner war vor zwanzig Jahren an einem Weihnachtstag einmal hier gewesen, hatte die Mitternachtsmette besucht und dabei auch das beeindruckende Grabmal aus rotem Adneter Marmor rechts vom Altar gesehen, das über und über mit Figuren, Symbolen, Wappen, Tieren und einer lebensgroßen Darstellung Friedrichs auf dem Deckel verziert war. Er war damals staunend vor dem monumentalen Grab gestanden, hatte seine steinerne und zugleich filigrane Schönheit bewundert.

»Friedrich ist 1513 hier beigesetzt worden und seitdem blieb der Deckel immer geschlossen, wie er es verlangte«, sagte der Freund Wagners und legte seine Hand auf die Marmorumrandung.

Sina wirkte abwesend. Ihm war noch immer schlecht, obwohl hier deutlich weniger Besucher waren. Es begann gerade eine Führung durch die Katakomben des Doms und die Menschen strömten zu den Stiegen und in den Untergrund. Schließlich beugte sich Sina vor, um die Figuren und Wappenschilder besser zu sehen. Er kannte das Grab von Fotos, aber es aus der Nähe zu sehen, davor zu stehen und seine Wirkung zu spüren, das war etwas ganz anderes. Es war tatsächlich das Grabmal eines Kaisers, prunkvoll, majestätisch und ehrfurchtgebietend. Selbst die Sonne, die nun durch die hohen Fenster in die Seitenkapelle ihre Strahlen auf den hohen Sarkophag schickte, konnte das Düstere und Geheimnisvolle nicht verdrängen, das rund um dieses steingewordene Machtsymbol schwebte.

Der Wissenschaftler wartete mit seinen Ausführungen, bis Wagner neben ihm stand. »Ich weiß nur, dass viele versucht haben, die Wappen zuzuordnen und die Figuren zu identifizieren, aber niemandem ist es gelungen, alles zu entschlüsseln«, sagte er und bedeutete dem Reporter, einen Blick auf den Deckel zu werfen. »Sein Monogramm war Friedrich so wichtig, dass er es auf seinem Grab in Stein verewigen ließ«, bemerkte der Wissenschaftler. »Ich kenne keinen Kaiser, der es ihm gleichtat … und dieses Monogramm sollte dich«, meinte er und sah Wagner an, »als Spezialist für Geheimschriften ganz besonders interessieren.« Er deutete auf den Deckel und was Wagner sah, faszinierte ihn sofort. Das Monogramm war ihm vorher nie aufgefallen. Eine seltsame Anordnung von Buchstaben, einer Zahl, Symbolen.

»Wir brauchen eine Kamera und eine Leiter«, sagte Sina zu dem Security-Mann. Der schüttelte den Kopf. »Das mit der Leiter wird nicht gehen, das ist gegen die Vorschriften«, erwiderte er skeptisch. »Dann bekomme ich jede Menge Schwierigkeiten.«

»Eine Kamera hab ich immer im Auto dabei, ich gehe sie holen«, versetzte Wagner unbeirrt, »und du organisierst eine Leiter, wir sind mit den Fotos fertig, bevor irgendjemand etwas bemerkt hat. Los!«

Der Security-Mann wollte widersprechen, dachte kurz darüber nach, was der Reporter damals für ihn riskiert hatte, und lief dann davon.

Kommissar Berner klopfte an die gepolsterte rote Doppeltür im fünften Stock und trat dann, ohne eine Antwort abzuwarten, ein. Das Büro des Polizeipräsidenten kannte er bereits von früheren Besuchen. Er blickte sich um und kam sich vor wie ein Dinosaurier, ein Überbleibsel aus früheren Tagen. Drei Präsidenten hatte er bereits kommen und gehen gesehen, hatte sich an neue Namen und Regeln, an die veränderte Einrichtung des Raums gewöhnt, an den Stil, den jeder Neue mitbrachte. Sie waren wieder gegangen, er war noch immer da. Berner sah den Mann am Schreibtisch und fragte sich, ob er diesen noch überleben würde oder diesmal er ihn.

Vielleicht ist es wirklich langsam Zeit zu gehen, sagte er zu sich und laut: »Guten Tag, Dr. Sina.«

Der grauhaarige Mann hinter dem Schreibtisch blickte auf, nickte und deutete mit einer Handbewegung auf einen der beiden Sessel vor ihm. Dann schrieb er weiter. Berner setzte sich, schlug die Beine übereinander und holte sein Notizbuch aus der Tasche. Er wusste, es konnte länger dauern, bis der Polizeipräsident seine Post erledigt hatte.

Die Sekretärin kam herein, stellte einen Kaffee – mit Milch und Zucker – vor ihn hin und verschwand wieder. Irgendwo im Büro tickte eine Uhr. Berners Gedanken kehrten zu dem Mord in der Ruprechtskirche zurück, zu den beiden aus Kerzen gebildeten Buchstaben, zu Sina und Wagner. Was wussten die beiden? Waren sie schon einen Schritt weiter? Und er dachte über die Tatsache nach, dass er seinem Chef die beiden Buchstaben verschwiegen hatte.

Dr. Sina signierte noch einen Brief an den Bürgermeister und klappte dann die Korrespondenzmappe zu. Fragend schaute er zu Berner herüber, der sich räusperte und mit seinen Gedanken wieder in die Gegenwart zurückkehrte.

»Wir haben einen Augenzeugen gefunden, der am Mordabend einen Wagen am Platz vor der Ruprechtskirche gesehen hat. Die Zeit könnte stimmen, so gegen 21:00 Uhr. Zwei Männer sind ausgestiegen, es war aber zu dunkel und er konnte keinen von den beiden wirklich gut erkennen.« Der Kommissar blätterte in seinen Notizen. »Aber der Zeuge hat sich einen Teil des Autokennzeichens merken können, ein ›WD‹, der Wagen ist auf die chinesische Botschaft in Wien zugelassen.«

Dr. Sina blickte Berner ungläubig an und schüttelte den Kopf.

Berner spürte, wie ihm der Teppich unter den Füßen weggezogen wurde.

»Auf die chinesische Botschaft?« Dr. Sina sah Berner an, als habe der ihm einen unanständigen Antrag gemacht. »Wollen Sie diplomatische Verwicklungen heraufbeschwören und den Chinesen den Mord in die Schuhe schieben? Berner, das kann nicht Ihr Ernst sein. Selbst wenn es wahr wäre, dass Ihr Zeuge einen Wagen der Botschaft gesehen hat, wer sagt uns dann, dass das irgendetwas mit dem Mord zu tun hat? Vielleicht ist ein Botschaftssekretär Abendessen gewesen und war zu faul, die letzten Meter zu Fuß zu gehen.« Der Polizeichef schüttelte den Kopf. »Außerdem wissen Sie, dass wir niemals eine Genehmigung für eine Durchsuchung oder Ermittlungen in der Botschaft bekommen würden. Also vergessen Sie's. Sonst noch was?«

Berner saß stumm in seinem Sessel und betrachtete angelegentlich seine Fingernägel. Schließlich fragte er: »Was erwarten Sie von mir, Dr. Sina?«

»Dass Sie mit einer vernünftigen Lösung des Falles kommen und mir nicht mehr Probleme bereiten, als ich sowieso schon habe. Die Chinesen vergessen Sie am besten gleich wieder. Damit kommen wir nie durch. Ermitteln Sie in eine andere Richtung.«

»Ist das eine Anordnung?« Berner fing Sinas Blick auf und wusste plötzlich, dass es die falsche Frage gewesen war, die völlig falsche Frage.

Dr. Sinas Augen funkelten. »Wollten Sie nicht schon seit Langem in Pension gehen, Berner? Vielleicht sollte ich den Fall einem anderen übertragen.« Seine Stimme ließ alles offen, blieb wie in Watte gepackt im Raum hängen. Schließlich entließ der Polizeipräsident ihn mit einem nachdenklichen Blick und einer kurzen Handbewegung und wandte sich wieder seiner Korrespondenz zu.

Berner zog resigniert die gepolsterte Tür hinter sich zu und ging den Korridor entlang, unter den wachen Blicken der Porträts, die ihn anzugrinsen und höhnisch hinter ihm herzurufen schienen. Er war zu alt für diese Spielchen, zu müde und trotzdem noch immer zu wenig abgeklärt für die politischen Entscheidungen, die man immer wieder im Interesse der Karriere treffen musste.

Als er die paar Stufen zur Ringstraße hinunterstieg, blies ihm unter einem tiefblauen Himmel der kalte Ostwind ins Gesicht. Er nahm es als schlechtes Vorzeichen, zog die Schultern hoch und stemmte sich mit gesenktem Kopf gegen den Wind, der direkt aus Sibirien zu kommen schien.

Die Leiter sieht neben dem Marmorgrab im Dom irgendwie deplatziert aus, dachte sich Georg Sina und hielt sie trotzdem mit beiden Händen fest, damit Paul Wagner sicher ein Foto nach dem anderen von den in Stein gehauenen Wappen und Symbolen machen konnte. Der Sicherheitsbeamte war nervös, schaute immer wieder ängstlich über seine Schulter. Plötzlich fing sein Sprechfunkgerät an zu quäken und erschreckt griff der Mann danach, um gleich darauf zu merken, dass es nicht ihm galt, sondern einem Kollegen. Er atmete kurz auf und war sofort wieder ängstlich darauf bedacht, nur kein Aufsehen zu erregen.

»Bitte, Paul, beeil dich, ich bekomme sonst wirklich eine Menge Schwierigkeiten«, drängte er und endlich stieg Wagner wieder von der Leiter.

»Dieses Grabmal ist unglaublich«, meinte der Reporter, als er Sina die digitalen Fotos auf seiner Kamera zeigte. »Je mehr man erkennt, desto verwirrender wird das Bild. Es gibt immer noch ein Detail und dann noch eines. Das Monogramm ist Friedrich so wichtig gewesen, dass er es neben seinem Kopf platziert hat und noch dazu sein Schwert wie einen Zeiger genau darauf hinweisen lässt. Wir werden Tage brauchen, um es zu entschlüsseln.« Wagner schaute sich ein Detailfoto nochmals an. »Wenn wir es überhaupt schaffen.«

Georg Sina zuckte mit den Schultern. »Darf ich dich daran erinnern, dass jemand einen Mord beging, der uns ganz offensichtlich wieder zusammenbringen sollte, der dich an den Tatort und mich aus meiner Burg holen sollte.«

Wagner nickte.

Sina fuhr fort: »Also braucht uns jemand als Team. Deshalb bin ich mit dir mitgekommen. Aber wenn es sich um Friedrich drehen sollte, dann sage ich dir gleich, dass es nicht erfolgreich sein wird. An seiner Persönlichkeit und an diesem Grab sind schon viele gescheitert.« Der Wissenschaftler wies auf den Sarkophag. »Ich weiß nicht, ob jemand jemals dieses Stück Marmor ganz entschlüsselt hat. Der Kaiser war ein schwieriger und schweigsamer Mensch und er hat einige seiner größten Geheimnisse mit ins Grab genommen. Also glaube ich kaum, dass wir in ein paar Tagen den Quantensprung in der Forschung machen können, auch wenn es sich irgendjemand so vorstellt.«

Wagner dachte nach. »Du willst aufgeben? Gut, Georg. Lassen wir es bleiben. Geh du wieder zurück in deine Burg und ich schaue, wie weit ich alleine komme«, sagte er und wandte sich ärgerlich ab.

Sina schüttelte den Kopf. »Du verstehst mich nicht, Paul. Hier glaubt jemand, uns durch einen Mord dazu bringen zu können, uns mit den fünf Buchstaben und der Person dahinter zu beschäftigen. Warum sagt er uns das nicht ganz einfach, indem er uns einen Brief schreibt oder dich anruft? Wieso sagt er nicht, was er will oder weiß? Weil er befürchten würde, dass wir dann das Rätsel nicht für ihn lösen würden? Ihn für verrückt hielten und nicht einmal reagieren würden? Oder lässt er uns absichtlich im Dunkeln? Das gefällt mir alles nicht, Paul, und außerdem sind mir zu viele Menschen hier ...« Sina strich sich über den Bart und schaute sich im Dom um, wo wieder eine Touristengruppe nach der anderen durchgelotst wurde. Die Führungen waren zu Ende und die Treppen spien Massen an Menschen in das Mittelschiff der Kirche aus.

»Wie auch immer, mach doch, was du meinst«, sagte Wagner, »ich werde auch noch die Details an den Seiten fotografieren«, und er begann sofort damit.

Ein alter Mann, der ihnen bis dahin aufmerksam zugesehen hatte, trat nun näher und wandte sich an Sina, der gerade beschlossen hatte, den Dom zu verlassen, seine Jacke zuzog und in Richtung Ausgang aufbrach. Wagner fotografierte einen kleinen Mönch, der so lebensecht mit einer Bibel in der Hand auf einem Marmorvorsprung saß, dass der Reporter erwartete, ihn aufstehen und davongehen zu sehen.

»Wussten Sie, dass Friedrich schon dreißig Jahre vor seinem Tod den Bau seines Grabes beginnen ließ?« Die Augen des alten Mannes leuchteten. »Ich habe mich lange Zeit mit diesem steinernen Rebus beschäftigt. Faszinierend, glauben Sie mir …«

Georg Sina hielt inne und blickte den Mann interessiert an. Vielleicht blieb er doch noch ein wenig in der Kirche. »Dann sind Sie vielleicht genau der, den wir suchen«, sagte er vorsichtig, überlegte und streckte dann dem alten Mann seine Hand entgegen. »Mein Name ist Sina. Wer sind Sie?«

»Professor Sina? Es ist mir eine Ehre, ich habe schon so viel von Ihnen gehört, aber in den letzten Jahren ist es ruhig um Sie geworden.« Der alte Mann legte den Kopf schief. »Mein Name ist Mertens, Hans Mertens. Ich wohne nicht weit entfernt von hier und mein täglicher Spaziergang führt mich schon aus Gewohnheit immer zum Dom und zu diesem Grab im Apostelchor. Ein wunderbares Kunstwerk …« Der alte Mann stützte sich mit beiden Händen auf die Absperrung. »Das ist das bedeutendste spätgotische Hochgrab, das es in dieser Form nördlich der Alpen noch gibt. Die Steinmetze und Bildhauer haben mehr als fünfzig Jahre daran gearbeitet. Ursprünglich hätte es in Wiener Neustadt aufgestellt werden sollen, in der Burgkirche des Kaisers, es kam aber dann doch nicht dazu. Friedrich wollte wohl im Stephansdom begraben werden.« Mertens zwinkerte Sina zu. »Na, wenn ich die Wahl hätte …«

Als Sina lächelnd nickte, fuhr der alte Mann fort: »Haben Sie das Halbrelief des Kaisers auf dem Deckel des Grabes gesehen? Friedrich ist im vollen Krönungsornat, mit authentischen Gesichtszügen, ganz realistisch dargestellt. Seine Hände sind die eines alten Mannes, mit Sehnen und Adern, die hervortreten. Die Bildhauer haben nichts idealisiert und das ist für diese Zeit bemerkenswert.« Die Miene des alten Mannes drückte Ehrfurcht aus. »Aber noch interessanter ist, dass der Kaiser zwar liegt, aber die Augen geöffnet hat und sein rechtes Bein hebt, so als wollte er aus seinem Grab steigen. Er blickt auch nach Osten, der aufgehenden Sonne entgegen. So als käme die Kraft zur Auferstehung von dort.«

Wagner war mit den Aufnahmen fertig und trat neben die beiden

Männer. Während er die Fotos auf seiner Kamera kontrollierte, fragte er, ohne aufzublicken: »Wer ist eigentlich der Heilige über dem Kopf von Friedrich?«

Mertens antwortete wie aus der Pistole geschossen. »Das ist der Lieblingsheilige des Kaisers, der heilige Christophorus. Nur eine von mehr als zweihundertvierzig Figuren auf dem Grab, von den vielen Tieren und Fabelwesen ganz zu schweigen.« Sina stellte etwas umständlich seinem Freund Hans Mertens vor, der auf den Deckel deutete.

»Haben Sie die Buchstaben AEIOU auf dem Spruchband gesehen? Alle glauben immer noch, es sei eine Staatsdevise gewesen, ein Leitspruch Österreichs. Aber ich habe mich lange und intensiv damit beschäftigt. Es ist ein höchstpersönliches, mystisches Zeichen Friedrichs, dessen Bedeutung bis heute niemand wirklich entschlüsseln konnte.« Mertens dozierte lächelnd weiter. »Man hat ihn damals nicht verstanden und heute ist es nicht besser. Die Glanzlosigkeit und Mühseligkeit seiner Politik wurde schon zu Friedrichs Lebzeiten mit einer Mischung aus Verachtung und verhaltenem Erstaunen über seine Zähigkeit und rätselhafte Unbesiegbarkeit kommentiert. Er bekam den Spottnamen ›des Römischen Reiches Erzschlafmütze‹, verliehen, war immer auf Wanderschaft, regierte in Wien, Graz, Linz und Wiener Neustadt. Mögen andere Kriege führen, du glückliches Österreich heirate, wurde zu seinem Motto.«

Sina nickte bestätigend, schwieg aber weiter.

Also fuhr Mertens fort: »Friedrich war von Edelsteinen, von Gold- und Silbergegenständen geradezu besessen. Er sammelte auch Handschriften, Bilder und naturwissenschaftliche Geräte. Mehr als sechzig Kisten umfassten seine Schätze, die er auf seinen verschiedenen Burgen gehortet hatte.« Der alte Mann verstummte plötzlich, als habe er schon zu viel gesagt. Dann überlegte er es sich noch einmal, dachte kurz nach und beugte sich schließlich zu Sina. »Glauben Sie mir, Professor, sehr vieles ist seltsam am Leben Kaiser Friedrichs. Er war ein Mann der unergründlichen Geheimnisse, der faszinierenden Widersprüche. Es gibt einen kurzen Artikel in der ›Zeit‹ vom 21. Februar 1969. Versuchen Sie den zu finden.«

Er blickte sich um, sah zwei Sicherheitsleute in Begleitung eines Pfarrers mit großen Schritten auf Sina und ihn zulaufen, verabschiedete sich hastig und ging dann rasch davon.

Das erzbischöfliche Palais in Prag, im 18. Jahrhundert im Rokoko-Stil umgebaut, war seit jeher die prunkvolle Residenz der Prager Erzbischöfe. Das blassgelbe Gebäude auf der Nordseite des berühmten Hradschiner Platzes beherbergte seit Anbeginn Repräsentationsräume, Büros und einige großzügige Wohnungen, die immer wieder für informelle Treffen genutzt wurden. Die diskreten Zusammenkünfte hatten in den vergangenen Jahrhunderten so manche schwerwiegende Entscheidung vorbereitet, deren Auswirkungen das geistliche Leben in weiten Teilen Mitteleuropas mitbestimmten.

Diesmal stand nicht weniger als das Schicksal der Welt auf dem Spiel, als ein unauffälliger, in eine schwarze Soutane gekleideter junger Priester mit einer Zeitung unter dem Arm vor den großen, mahagonifarbenen Schreibtisch trat und die neueste Ausgabe der »Mlada Fronta«, der größten tschechischen Tageszeitung, wortlos auf die Schreibunterlage legte.

Der Mann hinter dem Schreibtisch war ehrfurchtgebietend. Er hatte kurzgeschorenes, eisgraues Haar und eine durchtrainierte Figur, die eher zu einem Fremdenlegionär als zu einem hohen Geistlichen passte. Seine Muskeln zeichneten sich deutlich unter dem weißen Hemd ab, das über seiner Brust spannte. Bischof Frantisek »Frank« Kohout war bereits zu Lebzeiten eine Legende. Sohn von Exiltschechen, war er tatsächlich Einzelkämpfer bei den US-Marines gewesen, bevor er beschlossen hatte, nach Prag zurückzukehren, wo die Wurzeln seiner Familie lagen. Kohout war vom Priesterorden der »Tempelherren vom flammenden Stern« in Prag berufen worden, einem Orden, der sich vorwiegend karitativen Aufgaben verschrieben hatten. Was ihn von allen anderen Orden dieser Welt unterschied, war der Auftrag, den er vor Hunderten von Jahren erhalten hatte. Die »Tempelherren vom flammenden Stern« hatten aus diesem Grund eine ganz spezielle Gruppe von Mönchen zusammengestellt, der Kohout beigetreten war. Er hatte es nie bereut. Ganz im Gegenteil – er hatte in dem ältesten Orden der Welt seine wahre Bestimmung gefunden.

Während im Hintergrund eine zierliche Nonne die Blumenarrangements in den hohen Bleikristallvasen neu anordnete und die braunen Blätter von den Topfpflanzen abzupfte, wartete der Priester vor dem Schreibtisch geduldig, bis Kohout die Titelseite überflogen hatte.

»Ich kenne die schrecklichen Meldungen, mein Sohn«, meinte der Bischof. »Was für ein Frevel an dieser unschuldigen Frau und an Gottes Schöpfung. Du kannst versichert sein, dass wir den Lauf der Dinge ganz genau beobachten werden.«

Der junge Pater neigte respektvoll den Kopf. »Da ist noch etwas, Monsignore«, sagte er leise, »eine Nachricht aus Wien.« Der Bischof winkte ihn mit einer Handbewegung näher und der junge Pater beugte sich zu Kohout und flüsterte lange in sein Ohr. Dann richtete er sich wieder auf und zog sich zurück. Als sich die Tür hinter ihm schloss, stand Kohout auf und ging auf die Nonne zu, die ihren Arm voll Blumen hatte. Er kniete nieder und die zierliche Frau, deren große dunkle Augen so gütig und manchmal auch so unnachgiebig schauen konnten, legte den Strauß vorsichtig beiseite und segnete Kohout.

»Ich habe die Zeitungen auch gelesen und die Meldungen in den Medien verfolgt. Es ist an der Zeit, den Rat der Zehn einzuberufen. Geh, Bruder Franziskus, und möge Gott mit dir sein.«

Der schmale, feuchte Gang unter der Prager Karlsbrücke auf der Stadtseite war nur wenigen bekannt. Er verlief ziemlich parallel zur Moldau und verband ein unscheinbar aussehendes, kleines Haus am Flussufer mit einem herrschaftlichen Palais mit frisch renovierter gelber Barockfassade. Beide Gebäude gehörten offiziell verschiedenen Institutionen, tatsächlich jedoch ein und derselben Organisation – dem Orden der Tempelherren vom flammenden Stern.

Die Männer, die nun nacheinander den Gang betraten, um zu einem abhörsicheren unterirdischen Sitzungssaal zu gelangen, nannten sich selbst den »Rat der Zehn« oder »die Bewahrer«. Sie waren für ihre Aufgabe ausgebildet worden in der Tradition der »Assassinen«, der Männer vom Berg, die den Templern in den Kreuzzügen Angst und Schrecken eingejagt hatten. Keiner von ihnen zögerte auch nur einen Herzschlag lang, wenn es darum ging, seine Aufgabe zu erfüllen. Sie waren der innerste Kreis des Ordens, eine verschworene Gemeinschaft, die über die Jahrhunderte hinweg immer dann eingegriffen hatte, wenn es notwendig geworden war.

Die Öffentlichkeit hatte sie in den letzten fünfhundert Jahren nie zu Gesicht bekommen, sie waren wie Schatten, unsichtbar, einem einzigen Ziel verpflichtet. Ein Geheimnis zu wahren und zu verteidigen, das so ungeheuer war, dass sie dafür töteten, ohne zu zögern, mit eiserner Entschlossenheit und ohne Reue. Sie durften sich nur gegenseitig die Beichte abnehmen. Wenn einer von ihnen starb, dann rückte der nächste, sorgfältig ausgesuchte und vorbereitete Kandidat nach. Sie waren in zwei Einsatzgruppen zu je fünf Mann eingeteilt, die traditionsgemäß einen Kommandierenden aus ihrer Mitte wählten.

Der runde Tisch im unterirdischen Sitzungssaal war leer bis auf ein goldenes, barockes Kruzifix in seiner Mitte und eine Zeitung, deren Titelblatt groß ein Foto von Almouriel, der Burg und der Insel, zeigte. Ein Foto von Hunderten toten Fischen, die von Beauftragten des Umweltschutzministeriums mit Keschern aus dem Wasser gefischt wurden, lag daneben.

Als die zierliche Nonne den Sitzungssaal betrat, standen neun Männer auf und verneigten sich respektvoll vor ihr. Einer von ihnen war verhindert, eine Aufgabe erforderte seine Abwesenheit. Auf ein Zeichen hin nahmen die Männer wieder Platz und warteten schweigend. Die Nonne zog die Zeitung zu sich und legte sanft ihre flache Hand auf die beiden Fotos, als könne sie dadurch den Schmerz aufnehmen und lindern, den der Mord und der Umweltfrevel verursacht hatten.

»Das, meine Brüder, ist eine Kriegserklärung und eine Warnung zugleich«, sagte sie ruhig, aber bestimmt, »und beides gilt uns.« Sie wandte sich an Kohout, der ihr am nächsten saß. »Aber bevor wir darüber beraten, erzähl uns von der Nachricht aus Wien, Bruder Franziskus.«

Innere Stadt, Wien/Österreich

Paul Wagner und Georg Sina hatten sich im neuen Café Diglas am Fleischmarkt in eine ruhige Ecke zurückgezogen. Der Reporter hatte Sina überzeugen können, noch nicht direkt in seine Burg zurückzukehren. Jetzt ließ er seine Beziehungen spielen, um an den Artikel der »Zeit« heranzukommen, den Mertens in der Stephanskirche erwähnt hatte, bevor er so plötzlich verschwunden war. Er hatte den

Leiter des Archivs der Austria Presse Agentur angerufen und der war in den Tiefen der endlosen Regalkorridore offenbar fündig geworden.

»Hast du die Ausgabe?«, fragte Wagner zufrieden. »Sehr gut. Nein, es geht nicht um die Ermordung Kennedys, es geht um einen alten Kaiser, Friedrich III. Du musst irgendetwas über ihn in der Ausgabe vom 21. Februar finden, ich habe keine Ahnung, was genau. Such einfach im Chronik-Teil, Friedrich wird ja nicht in den Tagesaktualitäten erwähnt werden.«

Sein Gesprächspartner schwieg und Wagner hörte ihn blättern.

»Ja, Feuilleton ist auch gut ...« Wagner zeichnete Strichmännchen auf das Blatt Papier vor ihm, während Sina die Fotos aus der Stephanskirche genauer betrachtete. Der Reporter hatte sie auf seinen Laptop überspielt und Sina versuchte, sich in dem Trubel des Kaffeehauses zu konzentrieren. Er vermisste die Ruhe seiner Burg und die Abgeschiedenheit des Waldviertels.

»Ja? Sehr gut! Leg los ...« Wagner fing an zu schreiben und sein Gesicht ließ erkennen, wie überrascht er war. Als er auflegte, hielt er das Blatt hoch. »Hör zu, Georg, das ist seltsam. Unter dem Titel ›*Nichts drin*‹ berichtete die ›Zeit‹ damals Folgendes: *»Mit Röntgenuntersuchungen hat man festgestellt: Kaiser Friedrich III., gestorben 1493, bestattet 20 Jahre später im Wiener Stephansdom, liegt nicht in seinem Grab. Auch nicht eine Spur von Gebeinen hat sich unter dem Grabmal gefunden, das von dem niederländischen Bildhauer Niklas Gerhärt van Leyden stammt. Nachforschungen in den Domarchiven ergaben ebenfalls keinerlei Aufschluss, wo die kaiserlichen Knochen geblieben sein könnten. Experten vermuten: Vor lauter Begeisterung über das schöne Denkmal hätten die Geistlichen damals vergessen, Friedrich III. auch hineinzulegen.«*

Sina schüttelte unmutig den Kopf. »Der letzte Satz ist Humbug. Die Experten möchte ich gerne kennenlernen, die so einen Blödsinn behaupten. Ein Kaiser bleibt ein Kaiser, auch wenn er tot ist.«

Wagner sah Sina an. »Kannst du mir dann sagen, wo Friedrich geblieben ist?«

Der Wissenschaftler zuckte mit den Schultern.

Der Reporter drehte den Laptop zu sich. »Langsam wird das alles immer rätselhafter. Wir müssen noch einmal mit Mertens sprechen, der weiß viel mehr, als er uns gesagt hat. Er hat doch erzählt, er wohne nicht weit entfernt von hier.« Wagner wählte die Nummer der Auskunft und hatte bald die Telefonnummer und die Adresse von Mertens herausgefunden. Als er bei der angegebenen Nummer anrief, meldete sich jedoch niemand.

»Wir gehen auf dem Weg zum Wagen später bei ihm vorbei, es sind keine fünf Minuten von hier«, meinte er zu Sina, der sich in das Monogramm des Kaisers vertieft hatte, das groß auf dem Bildschirm des Laptops prangte. Beide Männer blickten fasziniert auf die geheimnisvollen Zeichen.

»Auf den ersten Blick jede Menge versteckte Buchstaben und eine einzige Zahl – die Fünf. Ich erkenne AEIOU, wobei das O wie eine Mittelachse mit Kreuz aussieht, wie das X auf einer Schatzkarte.« Paul Wagner war in seinem Element. »Das große M in der Mitte hat ungleiche Schenkel, was auf eine Absicht schließen lässt – ein Hinweis auf Geometrie. Wir sollten einmal versuchen, Dreiecke oder Kreise zu zeichnen, und schauen, wohin uns das bringt. Das Monogramm ist nicht symmetrisch, das eingerollte Zeichen unter dem O ist kein G, das ist ein Symbol.« Wagner dachte kurz nach. »Das Kreuz im O erinnert mich an ein Templerkreuz, aber um 45 Grad verdreht. Das C und das S liegen genau an den Schnittpunkten der Querlinie und des M oder V.«

Sina lächelte. »Dafür, dass ich eigentlich der Fachmann für Herrscher-Monogramme bin, hast du dich wacker geschlagen, Paul. Eines jedoch ist dir nicht aufgefallen – wo steht denn der Name des Kaisers? Ein Monogramm besteht normalerweise aus zwei Buchstaben, dem Anfangsbuchstaben des Vornamens und dem des Nachnamens. So hatte Kaiser Heinrich III. ein H mit integriertem römischen Dreier oder Mark Twain hatte ein M mit einem T in der Mitte.«

Wagner nickte und schaute noch einmal Friedrichs Monogramm an. »Das F kann ich noch erkennen, aber sonst ...« Er zuckte die Schultern und klappte den Laptop zu. »Diese Rätsel werden wir nicht jetzt und hier lösen. Komm, lass uns bei Mertens vorbeigehen und dann ...«

»... bringst du mich wieder nach Hause«, vollendete Sina den Satz. »Ich muss meine Gedanken ordnen und in ein paar Büchern meiner Bibliothek nachschlagen. Und ich brauche Ruhe.«

Vom Café Diglas zur Wohnung von Mertens am Franz Josefs Kai 25 waren es keine zehn Minuten zu Fuß. Das Haustor war verschlossen und Wagner wollte an der Gegensprechanlage bei Mertens läuten, als eine junge Frau mit einem Kinderwagen aus dem Haus kam. Sina hielt ihr das Haustor auf und die beiden Männer ergriffen die Gelegenheit und schlüpften in das Treppenhaus. Mertens musste in einem der oberen Stockwerke wohnen, sein Klingelschild auf der Gegensprechanlage war eines der obersten gewesen.

Es roch nach Butterschmalz und Schnitzel, als Sina und Wagner die Treppen hoch bis unters Dach stiegen. Mertens' Wohnung war die letzte vor dem Dachboden, eine grün lackierte Tür mit messingfarbenem Türklopfer, davor eine Fußmatte mit »Cave Canem« in ebenfalls grünen Buchstaben. Als Wagner klingeln wollte, stieß er mit der Schulter an die Tür und merkte, dass die Wohnungstür einen Spalt breit offen stand. Mit einem Blick auf Sina, der die Brauen hochzog, drückte er sie weiter auf und trat in einen kurzen, mit zahllosen kleinen Bildern dekorierten Flur.

»Herr Mertens? Sind Sie zu Hause?« Die beiden Männer sahen sich an. Wagner öffnete einfach die erste Tür an der rechten Seite. Es war ein weiß gekacheltes Bad mit blauem Fries, einer Badewanne und einer Duschecke. Alles war ordentlich, wirkte sehr sauber und aufgeräumt.

Sina hatte währenddessen die zweite Tür geöffnet und blickte in ein helles, mit Biedermeier-Stilmöbeln eingerichtetes Wohnzimmer. Alle Schranktüren waren geöffnet, Papiere und Bücher lagen am Boden verstreut in einem einzigen Chaos, andere quollen aus den Schubladen. Der Mann, der vom Lusterhaken am Plafond hing, schwankte leicht, unter ihm lag ein umgestürzter Sessel. Georg Sina fühlte den Puls am noch warmen Handgelenk. Hans Mertens war tot.

Kommissar Berner war schneller als seine Männer von der Mordkommission. Der Anruf Wagners hatte ihn auf dem Weg in sein Büro erreicht, so war er der erste, der die Treppen heraufstürmte, atemlos das oberste Stockwerk erreichte und sich an die Wand lehnte, um wieder zu Atem zu kommen. Sina und Wagner standen vor der Wohnungstür und sahen ihn an.

»Warum ich Sie beide hier finde, darüber reden wir später.« Berner stieß sich von der Wand ab und betrat die Wohnung. Wenige Minuten später kam er wieder heraus ins Treppenhaus, gerade rechtzeitig, um das Team der Spurensicherung einzuweisen. Sein misstrauischer Blick auf Wagner und Sina ließ keine Zweifel offen. Was immer sie sagen würden, Berner würde kein Wort glauben, bis es bewiesen war.

Der Kommissar rieb sich die Hände und streckte seinen Kopf vor wie ein Adler, der seine Beute erspäht hatte. »Reiner Zufall? Sie haben bei Mertens geputzt und dabei den Hausherren erhängt vorgefunden? Ein anonymer Anruf? Eine plötzliche Eingebung? Alles das können Sie vergessen.« Berner zog sein Notizbuch heraus und lächelte grimmig. »Keine Ausreden, keine Ausflüchte und verstecken Sie sich nicht hinter Ihrem Presseausweis, Wagner. Das zieht heute nicht bei mir. Versuchen Sie es nicht einmal ansatzweise.«

Als Paul Wagner vom Treffen mit Mertens im Stephansdom berichtete, blieb er so weit wie möglich bei der Wahrheit. Nur den Artikel in der »Zeit« verschwieg er geflissentlich. Sina überließ ihm das Erzählen und ging in Gedanken nochmals durch, was Mertens ihnen im Dom gesagt hatte. Da war doch nichts Besonderes gewesen. Das meiste wusste er auch schon, bevor er Mertens getroffen hatte.

Dass der alte Mann sich selbst umgebracht hatte, daran glaubte Sina nicht eine Sekunde. Was aber hatte er gewusst, was hatte er so Gefährliches herausgefunden? Friedrich war seit fünfhundert Jahren tot, ein vergessener Kaiser, zwanzig Minuten Stoff im Geschichtsunterricht. Kein Anlass mehr für einen Mord, nein, für *noch* einen Mord, korrigierte sich der Wissenschaftler. Und doch hatte er den Eindruck, der Habsburger Kaiser sei in den letzten Tagen aus der Vergangenheit heraufgestiegen und stehe mitten unter ihnen, bedrohlich, geheimnisvoll und undurchdringlich. Ein knochiger, hagerer, hochgewachsener Mann im Krönungsornat.

»Haben Sie dazu etwas zu sagen, Professor?« Berners Stimme riss ihn aus seinen Überlegungen. Sina schüttelte schweigend den Kopf.

Der Kommissar wartete noch einen Moment, dann klappte er sein Notizbuch zu und steckte es ein. »Verschwinden Sie«, sagte er zu den beiden, »bevor ich es mir anders überlege. Ich weiß ja, wo ich Sie finden kann.« Damit drehte er sich um, ging in die Wohnung und schloss die grüne Tür hinter sich.

24. Oktober 1601, Benatky bei Prag/Böhmen

Es ging zu Ende mit ihm und er wusste es, der widerliche Metallgeschmack in seinem Mund legte Zeugnis davon ab. Seit zehn Tagen starb er langsam und unabänderlich, sein Geist umwölkte sich immer mehr und ein böses Brennen im Schlund wollte nicht und nicht enden. Im Fieberwahn wiederholte er wieder und wieder den gleichen Satz: »Möge ich nicht vergebens gelebt haben.«

In den wenigen klaren Momenten, die sein Geist ihm noch gewährte, schrieb er an seinem Vermächtnis. Ungeduldig verwarf er immer wieder seine Notizen, begann sie neu. Er durfte nicht zu viel verraten, er hatte schon zu viel entdeckt. Denn er kannte das Geheimnis, für das Kaiser und Könige töten würden. Jetzt bezahlte er selbst dafür mit seinem Leben. Aber was war sein Leben für ein geringer Preis verglichen mit dem Wissen, das er erlangt hatte?

»Ich, Tycho Brahe, Astronom, Mathematiker und Alchemist aus Dänemark, zu Hause am Hof des höchsten Adels, bin dem Geheimnis näher gekommen als irgendein anderer meiner Zeit. Die terrestrische Astronomie, wie ich sie immer nannte, hatte alle meine Erwartungen erfüllt. Nach dreißig Jahren Forschung mit Metallen und

Pflanzen, Edelsteinen und Mineralien, verborgenen Substanzen und nie vorher destillierten Stoffen habe ich endlich gefunden, wonach ich gesucht hatte.« Brahe unterbrach das Schreiben und ein Fieberschauer schüttelte ihn. Eine Magd kam in den Raum, legte ihm ein kühlendes Tuch auf die Stirn und er beruhigte sich wieder. Nur noch ein paar Stunden, gib mir noch ein paar Stunden, betete er zu Gott. Dann schrieb er weiter.

»Ich wäre immer bereit gewesen, meine Entdeckungen mit Prinzen und noblen Herren zu diskutieren, die sich ihrer würdig erwiesen hatten. Aber ich fand keine, bei denen ich mir sicher war, sie würden das Wissen nicht dazu benutzen, sich selbst Vorteile zu verschaffen. Also schwieg ich und behielt meine Forschung für mich. Es ist zu gefährlich, diese Kenntnisse preiszugeben und sei es auch nur im kleinsten Kreis. Obwohl viele Menschen behaupten, Alchemie zu verstehen und sie mit dem gebührenden Respekt zu praktizieren, so ist es doch nicht vielen vergönnt, die Ergebnisse in einer heilsbringenden Art zu verwenden und …«

Der Stift war Brahe aus den Fingern geglitten und seine Augen schlossen sich. Schlief er? War er schon tot?

Als die Magd einige Zeit später abermals vorsichtig das kühlende Tuch auf seiner Stirn wechselte, brachte sie ihr Ohr ganz nahe an seinen Mund. Sie musste ihren Ekel überwinden vor dem klaffenden Loch mitten in seinem Gesicht, das sonst seine künstliche Silbernase verdeckte, eine entstellende Erinnerung an jenes Bubenstück am Fechtboden während seiner Studienzeit. Die Bedienstete verzog zwar das Gesicht, wusste aber genau, die Prothese aus Silber würde ihrem Herrn den Atem nehmen. Noch atmete der bekannte Astronom und Mathematiker und so ließ sie ihn schlafen, zog sich leise zurück.

Kaum zwei Stunden später war Brahe wieder bei Bewusstsein und sein Geist war überraschend klar. Er dankte Gott für diese Gnade und las, was er bisher geschrieben hatte, tauchte dann die Feder wieder in die rote Tinte und fuhr fort.

»Eine ganze Insel hatte mir der dänische König verfügt, damit ich meine Forschungen betreiben konnte. Ein Schloss und ein Observatorium ließ ich bauen und alle Welt schaute auf die Sternwarte und nicht darauf, was sich im Schloss ereignete. Stjerneborg war der Geburtsort einer neuen Astronomie, mein Schloss das Tor zur Hölle oder zum Himmel, je nachdem, wie man es sehen mag.« Brahe lächelte trotz seiner Schmerzen. Sie hatten ihn mit Quecksilber vergiftet, wie passend. Der eine schwamm auf einem Quecksilbersee und er, Tyho Brahe, kam darin um.

Ein blutiger Brechdurchfall verkrampfte seinen Körper. Er hatte nicht mehr viel Zeit, das spürte er. Teils interessiert, teils mit Grauen betrachtete er das schwarze Quecksilbersulfid in seinem Auswurf. Möge ich nicht vergebens gelebt haben, dachte er nochmals und setzte mühsam sein Vermächtnis fort.

»Möge Gott mir vergeben, meine acht unehelichen Kinder, meine Wollust und meinen Jähzorn, meine Ausschweifungen und meine Streitsucht. Möge er mir in der ewigen Abrechnung zugute halten, dass ich sein Geheimnis niemals verraten habe …«

Der Gelehrte starb mitten im Schreiben, die Feder glitt ihm aus der Hand und fiel auf den Boden, die Hand mit den dicht beschriebenen Blättern erschlaffte auf der dünnen Decke.

Der Geistliche, der in diesem Moment durch eine verborgene Tapetentür das Zimmer betrat, hielt sich nicht damit auf, dem Astronomen die letzten Sterbesakramente zu spenden. Er fühlte nach dem Puls an der Halsschlagader. Als er keinen Herzschlag mehr spürte, nahm er die Blätter aus Brahes Hand, faltete sie und steckte sie in seine Soutane. Das Quecksilber hatte offensichtlich gewirkt.

Er schaute sich noch einmal um, dann verließ er lautlos den Raum, trat durch einen Nebenausgang in den weitläufigen, gepflegten Park des Hauses und überquerte mit einem Sprung die niedrige Buchsbaumhecke, die den Besitz vom angrenzenden Wald trennte. Dabei verlor er ein seltsam geformtes Amulett – einen handtellergroßen sechszackigen Stern aus Silber, dessen Aussparungen an der Oberfläche mit roter Farbe gefüllt waren. Erst Wochen später fand ein Gärtner den Stern und brachte ihn seiner Frau mit, die ihn noch jahrelang bis zu ihrem Tod als Anhänger ihrer Halskette trug.

Als man den großen Astronomen und Gelehrten Brahe tot in seinem Bett entdeckte, wunderten sich alle, wo die Papiere hingekommen waren, an denen er bis zuletzt gearbeitet hatte. Die Feder auf dem Fußboden neben dem Bett war alles, was man fand. Ihre Spitze war noch nass.

Kapitel 4 – 11.3.2008

Burg Grub, Waldviertel/Österreich

Paul Wagner hatte schlecht geschlafen und wachte völlig gerädert auf. Ihm war kalt und er hoffte, dass er jemals so alt werden würde, wie er sich fühlte. Noch ein paar Nächte auf dieser Burg und ich bekomme die Gicht, dachte er, bevor er entdeckte, warum seine Beine so schwer waren. Tschak lag auf seiner Bettdecke und schlief selig.

Wagner hörte Lärm durch das geöffnete Fenster aus dem Burghof herauf schallen und entschloss sich schweren Herzens aufzustehen, Tschak von seinen Beinen zu vertreiben und den Tag zu beginnen. In seinem Kopf tobte ein Schwarm Hummeln und ihm wurde klar, dass die zahlreichen Schnäpse nach dem Rotwein gestern Abend zwar der Verdauung, keineswegs aber dem Wohlbefinden heute Morgen zuträglich gewesen waren.

Die Dusche, eher lauwarm, trug auch nicht dazu bei, seine Stimmung zu heben. Sina hatte wohl noch einen dieser alten Holzöfen, der das Wasser kaum wärmt, dachte Wagner und sehnte sich nach seiner Straßenbahn-Remise in Wien mit dem Jacuzzi und der kleinen Sauna. Er liebte es bei Kerzenlicht und einem Glas Wein zu baden und sich im heißen Wasser zu entspannen.

In der Hoffnung, irgendwo immer der Nase nach auf frischen Kaffee zu stoßen, machte er sich auf den Weg in das Untergeschoss des Wohnturms. In der Küche hatte er kein Glück, wie er nach einem raschen Blick feststellte. Der Herd war verwaist und es roch nur nach kalter Asche. Im Wohnzimmer war es wärmer, das Feuer im Kamin brannte heimelig und auf dem Tisch stand eine Kanne Tee. Wagner schenkte sich ein, nahm den Becher mit ans Fenster und schaute hinaus. Im Burghof sah er Sina mit Holz und Hacke hantieren, sein Atem stand weiß und dicht in der stillen Morgenluft. Es musste kalt sein.

Ein Blick auf sein Handy bestätigte dem Reporter, was er schon befürchtet hatte – kein Empfang. Das ist so ziemlich der letzte Platz auf Erden, wo ich begraben sein möchte, dachte er sich und trank den Tee aus. Dann nahm er seine dicke Winterjacke vom Haken, öffnete die Tür, ließ einen Schwall kalter Luft herein und trat hinaus in den klaren Morgen.

Sina war damit beschäftigt, die frisch gespaltenen Holzscheite aufzustapeln, und man konnte ihm ansehen, dass er die Tätigkeit in der frischen Luft genoss. Abschließend zog er das kleine Beil aus dem Hackstock, wog es in der Hand und sah Wagner in der Türe stehen, der missmutig zum Himmel schaute.

»Zu viel klare Luft für dich um diese Zeit?«

Der Reporter nickte. »In Verbindung mit keinem Kaffee, einer lauwarmen Dusche und einem Hund in meinem Bett ein totales Fiasko.«

»Dann komm mit, Paul, ich zeig dir was.« Sina schien, einmal wieder daheim auf seiner Burg, aufzublühen. Er ging um die Ecke des Turms und Wagner, der ihm folgte, sah in der Mitte des kleinen Hofes vor sich drei Äxte auf einer Bank liegen. Sie hatten eine polierte Doppelschneide und waren kleiner als das Beil, das Sina zum Holzhacken benutzt hatte. Wagner nahm eine in die Hand, wog sie und fand sie überraschend ausbalanciert. Der schwere Metallstiel hatte eine kleine Kugel am Ende, die wohl als Gegengewicht fungierte. Sina deutete auf eine Holzwand, rund 25 Meter von der Bank entfernt.

»Siehst du die drei Spielkarten?«, fragte er seinen Freund und Wagner schaute genauer hin. Er sah ein Herz-Ass, einen Pik-König und eine Pik-Zehn in Abständen von rund fünfzig Zentimeter voneinander an die Holzwand geheftet und winkte ab.

»Ja, ja, und Georg Sarrasani wird Ihnen jetzt vorführen, wie er mit drei Wurfäxten – Trommelwirbel bitte – genau in der Mitte diese Spielkarten halbiert.« Wagner hatte den Ton eines Zirkusdirektors angenommen, lachte und fuhr schließlich fort: »Du hast zu lange in deinen Mittelalter-Büchern geschmökert, Georg.«

Der Wissenschaftler lächelte, nahm mit einem Griff alle drei Äxte von der Bank und warf eine nach der anderen so schnell und sicher, dass Wagner wusste, sein Freund machte das nicht zum ersten Mal. Der Reporter ging langsam zur Holzwand hinüber und sah staunend auf die in der Mitte geteilten Spielkarten. Die Klingen der Äxte steckten tief im Holz und Wagner musste seine gesamte Kraft aufwenden, um sie herauszuziehen. Als er sich umdrehte, sah er Sina noch immer an derselben Stelle stehen. Er hatte jetzt zwei Wurfmesser in der Hand und sah ihn abschätzend an.

Wagner blieb stehen und rührte sich nicht mehr. »Georg, ich hoffe, du weißt, was du tust. Noch einen Todesfall kauft dir Berner nicht mehr ab.« Sein Sarkasmus verebbte irgendwo auf den 25 Metern, die ihn von Sina trennten, und Wagner spürte es. Vielleicht haben die drei Jahre auf der Burg Georg doch schlechter getan, als er glaubt, dachte der Reporter, und er begleicht jetzt die alte Rechnung mit mir. Paul Wagner spürte seine Zeit ablaufen. Sieht man in den letzten Sekunden nicht sein Leben an sich vorbeiziehen?, fragte er sich, aber da blitzten die stahlblauen Augen des Wissenschaftlers auf und zwei Klingen bohrten sich dicht neben dem Reporter ins Holz, mit einem Geräusch, das ihm das Blut in den Adern stocken ließ. Wagner drehte vorsichtig den Kopf. Beide Messer steckten in den Resten des Herz-Ass. Der Reporter atmete wieder aus.

Als die beiden Freunde eine Stunde später beschlossen, in den Ort hinunterzugehen und der »gemischten arenhandlung« einen Besuch abzustatten, hatten Paul Wagners Hände aufgehört zu zittern. Er sah Sina mit ganz anderen Augen, nachdem der ihm erzählt hatte, dass er fast drei Jahre lang jeden Tag geübt hatte. Mit Äxten, Messern, Pfeil und Bogen. Neben der Restaurierung der Burg und seinen Studien war die Perfektion im Umgang mit diesen Waffen seine Leidenschaft geworden. Die kleinen Wurfäxte, die er nach alten englischen Zeichnungen aus dem 16. Jahrhundert hatte anfertigen lassen, waren ihm am liebsten. Sie waren handlich, leicht zu verstecken, aber schwer zielgenau zu schleudern. Die Wurfmesser hatte er von einem alten Messerschmied nicht weit von Burg Grub gekauft. Der seltsame Kauz hauste in einem verlassenen Bauernhof ganz alleine mit ein wenig Vieh. Er hatte sich in einer alten Schmiede unweit des Hofes eine neue Esse gebaut und machte Messer, die seinen Vorstellungen von Perfektion entsprachen. Es hatte Sina mehr als ein Jahr und Dutzende Besuche gekostet, bis der Eigenbrötler Vertrauen gefasst, und einige weitere Monate, bis er ihm das erste Messer verkauft hatte. Als das Eis endlich gebrochen war, fertigte der Schmied für Sina Messer an, die genau auf die Länge seines Unterarms, die Größe seiner Hände und die Wurfkraft abgestimmt waren.

Pfeil und Bogen stammten aus einem kleinen Geschäft in Wien, das sich auf Jagdbogen und Pfeile spezialisiert hatte. Die Spitzen der Pfeile hatten Widerhaken, damit das Wild sie nicht abstreifen konnte. Die Bogen wiederum waren die größten und stärksten, die Sina je gesehen hatte. Sie waren dazu gebaut worden, auf große Distanzen zielsicher zu treffen und dem Pfeil noch immer genügend Kraft zu verleihen, um trotzdem zu töten.

Sina zäumte den Haflinger und legte Packtaschen auf. Dann schwang er sich in den Sattel, nahm die Zügel und mit einem leisen Schnalzen trieb er das Pferd über die Brücke und auf den Weg ins Tal. Wagner hing seinen Gedanken nach und ließ Sina vorausreiten.

Im Ort angekommen, hatte der Reporter wieder Empfang und sein Handy fing an, wie wild zu piepsen. Er hörte seine Mailbox ab.

»Kommissar Berner hat Sehnsucht«, meinte er zu Sina, der sein Pferd vor dem Laden anleinte, und wählte die Nummer des Kriminalbeamten.

»Endlich rufen Sie zurück, Wagner. Sind Sie in der Einschicht?«

»So könnte man es nennen, wenn mir nicht gerade ein anderer Ausdruck durch den Kopf ginge«, sagte Wagner sarkastisch und blickte zur blassroten Schrift der »arenhandlung« auf. Die fleckige Ladentür über den drei Stufen war einmal blau gestrichen gewesen, aber das war lange her. Während Sina schon in das Geschäft ging, setzte sich Wagner auf die kleine, durch zahllose Kunden abgenutzte Treppe. »Was kann ich für Sie tun?«

»Ich kann etwas für Sie tun«, konterte Berner. »Aber das wissen Sie nicht von mir, ich habe nie mit Ihnen gesprochen und Sie kennen mich nicht.«

»Ein frommer Wunsch, der leider nie in Erfüllung gehen wird …«, meinte Wagner ironisch. »Schießen Sie los.«

»Ein Augenzeuge hat am Abend des Mordes in der Ruprechtskirche einen schwarzen Wagen gesehen, einen Audi. Die Zeit passt, die Beschreibung der Männer ist vage, aber von der Statur her könnte einer der beiden der Fremdenführer gewesen sein.«

»Und der andere sein Mörder.«

Berner grunzte eine Bestätigung ins Telefon. »Aber es geht um etwas anderes. Der Wagen hatte ein Diplomatenkennzeichen. Zugelassen auf die chinesische Botschaft in Wien.«

Die Stille nach den Worten Berners war fast greifbar. Wagner pfiff leise durch die Zähne. »Sehr explosiv, Herr Kommissar. Ich verstehe, Ihnen sind die Hände gebunden und Ihr Chef hat Sie zurückgepfiffen. Exterritorial, diplomatische Verwicklungen, keine Ermittlungen. Kenne ich alles zur Genüge.« Berner schwieg zur Bestätigung.

Wagner dachte nach. »Und was kann die freie Presse für Sie tun?«, fragte er dann.

Berner blieb noch immer stumm. Nach einer Weile meinte der Kommissar leise: »Wie wär's mit ein bisschen Nervosität säen, Nerven blank legen, den Presseattaché quälen, auf Zermürbungstaktik setzen. Die Muskeln der Presse spielen lassen. Das muss ich Ihnen doch nicht beibringen, Wagner. Machen Sie einmal etwas Positives.«

»Ich denke drüber nach, versprochen«, antwortete der Reporter, »aber ich muss jetzt Schluss machen, sonst kauft Sina wieder zu viel ein.« Damit legte er schnell auf, blieb aber noch nachdenklich auf den Stufen sitzen, das Handy in der Hand, bis die Ladentür aufging und Georg Sina ihn ins Geschäft holte.

»Die Chinesen?« Der Wissenschaftler schaute Paul Wagner ungläubig an, während er die Satteltaschen mit den Einkäufen füllte. »Berner glaubt, die chinesische Botschaft hätte etwas mit dem Mord in der Ruprechtskirche zu tun?«

Wagner erzählte von dem Zeugen und den beiden Männern, die aus dem schwarzen Audi mit dem Diplomatenkennzeichen gestiegen waren.

Skeptisch schüttelte Sina den Kopf, zog sich aufs Pferd und blickte zu Wagner herunter. »Paul, du kennst so wie ich alle Einwände dagegen. Dieser Mord an und für sich ist schon skurril genug, jetzt auch noch die Chinesen? Ein bisschen weit hergeholt ... Wir treffen uns oben.« Dann trabte der Haflinger an und Paul Wagner, die Hände in den Hosentaschen, spazierte hinterher. Was hätte er jetzt für eines seiner Cross-Motorräder gegeben! Dann wäre Sinas Haflinger vor Schreck von der Straße gesprungen. Wagner lachte bei dem Gedanken leise vor sich hin.

Die Luft war kalt, aber klar und der Himmel von einem Blau, das den Frühling zaghaft ankündigte. Keine zehn Minuten später bog der Reporter von der Straße ab und begann den Aufstieg zur Burg. Je steiler der Weg wurde, desto mehr beneidete er Sina um seine Pferdestärke. So viel Bewegung in frischer Luft konnte nicht so gesund sein, wie alle immer behaupteten. Er fühlte sich lustlos. Seine Gedanken kreisten um das Rätsel, das ihnen der oder die unbekannten Täter aufzwingen wollten. Er war genauso ratlos wie Sina und der Anruf von Berner hatte nichts dazu beigetragen, den Schleier auch nur ein klein wenig zu lüften. Im Gegenteil, alles war noch komplizierter und verwirrender geworden.

Wagner ertappte sich bei dem Gedanken, einfach aufzugeben, alles zu vergessen und sich einem anderen Thema zuzuwenden, Sina in seiner Burg allein zu lassen und nach Wien zurückzufahren. War es der Kater oder woran lag es? Eine Umweltkatastrophe in Portugal war in aller Munde und in allen Nachrichten, warf Fragen auf, schien mit dem rätselhaften Mord an der spanischen Studentin viel dramatischer zu sein als der erschossene Fremdenführer in der Ruprechtskirche. »Vielleicht war das alles nur Zufall, der Tote und der Audi«, sagte er leise zu niemanden im Besonderen. Er horchte in sich hinein, lauschte seiner inneren Stimme, die meist recht hatte. Aber diesmal, wo er sie dringend gebraucht hätte, schwieg sie.

Wagner erreichte die Zugbrücke, ging durch das Burgtor in den Hof, als Georg Sina den Haflinger wieder in den kleinen Stall zurückbrachte, ihn kurz abrieb und Hafer in seine Krippe streute. »Komm, Paul, du schaust durchfroren aus, ein Tee wird uns guttun«, meinte Sina und beide machten sich auf den Weg in die Küche. Seit er wieder in seiner vertrauten Umgebung war, kam Wagner sein Freund ruhiger und ausgeglichener vor. Langsam konnte er verstehen, warum er hier lebte, was in ihm vorging.

»Georg, was hältst du davon, dass wir es einfach bleiben lassen. Vielleicht hast du recht und das führt alles nirgendwo hin, ergibt keinen Sinn oder wir sehen ihn einfach nicht. Ich glaube, ich fahre zurück nach Wien und kümmere mich um andere Dinge.« Paul Wagner hatte beschlossen, seine Entscheidung von Sina abhängig zu machen. Er beobachtete seinen Freund bei der heiligen Handlung der Teezubereitung und verspürte eine innere Ruhe, die sich wie eine warme Welle durch seinen Körper schob. Sina blickte nicht auf und schaufelte gedankenverloren einen Löffel Tee nach dem anderen in die große, irdene Teekanne.

»Ich habe gerade an das Gleiche gedacht, Paul. Und gestern hätte ich dir sicher gesagt, ›fahr nach Wien und vergiss es‹. Aber mir ist vorhin etwas eingefallen, ich weiß nur nicht, ob es stimmt ... eine seltsame Parallele.« Er hob abwehrend die Hand, Wagners Neugier spürend und seine Ungeduld. »Lass mich das zuerst nachprüfen, bevor wir uns in Gedankenspielen verlieren. Dann entscheiden wir, einverstanden?«

Wagner nickte und warf zwei Stück Zucker in seinen leeren Becher. »Nein, du entscheidest, Georg. Um unserer alten Freundschaft willen, um alles, was uns immer wieder vorwärts getrieben hat. Wenn du nicht willst, dann vergessen wir es.«

Sina lächelte und als er seinen Freund anschaute, war zum ersten Mal so etwas wie ein stilles, vollkommenes Einverständnis in seinem Blick.

In den Bergen nordwestlich von Lhasa/Tibet

Die drei großen russischen Kampfhubschrauber vom Typ Mi24 »Hind« rasten unter ohrenbetäubendem Lärm kaum fünfzig Meter über dem Boden den tief verschneiten, steilen Berghang entlang. Wie wütende Libellen, die sich durch nichts von ihrer Beute abbringen lassen, stürmten sie immer weiter den Berg empor, in einem Orkan aus Schnee und eiskalter Luft, der von den schweren Rotorblättern und den Turbinen immer wieder aufs Neue geboren wurde. Sie glichen modernen apokalyptischen Reitern, unaufhaltsam und todbringend, vorwärtsstürmend und alles vernichtend.

Die »Hind« war alles andere als schön, es war ein hässliches Erfolgsmodell. Von den Crews wurde es »das Krokodil« genannt, von den Mujaheddin »der Triumphwagen des Teufels«. Mehr als tausend Exemplare der neuen, verbesserten Version mit dem Code-Buchstaben »E« waren gebaut worden, viele für ausländische Armeen. Der Krieg in Afghanistan, der Konflikt im Grenzgebiet Indien/Pakistan oder die

Kämpfe in Tschetschenien hatten die »Hind« im Einsatz gesehen. Mit einigen Verbesserungen und Änderungen hatten chinesische Techniker den Hubschrauber für Tibet adaptiert und den Einsatzplafond auf mehr als fünftausend Meter angehoben.

Das Zeichen der chinesischen Volksarmee an den Flanken der Helikopter leuchtete blutrot durch den Schneesturm, der mit ihnen zu ziehen schien. Die Maschinenkanonen und Luft-Boden-Raketen an den kurzen Stummelflügeln waren entsichert und einsatzbereit, im Inneren jedes Hubschraubers bereiteten sich acht Mann der chinesischen Fallschirmjägereinheit auf den Angriff vor. Jeder Handgriff saß, keine Unruhe war auf ihren Gesichtern zu lesen, nicht einmal Anspannung. Die erprobten Kampftruppen waren die Elite der chinesischen Armee und sie waren sich dessen bewusst. Ihre Bewaffnung stammte aus den besten Arsenalen der internationalen Waffenhersteller.

General Li Feng, der im ersten Helikopter in der Pilotenkanzel mitflog und nun nach seinem Ziel Ausschau hielt, war zufrieden mit seiner Truppe und der Schnelligkeit, mit der sie vorwärts kamen. In den Hochtälern Tibets war es ein Glücksfall gewesen, dass ein Wetterumschwung und ein starker Westwind plötzlich alle Wolken weggefegt hatten. Die Berge und Pässe lagen frei unter einem unwirklich blauen Himmel in der Wintersonne.

Li Feng hatte nicht eine Sekunde gezögert, sondern die Gelegenheit sofort ergriffen. Auf dem streng geheimen und aufwendig getarnten Militärflughafen nahe Lhasa hatte er eine Woche auf diesen Augenblick gewartet, nachdem ihm die Meteorologen des Instituts in Beijing die mögliche Wetterbesserung angekündigt hatten. Innerhalb von dreißig Minuten war die Einheit startbereit gewesen und aufgebrochen. Der General, schlank, überdurchschnittlich groß für einen Chinesen und mit mongolischen Vorfahren, war bekannt und berüchtigt für seine Entscheidungsfreudigkeit. Das, sein rücksichtsloses Vorgehen innerhalb der Armee und bei den Säuberungen in Tibet hatte ihn in nur fünfzehn Jahren dahin gebracht, wo er seit jeher hin wollte, in den persönlichen Stab des chinesischen Armeeministers.

Diese Mission war lebenswichtig für China, für die Zukunft und den Weg dieser Nation und nicht zuletzt für ihn. Li Feng hatte nicht vor zu scheitern und die nächsten Jahre als Militärattaché in Kirgisistan zu verbringen.

Ich habe schon viel zu lange gewartet, dachte er sich, als die drei Helikopter den Berg hinaufstürmten.

Auch wenn der Minister immer wieder betonte, dass man die Ergebnisse aus Europa abwarten solle, Li Feng wollte das Problem auf seine Weise lösen und ein Staatsheld werden. Die Geschichte Chinas würde nicht mehr ohne ihn geschrieben werden können. Bei dem Gedanken huschte ein Grinsen über sein rundes Gesicht. Er, Li Feng, würde die Wahrheit finden, das Geheimnis endgültig entschlüsseln, das jahrtausendealte Rätsel endlich lösen und damit zum wichtigsten Mann in China werden.

Der Hang machte auf fast viertausend Meter Höhe einen scharfen Knick nach links und die Kampfhelikopter schossen wie Hornissen aus der Deckung des Berges in ein Hochtal, das sich wie in einem großen Panoramafenster über die ganze Breite des Sichtfeldes erstreckte. Unberührter, meterhoher Schnee glitzerte in der Sonne, die Felsen wichen zurück und vor ihnen sah Li Feng das Ziel wie auf dem Präsentierteller. Auf dem Sattel eines Passes lag das geheimnisvolle Kloster der legendären »Drachenkönige«, der Lu-Gyal, deren Wissen selbst in Tibet schon lange in Vergessenheit geraten war. Nur noch in einem Kloster des Landes wurden sie noch immer verehrt und ihre Lehren und Geheimnisse bewahrt. Vor allem aber jenes Geheimnis, das Li Feng Ruhm, Ehre und ewige Erwähnung in den chinesischen Geschichtsbüchern sichern sollte.

Der General, in einer Kampfuniform der chinesischen Armee ohne jedes Rangabzeichen, beugte sich zum Piloten und zeigte auf das Kloster, das nun vor ihnen lag und rasch größer wurde. Ein langgestrecktes, weißes Gebäude mit braunen Fenstern, das für tibetische Verhältnisse ungewöhnlich hoch war, erhob sich vor ihnen aus der kargen, wilden Landschaft. Acht Stockwerke waren im Laufe der Zeit übereinander errichtet worden, überragt von drei viereckigen Türmen mit großen Flachdächern, die wie Plattformen für Götterboten in den Himmel ragten.

»Wir landen auf dem Dach des mittleren Turms, weisen Sie die anderen an, links und rechts von uns die Türme zu besetzen. Und ich möchte so schnell unten sein, dass niemand auch nur an Flucht oder Gegenwehr denken kann.« Li Feng wollte nichts dem Zufall überlassen, auch wenn er von den Mönchen keine Gegenwehr erwartete.

Der Pilot nickte, sprach kurz in sein Mikro und dann schien der Helikopter im freien Fall auf den mittleren der Türme zuzustürzen, wie ein Fahrstuhl, dessen Haltekabel glatt durchtrennt wurden. In einer steilen Kurve raste der Boden auf sie zu und erst im letzten Moment fing der Pilot den Hubschrauber ab. Kaum hatte das Fahrwerk den Schnee auf dem Flachdach des Turms berührt, sprangen die acht Soldaten auch schon aus dem Helikopter und gingen in Stellung.

Li Feng sprang ebenfalls aus dem Cockpit, sah seine Männer mit dem Sturmgewehr im Anschlag und watete durch den Schnee, vor bis an die Brüstung des Turmes. Mit einem Blick überschaute er das verlassene Hochtal und die jungfräuliche weiße Fläche unter ihm. Keine Straße führte zu dem Kloster, kein Weg und kein Saumpfad, es waren keine Fußspuren im Schnee zu sehen. In den letzten Tagen war niemand ins Kloster gekommen oder hatte es verlassen, alle Mönche mussten hier sein. Nur er, Li Feng, war angekommen und wenn er das Kloster wieder verlassen würde, dann würde er das Geheimnis mit sich nehmen.

Nach dem Abstellen der Motoren war die Stille fast unwirklich. Mit einer schnellen Handbewegung wies Li Feng auf die Stufen, die durch den Turm hinab ins Kloster führten und sofort liefen die Soldaten fast lautlos in die Mitte der Plattform und verschwanden einer nach dem anderen in dem dunklen, schmalen Gang. Li Feng folgte ihnen. Es hatte begonnen.

Die Soldaten gingen mit gewohnter Präzision vor. Gänge sichern, Türen öffnen, weiter vordringen. Bald hatten sie die beiden obersten Stockwerke des Klosters durchkämmt, alle Räume durchsucht, aber sie hatten niemanden angetroffen, alles war leer und schien schon lange unbewohnt. Bei den wenigen alten Schränken standen die Türen offen, manche hingen schräg in den Angeln. Die Schlafmatten auf dem Boden waren zusammengerollt und seit langer Zeit unbenutzt.

Nach rund achtzig leeren Räumen ließ die Wachsamkeit der Soldaten langsam nach. In manchen der Gemächer hatten Vögel ihre Nester gebaut, Fenster waren zerbrochen und nicht mehr ersetzt worden. Alles machte einen vernachlässigten Eindruck. In vielen Räumen hatte der Wind Schnee hereingeweht und kleine Schneewehen knirschten unter den Stiefeln der Soldaten, die nun nur mehr oberflächlich jedes verlassene Zimmer kontrollierten und dann weitergingen. Nach vier menschenleeren Stockwerken schauten sie sich an und zuckten die Schultern. Vielleicht war das Kloster ja schon vor langer Zeit verlassen worden und der General hatte es nur nicht erfahren …

Li Feng spürte die Ratlosigkeit seiner Männer. Er war sich sicher, dass die Mönche hier sein mussten. Niemand hatte das Kloster verlassen und ihm war von seinen Informanten in Lhasa bestätigt worden, dass noch rund zwanzig Geistliche ständig hier lebten. Wenn nicht im oberen Teil, dann mussten sie in den unteren Stockwerken sein. Die Soldaten der drei Kampfgruppen konferierten über ihr Helmmikrofon. Die Lage war klar: Die vier obersten Sektoren waren im gesamten Kloster leer und gesichert, seit langer Zeit unbewohnt.

Die Soldaten der ersten Gruppe im linken Flügel des Klosters rückten in den Hauptgang des nächsten Stockwerks vor und übersahen dabei den dünnen schwarzen Draht, der in Kniehöhe quer über den Gang gespannt war. Zwei gewaltige Explosionen, die drei Sekunden zeitversetzt erfolgten, erschütterten das gesamte Kloster. Der linke Teil des Gebäudes schien sich für einen Augenblick zu heben, bevor er fast majestätisch langsam begann, in sich zusammenzustürzen. Der Turm glitt über das schrägstehende Dach und verschwand in der Tiefe, der Helikopter mit ihm. Wände barsten und Tonnen von Ziegeln und Steinen wurden weit auf die Schneefläche des Passes geschleudert. Das dumpfe Grollen der Explosionen wurde als Echo von Berg zu Berg getragen und schien nicht verebben zu wollen. Dann folgte die Explosion des Helikopters, der eine Felswand hinabgestürzt war, und seiner gesamten Munition. Eine Stichflamme gefolgt von einem Feuerball stieg mehrere hundert Meter in den Himmel.

Li Feng war von der Gewalt der ersten Explosion wie eine Marionette an eine der Wände des Treppenhauses geschleudert worden und der Boden vor seinen Füßen war plötzlich voller Risse, die immer größer wurden. Teile der Stufen fielen einen Stock tiefer, Löcher öffneten sich, Staub erfüllte die Luft und als die Druckwelle der zweiten Explosion an Li Feng vorbeirauschte wie ein Güterzug, raubte sie ihm den Atem. Er fluchte und stürmte nach unten, zwei Stufen auf einmal nehmend. Als er im dritten Stock ankam, war der linke Quergang verschwunden. An seiner Stelle klaffte ein riesiges Loch, durch das der General einen freien Blick auf die schneebedeckten Berge hatte. Li

Feng war geschockt. In seinem Kopfhörer schrien Stimmen durcheinander, seine Männer versuchten Klarheit über den Verbleib ihrer Kameraden zu bekommen. Der General hörte Soldaten durch das Treppenhaus stürmen. »Sammeln bei mir, dritter Stock, mittleres Treppenhaus.« Seine Stimme klang wieder fest und entschlossen. Der erste Schock war verflogen, jetzt war der General nur mehr wütend. Vom Spähtrupp im linken Teil des Gebäudes war niemand mehr am Leben, alle acht Mann waren bei den Explosionen ums Leben gekommen. Die restlichen 16 Fallschirmjäger scharten sich um Li Feng und erwarteten seine Befehle.

In den Mauern des Treppenhauses hatten sich tiefe Risse gebildet. Vereinzelt stürzten nach wie vor Teile von Wänden herunter, an vielen Stellen war der Verputz abgeplatzt. Li Feng erschien das Kloster wie ein Kartenhaus, das jeden Moment zusammenstürzen könnte.

»Wir bilden eine Gruppe und arbeiten uns die restlichen drei Stockwerke nach unten«, befahl Li Feng. Die Männer nickten und auf ein Zeichen von ihm begannen sie vorsichtig mit dem Abstieg, immer wieder auf weitere Fallen achtend. Das zweite Stockwerk war genauso verlassen wie die Etagen darüber. Es war gespenstisch. Die Räume wurden höher, je tiefer sie in das Gebäude vordrangen, die Tritte der Soldaten klangen hohl. Als die ersten drei seiner Fallschirmjäger die Treppen in die erste Etage nehmen wollten, brach unter ihnen die gesamte Konstruktion zusammen und stürzte mit den Soldaten in die Tiefe, durchschlug den ersten Stock und das Erdgeschoss, bevor sich alles als riesiger Haufen Schutt im Keller türmte. Die drei abgestürzten Soldaten antworteten nicht mehr. Li Feng kniete sich hin und betrachtete die Bruchstellen. Sie waren glatt, aber nicht neu, es handelte sich um eine vor langer Zeit vorbereitete Falle. Er richtete sich wieder auf und wandte sich um. »Zur rechten Treppe«, befahl er und die Gruppe der Fallschirmjäger betrat vorsichtig und misstrauisch den schmalen Gang.

In einer langen Reihe drangen sie weiter in den rechten Flügel des Klosters vor, von wo die einzige noch unversehrte Treppe nach unten führte. Die Zuversicht war aus den Gesichtern der Soldaten verschwunden, Anspannung und Unsicherheit sprach aus ihren Augen. Von anfänglich vierundzwanzig waren noch dreizehn Mann übrig und sie hatten den Feind noch nicht einmal gesehen. Zimmer auf Zimmer wurde geöffnet und kontrolliert, überall das gleiche Ergebnis.

Li Feng versuchte Kontakt mit den Piloten aufzunehmen, er wollte einen Hubschrauber in der Luft wissen, falls er die Waffen der »Hind« brauchen würde. Der Pilot, der auf dem mittleren Turm mit Li Feng gelandet war, meldete sich sofort. »Unverzüglich starten und die Umgebung sichern. Bleiben Sie in der Luft und feuern Sie nach eigenem Ermessen auf jeden, der das Gebäude verlässt«, gab der General Anweisung.

Der zweite Pilot meldete sich nicht. Li Feng überlegte kurz und kommandierte dann zwei Mann ab, um auf das Dach zu steigen, den Hubschrauber zu sichern und nach dem Piloten zu sehen.

»Wir gehen weiter nach unten«, befahl er den restlichen elf Soldaten und vorsichtig betraten sie das Treppenhaus. Hier gab es Wandmalereien, blaue Drachen, in deren Bauch ein Weiser oder König stand. Die Farben waren grell und kräftig, obwohl die Zeichnungen Jahrhunderte alt sein mussten. Es waren die ersten Darstellungen der Drachenkönige gewesen, die in Tibet auftauchten, vor mehr als tausend Jahren. Aber keiner der Männer hatte einen Blick für die feuerspeienden Drachen, sie schauten alle wie gebannt auf ein altes, doppelflügeliges, mit Metallplatten beschlagenes Tor. Es versperrte den Zugang zur Plattform des ersten Stockwerks und war mit großen Eisenspitzen geschmückt, die über fünfundzwanzig Zentimeter lang waren. Vier riesige Ringe dienten dazu, die schweren Flügel aufzuziehen, Staub und Rost bezeugten, dass dieser Weg nur sehr selten benutzt wurde.

Wahrscheinlich gehen alle über die mittlere Treppe, dachte Li Feng und ermahnte seine Männer zur Vorsicht. Dieses Kloster war voller tückischer Fallen und dieses Tor sah nach der nächsten aus …

Die beiden Soldaten vom Turm meldeten sich über Funk. »General, der Pilot ist tot. Er ist mit einem Teil der Plattformbrüstung abgestürzt. Muss sich dagegen gelehnt haben und vielleicht hat die Explosion …«

Li Feng unterbrach sie. »Egal! Vergesst den Helikopter, ohne Pilot ist er nutzlos. Sofort aufschließen!«

Währenddessen hatten zwei der Soldaten vorsichtig den Riegel in der Tür zurückgeschoben und zogen nun an den Ringen der Tore, aber nichts rührte sich, die Flügel waren zu schwer. Sie sahen den General fragend an. Li Feng überlegte, das Tor mit Handgranaten zu sprengen, aber das Gebäude wirkte jetzt schon so baufällig, dass eine weitere

Explosion sie alle begraben könnte. Er winkte zwei zusätzliche Soldaten zum Tor und schließlich zogen die Fallschirmjäger an allen vier Ringen, nun mit vereinten Kräften. Erst geschah gar nichts und die Soldaten zogen stärker. Ein lautes mechanisches Klicken ertönte, doch das Tor öffnete sich nicht, es kippte! Die oberen Verankerungen lösten sich blitzschnell und die beiden, fast drei Meter hohen tonnenschweren Flügel wurden von zwei starken Federn in die Waagrechte gedrückt, begruben die vier Männer unter sich, spießten sie auf. Erschlagen wie Raben in der Vogelfalle.

Dutzende scharfer Metallspitzen bohrten sich in die Soldaten und wie ein Uhrwerk, das unerbittlich ablief, löste sich unmittelbar danach ein schweres Metallornament aus der Decke. Li Feng schaute hoch und sah gerade noch einen gewaltigen Drachenkopf mit weit aufgerissenem Rachen auf ihn zufallen, bevor er sich instinktiv zur Seite warf. Die Zähne des Drachen verfehlten ihn nur um wenige Zentimeter und rammten sich mit Gewalt in die Bodenplatten. Mit einer geradezu hellseherischen Voraussicht hatte es die Drachenkopf-Falle auf den Anführer der Eindringlinge abgesehen. Dieser Anschlag galt ihm persönlich, wurde sich Li Feng klar, und das machte ihn noch wütender.

Die beiden Fallschirmjäger, die das Dach erkundet hatten, rannten die Treppen herunter und verstärkten die Gruppe wieder. Li Feng blickte sich um. Neun Mann blieben ihm noch von seiner Streitmacht, neun Mann, die bisher von den Fallen der Mönche verschont geblieben waren. Er wollte lieber nicht daran denken, wie er seinen Vorgesetzten die Verluste erklären würde. Aber wenn ich mit dem Geheimnis nach Beijing zurückkehre, dann spielt das auch keine Rolle mehr, dachte er und gab das Signal zum Vorrücken.

Vorsichtig und immer der Wand entlang stiegen die Soldaten einer nach dem anderen über die Türflügel und die wenigen verbleibenden Stufen hinunter ins Erdgeschoss. Die Sturmgewehre im Anschlag lauschten die Männer auf jedes verdächtige Geräusch, aber außer dem Hubschrauber, der langsam das Kloster umkreiste, war nichts zu hören. Alle Gänge waren leer.

Da der linke Teil des Klosters völlig eingestürzt war und alle anderen Räume durchsucht worden waren, blieb nur mehr das Erdgeschoss, um die Mönche zu finden. Irgendwo hier musste die Hauptversammlungshalle sein, dachte sich Li Feng, als er in der Mitte des Hauptganges neben der zerstörten Treppe eine große rote Tür entdeckte, die nur angelehnt war. Mit zwei Handbewegungen postierte er seine Männer links und rechts davon und zog seine Pistole. Dann gab er dem Türflügel einen festen Tritt und sprang, sich über die Schulter abrollend, durch die Öffnung. Er landete auf einem glänzenden Teakholzboden, den Generationen von Mönchen blankpoliert hatten. Es roch nach Wachs und Räucherstäbchen, nach alten Stoffen und feuchten Wänden. Als sich Li Feng aufrichtete, sah er ein seltsames Schauspiel vor sich. In einem Halbkreis saßen reglos betende Mönche im Lotos-Sitz, die Hände gefaltet und mit weißen Schals zusammengebunden. Sie blickten nicht auf, bewegten sich nicht. Li Feng wunderte sich, dass er kein Gebetsgemurmel hörte. Alles war zu ruhig, zu friedlich.

Die Fallschirmjäger kamen einer nach dem anderen in den großen Gebetsraum und blieben stehen, als sie die betenden Mönche sahen, aber sie hielten ihre Waffen im Anschlag. Für einige Augenblicke rührte sich niemand. Nur das Atmen der Soldaten war zu hören.

In Li Feng wuchs ein furchtbarer Verdacht, der so unerhört war, dass er es nicht einmal wagte, ihn zu Ende zu denken. Er zögerte zuerst, dann ging er rasch zu einem der mit gesenktem Kopf betenden Mönche und legte seine Finger auf die Halsschlagader des jungen, kahlgeschorenen Mannes. Kein Puls war zu spüren. Eine eiserne Hand schien nach Li Feng zu greifen und drückte seinen Brustkorb zusammen. Das Atmen fiel ihm schwer und die furchtbare Gewissheit seiner Niederlage fuhr wie Blei in seine Glieder. Schlafwandlerisch ging der General zum nächsten Mönch und dann zum nächsten. Alle waren tot, vereint in einem gemeinsamen letzten Gebet. Li Feng ließ die Pistole sinken und sah all seine Pläne durchkreuzt. Gegen den Tod, den er so gerne besiegt hätte, war selbst er machtlos. Hier würde er das Geheimnis nicht mehr finden. Seine Männer standen stumm und ratlos am Eingang der Halle. Der Kampf war entschieden, aber gewonnen hatten sie nichts.

Einer der Mönche saß etwas abseits der übrigen, es war der Abt des Klosters, der eine Gebetskette aus großen weißen Perlen trug. Wütend gab Li Feng dem Toten einen Tritt, der ihn hintenüberstürzen ließ. Das Gesicht des Abtes war friedlich und entspannt und er schien zu lächeln, wie um die chinesischen Eindringlinge zu verhöhnen.

Li Feng drehte sich abrupt um, verließ den Gebetsraum mit großen Schritten und gab seinen Männern das Zeichen, ihm zu folgen. Sie traten durch eine Tür ins Freie, versanken bis zu den Hüften im Schnee, den der Wind entlang der Mauern aufgeschichtet hatte.

Als die Mi24 »Hind« einschwebte und alle an Bord nahm, war die Sonne bereits hinter der westlichen Bergkette verschwunden. Die Rotorblätter peitschten den Schnee auf und wirbelten ihn zu kleinen Tornados. Wie ein wütend fauchender Schneetiger preschte die »Hind« davon, hinunter ins Tal, zurück nach Lhasa.

Mit der Kälte des Abends kehrte wieder Ruhe ins Kloster ein. Von einem der Fenster im rechten Turm löste sich ein kleiner Bergfalke und begann, seine Kreise zu ziehen, erst über den verwüsteten Teil des Klosters, dann flog er immer näher an den Eingang. Schließlich segelte er durch ein offenes Fenster im Erdgeschoss und durch die rote Tür in den Hauptversammlungsraum. Er landete auf einem kleinen Podest und blickte mit wachen Augen über die versammelten toten Mönche. Dann hob er nochmals ab und landete auf der Brust des Abts, schlug seine Krallen in die orange Kutte, nahm mit seinem Schnabel vorsichtig die aufgefädelten Perlen der roten Gebetskette und legte sie dem Abt quer über den offenen Mund. Der kleine Bergfalke schien sein Werk kurz zu betrachten, dann spreizte er die Flügel, flog auf und fand sicher seinen Weg ins Freie.

Burg Grub, Waldviertel/Österreich

Georg Sina war schweigsamer als üblich und las bereits seit mehr als einer Stunde in einem Buch mit dem Titel »Maße und Gewichte von der Antike bis heute«. Paul Wagner hatte erfolgreich das Sofa von Tschak erobert und sich darauf ausgestreckt. Nach anfänglichem Schmollen war der kleine Hund zurückgekehrt und hatte es sich an der Seite von Wagner gemütlich gemacht. Jetzt dösten beide vor der Kulisse des knisternden Feuers vor sich hin, während Sina nach dem Lesen der Informationen, die er gesucht hatte, immer nachdenklicher wurde. Schließlich kramte er einen Plan der Stadt Wien hervor und machte sich Notizen.

Es wird Zeit, unseren schlafenden Reporter zu wecken, dachte er sich und sagte laut: »So arbeitet die freie Presse also unermüdlich im Aufspüren von mitreißenden und herzerweichenden Geschichten.«

Paul Wagner winkte nur verschlafen ab. »Die freie Presse ist in der Krise, Georg, Sinnkrise, Lebenskrise, Glaubenskrise, Schaffenskrise, totale Krise. Vor allem aber ist sie eines – müde.«

»Dann hab ich etwas, das dich blitzartig wieder munter machen wird, besser als jeder Tee und Kaffee, und dir vielleicht den Glauben zurückgibt«, meinte Sina und tippte mit dem Finger auf den Plan von Wien. »Du erinnerst dich an die Buchstaben ›L‹ und ›I‹.«

»Ja, natürlich, 51 in römischen Ziffern, die Buchstabensumme von AEIOU addiert zu 1439, dem Jahr, in dem Friedrich in Wien einzieht, ergibt 1490, dem Todesjahr von Corvinus, dem Mann, der den Raben als Wappentier hat.« Wagner gähnte.

»Ja, es heißt aber auch Li.«

Für einen Moment herrschte Stille im Raum und nur das Feuer im Kamin knisterte. Wagner richtete sich auf. »Was meinst du mit Li?«

»Die zweite Ebene. Ich hab dir gesagt, Friedrich arbeitete immer bei seinen Geheimschriften mit mindestens zwei Ebenen. Einer vordergründigen und einer versteckten, für die hartnäckigen Forscher. Und dann mit vielleicht noch einer … wer weiß. Aber fest steht – Li ist ein altes chinesisches Längenmaß, 644,4 Meter. Und weißt du, wer es eingeführt hat?« Sina lächelte und Wagner war plötzlich hellwach. »Es war der erste chinesische Kaiser Qin Shihuangdi, der mit einer riesigen Terrakotta-Armee in Xi'an begraben liegt und um den sich seit Jahrtausenden viele Mythen ranken.« Sina stand auf und die Erinnerung an seinen Besuch mit Clara in Xi'an kam wie ein dunkler Schatten über ihn. Er versuchte, ihn zu verdrängen und kam zu Wagner herüber, setzte sich auf das Sofa und streichelte Tschak.

»Sagtest du China?« Der Reporter war plötzlich aufgeregt. »Das würde passen … Aber ich gebe zu bedenken, das ›LI‹ hinterlässt der Mörder. Wer sagt uns, dass es etwas ist, das Friedrich kennt? Wieso sollte ein österreichischer Kaiser des 15. Jahrhunderts ein chinesisches Längenmaß kennen? Und wenn ja, was für eine Bedeutung soll das haben?«

»Das hab ich mich auch gefragt«, meinte Sina, stand auf und nahm den Plan von Wien, ging zum großen Esstisch und breitete ihn aus. »Denken wir in der Art von Friedrich. Corvinus, ein Rabe, ein Ring, Symbol der Ewigkeit, des wiederkehrenden Kreislaufs. Also ein Kreis. AEIOU – 51 oder LI. Warum ziehen wir keinen Kreis?«

Wagner war verblüfft. »Einen Kreis um was? Um die Ruprechtskirche?« Sina nickte. »Radius ein ›LI‹ oder 644 Meter. Der halbe Meter sollte keinen Unterschied machen.« Er nahm einen Zirkel, stellte ihn nach dem Maßstab ein und zog einen Kreis auf dem Plan. Beide Freunde beugten sich über die farbige Karte der Wiener Innenstadt.

»Das glaube ich jetzt nicht, das kann nicht wahr sein«, murmelte Wagner und Sina fuhr sich mit seiner Hand geistesabwesend immer und immer wieder über seinen Bart. Dann war es mit einem Mal sehr still und beide Freunde sahen sich entgeistert an. Der Kreis ging genau durch vier der bekanntesten Kirchen Wiens – der Karmeliterkirche, der Schottenkirche, St. Michael und der Franziskanerkirche.

»Das kann auch nur Zufall sein, purer Zufall …«, sagte Wagner und glaubte es doch nicht. Aber Sina war abgetaucht in seiner ganz eigenen Gedankenwelt, voll mit Querverbindungen und schon einige Schritte weiter. Er hatte ein Lineal genommen und verband die Kirchen mit schnellen Bleistiftstrichen. Auf dem Stadtplan entstand die Figur eines Drachenvierecks, das jedes Kind kennt, das je einen Drachen in den Herbstwinden steigen ließ.

»Und das? Ist das auch noch Zufall? Dass die Ruprechtskirche mit der Karmeliterkirche und der Michaelerkirche auf einer Linie liegt? Dass die Schottenkirche und die Franziskanerkirche im gleichen Abstand gebaut sind und so die Figur ergeben?«

Der Wissenschaftler klopfte mit dem Lineal auf den Plan. »Friedrich hat das gewusst. Woher er das chinesische Längenmaß kannte, das weiß ich nicht. Aber er wusste um das Geheimnis der fünf Kirchen und er hat es genützt, um sein ganz persönliches Geheimnis zu verschlüsseln.«

Wagner war verblüfft. »Und du meinst, der Mörder wusste das auch? Er kannte die doppelte Bedeutung des Wortes LI?«

Sina zuckte die Schultern. »Ich habe keine Ahnung, Paul. Ich weiß nur, was ich dir gerade gezeigt habe. Wir haben hier ein mittelalterliches Rebus, das riesengroß ist. Einige Teile davon kennen wir – das Grab Friedrichs, sein Monogramm, die fünf Kirchen, die Selbstlaute, das Drachenviereck, das chinesische Längenmaß, den verschwundenen Leichnam des Kaisers – und alle haben eine doppelte oder dreifache Bedeutung. Aber viele Teile und vor allem den Grund für all das kennen wir noch lange nicht.«

Der Wissenschaftler faltete langsam den Plan zusammen. »Irgendjemand wollte uns mit dem Mord auf eine Fährte locken, will, dass wir für ihn ein Rätsel lösen, das noch nie jemand gelöst hat.« Er schaute seinen Freund an und führte seinen Gedankengang fort. »Ich weiß nicht, ob ich das Geheimnis für jemand anderen lüften möchte. Ich glaube nicht.« Sina strich sich über die Haare und dachte nach. Dann sagte er: »Aber eines weiß ich – ich will, dass wir dieses Rätsel lösen. Für uns.«

Wagner lächelte und nickte. Seine Müdigkeit und seine Zweifel waren wie weggeblasen. »Gut, Georg, einverstanden, damit ist die Entscheidung gefallen. Ich weiß zwar nicht, was Friedrich versteckt hat, aber was immer es ist, er hat sich viel Mühe gegeben.« Wagner rieb sich vergnügt die Hände. »Und wir werden es finden.«

Karlskirche, Wien/Österreich

Peer van Gavint entließ den Fahrer der Botschaft mit einem lässigen Winken und überquerte betont langsam den Wiener Karlsplatz, flanierte durch die Parkanlagen vorbei an einigen Dealern und reagierte nicht auf ihre Angebote. Er zog seine Ray Ban aus der Tasche, setzte sie auf und stieg schließlich die Stufen zur Karlskirche empor. Wegen des kalten Winterwetters trug er einen maßgeschneiderten, dunkelgrauen Anzug aus Kaschmir-Wolle, Budapester Schuhe und einen Burberry, dazu seine üblichen schwarzen Handschuhe. An der Kasse der Karlskirche, die zugleich Gotteshaus, Ausstellung und Museum war, bezahlte er den Eintritt und wandte dabei wie beiläufig sein Gesicht ab.

Aus einem der zahlreichen Informationsständer entnahm er eine gefaltete Broschüre über die Geschichte und den Bau der Kirche und las, während er »die wohl bedeutendste barocke Kirche nördlich der Alpen, erbaut von Fischer von Erlach« betrat, wie ihm der Prospekt verriet. Gavint blieb mitten im Kirchenschiff stehen, bewunderte den Innenraum und den schwer vergoldeten Altar, der ihm wie ein barocker Albtraum vorkam, und wandte sich dann nach rechts, dem Lift zu.

Seit wenigen Wochen waren Restaurierungsarbeiten an den Deckenfresken der Karlskirche in zweiunddreißig Metern Höhe im Gange. Deshalb hatte man einen Panoramaaufzug für Besucher eingerichtet, mit dem man nun bequem bis unter die Kuppel fahren und von dort noch einige Stockwerke höher bis in die sogenannte »Laterne« steigen konnte. Der Blick über Wien war einzigartig, vorausgesetzt, das leichte Schwanken des Gerüsts machte das Erlebnis nicht zu einer Zitterpartie.

Gavint nickte dem jungen Mädchen zu, die den Lift bediente und ließ sich unter den Klängen von Franz Schuberts »Forelle« aus den Lautsprechern des Aufzugs hoch tragen, bis die Deckenfresken in Reichweite waren. Dann trat er auf die verwinkelte Plattform aus Holz und Aluminium und schaute sich um. Nur wenige Besucher hatten den Weg in die luftigen Höhen gewagt und Gavint beschloss, auch noch das letzte Stück in die »Laterne« hinaufzusteigen und einen Blick auf Wien zu werfen. So stieg er weiter nach oben, an Heiligen und

Putten vorbei, die aus dieser Perspektive verzerrt und weniger schwebend aussahen.

Auf der letzten Plattform angelangt, die kaum sechs Menschen Platz bot, blickte er aus den kleinen Fenstern. Er hatte genügend Zeit, der Abend brach langsam über der Stadt herein und die Lichter gingen an, zuerst einige, dann immer mehr. Wien war eine Stadt nach seinem Geschmack. Elegant und trotzdem ein wenig dekadent, tolerant und freigeistig.

Ich könnte mich im Alter hier niederlassen, dachte er, als er bis zu den Hausbergen der Wiener, dem Kahlenberg und dem Leopoldsberg schaute, die sich im letzten Abendlicht in leichte Nebel hüllten. Die Straßenbeleuchtung zeichnete helle Linien ins Stadtbild.

Die wenigen Besucher waren bereits wieder mit dem Lift nach unten gefahren, als Gavint die Hauptplattform erneut betrat, sich über das Geländer beugte und in die Tiefe blickte. Er sah dem Lift zu, wie er höher schwebte, und hörte, wie er hielt und die Türen sich öffneten. Ohne jede Eile wartete Gavint noch einen Augenblick, dann hastete er zum Aufzug und sprach das junge bildhübsche Mädchen an. Ihr wallendes, blondes Haar fiel ihr wie ein Vlies über die Schultern und ihre leuchtend blauen Augen blickten ihn erwartungsvoll an.

»Kommen Sie schnell, ich glaube, da ist jemandem schlecht geworden!«, stieß er atemlos hervor, drehte sich jedoch sogleich wieder um und eilte zurück, tiefer auf die verwinkelte Plattform zu. Hinter sich hörte er das Mädchen hertrippeln, ihre Stöckelschuhe klapperten auf den braunen Holzplatten. Als sich Gavint überraschend umdrehte, konnte sie nicht mehr rechtzeitig stehen bleiben und lief in ihn hinein. Bevor sie sich entschuldigen und wieder befreien konnte, nahm er ihren Kopf mit beiden Händen und drehte ihn ruckartig, bis er ihre Nackenwirbel brechen hörte. Sie wurde augenblicklich schlaff und Gavint legte sie auf den Boden, ging dann rasch zum Aufzug zurück, um die Tür zu blockieren. Ohne besondere Eile begann er das junge Mädchen auszuziehen, bis sie völlig nackt war. Dann zog er einen dicken schwarzen Filzstift aus seiner Manteltasche und malte große Engelsflügel auf ihren Rücken. Zufrieden mit seinem Werk steckte er den Stift weg und nahm stattdessen eine Dose Schuhcreme und färbte das Gesicht der jungen Frau völlig schwarz. Schließlich griff er in seine Manteltasche und steckte etwas in ihren Mund, bevor er ihren Körper über das Geländer der Plattform hob und ihn fallen ließ. Schweigend schwebte der tote Engel mit wehendem blondem Haar tiefer und tiefer, bis er mit einem obszönen Geräusch auf dem Steinboden der Kirche aufschlug.

Gavint verließ rasch die Plattform, ließ den Aufzug rechts liegen und benützte stattdessen die Fluchtstiege. Die Zeit der Warnungen und Symbole war vorbei, der erste Teil seiner Aufgabe erfüllt.

Laute Rufe ertönten von unten, als er nach wenigen Metern einen schmalen Gang erreichte, der seit der Erbauung der Kirche immer wieder bei Restaurierungsarbeiten genutzt wurde. Er führte durch die dicken Außenwände hinunter bis zum ersten Stock und dann weiter bis zum Ausgang. Gavint öffnete die fast unsichtbare Tür, schlüpfte in den staubigen Gang und zog sie hinter sich zu, gerade als die ersten Angestellten und Besucher lautstark die Treppen heraufstürmten. Er entkam wie geplant, unerkannt. Er hatte nichts anderes erwartet.

April 1759, Schloss Versailles/Frankreich

Das Licht Tausender Kerzen fiel aus den hohen Fenstern des Schlosses auf die Parkettgärten und Kieswege, die es kunstvoll umgaben. Es roch nach Regen, bald würde sich ein ausgiebiger Frühlingsregen auf die Festgesellschaft ergießen. Die Musik Jean-Philippe Rameaus lag flimmernd in der Luft. Die Gesellschaft unterhielt sich bestens, und der König, Ludwig XV., war guter Dinge. Er sah den Damen nach und hob immer wieder prostend sein Glas, um auf die weibliche Schönheit zu trinken.

Anders der Graf von Saint-Germain. Gerade noch hatte er eine erstaunt lauschende Menge aus adeligen Hofschranzen und Damen mit detailreichen Schilderungen historischer Ereignisse, deren Zeuge er gewesen sein wollte, unterhalten, jetzt saß er mit versteinerter Miene an der überreich gedeckten Tafel und rührte keinen Bissen von den edlen Spezereien an. Er verhielt sich jedoch ganz so, wie man es von ihm gewohnt war, weshalb des Königs Laune nicht getrübt wurde. Vergnügt tanzte er ein Menuett mit der Pompadour. Die Mätresse war schön wie eh und je, und der Monarch schätzte, was er an ihr hatte.

»Madame lässt den Herrn Grafen fragen …«, flüsterte die Hofdame.

»Was lässt Madame fragen?«, raunte Saint-Germain unwirsch. Mit angewiderter Miene drehte er den Blick zur Seite.

Unweigerlich setzte die Angesprochene einen Schritt zurück. Dann räusperte sie sich, beugte sich zum Grafen hinunter und murmelte: »Madame lässt fragen … Nachdem Eure Arbeit nun schon einiges an Geld … Verzeiht, ich bin nur die Überbringerin …«

»Ja, ja, fahr sie fort!«

»Meine Herrin möchte wissen, wann sie Proben Eurer Arbeit für sich und den König haben kann?«

»Madame du Hausset, an welche Art von Proben hat Madame Pompadour gedacht? Ich habe dem König doch mitteilen lassen, dass das Verschmelzen von Diamanten kein Kinderspiel, sondern ein äußerst schwieriges Unterfangen ist, das die volle Breite meiner Kunst in Anspruch nehmen wird«, sprach Saint-Germain zu der adligen Dame wie zu einem unverständigen Kind.

»Aber Ihr missversteht mich, werter Graf«, blieb du Hausset bemüht höflich. »Was soll Madame mit dem Geschmeiß … Pardon! …dem Geschmeide. Davon hat sie genug. Vielmehr hat sie Euch sagen hören, Ihr wäret im Besitz eines gewaltigen Geheimnisses … des Geheimnisses der Geheimnisse, wie man sich erzählt bei Hofe.«

»Ich weiß nicht, wovon Ihr redet, werte Dame«, raunzte der Graf, aber ein selbstgefälliges Lächeln huschte über seine Miene, wie ein Mäuslein über einen vollen Mehlsack. Mit gespreizten Fingern zupfte er seinen Rock zurecht und schickte sich an, sich zu erheben. Madame du Hausset packte ihn mit einer Hand an der Schulter. Mit unerwarteter Heftigkeit drückte sie Saint-Germain zurück in seinen Sessel, wobei sie sich den Sitznachbarn des Mannes zuwandte und ihnen ein strahlendes Lächeln zuwarf, das deren Blick blendete.

»Ihr irrt Euch, wenn Ihr glaubt, Spielchen mit Madame machen zu können, Monsieur. Madame hat hier in Versailles das Sagen, und das soll auch so bleiben, versteht Ihr mich!«, flüsterte sie scharf und nur für die Ohren des Grafen bestimmt.

»Nun denn, wie kann ich Eurem Liebreiz zu Diensten sein«, presste Saint-Germain hervor.

»Viel besser, Monsieur. Ihr lernt schnell. Nun genau darum geht es, Ihr sollt Madame Euer Aqua Benedetta verabreichen, das, so haben wir gehört, das Altern der Damen endet. Und von selbem sollt Ihr auch Seiner Majestät ...«

Da wurde die Hofdame jäh unterbrochen, als mit einem »Verzeiht, Herr Graf!« ein Diener mit gepuderter Perücke und in der Livree des königlichen Palastes sich zum Grafen von Saint-Germain hinunterbeugte. »Ein Chevalier aus Wien ersucht um eine Unterredung unter vier Augen mit Monsieur. Er erwartet Euch dort hinten, im Salon.« Der Domestik machte eine Geste, die dem Grafen bedeutete, ihm zu folgen.

Die Unterbrechung kam dem Grafen ganz und gar nicht ungelegen, konnte er doch so elegant dem Griff der Megäre entrinnen. Ohne ein Wort der Entschuldigung zu verlieren, erhob sich Saint-Germain und stolzierte mit steifem Rücken dem Livrierten hinterher. Madame du Hausset schürzte die Lippen und ließ die Luft lautstark durch ihre Nase entweichen. Mit einer geübten Fingerbewegung entfaltete sie ihren Fächer und machte so abrupt auf der Stelle kehrt, dass ihre Unterröcke seidig rauschten. Wütend fächerte sie sich Luft zu, ihr erhitztes Gesicht leuchtete rot. Was erlaubte sich dieser Saint-Germain eigentlich? Das nächste Mal würde sie ihn nicht so leicht ziehen lassen.

Der Diener war vorausgegangen und öffnete nun eine Türe, bevor er sich tief verbeugte. Saint-Germain betrat den Salon wie ein Schauspieler, der sich auf der königlichen Bühne ins Rampenlicht begibt, um selbst dieses in den Schatten zu stellen. Die Tür schloss sich leise hinter dem Grafen, der Lakai war draußen geblieben, um auf ihn zu warten und ihn anschließend wieder zur Soiree zurückzugeleiten. Saint-Germain blickte sich im Salon um und verdutzt stellte er fest, dass er allein war. Der Raum war leer. Hunderte Kerzen erleuchteten die erlesene Einrichtung, die man im Französischen »Chinoiserie« nannte. Der Graf war noch erstaunter, als er hinter sich hörte, wie der Schlüssel sich im Schloss drehte. Rasch fuhr er herum und rüttelte an der Türe. Vergebens, man hatte ihn eingesperrt.

»Verzeiht, Monsieur, den Mummenschanz. Leider ist er notwendig geworden«, hörte er da die leise Stimme eines Mannes. Er blickte sich im Licht der Kerzen um, versuchte die dunklen Ecken mit seinen Blicken zu durchdringen. Da gewahrte er erst die spanische Wand. Von dort war die Stimme gekommen. Das musste wohl der Chevalier aus Wien sein.

Saint-Germain fand es keineswegs amüsant, dass er den Fremden nicht sehen konnte, er aber offensichtlich ihn. »Keine Ursache, Monsieur, aber nun kommt hervor, so dass wir von Angesicht zu Angesicht … sprechen …« Nur mit Mühe konnte der Graf ein Zittern in seiner Stimme unterdrücken. Sein Instinkt hatte ihn noch nie getrogen und kaum hatte er diesen Raum betreten, hatte ihn ein mulmiges, mehr noch, ein warnendes Gefühl befallen. Mit einer gekünstelt wirkenden Geste, wie sie bei Hof üblich war, um Momente der Unsicherheit zu überspielen, zog er ein spitzengesäumtes Taschentuch hervor und tupfte sich albern kichernd die schweißnasse Stirn. Im Spiegel an der Wand gegenüber konnte er erkennen, dass sich seine Schminke dabei löste und unfeine schweinchenrosa Haut aufblitzte. Wie peinlich, dachte er, wie peinlich und das alles nur wegen dem Chevalier aus Wien.

Saint-Germain hörte Schritte. Endlich würde sich der Unbekannte offenbaren. Bestimmt war er ein Gesandter der kaiserlichen Geheimpolizei, um sich über die Invasionspläne zu informieren.

Doch was war das? Dem Grafen blieb vor Schreck fast das Herz stehen. Die Figur, die gemessenen Schrittes hinter der Stellwand hervortrat, glich ihm wie ein Ei dem anderen. Direkt ihm gegenüber stand sein bleicher Doppelgänger, der sogar das gleiche Taschentuch in der Hand hielt. Es war, als blicke er in den Spiegel oder in die schwarze, schwindelnde Tiefe eines Albtraums. Ein gefährliches Lächeln lag auf dem Mund seines lebenden Spiegelbildes. Es blickte wie ein lauernder Gargoyle von der Kathedrale von Notre-Dame de Paris auf sein Opfer.

Saint-Germain hielt dem Augenpaar nicht stand. Er rannte los zur Türe. Hinter den Vorhängen und aus den dunklen Nischen des Salons traten fünf Männer hervor, feuerrote Sterne zierten ihre weiße Brust. Der Graf kreischte wie ein Mädchen. Sein Double lachte. Das laute Lachen dröhnte auch noch in seinen Ohren, nachdem ihm die stummen Angreifer einen Sack über den Kopf gestülpt hatten.

Der Livrierte öffnete nach einem kurzen Klopfen die Türe des Salons zur Gesellschaft. Der Graf von Saint-Germain betrat mit ernster Miene und tadellos geschminkt wie immer das Fest. Er wandte sich zu Madame du Hausset und sprach fest: »Madame müssen verstehen, dass ich es nicht mit meinem Gewissen und der großen Verantwortung, die darauf lastet, vereinbaren kann, mein Geheimnis zu teilen, oder gar zu Geld zu machen. Berichte sie solches getrost ihrer Herrin und all den andren Damen bei Hofe und in Paris.«

Du Hausset war sprachlos. Sie hatte nicht mit einem so entschlossenen Saint-Germain gerechnet, er hatte sie überrumpelt und sie machte in ihrer ersten Verblüffung einen Knicks. Als sie sich wieder gefangen hatte, war der Graf schon auf dem Weg zum König und sie blickte ihm nachdenklich hinterher.

Dann drehte sie sich um und näherte sich vorsichtig der Türe, durch die Saint-Germain eingetreten war. Sie blickte mehrmals nach links und rechts, stellte fest, dass keiner der Domestiken in der Nähe war, und legte ein Ohr an das Holz der Türe. Kurz schien es ihr, sie hätte leises Stöhnen, einen dumpfen Schlag und danach ein Geräusch, wie das über das Parkett Schleifen einer großen Last, gehört. Als sie die Türe schließlich aufstieß, war der Salon leer.

Am nächsten Morgen reinigten Bedienstete die Räumlichkeiten von den Überresten einer durchfeierten Nacht. Eine Kammerzofe wollte gerade den Spiegel im Salon wischen, als sie den roten Stern bemerkte, den ein Witzbold mit Rotwein oder irgendeiner Soße auf das gute Parkett geschmiert hatte. Sie scheuerte und kratzte und ärgerte sich über die eingetrocknete rote Flüssigkeit.

»Jean-Pierre!«, kreischte sie. »Sieh dir diese Sauerei an! Nicht nur, dass uns die adligen Herrschaften hinter jede Säule und in jedes Eck pinkeln, jetzt schmieren sie uns schon die Böden voll. Zeit wird es, dass sich was ändert. Wirst sehen, Jean-Pierre, eines Tages, da brennt sie, die Bastille …«

Karlskirche, Wien/Österreich

Berner war erschüttert. Er kniete neben dem toten blonden Mädchen in der Karlskirche und ließ die Plastikplane wieder sinken, ein Gefühl der tiefen Hoffnungslosigkeit erfüllte ihn. Welcher perverse Mensch konnte sich nur so etwas ausdenken und durchführen? Warum diese junge Studentin, die nur den Lift zur Kuppel bediente, um sich ein wenig Geld nebenbei zu verdienen? Was sollten die Zeichnung auf ihrem Rücken, die Engelsflügel, und das schwarze Gesicht? Berner hob die Plane nochmals an und roch am Gesicht des Mädchens. Schuhcreme. Ihm wurde fast schlecht. Die Experten der Spurensicherung arbeiteten auf der Plattform unter der Kuppel und versuchten wahrscheinlich vergebens, irgendwelche Fingerabdrücke oder Fasern sicherzustellen. Bisher hatten sie nur die Kleidung des jungen Mädchens gefunden.

Eine Stimme, die vom Himmel zu kommen schien, riss Berner aus seinen Gedanken. »Kommen Sie mal herauf, Kommissar?« Berner blickte nach oben und sah einen Kopf und eine winkende Hand am Geländer der Plattform. Er stand auf und ging mit steifen Schritten zum Lift. In seinem Kopf tobten die Gedanken wie Schneeflocken durcheinander. Drei Morde in drei Tagen, zwei davon in Kirchen. Hier ging irgendetwas vor, etwas unerhört Grausames und Kaltblütiges. Das war nicht einfach ein irrer Massenmörder, Berner war sich sicher, das sagte ihm sein professioneller Instinkt. Da war alles bis ins kleinste Detail geplant und anschließend genau nach dem Plan durchgezogen, ohne jeden Skrupel oder Bedenken.

Berner blickte aus dem Lift, der ihn sanft in die Kuppel hochtrug, in die Tiefe. Die zugedeckte Leiche sah so klein und verloren auf dem großen Kirchenboden aus. Berner dachte an seine Tochter und seine Enkelin und rieb sich müde die Augen. Da unten lag auch die Tochter einer Familie, der er die Nachricht vom Tod überbringen würde. Die dann mit einem Mal jene Welt nicht mehr verstehen würde, die gerade in Trümmer ging. Plötzlich hasste er seinen Beruf wieder, wie schon so oft zuvor.

Der Leiter der Spurensicherung war neu und jung und voller Elan. Berner blinzelte ihn im grellen Licht der Scheinwerfer an. Das ist die nächste Generation, dachte er sich. Auch sie würden sich abschleifen an den zahllosen Fällen, den endlosen Nächten im Büro oder im Labor, den dicken Aktenstapeln und der schwerfälligen Bürokratie. Auch sie würden denselben Weg gehen wie Hunderte und Tausende vor ihnen. Auch sie würden irgendwann abwinken und im Dunkel der Routine verschwinden. So ging es immer weiter und Berner wusste mit einem Mal, dass er am Ende des Weges angekommen war. Das würde sein letzter Fall werden. Der Brief mit dem Ansuchen um seine

Versetzung in den Ruhestand war lange geschrieben, morgen würde er ihn abschicken.

»Wir haben keine verwertbaren Spuren an der Kleidung gefunden, aber wir wissen, wie der Mörder ungesehen von der Plattform verschwinden konnte.« Der junge Mann strahlte Berner an, als sei er der Weihnachtsmann. »Nur wenige Schritte die Fluchttreppe hinunter ist ein schmaler Gang in der Wand, den muss er gekannt haben. Wir haben Fußspuren gefunden und der Staub an den Wänden ist an einigen Stellen abgestreift worden.«

Berner nickte nur stumm. »Irgendwelche Fingerabdrücke?«, fragte er.

»Jede Menge, unzählige, von den Besuchern auf der Plattform hält sich wohl jeder am Geländer fest ...«

Berner verzog das Gesicht. »Ich habe gemeint im Gang, nicht am Geländer«, meinte er trocken.

Der junge Kollege blickte verwirrt den Kommissar an und schüttelte den Kopf. »Wir haben nichts im Gang gefunden, wir sind aber noch nicht ganz bis nach unten gegangen ...« Die Stimme des Beamten verlor sich vor der unbewegten Miene Berners, dessen Augen ihn abschätzig anschauten.

»Und warum noch nicht?«, brummte der Kommissar ironisch und ungeduldig. »Gibt's irgendetwas, das Sie zurückhält?« Dann drehte er sich um und ließ den jungen Spurenexperten einfach stehen. Er nahm sein Handy aus dem Mantel und wählte. Es war zwar mitten in der Nacht, aber sein Quantum Mitleid war für heute schon verbraucht.

Polizeipräsident Dr. Sina schaute auf die Uhr und fluchte leise vor sich hin. Wer zum Teufel rief um diese Zeit bei ihm zu Hause an? Er hatte sich gerade hingelegt und seine Frau schlief schon, aber das Klingeln des Telefons würde sie bald wecken, wenn er nicht endlich abhob. Also stand er auf und tappte ins dunkle Wohnzimmer, nahm den Hörer und bellte ein kurzes, ungehaltenes »Ja!« hinein.

»Schönen guten Abend, Herr Doktor.« Berners Stimme hatte einen honigsüßen Unterton, der Sina nicht gefiel. »Haben Sie schon geschlafen?«

»Kommissar Berner, tun Sie nicht so, als ob Sie das interessieren würde«, antwortete Sina. »Und ansonsten hoffe ich, dass Sie einen triftigen Grund haben, mich mitten in der Nacht anzurufen und mit unsinnigen Fragen zu quälen.«

Berner blieb für einen Moment still und es war dieser Moment des Schweigens, der Sina noch mehr beunruhigte. »Wir haben einen Mord in der Karlskirche«, fuhr Berner schließlich fort, »und zwar einen perversen, völlig sinnlos erscheinenden. So wie in der Ruprechtskirche vor zwei Tagen. Alle Details bekommen Sie in meinem Bericht morgen früh.« Berner machte eine effektvolle Pause.

»Wie Sie wissen, liegt die französische Botschaft gleich neben der Kirche und ich bin zu den Kollegen der Sureté hinübergegangen ...«

»Was sind Sie?«, unterbrach ihn der Polizeipräsident, »Sie wissen genau, dass ...« Berner kannte die Litanei und wollte sie sich nicht noch einmal anhören. Also sprach er weiter, als sei er nicht unterbrochen worden »... die Sureté, die für die Sicherheit der Botschaft und damit auch für die Überwachungskameras zuständig sind. Die französischen Beamten waren so nett und ließen mich völlig unbürokratisch einen Blick auf die Aufzeichnungen des heutigen späten Nachmittags werfen. Inoffiziell natürlich.« Die Stimme Berners klang irgendwie süffisant, fand Sina, der sich immer mehr über den Kommissar ärgerte. Aber jetzt war Berner nicht mehr zu bremsen.

»Um 16:43 Uhr fuhr ein schwarzer Audi mit Wiener Diplomatenkennzeichen und mit zwei Insassen an der Botschaft vorbei in Richtung Karlskirche. Sie wissen, auf wen er zugelassen ist, oder, Dr. Sina?« Berner machte sich nicht einmal mehr die Mühe, seine Genugtuung zu verbergen. »Aber das ist noch nicht alles. Die versteckten Sicherheitskameras an der Kassa der Karlskirche haben einen elegant gekleideten Mann aufgezeichnet, der keine fünf Minuten später eine Eintrittskarte löste und dabei sehr geschickt sein Gesicht verbarg. Er ist auch auf der Aufzeichnung nicht zu erkennen, aber der Statur und der Größe nach könnte es der gleiche Mann sein, den unser Zeuge vor der Ruprechtskirche gesehen hat.«

Berner klang gar nicht mehr so verbindlich und Sina hatte das Gefühl, dass ihm die Situation gerade völlig entglitt. Der Kommissar zielte auf etwas ab und marschierte kerzengerade darauf zu. »Sind Sie noch immer der Meinung, wir sollten in eine andere Richtung ermitteln, Herr Doktor? Ich bin es nämlich nicht. Ich will den Schuldigen auf die Füße steigen und das sind in dem Fall in meinen Augen die

Chinesen. Ich habe diese politischen Spielchen satt, diese ewige Leier von eine Hand wäscht die andere, solange es beiden nutzt. Ich weiß nicht, von wem Sie Ihre Anweisungen bekommen haben, und es ist mir auch egal. Wenn Sie das Spiel mitmachen, dann werden Sie wissen, wofür. Ich weiß es nicht mehr. Vor mir liegt ein junges Mädchen, das völlig sinnlos gestorben ist, auf eine so grausame und menschenverachtende Art und Weise, wie ich es noch selten gesehen habe in meiner langen Karriere. Entweder ich bekomme freie Hand in meinen Ermittlungen auf die Gefahr hin, dass wir einen diplomatischen Zwischenfall provozieren, oder …« Berner ließ den Satz ausklingen und das Ende offen, aber Dr. Sina wusste, worauf er hinauswollte.

»Kommissar Berner, ich enthebe Sie hiermit offiziell der Ermittlungen in diesem Mordfall und in dem der Ruprechtskirche. Sie haben meiner Meinung nach nicht mehr die notwendige professionelle Objektivität.« Der Polizeipräsident klang endgültig. Er konnte das Gefühl nicht loswerden, dass irgendetwas völlig falsch lief. Berner schien nur darauf gewartet zu haben. Sina meinte fast zu hören, wie der Kommissar lächelte.

»Sie haben morgen meinen Antrag auf Pensionierung auf Ihrem Schreibtisch, Dr. Sina. Ich habe noch vier Wochen Resturlaub. Den trete ich hiermit sofort an.« Dann war die Leitung tot und nur mehr das Freizeichen tutete dem Polizeipräsidenten ins Ohr.

Berner steckte das Handy weg und fühlte sich so gut wie lange nicht mehr. Er nahm den Lift nach unten und war dankbar dafür, dass die Leiche bereits weggebracht worden war. Nach einem Blick auf seinen Notizblock beschloss er, morgen als Erstes in sein Büro zu fahren und seinen Schreibtisch zu räumen.

Der Kommissar musste grinsen, wenn er an das Gespräch mit Dr. Sina dachte. Er hatte erwartet, dass er es ihm schwerer machen würde, aber er hatte genau das erreicht, was er wollte. Die Fälle auf seine Art lösen und sich nicht von der Bürokratie dreinreden lassen. Das hatte nun ein Ende. Wie oft waren Schuldige, die er mühevoll ausgeforscht, gesucht und schließlich verhaftet hatte, nach kaum zwölf Stunden schon wieder auf freiem Fuß dank der richtigen Anwälte, der passenden Beziehungen oder ganz einfach dank ihrer Unverfrorenheit? Wie oft waren Ermittlungen in eine bestimmte Richtung gelenkt worden, weil es »so angeordnet oder gewünscht« worden war? Wie oft hatte man politisches Kalkül vor alles andere gestellt, in der Hoffnung, eines Tages mit einem Gegengeschäft abgefunden zu werden?

Als er die Stufen aus der Kirche auf die Straße hinunterging, läuteten die Glocken Mitternacht. Jetzt würde er Zeit haben, alte Freundschaften zu vertiefen und leidenschaftliche Feindschaften zu kultivieren. Berner freute sich darauf. Und darauf, keine Rücksicht mehr nehmen zu müssen.

Kapitel 5 – 12.3.2008

Beijing/China

Zur gleichen Zeit, als Kommissar Berner langsam durch die Wiener Innenstadt zu Fuß nach Hause ging, kämpfte sich die Morgensonne nur mühsam durch den grauen Himmel der chinesischen Hauptstadt. Der eiskalte Wind aus den Bergen im Norden wehte den Schnee in dichten Wolken über den Platz des Himmlischen Friedens. Eine Limousine mit verdunkelten Scheiben hatte Li Feng in seiner Dienstwohnung keine drei Stunden nach seiner Rückkehr aus Tibet abgeholt und zwei schweigsame Uniformierte hatten ihn auf dem schnellsten Weg ins Armeeministerium gebracht. Dann war er in das Vorzimmer des Ministers geleitet worden und hatte mehr als eine halbe Stunde warten müssen. Ein schlechtes Zeichen.

Nun schwitzte er in seiner Uniform und der Kragen wurde ihm zu eng. Der Armeeminister der Volksrepublik China war ein kleiner, untersetzter Mann mit dichtem schwarzem Haar und buschigen Augenbrauen, der ständig auf seinen Zehenspitzen wippte und damit Li Feng nervös machte. Seine wachen, listigen Augen fixierten dabei den General und Li Feng kam sich vor wie vor dem Erschießungskommando kurz vor dem Feuerbefehl. Das Büro des Ministers war überheizt und plüschig, die schweren Lehnsessel mit dem hellgrünen Samtbezug verrieten einen miserablen Geschmack. Li Feng verzog das Gesicht.

»Was haben Sie sich dabei genau gedacht, Genosse General?«, fuhr ihn der Minister ohne Begrüßung an und zeigte anklagend mit dem Finger auf ihn. »Oder haben Sie überhaupt nichts gedacht? Sie haben dreizehn Elitekämpfer und einen Helikopter verloren und wofür? Für gar nichts. Sie spielen Krieg, stürmen mit vierundzwanzig Fallschirmjägern und drei Mi24-Kampfhelikoptern den Berg hinauf und greifen ein tibetisches Kloster an. Fehlt gerade noch, dass Sie dazu die Presse eingeladen hätten. Es fällt kein einziger Schuss, aber Sie verlieren dreizehn Mann und kommen geschlagen und ohne jedes Resultat auf den Stützpunkt Lhasa zurück. Geschlagen von zwanzig toten Mönchen!«

Li Feng fragte sich, woher der Minister seine Informationen hatte. Aber er hatte keine Zeit, länger darüber nachzudenken. Es war noch lange nicht vorbei.

»Ich habe Ihnen gesagt, dass wir auf die Resultate aus Europa warten sollen und werden. Wir haben alle Hebel in Bewegung gesetzt, um etwas in Gang zu bringen, von dem Sie sich keine Vorstellung machen.« Der Minister holte Luft und zündete sich eine Zigarette an, während Li Feng wie erstarrt dastand und sich wie ein Schuljunge vorkam.

»Ich dulde keine Alleingänge, nicht bei einer Sache von solcher Tragweite, die Sie gar nicht abschätzen können. Sie haben unverantwortlich gehandelt, der Volksrepublik China Schaden zugefügt und uns in der Sache nicht einen einzigen Schritt weitergebracht. Ihre bisherigen Erfolge in Ehren, Li Feng, aber das war kein Ruhmesblatt in Ihrer Laufbahn, im Gegenteil. Das war ein Fiasko.« Der Minister schnäuzte sich in ein großes kariertes Taschentuch und fuhr fort. »Wenn das bekannt wird, dann wird sich die internationale Presse auf uns stürzen wie die Piranhas. Ich habe bereits entsprechende Befehle nach Tibet gegeben, um die Schäden zu minimieren.«

Der Minister trat näher und schaute Li Feng von unten her an. »Ich erwarte von Ihnen, dass Sie sich ab sofort genau an meine Vorgaben und Befehle halten. Noch ein Alleingang und ich stelle Sie als Verräter vor ein Militärtribunal. Und ich verspreche Ihnen eines, Li Feng. Dann sorge ich dafür, dass Sie erschossen werden. Haben wir uns verstanden?«

Der General nickte nur ergeben. Die Schweißperlen tropften von seiner Stirn und rannen seine Nase entlang.

Der Minister ging zu seinem Schreibtisch und nahm einen braunen Umschlag aus einer Schublade. Er hielt ihn dem General hin. »Das ist Ihr Flugticket nach Wien. Ich möchte, dass Sie alle Entwicklungen aus der Nähe überwachen und mir täglich Bericht erstatten. Die Phase eins ist abgeschlossen und der richtige Zeitpunkt ist ab sofort von elementarer Bedeutung. Sie fliegen heute mit der Mittagsmaschine und werden in Wien bereits erwartet.« Der Minister ging zu seinem hohen

Sessel hinter dem ausladenden Schreibtisch aus Mahagoniholz und ließ sich hineinfallen. Er blickte Li Feng an.

»Verstehen wir uns recht. Ich möchte keinen einzigen Fehler mehr erleben, General, und keinen unautorisierten Alleingang. Sonst brauchen Sie kein Rückflugticket mehr. Ich streue Ihre Asche höchstpersönlich in die schöne blaue Donau.«

Als Li Feng das Büro des Ministers verlassen hatte, öffnete sich eine Türe und der Generalsekretär des Zentralkomitees der Kommunistischen Partei Chinas trat ein, setzte sich in einen der ausladenden Sessel der Sitzgarnitur und schlug die Beine übereinander. Er nahm eine Zigarre aus einer schweren silbernen Tabatiere, einem Geschenk des britischen Außenministers, zündete sie an und sah dem Minister nachdenklich zu, wie er zwei Akten aus der Schublade seines Schreibtisches zog und auf den Tisch legte. Der hohe Politiker hatte das Gespräch belauscht und auf den großen Monitoren im Nebenraum beobachtet. Seine Abneigung gegen Li Feng war weder in der Partei noch in der Regierungsspitze ein Geheimnis.

»Minister, ich weiß nicht, ob Sie sich eine Vorstellung davon machen, wie wichtig diese Operation für die Volksrepublik China ist. Ich glaube nicht zu übertreiben, wenn ich sage, dass es seit mehr als zweitausend Jahren keine vergleichbare Möglichkeit gegeben hat, an das Geheimnis zu gelangen.« Der Generalsekretär betrachtete die Glut seiner Zigarette und dann den Armeeminister. »Wie Sie wissen, würde der positive Ausgang dieser Aktion nicht nur die Stellung Chinas in der Welt entscheidend verändern, er würde die Zukunft der gesamten Welt in einer Weise prägen, die heute noch unvorstellbar ist. Deshalb habe ich Bedenken, wenn es um Li Feng geht. Mit seinem unüberlegten Einsatz in Tibet hat er gezeigt, dass ihm das notwendige Format fehlt. Ich möchte die Volksrepublik und uns beide absichern und zugleich das Risiko minimieren. Schicken Sie deshalb einen zweiten Mann nach Österreich, auf Li Feng allein ist kein Verlass mehr.«

Der Minister nickte. »Ich kann Sie beruhigen, Genosse Generalsekretär. Wir haben bereits einen zweiten Mann vor Ort, und zwar den besten, den man sich vorstellen kann.« Dabei klopfte er auf die beiden Akten vor sich und lächelte siegessicher.

Café Prindl, Wien/Österreich

Kommissar Berner hatte sich verliebt. Immer dann, wenn ein Fall ihn wieder einmal um den Schlaf gebracht hatte, wenn er mit den Ermittlungen um zwei Uhr früh fertig war oder wieder einmal einen Ausflug ins Rotlichtmilieu machen musste, dann hatte er immer vor dem gleichen Problem gestanden: Wohin auf ein Bier oder einen Kaffee und einen kleinen »Heribert«? Das Wort war von einem Kollegen geschaffen worden, der nicht englisch sprach und das »earlybird« schnell eindeutschte, um daraus einen »Heribert« zu machen. Das geflügelte Wort blieb und so war Berner lange auf der Suche nach einem passenden Lokal gewesen, bis das Café Prindl in den achtziger Jahren zu einem Nachtcafé mutierte und Berner ein zweites Zuhause gefunden hatte, das ihn in den langen Nächten beherbergte und verpflegte.

So wurde es zur Tradition, späte Fälle bei einem »Heribert« ausklingen zu lassen. Berner hatte das Lokal ins Herz geschlossen, weil man ihn in Ruhe ließ und ihm ohne besondere Aufforderung sein Bier zu zapfen anfing, wann immer er gerade durch die Tür kam.

Und es war auch diesmal nicht anders, als der Kommissar nach einem langen, nachdenklichen Spaziergang quer durch die Wiener Innenstadt am Gaußplatz, gleich neben dem Augarten, in dem die Wiener Sängerknaben ihr Quartier hatten, ankam und durchgefroren das Lokal betrat. Die Einrichtung des Prindl mit seinen roten und rosa Farben und den ovalen Formen war wie ein lebendes Zitat der fünfziger Jahre.

Berner schlängelte sich zwischen den Gästen durch und der Geruch von Gulasch, Schnitzel und Knödel mit Ei stieg ihm in die Nase. Sein Stammtisch war wie durch ein Wunder frei und mit einem Seitenblick zur Schank stellte er fest, dass sein Bier schon auf dem Weg ins Glas war.

Am Tisch nebenan saßen mindestens dreihundert Jahre Gefängnis beisammen und spielten ein undefinierbares Kartenspiel, das vor allem durch laute Zurufe und ärgerliches Aufstöhnen geprägt war. Zwei Tische weiter saßen zwei Pärchen in Abendkleidung vor großen Tellern mit Rostbraten und Kartoffeln. Sie stillten wie viele andere, die nach einem Theater- und Club-Besuch auf dem Heimweg waren, hier ihren Hunger, bevor sie schlafen gingen.

Berner mochte die Atmosphäre, die Mischung aus Anrainern und Nachtschwärmern, dubiosen Elementen und Taxifahrern, Huren und Polizisten. Es war seine Welt, die, in der er zu Hause war, wo er sich wohl fühlte. Gefühlt hatte, korrigierte er sich im Geiste. Na ja, dachte er sich, das musste sich ja nicht ändern, auch nach seiner Pensionierung.

Als ihm die Bedienung, die wie immer unter Strom stand und von Tisch zu Tisch eilte, sein Bier hinstellte, entschloss sich Berner zu einem Fiakergulasch. Ein Lehrling der nebenan liegenden Bäckerei Prindl brachte ein großes Backblech mit frischen Krapfen herein. In den zwanziger Jahren war die heutige Backstube das »Mathilden-Kino« gewesen, das jedoch die Rezession nicht überlebt hatte.

Berner fühlte, wie die Anspannung von ihm wich und er sogar das Bild des blonden Engels in den Hintergrund verbannen konnte. Morgen würde er noch der Familie die traurige Nachricht vom Tod ihrer Tochter überbringen, diese letzte offizielle Geste wollte er sich nicht nehmen lassen. Er spürte, er war es dem toten Mädchen unter der Plane schuldig.

Das Glas Bier war halb leer und die Kellnerin brachte gerade das dampfende Gulasch, als sein Handy klingelte. Der Kampf »abheben und später essen« oder »gleich essen und abwimmeln« war kurz, aber schmerzhaft. Schließlich hob Berner ab. Es war der junge, übereifrige Leiter der Spurensicherung, dem die frühe Stunde noch immer nicht den enthusiastischen Unterton geraubt hatte. Der Kommissar seufzte und kam sich wieder alt vor.

»Herr Kommissar, schön, dass ich Sie noch erreiche.« Berner grunzte undefinierbar und unverbindlich. Eigentlich ging ihn das offiziell alles ja gar nichts mehr an, aber der junge eifrige Kollege wusste nichts davon. Also entschied sich Berner, ihm zuzuhören.

Der Blick auf sein Gulasch prägte seine nächste Bemerkung: »Machen Sie es kurz.« Aber sein Anrufer dachte gar nicht daran. Erst berichtete er über die zahllosen Fingerabdrücke am Geländer der Plattform, dann über die Kleidung der Toten und erst als Berner ein »gibt es etwas Konkretes« einwarf, kam er zur Sache.

»Ja, klar, Herr Kommissar, ich wollte Ihnen nur sagen, dass wir keine Fingerabdrücke im Gang in der Wand der Karlskirche gefunden haben, die Fußabdrücke sind verwischt und ebenfalls nicht verwertbar.« Der junge Beamte zögerte.

Berner beherrschte sich, sagte nichts und wartete.

Nach einer Weile setzte der Leiter der Spurensicherung fort: »Aber wir haben etwas Seltsames im Mund des Mädchens gefunden. Zwei Bällchen aus Rosopsida, genauer gesagt der Unterklasse Rosidae.«

Die darauffolgende Stille in der Leitung brachte Berner aus der Fassung. »Ich bin kein Botaniker, kein Chemiker und wenn ich nicht zur Polizei gegangen wäre, dann würde ich heute Jumbo-Jets fliegen. Also würden Sie die Güte haben und mit mir in verständlichen Worten reden, so dass ein durchschnittlich intelligenter Polizist wie ich auch versteht, was Sie meinen?« Berner war lauter geworden als beabsichtigt. Die beiden elegant angezogenen Paare vom anderen Tisch blickten herüber und tuschelten. Berner sah sehnsüchtig sein Gulasch an, das zu dampfen aufgehört hatte.

»Baumwolle. Es ist Baumwolle«, sagte der Leiter der Spurensicherung entschuldigend und Berner verstand und verstand doch wieder einmal gar nichts mehr. Das Schweigen kroch dahin und Berner schielte auf sein Gulasch. »Noch was?«, fragte er.

»Sie bearbeiten doch auch den Fall Mertens, nicht wahr?« Berner hütete sich, mehr als ein unverbindliches »Mhpff« zu erwidern. Der junge Beamte wertete es als Zustimmung.

»Die Gerichtsmedizin lässt Ihnen ausrichten, es war kein Selbstmord, sie haben Würgemale unter dem Strick gefunden, geschickt versteckt, aber nicht geschickt genug.« Verlangte er jetzt Lob, fragte sich der Kommissar und meinte nur kurz: »Danke, das habe ich erwartet.« Das breite Lächeln seines Gesprächspartners brandete geradezu durch die Leitung.

Berner legte auf und betrachtete unglücklich sein Gulasch. Er zog den Teller zu sich und wollte gerade anfangen zu essen, als ihm der volle Teller unter dem Besteck weggezogen wurde und ein neues, dampfendes Fiakergulasch hingestellt wurde.

»Sie werden doch kein kaltes Gulasch essen, Herr Kommissar, oder?«, fragte ihn der Kellner erstaunt und stellte noch unaufgefordert ein frisches Bier neben den Teller.

Berner liebte dieses Lokal.

Burg Grub, Waldviertel/Österreich

Friedrich beugte sich über den großen Tisch vor dem Kamin. Er sah genau so aus, wie Wagner ihn sich vorgestellt hatte, hochgewachsen, hager und würdevoll, mit einer geheimnisvollen Aura umgeben, die ihn unnahbar machte. Seine charakteristische Hakennase und das schmale Gesicht wurden von den flackernden Flammen des Feuers erleuchtet und seine dunklen Augen funkelten. Der Kaiser trug einen weiten, schwarzen Umhang, der an den Umschlägen rot eingefasst war. Er schien das Licht zu schlucken.

Mit seinen knochigen Händen strich der Kaiser auf der Tischplatte eine Karte glatt, die sich immer wieder einrollen wollte. Schließlich holte er die Statue eines silbernen Engels mit einer Lanze hervor und beschwerte damit ein Eck des alten Pergaments. Auf die andere Seite legte er ein Buch. Wagner reckte den Hals und bemühte sich, die Zeichnung auf der Karte zu erkennen, aber es gelang ihm nicht, so sehr er sich auch anstrengte. Die Flammen ließen die Striche und Buchstaben tanzen und narrten ihn.

Friedrich nahm eine Feder und tauchte sie in ein kleines Tintenfass, das neben der Karte stand, dann begann er mit einem kratzenden Geräusch zu schreiben. Erst langsam, dann immer schneller. Als er schließlich die Feder wieder eintauchen musste, schaute er Wagner durchdringend an und seine Stimme war volltönend und nicht die eines alten Mannes, als er sprach.

»Alle halten mich für geizig und schwach, aber sie täuschen sich. Ich habe mehr Reichtum als sie alle zusammen. Ich weiß, ich bin als konservativ verschrien, aber ich bewahre und erhalte und forsche unermüdlich, während andere Kriege führen. Irgendwann werden sie es verstehen, wenn sie tiefer gegraben haben, als das Auge sieht, wenn sie weiter vorgedrungen sind, als nur an der Oberfläche gescharrt wie die Hühner auf dem Mist.«

Dann schrieb Friedrich weiter und das Geräusch der kratzenden Feder schien Wagner übernatürlich laut. Der Kaiser sah nochmals auf und Wagner direkt in die Augen, zugleich durch ihn durch und doch tief in ihn hinein.

»Sie sagen, ich sei misstrauisch, aber wenn sie wüssten, was ich weiß, dann wären sie es auch. Ich habe diesem Wissen mein Leben gewidmet, habe die weisesten Männer um mich geschart und Astrologie, Astronomie und Alchemie studiert. Was ist das Regieren in den niederen Sphären, wenn Engel auf mich warten? Alle rätseln über mein Durchhaltevermögen und meine lange Regierungszeit. Wenn sie wüssten.« Friedrich lachte ein trockenes Lachen, das Wagner Schauer über den Rücken jagte.

»Warum schauen sie nicht genauer hin? Warum lesen sie nicht, was ich geschrieben habe? Warum nehmen sie nicht den Schlüssel, den ich ihnen hinterlassen habe, lernen zu sehen und zu verstehen? Weil sie dumm sind und mich unterschätzen, wie schon meine Zeitgenossen.« Er hob den Finger und Wagner wusste nicht, ob er ihm drohte oder seine Aufmerksamkeit auf etwas Bestimmtes lenken wollte.

»Aber das Geheimnis ist fürchterlich, mit seiner Entdeckung kommt das Ende der Welt. Denn niemals sollst du Engel erschaffen, wenn du nicht über sie herrschen kannst.« Dann strich Friedrich mit der Hand zärtlich über die silberne Figur, die im Schein des Feuers leuchtete, und der kleine Engel erwachte plötzlich zum Leben, flog auf und direkt auf Wagner zu, so, als wollte er ihm mit seiner Lanze ein Auge ausstechen. Wagner wehrte den Engel ab, schlug nach ihm und versuchte auszuweichen, doch der Engel wurde immer größer und größer –

Wagner erwachte schweißgebadet in seinem Bett im Wohnturm der Ruine Grub. Friedrich war verschwunden und der Engel mit ihm. Nur Tschak, der auf seinen Beinen lag, hob verschlafen den Kopf und schaute ihn vorwurfsvoll an.

Es war kalt im Zimmer und Wagner zitterte am ganzen Körper. Der seltsame Traum war ihm noch immer so präsent, dass er glaubte, Friedrich wirklich gesehen und gehört zu haben. Er schüttelte benommen den Kopf und schaute auf seine Armbanduhr. Kurz nach sechs. Er legte sich wieder hin und zog die Decke enger um sich. Zwei Stunden mehr Schlaf würden ihm guttun.

Doch Paul Wagner konnte nicht einschlafen, er wälzte sich unruhig von einer Seite auf die andere, eine seltsame Anspannung hatte sich in seinem Bauch eingenistet und ging nicht mehr weg. Es ist doch nur ein Traum, beschwichtigte er sich, aber vor seinen geschlossenen Augen sah er deutlich das Gesicht von Friedrich und die silberne, drohende Figur des Engels, der so gar nicht zu dem Bild des sanften und friedlichen Engels passen wollte, das er bisher immer hatte. Der Cherub aus seinem Traum hatte ihn töten wollen, nachdem Friedrich ihn zum Leben erweckt hatte. War es ein Racheengel? Einer der gefallenen Söhne des Himmels, aus dem Paradies gewiesen und verdammt dazu, in der Zwischenwelt sein Dasein zu fristen?

Paul Wagner drehte sich auf die andere Seite und rückte das Kopfpolster in eine angenehmere Position. Tschak, dem das alles zu unruhig wurde, streckte sich und sprang vom Bett, um es sich auf seiner Decke bequem zu machen.

Schließlich, nach fast einer Stunde des unruhigen Grübelns, fiel Wagner in einen traumlosen Schlaf.

Der Duft von frischem Kaffee weckte ihn und er hätte geschworen, er sei gerade eingeschlafen. Aber ein rascher Blick auf seine Uhr zeigte, dass er verschlafen hatte.

Beim Frühstück am großen Tisch, auf dem auch Kaiser Friedrich in Wagners Traum die Karte ausgerollt hatte, erzählte der Reporter seinem Freund von dem nächtlichen Angriff des Engels und von dem hageren Kaiser im schwarzen Umhang. Sina nickte ernst und Wagner war ihm dankbar dafür, dass er sich nicht lustig machte.

»Die ganze Geschichte beschäftigt uns beide wohl mehr, als wir wahrhaben wollen. Mich verfolgte der Anblick von Mertens auch letzte Nacht. Sein Tod wirft viele Fragen auf, die mich gestern vor dem Einschlafen noch lange beschäftigt haben. Ich bin überzeugt, er hat sich nicht selbst umgebracht. Warum auch? Jemand hat ihn ermordet. Aber wer und warum ausgerechnet jetzt? Dieses Chaos in seinem Wohnzimmer – was hat sein Mörder bei ihm gesucht?« Sina verstummte und trank einen Schluck Tee, während Wagner nachdenklich seinen Kaffee umrührte.

»Mertens hat sich viele Jahre mit Friedrich und seinem Hochgrab in der Stephanskirche beschäftigt, das war wohl seine Passion«, überlegte Wagner laut. »Er muss im Laufe seiner Recherchen Aufzeichnungen gemacht haben, Notizen, dazu Unterlagen gesammelt haben. Wenn er nicht wegen etwas ganz anderem umgebracht wurde, dann haben der oder die Täter danach gesucht.«

»Aber ob sie irgendetwas gefunden haben, das steht in den Sternen«, winkte Sina ab. »Wir wissen es nicht und Berner vermutet es nicht, also sucht er nicht danach. Sicher ist nur, dass uns Mertens' gesammeltes Wissen sehr viel weiter geholfen und vieles einfacher gemacht hätte.«

»Wir müssten nur noch einmal in die Wohnung hineinkommen und Zeit haben, uns ein wenig umzuschauen«, schlug Wagner vor.

»Aber klar, und Berner wird uns einladen, aufsperren und vor der Tür aufpassen, damit uns niemand überrascht …« Sina schaute Wagner entgeistert an und schüttelte den Kopf. »Deine Ideen werden immer schlechter.«

»Dein Kaffee auch«, antwortete Wagner lakonisch und schaute in seine Tasse. »Es wird Zeit, nach Wien zu fahren und einen Spaziergang zu machen. Wir haben vier Kirchen zu besuchen, vier Kirchen, die auf einem geheimnisvollen Kreis liegen, den uns Friedrich in seinem ersten Rätsel hinterlassen hat. Denn der Startpunkt in dieser ganzen Geschichte ist die Ruprechtskirche, sonst hätte der Mörder nicht genau dort sein erstes Opfer hinterlassen. Weißt du was?«

Sina schüttelte den Kopf.

»Ich glaube, dass der Mörder oder seine Auftraggeber den ersten Teil des Rätsels gelöst haben, dass sie aber dann gescheitert sind. Sie konnten das Rebus nicht bis zum Ende lösen, aus welchem Grund auch immer. Und so haben sie es uns vor die Nase gesetzt. Wir sind erst in der Aufwärmphase.« Wagner lächelte. »Die vier Kirchen auf dem Kreis werden uns ein Stück weiter bringen, näher an die Lösung, näher an das Geheimnis, das Friedrich so hingebungsvoll verschlüsselt hat. Wir müssen es nur logisch angehen und wenn der Kaiser wirklich Hinweise hinterlassen hat, dann werden wir sie finden«, schloss er optimistisch.

Innere Stadt, Wien/Österreich

Drei Stunden später war Wagner nicht mehr so sicher. Nachdem sie in Wien angekommen waren, hatten sie als erste die Karmeliterkirche besichtigt, die erst im 17. Jahrhundert in ihrer heutigen Form erbaut worden war. Auf Nachfrage in der Pfarrkanzlei konnte ihnen niemand sagen, was vorher an der Stelle der barocken Kirche gestanden hatte.

Ein Ordenspriester von den »Kleinen Brüdern vom Lamm«, der ihnen die Kirche aufgesperrt und sie geführt hatte, wusste auch nicht mehr zu berichten. Er kam aus Frankreich und war noch keine sechs Monate in Österreich. Bei ihrem kurzen Rundgang durch die Kirche entdeckte Sina in einer Seitennische neben dem Eingang einen Stapel Kirchenführer, dünne Heftchen, die über den Bau und die Kunstwerke in der Kirche Auskunft gaben. Sicherheitshalber nahm Sina eines mit, bevor er Wagner und dem Ordensbruder folgte, die angeregt in Französisch plaudernd über den Karmeliterplatz zu Wagners altem Golf gingen. Diese erste Kirche wollte kein Geheimnis preisgeben, sie war zur Zeit Friedrichs noch gar nicht errichtet worden und offenbar hatte kein Bauwerk vorher an dieser Stelle gestanden. Sina war enttäuscht. Vielleicht war doch alles nur ein Hirngespinst.

Da die Karmeliterkirche der unterste Punkt des Drachenvierecks war und alle anderen drei Kirchen viel weiter in der Innenstadt lagen, nahmen sie Wagners Wagen und fuhren zum Heldenplatz in der Hofburg, wo sie allen Unkenrufen Sinas zum Trotz sofort einen Parkplatz fanden.

»Lass uns mit der Schottenkirche anfangen, dann quer durch die Stadt zur Franziskanerkirche gehen und am Ende die Michaelerkirche besuchen«, schlug Wagner vor. »Und dann ist mein Bedarf an kalten Kirchen für heute gedeckt.«

Sina nickte nur und sie machten sich zu Fuß auf den Weg durch die Hofburg. Keine zehn Minuten später standen sie vor dem braunen Portal der Schottenkirche auf der Freyung. Das Tor war nicht verschlossen und Wagner zog den schweren Holzflügel auf. Sina ging voraus, dicht gefolgt von dem Reporter, und mit einem dumpfen Laut fiel hinter ihnen die Türe zu. Mit einem Mal war es stockdunkel, und sie fanden sich in einem unbeleuchteten Windfang wieder. Sina sah mit einem Schlag überhaupt nichts mehr, die abgestandene Luft nahm ihm den Atem. Es roch nach jahrhundertealtem Staub, Kerzen und feuchtem, altem Holz.

Sinas Hand verkrallte sich in Wagners Oberarm. »Los, such die Tür! Entweder links oder rechts muss eine sein. Ich komme mir vor wie in einem verdammten Sarg«, stieß der Wissenschaftler hervor.

»Na, na, Herr Kollege, nur die Ruhe und was die Wortwahl betrifft, ein wenig mehr Andacht, wenn ich bitten darf.« Wagner drückte die Seitentür auf und ätzte: »Georg, sag mir eine Neurose, die du ausgelassen hast.«

Als sie eintraten, kam ihnen ein junger Pfarrer entgegen, den Wagner ansprach und der sich sofort dazu bereit erklärte, sie durch die Kirche zu führen und das schwere Gitter zum Kirchenraum für sie zu öffnen. Im Gegensatz zur Karmeliterkirche war diese Kirche hell und freundlich, die Barockisierung hatte viel Ocker und Weiß im Innenraum verwendet.

»Unsere Kirche ist viel älter als die Karmeliterkirche, aus der Sie gerade kommen«, erzählte der Pfarrer. »Sie wurde für irische Mönche erbaut und ist dem heiligen Georg, dem ersten Benediktiner, geweiht.« Der junge Geistliche, der mit ihnen durch die Seitengänge spazierte, bemühte sich redlich, ihnen in kurzer Zeit einen Überblick zu geben.

»Das Gebäude selbst war im Jahre 1155 nach drei Gedenktagen ausgerichtet worden, dem 17. März für den heiligen Patrick, dem 20. März, weil es der Palmsonntag war, und dem 21. März für den heiligen Benedikt.«

Sina betrachtete die zehn gotischen Grabsteine aus rotem Adneter Marmor, demselben Stein, der für Friedrichs Sarkophag verwendet worden war.

»Wir besitzen die älteste Marianische Gnadenstatue Wiens aus dem Jahre 1250, Sie können sie in der Romanischen Kapelle bewundern«, meinte der Pfarrer stolz. »In der Gruft wurde der Kirchenstifter Heinrich II. Jasomirgott zusammen mit Frau und Tochter bestattet.«

Die drei Männer waren vor dem Hochaltar angelangt, dessen kräftige hellblaue Farben auf den Mittelbildern Wagner kitschig erschienen. Der junge Pfarrer bemerkte Wagners kritischen Blick und war jetzt nicht mehr zu bremsen. »In unserem Stift gibt es auch noch ein bedeutendes Museum, in dem der berühmte Schottenmeisteraltar aus dem 15. Jahrhundert aufgestellt ist.«

Wagner horchte auf. Er und Sina sahen sich an.

»Er zeigt das Leben Mariens und den Kreuzweg Jesu. Die Szenen sind vor dem Hintergrund mittelalterlicher Landschaften dargestellt«, dozierte der Pfarrer weiter. »Man kann eindeutig die Städte Krems und Wien erkennen und der Maler muss es mit der Geografie sehr genau genommen haben. Die Darstellung Wiens ist die älteste topografisch richtige überhaupt. Von den vierundzwanzig ursprünglichen Tafeln sind einundzwanzig noch erhalten, davon die meisten bei uns, die anderen in der Österreichischen Galerie im Belvedere.«

»Wann ist der Altar entstanden?«, fragte Georg Sina, der bis dahin stumm geblieben war, nun aber einen Verdacht bestätigt haben wollte.

Der junge Pfarrer lächelte stolz und die Antwort kam wie aus der Pistole geschossen. »Der Altar des ›Wiener Schottenmeisters‹, wie man ihn offiziell nennt, ist von 1469 bis 1480 gemalt worden, eines der Hauptwerke spätgotischer Malerei in Österreich. Es ist auch der Mittelpunkt des Museums in unserem Stift.«

...und der erste Hinweis, den Friedrich uns hinterlassen hat, dachte sich Wagner aufgeregt und bedankte sich bei dem Pfarrer für dessen Zeit und Mühe.

»Ach, gar keine Ursache, wenn Sie den Altar sehen wollen, rufen Sie mich an. Das Museum ist heute geschlossen, aber sonst – jederzeit.« Mit diesen Worten gab ihnen der junge Pfarrer seine Telefonnummer und schritt dann schnell davon.

Sie verließen die Kirche und der bisher so schweigsame Sina taute sichtbar auf. »Den Schottenmeisteraltar hatte ich ganz vergessen, eines der interessantesten Stücke aus der Zeit Friedrichs. Das ist ohne Zweifel der erste Hinweis, den er uns hinterlassen hat. Es sieht so aus, als sei der Kreis um die Ruprechtskirche doch kein Zufall. Es steckt etwas dahinter.« Es klang bewundernd und auch etwas überrascht.

Kommissar Berner trat aus dem eleganten Palais hinter dem Parlament, bedrückt und erleichtert zugleich. Bedrückt, weil er der Familie der jungen Studentin auf ihr Drängen hin die Einzelheiten ihres Todes zumindest in groben Zügen schildern hatte müssen, erleichtert, weil er damit zum letzten Mal in seiner Karriere diese unangenehme Aufgabe übernommen und erledigt hatte. Berner hatte, so grobschlächtig und griesgrämig er nach außen hin auch war, immer darunter gelitten, diese letzte Nachricht den Hinterbliebenen zu überbringen. Er kam sich vor wie ein Kurier der Hoffnungslosigkeit. Diese letzte offizielle Amtshandlung seiner Karriere war um nichts leichter gewesen als die übrigen davor. An Katastrophen konnte er sich nicht gewöhnen, auch nicht nach dreißig Dienstjahren.

Er hatte nicht geschlafen, war nach dem Nachtcafé ziellos durch das erwachende Wien gewandert und fuhr sich nun fahrig mit der Hand über das Gesicht. Ich sollte nach Hause gehen, mich duschen, umziehen und dann meinen Schreibtisch räumen, dachte er sich.

Doch dann überlegte er es sich anders, zog sein Handy aus der Manteltasche und wählte die Nummer von Paul Wagner.

»Kommissar Berner, haben Sie gerochen, dass ich in der Stadt bin?«, fragte der Reporter, nachdem er abgehoben hatte.

»Wieso, ich rieche keinen strengen Geruch … und den Kommissar können Sie sich ab heute sparen, Wagner«, brummelte Berner. Die überraschte Stille war greifbar.

»Was meinen Sie damit?«, fragte Wagner langsam und vorsichtig mit einem Seitenblick zu Sina, der ihn fragend ansah.

»Dass ich meine Pension eingereicht habe und ab sofort beurlaubt bin«, grinste Berner, der Wagners Verwirrung genoss.

»Höre ich das richtig, dass Sie dabei grinsen, Kommissar, ähh Verzeihung, Herr Berner? Das wäre das erste Mal …« Paul Wagner bremste sich rechtzeitig.

»Schon gut, Wagner, die Zeiten ändern sich, aber glauben Sie ja nicht, dass sie jetzt ruhiger werden. Wo waren Sie gestern Abend? Ich habe Sie in der Karlskirche vermisst.«

Wagner stöhnte. »Noch eine Kirche …was war dort wieder los?«

»Hören Sie kein Radio? Für die Zeitungen war es schon zu spät, aber im Rundfunk ist der Fall die erste Meldung seit fünf Uhr früh auf allen Sendern.«

»Ich war in der Einschicht bei Sina«, antwortete Wagner entschuldigend.

»Dann wird es Zeit, dass Sie ins Leben zurückkehren und der seltsame Kauz Sie nicht zum Co-Einsiedler macht«, stellte Berner trocken fest. »Es gab gestern einen perversen, geradezu bizarren Mord in der Karlskirche und ich würde Ihre Hilfe brauchen, besser gesagt, die von Professor Sina.« Es klang ehrlich und Wagner wunderte sich immer mehr.

»Ich dachte, Sie sind gerade in Pension gegangen, Komm …ach was, Sie werden für mich immer Kommissar Berner bleiben«, stellte Wagner nachdrücklich fest. »Ermitteln Sie jetzt oder nicht?«

»Man hat mir diesen Fall und den in der Ruprechtskirche entzogen.« Berner wurde hörbar ernst und Wagner dachte kurz nach.

»Wir gehen gerade durch die Innenstadt. Wenn Sie Zeit haben und in der Nähe sind, dann treffen wir uns in fünfzehn Minuten im ›Kleinen Café‹ am Franziskanerplatz.«

»Ich habe jede Menge Zeit, Wagner, ich bin ja in Pension, schon vergessen?« Berner klang wieder zu vergnügt für Wagner. Er hatte irgendetwas vor.

»Und dieser Mord?«

»Ich erzähle Ihnen alles, wenn wir uns treffen.« Berner legte auf, bevor Wagner weiter nachhaken konnte.

»Kommissar Berner in Pension?« Sina war genauso überrascht wie Wagner ein paar Minuten zuvor.

»Ja, und er hat sogar gelacht ...« Wagner schüttelte ungläubig den Kopf.

»Machen wir uns auf den Weg zum ›Kleinen Café‹, dann wissen wir mehr.« Sina wickelte seinen Schal um den Hals und stapfte los. »Was die Franziskanerkirche betrifft, so kann ich dir ein paar Dinge aus meiner Erinnerung erzählen«, sagte er und vergrub die Hände tiefer in den Manteltaschen, während sie über den Graben in Richtung St. Stephan gingen.

»Ich habe an der Universität Wien einmal ein Seminar gehalten über die Franziskaner und ihre Besitzungen im Wien des Mittelalters. Gegen Ende des 14. Jahrhunderts wurde ein Büßerinnen-Kloster gebaut, das den treffenden Namen ›Seelenhaus‹ trug. Es war von wohlhabenden Bürgern für Dirnen gestiftet worden, die wieder auf den rechten Weg zurückfinden wollten oder sollten.« Sina lächelte dünn. »Wie erfolgreich das Bemühen war, ist nicht überliefert. Zuerst wurde eine Kapelle gebaut, dann eine Kirche, die dem heiligen Hieronymus geweiht wurde. An ihrer Stelle steht die heutige Franziskanerkirche und ist demselben Heiligen geweiht.«

Wagner hörte ihm aufmerksam zu und suchte nach dem entscheidenden Hinweis.

»Zu der Gnadenstatue am Altar aus dem 15. Jahrhundert gibt es eine seltsame Legende. Sie soll aus Grünberg in Böhmen stammen: Die protestantischen Landedelherren versuchten damals, die Statue der Maria zu vernichten. Erst wollte man sie verbrennen, aber das Feuer konnte ihr nichts anhaben. Dann wollten sie die Holzstatue zerhacken, aber auch das klappte nicht. Da ließen sie das Beil in der linken Schulter Marias stecken und so steht sie nun in der Franziskanerkirche bis heute und wird als die ›Madonna mit der Axt‹ verehrt.«

Am Franziskanerplatz angekommen, sahen sie von der anderen

Seite der Straße Kommissar Berner mit großen energischen Schritten auf das »Kleine Café« zueilen.

Peer van Gavint war auf der Hut. Gerade hatte ihm der Militärattaché der Botschaft mitgeteilt, dass General Li Feng vom Armeeministerium heute am späten Abend in Wien ankommen würde. Keineswegs als Kontrolle, wie er ihm eilig versichert hatte, sondern als Unterstützung und direkter Ansprechpartner der chinesischen Regierung, falls in der weiteren Folge Fragen auftauchen würden oder Entscheidungen schnell zu treffen seien. Gavint war zu gut erzogen, um das zu sagen, was er dachte.

Er verließ die Botschaft in der Metternichgasse zu Fuß, bog auf den Rennweg ein und schlenderte in Richtung Zentrum. Elegant gekleidet wie immer kontrollierte Gavint routinemäßig in den Scheiben der Schaufenster, ob ihm jemand folgte. Er arbeitete stets allein, hasste Mitwisser, misstraute Regierungsangehörigen und beschränkte den Kontakt mit seinen Auftraggebern auf das erforderliche Mindestmaß. Das war ein Teil seines Erfolgsrezepts. Er brauchte keinen Li Feng. China brauchte ihn und sein Schweizer Bankkonto brauchte China. Gavint schmunzelte. Mit dem Geld würden einige Träume in die Wirklichkeit rücken. Seine Ranch in Südafrika, ein Boot und vielleicht sogar ein eigener Hubschrauber. Aber eines vor allem: Er würde sich Zeit kaufen können, Auszeit.

»Sie sehen mich verunsichert, Kommissar«, lächelte Wagner, als die drei einen Tisch in einer Nische gefunden hatten und Berner seine unvermeidliche Zigarette anzündete. »Mein Feindbild bricht zusammen, meine Wertvorstellungen werden auf den Kopf gestellt und wenn Sie mir jetzt noch erzählen, dass Sie Ihren Notizblock nicht dabei haben, dann habe ich gar nichts mehr, woran ich glauben kann.«

Berner zog grinsend seinen Notizblock aus der Tasche und legte ihn vor sich auf den Tisch. »Freuen Sie sich nicht zu früh, Wagner. Ich werde Ihnen den Glauben nicht nehmen. Ganz im Gegenteil. Ich war immer lästig, jetzt werde ich penetrant. Aber diesmal erwischt es die richtigen Leute.« Berner bestellte eine Melange und legte die Hände auf die Tischplatte, alle zehn Finger gespreizt. »Mein Ansuchen um Pensionierung liegt in diesem Augenblick auf dem Tisch Ihres Vaters.« Berner blickte Sina und Wagner in die Augen. »Und das ist gut so, verstehen Sie mich richtig. Weil mir sonst die Hände gebunden wären und ich zusehen müsste, wie politische Interessen die Oberhand gewinnen und zwei Fälle auf den unerledigten Aktenstapeln landen, die genau da nichts verloren haben.« Der Kommissar wandte sich an Sina. »Professor, ich halte sehr große Stücke auf Sie, auch wenn Sie mit diesem zwielichtigen Reporter herumlaufen.«

Sina grinste. Berner wurde ihm immer sympathischer.

»Ich habe Ihre freiwillige Klausur in Grub immer für eine Zeitverschwendung gehalten und es bedauert, dass ein brillanter Kopf wie Sie in der Versenkung verschwunden ist. Wie oft habe ich zuvor Ihre Vorträge und Beiträge im Fernsehen verfolgt und genossen! Aber wie ich sehe, hat sich das mit dem Exil geändert. Was hat Sie dazu bewogen?«

Georg Sina sah Paul Wagner an und augenblicklich waren sie sich einig. »Kommissar, ich mache Ihnen einen Vorschlag«, sagte Sina schließlich.

Wadi al-Maleh, nördliches Jordantal/Israel

Der Häuserkampf wütete nun schon seit mehr als einer Stunde und hatte die ersten Opfer gefordert. In den verwinkelten Straßen zwischen den flachen, halbverputzten Häusern und den eingestürzten Mauern war jeder noch so kleine Fehler tödlich. Die Szenerie im Wadi al-Maleh war gespenstisch. Handgranaten hatten Löcher in Hauswände gerissen und Fensterflügel hingen schief in den Angeln, ihr Glas schon lange zerschossen. Die Reste knirschten verräterisch unter den Stiefeln der Angreifer und gaben ihre Position preis. »Willkommen in der Hölle«, hatte jemand in Iwrit an die Wand eines Hauses gemalt. Darunter stand in Englisch »Go hard or go home«.

Der Feuerstoß aus einer Uzi-Maschinenpistole ließ die Straße vor der Gruppe der Angreifer in einem Hagel aus Steinen und Sand explodieren. Zugleich brachten zwei Handgranaten die Wand zum Einsturz, die der Handvoll Soldaten bisher Deckung gegeben hatte. Die acht Mann und ihr Anführer, im Rang eines Majors, rannten gebückt zu der nächsten Straßenecke und verschwanden mit einem Hechtsprung hinter einem niedrigen Steinhaufen. Die Einschläge der Maschinenpistolen folgten ihnen wie zornige Schlangen.

Nun lag die Rückseite des feindlichen Kommando-Gebäudes, das ihr eigentliches Ziel war, endlich zum Greifen nahe auf der anderen Seite der Straße. Es war ein einstöckiges, von Einschlägen gezeichnetes Haus, das bessere Zeiten gesehen hatte. Die Verteidiger hatten Sandsäcke vor den Fenstern aufgeschichtet und nur kleine Schießscharten freigelassen. Der flache Steinhaufen war der Kommandantur am nächsten, allerdings wusste der Major, dass die Deckung nur trügerisch war. Von jedem erhöhten Punkt konnte man die Gruppe leicht ausmachen und wie einen Schmetterling aufspießen.

Die Angreifer blickten zu der Kommandantur und ihr Mut sank weiter. Fünfundzwanzig Meter ohne Deckung in der gleißenden Sonne waren ein Selbstmordkommando in fünfundzwanzig Raten. Scharfschützen waren auf den Flachdächern der niedrigen Häuser postiert und warteten auf die Angreifer.

Die acht Soldaten kauerten hinter dem dürftig aufgeschütteten Steinhaufen, ununterbrochen zogen Leuchtspurgeschosse ihre Bahn knapp über ihren Köpfen. Langsam wurde ihnen klar, dass dieser lächerliche Steinhaufen mitten in dem fast völlig zerstörten Dorf ihre Endstation werden könnte.

Die Männer waren erschöpft und ausgelaugt und blickten sich suchend nach ihrem Anführer um, doch der Major war plötzlich wie vom Erdboden verschluckt. Wie auf ein geheimes Kommando begannen sie daraufhin, mit neuem Elan auf die verbarrikadierten Fenster der Kommandantur zu feuern. Mörtel und Verputz spritzte von der Fassade, eine Handgranate riss einen Krater in die staubige Straße und schleuderte eine Fontäne von Dreck und Steinen meterhoch in den Himmel. Zwei weitere folgten und auf dem Platz vor dem Kommando-Gebäude war mit einem Mal die Hölle los.

Die Druckwellen der Explosionen rasten über den Platz, brachen sich an den umliegenden Häuserwänden, Wolken von Staub standen über und in den Straßen und nahmen den Scharfschützen die Sicht. Dann war es wieder still und plötzlich hörte man aufgeregte Rufe aus dem Inneren der Kommandantur. Die acht Angreifer hielten den Atem an und schauten durch ihre Zielfernrohre auf den von Einschlägen gezeichneten Hintereingang des Kommando-Gebäudes, aus dem wie aus einer anderen Welt eine dunkelhaarige, schlanke Frau im staubigen Kampfanzug trat, ihren Helm in einer Hand und ein großes rotes

Buch in der anderen. Sie lächelte triumphierend und hielt dann das Buch hoch über ihren Kopf, so dass alle es sehen konnten.

In diesem Moment brachen die acht Angreifer auf dem Truppenübungsplatz im nördlichen Jordantal in Jubel aus und ließen ihre Waffen fallen. Sie sprangen über den Steinhaufen und umringten aufgeregt ihren Anführer, Valerie Goldmann, Major der israelischen Armee.

Im klimatisierten Beobachtungszentrum des Truppenübungsgeländes, das die Armee bereits 1967 eingerichtet hatte, verfolgte Oded Shapiro, Leiter der Abteilung »Metsada« und damit zuständig für spezielle Operationen innerhalb des israelischen Geheimdienstes Mossad, das Manöver und den unerwarteten Ausgang auf Flachbildschirmen. Er war am Vortag aus Tel Aviv ins Wadi gekommen, nachdem er die Akte von Major Goldmann gelesen und ihre Porträtfotos lange und ausgiebig betrachtet hatte.

Was die Kameras in den Straßen der kleinen nachgebauten Ortschaft in der letzten Stunde aufgezeichnet hatten, war für Shapiro ein Grund, sich zufrieden zurückzulehnen.

General Danny Leder, ein Kriegsveteran des 10-Tage-Kriegs, klein, grauhaarig und wettergegerbt, saß verschmitzt lächelnd neben ihm und betrachtete die Bilder von Valerie Goldmann auf den TV-Monitoren. Dann wandte er sich an Shapiro und ein wenig Stolz klang in seiner Stimme mit.

»Sie könnte in jedem James-Bond-Film das Bond-Girl spielen, da sehe ich kein Problem. Sie sollten sie mal im Bikini sehen.«

Der Abteilungsleiter des Mossad nickte und legte seine Hand auf den Arm des Generals. »Danny, noch besser könnte sie aber Bond spielen«, versetzte er ernst, »Sie wissen, unsere besten Agenten tragen Lippenstifte.« Dann wählte er auf einer sicheren Leitung eine Nummer, die nur er und einige wenige andere kannten.

Major Valerie Goldmann stand unter der heißen Dusche und genoss ihren Erfolg und das Wasser, das den Staub, den Schweiß und die Anspannung der letzten Stunden wegspülte. Ihre Jungs hatten sie gefeiert und selbst General Leder geizte nicht mit anerkennenden Worten, als er sie nach dem »Sieg der Angreifer« vom Einsatzzentrum aus anrief. Die Übung war ein voller Erfolg gewesen und Goldmann hatte die Trophäe – eine Schachtel mit Bonbons in der Form eines Buches – ihren Männern geschenkt. Gift für die Linie, Zucker für die Seele, dachte sie vergnügt.

Die Tropfen spritzten von ihrer gebräunten Haut und ihre nassen braunen Haare lagen an ihrem Rücken wie ein zu Ebenholz erstarrter Wasserfall. Sie reichten ihr fast bis an die Hüfte und alle Vorschriften der Armee hatten es nicht geschafft, sie auch nur einen Zentimeter zu kürzen. Angesichts ihrer steilen Karriere und der spektakulären Erfolge im Einsatz und auf den Manövern hatte General Leder es aufgegeben, seinem weiblichen Major mit kleinlichen Regelungen das Leben schwer zu machen. Und Valerie war stur wie ein Widder, wenn es um ihr Haar ging. Auch ein Grund, warum Leder beide Augen zugedrückt hatte. Aber es gab da noch einen zweiten Grund. Valerie hatte das Gefühl, dass Leder es mehr und mehr genoss, sie als »Vorzeige-Objekt« zu den verschiedenen Konferenzen und militärischen Tagungen mitzunehmen. Je heftiger Leder dies entrüstet zurückwies, desto überzeugter war Goldmann davon. Es machte ihr nichts aus, so lange er ihre militärischen Erfolge in den Vordergrund stellte.

Wer Valerie sah, konnte es dem General nicht verdenken, dass er lieber sie als einen Kleiderschrank mit Sonnenbrille neben sich hatte. Fast 180 cm groß, schlank und durchtrainiert, war sie das späte Kind ausgewanderter österreichischer Juden. Mit ihren langen Haaren und den braunen Augen wäre sie geradezu prädestiniert gewesen für eine Karriere zwischen Fotostudio und Laufsteg. Sie aber hatte sich für Uniform, Drill und Waffen entschieden und anfangs waren ihre Eltern keineswegs glücklich über diese Wahl gewesen, zu tief saß die Abscheu gegen gewichste Uniformstiefel und den Zauber der Montur. Beide Überlebende aus Mauthausen, waren sie als Jugendliche nach Kriegsende nach Israel ausgewandert und hatten sich hier eine neue Existenz aufgebaut. Valeries Vater war einer der bekanntesten Rechtsanwälte in Tel Aviv geworden und ihre Mutter leitete eine Kunstgalerie in der Dizengoff Street unweit seiner Kanzlei. Ihre Tochter hatten sie viersprachig erzogen und so sprach Goldmann österreichisches Deutsch, dazu Englisch, Französisch und Iwrit.

General Leder hatte sie kürzlich für einen Posten im diplomatischen Dienst als Adjutant des Militärattachés in Frankreich vorgeschlagen und ihre Chancen standen gut. Für die ehrgeizige Valerie wäre es die

Erfüllung eines Traumes gewesen, auch wenn sie ihre Karriere mit dem Verzicht auf Familie und Kinder bezahlte. Und je älter sie würde, desto öfter tat es ihr weh und sie schaute weg, wenn auf der Straße junge Familien an ihr vorbeigingen.

Goldmann stieg aus der Dusche und wickelte sich das Badetuch um. In der heißen Luft des Jordantals würden ihre Haare schnell trocknen und so zog sie sich gerade Slip und BH an, als die Tür aufging und ein Mann eintrat, den sie noch nie gesehen hatte.

»Was halten Sie von Anklopfen?«, fuhr sie ihn an. »Außerdem ist das die Offiziersdusche und Zivilisten haben hier nichts zu suchen. Wie kommen Sie überhaupt hierher?«

Der Fremde antwortete nicht, betrachtete sie ungerührt von Kopf bis Fuß, lächelte schließlich.

»General Leder hat recht gehabt, Sie könnten jederzeit ein Bond-Girl spielen. Ich bin wirklich beeindruckt – von Ihrer Figur und Ihren Leistungen vorhin beim Häuserkampf.« Er streckte die Hand aus und sah Valerie an. »Darf ich mich vorstellen? Oded Shapiro.«

»Erwarten Sie jetzt ein erkennendes ›Ahhh‹?«, erwiderte Valerie und übersah geflissentlich die ausgestreckte Hand. »Ich unterhalte mich normalerweise nicht halbnackt mit Fremden und selbst bei Oded Shapiro mache ich keine Ausnahme. Wenn Sie mit mir reden wollen, dann kommen Sie ins Offizierskasino. Und jetzt raus, Mr. Shapiro!«

»Und ich unterhalte mich normalerweise nicht in einem Duschraum mit einem weiblichen Mitglied der israelischen Armee, wenn es keinen triftigen Grund dafür gibt«, versetzte Shapiro und fügte trocken im Plauderton hinzu: »einen triftigeren als Ihre Figur, glauben Sie mir, Major Goldmann.«

»Kleines Café«, Wien/Österreich

Kommissar Berner hörte zu, trank seinen dritten Kaffee und rauchte seine vierte Zigarette und begann langsam zu verstehen. In seinem Kopf wirbelten die Daten und Fakten durcheinander, die Sina und Wagner ihm in der letzten halben Stunde präsentiert hatten. Aber sein analytischer Verstand fügte Teil um Teil zusammen und bald zeichnete sich ein schemenhaftes Bild ab, das ihm jedoch gar nicht gefiel. Beide Freunde hatten alle Informationen auf den Tisch gelegt und Berner spürte, dass sie zwar neugierig waren und dem Geheimnis auf die Spur kommen wollten, aber andererseits genauso besorgt waren wie er.

»Lassen Sie mich also zusammenfassen, bevor ich Ihnen die Einzelheiten des Mordes in der Karlskirche erzähle«, sagte Berner und blätterte dabei in seinem Notizblock, in den er hin und wieder ein Stichwort gekritzelt hatte.

»In der Ruprechtskirche wird ein Fremdenführer erschossen, sein Mörder hinterlässt die beiden Buchstaben L und I und fährt mit einem Wagen der chinesischen Botschaft an den Tatort. Der offensichtliche Grund des Mordes: Sie beide, erst Wagner, dann Sina, sollen beginnen, sich für die fünf Buchstaben AEIOU und damit für Kaiser Friedrich zu interessieren.«

Berner blickte von seinem Notizblock auf. »Verstehen wir uns richtig. Das war ein eiskalter Mord zu nur dem einzigen Zweck, Sie beide ins Spiel zu bringen. Genau das gelingt. Sie treffen bei Ihren Ermittlungen in der Stephanskirche auf Hans Mertens, der ein Kenner der Geschichte des Kaisers und seines Grabmals ist. Wenige Stunden später ist Mertens tot, ermordet, wie ich heute Morgen erfahren habe. Seine Aufzeichnungen und Unterlagen sind entweder verschwunden oder noch immer in der Wohnung, je nachdem ob der Mörder sie gefunden hat oder nicht. Korrekt?«

Sina und Wagner nickten.

Berner fuhr fort: »Niemand in den letzten fünfhundert Jahren ist hinter die Bedeutung der Buchstaben oder den Grund ihrer Entstehung gekommen. Die Wissenschaft weiß nicht einmal, warum sie an bestimmten Monumenten in Österreich auftauchen oder welche Urkunden warum damit gezeichnet wurden. Kaiser Friedrich, der Geheimschriften liebte und fünfhundert Jahre lang mit fünf Buchstaben die Wissenschaft narrte, hinterlässt ein leeres Grabmonument, ein rätselhaftes Monogramm, ein komplexes Kirchen-Rebus in Wien, das ein chinesisches Längenmaß als Grundlage hat, und schickt uns damit – wohin?«

Der Kommissar schaute Sina an, der mit den Schultern zuckte und die Hände hob. »Ertappt, Kommissar. Wir haben keine Ahnung.«

Berner schüttelte den Kopf. »Das Motiv für den ersten Mord leuchtet mir ein, das für den zweiten an Mertens auch. Und jetzt noch ein dritter …« Der Kommissar blätterte einige Seiten nach vorn und das Bild des blonden, gestürzten Engels in der Karlskirche kam ihm wieder in den Sinn. In kurzen, präzisen Worten schilderte er die Fakten und seine Entdeckung in den Aufzeichnungen der Sicherheitskameras an der französischen Botschaft. Dann schwieg er, zündete sich eine Zigarette an und schloss die Augen, aber das Bild des blonden Mädchens mit dem schwarzen Gesicht, den aufgemalten Engelsflügeln und den Baumwoll-Bällchen im Mund war noch immer da.

»Dürer.«

Berner öffnete die Augen, Sina hatte nur dieses eine Wort gesagt und schwieg nun erneut. Seine rechte Hand malte Dreien auf die Tischplatte.

»Wie bitte? Warum reden heute alle in Rätseln? Wäre es Ihnen möglich, Professor, mit einem kulturgeschichtlich mittelmäßig gebildeten Polizisten so zu sprechen, dass er Sie versteht? Reden Sie von Albrecht Dürer?«

Sina nickte. »Er war ein Zeitgenosse von Friedrich … Nun ja, wohl mehr von seinem Sohn, Maximilian. Aber vor allem anderen schuf er die drei Meisterstiche, alle mehr oder weniger geheimnisumwoben. Genaue Interpretationen der Experten fehlen bis heute. Der seltsamste heißt ›Melencolia I‹ und zeigt einen blonden Engel mit dunklem Gesicht, der einen Zirkel in der Hand hält. Was ja auch wieder auf den Kreis um die Ruprechtskirche hinweisen würde«, erklärte der Wissenschaftler nachdenklich. »Der Mord ist eindeutig ein Hinweis auf Dürer und seinen Meisterstich, kein Zweifel.«

Berner war ratlos. »Warum sollte heute jemand einen Mord begehen wegen eines alten Meisterstiches? Was ist an einem verschwundenen Kaiser Friedrich und einem Stich von Albrecht Dürer so brisant, so wichtig und so aktuell, dass deswegen drei Morde begangen werden? Das ist fünfhundert Jahre her! Mir fehlt der Bezug zur Gegenwart, tut mir leid.« Der Kommissar klappte seinen Notizblock zu und gähnte. »Ich hätte zumindest ein paar Stunden schlafen sollen«, brummte er, »aber das hole ich jetzt nach. Danach räume ich meinen Schreibtisch und überlege mir, wie es weitergeht.«

»Wie wäre es mit einem kleinen Besuch in der Wohnung von Hans Mertens?«, fragte Wagner und schaute Berner unschuldig an.

»Wagner, Sie träumen und der Wecker hat gerade geläutet, Zeit zum Aufwachen. Wie stellen Sie sich das vor? Wir brechen das Polizeisiegel auf und spazieren einfach da rein?«

»Sind Sie nicht bei der Polizei, Kommissar?«

»Waren, Wagner, waren bei der Polizei.« Berner lächelte dünn. »Allerdings habe ich auch schon daran gedacht. Lassen Sie mich überlegen, vielleicht fällt mir dazu etwas ein.«

Als Sina und Wagner vor dem »Kleinen Café« standen und dem Kommissar hinterherblickten, der um die Ecke der Ballgasse verschwand, deutete der Wissenschaftler auf das Pflaster des Straßenbelags des Franziskanerplatzes. Vor ihnen stand ein Brunnen, in dessen Mitte eine überlebensgroße Statue Moses' über die Passanten wachte.

»Bei Sanierungsarbeiten an der Bausubstanz unter der Franziskanerkirche vor nicht allzu langer Zeit entdeckte man einen Tunnel in Richtung Franziskanerplatz, von dem man vermutete, dass er in früheren Zeiten zum Stephansdom geführt hatte. Fachleute wollten weiter forschen, aber das Kloster war nicht einverstanden und erreichte schließlich, dass der Tunnel zugemauert wurde«, sagte Sina und Wagner überlegte, ob der Gang etwas mit dem Rätsel Friedrichs zu tun haben könnte. »Die Bauarbeiten damals waren überhaupt sehr ergiebig, was die Funde betrifft. Unter den Seitenaltären stieß man auf Grüfte mit mumifizierten Leichen, einen alten Brunnen, gotisches Geschirr, römische Scherben und den Grabstein der letzten Äbtissin des Ordens der Büßerinnen.«

Sina stieß die Türe zur Kirche auf und unter den wachsamen Augen des heiligen Hieronymus, dessen Statue über dem Haupteingang stand, traten beide ein. Ihr Blick fiel auf den mächtigen Hochaltar, in dessen Mitte die Figur der »Maria mit der Axt« von einer riesigen vergoldeten Sonne umrahmt wurde, in deren Strahlen die Engel spielten. Wieder zeigte Sina auf den Boden, der mit alten Steinplatten ausgelegt war.

»Unter der Kirche existiert eine bekannte Gruft, in der rund tausend Tote ihre letzte Ruhe gefunden haben. Durch außergewöhnliche klimatische Verhältnisse, die man bis heute nicht ganz erklären kann, sind die meisten der Leichen mumifiziert.« Der Wissenschaftler nahm ein Merkblatt von einem kleinen Tisch und las leise vor: »Die Kirche wurde 1383 gestiftet und 1387 geweiht. Auf welche Erneuerung sich eine überlieferte zweite Weihe von 1476 bezieht, ist heute nicht mehr ersichtlich. Wichtigste Reliquie sind die Gebeine des heiligen Anton. Die Gruft der Kirche ist neben denen der Michaelerkirche und der Kapuzinerkirche die dritte ›Prominenten- und Adels-Gruft‹ Wiens.«

Wagner betrachtete die sechs großen Marmorsäulen neben dem Altar und den in gedeckten Farben gestalteten Innenraum.

»Die älteste Orgel Wiens ist hier aufgestellt worden«, las Sina und fügte hinzu, »aber lange nach dem Tod Friedrichs.«

Langsam gingen beide durch die Kirche. »Mir fallen diese vielen Engel auf, die überall herumfliegen, aber wahrscheinlich liegt das nur an meinem Traum«, flüsterte Wagner und schaute sich mit eingezogenen Schultern um.

»Aber vergiss nicht, die Hauptperson in Dürers Stich ist auch ein Engel«, gab Sina zu bedenken.

Der Reporter war ratlos. »Entweder wir haben etwas übersehen oder es ist so offensichtlich, dass wir es nicht bemerken«, stellte er fest.

»Nein, es sind viele Hinweise und wir müssen sie nur richtig zusammensetzen. Vergiss nicht, Friedrich hat seine Rätsel oder Geheimschriften immer in verschiedenen Ebenen konstruiert«, erinnerte Sina.

»Ja, irgendwann werden sie es verstehen, wenn sie tiefer gegraben haben, als das Auge sieht, wenn sie weiter vorgedrungen sind und nicht nur an der Oberfläche scharren wie die Hühner auf dem Mist«, wiederholte Wagner leise.

Sina blickte ihn fragend an.

»Ach, ich habe nur den Friedrich in meinem Traum zitiert«, meinte der Reporter und wunderte sich, dass ihm die genauen Worte im Gedächtnis geblieben waren. So, als wollte Friedrich sie an etwas erinnern und sicherstellen, dass sie es nicht vergessen würden.

»Die Engel, der Orden der Büßerinnen, das ›Seelenhaus‹, der heilige Hieronymus, die Gebeine des heiligen Anton, die Gruft, die mumifizierten Leichen und die Maria mit dem Beil«, zählte Sina auf. »Mehr kann ich beim besten Willen nicht in der Franziskanerkirche entdecken. Darin können jede Menge Hinweise stecken, die wir einfach nicht richtig einordnen. Wir wissen noch viel zu wenig über Friedrich und darüber, was er uns mitteilen will.«

Wagner hielt ihm die Kirchentür auf. Beide traten auf den kleinen Platz hinaus und machten sich auf den Weg zur letzten Kirche auf dem Kreis, der Michaelerkirche.

Wadi al-Maleh, nördliches Jordantal/Israel

Was wissen Sie vom Golem, Major Goldmann?« Shapiro ging in dem dunstig-feuchten Duschraum für weibliche Offiziere auf und ab, während Valerie sich fertig anzog und eine frisch gewaschene Kampfuniform zuknöpfte. Sie trocknete ihre Haare mit einem Handtuch und beschloss, einen Zopf zu flechten, um bei General Leder und seinen Vorschriften nicht schon wieder anzuecken.

»Soll das ein Test meines Geschichtswissens sein, Mr. Shapiro?«, fragte sie aufmüpfig.

»Beantworten Sie jede Frage mit einer Gegenfrage?«, schoss Shapiro zurück und ahnte, dass das kein leichter Auftrag sein würde. Er öffnete die Tür einer der Toiletten und schaute hinein. Jemand hatte »Fuck men« auf die Seitenwand geschrieben. Darunter stand: »I do«. Shapiro erinnerte sich daran, dass es die Damentoilette war, und schloss die Tür wieder.

»Major Goldmann, genug der Spielchen. Ich bin vom Leiter des ›Mosad Merkazi leModi'in uLeTafkidim Mejuchadim‹, des Instituts für Aufklärung und besondere Aufgaben, geschickt worden, um mit Ihnen zu sprechen. Meine Abteilung heißt ›Metsada‹ und ist zuständig für sogenannte spezielle Operationen. Vielleicht haben Sie ja schon davon gehört.« Shapiro schaute Valerie abschätzend an. »Das heißt Anschläge, Sabotage, paramilitärische Operationen, alles unter höchster Geheimhaltungsstufe. Ich leite diese Abteilung und ich habe weder Zeit noch Lust, mich mit Ihnen zu streiten, politisch korrekt aufzutreten oder psychologische Konversationstaktik mit Ihnen durchzuexerzieren.« Shapiros Blick wurde kalt und durchdringend. »Und was den militärischen Rang betrifft, Miss Goldmann, so stehe ich einige Ränge über Ihnen und könnte Sie zum Exerzieren abkommandieren. Haben wir uns verstanden?«

»Ja, Sir!« Valerie hatte keine Lust, sich mit dem Mossad anzulegen und schon gar nicht mit der »Metsada«. Sie stand stramm, bis Shapiro abwinkte und »Stehen Sie bequem« anordnete.

»Nachdem die Fronten jetzt geklärt sind, würden Sie bitte meine Frage beantworten? Was wissen Sie vom Golem?«

Valerie dachte kurz nach. »Golem ist das hebräische Wort für Embryo und Ungeformtes, Unfertiges. Ich erinnere mich an den Schulunterricht, da wurde uns von einer Lehrerin die Geschichte eines Rabbi in Prag erzählt, der eine menschenähnliche Gestalt aus Lehm geformt hat. Aber das ist auch schon alles, was ich darüber weiß.« Sie wunderte sich über die Frage und über Shapiro, der nach allem anderen, aber nicht nach einem der wichtigsten Männer des Mossad aussah. Er erinnerte sie an ihren kurzsichtigen Onkel Herschel, der zwei Paar Brillen übereinander trug, weil er sich nicht an neue stärkere Gläser gewöhnen wollte.

Shapiro nahm seine Wanderung durch den Duschraum wieder auf, die Hände auf dem Rücken verschränkt. »Glauben Sie an Legenden, Major?«, fragte er ruhig.

Schließlich sagte sie: »Ich hatte noch keine Gelegenheit, eine zu überprüfen. Aber man sagt doch, dass Legenden immer einen wahren Kern haben.« Das wird immer seltsamer, dachte Valerie und fragte sich, worauf Shapiro mit seinen Fragen abzielte.

Der Geheimdienstchef antwortete nicht und Valerie war sich nicht sicher, ob er sie überhaupt gehört hatte. Seine Schritte hallten laut in dem gekachelten, weißen Gang und von draußen vernahm man weibliche Stimmen, die näher kamen.

Rasch trat Shapiro zu ihr und sprach schnell und leise, dafür umso eindringlicher. »Major Goldmann, ich erwarte Sie morgen Vormittag in meinem Büro in Tel Aviv. General Leder hat Sie auf unbestimmte Zeit beurlaubt und mit sofortiger Wirkung meiner Abteilung unterstellt.« Als Valerie etwas einwenden wollte, hob er die Hand. »Nicht jetzt. Sollte Ihnen der Auftrag nicht gefallen, dann können Sie jederzeit zurück zu Ihren Jungs. Auch das habe ich mit Danny besprochen.«

Die Tür zum Waschraum flog auf und eine Gruppe junger Rekrutinnen stürmte lachend herein. Sie stutzten, als sie Shapiro sahen, und gingen schließlich kichernd in die Umkleidekabinen.

Shapiro verdrehte die Augen und sagte zu Valerie nur noch »Zehn Uhr. Pünktlich«. Dann war er auch schon durch die Tür verschwunden und seine Schritte im Gang entfernten sich schnell.

Bischof Frank Kohout kniete in der kleinen Hauskapelle des erzbischöflichen Palais und betete für das junge blonde Mädchen, das in der Karlskirche in Wien zu Tode gestürzt war. Der barocke Andachtsraum war vor mehr als zweihundert Jahren eingerichtet worden, beherrscht von einem Marienaltar mit einer schwarzen Madonna. Vor dieser kniete Kohout nun und er war so vertieft in seine Andacht, dass er Schwester Agnes gar nicht bemerkte, die neben ihm auf die Knie gesunken war und ebenso still betete.

Erst als er aufblickte, sich bekreuzigte und aufstand, sah er sie neben sich und verneigte sich vor ihr.

Sie lächelte ihn traurig an. »Bruder Franziskus, was für ein grausamer Tod für so einen jungen Menschen. Gott sei ihrer Seele gnädig.«

»Und ihr Mörder möge in der Hölle schmoren«, antwortet Kohout verbittert und bekreuzigte sich erneut. War das Kreuz nicht auch Hinrichtungsort und nicht nur Zeichen der Gnade?

»Der erste Mord in Almouriel vor zwei Tagen war eine Warnung und Kriegserklärung an unseren Orden, wie Ihr so richtig festgestellt habt, ehrwürdige Mutter. Der Mörder hatte bewusst eine Templerburg ausgesucht, er hatte Almouriel gewählt, weil alle fünf Vokale ›AEIOU‹ in ihrem Namen vorkommen und er uns darauf hinweisen wollte, dass er wusste, dass er eingeweiht war. Und Portugal? Wo sonst, war doch Friedrich mit Eleonore von Portugal verheiratet.«

Schwester Agnes neigte bestätigend den Kopf.

»Dann schnitt er dem armen Opfer das Wort ›Agnes‹ in die Stirn, den Namen unserer Gründerin und unserer derzeitigen Vorsteherin. Er wollte, dass wir verstehen, dass ein Eingreifen unsererseits eine Katastrophe auslösen würde.« In Kohouts Stimme schwangen die Wut und die Empörung mit, die alle im Orden seit Tagen fühlten. »Aber damit nicht genug. Gestern beging er einen weiteren Mord in unserer Kirche, der Karlskirche in Wien, und ich zweifle nicht eine Sekunde, dass es derselbe Mann war wie in Portugal.«

Schwester Agnes stand auf und bekreuzigte sich, bevor sie an der Seite von Kohout die Kapelle verließ und sie gemeinsam die breiten Stufen in sein Büro hinuntergingen.

»Das Bild vom gestürzten Engel lässt mich auch im Traum nicht mehr los«, gestand Kohout ihr leise und ballte die Fäuste.

»Ich weiß, Bruder Franziskus, ich weiß.« Die zierliche Nonne legte ihre Hand beschwichtigend auf den Arm des Monsignore und spürte seine angespannten Muskeln unter der Soutane.

»Irgendwer versucht mit aller Macht hinter das Geheimnis zu kommen, mit allen ihm zur Verfügung stehenden Mitteln«, sagte Schwester Agnes leise. »Aber es ist nicht so wie in den vergangenen Jahrhunderten. Er kennt unseren Orden, er weiß um unsere Existenz. Deshalb macht er es nicht heimlich, sondern fordert uns heraus, kündigt sich an, provoziert und warnt uns zur gleichen Zeit. Das gab es bisher nur einmal, damals in Deutschland zur Zeit des Reiches. Ich hätte nicht gedacht, dass sich dieser Albtraum wiederholen würde.«

Schwester Agnes verstummte und war in Gedanken weit weg, so als sähe sie durch Zeit und Raum. Dann fuhr sie fort: »Wir haben einen Eid geleistet und wir haben über Generationen etwas bewahrt, das uns anvertraut worden war. Wir haben ein Wissen geschützt, das so mächtig und so fürchterlich zugleich ist, dass selbst weise Männer wie Friedrich davor zurückgeschreckt sind.« Die Nonne lächelte nachsichtig. »Aber auch Kaiser Friedrich war nur ein Mensch und er erlag der Versuchung, den Weg zur Hölle zu beschreiben, ihn auszuschildern für den, der sehen konnte, der seinen verschlüsselten Hinweisen folgen konnte. Er kannte seine Schwäche, er wusste um sie und so bestellte er uns zu den Bewahrern eines Geheimnisses, das doch nicht seines war. Er vertraute uns mehr als sich selbst.«

Kohout nickte und senkte den Kopf.

»Friedrich hatte vor allem Angst, dass niemand mehr das Geheimnis entdecken könnte und es für immer verschollen wäre. Also wohnten zwei Seelen in seiner Brust – er war zerrissen und widersprüchlich wie immer in seinem Leben. Einerseits versteckte er das Geheimnis selbst vor seinem kriegerischen Sohn Maximilian, weil er wusste, dass der das Ende der Welt eingeleitet hätte und nichts und niemand sie mehr hätte retten können, wenn er nicht geschwiegen hätte. Andererseits verbrachte er viele Monate und Jahre damit, geheime Hinweise und komplizierte Rätsel zu erdenken, damit es doch noch eine Möglichkeit gäbe, das größte Geheimnis der Menschheit zu entdecken.«

Schwester Agnes ging ans Fenster und schaute über den Schlossplatz am Prager Hradschin. Die Wolken über Prag wurden dünner und die ersten Sonnenstrahlen glänzten auf den nassen Pflastersteinen des Platzes. »Dann aber, knapp vor seinem Tod, erschien Friedrich alles zu offensichtlich, zu einfach, zu leicht zu lösen. So wandte er sich an unseren Orden. Er hatte Gold genug angehäuft und verfügte, dass die Fugger eine Summe gegen Zinsen zum Verleih erhielten. Aus den Gewinnen flossen Spenden an uns jahrhundertelang, bis heute.« Die Nonne wandte sich um und schaute Kohout fest in die Augen. »Wir haben seit 1493 sein Vermächtnis erfüllt und wir werden auch diesmal nicht versagen, Bruder Franziskus. So wahr uns Gott helfe. Gelobt sei der, der da lebt und herrscht in Ewigkeit.«

»Amen«, antwortete Kohout.

Innere Stadt, Wien/Österreich

Auf dem Weg zur Michaelerkirche nahe der Hofburg dachte Georg Sina über das Zusammentreffen und die Unterhaltung mit Berner im »Kleinen Café« nach. Er war ihm sympathisch geworden, dieser Kommissar, ein brummiger Kauz mit Moral und Gewissen, der es sich nicht leicht machte. Sina stellte bei dem Spaziergang gleichzeitig fest, dass ihn die Stadt nicht mehr so bedrückte wie noch vor drei Tagen. Er gewöhnte sich langsam wieder an die Menschen, sah sie nicht mehr als ständige Bedrohung seiner Privatsphäre. Während er neben Wagner herlief, schaute er ihn von der Seite an. Paul war wie immer, unkompliziert und stand mit beiden Beinen fest am Boden. Auf ihn war stets Verlass und Sina konnte sich niemanden vorstellen, mit dem er lieber seine Jugend verbracht hätte als mit ihm. Er war der Bruder, den er niemals gehabt hatte.

Berner jedoch hatte ihn heute überrascht mit seiner schnellen Entscheidung, den Dienst zu quittieren und auf eigene Faust weiterzumachen. Sina hatte es ihm nicht zugetraut, hatte ihn in seiner ruppigen Art verkannt und nur die harte Schale gesehen, nicht den weichen Kern.

Der Wissenschaftler begann den Kommissar zu verstehen und zu schätzen und zum ersten Mal seit Jahren hatte er das Gefühl, dass sein

Rückzug von der Welt möglicherweise doch nicht die richtige Lösung gewesen war, eher ein Vertagen der Situation, ein Negieren der Realität, ein Abschieben der Wahrheit.

Sina überlegte auch, dass er bald mit Paul über Clara sprechen musste, und vielleicht war es auch besser so. Er schob noch immer zu vieles vor sich her und das hatte Clara schon damals nie gewollt.

Es begann leicht zu regnen, als Wagner und Sina auf den Michaelerplatz einbogen und auf die weiße Kirche zugingen. Dutzende Fiaker, die typischen Wiener Zweispänner, warteten hier auf Kundschaft und die Kutscher waren alle damit beschäftigt, vor dem aufziehenden Regen rasch die Verdecke hochzuklappen.

»Du müsstest dich wie zu Hause fühlen, es riecht nach Pferd«, stichelte Wagner mit einem Blick auf die Fiaker.

Sina winkte grinsend ab und trat vor ihm durch die offene Tür in das dunkle Innere der Michaelerkirche. Sofort nahm ihn die einzigartige Atmosphäre dieses ursprünglich romanischen Gotteshauses gefangen. Aus einem der versteckten Lautsprecher ertönte Chorgesang und so gut wie kein Lichtstrahl drang von außen herein. In der schwachen, gelblichen Beleuchtung einiger Hängelampen hatten die Kerzen vor den Altären und Gnadenbildern eine noch intensivere Wirkung. Vor den Seitenaltären knieten scheinbar aufs Innigste ins Gebet vertieft einige Obdachlose. In Wirklichkeit jedoch luden sie mit Billigung des Pfarrers die Akkus ihrer Handys an den Steckdosen der Kirche auf.

Ein geheimnisvolles Halbdunkel hüllte alles ein und war nur an wenigen Stellen durch helle Flecken, schwachen Lichtinseln in einem dunklen Ozean, unterbrochen. In einem dieser Lichtkreise scharte sich eine Besuchergruppe um eine resolut dreinschauende Führerin, die eifrig mit lauter Stimme die Geschichte und die Kunstschätze der Kirche erläuterte. Ihre Zuhörer versuchten sich mit ständigen kleinen Bewegungen warm zu halten, denn es war in dem Gotteshaus noch viel kälter als draußen. Die eisige Luft schien sich eingenistet zu haben, waberte zwischen den Bänken und Säulen und Wagner ertappte sich bei der Frage, ob Weihwasser einfrieren könnte.

»Ungemütlich und stockdunkel«, fasste Sina nach einem ersten Blick seinen Gesamteindruck zusammen und ging langsam zum Hochaltar vor. Die Stimme der Führerin begleitete ihn.

»… aus dem 13. Jahrhundert ist eine der ältesten Kirchen Wiens, Sie ist auch eines der wenigen Beispiele des romanischen Baustils in der Hauptstadt. Genau stammt die ehemalige Pfarrkirche des Hofes aus dem Jahr 1220 …«

Sina versuchte, ohne über die zahlreichen in den Boden eingelassenen Grabplatten zu stolpern, seinen Weg zum Altar zu finden. Er blickte sich um, doch Wagner war irgendwo im Eingangsbereich zurückgeblieben und verschwunden.

»… und ich möchte Sie vor allem auf den grandiosen Engelssturz hinweisen, der den Raum über dem gesamten Hochaltar füllt und einer der spektakulärsten dieser Art in Europa ist. Er wurde von Martinelli …«

Sina stockte der Atem, als er die Figurengruppe über dem Altar erblickte. Viele Dutzend weiße Engel in allen Größen und Gestalten waren über einen dreidimensionalen Stuck-Himmel verteilt und schwebten und stürzten und jubilierten und verblichen in einem Crescendo von barocker Ausschweifung.

»… in den Grüften, die sich weit über die Grundmauern der Kirche hinaus erstrecken, wurden im Laufe der Jahrhunderte mehr als viertausend Menschen bestattet. Eine klimatische Besonderheit im Inneren der Kirche führte dazu, dass die Leichen mumifizierten und bis heute …«

Nur mehr mit einem Ohr zuhörend, wanderte Sina entlang der alten Mauern der Kirche und bewunderte die Fresken und die alten Grabplatten.

»… die nördliche Apsiskapelle wurde 1476 angebaut, nachdem sechsundvierzig Jahre zuvor bereits zwei Kapellen am nördlichen Seitenschiff errichtet wurden. Insgesamt dreiundsiebzig erhaltene Grabsteine zeugen heute noch davon, dass …«

Paul Wagner hatte Sina nach vorne in Richtung Altar gehen lassen und war nach links, zum zugemauerten alten Eingang der Kirche geschlendert. Nun hörte er die Stimme der Führerin immer leiser werden, während er den Türsturz aus dem 13. Jahrhundert bewunderte, der ein Flammenkreuz mit den fünf Kreuzwunden Christi als zentrales Motiv zeigte.

Sich umblickend sah er, wie Sina entlang der ausgestellten Grabplatten ging und immer wieder im Dunkel der Kirche mit den Fingern die Namen oder Symbole nachzog.

»… der Mitte des 14. Jahrhunderts stammt der Triumphbogen zwischen Querschiff und Chorraum, der das Armageddon mit Jesus und seinen Jüngern darstellt …«

Sina stand wie erstarrt, die Hand auf eine rötliche Grabplatte gelegt. Armageddon. Die Offenbarung des Johannes. Das war einer oder der Hinweis, er war sich ganz sicher. War Armageddon nicht die endzeitliche Entscheidungsschlacht, der Kampf Jesu mit dem Heer der Engel gegen die Könige der Erde? Er nickte. Schon wieder die Engel, überall waren Engel, wo Friedrich war. Hatte sich Kaiser Friedrich nicht einen Engelsharnisch anfertigen lassen, der ihn und sein Pferd schützen sollte?

Sina betrachtete die Grabplatte, vor der er stand, genauer. Sie stammte aus dem Jahr 1341 und zeigte in der oberen linken Ecke ein Templerkreuz und zwei sechszackige Sterne im Wappen. Es war so dunkel, dass man nichts Genaues erkennen konnte, und Sina nahm sich vor, das nächste Mal eine Taschenlampe mitzunehmen. Er ging in die Knie und betrachtete die beiden Sterne genauer. Sie hatten eine seltsame Form, die ihn an irgendetwas erinnerte. Sina ging in Gedanken rasch alle Zeichen, Siegel und Symbole, die er jemals in Kombination mit dem Tatzenkreuz gesehen hatte, durch. Keines wollte passen. Missmutig stand er auf.

Da lief in der Dunkelheit ein Mann in ihn hinein. Er prallte so heftig mit der Schulter gegen Sina, dass dieser fast gestürzt wäre. Er war etwas kleiner als der Wissenschaftler, ausgesucht elegant gekleidet und strahlte dennoch etwas Gefährliches und Bedrohliches aus. Sina richtete sich zur vollen Größe auf. Beide standen sich schräg gegenüber, der elegante Unbekannte hatte eine unberechenbare Arroganz und Menschenverachtung an sich, die Sina einen Schritt zurücktreten ließ. Es war genau der Typ Mensch, dem der Wissenschaftler seit jeher als Leistungsbringer, selbstgefälligen Gewinnertyp und egoistischen Entscheidungsträger so misstraute. Als der Unbekannte noch immer keine Anstalten machte, sich zu entschuldigen oder seinerseits zurückzuweichen, sondern nur dastand, Sina abschätzend anschaute, von Kopf bis Fuß musterte und keine Anzeichen von Höflichkeit erkennen ließ, wurde es Sina zu dumm. Plötzlich fühlte er sich in die Rolle eines fahrenden Ritters versetzt, der für andere eine Brücke sperrte, um sie erst, wie es die Ehre verlangte, nach verlorenem Zweikampf wieder freizugeben.

Er machte einen Schritt nach vorne und sein Blick bohrte sich in die Augen seines Kontrahenten. Der hielt stand. Sein Gesicht lag im Dunkel, aber Sina spürte, dass der Mann zwar überrascht, aber nicht eingeschüchtert war. Es ging im Gegenteil etwas Überhebliches von seinem Benehmen aus, das Sina noch mehr aufstachelte.

Plötzlich spürte der Wissenschaftler eine Hand an seinem Oberarm. »Komm mit, Georg. Wenn dein Kinn die Führung übernimmt, wird es gefährlich«, scherzte Paul Wagner und zog den Verblüfften mit sich fort. »Das erinnert mich wieder an früher, Herr Draufgänger. Manche Dinge ändern sich nicht mit den Jahren, nur deine Nerven sind durch die Festungshaft noch dünner geworden«, hörte Peer van Gavint Wagners Stimme hinter sich verklingen. Das waren sie also, seine beiden Zielobjekte: Paul Wagner, ein »spleeniger, egozentrischer und etwas verweichlichter Reporter«, und Professor Georg Sina, ein »einzelgängerischer, kauziger Intellektueller mit dickem Kopf und dünnen Ärmchen«. Nun, zumindest Letzteres stimmte nicht. Die Muskelpakete von Sina waren nicht in seinen Unterlagen vermerkt. Gavint fragte sich etwas beunruhigt, was sonst noch alles unerwähnt geblieben war.

Es ärgerte ihn, dass er so unvorsichtig in die beiden hineingelaufen war. Das war ein Fehler gewesen. Unverzeihlich, aber nicht mehr zu ändern. Gavint schaute den beiden nach, wie sie die Kirche verließen. Jeder für sich würde kein Problem sein, aber zu zweit würde es selbst für einen Profi wie ihn eine Herausforderung werden. Er freute sich darauf. In seinen Augen waren sie schon so gut wie tot.

Ein kleiner brauner Karton mit persönlichen Gegenständen war alles, was Kommissar Berner aus seinem Schreibtisch räumte. Die Akten waren schon verteilt worden, seine Fälle hatte ein junger Kollege übernommen, der sich mit Feuereifer an die Arbeit machte. Der Leiter der Spurensicherung und er würden ein Traumpaar abgeben, dachte Berner.

Also nahm er das Foto seiner Tochter und die drei Montblanc-Kugelschreiber, die ihm die Kollegen im Laufe der Jahre geschenkt hatten, den alten Pullover und die vollgekritzelten Notizblöcke, die er nicht weggeworfen hatte. Aus Sentimentalität? Berner zuckte die Schultern und steckte die Sachen in den Karton. Das Reservehandy und die Akkus kamen ebenfalls hinein, gefolgt von ein paar alten Stadtplänen und Einladungen zu Polizeibällen, auf denen er sowieso nie getanzt hatte. Ein zerknittertes Theaterprogramm des »Simpl«, des berühmtesten Wiener Kabaretts, erinnerte ihn an das letzte Jahr mit seiner Frau, bevor sie nach Deutschland gezogen war, in ein neues Leben. Eine halbvolle Kekspackung, ein paar Stück Würfelzucker und eine fast leere Schachtel Kopfschmerztabletten, ein abgelaufener Kalender und ein kleines Telefonbuch mit Eselsohren, das fast schon auseinanderfiel, war alles, was noch in den Karton wanderte. Der Rest landete im Papierkorb.

Der Abschied von den Kollegen fiel schwerer, aber man war ja nicht aus der Welt. Alle, die Berner kannten, waren erstaunt über seine gute Laune.

Mit einem »Bleibt aufrecht, man sieht sich« war Berner bald mit seinem Karton unter dem Arm aus dem Büro geeilt. Typisch Pensionist, dachten die Kollegen, kaum im Ruhestand und schon in Eile.

Berner trat aus dem Kommissariat auf die Straße und atmete tief durch. Der Regen war stärker geworden und alle hatten es eilig, rechtzeitig zum Abendessen nach Hause zu kommen. Er schlug seinen Mantelkragen hoch, verwünschte, dass er wie immer keinen Regenschirm dabei hatte, und beruhigte sich damit, dass es nur ein kurzer Weg war. Während er sich zwischen den Passanten durchschlängelte, griff er zum Handy und wählte Wagners Nummer. Es war an der Zeit, die Dinge in Bewegung zu bringen. Als der Reporter abhob, brummelte Berner:

»Ich habe da beim Aufräumen in meinem Schreibtisch ein paar Polizeisiegel gefunden. Fragen Sie mich nicht, wo die herkommen. Aber wenn ich es richtig überlege, dann würde mich auch interessieren, ob der Mörder in Mertens' Wohnung etwas übersehen hat.«

»Dann machen wir doch morgen einen Kontrollbesuch«, schlug Wagner vor. »Zehn Uhr vor dem Haus am Schwedenplatz?«

»Seien Sie pünktlich, Wagner, und lassen Sie Ihre Rakete auf zwei Rädern zu Hause, die ist so auffällig wie ein Smoking in Ihrem Kleiderschrank.«

»Wir werden zu Fuß kommen und eine Polizeiuniform anziehen«, feixte der Reporter. Berner grinste. Ich könnte mich an Wagner wirklich gewöhnen, dachte er. »Haben Sie etwas in den Kirchen herausgefunden?«, fragte er dann und wischte sich die Regentropfen aus dem Gesicht.

»Viel zu viel. Wir müssen morgen erst den Altar des Schottenmeisters im Museum sehen, dann alle Informationen zusammenbringen und schauen, ob wir so dem ersten Rätsel auf die Spur kommen.«

Berner brummte seine Zustimmung. »Wir sehen uns morgen«, sagte er schließlich und legte auf.

Die Flasche mit spanischem Rioja, die Berner an diesem Abend leerte, hatte er für besondere Anlässe aufgehoben. Er prostete sich zu und warf in einem Anfall von befreiender Vergangenheitsbewältigung zu fortgeschrittener Stunde alle seine alten Notizblöcke weg. Dann schlief er auf dem Sofa ein und träumte von einer langen Reise nach Apulien.

Kapitel 6 – 13.3.2008

26. August 1795, Festung San Leo in den Marken/Italien

Hätte er die Möglichkeit gehabt, aus dem Fenster zu schauen, vielleicht hätte er »La Pieve« und »San Leone«, die beiden Kirchen im Ort am Fuße des Berges, sehen können. Aber die vergitterten Fenster waren zu weit oben, nur dünn fielen das Tageslicht und die Sonne der Marken in seine feuchte und modrige Zelle. Unter normalen Bedingungen, in weit gefälligeren Umständen, hätte er an die beiden muffeligen Gotteshäuser aus dem Mittelalter nicht einen Blick verschwendet, aber nach vier Jahren schwerer Festungshaft wären ihm nun die Stadt San Leo und die grüne Landschaft der Marken wie der Garten Eden erschienen.

Diese Zelle war sein ganz persönliches Purgatorium. Zuerst hatte er sich noch gefreut, als Papst Pius VI. das Todesurteil in lebenslange Haft umgewandelt hatte …

»Giuseppe, was bist du doch für ein Idiot gewesen«, sagte er sich …

»Aber, Alessandro, woher hätte ich wissen sollen, in welches Höllenloch ich von den Pfaffen gekarrt werde«, tuschelte Cagliostro. Irgendwann hatte er begonnen Selbstgespräche zu führen. Mit wem hätte er sonst Konversation treiben können? Im Vergleich zu den idiotischen Wärtern waren seiner Erfahrung nach die zahlreichen Ratten mit Intelligenz geschlagen.

»O ja! Vor den Viechern muss ich mich in Acht nehmen! Die fressen mir sonst den Arsch auf, bevor ihr Trottel überhaupt merkt, was hier drinnen vorgeht!«, brüllte Graf Alessandro Cagliostro und lauschte mit hämischem Grinsen, ob eine Reaktion seiner Beleidigung folgen würde. Nichts.

»Weit hast du es gebracht, mein Junge. Vom Gehilfen eines Klosterapothekers in Caltagirone zu einem verrottenden Stück Scheiße in der Brunzkachel des Papstes, gepriesen sei Seine Heiligkeit für seinen

Langmut«, raunte er, um kurz darauf in Richtung Türe zu brüllen: »Ich hoffe, eurem Oberhirten, dem Heiligen Vater, fault wie mir der Pimmel ab, wenn er ihn in eine Hure oder ein Mönchlein steckt! Wenigstens der Joseph in Wien hat ihm gezeigt, wie ein Mann mit Kleiderschwuchteln umzugehen hat! Hat ihm nicht den blanken Arsch entgegengereckt und ihm nicht wie die andren den Schwanz gelutscht!«

Er kicherte irre und lauschte. Wieder nichts. Griesgrämig ließ er sich in eine Ecke auf den Boden plumpsen.

»Ganz großartig. Ich führe mich auf wie damals als Dreikäsehoch daheim in Albergheria, als ich die Mama so lange genervt habe, bis sie mir endlich eine gescheuert hat. Besser von Mama gedroschen werden als gar nicht beachtet. Ach, Mama. Jetzt komme ich nie mehr nach Sizilien, um dein Grab zu besuchen«, flüsterte Cagliostro und wischte sich mit dem dreckigen Ärmel seines zerschlissenen Hemdes die Tränen aus dem Gesicht.

Zornig über seine Hilflosigkeit rang er sich ein paar Worte ab: »He, ihr Arschgesichter, wollt ihr meine Mama sein? ... Nein? Auch gut, ihr stinkt mir zu sehr nach Zwiebel und Weihrauch.«

Das Bild der Mutter und des Armenviertels von Palermo verblasste in seiner Erinnerung. »Das ist auch ganz gut so«, dachte er sich, »sonst degeneriere ich in dieser Einsamkeit noch vollends zum Kind.«

An die Stelle der Kindheitserinnerungen trat das Bild des milden Fra Rodolfo, der ihn so hingebungsvoll in die Kunst der Kräuterheilkunde eingeführt hatte.

»Giuseppe Balsamico!«, hatte er ausgerufen, »meiner Treu, mein Junge, der Name prädestiniert dich geradezu zum Apotheker!« Aufmerksam hatte ihn der Mönch betrachtet, als er sich ihm vorgestellt hatte, war rund um ihn gegangen, hatte ihm lange in die Augen geschaut. Dann hatte er sein mildes Lächeln gelächelt und ihm väterlich seine Hand auf den Kopf gelegt. Ach, wäre er nur bei den Fatebenefratelli geblieben, hätte er sich nur nie der Alchemie verschrieben. Was wäre dann wohl aus ihm geworden? Vielleicht gar ein Medicus? Jedenfalls nicht der schillernde Graf Alessandro Cagliostro, der die schöne Lorenza geheiratet hatte ... Der Gedanke an sie ließ ihn wollüstig erschauern. Nein, das wäre kein guter Tausch gewesen, so manchen Kniff hatte er sich von ihr abschauen können, von dem vermaledeiten Höllenweib. Aufregend und geil war sie gewesen wie ein Succubus, und jetzt ist sie unfreiwillig eine Nonne, die Arme. Was für ein Richterspruch, was für ein Verlust für die Welt …

Zurück nach Caltagirone zu Fra Rodolfo … Oft und gerne hatte der junge Giuseppe Balsamico Fra Rodolfos Erzählung des Gleichnisses vom verlorenen Sohn gelauscht. Vom reichen Mann zum Schweinehirten und wieder zurück. Ob es für ihn auch so einen gnädigen Vater gab, der ihn mit offenen Armen zurück an seine Festtafel bat? In so manchem Gefängnis war er schon eingesessen, sogar in der Bastille, aus der es normalerweise kein Entrinnen mehr gab. Aber er, Graf Cagliostro, hatte auch das geschafft. Ja, das war schon eine Sache gewesen, wie die de La Motte und er dem trotteligen Kardinal Louis de Rohan das Halsband für Marie Antoinette aufgeschwatzt hatten. Cagliostro lachte lauthals bei dem Gedanken. Und dann hatten sie ihm noch eine Dirne untergejubelt, eine noch blödere Hure als die Königin. Selbst schuld, dachte er sich, hätte er die Autrichienne nicht bei ihrer Mutter Maria Theresia in Wien wegen ihrer Prunksucht angeschwärzt.

Im Nachhinein betrachtet war das Ganze allerdings schon eigenartig gewesen. Kaum wollte die junge Verschwenderin doch einmal sparen, das Collier von Böhmer und Bassenge zurückweisen und darauf verzichten, fand sich gleich mühelos ein zölibatärer Purpurrock, der es ihr, blind vor brünstiger Liebe, verehren wollte. »Völlig absurd«, murmelte Cagliostro in seinen Bart. Oh, dieser Bart, wie er ihn hasste, dieses Zeichen von Vernachlässigung, dieses Stigma des Kerkers. Ja, der König und die Königin waren ziemlich erzürnt gewesen wegen des Skandals, den dieser beschissene Klunker ausgelöst hatte. Der Pfaffe im Purpurrock rottete seitdem in irgendeinem Kloster vor sich hin und konnte den Rest seines Lebens betend verbringen. Und Marie Antoinette? Cagliostro grinste. »Die braucht jetzt kein Halsband mehr, trägt statt einem diamantenen ein blutrotes, das arme Ding.«

Zum Glück konnte er, Graf Cagliostro, der Einzigartige, der Geniale, damals beweisen, dass er nichts damit zu tun hatte. Der Gefangene klopfte sich auf die Schenkel aus Freude über das gelungene Bubenstück. Er hatte alle spüren lassen, dass es besser wäre, wenn er nichts mit der Affäre zu schaffen gehabt hätte.

»Lassen Majestät mich hinrichten«, hatte er schwadroniert, »werden Ihro Gnaden nichts von dem großen Geheimnis erfahren, das mir mein Lehrmeister in der schwarzen Kunst, der Graf von Saint-Germain, verraten hat. Kein Cagliostro, kein Aqua Benedetta.«

Das hatte gesessen! Keine Ahnung, warum, aber plötzlich war die hochehrwürdige Gesellschaft ganz blass um die gepuderten Näschen geworden. Dabei hatte er doch nur Hoftratsch verwurstet. Auf den Schwachsinn des Jugendwässerchens waren später sogar die Engländer reingefallen. Jeder dämliche Geldsack und jede verblühende Kokotte hatten gierig seine in Flaschen abgefüllte Pisse getrunken ... Cagliostro kicherte, er erinnerte sich an die angewidert verzogenen Mienen der betrogenen Kundschaft beim Runterschlucken seiner Mixturen.

Selbst hier, im Gefängnis des Teufels, war ihm der Seelsorger, der dämliche Pater Luigi, auf den Leim gegangen, beim obligaten Besuch zur wöchentlichen Beichte. »Was für ein Schwachsinn«, brüllte Cagliostro, »was zum Teufel sollte Giuseppe Balsamico hier für Sünden begehen, so sehr er auch wollte, es gab verdammt noch mal keine Gelegenheit dazu!« Sollte er sich an der Kerkermauer oder dem Ungeziefer vergehen?

Aufgeregt war Pater Luigi auf seinem Stuhl hin und her gerutscht, als Cagliostro in Aussicht stellte, ihm das Geheimnis von Saint-Germain zu verraten, um es so dem Heiligen Vater zur Kenntnis zu bringen. Luigi sah sich schon als Monsignore oder Berater des Papstes in den Vatikan einziehen.

»Saint-Germain hatte sein Geheimnis nachweislich niemandem verraten«, hatte da das vorwitzige Pfäfflein zu bedenken gegeben, »woher wollen Sie es dann haben, Graf?« Luigi, dieser Trottel, hielt sich für gerissen, glaubte, der große Cagliostro würde nicht merken, dass er ihn aushorchen wollte. Immer wieder beleidigen solche Kretins meinen Intellekt, ärgerte sich der Gefangene, nur weil sie nicht wie Giuseppe in Lumpen, sondern in Weißwäsche geboren wurden.

»Also gut«, hatte er zur Antwort gegeben, »Ihr habt mich ertappt, aus einem Buch der Großmeister der Tempelherren in Frankfurt.« Ein verschwörerisches Wackeln mit den dicken Augenbrauen und der gute Luigi war wie von der Tarantel gebissen aus der Zelle gestürmt.

Die Inquisition hatte nicht so ein Brimborium veranstaltet, als er ihnen den Bären von dem Buch aufgebunden hatte, die hatten allesamt fromm mit ihren geschorenen Köpfen genickt und mit ihren Federkielen gekratzt. Cagliostro schüttelte den Kopf. Jedenfalls würde ihn nun gewiss bald der Heilige Vater mit weit geöffneten Armen empfangen und an seine üppig gedeckte Tafel bitten, dass sich Cagliostro dort den Bauch voll fressen konnte.

Bei diesem Gedanken öffnete sich knarrend und scharrend die Kerkertüre. Cagliostro schaute auf und erwartete Luigi zu erblicken, der ihm mit zittriger Stimme die frohe Botschaft von der Heimkehr zum Festmahl verkünden würde. Aber da stand nur ein hochgewachsener Wärter, massig und mit einem grausamen Zug um den Mund.

»Alessandro Graf Cagliostro?«, brummte die grobschlächtige Gestalt.

»Wer sonst? Ich veranstalte hier selten eine Soiree mit Hunderten von Gästen, ich bin derzeit knapp an Geschirr«, blaffte Cagliostro.

»Ich soll Euch schön grüßen lassen von einem gewissen Kardinal«, spulte der Mann ungerührt seinen Text ab.

Cagliostro war erstaunt und erhob sich. »Wie bitte? Von welchem Kardinal?«

»Von dem, dessen Tochter Ihr die Syphilis verehrt habt«, meinte der Wärter sarkastisch.

Cagliostro machte eine wegwerfende Handbewegung. »Großer Gott, ich habe viele Pflaumen gepflückt auf meinem Spaziergang durch den irdischen Garten, die werden jetzt wohl alle venerisch sein. Wer ist sie?« Zugleich jedoch dachte er erschreckt: Ob Lorenza auch …?

»Rosetta ist ihr Name«, gab der unbekannte Wärter bereitwillig Auskunft, die offensichtliche Verachtung Cagliostros für das Mädchen und ihn, den Überbringer der Botschaft, ignorierend.

»Rosetta? Meiner Treu, die Kleine, die grade angefangen hat, sich die Binden zwischen die Beine zu legen. Tochter eines Kardinals? Dieses Luder? Ihr Name hat mich zu mancher Spitzbüberei inspiriert«, lachte Cagliostro.

Doch das Lachen blieb ihm im Halse stecken und verwandelte sich in Panik, als ihm der Wächter ein Stück Seil über den Kopf wand, es zuzog und ihn daran mühelos hochhob. Cagliostro strampelte mit den Beinen und versuchte, wieder sicheren Boden unter den Füßen zu bekommen. Vergebens, die Luft blieb ihm weg.

»Ihr irrt Euch, ich bin nicht Alessandro Cagliostro! Ich bin Giuseppe Balsamico!«, röchelte er mit letzter Kraft und versuchte den Griff des Mörders abzuschütteln.

»Ja, ja, und ich bin der Kaiser von China«, stieß der gedungene Mörder hervor und beendete seine Arbeit mit gewohnter Routine. Er wartete, bis das Zucken aufgehört hatte, und dann ließ er emotionslos den Leichnam Cagliostros zu Boden plumpsen, rollte das Seil ein und packte es in eine Hosentasche. Er sah sich noch einmal um, verzog die Nase ob des Drecks und der Abfälle.

»Ich glaube, ich habe dir gerade einen Gefallen getan, Euer Gnaden«, murmelte er, öffnete die Zellentür und verschloss sie sorgfältig wieder, nachdem er das letzte Gefängnis Giuseppe Balsamicos verlassen hatte.

Als er sich umwandte, standen ihm im flackernden Licht einiger Fackeln fünf Männer in weißen Ornaten gegenüber. Auf ihrer Brust prangte ein roter, sechszackiger Stern, den der Wärter noch nie gesehen hatte. Mit einem Blick erkannte er, dass es sich hier sicher nicht um eine Beichte handelte. Die fünf Männer blickten ihn an und machten keine Anstalten, zurückzutreten oder ihn passieren zu lassen. Seine Gedanken überschlugen sich. Doch dann zählte der Wärter eins und eins zusammen, richtete sich auf und deutete mit dem Daumen hinter sich auf die Zellentür:

»Wenn ihr dem Grafen heimleuchten wollt, edle Herren, seid ihr zu spät gekommen. Der Graf ist nämlich hin.«

Nach einem Moment der Überraschung fasste sich der Anführer der Fünf als Erster, streckte die Hand aus und der Wärter gab ihm den Zellenschlüssel. Der unbekannte Mann im weißen Umhang öffnete die Tür, trat mit raschem Schritt an Cagliostro, hielt sein Ohr an dessen Brust und nickte befriedigt. Er richtete sich auf, griff nach seiner Börse und zog einige Münzen heraus, die er in die Hand des Wärters fallen ließ. Ohne ein Wort wandten sich die seltsamen Fremden um und entfernten sich rasch, verschwanden wie ein Spuk in den dunklen Gängen des Verlieses.

Der Wächter schaute ihnen stumm nach und besah sich die Münzen im Feuerschein einer Fackel. Es waren fünf prägefrische Maria-Theresien-Taler. Zufrieden warf er eine der Münzen in die Luft, fing sie wieder auf und ließ das Silber in seiner Hand klimpern. Einen Gassenhauer aus Mozarts »Zauberflöte« pfeifend, machte er sich auf den Weg nach draußen.

Als der riesige Kerl an ihm vorbeistapfte, presste Pater Luigi sich an die feuchte Wand des Ganges und wagte es nicht, ihm ins Gesicht zu blicken. Mit zitternden Fingern drückte er sein Brevier an die Brust, genau über dem roten Stern, den er als Anhänger an einer goldenen Kette unter seiner Soutane trug.

Er betrat die Zelle Cagliostros, besah sich kurz den Leichnam, zog eine Gabel aus dem herumliegenden Abfall auf der Tischplatte und ritzte einen winzigen sechszackigen Stern in einen der Quadersteine der Mauer, direkt unter dem Namen »Lorenza«.

Mossad-Hauptquartier, Tel Aviv/Israel

Das Institut, »haMosad«, wie der israelische Geheimdienst intern genannt wurde, machte lange Zeit aus seiner Adresse ein Staatsgeheimnis. Selbst als er 2004 zur Überraschung aller online ging, waren auf seiner Website weder Telefonnummer, Adresse noch E-Mail eingetragen.

Valerie Goldmann schaute an der Fassade des grauen Hochhauses gegenüber dem Verteidigungsministerium hoch und verstand, warum die Adresse bisher geheim gewesen war. »Hässlich« war das einzige Wort, das ihr zu dem Gebäude einfiel. Wer hier arbeiten muss, der macht es nicht publik, dachte sie sich, als sie die abgetretenen Stufen zum Eingang hochstieg und sich den Sicherheitskontrollen unterwarf. Ohne ein telefonisches OK von Oded Shapiro wäre sie nicht einmal bis zum ersten Metalldetektor vorgedrungen.

»Ich habe das Gefühl, jetzt kennen alle im Haus meine Blutgruppe«, scherzte sie, als Shapiro sie in seinem Büro im elften Stock begrüßte.

»Und die Farbe Ihrer Dessous, aber da habe ich einen Informationsvorsprung«, grinste Shapiro und schob ihr einen abgewetzten Stuhl hin, der bereits seit der Fertigstellung des Hauses in Gebrauch sein musste und entsetzlich knarrte, als Valerie sich vorsichtig niedersetzte.

»Geldmangel?«, fragte sie Shapiro ironisch, als der Stuhl schließlich nicht mehr ächzte.

»Wir finden keinen Tischler mit der notwendigen Sicherheitsstufe«, antwortete Shapiro lakonisch. »Aber der Kaffee ist frisch, ich habe ihn heute selbst geholt.«

Valerie hatte ihre Uniform zu Hause gelassen und war in Zivil nach Tel Aviv gereist. Sie trug Jeans, eine weiße Bluse und ein paar hellbraune Cowboy-Stiefel, den dunkelblauen Pullover hatte sie über die Schultern gelegt. Ihre Haare waren zu einem Zopf geflochten und es war nicht nur ihre Haarpracht, die ihr bewundernde Blicke auf den Korridoren des »Instituts« eingetragen hatte.

»Major Goldmann«, begann Shapiro und blickte sie über den Rand seiner Kaffeetasse an, »ich brauche nicht die abgenutzte Formulierung von der Geheimhaltung und den damit verbundenen Konsequenzen an Sie zu verschwenden. Obwohl sie diesmal perfekt zutreffen würde. Da Sie an meine Abteilung überstellt wurden, ohne eine Möglichkeit des Einspruchs zu haben, frage ich Sie zuerst eines: Sind Sie bereit, für uns nach Österreich zu fliegen und eine Aufgabe zu erledigen, die aus ganz bestimmten Gründen nur Sie übernehmen können? Ich habe die Wahl, entweder einen Beobachter zu schicken, der sich zurückhält und von außen zusieht, oder Sie ins Herz des Geschehens zu entsenden. Ich würde liebend gerne Zweiteres machen.« Er nahm einen Schluck Kaffee und fuhr fort: »Die Informationen, die ich derzeit vorliegen habe, sind rätselhaft und kommen aus den verschiedensten Quellen aus Ländern wie China, der Tschechischen Republik, Portugal, Südafrika und Österreich. Bevor ich aber ins Detail gehe, möchte ich von Ihnen wissen, ob Sie lieber zu Ihrer Einsatzgruppe in den Wadi al-Maleh zurückkehren oder für mich einen Ausflug nach Wien machen wollen.«

»Wenn es ein Ausflug ist, warum soll ich ihn dann machen und nicht einer Ihrer Leute? Ich bin Major der israelischen Armee und kein Spion.« Valerie verschränkte die Arme vor ihrer Brust und lehnte sich zurück. Der Sessel ächzte.

»Major Goldmann, ich kann Sie nur neugierig machen und nicht zwingen. Ich kann Ihnen nur eines versichern. Es könnte das größte Abenteuer Ihres Lebens werden.« Shapiro schaute sie ernst an. »Hier geht es nicht um Sabotage oder um einen paramilitärischen Einsatz. Wenn meine Informationen stimmen, dann geht es um die Zukunft dieser Welt, wie wir sie kennen. Nicht mehr und nicht weniger.«

»Klingt das nicht ein wenig übertrieben und nach dem üblichen Spionagefilm-Klischee?« Valerie war sich nicht sicher, ob Shapiro sie auf den Arm nahm, sie mit einer verrückten Geschichte einfach anzumachen versuchte oder ob an der Sache doch etwas dran war.

»Ich fürchte nein, es ist kein bisschen übertrieben. Es ist ein Wettlauf, der schon begonnen hat, und wir haben den Start verpasst. Das

Problem ist, wir kennen weder die Strecke, das Ziel noch die Siegertrophäe.« Shapiro sah nicht gerade glücklich aus, fand Valerie und langsam begann sie ihm zu glauben.

»Aus wie vielen Mann besteht mein Team?«, fragte sie schließlich.

Shapiro lächelte vorsichtig und holte eine Akte aus seinem Schreibtisch.

»Aus gar keinem Mann. Aus einer Frau«, und er zeigte auf Valerie. »Valerie Goldmann, Alter 36, ledig, keine Kinder, Größe 179 cm, Gewicht 59 Kilo, Haarfarbe braun, Augen braun, keine Muttermale, keine Tattoos. Sprachen Deutsch, Französisch, Englisch und Iwrit, Major der israelischen Armee, Auslandsaufenthalte in den USA, zahlreichen europäischen Ländern, sowie Taiwan, Thailand und Kambodscha.« Shapiro blickte auf. »Sie sind viel herumgekommen, Major. Waren Sie schon einmal längere Zeit in Wien?«

»Wie Sie wissen, stammt meine Familie von dort und wir haben einmal eine dreiwöchige Reise nach Österreich gemacht, um alte Freunde meiner Eltern zu besuchen. Ich erinnere mich an eine wunderschöne Stadt und endlos viel Kuchen.« Valerie erlebte in Gedanken nochmals die kalorienreichen Nachmittage und lächelte genießerisch.

Shapiro las weiter in ihrer Akte und Valerie fragte sich, was noch in dem dicken Dossier aus ihrem Leben zusammengetragen worden war. Der Geheimdienstchef schien ihre Gedanken zu erraten.

»Karriere, Freundschaften, Affären, Beziehungen. In den letzten drei Jahren keine sexuellen Kontakte. Wollen Sie Namen, Orte oder Details oder soll ich Sie fragen, warum nicht?«

Valerie verzog das Gesicht. »Warum nicht was?«

»Warum keine sexuellen Kontakte?« Shapiros Stimme war ohne jede Emotion.

»Muss ich darauf antworten?«, fragte Valerie. Shapiro zuckte mit den Schultern.

»Ich kann es Ihnen auch sagen«, meinte er und las vor: »Ehrgeizig, draufgängerisch, nicht übermäßig anpassungsfähig, selbstsicher, zuverlässig, selbstständig, unabhängig und manchmal rechthaberisch.« Er grinste über beide Ohren. »*Den* Masochisten müssen Sie mir erst einmal zeigen.« Shapiro schlug die Mappe zu und wurde wieder ernst.

Valerie ärgerte sich über seine unerschütterliche Selbstsicherheit.

»Theater spielen Sie auch, Major Goldmann?« Shapiro blätterte in der Akte und sah sich Szenenfotos unter einer Besprechung von Shakespeares »Was ihr wollt« in der »Haaretz«, der größten Tageszeitung von Tel Aviv, an. Er deutete mit dem Finger auf die Bilder, die Valerie in der Verkleidung eines Pagen der Renaissance zeigte.

»Sie wissen bestimmt, dass Shakespeare nach Matteo Bandellos Novelle ›Wie ein Ei dem anderen‹ gearbeitet hatte, nicht wahr?«, fragte er scheinbar beiläufig.

»Wenn Sie es wissen, warum fragen Sie dann noch?«, entgegnete Valerie und dachte an die wunderbaren Nächte unter Sternen im Freilufttheater, wo sie im letzten Sommer mit der Interpretation der Viola sogar die Kritiker begeistert hatten.

Shapiro schlug die Akte zu. »So, Major Goldmann, und jetzt möchte ich Ihre Entscheidung. Das Abenteuer in Österreich oder den Staub im Wadi al-Maleh?« Der Geheimdienstchef hob die Hand und stoppte Valerie, die zur Antwort ansetzte. »Nur eines vorweg. Es wird niemanden geben, dem Sie diese Geschichte jemals erzählen können. Sie wird nirgends erwähnt werden, sie wird nie stattgefunden haben. Und glauben würde sie Ihnen sowieso kein Mensch«, schloss Shapiro.

Valerie nickte. Operationen des Mossad gelangten nicht an die Öffentlichkeit, das gehörte zur Taktik des Instituts. Sie dachte kurz nach und legte schließlich beide Hände auf die Tischplatte vor Shapiro, stützte sich auf und schaute dem Geheimdienstchef in die Augen.

»Das Abenteuer in Österreich, vorausgesetzt, ich bekomme Antworten auf meine Fragen.«

Irgendwie wirkte Shapiro erleichtert, dachte sich Valerie. Er nickte zufrieden. »Ich dachte immer, Fragen wären mein Job ... Ich weiß nicht viel, aber ich werde mir Mühe geben. Schießen Sie los!«

Schwedenplatz, Wien/Österreich

Kommissar Berner drückte wahllos auf einen der Klingelknöpfe der Gegensprechanlage. Eine keifende Frauenstimme meldete sich.

»Briefträger! Einschreiben für ...« Berner suchte nach einem passenden Namen auf den Schildern »... Brandauer!«

»Dann läuten Sie gefälligst beim richtigen Namen«, wetterte die Frau, betätigte aber den Türöffner. Berner stellte schnell seinen Fuß in die Tür und schaute sich um. Grinsend standen Wagner und Sina hinter ihm.

»Perfekt, ich frage mich ja, wo Sie das gelernt haben, Herr Kommissar«, meinte Wagner und klopfte Berner auf die Schulter.

»Von absolut verdorbenen und gewissenlosen Journalisten«, konterte Berner trocken und ging voran die Treppen hoch. Unter dem Dach angekommen betrachteten alle die grüne Wohnungstür, die mit drei Papierstreifen der Polizei versiegelt war. Berner zog einen Schlüssel aus seiner Manteltasche, sperrte auf und drückte die Tür nach innen. Die Siegel zerrissen mit einem hellen Geräusch, das in der Stille des Treppenhauses viel zu laut nachklang.

Wagner war überrascht. »Woher haben Sie die Schlüssel …«

Berner unterbrach ihn mit einer Handbewegung. »Keine Fragen. Ich habe Sie reingebracht wie versprochen. Jetzt sind Sie dran und trödeln Sie nicht rum, wir haben nicht viel Zeit.«

Georg Sina schloss die Wohnungstür hinter sich und blieb im Vorraum stehen. »Wir sollten uns zuerst einmal Gedanken darüber machen, wonach wir suchen. Gibt es einen Computer hier? Wenn nicht, dann etwas Schriftliches, Traditionelles wie ein Notizblock, ein kleines Buch, ein Stapel Blätter oder ein Aktenordner. Allerdings hat der Täter auch danach gesucht und wir wissen nicht, ob er etwas gefunden hat oder nicht. Wir haben zwei Optionen: Wenn er nichts gefunden hat, dann ist es gut versteckt und nicht so groß, dass es ins Auge springt. Wenn er es aber gefunden hat, dann war es im Wohnzimmer und ist jetzt verschwunden.«

»Also können wir das Wohnzimmer vergessen und uns auf die anderen Räume konzentrieren«, stellte Wagner fest und fügte nach einem schnellen Blick in Wohn- und Schlafzimmer hinzu: »Computer gibt es jedenfalls keinen.«

Berner hörte zu und betrachtete die vielen kleinen Bilder im Vorraum der Wohnung. Eine ganze Wand war damit fast von der Decke bis zum Boden vollgehängt. Es mussten knapp hundert sein, von der gerahmten Ansichtskarte bis zum kleinen Ölbild. Zu klein für schriftliche Aufzeichnungen, dachte er sich, wandte sich ab und ging ins Badezimmer. Es war ordentlich aufgeräumt und roch nach Sauberkeit. Berner begann systematisch in alle Kästchen und Laden zu schauen, klappte die Spiegelschränke auf und durchsuchte selbst den kleinen Abfallkübel. Dann schaute er in den Spülkasten der Toilette, zwischen die sauberen Handtücher, die fein säuberlich aufgestapelt an einer Ecke der Badewanne lagen, und tastete die Oberseite der Schränke ab.

Wagner konzentrierte sich auf das Schlafzimmer, in dem ein Biedermeierbett mit den dazugehörenden Kästen und Schränken stand. Ein kleines Sofa und ein einzelner Lehnsessel waren mit einem typischen Streifenmuster der Zeit tapeziert und sahen unbenutzt aus. Er drehte sie trotzdem um, aber vergebens. Er tastete zwischen der Polsterung nach einem Notizblock oder einem kleinen Buch, durchsuchte gründlich die Kleiderschränke und nahm das Bett auseinander.

Die beiden Bilder an der Wand passten eigentlich gar nicht zusammen. Beide zeigten Frauen, wohl Allegorien. Auf dem einen, einer mythologischen Szene, hielt ein junges Mädchen einen goldenen Pokal, aus dem ein Adler trank. Das andere Bild, dessen vorherrschende Farbe Rot war, stellte eine Frau dar, deren stechend blaue Augen in die Ferne am Betrachter vorbeiblickten und die ein Kästchen in beiden Händen festhielt.

Sina, der mit der Durchsuchung der kleinen Küche schnell fertig gewesen war, trat neben Wagner.

»Guter Geschmack, aber eine seltsame Mischung von Frauen, die unser Freund Mertens da vereint hat«, meinte er. »Das ist Hebe, die griechische Göttin der Jugend, mit Zeus, der als Adler dargestellt ist. Sie reicht ihm Nektar in ihrem Pokal. Und das«, fuhr er fort und wies auf das zweite, rote Bild, »ist Pandora mit ihrer Büchse, bereit, sie zu öffnen. Ihr möchte ich beim Einschlafen auch nicht jeden Abend in ihre Augen schauen …«

»Hast du etwas in der Küche gefunden?«, fragte Wagner.

Sina schüttelte den Kopf.

»Dann lass uns noch mal ganz genau alle Fächer hier durchsuchen.«

Keine dreißig Minuten später trafen sich alle wieder im Vorraum der kleinen Wohnung. Berner schüttelte den Kopf, Wagner hielt die Hände mit den Handflächen nach oben und Sina lehnte sich an die Wand gegenüber den zahllosen kleinen Bildern. Alle waren enttäuscht.

»Es sieht ganz so aus, als habe der Mörder gefunden, wonach er gesucht hat«, zog Berner leise Bilanz. Stimmen aus dem Treppenhaus waren zu hören, wurden langsam lauter.

Sina stieß sich von der Wand ab, hob die Hand und tippte mit seinem Finger auf eine gerahmte Postkarte weit oben in der Ansammlung von kleinen Bildern. Es war die Reproduktion eines Porträts einer zierlichen Frau im hochgeschlossenen, goldenen Kleid, eine reich verzierte Krone auf dem Kopf und eine Lilie in der rechten Hand. Die linke lag auf einem kleinen roten Buch.

»Die Dame kennen wir doch«, meinte er leise.

»Du meinst, du kennst sie. Mir wurde die Dame noch nicht vorgestellt«, knurrte Wagner. Berner wiederum nickte zustimmend und ergänzte: »Das ist eher Ihr Typ, Professor, wir stehen nicht so auf ältere Frauen, vor allem nicht, wenn sie so mittelalterlich aussehen.«

»Ignoranten. Das ist Eleonore von Portugal, die Frau Friedrichs. Der Kaiser warf ihr immer vor, zu scharf gewürzt zu kochen und die Kinder zu nachsichtig zu erziehen. Es hat sich nicht viel geändert in den letzten fünfhundert Jahren ...« Sina lächelte geistesabwesend.

»Na toll, willst du jetzt eine Eheberatung für unglücklich vermählte Kaiser eröffnen? Was bitte hilft uns das weiter, hier und jetzt?« Wagner war genervt, die Stimmen und der Lärm im Treppenhaus kamen immer näher. Berner erkannte eine der Stimmen und fluchte. Sein junger Kollege war auf dem Weg zum Tatort. Dann fiel ihm plötzlich etwas ein und er griff nach dem Bild der Kaiserin, hängte es ab und drehte es um. Auf den ersten Blick war nichts zu sehen, nur eine gewöhnliche schmutzig-weiße Rückseite ohne Buchstaben oder Zahlen.

Die Stimmen waren nun vor der Tür angelangt und ratloses Suchen nach einem Schlüssel hatte begonnen. Wagner schaute Berner fragend an. Der Kommissar legte den Finger auf seine Lippen und fuhr vorsichtig tastend über die Rückseite des kleinen Bildes. Er spürte eine ganz flache Erhebung an der linken unteren Ecke, löste behutsam das Klebeband, das den Karton festhielt, und zog es ab. Ein kleiner, flacher Schlüssel mit runden Einkerbungen fiel in seine Hand. Wagner pfiff lautlos durch die Zähne.

»Glücksgriff«, flüsterte Berner. »Ohne Professor Sina hätte ich die Kaiserin nie erkannt.«

Er hängte grinsend das Bild wieder an seinen Platz, gerade als die Tür aufflog und zwei Beamte in Zivil hereinstürmten und in dem kleinen Vorraum fast über Sina, Wagner und Berner stolperten.

»Kommissar Berner, was machen Sie denn hier? Das ist doch gar nicht mehr Ihr Fall«, rief der junge Kollege unsicher.

»Ich hatte aus Versehen die Schlüssel zu Mertens' Wohnung in meinen Karton geworfen. Und dann rief mich unser Reporter hier an und bot mir an, noch ein paar Einzelheiten zu klären, die bei unserem ersten Gespräch leider nicht zur Sprache kamen.« Berner schaute Wagner strafend an und wandte sich wieder an den Kollegen. »Reine Gewohnheit, so schnell kann man sich nicht von einem Fall lösen, wie Sie wissen.« Er drückte dem verdutzten Beamten die Wohnungsschlüssel in die Hand und mit einem »Sie finden meinen Bericht morgen auf Ihrem Tisch« war er auch schon mit wehendem Mantel bei der Tür draußen und auf dem Weg die Treppen hinunter, dicht gefolgt von Wagner und Sina.

Der junge Kriminalbeamte schaute ihnen misstrauisch hinterher, griff zum Telefon und wählte, während sein Kollege nachdenklich die zerrissenen Siegel betrachtete.

Berner war nach dem Besuch in Mertens' Wohnung auffallend schnell verschwunden, um die Herkunft des kleinen Schlüssels zu klären. Daraufhin hatten Sina und Wagner beschlossen, ins Schottenstift zu gehen, wo der junge Geistliche sie schon erwarten würde.

Die beiden überquerten gerade die Freyung auf Höhe des Palais Ferstel, in dem sich auf der anderen Seite das Café Central befand, als Sina plötzlich ausscherte und mit der Miene eines vergnügten Kindes über ein Stück Pflasterung schritt, das im Vergleich zu den umgebenden Steinplatten viel unregelmäßiger war. Der Wissenschaftler schien mit seinen Fußsohlen die Form jedes einzelnen Steins ertasten zu wollen.

»Was treibst du jetzt wieder?«, fragte Wagner, gesellte sich dazu, blieb aber auf der ebenen Fläche in einiger Entfernung stehen.

»Komm auch her, Paul«, gluckste Sina. »Das ist ein Stück der originalen mittelalterlichen Pflasterung des Platzes.«

»Nein danke, auf den Katzenköpfen haue ich mir die Hühneraugen blau«, entgegnete der Reporter und winkte ab. »Schau, dass du weiterkommst, wir haben eine Verabredung«, fügte er hinzu und deutete auf die Kirche.

»Vergiss es, in die Kiste hüpf ich dir kein zweites Mal«, brummelte Sina in Erinnerung an den düsteren Vorbau und trottete dem Reporter hinterher, der raschen Schrittes über die Fahrbahn in Richtung Schottenstift setzte.

Wagner lachte. »Musst du auch nicht, wir gehen ja ins Museum«, antwortete er unbeirrt, ohne sich umzusehen.

Links neben der Kirche waren zwei kleine Schaufenster und dazwischen eine Türe aus hellbraunem Holz, über der auf der gelben Fassade in großen schwarzen Lettern die Worte »Museum« und »Klosterladen« geschrieben standen. Wagner betrat das Geschäft, während Sina noch kurz vor einem der Schaufenster stehen blieb, in dem Flaschen, gefüllt mit gelben und braunen Säften, Bränden und Kräuteressenzen, aufgestellt waren. Er las »Klostergold«, »Tannenwipfel-Rachenputzer« und »Schlägl – Das Bier aus Österreichs einziger Stiftsbrauerei«. Was für ein Sammelsurium, dachte er sich, dann betrat auch er den Laden.

Der Duft von Kräutertees, Räucherkerzen und Weihrauch drang ihm unversehens in die Nase und kitzelte seine Schleimhäute. Die Regale waren allesamt aus hellem Holz, die Wände weiß getüncht und die Lampen strahlten. Warum, kam es Sina in den Sinn, sind diese Klosterläden immer so bemüht ätherisch und hell gehalten?

Paul Wagner sah sich um. Das Sortiment war einschlägig: Fein säuberlich geordnet lagen Devotionalien aller Art, vom Rosenkranz bis zum Heiligenbild, Lebensratgeber, mystische Literatur, Kirchenführer und Postkarten zum Verkauf. All das erinnerte ihn mehr an einen Esoterik-Laden, einen »normalen« Museumsshop oder einen Krämerladen als an den Eingang zu den Sammlungen. Doch dann erkannte er den jungen Priester vom letzten Mal, der neben der Kassiererin, einer älteren Dame, an einem langen und schmalen Verkaufstisch lehnte. Der Pater trug seinen schwarzen Habit mit weißem Kragen und begrüßte sie beide herzlich und erkannte ihre Unsicherheit.

»Ja, ja, Sie sind schon richtig hier«, erklärte er. »Wir müssen nur die kleine Treppe da hinten hinaufgehen, dann sind wir im Museum.«

Hinter einem bunten Bücherregal begann die kleine Stiege, deren Stufen schmal und ausgetreten waren und zu einer schwarz umrahmten Glastür führten. Wagner schaute sich um und dachte sich, dass hier nichts auf die berühmte Gemäldesammlung des Stiftes hinwies. Sina folgte seinem Freund und dem Priester die Stufen hinauf, während er mit seiner Hand silberne Schwaden Weihrauchs zerteilte, die in einem kleinen silbernen Dreifuß auf einem Tischchen verbrannt wurden.

Eine weitere Stiege höher befanden sich die Schauräume, dunkel, aber keineswegs bedrückend. Was sofort ins Auge fiel, waren die Parkettböden, in kunstvollen, mehrfarbigen Mustern verlegt. Da waren Sterne, Quader und Rauten aus verschiedenen Hölzern.

Die Wände der Ausstellungsräume waren dicht mit kleinformatigen Ölgemälden behängt, historische Tische und Schränke wurden ebenso gezeigt wie alte gediegene Polstermöbel, die man als Besucher sogar benutzen durfte.

Im ersten, dem grünen Zimmer, wunderte sich Wagner kurz über die präparierten Papageien und den Auerhahn in einem Vitrinenschrank. Sina wiederum bedauerte es, sich aus Zeitmangel nicht genauer den Bildern widmen zu können, besonders die Intarsien hatten es ihm angetan. Er fühlte sich mehr in die Wunderkammer oder den Salon eines Kirchenfürsten denn in ein Klostermuseum versetzt.

Ohne innezuhalten, durchquerten sie rasch die Ausstellung auf dem Weg zu ihrem Ziel, dem Schottenmeisteraltar – vorbei an Veduten, Heiligenbildern, Porträts und Globen aller Epochen seit Bestehen des Stiftes.

Schließlich erreichten sie ganz zuletzt einen altrosa tapezierten Raum. Zunächst sahen sie ihn nur von der Seite, er schien das gesamte Zimmer einzunehmen. Ockerfarbene Kordeln, im Rechteck aufgestellt, schufen einen Freiraum und trennten das kostbare Stück von den Besuchern, bildeten einen Sicherheitskordon.

Der weltberühmte Altar des Schottenmeisters lag im Zwielicht, seine Tafeln leuchteten im Licht der kleinen Scheinwerfer. Der junge Priester brach das ehrfürchtige Schweigen. Das Museum im Schottenstift mit der größten, vierzehntausend Bände umfassenden Privatbibliothek in Wien war vor drei Jahren renoviert worden und der Geistliche, der Sina und Wagner den Altar des Schottenmeisters zeigte, war hörbar stolz und mit Begeisterung bei der Sache. Schnell hatte er nach den erste Ausstellungsräumen gemerkt, dass ihr wirkliches Interesse nicht den Gemälden, Plänen und den liturgischen Gewändern, sondern dem unter Friedrich entstandenen spätgotischen Altar-Meisterwerk galt.

»Der Altar ist eine Ölmalerei auf Eichenholz und seine Entstehung wird auf 1469 datiert, der einzigen Jahreszahl, die auf einer der Tafeln zu finden ist«, führte er aus, als alle drei vor den Tafeln des Kunstwerks standen. »Und zwar ist es die Werktagseite in der Tafel, die Jesu

Einzug in Jerusalem zeigt. Wenn Sie genau hinschauen, dann sehen Sie die Zahl auf dem Stadttor.« Er wies mit dem Finger darauf.

»Der Maler ist bis heute nicht bekannt, er wird der niederländischen Schule zugerechnet. Wir wissen, dass der Altar in der gotischen Kirche aufgestellt war, bevor ihn jemand irgendwann zersägte.« Er sah das Entsetzen auf dem Gesicht Sinas und fügte hinzu: »Das ging so weit, dass einzelne Tafeln zur Dekoration in den verschiedenen Büros des Stiftes gehangen sind.« Der junge Priester hatte die Hände vor der Brust gefaltet und betrachtete mit Wagner und Sina den Altar, als sähe er ihn das erste Mal. Dann machte er die beiden auf eine einzelne Tafel aufmerksam, die Maria und Josef zeigte.

»Das Besondere an diesem Altar ist die erste topografisch richtige Darstellung des mittelalterlichen Wiens. Die Flucht aus Ägypten wurde nach Österreich, genauer gesagt, nach Wien transponiert und die Heilige Familie – Maria mit dem Kind und Josef – flüchtet auf dem Esel in Richtung Süden. Wenn Sie genau hinschauen, dann ist Wien mit dem Kahlenberg und dem Leopoldsberg im Hintergrund ganz eindeutig zu erkennen, ein mittelalterliches Wien mit Stadtmauern und Toren. Es ist die erste realistische Abbildung der Stadt, die wir kennen.« Der Priester deutete auf eine weitere Tafel.

»Auch hier oben können Sie sehen, dass die Heimsuchung Marias in die Wiener Spiegelgasse verlegt wurde. Ganz deutlich erkennt man die beiden Heidentürme des Stephansdoms und sein buntgezacktes Dach, links davon die Turmspitze der barocken Peterskirche beim Graben.«

Paul Wagner war fasziniert. Friedrich hatte ihnen auf diesem Altar den Weg gezeigt, er ließ die Heilige Familie vorangehen und sie sollten ihr folgen. Der Kaiser hatte vor fünfhundert Jahren ein Geheimnis verschlüsselt und die Lösung würden sie nicht hier und jetzt finden, sie war besser versteckt. Dazu mussten sie Wien verlassen und ihr Weg, nachdem sie alle Hinweise in den Kirchen des Kreises gefunden hatten, würde nach Süden führen. Denn eines war sich der Reporter sicher. Jeder einzelne Hinweis war wichtig, jeder Stein in diesem Puzzle hatte seine ganz bestimmte Bedeutung. Friedrich hatte alles bedacht.

Georg Sina stand ebenfalls bewundernd vor dem Altarbild und der junge Mönch blickte den bekannten Wissenschaftler neugierig von der

Seite an. Endlich trat Sina einen Schritt zurück, ganz in Gedanken versunken.

»Der Felsenberg rechts hinter Josef könnte den Wienerberg darstellen. Der Maler stand auf dem Platz der Spinnerin am Kreuz, sein Blick war nach Norden auf die Stadt gerichtet. Aber weißt du, Paul«, meinte er an Wagner gewandt, »das erinnert mich an eine andere Darstellung der Stadt – den Stammbaum der Babenberger, der im Stift Klosterneuburg gezeigt wird. Er stammt aus derselben Zeit wie dieser Altar und dort wird auf einer der zentralen runden Vignetten von Osten her auf die Stadt geblickt.«

»Sie haben vollkommen recht«, warf der Geistliche ein. »Einige Kunsthistoriker haben schon Vergleiche zwischen den beiden Werken gezogen. In der Medaille, die Herzog Heinrich Jasomirgott zum Thema hat, ist die mittelalterliche Schottenkirche im Hintergrund.«

»Wo ist die Jahreszahl?«, unterbrach Wagner.

»Oh, hier drüben auf der Werktagseite. Sehen Sie, da über dem Torbogen.«

»Und was schreibt der Mann dort?« Wagner wies auf ein Fenster auf dem Altarbild.

»Wo schreibt wer was?«, fragte der junge Pfarrer verwirrt.

»Na hier, links neben der Zahl«, präzisierte Wagner. »Da beugt sich ein Mann in rotem Gewand und schwarzer Mütze aus dem Fenster und malt etwas auf die Wand.«

»Das ist noch niemandem aufgefallen.« Der junge Pfarrer war verblüfft und Wagner mühte sich vergebens, den Schriftzug zu entziffern.

Plötzlich kam Sina um die Ecke und kritzelte seinerseits mit einem Kugelschreiber hastig etwas auf ein zerknittertes Blatt Papier. Der Reporter schaute ihm neugierig über die Schulter. Der Wissenschaftler notierte Pflanzennamen und die Tafeln, auf denen er die botanischen Darstellungen ausgemacht hatte. Wagner schaute ihn fragend an.

»Da sind überall Blumen und Kräuter gemalt, naturgetreu. Im Tafeltext steht, dass es bei der Kreuztragung Christi ein Wiesenstück gibt, das in seiner Exaktheit und Machart an das kleine Rasenstück Dürers erinnert.«

»Aha!«, war alles, was Wagner dazu einfiel.

»Kochst du noch immer so gern, Paul?«, schmunzelte Sina und widmete sich wieder seinen Notizen.

Was glaubte Georg, dachte sich der Reporter, meinte er, das wäre ein Kochrezept auf dem Altar? Damit wandte er sich wieder dem jungen Priester zu und beide diskutierten angeregt die Bilder.

Sina ließ langsam seine Augen über jedes Detail der Tafeln gleiten und verglich das Gesehene mit dem Beschriebenen. Scheinbar Unbedeutendes notierte er genauso wie Offenkundiges. Wie das Detail, dass im Bild des Todes der Maria ein Apostel mit einer Nische übermalt worden war, auf Regalbrettern Gefäße und gläserne Flaschen, gefüllt mit einer gelblichen Flüssigkeit, aufgestellt waren und an einem Nagel ein kleiner lederner Beutel hing.

Sina lächelte und plötzlich waren ihm die Zusammenhänge klar. Friedrich hatte sie mit einer verblüffenden Logik zugleich auf die Babenberger und auf den richtigen Weg zum Geheimnis gebracht.

»Und weißt du, Paul, wo der Maler des Stammbaums stand, als er die Szene skizzierte? Genau dort, wo später die Karmeliterkirche erbaut wurde, jene Kirche, die Friedrich als den östlichsten Punkt unseres Drachenvierecks einsetzte.«

Der junge Mönch hatte mitgehört und schaute die beiden erstaunt an. »Drachenviereck? Was meinen Sie?«

Sina winkte ab. »Ach nichts, nur eine Jugenderinnerung.«

Paul Wagner bedankte sich schnell bei dem jungen Priester für die Führung und zog Sina zornig in Richtung Ausgang. »Du hättest es auch so laut herausposaunen können, dass alle Museumsbesucher mitgehört hätten«, zischte er.

»Es war doch außer uns kein Mensch da«, entschuldigte sich Sina.

Der Geistliche schaute ihnen alarmiert nach, als die beiden das Museum verließen. Dann drehte er sich um und hatte es plötzlich eilig, holte seinen Mantel aus einem kleinen Raum neben der Garderobe, winkte kurz der Frau an der Kasse des Museums zu und lief auf die Straße. Er bog nach links und eilte über die Freyung stadteinwärts. Seine Soutane flatterte hinter ihm her und er sah gehetzt nach allen Seiten.

»Er sieht aus wie ein aufgescheuchter Rabe, findest du nicht?«, meinte Wagner, der Georg Sina tiefer in den Hauseingang hineinzog, als der junge Priester an den beiden vorbeilief. »Irgendetwas in deinen Ausführungen hat ihn alarmiert. Ich wette, es war das Drachenviereck.« Sina nickte und schaute dem Geistlichen hinterher, der in Richtung Am Hof und des Gewirrs der kleinen Gassen der Inneren Stadt eilte.

»Aber was kann er darüber wissen? Wir haben es doch erst gestern entdeckt … Das ist seltsam. Komm, lass uns schauen, wohin er geht«, forderte Sina seinen Freund auf und zog ihn auf die Straße.

Der Priester hatte inzwischen zu laufen begonnen und schlug kleine Haken um die Fußgänger, schlängelte sich an Paaren vorbei und drängte durch Touristengruppen. Sina und Wagner beschleunigten ebenfalls die Schritte, versuchten, ihn nicht aus den Augen zu verlieren. Aber am Eingang zur Fußgängerzone war der junge Geistliche plötzlich wie vom Erdboden verschwunden. Eine Touristengruppe schob sich langsam über den Graben und der Strom teilte sich nur zäh vor Sina und Wagner. Auf der anderen Seite angekommen blieben sie atemlos stehen und mussten sich eingestehen, dass sie der Priester abgehängt hatte. Er war wahrscheinlich durch einen der großen Läden, die sich zwischen zwei Straßen erstreckten, oder durch einen der alten Hausdurchgänge gelaufen. Wagner war enttäuscht.

»Komm, gehen wir zurück zum Auto. Es wird Zeit, alle Hinweise der vier Kirchen auf den Tisch zu legen und unsere nächsten Schritte zu planen.« Sina nickte zustimmend.

»Da! Da drüben!« Wagner hatte ihn am Arm gepackt und zerrte ihn hinter sich nach. Sina stolperte, fing sich wieder, versuchte etwas zu sehen, aber Wagner zog ihn so stark, dass er aufpassen musste, nicht hinzufallen.

»Was ist denn los, Paul?«

»Da drüben ist er wieder, gerade um die Ecke zum Petersplatz gebogen! Jetzt dürfen wir ihn nicht mehr aus den Augen verlieren.«

Wagner rannte los und Sina versuchte vergeblich, die schwarze Soutane des Paters zu entdecken. »Nicht aus den Augen verlieren …«, brummelte er, während er lief. »Dazu müsste ich ihn erst einmal sehen!«

Wagner sprintete um die Ecke auf den Bauernmarkt und sah in der Ferne den Priester laufen. Er hörte Sina hinter sich und sprang zwischen den Autos durch, ignorierte das Hupen und schlängelte sich auf der anderen Straßenseite zwischen den Passanten immer näher an den Priester heran. Sina war dicht hinter ihm und der Vorsprung des Geistlichen schrumpfte.

»Rechts oder links«, fragte sich Wagner laut beim Laufen, als das Ende des Bauernmarkts gekommen war. Der Priester schwenkte nach links in die nächste Fußgängerzone bei der Judengasse, die beiden Verfolger in einigem Abstand ihm nach. Immer weniger Fußgänger waren hier auf der Straße, die Schritte hallten auf dem alten Kopfsteinpflaster zwischen den niedrigen Häusern. Sina und Wagner ließen sich zurückfallen, den Abstand etwas größer werden. Hier gab es einige Restaurants und Bars, alle geschlossen um diese Zeit. Der Priester ging langsamer, aber zielstrebig weiter.

»Ich glaube, ich weiß, wohin er will«, meinte schließlich Paul Wagner, als er und Sina vorsichtig auf den kleinen Platz inmitten des alten Judenviertels, nahe am Donaukanal, traten und nicht weit entfernt den jungen Geistlichen beobachteten. Der Priester wandte ihnen den Rücken zu, öffnete gerade eine Tür und betrat – die Ruprechtskirche.

»Gehen wir ihm in die Kirche nach und geben zu, dass wir ihm gefolgt sind, oder lassen wir es gut sein?« Wagner war unsicher.

»Vielleicht ist er nur schnell beten gegangen und wir blamieren uns komplett«, gab Sina zu bedenken.

»Ja, und vielleicht ist Berner bei der Heilsarmee«, versetzte der Reporter und schaute seinen Freund an. »Das glaubst du doch selbst nicht. Für sein Mittagsgebet hätte er in der Schottenkirche bleiben können. Nichts da, wir gehen ihm nach.«

Entschlossen überquerten die beiden den schmalen Platz und öffneten die Tür des kleinen Gotteshauses. Der Geruch nach Kerzen, Weihrauch und Rosen erfüllte die Luft, Bruder Johannes hatte frische Blumensträuße am Altar arrangiert. Die Stille war vollkommen, selbst der Lärm der Stadt schien vor den dicken Mauern der Kirche zu kapitulieren. Wagner und Sina blickten sich um, gingen in die Sakristei, schauten auf die Empore und sogar in den Beichtstuhl. Nichts. Das Gotteshaus war leer, der junge Priester war verschwunden.

Mossad-Hauptquartier, Tel Aviv/Israel

Und das meinen Sie wirklich ernst?« Valerie war völlig verblüfft, nachdem Shapiro seine Ausführungen beendet hatte. Zuerst hatte sie gedacht, in einen Science-Fiction-Film geraten zu sein, dann in einen Agententhriller und schließlich hatte sie begriffen, dass alles, was Shapiro schilderte, die Realität war. Nun saß sie gedankenverloren in ihrem Sessel und schaute den Geheimdienstchef ratlos an. Zugleich spürte sie einen ersten Funken Panik, der sich in ihren Gedanken breit machte und sich langsam wie an einer Lunte entlang zischelnd den Weg in ihr Bewusstsein fraß.

»Das ...das ist so ...unmöglich ...« Ihr fehlten die Worte und der ernste Blick Shapiros machte es auch nicht leichter. Sie konnte nicht ruhig sitzen bleiben, sie musste aufstehen und ans Fenster gehen, irgendetwas machen, nur nicht still sitzen und das Unglaubliche über sich hereinbrechen lassen.

Shapiro spielte mit seinem Kugelschreiber und betrachtete den Stift, der wie von selbst um seine Finger zu rotieren schien.

»Glauben Sie mir, Major Goldmann, ich würde am liebsten gar nicht darüber nachdenken, ob es möglich sein könnte ...« Er betonte das letzte Wort mit Nachdruck. »Ich habe in meinem Leben viel gesehen und ich habe vieles für unmöglich gehalten, was sich später als Wirklichkeit herausgestellt hat. Ich habe daraus gelernt und lerne noch immer jeden Tag, ich versuche zu verstehen und ich laufe oft der Zeit nach, wie in einem hoffnungslosen Wettlauf, für den wir uns nicht qualifiziert haben.«

Shapiro stand auf und stellte sich neben Valerie ans Fenster, die Hände in den Hosentaschen. Wer ihn so gesehen hätte, der wäre nie auf den Gedanken gekommen, einen der wichtigsten Männer des Mossad vor sich zu haben. Er sah aus wie ein gemütlicher Familienvater, ein kleiner Bauch begann sich unter seinem Hemd abzuzeichnen und seine Haare wurden grau an den Schläfen und lichter an den Seiten. Aber wer Shapiro näher kannte, seinen energischen Ausdruck um den Mund richtig deuten konnte, der verglich ihn mit einem Mungo, jenem kleinen Tier, das die gefährlichsten Schlangen tötet und keinem Kampf aus dem Wege geht.

Beide standen eine Zeitlang wortlos nebeneinander und schauten aus dem Fenster auf ein graues, wolkenverhangenes Tel Aviv. Wie Ameisen liefen die Menschen aufgescheucht über die Straße und soeben fuhr ein Konvoi aus Staatslimousinen mit Standarte in den Hof des Armeeministeriums gegenüber ein. Shapiro legte die flache Hand ans Fenster.

»Als ich die ersten Meldungen bekam, war ich skeptisch.« Er sprach leise und konzentriert. »Nein, mehr als das. Ich fand es lächerlich, überhaupt darüber nachzudenken. Da ging es um einen mittelalterlichen österreichischen Kaiser, sein Geheimnis und einen Orden, der es fünfhundert Jahre lang verteidigt haben soll.« Shapiro schüttelte den Kopf. »Ich fragte unseren Informanten, was um Gottes willen das uns angehen sollte? Ich winkte ab und ließ unsere Botschaft wissen, dass sie sich vielleicht um aktuellere Dinge sorgen sollte. Wir haben ja einen ausreichenden Fundus an Problemen, aus dem wir schöpfen können, wie jeder weiß«, meinte er lakonisch. Goldmann nickte stumm.

»Dann kam eine lange Nachricht aus China, von einem unserer Agenten in Beijing. Es ging um den ersten chinesischen Kaiser vor zweitausend Jahren, sein Grab, seine Tonarmee, seinen Tod und den Grabhügel. Da dachte ich mir, dagegen war der österreichische Regent ja geradezu jung und aktuell.« Shapiro grinste.

»Aber jetzt kamen Ereignisse dazu, die mich aufhorchen ließen. Sehr reale Ereignisse. Ein chinesischer Militäreinsatz in Tibet, der dem geheimen Wissen der Drachenkönige galt. Als Nächstes ein spektakulärer Mord mit dem inzwischen weltbekannten Umwelt-Supergau in Portugal, dann zwei bizarre Verbrechen in Wiener Kirchen. Irgendjemand wusste scheinbar mehr, legte es darauf an, dem großen Geheimnis näher zu kommen, mobilisierte sehr subtil die Personen, die er dazu brauchte. Da schrillten bei mir die Alarmglocken, das waren keine Hirngespinste mehr.« Shapiro tippte mit seinem Zeigefinger auf die Akten, die vor ihm lagen und auf denen in großen roten Buchstaben »Top Secret« stand. »Aber daran glauben? An die ganze Geschichte glauben, an dieses phantastische Geheimnis, an dieses größte Rätsel der Menschheit? Das fiel mir noch immer schwer, trotz meiner Geheimdienstarbeit und der jahrelangen Erfahrung. Also versuchte ich hier einige Wissenschaftler zu befragen, Experten zur Mitarbeit zu gewinnen. Darunter waren auch Kenner des Talmud, der Thora und natürlich der Kabbala.« Er schaute Goldmann von der Seite an, um zu sehen, ob sie lächelte. Aber Valerie blickte noch immer ernst über das Häusermeer der Stadt. Die Dimension und die Ungeheuerlichkeit der Situation dämmerte ihr erst langsam. Wie sollte man auch das Unglaubliche von einer Sekunde auf die andere als gegeben hinnehmen?

Shapiro schwieg. Als er weitersprach, war seine Stimme noch leiser und Valerie musste sich anstrengen, um ihn zu verstehen. »Das ist kein Spaziergang nach Wien, Major Goldmann. Wenn auch nur ein Funken an den Meldungen und den Schlussfolgerungen wahr ist, dann ist uns jemand bereits um mehr als ein paar Nasenlängen voraus. Und diesen Vorsprung wird er mit Klauen und Zähnen verteidigen. Sie wissen ganz genauso wie ich, was es bedeuten würde, wenn irgendeine Nation auf dieser Welt die Kenntnisse hätte, die zwei Kaiser bereits vor Hunderten von Jahren hatten. Auch wenn es uns noch so unwahrscheinlich vorkommt.«

Valerie nickte. Je länger sie darüber nachdachte, umso beklemmender wurde ihr bewusst, wie groß die Verantwortung war, die Shapiro auf ihren Schultern ablud. Das war nicht mehr das Gerede einiger Verschwörungstheoretiker, die in allem und jedem ein Komplott und eine Gefahr für die Menschheit sahen. Wenn auch nur ein Körnchen Wahrheit in dem war, was Shapiro vermutete, was die Experten nach einer langen Nachtkonferenz auch nur ansatzweise für möglich gehalten hatten, dann …

»… dann gnade uns Gott«, sagte Valerie laut und lehnte die Stirn gegen das kühle Glas der Fensterscheibe.

»Ja, zu dem Schluss bin ich auch gekommen«, seufzte Shapiro, »ich weiß nur nicht, ob er uns gerade zuhört …«

Als Valerie die Mossad-Zentrale verließ, hatte es begonnen zu regnen. Sie nahm sich ein Taxi zur Wohnung ihrer Eltern und lehnte sich in die Polster zurück, nachdem sie dem Fahrer die Adresse genannt hatte. Sie freute sich darauf, ihre Eltern wiederzusehen und eine Nacht in ihrem alten Zimmer zu verbringen, voller Erinnerungen, alten Plakaten von AC/DC und Fotos von Freunden und Mitschülern. Ihr Platz auf dem Flug nach Wien war reserviert und sie würde morgen um 4:30 Uhr am Flughafen sein.

Valerie sah die Straßenzüge nicht, die an den Fenstern des Taxis vorbeihuschten. Sie war noch immer beeindruckt von dem Gespräch mit Shapiro, mehr als sie es wahrhaben wollte. Sie würde in Österreich mehr brauchen als ihre jahrelange Kampferfahrung und ihren Teamgeist, mehr als Menschenführung und den traumwandlerischen Umgang mit Waffen. Ihre Gedanken kehrten zu dem Truppenübungsplatz im Jordantal und zu der Gruppe ihrer Männer zurück. Wäre es nicht besser gewesen, ins Wadi al-Maleh zurückzukehren und einfach das restliche Trainingsprogramm durchzuziehen? Fast war Valerie versucht, ihr Telefon herauszuholen und den Geheimdienstchef anzurufen, abzusagen, alles zu vergessen. Der »Ausflug nach Österreich«, wie Shapiro den Einsatz genannt hatte, war keine Übung, im Gegenteil. Die Verantwortung, die Valerie übernommen hatte, war ungeheuer groß und nicht einmal Oded Shapiro konnte die volle Tragweite abschätzen.

Das Taxi ließ sie vor dem Haus ihrer Eltern aussteigen und auf dem Weg in den dritten Stock beschäftigte sie nur ein einziger Gedanke: Hatte Shapiro ihr alles gesagt, was er wusste, oder war da noch etwas, das er ihr verschwiegen hatte? Sie kam sich vor wie in einem dunklen Raum, eingesperrt mit vielen Menschen, die sie alle sehen konnten. Nur sie selbst war blind wie ein Maulwurf.

Donaustadt, Wien/Österreich

Die Häuser wurden immer kleiner, niedriger, schienen sich zu ducken und in Deckung zu gehen, um dem Abriss zu entkommen. Die freien Wiesenflächen wurden größer, die Baulücken häufiger. Autohändler, Gärtnereien und Holzhandlungen existierten einträchtig nebeneinander. Die östliche Wiener Vorstadt, das Tor zur pannonischen Tiefebene oder zum Balkan, je nachdem wie man es sah, unterschied sich von jeher von den noblen Vororten im Westen oder Norden. Jenseits der Donau, auf der anderen, der billigen Seite des Stromes, hatten sich nach dem Krieg kleine Handwerksbetriebe angesiedelt, am Wirtschaftswunder mitverdient und waren trotzdem in Familienhand geblieben. Als manche in die Krise rutschten, musste nicht viele Arbeiter entlassen werden, man hatte ja kaum noch welche. Man war immer unter sich geblieben, bescheiden und mit beiden Beinen auf dem Boden.

Kommissar Berner dachte über all das nach, als er in einer kleinen, unkrautverwachsenen Nebenstraße aus seinem Wagen stieg und sich umschaute. Es war eher ein Fahrweg, der nach hundert Meter in einen Feldweg mündete, bevor sich die beiden Spuren völlig im dichten, hochstehenden Gras verloren. Der Wind wehte aus Ungarn herüber und es roch nach Holzfeuer und nassen Feldern. Berner schloss den Wagen ab und ging entlang eines schiefen Eisenzauns auf ein Tor zu, das seit mindestens zehn Jahren nicht mehr bewegt worden war. Es hing nur mehr lose in den Angeln, rostete vor sich hin und ein kleiner Baum hätte jeden Versuch erfolgreich verhindert, es jemals wieder zu schließen.

Berner zündete sich eine Zigarette an und ging tiefer in das Grundstück hinein, das über und über mit Metallteilen, Gittern, Rohren und Stangen, Alteisen und undefinierbaren Zylindern übersät war, die noch aus der Zeit nach dem Krieg stammen mussten. Ein kleiner Weg schlängelte sich durch das Chaos, über das langsam Gras wuchs. Er endete vor einer überraschend großen Wellblechwerkstatt, in der gearbeitet wurde. Das grelle Licht der Schweißgeräte und kräftiges Hämmern drangen durch die Ritzen der Baracke.

Berner ersparte sich das Anklopfen und stemmte die Tür auf. Eine Wolke von Metallstaub und der Geruch nach brennendem Schweißdraht überwältigten ihn. Mindestens sechs oder sieben Männer in fleckigen blauen Overalls blickten kurz auf und arbeiteten dann weiter. Der Boden war schwarz und rutschig, Metallstücke und Eisenspäne, Werkzeug und ölverschmierte Maschinen bildeten ein einziges Durcheinander. An der Wand hing einer der üblichen Pin-up-Kalender. Wie Berner im Vorübergehen feststellte, stammte er aus dem Jahr 1988.

Er wandte sich nach rechts, wo ein mit Fenstern und Holzwand abgeteiltes Büro mehr Ruhe und Sauberkeit versprach. Doch das war eine Lüge, wie Berner wusste. Die Fensterscheiben starrten vor Schmutz und waren deshalb undurchsichtig, die Holztür war schwarz vor Schmiere und die in vielen Jahren nach der Klinke suchenden Griffe hatten einen dicken Belag hinterlassen. Der Kommissar stieß die Tür schwungvoll mit dem Fuß auf.

Der dicke Mann hinter dem überladenen Schreibtisch blickte auf und ein erkennendes Lächeln huschte über sein Gesicht, das rund und voll war wie das eines Engels. Er war völlig kahl und seine Augen huschten unruhig hin und her, während seine Hände versuchten, Papiere schnell in Schubladen verschwinden zu lassen.

»Gib dir keine Mühe, Eddy, ich hab nicht vor, deine Korrespondenz zu erledigen«, versetzte Berner trocken und ließ sich in den alten abgesessenen Drehstuhl fallen, dessen brauner Kunstlederbezug mehr Lücken hatte als das Vorstrafenregister seines Besitzers.

»Herr Kommissar … oder darf man das jetzt nicht mehr sagen?« Eddy begann sich mit seinem Bleistift hinter dem Ohr zu kratzen, während er Berner listig anschaute.

»Es ist unglaublich, wie gut dein Informationsnetzwerk noch immer funktioniert.« Berner war sichtlich erstaunt. Der Mann hinter dem Schreibtisch stand auf und zog seine Hose hoch. Er war fast so breit wie hoch und kullerte mehr, als er ging.

»Du hast abgenommen, Eddy«, stichelte Berner, »bald kannst du wieder in den Ring.«

Der ehemalige Ringer winkte nur müde ab. »Die brauchen da keine Billardkugel, Kommissar. Aber Sie scheinen etwas auf dem Herzen zu haben, oder was führt Sie sonst an diese exklusive Adresse vor den Toren der Stadt?«

Berner griff in seine Hosentasche und holte den flachen Schlüssel aus der Tasche, den er in dem kleinen Porträtbild der Kaiserin Eleonore gefunden hatte. Er legte ihn auf die einzige freie Stelle der Tischplatte und zog die Hand zurück. Eddy stand da und schaute abwechselnd Berner und den Schlüssel an.

»Komm, Eddy, spiel mir nicht das übliche Theater vor, ich habe noch weniger Zeit, seit ich in Pension bin.«

»Sie und in Pension!« Eddy lächelte. »Ich höre ganz andere Dinge …«

Berner seufzte hörbar, stand auf und nahm den Schlüssel, drehte sich um und wollte schon das Büro verlassen, als ihn eine Hand an der Schulter zurückhielt. Eddy stand da und grinste ihn an, hielt seine flache Hand auf und Berner ließ den Schlüssel hineinfallen.

»Wenn jemand etwas über diesen Schlüssel weiß, dann bist du es.« Berner zündete sich eine weitere Zigarette an und fuhr fort: »Ich habe nie in meiner ganzen Amtszeit einen besseren Safeknacker als dich erlebt, Gott sei Dank.«

Eddy lächelte und winkte bescheiden ab. »Das ist lange her, Herr Kommissar, Jugendsünden.«

»Nur mit dem Unterschied, dass dir bei Schlössern und Schlüsseln noch immer niemand etwas vormacht, oder soll ich doch deine Korrespondenz in Angriff nehmen?«, brummelte Berner und setzte sich wieder.

Eddy hatte eine Lupe aus einer der Schubladen geholt und betrachtete aufmerksam den Schlüssel. Er drehte ihn, wog ihn in der Hand, nahm einen Mikrometer und maß genau Länge und Abstand der Einkerbungen. Dann zwängte er sich wieder hinter seinen Schreibtisch und holte eine kleine Ultraviolett-Lampe hervor, betrachtete den Schlüssel nochmals und reichte ihn schließlich an Berner zurück. »Was ist an den Gerüchten dran, dass Sie in Pension gegangen sind, Herr Kommissar?«, fragte Eddy und schaute ihm in die Augen.

»Erstens soll man nicht alles glauben, was man hört, und zweitens sind in besonderen Fällen alle Mittel recht.« Berner lehnte sich in seinem Sessel vor und sein Gesicht kam ganz nah an das des ehemaligen Ringers Eduard »Eddy« Bogner.

Der nickte und meinte schließlich nach einem Moment des Nachdenkens: »Es heißt, Sie seien an einer ganz heißen Sache dran. Ich habe von dem Mord in der Karlskirche gehört. Das ist eine Sauerei, ein so junges Mädchen und völlig unschuldig.« Eddy deutete auf den Schlüssel in Berners Hand. »Geht es darum?«

Der Kommissar nickte. Eddy schlug mit der Hand auf den Tisch. »Dann will ich, dass Sie das Schwein kriegen. Safe knacken ist eine Sache, einen jungen Menschen auszuziehen, ihm Flügel aufzumalen und ihn in einer Kirche dreißig Meter tief sinnlos fallen zu lassen, ist etwas anderes. Ich würde ihm das Genick brechen, wenn ich ihn in die Finger bekäme, glauben Sie mir.«

Eddy schaute durch die blinden Scheiben in die Werkstatt, wo sich geisterhaft die Arbeiter bewegten wie in einem geheimnisvollen Ballett.

»Jetzt zu dem Schlüssel, Herr Kommissar. Es ist ein seltenes System, vor drei Jahren produziert, nicht für eine große Bank, eher für ein kleines Institut. Privatbank zum Beispiel. Das System besteht aus nicht mehr als 200 Schlüsseln, Schließfächer. Der Schlüssel ist neu, kaum benutzt, keine zehn Mal verwendet, das sehe ich an den Kratzern. Wenn der Besitzer in der Inneren Stadt wohnt«, Eddy sah Berner fragend an und der nickte leicht, »dann würde ich bei Scholhammer und Schera vorbeischauen. Nur ein Tipp.« Eddy kratzte sich wieder hinter dem Ohr. »Und geben Sie acht, Herr Kommissar, da ist etwas im Busch, was mir nicht gefällt. Da versucht jemand, Sie kaltzustellen.«

Berner stand auf und steckte den Schlüssel ein. »Danke, Eddy, ich stehe in deiner Schuld.«

Der Exringer winkte ab. »Irgendwann gleicht sich jedes Konto aus, Herr Kommissar. Aber passen Sie auf, dass Ihre Pension nicht nur ein kurzes Intermezzo ist, zwischen letzten Ermittlungen und würdigem Begräbnis.«

Berner fand, er hätte es selbst nicht besser formulieren können.

Café Diglas, Wien/Österreich

Paul Wagner und Georg Sina saßen in der Konditorei am Fleischmarkt und jeder hing seinen Gedanken nach. Von der Ruprechtskirche aus waren sie über den Schwedenplatz schweigend hierher marschiert. Der alarmierte junge Priester, der so fluchtartig das Museum im Schottenstift verlassen hatte, nachdem er das Wort »Drachenviereck« gehört hatte, ging ihnen nicht mehr aus dem Kopf. Wen hatte er aufgesucht? War er durch die Ruprechtskirche nur gegangen, um sie abzuschütteln, oder hatte er dort jemanden getroffen? Und wenn ja, wen?

So waren sie schweigsam nebeneinander durch die Innenstadt gegangen. Als sie auf ihrem Weg am einzigen erhaltenen mittelalterlichen Wohnturm Wiens beim berühmten Restaurant »Griechen Beisl« vorbeigekommen waren, hatte Sina kurz angehalten. Er hatte durch das Gitter im Boden auf die Puppe des lieben Augustin geschaut, der unverdrossen trinkend an seinem Tisch saß und sich geduldig von Kindern und Touristen mit Münzen bewerfen ließ. Dann hatte Sina leise »O du lieber Augustin alles ist hin …« intoniert.

Wagner hatte ihn angesehen, zugehört und das Gesicht verzogen. »Wollen wir hoffen, dass wir noch so viel Leben in uns haben, dass wir wieder aus der Grube heraussteigen können, wenn uns jemand in ein anonymes Massengrab wirft«, hatte er lakonisch kommentiert, sich umgedreht und war in Richtung Kaffeehaus verschwunden. Er hatte die Hände tief in seinen Manteltaschen vergraben und den Kopf gesenkt.

Sina sah ihm nach und machte sich bei seinem Anblick Sorgen, ob und wie es nun weitergehen sollte. Paul war immer der Motor gewesen, immer zu einem Scherz aufgelegt, fähig, in der Dunkelheit ein Licht anzuzünden. Jetzt aber hatte er zum ersten Mal erlebt, dass mehr hinter dem Geheimnis steckte als Bilder, Zahlen und fünfhundert Jahre alte Rätsel. Sie waren nicht alleine auf der Spur …

Da drehte sich Wagner um und hob den Arm, winkte Sina zu und rief: »Ich brauche einen Zuckerstoß, sonst werde ich vor lauter Nachdenken noch blöder, als ich sowieso schon bin.«

Drinnen im Café eilten Serviererinnen in weißen Blusen, schwarzen Röcken und mit Spitzenschürzen zwischen den Gästen hin und her. An den Lüstern hingen Espressotassen, die Polsterung war rosa und der Stuck am niedrigen Tonnengewölbe weiß. Es roch nach Kaffee, Kuchen und Zigaretten. An den Wänden animierten erotische Fotografien von halbnackten, zigarrerauchenden Damen Georg Sina zu einer längeren und intensiveren Betrachtung.

»Ich weiß, warum du gerade dieses Café ausgesucht hast«, sagte er.

»Nicht was du denkst, Georg. Der Kaffee ist gut und die Mehlspeisen vielleicht die besten von ganz Wien«, antwortete Wagner und verrührte zwei Stück Würfelzucker in seinem Espresso. Dann fuhr er fort: »Heute haben wir etwas Wichtiges erfahren, Georg. Zwischen diesen Kirchen gibt es nicht nur ein Drachenviereck, sondern es sind viele unsichtbare Fäden gespannt, wie ein Spinnennetz. Stößt man mit dem Fuß dran, bimmelt irgendwo ein kleines Glöckchen, und am anderen Ende hockt einer in der schwarzen Soutane und beginnt an irgendwelchen Glockenseilen zu zerren. Nur, wen soll das Gebimmel alarmieren? Ja, das ist die Frage … wen?«

Georg Sina beäugte argwöhnisch den Teebeutel zwischen seinen Fingern und die Tasse voll dampfend heißem Wasser vor sich auf dem Kaffeehaustischchen. Eine Kellnerin huschte vorbei und stellte zwei riesige Tortenstücke vor den beiden ab.

»Was ist das?«, fragte Sina und hielt der Serviererin sein Teesäckchen hin.

»Grüner Tee, wie Sie bestellt haben«, antwortete sie mit entwaffnendem, zuvorkommendem Lächeln.

»Die Teekanne macht den Tee …«, kommentierte Sina knapp, aber da war das junge Mädchen schon beim nächsten Tisch und zückte ihren Block, um eine Bestellung aufzunehmen.

Gierig begann Wagner das Torteneck auf seinem Teller mit der Gabel zu zerteilen. Der Reporter schaufelte riesige Bissen Sachertorte mit Schlag in sich hinein. »Ich verstehe das alles nicht … kein bisschen …«, stieß er mit vollem Mund hervor.

»Ich verstehe schon lange gar nichts mehr … Und mit jedem Tag weniger«, grummelte Sina und tunkte mehrmals mit abgespreiztem kleinen Finger seinen Teebeutel ins Wasser. Nicht ohne Bewunderung beobachtete er, wie die getrockneten Pflanzenteile kleine goldene Wirbel ins durchsichtige Nass zeichneten.

»Aber eines beginne ich zu verstehen«, unterbrach er seine Tee-Meditation.

»Was?«, schnaufte Wagner und schluckte geräuschvoll hinunter.

»Der Schottenaltar ist auf 1469 datiert. Diese Jahreszahl steht zumindest auf dem Stadttor, durch das Jesus am Palmsonntag nach Jerusalem einzieht.«

»Und?«

»Zufällig ist das genau jenes Jahr, in dem Matthias Corvinus Gegenkönig von Böhmen wird und Kaiser Friedrich seinen Titel streitig macht.«

»Und die Zahlenwerte der Inschrift in der Ruprechtskirche ergeben sein Todesjahr.«

»Genau. Also haben alle von Friedrichs Hinweisen direkt oder indirekt auch mit Corvinus zu tun. Sie markieren wichtige Punkte auf ihrem gemeinsamen Lebensweg. Und wenn du genau hingeschaut hast, dann ist Krems die Stadt, die naturgetreu auf der Tafel neben der Datierung dargestellt ist. Von dort, eigentlich aus Stein an der Donau gleich daneben, stammt die Mutter von König Matthias' einzigem Sohn. Nur war der nicht erbberechtigt, zumindest was die Krone anbelangt.« Sina zog das Säckchen aus dem Tee und roch misstrauisch am Inhalt der Tasse. »Noch eine Parallele: In Stein war im Mittelalter der Lager- und Umschlagplatz für Salz, genau wie bei der Ruprechtskirche in Wien. Seltsam, nicht?«

»Tut mir leid, ich habe die Pointe verpasst. Du hast mich auf deinem Weg irgendwo verloren.«

»Schau, Paul, das ist doch nicht so schwer. Was wäre, wenn Corvinus der ersehnte König ist, der in seine Hauptstadt Wien einzieht? Sein Erfolg ist aber auf Sand gebaut. Er zieht zwar hier ein, besiegt damit Friedrich, aber was hat er davon? Er hinterlässt keine legitimen Erben. Kaiser Friedrich überlebt ihn, den großen Corvinus. Der Gegenkönig ist tot, es lebe der König!« Sina sah Wagner Beifall heischend an, aber als der Applaus ausblieb, fuhr er fort: »Ach, vergiss es! Da muss ich noch genauer drüber nachdenken.« Er murmelte etwas in seinen Tee. Dann blickte er auf.

»Faktum ist, dass auf dem ganzen Altar Pflanzen dargestellt sind, die nicht nur im Marienkult, sondern auch in der Phytotherapie eine Rolle spielen.«

»Wo spielen die eine Rolle? In welcher Therapie? Kannst du nicht verständlich sagen, was du meinst?«, ärgerte sich Wagner.

»In der Pflanzenheilkunde«, erklärte Sina geduldig. »Die Weidenkätzchen aus der Palmsonntagszene zum Beispiel: Die Weide liefert Salicin, das bei Einnahme im Körper in Salicylsäure umgewandelt wird. Diese weist ähnliche Eigenschaften wie Acetylsalicylsäure, kurz Aspirin, auf.«

»Seit wann interessierst du dich für so was?«, wunderte sich Wagner. Dann dachte er kurz nach und meinte: »Was ist mit den anderen Blumen in den Bildern des Altars?« Sein Interesse war geweckt.

»Ich habe einiges über Tees und Kräutersalben aufgeschnappt, als ich in meiner Kindheit zu Besuch bei meiner Großmutter war«, erzählte Sina und beugte sich zu dem Reporter. »Im Wiesenstück auf der Tafel der Kreuztragung Christi finden wir Spargel, Traubenhyazinthe und Brombeere. Spargel kennst du, was man sich von ihm erzählt auch. Die Traubenhyazinthe in einem Bild von 1469 ist allerdings auffällig. Gartenhistorisch fällt ihre Einführung nämlich in die sogenannte ›orientalische Phase‹ der Zierpflanzen, zwischen 1560 und 1620, also wesentlich später als unser Altar. Damals wurde eine Vielzahl von Hyazinthen, Tulpen und Narzissen vornehmlich aus der Türkei nach Mitteleuropa eingeführt. Die Hyazinthenzwiebel ist gering giftig und enthält Oxalsäure.«

Wagner wollte Sina unterbrechen, aber ein Blick des Wissenschaftlers ließ ihn verstummen.

»Brombeere ist wiederum nicht nur schmackhaft, sondern fördert die Blutbildung«, fuhr Sina fort. »Kommen wir zur Beschneidungsszene. Da sind Rosen, Nelken und eine blaue Blume auf den Boden gestreut. Rote Rosen gelten seit dem Altertum als Symbol von Liebe, Freude und Jugendfrische. Mit der Rose war auch die Vorstellung des Schmerzes verbunden …«

»… keine Rose ohne Dornen …«, ergänzte Wagner.

»… und wegen ihrer hinfälligen Kronblätter auch mit Vergänglichkeit und Tod«, fuhr Sina fort. »Ein Rosenstrauch taucht ganz zentral auf dem Altar auf, nämlich bei der Flucht nach Ägypten, wo sich auch die Darstellung Wiens im Hintergrund befindet, die uns den Weg in Richtung Süden weist.«

»Der wohl wichtigste Hinweis in dem Altar des Schottenmeisters«, nickte Wagner und bestellte sich noch eine Melange mit einer Sachertorte. Wie er seinen Freund kannte, würde das länger dauern. »Und die Nelke?«, fragte er dann.

»Der Ruf der Gewürznelken, eine aphrodisierende Wirkung zu haben, übertrug sich im Mittelalter auch auf die Nelken. Von da an galten sie als Symbol für Verlobung, Liebe und Ehe. Die blaue Blüte wiederum könnte eine Kornblume sein, die kommt oft bei Mariendarstellungen vor. Die Pflanze nimmt man als Entzündungshemmer oder in Kosmetika.«

»Auf diesem Altar sind ja mehr Pflanzen als Heilige«, lästerte Wagner und schaute sehnsüchtig auf eine der Fotografien, die rote Lippen um eine dicke Zigarre zeigten. Sina war noch immer bei seinen Aufzeichnungen aus dem Museum.

»Bei der Kreuzabnahme wiederum habe ich ›Glockenblume, Löwenzahn und Hahnenfuß‹ notiert. Bei der ›Glockenblume‹ könnte es sich meiner Meinung nach um einen stark stilisierten ›Wolligen Fingerhut‹ handeln. Der ist hochgiftig, wird aber zur Herstellung von Arzneien gegen Herzinsuffizienz verwendet. Löwenzahn dient zur Zellstoffwechselaktivierung. Hahnenfuß ist ebenfalls, aber nur geringfügig giftig.«

»Genug!«, unterbrach Wagner Sinas Redefluss. »Ich komme mir vor wie beim Kräuterdoktor. Worauf willst du hinaus? Dass Friedrich uns das Rezept zu einem Powerdrink hinterlassen hat? Ist das sein Geheimnis?«

»Warum nicht ein Teil davon?«, schnappte Sina zurück.

»Also wenn du meinst, dass ich mit dir jetzt durch die Wälder krieche, dort Blumen pflücke und mit dir einen Tee brühe, der mich schnurstracks per Digitalis über den Jordan befördert, irrst du dich aber gewaltig«, stichelte der Reporter und tippte mit dem Finger an Sinas Brust.

»Hör zu, du Giftmischer. Wir konzentrieren uns zunächst auf diesen Babenberger-Stammbaum in Klosterneuburg, auf die Reise nach Süden, die Spinnerin am Kreuz und wo sie uns hinführt. Deinen Zaubertrank kannst du in deiner Freizeit brauen.«

Ein Klingeln hinderte Sina an einer zornigen Erwiderung. Wagner griff in seine Manteltasche und nahm das Gespräch an.

»Hier spricht Elena Millt von UMG. Wie geht es Ihnen, Mister Wagner?« Paul lächelte ins Telefon. Er hatte Elena bei seiner letzten Reise in die Vereinigten Staaten kennen gelernt und sie sah verdammt gut aus. Das und die hohen Honorare, die United Media Group für seine Reportagen zahlte, waren Grund genug für eine gezielte transatlantische Freundlichkeit.

»Elena, wie schön, von Ihnen zu hören«, rief Wagner und das halbe Café hörte interessiert zu.

»Wir haben von diesen Morden in Wien erfahren und hätten gerne einen Exklusivbericht von Ihnen. Oder haben Sie den schon jemandem anderen zugesagt?«

»Nein, ich bin an einer ganz großen Geschichte dran und UMG kann sie gerne exklusiv haben. Ich schicke Ihnen eine erste Reportage morgen, aber das wird mehr kosten als üblich, Elena. Das sind nicht nur zwei einfache Morde, das ist eine Sensation, sagen Sie das Mr. Wineberg.« Wagner hatte einen Kugelschreiber aus seiner Tasche geholt und kritzelte damit auf die Serviette.

»Mr. Wineberg geht es leider gar nicht gut, er ist auf seiner Yacht in der Karibik und seine Hausärzte sind vor Ort.« Elena klang besorgt. Der Medienmogul, Herrscher über drei große Tageszeitungen und zwei TV-Stationen, war über neunzig und seit Langem krank. Wagner hoffte, dass es mit ihm nicht zu Ende ging, bevor er seinen Scheck unterschreiben konnte.

»Wir verlassen uns auf Sie, Paul«, flötete Elena, »ich erwarte Ihren ersten Bericht morgen.« Damit legte sie auf und Wagner wollte das Handy schon wieder einstecken, da klingelte es erneut.

»Wagner, trinken Sie schon wieder einen Kaffee ohne mich?« Berner hörte sich an wie immer, nur ein wenig aufgekratzter.

»Sind Sie Hellseher, Kommissar?«, antwortete der Reporter und grinste Sina an. »Irgendwie habe ich das Gefühl, seit Sie in Pension sind, arbeiten Sie mehr als früher.«

»Mehr als gewisse Journalisten auf jeden Fall«, gab Berner zurück. »Mertens hatte ein Schließfach bei einer kleinen Privatbank in der Inneren Stadt, wenn meine Informationen richtig sind. Heute ist es schon zu spät, aber morgen werde ich nachschauen, was dort auf uns wartet.« Nach einer kurzen Pause fuhr er bissig fort: »Und was der Spurensicherung entgangen ist. Wenn es nach mir ginge, würde die Polizei Professor Sina engagieren, um Kurse bei uns zu veranstalten.«

»Was halten Sie davon, heute Abend mit Georg und mir die Fakten zu sichten und die Marschroute für die nächsten Tage abzustecken?«

Berner brummte etwas ins Telefon. »Ich bin kein großer Burgenfreund. Schon gar nicht, wenn das baufällige Gebäude weit außerhalb der Stadt liegt.«

»Keine Angst, Kommissar, wir bleiben in Wien und treffen uns bei mir in, sagen wir, zwei Stunden?«

»Soll ich etwas mitbringen zu der trauten Diskussionsrunde?« Berner schien erleichtert zu sein, die gewohnte Stadtumgebung nicht verlassen zu müssen.

»Nur Ihren üblichen Charme und Ihren Scharfsinn«, versetzte Wagner lachend und wurde dann schnell wieder ernst. Er erzählte Berner von dem jungen Priester im Schottenstift und dessen spurlosen Verschwinden in der Ruprechtskirche.

Der Kommissar überlegte kurz. »Das heißt aber auch, dass Sie auf dem richtigen Weg sind«, meinte er dann. »Solche Alarmglocken schrillen nur dann, wenn Sie eine bestimmte Linie überqueren. Meiner Meinung nach gibt es zwei Parteien in diesem Fall. Einmal jene, die das Geheimnis schützen wollen und die Sie heute alarmiert haben. Nennen wir sie die Bewahrer. Auf der anderen Seite steht der Mörder des Fremdenführers und des jungen Mädchens. Und für wen der arbeitet, das wissen wir nicht sicher. Ich habe einen Verdacht, aber dem muss ich erst nachgehen.« Berner schwieg.

»Und Mertens?«, fragte Wagner.

»Wenn Mertens zu viel wusste über Friedrich und sein Geheimnis, dann waren es die Bewahrer, die ihn zum Schweigen gebracht haben, bevor er ihnen mehr erzählen konnte«, meinte Berner nachdenklich. »Das ist die eine Möglichkeit. Es ist allerdings auch möglich, dass unser Mörder aus der Karlskirche noch einen Hinweis hinterlassen wollte, den wir bisher übersehen haben. Vielleicht entdecke ich ihn morgen.« Berner klang nicht glücklich. Als er fortfuhr, war seine Stimme brummiger als sonst. »Und noch eines, Wagner. Irgendwie habe ich das dumme Gefühl, dass wir in dem Spiel genau in der Mitte stehen, auf dem undankbarsten und gefährlichsten Platz.«

Chinesische Botschaft, Wien/Österreich

General Li Feng kämpfte noch immer mit dem Jetlag. Er war tags zuvor spätabends aus Beijing am Flughafen Wien-Schwechat angekommen und hatte in der Gästewohnung der Botschaft zwar ein frugales Abendessen vorgefunden, es aber aus Müdigkeit unberührt stehen lassen. Nun, am späten Nachmittag, machten ihm die acht Stunden Zeitunterschied zwischen Beijing und Mitteleuropa besonders zu schaffen.

Peer van Gavint beobachtete den General aufmerksam, als der das Sitzungszimmer betrat, in dem neben dem Botschafter, seinem Sekretär und Gavint auch der Militärattaché an dem großen ovalen Konferenztisch Platz genommen hatten. Die Müdigkeit zeichnete Schatten unter die dunklen Augen Li Fengs, aber Gavint ließ sich nicht täuschen. Der General war der einzige wirkliche Gegner in diesem Raum, genauso unerbittlich, ehrgeizig und professionell wie der südafrikanische Killer. Die beiden Männer sahen sich kurz an, nickten sich unmerklich zu und der Kampf war eröffnet.

Draußen wurde es langsam dunkel und zwei Stehlampen tauchten den Raum in ein weiches, gelbliches Licht, das Gemütlichkeit verbreitete. Die großen chinesischen Kalligraphien an den Wänden zitierten Konfuzius und seine unerschöpfliche Weisheit. Als alle Platz genommen hatten, eröffnete der chinesische Botschafter die Sitzung.

»Meine Herren, guten Abend! Wir sind heute hier zusammengekommen, um General Li Feng in unserer Mitte zu begrüßen, der vor wenigen Stunden aus Beijing eingeflogen ist.« Der General stand auf und verneigte sich nach chinesischer Tradition in die Runde.

»Er wird während der letzten Phase der Operation als direkter Verbindungsmann zum Ministerium und zum Parteipräsidium fungieren, die diesem Einsatz die höchste Priorität eingeräumt haben. Das heißt, dass wir auf nahezu alle personellen und finanziellen Mittel zugreifen können, die uns angebracht erscheinen, um die Operation erfolgreich zu beenden. Lassen Sie mich dies zum Anlass nehmen, um noch einmal die bisherigen Erfolge unserer Bemühungen hier in Wien und in Portugal in Erinnerung zu bringen und eine Bilanz der letzten zehn Jahre zu ziehen.« Der Botschafter warf einen Blick in seine Unterlagen, rückte sich seine Brille zurecht und fuhr fort. Gavint zog sich die Bügelfalte an seiner Maßhose glatt.

»Nachdem wir in den späten neunziger Jahren im Rahmen des Polizei-Austauschprogramms zwischen Österreich und der Volksrepublik China einige speziell dafür ausgebildete Agenten unbemerkt nach Wien einschleusen konnten, machten wir die ersten Fortschritte im Entschlüsseln der zahlreichen Hinweise des österreichischen Kaisers. Unsere Spezialisten waren anfangs äußerst erfolgreich, was die Kirchen in Wien, das Drachenviereck und den Schottenmeisteraltar betraf. Sie fanden die Verbindung zum Stammbaum der Babenberger und entschlüsselten weitgehend die Hinweise auf dem Sarkophag Friedrichs im Stephansdom. Uns war allen klar, dass dies nur ein erster Schritt auf dem Weg der Erkenntnis sein würde. Dann jedoch kamen die ersten Rückschläge. Einer unserer vier Spezialisten wurde eines Tages tot aufgefunden, die offizielle Todesursache lautete auf Herzschlag. Zwei verschwanden spurlos und wurden trotz aller Ermittlungen der österreichischen Polizei nie wieder gefunden. Wir zweifeln nicht, dass durch unsere Recherchen der Orden der Tempelherren vom flammenden Stern alarmiert worden war und alles daransetzte, unsere Leute zu eliminieren. Der vierte Spezialist versuchte auf eigene Faust alleine weiterzumachen, aber ohne das Wissen der Historiker konnte er als Kriminalist nicht viel ausrichten. Andererseits wollten wir damals keinesfalls Aufsehen erregen oder österreichische Fachleute hinzuziehen. Daher kehrte unser Fachmann wenig später mit den anderen Polizisten unverrichteter Dinge wieder zurück nach Beijing. Die Spur in die Vergangenheit wurde wieder kalt.« Der Botschafter blätterte in seinen Unterlagen, räusperte sich und fuhr dann fort: »So unglaublich es klingen mag, aber gegenläufige Strömungen in der Partei und Differenzen in der Gewichtung der innerstaatlichen Prioritäten führten dazu, dass fast zehn Jahre vergingen, bevor man sich im Zentralkomitee wieder entschloss, dieses elementare Geheimnis zu entschlüsseln und nach mehr als zweitausend Jahren für China zu nutzen.«

Der Botschafter nahm seine Brille ab und schaute in die Runde. »Denn eines sollten wir nicht vergessen: Es war der erste chinesische Kaiser Qin Shihuangdi, der es entdeckte, wir haben einen rechtmäßigen Anspruch darauf und den werden wir durchzusetzen wissen.«

Gavint unterdrückte ein Gähnen.

»Deshalb ist General Li Feng nun nach Österreich gekommen, um ein eventuelles Scheitern der Operation schon im Ansatz zu verhindern.« Der Botschafter lächelte dünn. »Diesmal jedoch haben wir eine andere Taktik angewandt. Wir haben durch einige Ereignisse, die Mr. Gavint so perfekt inszeniert hat, zwei Männer auf den Plan gerufen, die das Rätsel an unserer Stelle lösen und die Aufmerksamkeit des Ordens auf sich ziehen werden.« Ein Ausdruck der Zufriedenheit machte sich auf dem Gesicht des Botschafters breit. »Wir sind überzeugt, dass sie Erfolg haben werden.«

Gavint bemerkte den skeptischen Gesichtsausdruck Li Fengs, der offensichtlich von den Fähigkeiten der beiden Österreicher nicht so überzeugt war wie der Botschafter. Hatte er deshalb die Militäraktion in Tibet unternommen, die Tagesgespräch in der Botschaft war, fragte sich der Südafrikaner.

Der Botschafter wandte sich an seinen Sekretär und den Militärattaché. Mit einer angedeuteten Verbeugung sagte er:

»Es tut mir leid, aber was wir nun besprechen, unterliegt der höchsten Geheimhaltung. Ich darf mich bei Ihnen bedanken und Sie ersuchen, uns zu verlassen.« Die beiden Männer standen auf und gingen rasch aus dem Sitzungszimmer. Der Botschafter blickte Li Feng und Gavint an und nickte. »Dann lassen Sie uns nun die nächsten Schritte festlegen, bevor uns die Zeit davonläuft.«

Gavint sah Li Feng an und ihre Blicke trafen sich. In diesem Moment wusste er, dass nur einer von ihnen das Ende dieses Abenteuers erleben würde.

Breitensee, Wien/Österreich

Kommissar Berner fluchte über die schlechte Beleuchtung, das Fehlen von Straßenschildern und über den Regen, der die Suche noch erschwerte. Die Straßenbahn-Remise, in der Paul Wagner wohnte, war auf keinem Stadtplan eingezeichnet und das war dem Reporter auch ganz recht so – und brachte Berner nun zur Verzweiflung. Entweder man kannte die Zufahrt über ehemalige Bahndämme und um die alten Lagerhäuser herum, oder man landete schnell in engen, ziemlich dunklen Sackgassen, Kiesdeponien oder Wiesen mit hüfthohem Gras. Die Lichter der Stadt reichten nicht bis hierher, die Bahnanlagen waren eine Insel des Dunkels inmitten des hellen Wiens.

Berner hatte den Eindruck, dass er im Kreis fuhr. Sein Wagen holperte über alte Gleisanlagen, die Scheinwerfer beleuchteten Schwellenstapel und Kiesberge, alte Ziegelwände mit farbenfrohen Graffitis. Schließlich gab der Kommissar auf, zog sein Handy aus der Tasche und wählte Wagners Nummer.

»Sagen Sie nichts, Herr Kommissar, lassen Sie mich raten«, rief Paul fröhlich ins Telefon.

»Mir reißt gleich der Geduldsfaden, Wagner!«, dröhnte Berner. »Warum wohnen Sie nicht wie andere Menschen in einem normalen Haus in einer durchschnittlichen Straße, die zumindest auf einem Plan verzeichnet ist?«

»Damit nur die Richtigen zu mir finden«, gluckste Paul. »Hupen Sie mal, Herr Kommissar.«

Berner lehnte sich auf die Hupe.

»Alles klar, ich weiß, wo Sie sind. Fahren Sie nach dem nächsten Lagerhaus rechts und dann geradeaus die geteerte Straße auf die große Baumgruppe zu. Weiter durch das offenstehende Gittertor und dann immer rechts halten. Dann sehen Sie schon die erleuchteten Fenster. Wir warten auf Sie.«

Berner schüttelte den Kopf und fuhr los. Er hatte den Eindruck, dass er direkt in die Gruppe von Bäumen hineinfuhr, doch im letzten Moment machte die Straße eine leichte Linkskurve, führte durch das angekündigte Tor und direkt zwischen den Stämmen sah der Kommissar die erleuchteten, bis fast zum Boden reichenden Fenster eines Ziegelbaus. Er parkte neben dem roten Golf Wagners und als er ausstieg, peitschte der Wind die Regentropfen waagrecht durch die Luft.

»Wo zum Teufel ist die Eingangstür?«, fluchte Berner, der sich glatten, nassen Ziegelwänden gegenübersah. Er lief zur Stirnseite des Gebäudes und sah drei große, bis zum Boden reichende Holztore. Dahinter schimmerte es gelblich und gerade als Berner die große Klinke herunterdrücken wollte, schwang das Tor auf und Wagner stand im schwachen Lichtschein und grinste.

»Willkommen im Club«, begrüßte Paul den Kommissar und hielt das Tor auf, durch das sich Berner rasch vor dem Gewitter in Sicherheit brachte. Drinnen überraschten ihn die Großzügigkeit und die formale Strenge, mit der Wagner den Jugendstilbau renoviert hatte. Inseln aus Licht holten Teile der großen Halle aus der Dunkelheit, während sich die nackten Ziegelwände, mit vielen Fotos und Bildern dekoriert, an vielen Stellen in der Dunkelheit verloren.

»Das ist ja unglaublich groß«, murmelte Berner, während der Reporter ihm den Mantel abnahm und bestätigend nickte.

»Mehr Platz als genug für alle meine Hobbys und mich«, lächelte er. »Die Remise ist einst im Krieg eingerichtet worden, als der Bedarf an Werkstätten groß war, weil viele der Straßenbahngarnituren durch Bombenangriffe beschädigt worden waren«, erzählte der Reporter, während er den Kommissar zu einer großen Sitzgruppe führte, wo Georg Sina über einige Dokumente gebeugt saß und arbeitete. Der Wissenschaftler schaute kurz auf, winkte Berner zu und beschäftigte sich wieder mit seinen Nachforschungen.

»Die regulären Straßenbahndepots und -hallen waren alle überlastet oder zerstört worden und so hat man damals am Stadtrand von Wien provisorisch Verbindungsgleise zum Bahnnetz verlegt und einen leerstehenden ehemaligen Lokschuppen der Nordbahn adaptiert, der fast ganz von Bäumen verdeckt wurde und dadurch für die angreifenden Bomberstaffeln nicht als Ziel erkennbar war.«

Berner nickte und nahm dankend das Bier an, das Wagner aus einem großen silbernen Kühlschrank geholt hatte, während er weitererzählte.

»Nach dem Krieg geriet das Ziegelgebäude, das 1908 errichtet worden war, erst in Vergessenheit, dann wurde es als Materialdepot, Schwellenlager und schließlich als Müllhalde verwendet, bevor man es einfach verfallen ließ. Als dann nach einer neuen Streckenführung die Gleise um mehr als fünfhundert Meter weiter westlich verlegt wurden, gab es kaum noch etwas zu retten.« Wagner lächelte.

»Es war ein Lehrstück von der Natur, die sich ihr Territorium wieder zurückholte. Die Bäume deckten das Gebäude immer mehr zu, die Zufahrtsgleise wurden hoch vom Gras überwuchert und dann kam ich eines Tages vorbeigestolpert, im wahrsten Sinne des Wortes. Ich war an einer Geschichte dran, einem Artikel über lecke Ölwaggons, und ich begann damit im ältesten Teil des Güterbahnhofs. Plötzlich stolperte ich im Gras über Gleise, die offenbar genau auf eine Gruppe majestätischer Buchen zuführten.«

Der Reporter zeigte Berner durch das hohe Glasdach der Remise die Kronen der alten Bäume, die im Sturm wie ein zweites, bewegliches Dach aussahen. »Dann stand ich plötzlich vor dem desolaten, aber immer noch stolzen Jugendstilgebäude mit den drei hohen Holztoren und den vier kleinen Türmchen. Die Äste wuchsen in die leeren Fensterhöhlen und das Gras versuchte, die alten Mauern zu begrünen. Ich beschloss auf der Stelle, die alte Remise zu retten, um hier zu wohnen.«

»Ich kann mir nicht vorstellen, dass das so einfach war«, meinte Berner, der die zahlreichen Modellbahnzüge und Straßenbahngarnituren bewunderte, die in beleuchteten Vitrinen an die Vergangenheit des Gebäudes erinnerten.

»War es auch nicht«, erinnerte sich Wagner, »ein paar Behördengänge später und nach zahlreichen Blicken in erstaunte Beamtenaugen bei verschiedenen Ämtern war mir klar, das würde ein langer Kampf werden.«

»Den Paul nach zähem Ringen schließlich gewann«, rief Georg Sina herüber, während er weiter in seinen Notizen blätterte und mit den Seiten raschelte.

»Ja, fast ein halbes Jahr harter Verhandlungen später wurde ich für einen symbolischen Betrag Besitzer des ehemaligen Lokschuppens«, lächelte Wagner, »allerdings mit der Auflage, bei der Renovierung mit dem Denkmalamt eng zusammenzuarbeiten.«

»Das Resultat kann sich sehen lassen«, stellte Berner bewundernd fest und blickte hinauf zu den umlaufenden Galerien, die sich harmonisch in die hölzerne Dachkonstruktion einfügten.

Wagner bemerkte den Blick. »Da oben sind Schlaf- und Gästezimmer, mein Büro und alle anderen Nebenräume. Damit konnte ich mir den Luxus erlauben, die ehemalige Schienenfläche als einen großen Raum bestehen zu lassen, mit einer Küche in der Mitte, dem Herz meiner kulinarischen Leidenschaften.«

Berner war beeindruckt. »Und wo sind Ihre zweirädrigen Raketen?«, brummte der Kommissar.

Wagner lachte. »Die stehen abschussbereit im hinteren Teil, alle startklar. Wollen Sie einen Blick drauf werfen?«

Berner winkte ab. »Vielleicht später. Aber über ein zweites Bier könnten wir reden«, grinste er.

»Wenn ihr mit der Führung fertig seid, dann könnten wir ja vielleicht anfangen, uns mit den wichtigen Dingen zu beschäftigen«, rief Sina von der Sitzgruppe her. »Ich habe etwas gefunden, das euch interessieren dürfte.«

Das Gewitter hatte an Stärke zugenommen, es blitzte und donnerte immer öfter. Ein besonders langer und heller Blitz, der ganz in der Nähe der Remise mit lautem Donner einschlug, ließ die Luft erzittern und erleuchtete wie in einer Momentaufnahme das Gesicht eines einzelnen Mannes, der in einem kleinen, dunkelblauen Wagen in Sichtweite des Lokschuppens saß und mit einem Nachtsichtgerät das Gebäude und die Tore überwachte. Er sah die beiden Autos von Wagner und Berner und ein Schauer der Erregung durchfuhr ihn. Alle drei auf einmal, dachte er sich, was für eine Fügung des Schicksals. Sein Entschluss war rasch gefasst. Er stieg aus und ignorierte den Regen, schloss den Wagen ab und stemmte sich gegen den Wind. Es war eine massige, große Gestalt, die immer wieder von Blitzen erleuchtet durch das hohe Gras auf die Remise zuging. Es würde einfach werden, so wie bei Mertens, dachte sich der Mann. Der hatte sich auch kaum gewehrt, als er begriffen hatte, dass es kein Entkommen mehr geben würde. Der alte Mann war leicht wie eine Feder gewesen, so leicht, als wolle er von selbst in die vorbereitete Schlinge fliegen.

Der Unbekannte schlich durch das Gittertor, sein langer schwarzer Mantel machte ihn unsichtbar im tiefen Dunkel der Nacht. Er wusste von seinen Nachforschungen, dass es keine Überwachungskameras und Alarmmelder gab. Wie unvorsichtig, dachte er und lehnte sich an einen der dicken Buchenstämme. Eigentlich hätte er den Reporter und den Wissenschaftler nur observieren und auf die Gruppe der anderen warten sollen, aber die Gelegenheit war einfach zu günstig. Das Gewitter war ein Geschenk des Himmels, der Donner würde seine Schritte und jeden Lärm übertönen, der Regen seine Spuren verwischen.

Vorsichtig näherte er sich dem Lokschuppen, sah das Licht und presste sich an die nasse Hauswand. Dann schob er sein Gesicht behutsam näher an eines der hohen Fenster und schaute in die Halle. Wagner, Sina und Berner saßen auf einem langen Sofa um einen Stoß Dokumente herum, und der Wissenschaftler schien den anderen beiden etwas zu erklären. Weite Teile des Raumes lagen im Dunkel, aber das würde für ihn nur von Vorteil sein.

Der Unbekannte hatte genug gesehen. Er zog eine Beretta aus der Manteltasche, schraubte einen Schalldämpfer auf, entsicherte die Pistole und lud sie durch. Mit großen Schritten ging er an die Stirnseite des Lokschuppens, drückte am linken Tor die Klinke herunter und zog den schweren, hölzernen Flügel auf. Mit einem großen Schritt stand er in der Halle.

Wagner, Sina und Berner blickten überrascht hoch, als das Tor aufschwang und von einem Schwall Regen begleitet plötzlich eine große Gestalt in der Halle stand, mit einem langen schwarzen Mantel bekleidet und von der beleuchteten Sitzgruppe aus nur als Schatten erkennbar. Alles war still, nur das Prasseln des Regens auf dem Glasdach und der Wind in den Buchen war zu hören.

Bevor Wagner noch ein überraschtes »Guten Abend« sagen konnte, ging alles blitzschnell. Berner ließ sich vom Sofa fallen und zog ihn mit sich, Sina war schon mit einem Sprung hinter der Lehne verschwunden, als die ersten Kugeln in die Polsterung einschlugen.

Wagners Überraschung schlug in Zorn um, schnell befreite er sich von Berner und robbte in Richtung der Lichtschalter, während die Kugeln wie wütende Hornissen um seine Ohren flogen. Er holte aus und schlug mit der flachen Hand auf die Schalter, als der Angreifer gerade mit großen Schritten auf dem Weg zur Sitzgruppe war. Sofort versank die Halle in völliger Dunkelheit. Wagner hielt den Atem an. Der Angreifer war stehen geblieben, verunsichert. Von seiner rechten Seite hörte Wagner ein ganz leises Rascheln. Berner und Sina planen etwas, dachte er sich und tastete in der Dunkelheit nach einer alten Porzellanvase, die auf dem Tischchen unter den Lichtschaltern als Schlüsselbehälter diente. Er warf sie mit voller Kraft nach links, hörte sie aufschlagen, zerbrechen und sah das Mündungsfeuer, als der Angreifer ohne zu zögern sofort in die Richtung des Lärms feuerte.

Er will uns alle umbringen!, dachte Wagner, das ist keine Warnung, das ist blutiger Ernst. Er rollte sich auf den Boden und überlegte fieberhaft. Seine Waffen waren im Safe verwahrt, unerreichbar. Dass Berner eine Pistole bei sich hatte, daran zweifelte Wagner, sonst hätte der Kommissar schon längst das Feuer erwidert. Sie saßen in der Falle.

Wieder war es völlig still, dann kam plötzlich ein leises Geräusch aus der Richtung der Sitzgruppe. War Berner noch dort? Es musste auch den Angreifer alarmiert haben, er schoss sofort und das »Plopp, Plopp« der Waffe klang in der Stille übernatürlich laut. Dann hörte Wagner tastende Schritte. Der Reporter fluchte leise. Er suchte auf dem Boden liegend nach irgendeinem Gegenstand, den er als Waffe benutzen konnte. Es war so dunkel, dass Wagner seine Hand kaum vor den Augen sah.

Da spürte er einen harten Griff an seinem Oberarm. Er erstarrte. »Mach Licht, Paul«, flüsterte Sina fast unhörbar in sein Ohr.

Wagner schüttelte instinktiv den Kopf.

»Mach, vertrau mir, Paul.« Eindringlich und ruhig.

Wagner drängte seine Panik zurück, tastete nach dem Lichtschalter und schickte ein Gebet zum Himmel. Dann schlug er auf alle Schalter, die er erreichen konnte.

Es wurde schlagartig hell in der Halle und was er sah, ließ ihn wütend aufschreien. Der Angreifer stand vor Berner, der sich hinter dem Sofa aufgerichtet hatte, zielte auf seinen Kopf und wollte gerade abdrücken, als der Schrei von Wagner und das Licht ihn ablenkten. Die Waffe schwenkte herum und die Lampe über der Sitzgarnitur erleuchtete das wutverzerrte Gesicht von Pater Johannes. Wagner stand wie versteinert und wartete auf die Kugel. Berner wiederum starrte mit offenem Mund den Geistlichen an, als etwas durch die Luft blitzte, sich in den Oberarm des Priesters bohrte, als Johannes abdrückte und die Kugel ins Leere gehen ließ. Sina hatte schon das zweite schwere Küchenmesser in der Hand, holte aus und warf. Sein Oberkörper schnellte vor, das Messer traf den Angreifer mit solcher Wucht, dass er zurückgeworfen wurde, als die Stahlklinge sich in seine Schulter bohrte. Er taumelte, ließ die Waffe fallen und versuchte mit beiden Händen das Messer aus seinem Oberkörper zu ziehen. Dann verließ ihn die Kraft, er sank in die Knie und Berner war schon über ihm, stieß mit dem Fuß die Pistole weg und Wagner atmete zum ersten Mal seit langer Zeit wieder aus.

Sina ließ das dritte Messer fallen und sank wie in Trance zu Boden, lehnte sich an einen gusseisernen Pfeiler der Halle. Wagner setzte sich neben ihn, hob das Messer auf, wog es in seiner Hand und betrachtete es mit neuen Augen. »Ich habe sie aus deiner Küchenschublade geholt«, murmelte Sina. »Zum Glück musste ich nicht lange danach suchen.«

Pater Johannes stöhnte und Blut tränkte seinen Mantel. Er bemühte sich nach wie vor verzweifelt, das Messer aus seiner Schulter zu ziehen. Da spürte er den kalten Druck des Schalldämpfers an seiner Schläfe.

»Eine kleine Bewegung und Sie stehen vor Ihrem Schöpfer, Hochwürden.« Berners Stimme war noch eine Oktave tiefer als üblich. Der Lauf zitterte nicht einen Augenblick. »Wenn ich meine Dienstwaffe dabei gehabt hätte, wären Sie nicht so glimpflich davongekommen.« Der Kommissar kniete sich neben Pater Johannes. »Zeit für eine Predigt, Pater, und ich gebe das Thema vor.«

Der Geistliche stöhnte, aus seiner Wunde kam das Blut stoßweise.

»Je länger Sie sich Zeit lassen mit den Antworten, desto höher wird die Wahrscheinlichkeit, hier zu verbluten«, meinte Berner kalt und zündete sich eine Zigarette an. Dann wandte er sich an Wagner. »Haben Sie in Ihrer Hausapotheke Mullbinden? Ich sollte Hochwürden einen Druckverband anlegen, bevor die Rettung hier ist.« Als Berner die Kleidung des Paters aufknöpfte, sah er auf seiner Brust an einer dünnen Kette einen silbernen sechszackigen Stern, der mit rotem Email eingelegt war.

»Was ist das für ein Anhänger?«, fragte er Pater Johannes. Irgendwo tief aus dem Nebel der Erinnerung des Kommissars tauchte der Stern auf und Berner dachte angestrengt nach, wo er das Zeichen zum letzten Mal gesehen hatte. Da erinnerte er sich plötzlich, dass er beim ersten Besuch in der Wohnung Mertens', knapp nach dem Mord, einen aus Papier gefalteten Stern unter der Leiche bemerkt und sich über die Kunstfertigkeit gewundert hatte, mit der es jemandem gelungen war, den drei oder vier Zentimeter großen Papierstern zu falten. Seltsamerweise war er in dem Bericht der Spurensicherung später nicht mehr aufgetaucht.

»Sie haben Mertens umgebracht«, stieß Berner hervor. Ein Blick in die Augen des Paters genügte und der Kommissar wusste, dass er recht hatte. Der Geistliche schwieg bedeutungsvoll, wandte sich angewidert ab und atmete schwer. Da trat Georg Sina hinzu und betrachtete seinerseits verwundert das kleine Amulett, kniete sich nieder und nahm den Anhänger in die Hand.

»Das Symbol kenne ich«, rief er aus. »Das befindet sich gleich zweimal am ältesten Grabstein in der Michaelerkirche.«

Der Pater drehte den Kopf und schaute erst Berner, dann Sina tief in die Augen.

»Das ist das Zeichen der Todesengel.«

Kapitel 7 – 14.3.2008

Breitensee, Wien/Österreich

Paul Wagner wachte erschöpft in seinem Bett auf und fühlte sich wie gerädert. In seinem Kopf dröhnte es und er suchte die Trümmer jenes Hauses, das ihm letzte Nacht auf den Kopf gefallen sein musste. Während er sich zwang, die Augen zu öffnen, spürte er im Mund ein Gefühl, als müsse er nicht nur seine Wangen, sondern auch gleich seine Zunge mit rasieren.

Endlich richtete er sich im Bett auf und hoffte insgeheim, dass sich die Bilder der vergangenen Nacht, die sein Gehirn immer und immer wiederholte, nur als ein böser Traum herausstellen würden. Frei nach dem Motto: »Stell dir vor, ich habe geträumt, ein irrer Priester wollte uns und Berner umbringen, aber Georg hat ihm im letzten Moment ein Messer zwischen die Rippen geworfen.« Und dann würden er und Sina beim Frühstück herzhaft darüber lachen …

Ein Schüttelfrost kroch seinen Rücken hinunter und er fror trotz voll aufgedrehter Heizung. So wickelte er sich in seinen blauen Frotteebademantel, fuhr sich durch die Haare und ertappte sich bei einem durchaus erfreulichen Gedanken – er hatte überlebt.

»Dem Säufer und dem Hurenbock, dem friert im dicksten Winterrock«, flüsterte er sich selbst zu und machte sich mit zitternden Knien auf den Weg über die schmale gusseiserne Wendeltreppe nach unten.

Als er vor seinem von zahlreichen Pistolenkugeln durchlöcherten Sofa stand, wusste er, dass es kein Traum gewesen war. Die khakifarbene Sitzgruppe in der Halle war an vielen Stellen aufgerissen und die Polsterung quoll aus den Löchern. Mit fahrigen Bewegungen hob Wagner einzelne über den Fußboden verstreute Kapokknäuel auf und versuchte wie geistesabwesend, die aufgerissene und zerfetzte Polsterung mit der Handfläche glatt zu streichen. Es war, als hätte Pater Johannes einen Teil von ihm getroffen, wäre in sein ganz privates Reich eingedrungen, hatte ein Stück davon entweiht.

So eine Schweinerei, ärgerte er sich, die Sitzgruppe war noch ganz neu. Der Schlag soll diesen Priester treffen. Dann überlegte er »lieber das Sofa als wir« und fühlte sich ein klein wenig besser.

Die Sonne schien durch das Glasdach des Lokschuppens und zeichnete helle Vierecke auf die Ziegelwand. Nach dem Angriff der vergangenen Nacht kam Paul alles so friedlich vor. Die Amseln sangen in den Buchen und von dem heftigen Unwetter war nichts mehr zurückgeblieben außer klare Luft und ein paar Pfützen.

Wagner schaute sich um, blickte hinauf zur Galerie und schwankte zwischen starkem Kaffee und heißem Bad. Polizei und Rettung waren erst kurz vor der Dämmerung wieder verschwunden und die Anwesenheit Kommissar Berners hatte glücklicherweise alles erleichtert. Er hatte die Kollegen vom anderen Revier gekannt, den Notarzt geduzt und genug Zeit herausgeschunden, um Pater Johannes noch ausführlich befragen zu können. Am Ende waren sie alle völlig fertig ins Bett gekrochen, froh darüber, noch am Leben zu sein.

Wagner schloss kurz die Augen und versuchte nicht daran zu denken, dass die Schlagzeile auch »Drei Leichen in Lokschuppen« hätte lauten können. Er schluckte. Dann allerdings hätte sie ein Kollege schreiben müssen, dachte er, und es wäre sein Nachruf geworden. Hatte Berner noch untertrieben, wenn er den Platz in der Mitte als den gefährlichsten bezeichnete? Was war an diesem verfluchten Geheimnis so Besonderes, dass dafür nach fünfhundert Jahren noch Menschen sterben mussten? Wagner ließ sich auf das zerschossene Sofa fallen und stützte den Kopf in beide Hände. Beinahe hätte es sie gestern alle das Leben gekostet.

Der Reporter dachte an das Bild, das Mertens in seinem Schlafzimmer hängen hatte. Diese wunderschöne Frau mit den stechend blauen Augen und dem Kästchen in der Hand. Die Büchse der Pandora. Sie hatten den Deckel noch kaum angehoben, da kroch auch schon der Tod heraus wie eine hungrige Schlange. Er bekam eine Gänsehaut und gleichzeitig erfasste ihn eine heftige Unruhe. Es war keine Zeit mehr zu verlieren. Der Priester war sicherlich nur die Vorhut gewesen.

Wer weiß, wer gerade jetzt schon auf dem Weg zur Remise ist, um das zu vollenden, was Pater Johannes gestern begonnen hat, dachte er sich und blickte sich um. War da nicht jemand an der Tür? Er horchte auf. Es blieb ihnen immer weniger Zeit und Wagner befürchtete, bereits den halben Tag verschlafen zu haben, ohne der Lösung des Rätsels auch nur einen kleinen Schritt näher gekommen zu sein.

Er ging hinüber zu der Stelle, an der Pater Johannes gelegen und geblutet hatte, bis Berner ihm einen Druckverband angelegt und die Sanitäter ihn endlich auf einer Bahre fortgetragen hatten. Wagner schaute auf den dunklen Fußboden und plötzlich ekelte er sich vor der eingetrockneten Blutlache. Er, der sonst im wahrsten Sinne des Wortes über Leichen ging … Aber diesmal war es nicht wie sonst, keine Story unter vielen, diesmal betraf es ihn selbst, sein Wohnzimmer, sein Leben, es war seine Geschichte. Nein, er würde es nicht fertig bringen, das Blut wegzuwischen. Er ließ seinen Blick über das Chaos der leeren Flaschen und Gläser wandern, mit denen Fußboden und Sofatisch übersät waren. Um alles das würde sich noch heute seine Putzfrau kümmern müssen und er beschloss, sie gleich nachher anzurufen.

Als er den vollen Aschenbecher in die Hand nahm, den Berner die Nacht über mit zahllosen Kippen gefüllt hatte, fragte er sich, wo eigentlich der Kommissar in diesem Moment steckte. Bestimmt war er schon zeitig aufgebrochen. In der Küche kippte er die kalte Asche und die Zigarettenstummel in den Abfalleimer und wagte schließlich doch einen Blick auf die Uhr, atmete auf. Es war erst 8:30.

Oben auf der Galerie fand er den schlafenden Sina in einem der Gästezimmer. Er lag auf dem Rücken, vollkommen angezogen, quer über das Bett gestreckt und schnarchte, als würde er alle Bäume um seine Burg auf einmal fällen. Wagner schaute in die anderen Gästezimmer. Berner war spurlos verschwunden.

Georg Sina reagierte lange nicht. So sehr Paul Wagner sich auch bemühte, der Wissenschaftler blieb im Traumland und ließ sich nicht bewegen, in die Wirklichkeit zurückzukehren. Doch Paul ließ nicht locker, er schüttelte ihn, sprach mit ihm. Endlich wälzte sich Sina brummend hin und her, dann setzte er sich auf und wischte sich den Schlaf aus den Augen. Wagner hielt ihm als Motivation eine Tasse Tee unter die Nase und schlaftrunken nahm Sina das Angebot an.

»Du siehst aus wie das blühende Leben«, log Wagner und verzog das Gesicht, als er die Mischung aus Restalkohol und Angstschweiß roch, die Sina verströmte.

»Wenn sich so das Leben anfühlt, dann möchte ich nicht wissen, wie es ist, tot zu sein«, brummte der Wissenschaftler und schwang seine Beine aus dem Bett. Dann stapfte er, Unverständliches von sich gebend, mit schweren Schritten in Richtung Badezimmer davon.

»Wir waren knapp davor, das herauszufinden. Schau zu, dass du kaltes Wasser über den Kopf bekommst, wir brauchen jetzt jedes Gramm unseres restlichen Verstands!«, rief ihm Wagner hinterher und murmelte: »Der reinste Troll. Und so was habe ich mir ins Haus geholt.«

Bei dieser Bemerkung wurde ihm blitzartig klar, dass er bis gestern Abend nie einen Gedanken daran verschwendet hatte, ob seine Remise ausreichend gesichert war. Er sperrte nicht einmal die großen Tore ab, das Gittertor an der Zufahrt stand immer offen und noch dazu wusste ja kaum jemand, wo er wohnte. Und für die, die seinen Fuchsbau kannten, war sein Heim stets ein beliebter Anlaufpunkt vor oder nach Partys, Theaterpremieren oder Empfängen. Es war ein ständiges Kommen und Gehen, wenn Wagner zu Hause war.

Unweigerlich musste Wagner an Mertens denken, ermordet in seiner eigenen Wohnung, ohne einen sichtbaren Hinweis auf ein gewaltsames Eindringen. Gegen das Apartment von Mertens mit seiner einzigen Eingangstür kam ihm sein Lokschuppen wie ein Durchhaus vor. Er wusste nicht einmal, ob von den mehreren Zugängen überall Schlüssel existierten. Verfügten überhaupt alle drei Tore über ein funktionierendes Schloss?

Wagner hörte die Dusche rauschen, als er mit schnellen Schritten die Stufen nach unten hastete. Er erinnerte sich mit Schrecken daran, dass er die Porzellanvase, in der er wahllos alle Schlüssel gesammelt hatte, in die Dunkelheit geworfen hatte, um den Angreifer abzulenken. Wo war sie gelandet? Wagner suchte verzweifelt den Fußboden des großen Raums ab und fand schließlich in einer Ecke Scherben und überall verstreute Schlüssel. Eilig hob er sie auf und füllte seine Taschen, dann drängte es ihn nach draußen.

Kalter Wind pfiff ihm trotz des trügerischen Sonnenscheins um die Ohren und um seine nackten Beine. Nur mit seinem Bademantel und den Pantoffeln bekleidet musste er für jeden Beobachter einen seltsamen Anblick bieten. Das war ihm im Augenblick aber vollkommen egal. Mehrmals umkreiste er seinen Lokschuppen, drückte jede Klinke, drehte jeden Knauf, sperrte alle offenen Schlösser ab und prüfte sogar genau die Beschläge. Das hatte er zuvor noch nie gemacht und es widerstrebte ihm auch jetzt. Aber so konnte er wenigstens sicher sein, von ungebetenen Gästen nicht mehr überrascht zu werden. Ein mulmiges Gefühl blieb trotz allem. Die gestrige Erfahrung würde wohl nicht so schnell verblassen. Wie lange würde es dauern, bis sie ganz verschwunden war?

»Hast du dir schon einmal überlegt, eine Alarmanlage zu kaufen, wie Berner es dir geraten hat, Paul?«, fragte ihn Sina später, als er mit einer weiteren dampfenden Tasse Tee neben Wagner am Küchenblock lehnte.

»Nein, das erschien mir nie notwendig. Ich habe immer geglaubt, so etwas wie heute Nacht kann nur den Leuten passieren, über die ich immer schreibe, aber nicht mir«, antwortete Wagner und nahm einen großen Schluck von seinem Espresso.

»Ja, das kenne ich gut«, nickte Sina. »Man liest die Unfallberichte, sieht sich schaudernd die Fotos an, aber selbst fühlt man sich unverwundbar, bis eines Tages …« Der Wissenschaftler brach ab und senkte den Kopf. War es bei Clara nicht auch so gewesen? Wagner wollte etwas einwerfen, aber Sina winkte nur resignierend ab.

»Es ist schon gut, Paul. Vergiss Pater Johannes für einen Moment, auch wenn es schwerfällt. Wenn wir hinter dieses Geheimnis kommen wollen, dann müssen wir jetzt nach vorne blicken oder aufgeben.« Sina nahm einen Schluck Tee und fuhr fort: »Dir muss eines klar sein. Ab jetzt wird es nicht mehr darauf ankommen, wo wir gerade sind, ob bei mir oder bei dir oder unterwegs, da mache ich mir keine Illusionen mehr. In meiner Ruine ist außerdem kein Platz für mehr als einen, der am Leben gescheitert ist«, meinte er ironisch. »Wenn sie wollen, dann werden sie uns überall finden. Und sie werden es wollen.« Wagner nickte und Sina legte ihm die Hand auf die Schulter.

»Was machen wir also als Nächstes?« Er sah den Reporter fast wie ein Kind an, das von einem Erwachsenen erwartet, eine Spielanleitung vorgelesen zu bekommen.

Wagner schaute ihn erstaunt an. »Du bist gut, Georg, schau dich doch einmal hier um. Da hat noch vor wenigen Stunden jemand herumgeballert und du hast ihm zwei von meinen Küchenmessern verpasst, erinnerst du dich? Übrigens bin ich froh, dass die Polizei sie mitgenommen hat, ich würde sie nie wieder benutzen …Mir reicht schon das Blut da drüben auf dem Fußboden. Ich weiß nicht, wie du jetzt nur ans Weitersuchen denken kannst.« Er schüttelte den Kopf, konnte sich nur schwer mit der scheinbar unterkühlten Art seines Freundes abfinden.

»Reiß dich zusammen, Paul«, forderte Sina. »Wenn du jetzt den Kopf verlierst, kann ich meinen nicht mehr benutzen.«

Wagner musste sich immer mehr über Sina wundern. Immerhin war er es gewesen, der den Amok laufenden Priester außer Gefecht gesetzt hatte, einen Menschen schwer verletzt hatte, auch wenn es ein Amok laufender Priester gewesen war. Bis auf einen ersten kurzen Schock schien sein Jugendfreund die Nacht gut verkraftet zu haben. War es ihm gleich, ob er seine Messer auf Spielkarten oder Menschen warf? Hatten sie als Ziel die gleiche Wertigkeit in seinen Augen?

»Nein, ein Mensch ist kein Pik-Ass«, erriet Sina die Gedanken seines Schulfreundes.

»Woher …«, setzte Wagner an.

Sina lächelte wissend. »Ich kenne dich gut genug, um zu ahnen, was du denkst, wenn du mich so ansiehst. Das gestern Abend, das war eine jener Situationen, wo man zuerst handelt und dann Angst bekommt. Weil man sonst stirbt, wenn man zu lange nachdenkt. Aber eines wird mir jetzt langsam bewusst: Wenn dieses Geheimnis, was auch immer es ist, so wertvoll ist, dass uns dieser Pfarrer, ohne mit der Wimper zu zucken, zu den Engeln schicken wollte, dann sollten wir es schnell finden, bevor uns jemand zuvorkommt, oder nicht?« Sina hatte in ruhigem, überlegtem Ton gesprochen und sah Paul erwartungsvoll an.

»Du meinst, bevor uns jemand vorher erschießt oder was? Und wenn wir es finden, was dann? Dann jagen sie uns bis an unser Lebensende? Ist es das alles wert?« Wagner war auf dem Boden der Wirklichkeit zurückgekehrt. Das war keine reißerische Geschichte mehr für eine Seite drei in den internationalen Zeitungen, Copyright Paul Wagner, nein, aus dem Spiel war Ernst geworden und Paul fragte sich, wer am Ende der Gewinner sein würde. Wer die Verlierer sein würden, das glaubte er bereits zu wissen.

»Ob es das alles wert ist, wie du sagst, das müssen wir herausfinden«, meinte der Wissenschaftler trocken.

»So wie ich es heute sehe, können wir nur verlieren, Herr Professor. Das ist kein akademisches Ratespiel, du bist nicht im Archiv unterwegs, Georg. Wenn wir das Rätsel um Friedrich wirklich lösen, dann stehen wir auf der Abschussliste. Wie schnell das gehen kann, das haben wir gestern erlebt. Das war ein Kampf auf Leben und Tod.«

»Aber wir haben unsere Haut teuer verkauft und wir leben noch«, gab Sina zu bedenken.

»Wir waren drei gegen einen und haben diesmal unwahrscheinliches Glück gehabt«, antwortete Wagner. »Aber es wird ein nächstes Mal geben und die Frage ist, ob dann das Glück auch noch auf unserer Seite ist.«

»Dann müssen wir uns eben noch besser vorbereiten«, beharrte Sina. »Wir können nicht mehr zurück, Paul, das hat uns Pater Johannes gestern bewiesen. Die Liste trägt schon unsere Namen. Ab jetzt gibt es nur mehr eine Richtung: nach vorne zur Lösung. Vielleicht können wir einen Weg aus dem Dilemma finden, wenn wir die Trümpfe in der Hand haben.«

»Ich hoffe nur, dass wir das noch erleben werden«, warf Wagner nachdenklich ein. »Vielleicht ist es der einzige Weg und wahrscheinlich hast du recht, Georg. Aber hast du vergessen, dass wir noch ganz am Anfang stehen? Wir haben noch nicht viel herausgefunden, aber trotzdem will man uns schon beseitigen. Es muss also schon ein wichtiger Hinweis darunter sein. Lass uns zusammenfassen. Was haben wir bis jetzt?«

Der Wissenschaftler nickte zufrieden, Wagner dachte wieder logisch mit.

»Vier Kirchen und einen Platz, von dem aus eine Stadtansicht von Wien gemalt worden ist, den Altar des Schottenmeisters, auf dem sich das Gegenstück dazu befindet. Jedoch auch der direkte Hinweis, dass uns die Reise mit der Heiligen Familie an der Spinnerin am Kreuz vorbei nach Süden führt.« Sina klappte seine Mappe mit den Aufzeichnungen zu. »Wenn uns der Schottenaltar nach Süden schickt, dann liegen Wiener Neustadt und Graz auf unserer Route. Das sind Städte, die in Friedrichs bewegtem Leben eine wichtige Rolle gespielt haben. Der Kaiser war oft auf der Flucht, vor allem vor dem schwarzen Raben,

Matthias Corvinus. Er hinterließ in seinen verschiedenen Residenzen Bauwerke mit seinen berühmten Buchstaben AEIOU – und damit Hinweise für uns. Und wir dürfen keinen übersehen, sonst werden wir nie ans Ziel gelangen.«

»Wer weiß, ob im Laufe der Zeit nicht schon einige Hinweise verschwunden sind. Der Schottenaltar wurde auch zersägt und auseinandergerissen.« Wagner war skeptisch und wirklich nicht von der Idee begeistert, seine nun gut versperrte Remise zu verlassen.

»Ich bin sicher, Friedrich hat auch das vorhergesehen und wichtige Hinweise mehrfach eingebaut«, versuchte ihn Sina zu beruhigen.

»Es könnten doch auch die Bewahrer die Hinweise zerstört oder so versetzt haben, dass sich kein Sinn mehr daraus ableiten lässt«, gab Wagner zu bedenken.

»Das Risiko müssen wir eingehen und hoffen, dass Friedrich auch dagegen ein Mittel gefunden hat«, beharrte Sina. »Nimm den Schottenmeisteraltar und den Babenberger Stammbaum. Da hast du auch sich ergänzende Hinweise. Den Altar im Schottenstift haben wir schon gesehen, jetzt möchte ich mir noch den Stammbaum anschauen. Ich glaube, da steckt mehr dahinter als eine historische Ansicht der Stadt Wien. Außerdem brauchen wir sowieso erst einmal frische Luft. Fahren wir also heute noch nach Klosterneuburg, bevor wir in Richtung Süden aufbrechen.« Sina war bereits auf dem Weg, seine Jacke zu holen.

»Gut, dann nehmen wir aber die Suzuki, da fühle ich mich wesentlich sicherer als in dem langsamen Golf, in dem ich auf dem Präsentierteller sitze«, rief ihm Wagner hinterher.

Sina, der gerade seine Jacke vom Haken nehmen wollte, erstarrte mitten in der Bewegung.

Innere Stadt, Wien/Österreich

Kommissar Berner gähnte. Er war müde und wütend. Müde, weil er nicht genug geschlafen hatte, nachdem erst um halb vier Uhr früh die Blaulichtbrigade wieder abgezogen war, und wütend, weil er schon lange nicht mehr in den Lauf einer Pistole geschaut und gedacht hatte, das Ende seines Weges sei gekommen. Dieser Verstellungskünstler von Pater hatte ihn nach dem ersten Mord in der Ruprechtskirche an der Nase herumgeführt, unschuldig geschaut und nervös getan. Dabei musste ihm genauso wie seinem Orden sofort klar gewesen sein, was der Mord für ein Zeichen setzen sollte. Aber wahrscheinlich hatte niemand etwas Ähnliches erwartet und der Schreck war gar nicht so gespielt gewesen.

Jetzt war Berner auch klar, warum der junge Priester aus dem Schottenstift direkt zur Ruprechtskirche gelaufen war, schnurstracks zu Pater Johannes. Der Kommissar machte sich in Gedanken eine Notiz. Ein Besuch im Schottenstift stand auf seiner heutigen Tagesordnung. Der junge Priester würde ihm einiges erklären müssen.

Berner dachte an Mertens, den Hobbyforscher, der zu viel herausgefunden hatte. Der Mord an ihm war damit auch geklärt, der alte Mann hatte das Pech gehabt, zu gut recherchiert und dann auch noch Wagner und Sina getroffen zu haben. Das bedeutete sein Ende, die Todesengel waren schon wenig später da. Der Kommissar schüttelte entsetzt den Kopf. Zu viele Engel in diesem Fall, dachte er sich und das blonde Mädchen in der Karlskirche kam ihm in den Sinn. Er sollte wieder einmal seine Tochter anrufen …

Seit zwanzig Minuten suchte Berner nun bereits einen Parkplatz in der völlig zugeparkten Wiener Innenstadt, drehte schon die dritte Runde und das trug auch nicht gerade zur Besserung seiner Laune bei. Schließlich gab er auf und parkte seinen Wagen mit zwei Rädern auf dem Gehsteig in Sichtweite des Bankhauses Scholhammer & Schera und warf entnervt die Tür zu. Er stapfte auf den Eingang der Privatbank zu und tastete dabei nach dem kleinen Schlüssel in seiner Tasche. Die junge blonde Frau am Schalter lächelte ihn erwartungsvoll an.

»Ich möchte zu den Schließfächern«, brummte Berner und zeigte der Angestellten den Schlüssel.

Sie kontrollierte die eingestanzte Nummer und fand auf einer Liste den entsprechenden Eintrag. »Herr Mertens, könnten Sie sich bitte ausweisen?«

»Ich bin nicht Herr Mertens«, erwiderte Berner und legte seinen Polizeiausweis auf den Tisch. Es würde noch einige Tage dauern, bis die Verwaltung das Fehlen des Dokuments bemerken würde. Bis dahin … Seit gestern Nacht hatte es Berner schon ein Dutzend Mal bereut, seine Dienstwaffe abgegeben zu haben. Bei dem Gedanken daran runzelte der Kommissar die Stirn und das Kribbeln in seinem Bauch machte sich wieder bemerkbar. Er war nie ein Freund von Waffen gewesen, hatte sie selten gebraucht, meist lag seine Pistole überhaupt im Büro, aber dieser Fall war anders. In diesem Fall, so zog Berner für sich den Schluss, konnte jeder kleine Fehler der letzte sein. Und er hatte sich entschlossen, keine mehr zu machen. Keine Fehler und keine Kompromisse.

»Oh, Herr Kommissar, darf ich Sie an unsere Geschäftsführung weiterleiten?« Die junge Frau unterbrach seine Gedanken, nahm den Schlüssel und Berner folgte ihr durch zwei Büros bis zum Schreibtisch eines fast kahlköpfigen Mannes im grauen Anzug, der erst den Ausweis und dann Berner betrachtete, während die junge Frau leise in sein Ohr sprach.

Schließlich stand er auf und schüttelte dem Kommissar die Hand. »Herr Kommissar, Magister Nedjelik, schön, Sie wiederzusehen.« Die Überraschung auf Berners Gesicht musste offensichtlich gewesen sein. »Wir haben uns vor mehr als fünfzehn Jahren kennen gelernt, bei dem missglückten Banküberfall in der Bankfiliale am Graben.«

Berner begann sich dunkel zu erinnern und brummte etwas Unverbindliches.

Nedjelik blickte auf den kleinen Schlüssel. »Sie möchten gerne in dieses Schließfach?«

Berner nickte. »Herr Mertens hat mir den Schlüssel gegeben und mich gebeten, den Inhalt sicherzustellen, und es wäre nett, wenn Sie mir unbürokratisch helfen könnten.«

Der Bankmanager wiegte den Kopf. »Sie wissen sicher, dass wir eigentlich eine gerichtliche Entscheidung dafür benötigen …«

»Es handelt sich nicht um Wertgegenstände, Magister Nedjelik, es sind Aufzeichnungen, die in einem Mordfall von größter Wichtigkeit sein könnten«, erklärte Berner und drückte im Geiste die Daumen.

»Dann können wir vielleicht schnell und unkompliziert eine Lösung finden, Herr Kommissar, wenn Sie uns gestatten, bei der Öffnung des Schließfaches dabei zu sein, damit wir sicher sein können, dass keine Wertgegenstände entfernt werden.«

Berner nickte bestätigend. »Das wäre ganz in meinem Sinne – danke für diese rasche und einfache Lösung.«

Nedjelik verglich die Nummer auf dem Schlüssel mit einer langen Liste mit Zahlen und Anmerkungen und runzelte die Stirn. »Sie benötigen allerdings ein Passwort, Kommissar, ich hoffe, Herr Mertens hat Ihnen das mitgeteilt.« Der Bankmanager schaute fragend auf.

Berner hatte wieder einmal das Gefühl, knapp vor dem Ziel würde ihm der Teppich unter den Füßen weggezogen. »Ich rufe ihn gleich an, geben Sie mir fünf Minuten«, meinte Berner und zog sein Handy aus dem Mantel.

»Dann lasse ich in der Zwischenzeit eine Kopie Ihres Ausweises machen, während Sie mit Herrn Mertens telefonieren«, sagte Nedjelik und verließ sein Büro. Berner überlegte nervös, wählte dann Wagners Nummer.

»Ich bin noch nicht so richtig unter den Lebenden«, meldete sich der Reporter.

»Aber glücklicherweise auch noch nicht unter den Toten«, antwortete Berner lakonisch. »Danken wir dafür unserem Freund Sina, den ich jetzt brauche wie einen Schluck Wasser in den Wüste. Und zwar genauso schnell.«

»Wasser? Das könnte hinkommen. Sina schwitzt gerade Blut und Wasser, weil er gleich am Rücksitz der Suzuki Platz nehmen wird.«

»Armer Kerl, denn er weiß nicht, was er tut! Geben Sie ihm das Telefon, Wagner, aber eiligst, es brennt.«

Keine drei Sekunden später war Georg Sina am anderen Ende der Leitung.

»Professor Sina, Mertens hat ein Losungswort für sein Schließfach eingerichtet. Ich bin in der Bank und wir haben wahrscheinlich nur einen einzigen Versuch.«

»Mir fallen gleich mehrere Möglichkeiten ein«, gestand Sina mit nervöser Stimme, »aber das naheliegendste wäre wohl Eleonore. Hinter ihrem Porträt haben wir schließlich den Schlüssel gefunden. Oder Avis, der Familienname des Geschlechts, aus dem Eleonore stammt. Dann natürlich Friedrich, Kaiser, AEIOU, Drachenviereck, Portugal …«

»Schon gut, schon gut«, unterbrach ihn Berner. »Was ist die wahrscheinlichste Wahl Ihrer Meinung nach?« Der Kommissar schaute nervös in die Richtung der Bürotür, die sich in diesem Moment öffnete und Nedjelik betrat wieder sein Büro. Er blickte den Kommissar fragend an und Berner legte auf.

»Herr Mertens kann sich nicht mehr so genau erinnern«, sagte der Kommissar entschuldigend, »er hat mir ein paar Optionen genannt, aber er glaubt, es lautet Eleonore.«

Nedjelik schaute in seine Liste, dann blickte er auf. »Tut mir leid, Herr Kommissar«, sagte er entschuldigend. »Eleonore ist es nicht.«

Berners Gedanken rasten. Eleonore war es nicht, an Avis glaubte er nicht, Friedrich war zu offensichtlich, genauso wie AEIOU, Drachenviereck – nein, Portugal zu weit hergeholt … Nedjelik schaute ihn ungeduldig an. Da waren doch zwei Bilder an der Wand im Schlafzimmer gewesen, Sina hatte davon erzählt … klar, das Schließfach, die Büchse – »Pandora«, sagte Berner laut.

»Korrekt, Herr Kommissar«, antwortete Nedjelik befriedigt und stand auf. »Lassen Sie uns in den Tresorraum gehen.«

Der Weg war nicht lange, ein paar Stufen hinab in den Keller und durch eine schwere, vergitterte Tür in einen kleinen Saferaum, der den charakteristischen Geruch von abgestandener Luft hatte. Nedjelik fand schnell das richtige Fach, setzte seinen Hauptschlüssel ein und drehte ihn einmal. Das Gleiche machte Berner mit seinem kleinen Schlüssel und das flache Fach war offen. Der Kommissar musste sich bücken, um einen Blick hineinzuwerfen. Bis auf einen dünnen, weißen Briefumschlag, den Berner herauszog, war das Fach leer. »Vermächtnis« stand in schwarzen Blockbuchstaben auf dem makellos glatten Umschlag, mit einer geschwungenen Linie unterstrichen.

Der Kommissar steckte ihn ein und nickte Nedjelik zu. »Sie können das Schließfach auflassen, es ist jetzt leer und Herr Mertens braucht es nicht mehr«, brummte er.

»Aber dazu muss Herr Mertens selbst vorbeikommen und unterschreiben«, warf Nedjelik ein.

»Das wird er nicht mehr können, er ist nämlich tot«, stellte Berner fest und verließ mit schnellen Schritten den Tresorraum.

Der Bankmanager schaute ihm mit offenem Mund nach.

Chinesische Botschaft, Wien/Österreich

Schweigend legte der Sekretär des chinesischen Botschafters die neuesten Tageszeitungen auf den ovalen Tisch im Sitzungszimmer. Die Schlagzeilen waren fast alle gleich: »Pfarrer als Todesengel« und »Todesengel durch Messer gestoppt«. Aus den unterschiedlichsten Gründen waren darüber ganz verschiedene Leute verärgert. Die Artikel schilderten nicht nur den nächtlichen Angriff auf Wagner, Sina und den Kommissar durch Pater Johannes, sondern damit verbunden auch die Lösung des Mordfalls Mertens durch Berner.

Wagner hatte ganze Arbeit geleistet. Noch in der Nacht hatte er die Redaktionen angerufen und dafür gesorgt, dass die Story des Anschlags auf Seite eins gebracht wurde. Der Orden der Tempelherren vom flammenden Stern in Prag war entsetzt über den Ausgang des unerlaubten Alleingangs von Pater Johannes. Der Polizeipräsident Dr. Sina war wütend, weil Kommissar Berner nach wie vor am Mordfall Mertens ermittelt hatte, ungeachtet seines ausdrücklichen Verbots. Der chinesische Botschafter wiederum tobte und berief unverzüglich eine Krisensitzung im engsten Kreis ein.

Alles diplomatische Gehabe war mit einem Mal von ihm abgefallen, als der Botschafter Gavint und Li Feng gegenübersaß.

»Ich frage mich, wozu die Volksrepublik Sie nach Österreich entsandt hat, General. Schon am ersten Tag verschlafen Sie einen Anschlag, der beinahe das Leben der beiden Menschen kostet, die für uns das Geheimnis Friedrichs lösen sollen. Wenn ich das nach Beijing berichte, dann können Sie nach dem missglückten Tibet-Abenteuer von hier gleich nach Bhutan weiterfliegen, um an unserer dortigen Botschaft beim Wachpersonal anzufangen.«

Li Feng schaute den Botschafter an und merkte, dass es ihm völlig ernst war. Zerknirscht blickte er zu Boden. Nur der Jetlag am Abend zuvor war schuld daran, dass er sofort nach der gestrigen Sitzung eingeschlafen war. Bis heute früh hatte er tief geschlafen und war nicht mehr aufgewacht. Li Feng konnte sich lebhaft vorstellen, welchen Eindruck der Botschafter nun von ihm hatte.

Gavint konnte sich ein hämisches Grinsen nicht verkneifen, denn die Stellung des Generals war auf einmal gar nicht mehr so souverän wie noch tags zuvor.

Der Botschafter allerdings sah den Gesichtsausdruck Gavints und geriet darüber noch mehr in Rage. Laut schlug er mit der flachen Hand auf den Tisch. »Mr. Gavint, ich weiß nicht, welchen Grund Sie haben könnten, so amüsiert zu sein. Ich weiß auch nicht, was Sie davon abgehalten hat, Ihre Rolle als Beschützer von Wagner und Sina wahrzunehmen, angesichts des schnellen und überraschenden Zugriffs des Ordens. Ich hätte gerade von Ihnen mehr Professionalität erwartet.« Der Botschafter drehte ungeduldig und aufgeregt seinen Füller zwischen den Fingern.

»Das war die Tat eines Einzeltäters. Sie geschah aus heiterem Himmel und ich bin sicher, dass der Orden das Vorgehen von Pater Johannes genauso beurteilt und schließlich bestraft.« Gavint klang beruhigend, selbstsicher und überlegen. »Wie uns die Geschichte gelehrt hat, schlagen die Tempelherren nur in Momenten äußerster Bedrängnis alleine zu, meist aber sind sie zu fünft. Die Aktion gestern war kein Notfall und für uns unvorhersehbar. Die anderen vier Ordensmitglieder sind meinen Informationen nach erst seit Kurzem auf dem Weg von Prag nach Wien. Sie sollten heute Mittag eintreffen.« Gavint nahm eine der Zeitungen vom Tisch und schlug sie auf. »Was uns aber diese missglückte Aktion lehrt, das ist etwas ganz anderes«, fuhr er fort. »Nämlich erstens die Tatsache, dass Kommissar Berner nun auf der Seite Wagners und Sinas steht, und zweitens, dass der Wissenschaftler der gefährlichste Mann des Trios ist.«

Der chinesische Botschafter nickte bestätigend. Dann stellte er fest: »Aber wir sollten eines nicht vergessen, Mr. Gavint. Die drei ergänzen sich perfekt und das könnte unseren Plan erschweren, was die Beseitigung Wagners und Sinas nach der Entschlüsselung des Geheimnisses betrifft.« Der Botschafter blickte den südafrikanischen Killer besorgt an. Gavint winkte ab und stand auf. »Probleme sind dazu da, um gelöst zu werden, Exzellenz. Ab sofort werde ich die beiden nicht mehr aus den Augen lassen.« Mit einem belustigten Blick auf Li Feng, der vor sich auf die Tischplatte starrte, verbeugte sich Gavint leicht und verließ den Raum.

Schweigend blieben der Boschafter und General Li Feng sitzen, jeder hing seinen eigenen Gedanken nach. Nach einer Weile stand Li Feng auf und wollte das Sitzungszimmer verlassen, als der Botschafter zu sprechen begann.

»Mir behagt die Überheblichkeit des Südafrikaners auch nicht, Genosse General. Ich hasse seine unerschütterliche Selbstsicherheit, seine käuflichen Dienste. Er ist eine Hure des Todes. Gavint ist ohne Skrupel, weil ihm sein Bankkonto wichtiger ist als seine Überzeugung, er würde für Geld alles tun und für sein Land gar nichts. Aber am Ende muss China gewinnen, ob mit Peer van Gavint oder ohne ihn. Verstehen wir uns richtig?«

Li Feng senkte den Kopf, legte die Hand auf die Klinke und hielt noch einmal kurz inne, bevor er den Raum verließ. Leise meinte er: »Ich habe verstanden, Exzellenz. Ihr Wunsch ist auch meiner, China muss gewinnen. Mit dem Geheimnis werden wir unschlagbar und die Herren der Welt. Sie können sich darauf verlassen, dass wir am Ende siegen werden.« Mit diesen Worten verließ Li Feng das Sitzungszimmer und zog die Tür hinter sich zu.

Der Botschafter blieb nachdenklich sitzen und schob schließlich die Zeitungen auf einen Stapel. Dann griff er nach dem Telefon auf dem ovalen Tisch und verlangte eine sichere Leitung nach Beijing. Es war Zeit, Bericht zu erstatten.

Drei Stockwerke höher saß Peer van Gavint in der kleinen Gästewohnung, die ihm die Botschaft zur Verfügung gestellt hatte, und zerlegte seine Pistole, reinigte sie sorgsam und setzte sie sorgfältig wieder zusammen. Eine meditative Tätigkeit, für die sich der Südafrikaner schon während seines Dienstes bei den Söldnertruppen immer genügend Zeit genommen hatte.

Dieser Pfarrer ist ein Stümper, dachte sich Gavint und zog den Schlitten über den Lauf, ließ ihn einrasten und wieder vorgleiten. Hat den Vorteil der Überraschung, der Dunkelheit und der Bewaffnung auf seiner Seite und zieht dann gegen drei unbewaffnete, nichtsahnende Männer den Kürzeren. Er lud die Waffe und schraubte abschließend den Schalldämpfer auf. Gavint hoffte, dass nicht alle Mitglieder des Ordens so wenig Herausforderung für ihn wären.

Dann schaute er auf die Uhr und beschloss, dass es Zeit war. Er wählte aus seinem Schrank einen dunkelblauen Kammgarnanzug aus, das passende Hemd und Schuhe mit Gummisohlen. Dann nahm er eine Aktentasche, verstaute die Pistole, Ersatzmagazine, einen Stadtplan und ein Bündel Euro-Scheine und machte sich auf den Weg. Der dunkle Audi A8 wartete schon auf ihn im Hof und beschleunigte Sekunden später zügig durch das automatische Tor der Botschaft.

Prag/Tschechische Republik

Die Nachricht war zu spät gekommen, nur um ein paar Minuten, aber die waren entscheidend. Bischof Kohout hatte an einem kirchlichen Symposium in Karlsbad teilgenommen und Schwester Agnes hatte ihn begleitet. Beide hatten während der Vorträge ihre Handys auf lautlos geschaltet und damit jenen Anruf verpasst, den Pater Johannes unmittelbar nach dem Treffen mit dem jungen Priester aus dem Schottenstift getätigt hatte. Pater Johannes wiederum hatte sich nicht getraut, auf die Mailbox zu sprechen und eine Nachricht zu hinterlassen. Bald darauf hatte er den Entschluss gefasst, selbst zu handeln.

Damit hat das Unglück seinen Lauf genommen, dachte Kohout und stützte den Kopf in beide Hände. Er las nun die Zeitung vor ihm zum dritten Mal. So effektiv Bruder Johannes den Notfall Mertens gelöst hatte, diesmal war alles gründlich schiefgelaufen, nein, mehr als das, hatte in einem Fiasko geendet. Kohout verzog angewidert das Gesicht. Er hasste die Öffentlichkeit und Zeitungsschlagzeilen wie diese. Todesengel …

Die Tür zu seinem Büro öffnete sich und Schwester Agnes betrat den Raum, die Schatten unter ihren Augen verrieten, dass sie nicht viel geschlafen hatte.

»Vier Mitglieder des Rats der Zehn sind auf dem Weg nach Wien und sollten in rund drei Stunden vor Ort sein«, sagte sie zu Kohout und ließ sich in den Sessel vor seinem Schreibtisch fallen. »Damit sind wir zwar nicht vollständig, aber für die nächsten Aufgaben vorbereitet und mit den erfahrensten Brüdern in Wien vertreten.« Kohout faltete die Hände und für einen Moment sah es so aus, als würde er zu beten beginnen.

»Jetzt sind Wagner und Sina gewarnt und werden auf der Hut sein. Johannes hat mehr verpatzt, als er ahnt. Außerdem hat er diesen Kommissar …« Kohout suchte den Namen in dem Artikel vor ihm »… Berner auch noch mit hineingezogen. Die Chinesen halten eine Sitzung nach der anderen ab, wie mir unser Informant bestätigt, und werden langsam nervös. Sie sehen ihre Chancen schwinden und haben gestern verschlafen, im wahrsten Sinne des Wortes. Dieser Fehler wird ihnen nicht mehr unterlaufen.« Der Bischof seufzte. »Dafür haben nun die Behörden einen unserer Brüder in Gewahrsam, unter Mordanklage und nach einem dreifachen Mordversuch.«

Schwester Agnes nickte besorgt. »Jetzt sind alle alarmiert und die Polizei hat jeden Grund dazu, wachsam zu sein, weil Bruder Johannes einen Kriminalbeamten in die Sache verwickelt hat. Alles ist wesentlich schwieriger geworden.«

»Was für Anweisungen sollen wir dem Team geben?«, fragte Kohout die Nonne.

»Wir bleiben bei unserem ursprünglichen Plan, ich sehe keine Veranlassung für eine Änderung«, stellte Schwester Agnes fest, »wir müssen nur vorsichtiger sein.«

»Und Pater Johannes?« Die Worte Kohouts standen schwer im Raum. Das Porträt Papst Benedikts XVI. blickte wohlwollend von der Wand, der Pontifex lächelte unverbindlich. Schwester Agnes faltete die Hände in ihrem Schoß und sah Bischof Kohout durchdringend an.

»Geben Sie unserem Team die Anweisung, Bruder Johannes aus der bewachten Abteilung des Allgemeinen Krankenhauses in Wien zu befreien.« Ihr Blick wurde hart. »Ich will nicht, dass er morgen noch von der Polizei vernommen werden kann.« Sie stand auf und ging zur Tür. »Ich will, dass ihn unser Team danach sofort liquidiert. Fehler wie die Aktion gestern darf sich niemand erlauben, schon gar nicht ein Mitglied des Rates der Zehn.«

Kohout neigte respektvoll den Kopf und griff zum Telefon, als Schwester Agnes schon zu ihrer Wohnung in einem der obersten Stockwerke des Palais hochstieg. Kaum zwanzig Minuten später verließ eine zierliche Frau in Rock und Stöckelschuhen das Palais. Sie war elegant gekleidet, ihr brünettes Haar war hochgesteckt und zwei Jugendliche, die auf dem Platz am Hradschin Fußball spielten, blickten ihr nach und machten eine anzügliche Bemerkung. Die Frau lächelte nachsichtig darüber, bevor sie in einen wartenden Mercedes einstieg, der sofort anrollte und den Prager Burgberg hinunterfuhr.

Ein anderer schwarzer Mercedes jagte rund hundert Kilometer entfernt mit überhöhter Geschwindigkeit über die Autobahn südlich von Prag auf dem Weg nach Wien. Die neue S-Klasse mit den verdunkelten Scheiben passierte mit ihren vier Passagieren gerade die Ausfahrt Velke Mezirici, als das Telefon läutete.

Flughafen Wien-Schwechat/Österreich

Der Flug Austrian Airlines OS 860 vom Ben Gurion Flughafen in Tel Aviv landete pünktlich um 09:40 in Wien. Der Airbus A320 rollte aus und Valerie Goldmann sah aus dem Fenster, die Sonne trocknete die letzten Pfützen auf dem Asphalt. Es war ein kurzer Flug gewesen, unterbrochen von einem Frühstück und ein paar Turbulenzen über der italienischen Küste. Sie hatte die wenigen Unterlagen, die Shapiro ihr in die Hand gedrückt hatte, schnell durchgearbeitet und den Rest der Zeit versucht zu schlafen. Es war ihr nicht gelungen. Sie musste immer wieder an das Geheimnis denken und an die Geschichten, die sich darum rankten und die ihr der Geheimdienstchef nach und nach eröffnet hatte.

In Wien ist es sonnig, aber kühl verglichen mit Tel Aviv, dachte sich Goldmann, zog fröstelnd ihre Lederjacke enger um sich und wanderte rund um das Karussell der Gepäckausgabe in der Hoffnung, dass ihr kleiner Koffer bald ausgespuckt würde. Vor dem Ausgang wurde sie von einem jungen Mann in Anzug und Mantel abgeholt, der ihr den Koffer abnahm und sie zum wartenden Wagen der Botschaft geleitete. Als Valerie einstieg, saß auf der Rückbank bereits ein Uniformierter, der sich als Samuel Weinstein, Militärattaché und Liaisonoffizier des Mossad vorstellte. Weinstein war höflich, professionell und bemerkenswert uninformiert, wie Valerie feststellen musste. Hatte der Geheimdienstchef in Tel Aviv so wenigen vertraut?

»Willkommen in Wien, Major Goldmann. Mr. Shapiro hat mich angewiesen, Ihnen jede nur erdenkliche Unterstützung zu gewähren. Lassen Sie mich wissen, was Sie brauchen, und bis morgen sollten wir alles erledigt haben, außer Sie verlangen einen Helikopter.« Weinstein sah sie von der Seite her an und schien zu hoffen, dass ein Hubschrauber doch nicht auf ihrer Wunschliste stand.

»Der würde dann zwei Tage dauern?« Valerie lächelte Weinstein an und war versucht es auszuprobieren.

Der Militärattaché schluckte.

»Keine Sorge, Mr. Weinstein. Ich brauche ein schnelles, wendiges, aber unauffälliges Auto mit Navigation, eine Waffe, am besten eine Smith & Wesson mit ausreichend Munition und noch ein paar Kleinigkeiten, die ich Ihnen hier auf einer kurzen Liste zusammengestellt habe.« Valerie reichte dem Militärattaché ein kleines weißes Blatt, in der Mitte gefaltet. Weinstein warf einen Blick drauf und runzelte die Stirn. Er las, nickte langsam und meinte schließlich: »Das sollte sich machen lassen. Sie sind heute Nacht Gast in der Botschaft in Wien-Döbling und der Botschafter und seine Frau würden sich freuen, wenn Sie mit ihnen zu Abend essen würden.«

»Sehr gerne, das Vergnügen ist ganz auf meiner Seite, aber da ich ja noch den ganzen Tag vor mir habe, möchte ich einfach ein wenig Wien entdecken. Ich war sehr lange nicht mehr hier.« Wenn Shapiro ihm nicht vertraut hatte, dann sah Goldmann keinen Grund, es ihrerseits zu tun. Der Wagen fuhr gerade entlang des Donaukanals und bald sah Valerie den Stephansdom aus dem Häusermeer ragen. »Lassen Sie mich bitte am Schwedenplatz aussteigen, ich gehe von da in die Innenstadt.«

Als der Wagen der Botschaft wieder anfuhr, war sie bereits im Gewimmel der Fußgänger untergetaucht. Sie ging langsam durch die Straßen in Richtung Stephansplatz und merkte an den Veränderungen der Stadt, wie lange sie schon nicht mehr hier gewesen war. Schmunzelnd sah sie einem Mann im braunen Staubmantel zu, wie er einen Strafzettel unter dem Scheibenwischer seines wirklich unmöglich geparkten Wagens herauszog, ihn zerknüllte und verärgert wegwarf. So versuchte sie es auch immer wieder, aber leider ließen sich Parkprobleme so nie wirklich definitiv beseitigen. Sie zog einen kleinen Stadtplan aus ihrer Handtasche und studierte ihn kurz. Dann bog sie rechts ab und machte sich auf den Weg zur Ruprechtskirche. Es war an der Zeit, mit eigenen Augen zu sehen.

Ärgerlich hatte Berner den unvermeidlichen Strafzettel zerknüllt und weggeworfen. Den übereifrigen Parkplatzhütern entkam niemand in der Wiener Innenstadt, er konnte von Glück reden, dass sein Wagen noch da war und nicht auf die Ladefläche eines Abschleppwagens entschwebte. Der Kommissar dachte kurz nach, spürte befriedigt den Umschlag in seiner Innentasche und fuhr los. Er widerstand der Versuchung, ihn einfach aufzureißen und Mertens' Vermächtnis zu lesen. Diese Informationen würde Professor Sina viel schneller und gründlicher zu deuten wissen. Die Suche nach Friedrichs Geheimnis war immerhin nicht sein vordringlichstes Problem. Er hatte noch zwei

Morde aufzuklären, die Polizeipräsident Dr. Sina am liebsten ad acta gelegt hätte. Außerdem waren da noch die Chinesen und der junge Pater im Schottenstift.

Berner bog ab und fuhr stadtauswärts. Gestern hatte Sina ihm und Wagner durch sein geistesgegenwärtiges Eingreifen das Leben gerettet. Er hätte nicht gedacht, dass der bärtige Wissenschaftler so gut mit Messern umgehen konnte, wirklich verblüffend. Aber Berner machte sich keine Illusionen. Es war an der Zeit ... das Aufheulen eines hochtourigen Motors und ein bekanntes Auspuffgrollen riss Berner aus seinen Gedanken. Mit aufgeblendeten Scheinwerfen raste von hinten ein Motorrad an Berner vorbei, der nur noch einen vorbeihuschenden blau-weißen Schatten erkannte und eine Lärmwelle an seine Scheiben branden hörte. Obwohl die Tachonadel bei 70 km/h pendelte, hatte er plötzlich den Eindruck zu stehen. Berner fluchte erst laut, dann musste er lachen. Das konnte nur Wagner auf dem Weg nach Klosterneuburg sein und er war wieder verdammt schnell unterwegs, dachte sich der Kommissar, aber wenigstens würde ihn bei dem Tempo niemand beschatten können.

Die blau-weiße Suzuki GSX-R 1100 schien zu leben, tief durchzuatmen und dann davonzuschnellen wie von einem Katapult abgefeuert. Jede Ampel, die auf Grün schaltete, war der Anlass für eine Beschleunigungsorgie, wie sie Georg Sina in seinem Leben noch nie erlebt hatte. Er hielt sich krampfhaft an Paul Wagner fest und hatte die Augen fest geschlossen. Alles andere erschien ihm wie reiner Wahnsinn. Schaute er über Pauls Schulter nach vorne, dann kam ihm der auf sie zurasende Verkehr wie ein im Zeitraffer gedrehter Film vor.

Das Motorrad heulte und wummerte und vibrierte. Sina bewunderte Wagner, dass er noch den Überblick behielt zwischen totaler Beschleunigung und Bremsmanövern, die so brutal in ihrer Verzögerung waren, dass er meinte, sein Kopf würde gleich über dem Vorderrad der Maschine sein. Es war ein Höllentrip für Sina und er schwor, nie wieder diesen Fehler zu machen und hinter Wagner aufs Motorrad zu steigen.

15. November 1136, Klosterneuburg/Österreich

Der Eber rannte um sein Leben, eine heulende und bellende Meute riesiger Hunde im Nacken. Von den peitschenden Ästen aufgeschreckte Vögel stoben durch die Wipfel des herbstlichen Auwaldes. Wütendes Bellen und Keuchen erfüllte das Unterholz nahe der Abtei und markgräflichen Residenz Klosterneuburg im Norden von Wien.

Die Buchfinken und Meisen flogen im hellen Schein der Sonne auf und davon, auf der Suche nach einem ruhigeren Fleckchen. Von der Luft aus sahen sie nur die undurchdringlichen, in Hunderten Farbnuancen schimmernden Kronen der uralten Bäume, die silbern glitzernden Windungen der Nebenarme der Donau und die gewaltige Baustelle der Pfalz und der Klosterkirche, wo sich ächzend und krachend die Tretmühlen drehten, um Kreuzrippen aufzuwölben und Stein auf Stein zu schichten zur höheren Ehre Gottes und ihres Erbauers auf Erden.

Der feuchte Waldboden, über den die Jagd nun schon seit Minuten tobte, lag im Halbschatten. Nur gelegentlich fiel ein sonniges Strahlenbündel durch eine Öffnung im Astwerk oder traf an einer Lichtung den von Dickicht und welkem Laub bedeckten Grund. Wie die Stäbe eines Käfigs ragten die dunklen Stämme der Bäume auf. In die Enge getrieben sah der Eber keinen Ausweg mehr, zu dicht waren ihm die Verfolger auf den Fersen. Er schrie auf, sträubte die Nackenborsten, stemmte die Hufe in den Boden und stellte sich den Angreifern, die ihm nicht einen Moment der Ruhe gönnten. Schon stürzte der erste schwarz und braun gefleckte Jagdhund aus dem Unterholz auf ihn los. Es war ein riesiger Rüde mit kupierten Ohren und einem schweren Halsband aus Eisen, von dem geschmiedete Stacheln abstanden. Der Eber ließ abermals wütend seine Stimme hören, der weiße Geifer tropfte ihm aus dem Maul. Seine Hauer waren drohend nach vorne gereckt.

Der Hund zögerte einen Moment zu lange und der Keiler griff an. Mit seinem mächtigen Schädel schleuderte er den Saurüden wie eine Puppe durch die Luft. In diesem Augenblick fiel der Rest der Meute das mächtige Wildschwein an. Gnadenlos schlugen sie ihre Zähne in sein Fleisch, doch der Eber wehrte sich erbittert. Ein heftiger Kampf entbrannte, Wut- und Schmerzenslaute zerrissen die Ruhe des Herbstwaldes.

Markgraf Leopold von Österreich preschte auf seinem schweren Ross den wendigen Hunden hinterher. Der weiße Hengst keuchte und sein Nacken dampfte, doch Leopold achtete nicht darauf, immer die Klagelaute seiner Meute von Lieblingshunden in den Ohren. Äste peitschten ihm Körper und Gesicht, aber unbeirrt gab er dem Pferd die Sporen, trieb es vorwärts durch Schlamm und Unterholz. Er jagte durch den Wald und vergaß sein Gefolge. Es kam ihm wie immer nicht hinterher, zu schnell und zu riskant war seine Jagd durch das dichte Holz.

Leopold trieb sein Pferd ungeduldig vorwärts. Aus den Augenwinkeln sah er, wie ein Reiter anfangs versuchte mit ihm Schritt zu halten, zurückfiel und dann mit seinem Ross gegen einen Baum prallte und in den Schlamm geschleudert wurde. Es war sein Sohn Heinrich. Wer sonst, dachte sich der Marktgraf verzweifelt, während sich der gefallene Reiter bemühte, wieder auf die Beine zu kommen. Seine Mutter Agnes trabte gerade an ihrem Sohn vorbei, als der sich über und über mit Kot bedeckt auf die Füße kämpfte. Auf dem rutschigen Boden glitt er mehrmals aus, fiel wieder und wieder zurück in den matschigen Morast. Für einen kurzen Moment trafen sich ihre Blicke. Die Mutter las Scham, Verzweiflung und die Suche nach Hilfe in den Augen ihres ältesten Sohnes. Angewidert wandte sie sich ab. Ihr zweiter Sohn Leopold stand daneben, schaute spöttisch seinem Bruder zu und wartete.

»Leopold, folge deinem Vater!«, rief sie ihm zu, so laut, dass der schmutzige Heinrich es hören konnte. Sie war sich der doppelten Bedeutung ihrer Worte bewusst. Sofort gab Leopold seinem Pferd die Sporen und preschte los.

Agnes sah ihm nach und ihre Miene verfinsterte sich. Ob er Leopold, seinen Vater, wohl einholen würde, der junge Sohn den alten Vater? Der Markgraf war schon siebzig Jahre alt, sein Sohn, der junge Leopold, der Principatus terrae, wie er sich selbst betitelte, zählte kaum die Hälfte an Jahren.

Markgraf Leopold von Österreich sah man sein Alter nicht an. Sechs Fuß groß, von muskulöser Statur, stets aufrecht, beneidenswert gesund und voller Zuversicht. Er würde sie alle überleben, überlegte Agnes, sie selbst, alle Feinde und ... seine Kinder. Über ein Dutzend hatte sie ihm geboren, viele mussten sie schon begraben. Liebte sie ihren Mann? Immerhin hatte ihr Bruder sie dem »Verräter Leopold«

zur Braut gegeben … Doch nach Jahrzehnten neben ihm kannte Agnes die Antwort. Gedankenverloren betrachtete sie die Altersflecken auf ihrer Hand, die den Zügel hielt. Ja, sie liebte ihren Ehegatten, aber nicht so sehr wie ihren Sohn, den jungen Leopold. Trotzte ihr Mann noch so standhaft dem Alter, jetzt war es an der Zeit, junges, energisches Blut an die Macht und nach Regensburg zu bringen …

Markgraf Leopold erblickte endlich auf einer Lichtung vor sich das waidwunde Tier, die Hauer blutverschmiert, selbst aus tiefen Wunden schweißend. Die Hunde hielten den Eber in Schach, wagten jedoch selbst keinen Angriff mehr. Nun war es an dem Jäger, den Tod zu bringen. In sicherer Entfernung ließ Leopold seinen Schimmel tänzeln und zu Atem kommen. Bedächtig wog er die Saufeder in der Hand, sorgfältig nahm er Maß und zielte. Er ließ sich Zeit, er hatte schließlich genug davon. Dann schnellte er plötzlich vor. Mit schauerlichem Quieken sackte der Keiler zusammen, brach tödlich getroffen zu Boden.

Der Markgraf stieg ab. Die Hunde begrüßten aufgeregt, mit den Schwanzstummeln wedelnd, ihren Herrn. »Ihr habt es gut …«, sprach Leopold mit gefasster, beruhigender Stimme, »fürchtet den Tod nicht und beklagt eure Toten nicht.« Zärtlich tätschelte er die Köpfe seiner Tapferen. Die besten und treuesten von ihnen hatte er, wie so oft schon, verloren. Leopold blickte sich um, suchte die zerfetzten Leiber seiner Lieblingshunde. Als er sie fand, wandte er sich ab. Er wusste, warum er Gemetzel vermied, egal wo und wie. Der Preis dafür war immer zu hoch.

Das Wiehern eines Pferdes riss ihn aus seinen Gedanken, er blickte auf und erkannte seinen Sohn Leopold, der sich aus dem Sattel schwang. Etwas an ihm irritierte den Markgrafen. Nicht der gewohnte Blick, nicht die vertraute Miene, aber sein Sohn erschien ihm seltsam angespannt. Der alte Markgraf hatte diese Miene schon einmal gesehen, auf den Gesichtern der Ministerialen, damals auf jenem vermaledeiten Reichstag. Es war, bevor sie den unglücklichen Sieghart vor aller Augen erschlugen.

Der junge Leopold zog wortlos sein Schwert und ging ohne zu zögern auf seinen Vater zu. Der Markgraf blickte sich um. Der Wald schloss ihn ein, das Unterholz um die Lichtung war undurchdringlich. Seine Hunde schlugen nicht an, schnupperten nur hier und dort oder leckten die Wunden des erlegten Wildes. Keiner von ihnen stellte sich schützend vor seinen Herrn. Leopold spuckte verächtlich auf den Boden und brüllte seinen Sohn an. Der zögerte, seine Augen rasten unschlüssig nach Halt suchend hin und her. Da sprang der Markgraf vor und schlug mit seiner Faust zu. Er überragte seinen Sohn um fast zwei Fuß, so dass ihn der schwere Schlag meterweit ins Gestrüpp schleuderte. Ich will mein Kind nicht töten, dachte Leopold, aber lange werde ich mich gegen ihn nicht behaupten können.

Der junge Leopold hatte bei dem Sturz ins Gebüsch sein Schwert verloren. Auf allen vieren kroch er aus dem Unterholz, wand sich wie ein geprügelter und winselnder Jagdhund zu Füßen des schwer atmenden, hoch aufragenden Vaters. Der würdigte ihn keines Blickes, stieg über ihn hinweg und begrüßte seinen Sohn Heinrich, der gerade abgehetzt auf der Lichtung eingetroffen war, über und über mit Morast verschmiert.

»Verzeiht, Vater, ich bin gestürzt!«, presste Heinrich hervor und senkte den Blick.

»Es ist gut, mein Sohn«, sagte Leopold und klopfte ihm auf die Schulter, blickte sich um.

»Hörst du, die Jagdgesellschaft wird auch bald hier sein. Wo waren sie nur so lange?« Der alte Markgraf lachte und beugte sich vor, spähte in die Richtung, aus der die Geräusche der Nachzügler näher kamen. Dabei griff er wie beiläufig an seinen Gürtel und zog ein Ledersäckchen heraus, das er Heinrich reichte. »Das wirst du brauchen, möchtest du mich beerben«, flüsterte der alte Markgraf seinem Sohn zu und lächelte sanft.

Es waren seine letzten Worte. Mit einem knirschenden Geräusch fuhr das blutverschmierte Blatt der Saufeder dem Markgrafen durch den rechten Unterkiefer in den Schädel und die Spitze grub sich tief in den Knochen. Ohne einen Laut sackte Leopold zusammen. Heinrich fing den zuckenden und stürzenden Körper seines Vaters auf, der ihn mit zu Boden riss. Das heiße Blut spritzte ihm ins Gesicht und rann über seine Hände wie eine rote Kaskade. Er wollte schreien, aber kein Laut entfuhr seiner Kehle. Heinrich war erstarrt, schloss und öffnete den Mund, japste und keuchte wie ein Erstickender und bekam doch keine Luft. Er starrte auf seine blutbesudelten Hände und in Panik kroch er von der Leiche fort, nur fort, tiefer und tiefer ins Unterholz. Das Letzte, was er von seinem Vater sah, war das Lächeln, das noch immer auf seinem Gesicht lag, und den Jagdspeer, der aus einem Kiefer ragte.

Aus dem Versteck beobachtete er mit irrem Blick seinen Bruder Leopold, den Vatermörder, wie er dem Schimmel des Markgrafen ungerührt mit einem Jagdmesser die Sehnen an den Hufen durchschnitt. Das Pferd schrie und stürzte.

Heinrich sah alles nur mehr wie durch einen dichten Nebel. Im nächsten Moment füllte sich die Lichtung mit Leben, die Jagdgesellschaft war eingetroffen. In das Wiehern und Stampfen der Pferde mischten sich sogleich Entsetzensschreie. Agnes blieb im Sattel und musterte von oben mit kaltem Blick erst ihren Sohn Leopold, das sich am Boden krümmende Pferd und dann ihren toten Mann.

»Welch ein entsetzliches Unglück!«, rief sie. »Der Markgraf ist bei der Jagd gestürzt!« Ritter, Pagen und Hofdamen blickten sich in stummem Einvernehmen an.

Ein Jäger beugte sich über den leblosen Körper des Markgrafen. »Der Herr ist … Der Herr ist tot«, verkündete er mit heiserer Stimme. Agnes, immer noch zu Pferd, gab einem Edelmann mit dem Kopf ein Zeichen. Der trat sofort zwischen den toten Markgrafen und den jungen Leopold und brüllte, während er den Arm des neben ihm stehenden Nachfolgers hob: »Der Markgraf ist tot! Es lebe der Markgraf! Lang lebe Leopold IV.!«

»Lang lebe Leopold IV.!«, wiederholte die Gesellschaft. Agnes lächelte zufrieden.

Niemand würdigte Heinrich eines Blickes, der sich noch immer gänzlich unbemerkt in dem dichten Gebüsch verkroch und wie versteinert dasaß, unfähig, einen Ton hervorzubringen. Seine schmutzigen Finger hielten den ledernen Beutel umkrampft, den ihm sein Vater im Angesicht des Todes ausgehändigt hatte. Völlig benommen verfolgte er als Erstgeborener das Spektakel der Nachfolge für seinen Bruder. Ein Jagdhund gesellte sich zu ihm und leckte ihm das Gesicht. Heinrich zitterte am ganzen Körper. Mehr zu sich als zu dem Hund, der ihn aus seiner Trance geweckt hatte, murmelte er, was er zeit seines Lebens in Momenten größter Anspannung geistesabwesend wiederholen würde. Dabei presste er den Beutel fest an sein Gesicht:

»Den Frevel büßt ihr mir. O ja, so wahr mir Gott helfe! Ja, so mir Gott helfe. Ja, so mir … Gott …«

Stift Klosterneuburg/Österreich

Der Weg von der Remise nach Klosterneuburg war lang und Sina zweifelte, ob sie jemals lebend ankommen würden oder ob Paul jetzt und hier den Bewahrern die Arbeit abnehmen wollte und sie auf zwei Rädern ins Paradies befördern würde. Als der Reporter schließlich auf dem Hauptplatz von Klosterneuburg den Zündschlüssel der Suzuki abzog und die Maschine leise knisternd abkühlte, lehnte sich Georg Sina erschöpft an die nächste Wand, zog den Vollvisierhelm ab und atmete tief durch. So schnell, da war er sich sicher, war er noch nie auf öffentlichen Straßen unterwegs gewesen.

Wagner parkte die GSX-R, schaute zufrieden auf die Uhr und stapfte los in Richtung Stiftsmuseum. Er war mit sich und der Leistung des Motorrades zufrieden, spazierte leichtfüßig über den Platz und drehte sich nach einigen Schritten nach Georg Sina um, der ihm in einiger Entfernung folgte. Der Wissenschaftler hatte ein gummiartiges Gefühl in den Knien und überlegte ernsthaft, sich am Bahnhof eine Fahrkarte für die Rückfahrt nach Wien zu lösen. Er schmeckte aufsteigende Magensäure auf seiner Zunge und unterdrückte nur mit Mühe den Brechreiz.

Gott im Himmel, wie kann man nur so fahren, durchfuhr es ihn und er schüttelte sich, sah vor sich Wagners federnde Schritte und hörte sein beschwingtes Pfeifen. Na, wenigstens geht es einem von uns beiden nach dem Höllenritt besser, dachte er und musste wieder einmal aufstoßen, es ist schon beneidenswert, wie Paul mit dem Motorrad umgehen kann. Die Welt auf zwei Rädern zu entdecken war definitiv nicht seine Lebensart. Er sehnte sich nach seinem Haflinger und der Ruhe seiner Burgruine im Waldviertel. Andererseits war vielleicht dieses Zweirad jene Art von Lebensversicherung, die sie gerade jetzt dringend brauchten. Auch wenn er davon weiche Knie und einen nervösen Magen bekam.

Ohne sich umzudrehen, ließen sie das altrosa Rokoko-Rathaus mit seinen weißen Schnörkeln hinter sich. Als sie zwischen die zwei schlanken Säulen des Klostertores hindurch den Grund des Chorherrenstiftes betraten, tat sich vor ihren Augen ein weiter, lichter Platz auf, in dessen Mitte ein gotischer Bildstock wie ein aufgerichteter Stachel in den Himmel ragte.

Vor ihnen erhob sich die romanische Stiftskirche »Maria Geburt«, deren elegante, neugotische Türme an der Westfassade geradezu filigran gegen den eindrucksvollen barocken Anbau wirkten, der im Osten direkt an die Apsis anschloss. Das romanische Langschiff schien wie eine Nadel im Körper eines verstümmelten Riesen zu stecken.

Klosterneuburg war monumental, Stein gewordener Größenwahn eines Reiches, das sich selbst darstellte. Mittelalterliche Gebäude und Wehranlagen wirkten winzig gegen den fünf Stockwerke hoch über die weitläufige Terrasse aufragenden barocken Prachtbau.

Wagner schaute immer wieder misstrauisch über seine Schulter zurück und erwartete jeden Moment den Ansturm einer bewaffneten Streitmacht. Georg Sina jedoch war beeindruckt von der opulenten Fassade, an deren Basis sich unscheinbar wie ein kleines Mauseloch der Eingang zu den Schausammlungen und den Stiftsführungen befand, bewacht von einem mit seinen beiden Köpfen grimmig dreinblickenden Reichsadler. Zu seiner Rechten und Linken ruhte jeweils ein Engel lässig auf einem Sims. Beide bliesen eine goldene Posaune. Vorboten der Apokalypse?

»Sieh dir das an, da drüben«, raunte Wagner und stieß Sina in die Seite.

»Was?«, antwortete der Wissenschaftler alarmiert.

»Lies, was auf den Plakaten dort steht«, forderte ihn der Reporter auf.

»Engel behüten dich«, las Sina.

»Genau, wenn sie dir nicht grade den Kopf von den Schultern schießen wollen«, ergänzte Paul grimmig. Georg nickte zustimmend.

Neben dem Museumseingang flackerte die Leuchtschrift eines kleinen Kaffeehauses »Escorial«.

Paul Wagner wunderte sich über den Namen. »Escorial? Soweit ich weiß, steht der in der Nähe von Madrid.«

Sina nickte. »Ich weiß, es wirkt weit hergeholt, und doch passt es. Um ein Haar wäre das Stift im 18. Jahrhundert nach dem Vorbild des spanischen Königspalastes zum österreichischen Escorial ausgebaut worden«, erklärte er, als sie sich an der Kasse des Museums anstellten. »Aber nur einer der geplanten vier riesigen Höfe der gigantischen Residenz wurde fertiggestellt, an jeder seiner Ecken von einer wuchtigen Kuppel gekrönt.« Ein kleiner Drehständer zeigte Ansichtskarten mit einem tiefblauen Himmel, der sich über dem gelben Stift spannte, und zwei riesige Kronen auf dem Dach.

»Der bekannteste Barock-Baumeister Österreichs, Joseph Fischer von Erlach, hat das Dach mit monumentalen Abbildern der alten, achteckigen Reichskrone und der heiligen Krone Österreichs, dem Erzherzogshut, verziert. Damit sollte der Machtanspruch des Kaiserhauses weithin sichtbar verkündet werden«, erklärte Sina und schaute sich zum ersten Mal bewusst in dem Saal um, in dem sie standen. Als er nach oben blickte, stockte ihm der Atem. Mit offenem Mund folgte Wagner seinem Blick und duckte sich instinktiv. Die Steingiganten, die eine hochgewölbte, unverputzte Decke auf ihren Schultern trugen, schienen sich gleich auf sie stürzen zu wollen. Die Besucher, die staunend umhergingen oder in den roten Polstermöbeln saßen, wirkten plötzlich wie Ameisen.

»Was zum Teufel ist das hier?«, sagte Paul Wagner unbehaglich.

»Das, meine Herren, ist die Sala terrena«, sagte die Dame an der Kasse lächelnd, »auch ›Riesensaal‹ genannt, weil acht Atlanten das Gewölbe stützen. Sie stammen aus der Werkstatt des Hofbildhauers Lorenzo Mattielli. Leider blieb der Saal nach dem Tod Karl VI. unvollendet, genau wie der Rest seines Palastes. Dieser Gartensaal sollte die kaiserlichen Repräsentationszimmer mit den Parkanlagen verbinden, aber mangels des Parks, der nie angelegt wurde, wurde der Saal zugemauert und diente den Mönchen als Weinlager.«

Wagner begann sich gerade auszurechnen, wie viele Flaschen und Fässer wohl hier Platz gefunden hatten, als die Dame geschäftstüchtig nachsetzte: »Wollen Sie eine Führung machen?«

»Nein, wir interessieren uns nur für den Babenberger Stammbaum«, brummte Sina unfreundlicher als beabsichtigt. Wagner schaute ihn überrascht an und zahlte die beiden Eintrittskarten. »Du erinnerst mich langsam an Kommissar Berner«, schmunzelte der Reporter und zog Sina mit sich in die Ausstellung.

Ein junger Mann stand am Eingang, begrüßte sie und entwertete die Eintrittskarten.

»Schön, Sie wiederzusehen, Professor Sina«, meinte der Bursche mit dem Wappen des Stiftes auf seinem dunkelblauen Pullover. »Sie werden sich nicht an mich erinnern, aber ich habe Proseminare in Mittelalterlicher Geschichte bei Ihnen belegt. Was führt Sie zu uns?«

»Ich möchte mir nur den Babenberger Stammbaum ansehen«, meinte Sina kurz angebunden.

»O ja, das ist eine gute Wahl. Eine herausragende Arbeit, dieses Tafelbild. Es ist ein einzigartiges Werk, sowohl in seiner Größe als auch seinem Thema nach. Wie Sie wissen, entstand es zwischen 1489 und 1492 und ist über acht Meter breit und fast vier Meter hoch! Das dreiteilige Tafelbild wurde von Hans Part gemalt und es zeigt in ungewöhnlicher Weise den Stammbaum der Familie, die Österreich von 976 bis 1246 vor den Habsburgern regiert hat«, dozierte der Junge stolz darüber, seinem ehemaligen Professor etwas voraus zu haben.

Sina und Wagner betraten die Ausstellung. »Warum sollte Friedrich gerade in diesem Stammbaum seinen Hinweis verstecken?«, flüsterte Wagner.

»Weil das Bild an der wichtigsten österreichischen Pilgerstätte seiner Zeit aufgestellt war«, erklärte Sina leise. »Zum Grab des heiligen Leopold unternahmen selbst die Landesfürsten jährliche Wallfahrten. Der fromme Markgraf wurde bereits direkt nach seinem Tode 1136 verehrt. Der Heiligsprechungsprozess wurde vor allem von Friedrich III. vorangetrieben und der Kaiser war erfolgreich: Im Jahre 1485 wurde Leopold heiliggesprochen und vier Jahre später entstand der Stammbaum, der über seinem Grab aufgestellt wurde.«

Im zweiten Stock, direkt über den Kaiserzimmern, fanden sie schließlich nach einigem Suchen das Gemälde in der mittelalterlichen Galerie. Es bestand aus drei Tafeln, die mittlere zeigte in bunten Farben das Leben der männlichen, die beiden Seitentafeln mit den Porträts der weiblichen Familienmitglieder priesen die Schönheit der Babenbergerinnen.

»Die Frauen können wir getrost vergessen«, meinte Sina trocken. »In diesem Fall sind sie nicht der Schlüssel.«

»Das ist aber nicht sehr gendergerecht, Herr Professor«, sagte Wagner.

»Das war Friedrich aber völlig egal und mich lässt es auch kalt.« Sina ließ sich nicht ablenken.

»Mir soll es recht sein, ist ja deine Universitätskarriere«, frotzelte der Reporter. »Was hältst du von dem Mittelteil?«

»In jedem Kreis, oder besser gesagt, in jeder Medaille hast du einen Babenberger, eine für sein Leben typische oder einschneidende Begebenheit und einen für ihn wichtigen Ort dargestellt. Da oben ist der erste Markgraf, Leopold I, wie er an der Spitze seines Heeres das Aufgebot der Ungarn in die Flucht schlägt. Wir waren schon immer im Dauerkrieg mit allen unseren Nachbarn.«

»Schön, aber was haben all die Babenberger, die gegen die Ungarn und mit sonst wem kämpfen, mit Friedrich zu tun? Das passierte doch alles Hunderte Jahre früher«, unterbrach Wagner Sinas Ausführungen.

»Schau, Paul. Hier haben wir es mit mittelalterlicher Kunst zu tun, das erkennst du schon an der Bedeutungsperspektive. Wichtige Personen sind viel größer gemalt als die Nebenfiguren. Vergangenes und Gegenwärtiges geschieht gleichzeitig. Und die Orte hat der Künstler so wiedergegeben, wie er sie aktuell, also im 15. Jahrhundert, gesehen hat«, erklärte Sina. Wagner sah ihn fragend an.

»Ist doch ganz einfach. Zur Zeit der Entstehung des Stammbaums sind die Ungarnkriege brandaktuell. Wenn hier also Babenberger gegen Ungarn und Böhmen Krieg führen, so schildert uns der Maler in Wahrheit, wie die Truppen Friedrichs gegen Corvinus ziehen. Nur mit dem Unterschied, dass hier auf dem Bild die Österreicher gewinnen und so die jüngsten Schlappen durch heroische Taten der Vergangenheit relativiert werden«, ergänzte Sina.

»Also geht es hier eigentlich um den Konflikt zwischen Corvinus und unserem Friedrich«, stellte Wagner fest. »Aber wo ist jetzt unser Hinweis?«

»In Wirklichkeit haben wir zwei Hinweise«, sinnierte Sina. »Der erste ist Heinrich Jasomirgott da drüben und der zweite ist Friedrich der Streitbare da unten.« Er zeigte auf eine weitere Medaille. »Hinter Heinrich auf seinem Weg ins heilige Land erkennst du das Schottenstift.«

»Richtig!«, rief Wagner. »Und da ist Wien, endlich habe ich unseren zweiten Hinweis gefunden. Welcher ist Friedrich auf dem Medaillon?«

»Das ist die Frage, Paul. Mit Friedrich dem Streitbaren endet die Geschichte der Babenberger, sein früher Tod ist Inhalt der Medaille. Er fiel in einer Schlacht gegen die Ungarn, kurz bevor er sein Herzogtum zum Königreich hat machen können. Dahinter ist die Stadt zu sehen. Die Ansicht ist wirklich genau das Gegenstück vom Schottenaltar. Deutlich erkennt man den Stephansdom mit der Wiener Fahne daran sowie den Turm der Ruprechtskirche.«

»Unglaublich! Sein gewaltsamer Tod findet genau dort statt, wo das Drachenviereck beginnt«, sagte Wagner und deutete auf das Bild. »Wenn der Ritter auf dem toten Pferd der Streitbare ist, warum kommen die Ungarn dann aus dem österreichischen Lager?«

»Gute Frage. Vielleicht weil es ja keine Ungarn sind? Weil es seine eigenen Leute sind oder die Bewahrer, die ihm den Schädel einschlagen?«, überlegte Sina und zupfte seinen Bart.

»Wieso sollten die Bewahrer Friedrich den Streitbaren umbringen, wenn der doch zweihundert Jahre vor unserem Friedrich lebt und es die Todesengel noch gar nicht gibt?«, wunderte sich Wagner laut.

Sina wollte gerade darauf antworten, da klingelte das Handy des Reporters. »Unbekannter Teilnehmer«, ärgerte sich Wagner, »das mag ich schon gar nicht …« Dann nahm er ab und meldete sich.

Die Leitung war still, nur ein Knacken war zu hören, wie das Dehnen von Fingergelenken. Oder war es nur eine Statik in der Verbindung? Paul sah seinen Freund an und zuckte die Schultern.

»Wenn Sie schon anrufen, dann sagen Sie wenigstens, was Sie wollen«, sagte Wagner laut und wollte schon auflegen.

»Ich weiß immer, was ich will, Herr Wagner«, sagte eine sonore Stimme. »Jetzt hätte ich gerne Professor Sina gesprochen, der sicherlich neben Ihnen steht.«

Die Stimme hatte einen ganz leichten Akzent, den Wagner nicht einordnen konnte. »Wer sind Sie?«, fragte er misstrauisch.

»Es ist doch nicht interessant, von wem Informationen kommen, sondern ihr Inhalt, das müssten Sie als Journalist doch wissen, Herr Wagner.« Der Ton war spöttisch und selbstsicher.

Wagner hatte keine Lust auf weitere Diskussionen und hielt seinem Freund das Handy hin. »Für dich, ein Mister Unbekannt.«

Sina hörte leises, heiseres Lachen, als er das Telefon an sein Ohr presste und weiterhin seine Augen über den Stammbaum schweifen ließ.

»Professor, wie schön, Sie persönlich sprechen zu können. Ich bin einer Ihrer Bewunderer, wenn auch einer, den Sie noch nie gesehen haben.« Der Unbekannte lachte wieder. »Aber das ist jetzt nicht unser Thema. Sie stehen vor dem Babenberger Stammbaum …« Es war eine Feststellung, keine Frage. »Ein wunderbares Stück, finden Sie nicht? Und so aussagekräftig. Schade, dass sich nur wenigen sein wahrer

Inhalt erschließt. Kratzen sie alle doch nur an der Oberfläche herum, wie nach Würmern scharrende Hühner.«

Sina schaute sich um. Der Raum, in dem sie standen, war leer. Nur ein Museumswärter war da, beobachtete sie, telefonierte aber nicht. Er konnte es also nicht sein, sagte sich der Wissenschaftler. Aber der Unbekannte sprach bereits weiter. »Wer Ohren hat zum Hören, der höre. Und wer Augen hat zu sehen, der schaue genau hin.«

»Hören Sie zu, ich habe keine Lust auf abgeklopfte Sprüche und kleine Spielchen«, sagte Sina ärgerlich.

»O nein, Professor, jetzt hören Sie mir zu, oder *Sie* schweigen für immer«, unterbrach ihn die Stimme am andren Ende der Leitung brüsk. Der Wissenschaftler schluckte.

»Hängen Sie an Ihrem Leben, Professor Sina? Sie brauchen nicht zu antworten. Nicken Sie einfach.«

Georg Sina nickte mechanisch. Unweigerlich zog er den Kopf ein, da er zu spüren meinte, wie sich ein Blick in seinen Nacken bohrte.

»Natürlich tun Sie das, wer nicht? Ich weiß, im Grunde Ihres Herzens verachten Sie Gewalt, betrachten sie als Schwäche, als letzten Ausweg eines Sprachlosen und trotzdem haben Sie gestern ohne Gnade und ohne zu zögern zugestoßen. Warum das?«, raunte der Fremde.

»Weil er mich und meine Freunde umbringen wollte! So einfach ist das!«, rief Sina. Wagner sah ihn überrascht an.

»Aber Professor Sina! Berner und Wagner waren Ihnen im Augenblick doch völlig egal. Ihr eigenes Begräbnis wollten Sie verhindern, oder etwa nicht?«, spottete der Anrufer.

»Nein ... nicht nur ... Also gut: ja, wer stirbt schon gerne?«, presste Sina hervor.

»Sie brauchen sich dafür doch nicht zu schämen. Jeder, Kommissar Berner, Wagner und auch ich hätten genauso gedacht und gehandelt.« Die Stimme klang gönnerhaft.

»Was ist das für ein Gefühl, Professor Sina, wenn man die eisige Hand des Todes auf der eigenen Brust fühlt, die letzten Sandkörner durch das Stundenglas rieseln sieht und einem Kugeln um die Ohren fliegen? Antworten Sie nicht, ich weiß es«, fuhr der Unsichtbare fort. »Plötzlich taucht sie unvermittelt auf, die Frage nach dem Sinn des eigenen Daseins, nicht wahr? Wozu die Jahrzehnte des Studiums, wozu das jahrelange Trainieren mit den Messern auf Ihrer Burg? Ja,

Professor Sina, wozu das Messerwerfen? Ich glaube nicht, dass Sie eine Zweitkarriere als Artist im Zirkus beginnen wollten. Wollten Sie jemanden umbringen? Lautlos und überraschend? Wagner etwa, weil er Ihre Frau auf dem Gewissen hat?«

»Ach halten Sie doch den Mund!«, explodierte Sina. Er war mit einem Mal leichenblass.

»Und jetzt, Professor, gehen Sie ein Stück nach rechts, ja genau so.« Sina durchfuhr es wie ein Blitz – er sah sie, der Unbekannte sah sie! Er blickte auf und sah die Sicherheitskameras. Stumm bedeutete er Wagner, zu ihm zu kommen. Dann zeigte er mit dem Finger auf die Kameras. Wagner sah ihn an, sah die Kameras an, sah wieder Sina an und hatte verstanden.

»Ich bin schon auf dem Weg, Georg, mir reicht das jetzt«, rief Wagner beim Anblick seines entsetzten Freundes und lief aus dem Ausstellungsraum in Richtung Eingang.

»Schade, Ihr Freund Paul Wagner ist also bereits unterwegs und jetzt haben wir nicht mehr so viel Zeit, Professor. Das werden Sie noch bereuen … Aber wie immer in dieser Geschichte ist vielleicht alles ganz anders, als es aussieht?« Er ließ das Ende des Satzes in der Schwebe.

Sina stand da wie eine Salzsäule. Mit verkrampften Fingern drückte er das Handy gegen sein Ohr. Er spürte, wie seine Beine weich wurden und der Boden unter ihm nachgab.

»Werden Sie mir jetzt ohnmächtig, Professor Sina?«, höhnte die Stimme. »Stünde ich Ihnen gegenüber, Sie könnten mir ins Gesicht schlagen, wie Sie es immer getan haben, wenn Sie die Kraft verlassen hat. Oder wie war das damals im Schwimmbad, als der Mädchenschwarm der Schule mit Ihrem Badetuch den Boden aufgewischt hat und alle Sie ausgelacht haben? Das Nasenbein haben Sie ihm gebrochen und den Unterarm, nicht wahr?«

Sina nickte schweigend. Vor seinem geistigen Auge passierte die schreckliche Szene nochmals. Er hörte das Knacken der Knochen und Knorpel, sah den Schwall roten Bluts, hörte die hereinbrechende Stille und spürte die Überlegenheit seinen erstmals voll aufgerichteten Körper durchzucken. Woher wusste der Unbekannte diese Details aus seinem Leben?

»Sie wären im Jugendgericht gelandet, hätte nicht Ihr Vater … Aber lassen wir das. Das ist nicht unser Thema. Und doch ist es das.« Der Fremde klang unerträglich gönnerhaft.

Sina konnte das Gefühl nicht loswerden, der Unsichtbare erfreute sich an seiner misslichen Lage, seiner Hilflosigkeit und seinem Ausgeliefertsein. Der Wissenschaftler schaute sich um, aber da war niemand außer dem Aufseher.

»Wundern Sie sich nicht, Professor, ich weiß mehr, als Sie glauben. Ich habe Ihnen doch gesagt, dass ich ein Fan bin. Ich habe Sie beobachtet, Ihr ganzes Leben lang war ich Ihr Schatten. Ich habe verfolgt, wie Sie sich vorbereitet haben, ohne zu wissen, worauf. Ich habe Ihre Diplomarbeit, Ihre Dissertation und Ihre Habilitationsschrift gelesen. Alle über Friedrich, den unterschätzten Kaiser. Das war sehr schmeichelhaft ... Sie haben es gespürt, dass da draußen etwas auf Sie wartet, das größer ist als alles andere, seit den Tagen Ihrer Kindheit. Warum waren gerade Sie das Ziel des Spottes im Schwimmbad, Sina?«

»Ich weiß es nicht«, log Sina.

»Lügen Sie mich nicht an!«, herrschte ihn die Stimme an.

Georg zuckte zusammen, erinnerte sich und spürte seinen Körper schrumpfen. Die Muskeln verschwanden, und übrig blieb ein bebender kleiner, geduckter und übergewichtiger Knabenkörper.

In ruhigem Ton fuhr der Unsichtbare fort: »Weil Sie der Prügelknabe waren, Sina. Klüger als die anderen, im Sport eine Niete und als Ihre besten Freunde haben Sie sich Bücher gewählt und keine Menschen. Oder nicht?«

»Doch ...«, flüsterte Sina.

»Aber Sie wurden langsam größer und stärker. Dann haben Sie Ihren Konkurrenten den Hochmut aus dem Gesicht geschlagen. Jedem Spötter und Zweifler sollte Gleiches widerfahren. Und allen voran Ihrem Vater ...«, hörte Georg den Mann sagen und begann zu schwitzen.

»Was wollen Sie eigentlich von mir?«, fragte Sina mit zitternder Stimme.

»Sie sollen begreifen, worum es hier geht«, antwortete der Fremde fest. »Wohin verschwinden Ihr Wissen, Ihre körperliche Kraft, wenn Sie eines Tages nicht mehr sind, Professor Sina? Hinfällig sind wir Menschen wie die Blätter der Rosen im Wind, das wissen Sie.«

Der Wissenschaftler nickte und seine Augen wanderten ziellos über den Stammbaum.

»Warum haben Sie keine Kinder, Professor Sina?« Die Frage kam überraschend. »Ich werde es Ihnen sagen. Weil Kinder keine Garantie für Ihren Fortbestand sind. Sie entwickeln sich ganz anders als man selbst, oder schlimmer noch, Söhne und Töchter können sterben.

Und das, Professor Sina, ist der wahre Grund, warum Sie keine Kinder haben«, fuhr der Unbekannte unerbittlich fort. »Weil Sie Angst davor hatten, Idioten zu zeugen. Weil Sie sich davor gefürchtet haben, die Wochenenden mit Ihren Söhnen anstatt im Museum auf einem Fußballplatz zu verbringen! Ist es nicht so?«

»Ja. So ist es«, gab der Wissenschaftler zu. »Und jetzt ist es zu spät. Warum tun Sie mir das an?«, fragte er dann erschüttert.

»Weil Sie jetzt verstehen, Professor Sina«, sprach der Unbekannte ganz ruhig und jeder Sadismus war aus seiner Stimme verschwunden. »Lassen Sie den Stammbaum zu sich sprechen. Hören Sie ihm zu«, flüsterte er fast sanft.

Paul nahm zwei Stufen auf einmal die Treppe hinunter in die Eingangshalle mit den acht Riesen und stürzte zur Kasse. Die Frau dahinter schaute ihn tadelnd an.

»Wo ist Ihr Kontrollbereich für die Sicherheitskameras? Schnell!«, rief Wagner ihr zu.

»Wieso? Was suchen Sie dort?«

»Herrje, ich werde Ihnen schon keinen Monitor stehlen, ich will nur kurz ein paar Worte mit dem zuständigen Sicherheitsmann wechseln. Also – wo?«

Sie schaute ihn weiterhin unsicher an. Wagner griff über die schmale Theke und nahm ihre Hand in seine. »Bitte, es ist wichtig.« Diesmal hatte er Erfolg.

Sie zeigte in den hinteren Teil des Raumes, auf eine Tür, die er fast nicht gesehen hätte. »Klopfen Sie dort!«

Paul war schon weg und rannte durch den Saal.

Sina starrte auf das mittelalterliche Tafelbild. Er sah die bunten Fahnen und Schilder, die grausamen Schlachten mit den überlegenen Nachbarn, um aus der Grenzmark eine Nation zu schmieden, die Väter und ihre Söhne. War nicht jeder Sohn der Sinn des Lebens des Vaters? War er nicht der Träger aller Hoffnung? Jeder sinnlose Tod des Sohnes zerstörte auch das Lebenswerk seines Vaters. Waren es nicht die Kinder, durch die man ewig lebte? So viele Träger aller Hoffnungen, die jung und für nichts gestorben waren. Sein Blick fiel auf Leopold, »das Kind«, der sich den Hals gebrochen hatte, nachdem er gelangweilt seinen Lehrern entwischt und auf einen Baum geklettert war. Ein Schaudern durchfuhr den Wissenschaftler. Was, wenn sein Sohn …

»Ich sehe, Sie hören ihn«, meldete sich der unheimliche Anrufer zurück in Georgs Bewusstsein. »Wer ist die zentrale Figur auf dem Bild?«

»Auch wenn seine Medaille etwas nach rechts versetzt ist, ist es eindeutig der heilige Leopold«, antwortete Sina.

»So ist es, Professor. Wen hält er an der Hand?«, hakte der Unbekannte nach.

»Zwei seiner Söhne, die er überlebt hat«, sagte Sina und trat näher an den Altar heran, um die drei Figuren besser betrachten zu können. Überlebensgroß im blauen Waffenrock mit den goldenen Adlern darauf und einer Krone auf dem Haupt sah er einen alten, wehmütig blickenden Mann, der zwei kleinere führte, die hilfesuchend zu ihm aufblickten.

»Nun, sie waren nicht die einzigen, die der Markgraf begraben musste. Schauen Sie genau hin, Sina. Leopold ist der einzige Babenberger mit Heiligenschein, nicht wahr? Nun, Professor, wofür steht der Nimbus, der Strahlenkranz um den Kopf?«, meinte die Stimme prüfend.

»Der Nimbus steht seit den Tagen der alten Götter für Unsterblichkeit. Rund krönte er Gestorbene, eckig die Lebenden, die Gottkönige und römischen Kaiser«, rekapitulierte der Wissenschaftler.

»Exakt und ohne Umschweife zum Kern der Sache, ich habe von Ihnen nichts anderes erwartet, Professor«, entgegnete der Fremde zufrieden. »Wie viele seiner zahlreichen Söhne mit seiner zweiten Frau Agnes haben ihn beerbt? Wie viele erkennen Sie auf der Tafel, Sina?«

»Wenn wir den weltberühmten Chronisten und Kleriker Otto von Freising weglassen, dann bleiben zwei Brüder: Heinrich Jasomirgott und Leopold IV.«, meinte Sina und ließ seine Augen suchend über das Bild wandern.

»Wer war der ältere von beiden?«, tönte es aus dem Handy.

»Heinrich. Aber Leopold IV. folgte seinem Vater direkt nach dessen Tod nach und eroberte Regensburg, wurde mit seinem Einzug in die alte Hauptstadt Herzog von Bayern. Die Belagerung von Regensburg sehe ich links oberhalb von Leopold III.«, erklärte Sina und unterdrückte das Verlangen, das Gemälde zu berühren, um besser zu deuten, was er sah.

»Ist das nicht ungewöhnlich, Professor? Normalerweise erbt der Erstgeborene, oder etwa nicht?«, setzte der Unsichtbare den Gedanken fort.

»Ja, Sie haben recht. Aber man erzählt sich, Vater Leopold hätte Heinrich nicht geliebt und darum wäre Leopold ...«, überlegte Sina laut.

»Unsinn! Vergessen Sie, was in den Büchern steht, oder lesen Sie zwischen den Zeilen. Wer hat Leopold IV. mehr als Heinrich Jasomirgott geliebt? Wer ist die Schwester des Kaisers? Wer hat die Macht, ihren Sohn in die Position des Herzogs von Bayern zu hieven? Denken Sie logisch, Sina«, befahl die Stimme.

»Agnes. Die Ehefrau ...«, grübelte Sina.

»Na, sehen Sie. Die Frau im Bett ist immer stärker als jede Vernunft. Und Sie haben geglaubt, Frauen hielten hier nicht die Schlüssel in der Hand«, lachte der Unbekannte, dann wurde seine Stimme hart und kalt: »Eine Mutter liebt ihren Sohn mehr als ihren Gatten. Was also, wenn der Alte nicht stirbt, kein Zeichen von Krankheit am Leibe hat, in reifen Jahren noch Eber jagt, als wären es Frischlinge? Dazu betreibt er eine Politik für den Papst, gegen den Kaiser, immerhin der eigene Schwager ... Und dann favorisiert dieser Ehemann noch einen anderen Sohn als sie selbst, einen Erben, der die vom Vater eingeschlagene politische Linie treu fortsetzen würde, der also in Agnes' Augen genauso denkt wie der Mann, dessen Gedankenwelt ihr, bei aller Liebe, ganz und gar verborgen geblieben ist. Dazu kommt noch etwas: Im Grunde ihres Herzens wird mit jedem gemeinsamen Tag die ungebrochene Vitalität dieses Mannes unheimlicher ...«

»Wollen Sie mir etwa weismachen, Agnes und ihr Lieblingssohn hätten Leopold III. auf der Jagd umgebracht?«, entrüstete sich der Wissenschaftler.

»Als ob Ihnen der lapidare Eintrag in der Chronik ›auf der Jagd gestürzt‹ nicht auch schon immer seltsam vorgekommen wäre, Professor. Wenn ich mich richtig erinnere, dann ist Ihnen doch auch aufgefallen, dass keiner seiner Zeitgenossen sich über das überraschende

Ableben des langlebigen und rüstigen Monarchen entrüstet. Das einzige Kondolenzschreiben an die ›trauernde‹ Witwe kommt nicht aus der Familie, sondern vom Papst. Seltsam, nicht? Hat Sie nicht Ihr Professor damals ziemlich lautstark getadelt, als Sie den Mordverdacht in einer Seminararbeit äußerten?« Sina erinnerte sich nur zu gut.

»Aber unsere Zeit wird knapp, Professor Sina. Ihr Freund Wagner ist gleich im Überwachungsraum des Stiftsmuseums angelangt. An welches Ehe-Szenario eines späteren Landesfürsten erinnert Sie meine Geschichte von Leopold und Agnes?«

»An Kaiser Friedrich und seine Frau Eleonore. Nur, dass sie ihren Mann nicht umgebracht hat, um den kriegerischen Maximilian zum Kaiser zu machen«, flüsterte Sina und fing langsam an zu begreifen, wohin ihn die Stimme führen wollte.

»Ja, wer ist da?« Die Stimme hinter der Tür kam Wagner bekannt vor.

»Machen Sie bitte auf, es ist wichtig, ich bin der Begleiter von Professor Sina und ich muss Sie dringend etwas fragen.« Die Tür öffnete sich einen Spalt breit und Wagner verschwendete keine Zeit, stieß sie mit dem Fuß auf und machte einen großen Schritt in den mit Monitoren überfüllten Raum.

Der junge Student, der Sina vorher begrüßt hatte, schaute ihn mit offenem Mund an. »Was ... ist irgendetwas ...« Ihm fehlten die Worte.

Wagner schaute sich um. Der Raum war leer.

»Welcher ist Heinrich Jasomirgott?«, drängte der Unsichtbare.

»Da links oben. An Bord seines Schiffes, das ihn nach Jerusalem bringen sollte«, antwortete Sina schnell.

»Professor, Sie sehen und sehen doch nicht. Vorhin haben Sie Ihrem Freund doch gerade die Bedeutungsperspektive erklärt. Warum sollte also der erste von Bayern unabhängige Herzog von Österreich der Zwerg im Bauch des Schiffes sein? Können Sie mir das erklären?«, entrüstete sich die Stimme.

Georg Sina schüttelte den Kopf, kniff die Augen zusammen und musterte die Medaille von Heinrich Jasomirgott erneut.

»Als Sie als Kind zum ersten Mal diese Szene in Ihrem Schulbuch gesehen haben, wer glaubten Sie, wäre Heinrich?«, fragte der Fremde nach.

»Ich glaubte damals, der Mann am Bug im roten Gewand und mit der schwarzen Kappe …«, gab Sina zurück.

»Sehr gut, Professor. Unterschätzen Sie niemals die Wahrnehmung eines Kindes. Der Mann, der mit der ausgestreckten Hand voraus nach Jerusalem, also nach Südosten weist, mit dieser Geste seinen Leuten befiehlt, ihm zu folgen, das ist Jasomirgott. Und er ist noch in vielen anderen Medaillen abgebildet. Paul Wagner in seiner historischen Naivität hat den verkappten Herzog auf jedem einzelnen Hinweis entdeckt: Wie er heimlich den Einzug seines Bruders in Regensburg auf der Tafel des Schottenaltars kommentiert und wie er schließlich den Vatermörder der Gerechtigkeit zuführt. Heinrich richtet ihn persönlich hin, auf einer Jagd, genau wie der Bruder den Vater abgeschlachtet hatte. Nicht umsonst bezeichnet diese Tat den Beginn des Drachenvierecks. Mit dem Mord an Leopold III. und der Sühne dafür beginnt das Geheimnis«, erklärte der Fremde.

»Welches Geheimnis? Was ist sein Inhalt?«, stieß der Wissenschaftler nach.

»Enttäuschen Sie mich jetzt nicht, Professor Sina. Ich habe Ihnen längst verraten, worum es geht«, gab der Unbekannte zu bedenken. »Ein paar Dinge müssen Sie schon selbst herausfinden. Ich wollte Ihnen nur den Anstoß in die korrekte Richtung geben.«

Der Reporter hielt den Studenten fest am Arm und ließ nicht locker. »War hier außer Ihnen noch jemand in diesem Zimmer?«, fragte er den verdutzten Sicherheitsmann. Der schüttelte immer wieder nur stumm und erschreckt den Kopf. Wagner war langsam bereit, ihm zu glauben. Wenn nicht hier, wo dann … »Moment, noch eine Frage. Übertragen Sie die Daten von den Kameras mit einer festen Leitung oder über ein Funknetz?«

Der Student stutzte. »Über ein Funknetz, warum?«

Aber der Reporter war schon draußen und rannte über den Vorplatz des Stiftes, suchend.

»Warten Sie, legen Sie nicht auf!«, rief Sina.

»Vor wenigen Minuten wollten Sie nicht einmal mit mir reden, Professor. Wie schnell sich doch die Dinge ändern …«, lachte der Fremde.

»Was wollen Sie noch? Was ich konnte, habe ich Ihnen gegeben. Das Pferd ist gesattelt, jetzt müssen Sie es nur noch reiten.«

»Wohin führt die Reise? Jasomirgott und der Schottenaltar sollen uns nach Südosten oder in den Süden führen? Wohin will Friedrich, dass wir gehen? Nach Ägypten?«, fragte Sina den Unbekannten.

»Ex oriente lux! Ein brillanter Gedanke, Professor. Und doch liegen Sie vollkommen falsch. Wenn auch nur geografisch. Ein unbedeutender, kleiner Irrtum von Tausenden von Meilen«, präzisierte der Fremde.

»Hören Sie auf damit, ich brauche Antworten!«, wagte Sina eine Offensive und wartete auf die Reaktion.

»Touché, Professor«, erklang die heisere Stimme des Fremden nach einer kurzen Pause. »Also gut. Welches Omen zeigte gemäß dem alten Wissen den Tod eines Herrschers oder das Kommen einer Katastrophe von globalen Ausmaßen an?«

»Ein Komet normalerweise«, antwortete Sina.

»Vor Kurzem erst haben Sie einen gesehen, erinnern Sie sich?«, meinte die Stimme.

Sina überlegte kurz. »Ja, den Weihnachtsstern auf dem Altar des Schottenmeisters, genau über der Heiligen Familie auf der Flucht nach Ägypten.«

»Genau! Der Weihnachtsstern offenbarte den drei Weisen aus dem Orient das Kommen eines unsterblichen Königs. Auf den ersten Blick kein böses Omen, sondern eine Verheißung, die aber andererseits die Söhne Israels das Leben kostete, weil Herodes Antipas alle Knaben im entsprechenden Alter töten ließ«, erklärte der Fremde.

»Und was jetzt? Soll ich den Weihnachtsstern suchen gehen?«, grummelte Sina.

»Nein, doch nicht den Weihnachtsstern, der war ein Dreigestirn. Aber den Himmelskörper, der dem Schottenmeister als Vorbild für seine Darstellung gedient hat.« Der Unbekannte schwieg einen Moment. Im Hintergrund hörte man einige Stimmen. Rasch fuhr er fort: »Ihr Freund Wagner ist schneller, als ich dachte«, meinte er respektvoll. »Na ja, wie auch immer. Hören Sie mir jetzt gut zu. Am 9. Juni 1456 erschien am Himmel über dem Heiligen Römischen Reich der Halleysche Komet. Kaiser Friedrich hat ihn gesehen, der Maler hat ihn gesehen. Finden Sie den Herrscher, der den Kometen zweitausend Jahre vor Friedrich beobachten und dokumentieren hat lassen und der ein ewiges, bis heute existierendes Reich errichtet hat, Professor Sina, und Sie werden verstehen, wohin die Reise geht. Ich wünsche Ihnen viel Glück!« Diesmal klang es aufrichtig. »Ich bekomme hier gleich Besuch von Ihrem Freund und deshalb lassen Sie uns das Gespräch beenden, so gerne ich auch noch länger mit Ihnen geplaudert hätte.« Der Unbekannte legte auf.

Georg Sina starrte fassungslos auf das Handy in seiner Hand. Er hatte das mulmige Gefühl, noch weniger zu wissen als vor dem Gespräch. Und wer zum Teufel war das gewesen?

Als Paul Wagner den Parkplatz erreichte, sah er die dunkelgrüne Mercedes-V-Klasse direkt neben seiner Suzuki stehen. Er sprintete los, immer in Richtung des Van, doch nur wenige Meter bevor Wagner den Kombi erreicht hatte, fuhr der Kleintransporter an und beschleunigte mit aufheulendem Motor über den Rathausplatz, bevor er mit quietschenden Reifen um die Ecke in Richtung Wien verschwand.

Gavint hatte sich in das kleine Café gesetzt, das gleich an der Kasse des Museums für Besucher eingerichtet worden war. Mit Genuss trank er ein Glas des berühmten Stiftsweins und las in Ruhe die neuesten Zeitungen. Von seinem Sitzplatz aus konnte er jeden, der kam oder ging, genau beobachten, ohne selbst gesehen zu werden. Als Wagner mit großen Schritten das Stift verließ, runzelte er die Stirn. Was war los? Aber keine fünf Minuten später kam der Reporter wieder zurück, nickte mit enttäuschter Miene der Frau an der Kasse zu und verschwand wieder im Museum.

Als Wagner und Sina schließlich wenig später das Museum verließen, schaute Gavint ihnen nach. Sie waren ganz im Gespräch vertieft und hatten keinen Blick für ihre Umgebung. Ziemlich unvorsichtig, dachte der Südafrikaner und nahm noch einen Schluck Rotwein.

Als er schließlich die Suzuki starten hörte, gab er dem Kellner ein Zeichen und zahlte. Wie gut, dass er gestern Nachmittag Wagners Remise einen Besuch abgestattet und einen Peilsender an dem Motorrad befestigt hatte. Vor der Sammlung von japanischen Supersportmotorrädern aus den achtziger und neunziger Jahren war er lange bewundernd gestanden, hatte ihren perfektem Zustand und ihr Design bestaunt, das eleganter und runder war als die aktuellen aggressiv gestylten Motorräder. Anschließend hatte er eine Besichtigungsrunde durch die Remise gemacht, verwundert darüber, dass Wagner so sorglos war und nichts von abgesperrten Türen hielt. Wenige Stunden später war Pater Johannes durch genau diese unverschlossenen Tore eingedrungen …

Gavint verließ das Stift Klosterneuburg und ging langsam hinunter in die neue, hochmoderne Tiefgarage, wo der Wagen der Botschaft mit laufendem Motor auf ihn wartete. Gavint kontrollierte den Empfangsschirm des Peilsenders, wo der Leuchtpunkt klar und deutlich zu sehen war. Wagner fuhr auf dem schnellsten Weg in die Stadt zurück – und das schien er wörtlich zu nehmen. Gavint verfolgte den roten Punkt und bekam den Eindruck, der Peilsender sei an einem tieffliegenden Flugzeug befestigt worden, so schnell glitt er über die elektronische Straßenkarte.

30. Dezember 1916, Jussopow Palast, St. Petersburg/Russland

Fürst Felix Jussopow öffnete nervös die Tür und blickte direkt in die Mündung einer Steyr M1912. Er bereute es in der Sekunde, heute Abend sein gesamtes Personal außer Haus geschickt zu haben. Vor ihm, auf der dunklen, eiskalten Straße standen fünf Männer in feldgrauen Mänteln. An ihren linken Ärmeln erkannte Jussopow ein aufgenähtes weißes Wappenschild mit einem roten Kreuz und einem sechszackigen Stern darin. Dass die Ochrana, der russische Geheimdienst, sein Haus beschattete, das war ihm bereits seit Langem bewusst und ein Dorn im Auge. Heute hoffte er insgeheim auf die Hilfe der Agenten, doch niemand ließ sich blicken. Der Fürst fluchte leise.

»Wir dürfen doch eintreten, Fürst Jussopow«, sagte der ältere Mann mit Backenbart und ausrasiertem Kinn höflich, aber bestimmt und hielt dem Adeligen die großkalibrige automatische Handfeuerwaffe der k.u.k. Armee vor die Nase. Seine Hand zitterte nicht einen Millimeter und ohne eine Antwort abzuwarten, schob er Jussopow brüsk ins Innere der Vorhalle.

»Deutsche!«, schimpfte der Adlige laut.

»Österreicher, spätestens seit 1871«, antwortete sein Gegenüber knapp und ließ den Adeligen nicht eine Sekunde aus den Augen. Die vier anderen Männer drängten hinterher und verschlossen die Eingangstür hinter sich. Von den Agenten der Ochrana gab es noch immer keine Spur, dachte Jussopow und suchte verzweifelt nach einem Ausweg.

Nun hatten alle anderen Eindringlinge eine Steyr M12/P16 aus ihren Mänteln gezogen. Der Fürst erkannte die Reihenfeuerpistolen sofort an ihrem charakteristischen Anschlagschaft.

»Also ich bin Tscheche«, brummte einer. »Und ich Pole«, ein anderer. Bevor der Ungar auch noch seinen Mund aufmachen konnte, gebot der Anführer allen mit strengem Blick zu schweigen.

»Hätten Eure Gnaden die Güte, uns Grigori Jefimowitsch Rasputin auszuhändigen?« Es war keine Frage, eher ein höflich formulierter Befehl des Mannes mit der Pistole.

»Wir wissen aus gut informierten Kreisen, dass er heute zu Gast in Eurem Haus ist. Ihr seid, sofern unsere Informanten recht haben, einer der letzten der Petersburger feinen Gesellschaft, der sein Vertrauen genießt.«

»Ich weiß beim besten Willen nicht, wovon Sie reden«, log Felix Jussopow, aber dicke Schweißtropfen auf seiner Stirn verrieten seine missliche Lage.

Der Anführer der kleinen Gruppe ließ sich nicht einen Moment täuschen. Seine Höflichkeit verflog wie eine Wolke teuren Zigarrenrauchs. »Lassen Sie augenblicklich die Mätzchen, Jussopow. Ich weiß, dass er hier ist. Also geben Sie ihn heraus, bevor ich wirklich unangenehm werde. Und noch eines, Fürst, versuchen Sie nicht, mich zu täuschen. Ich kenne Rasputin persönlich, also können Sie es sich verkneifen, mir jenen Doppelgänger unterzujubeln, den Sie und Ihre hochadligen Freunde durch die Spelunken und Hurenhäuser Russlands marodieren lassen, um Rasputins Ruf in der Öffentlichkeit endgültig zu ruinieren. Haben Sie mich verstanden?« Der Anführer spannte den Hahn seiner Waffe. Das »Klick« war laut in dem mit goldumrandeten Spiegeln und Fayencen dekorierten Entree zu hören.

»Wir wollen nicht, dass Missverständnisse zwischen uns aufkommen«, ergänzte ein zweiter Österreicher in akzentfreiem Russisch und lächelte kalt.

»O nein, Missverständnisse wollen wir ganz und gar nicht«, knurrte der Tscheche und presste dem Fürsten den Lauf seiner Waffe in die Seite, dann spannte auch er den Hahn und Jussopow war sich sicher, er würde nicht eine Sekunde lang zögern und abdrücken, wenn er um Hilfe rief. Der Fürst schluckte geräuschvoll, hob stumm die Hände und deutete mit dem Finger auf die Treppe nach oben.

»Na fein, das war doch gar nicht so schwer. Sie gehen voran, wir folgen Ihnen«, meinte der Anführer der Gruppe in schmeichelndem Ton und bedeutete Jussopow mit einem Wink mit seiner Pistole, sich in Bewegung zu setzen. Der Adelige ging langsam mit kleinen Schritten voran wie ein artiges Kind und die vier Männer in Feldgrau folgten ihm mit der Automatik im Anschlag.

Im oberen Stockwerk angelangt, blieb Jussopow vor einer Türe stehen und ließ ängstlich seine Augen hin und her wandern.

»Ist er da drinnen?«, fragte der Anführer der Gruppe.

Der Fürst nickte heftig, konnte aber kein Wort hervorbringen.

Der alte Mann mit den grauen, kurz geschnittenen Haaren schaute Jussopow nachdenklich an. Dann lächelte er mehrdeutig. »Aber nicht alleine?«, hakte er nach.

Der Adlige schüttelte heftig den Kopf.

»Das verkompliziert die Sache ein wenig«, seufzte der Mann in Feldgrau und deutete mit der freien Hand links und rechts neben die Türe. Sofort nahmen jeweils zwei seiner Leute die Positionen ein und machten sich bereit, den Raum zu stürmen und zu sichern.

»Aufmachen«, befahl der Anführer Jussopow leise. Der gehorchte mit zitternden Fingern und drückte die schwere Türklinke. Von drinnen hörte man eine Männerstimme fragen: »Haben Sie die Leute endlich abgewimmelt?«

Im nächsten Augenblick sprangen die vier Männer in Feldgrau in das Zimmer. »Hände hoch! Waffen auf den Boden legen und Maul halten!«, brüllten sie.

Zufrieden lächelte der Anführer mit der Steyr M1912, als er schwere Gegenstände auf den Boden fallen hörte und kein weiteres Wort mehr gesprochen wurde. Der Raum war sicher.

»Bitte sehr, nach Ihnen, Fürst Jussopow«, flüsterte er drohend und schob den Zitternden vor sich her in den Raum hinein. Ein unangenehmer Geruch nach Blut und Exkrementen stieg ihm beim Betreten des Zimmers in die Nase. Ein Blick genügte. Vor seinen Leuten, die mit gezogenen Waffen alle in Schach hielten, war eine illustre Runde versammelt.

»Ich sehe, alles, was Rang und Namen in Russland hat, ist Felix Jussopows Einladung heute gefolgt«, meinte der Anführer eine Verneigung andeutend. »Der Abgeordnete zur Duma Wladimir Purischkewitsch, Hauptmann Suchotin vom Preobraschenskij-Regiment, der Sanitätsarzt Doktor Lasowert und sogar der ›Lieblingsneffe‹ der Zarenfamilie, Großfürst Dimitri Pawlowitsch. Oh, welch freudige Überraschung, Oswald Rayner und John Scale vom Secret Intelligence Service Seiner Majestät, des Königs von England, sind auch zugegen. Ich begrüße Sie alle aufs herzlichste, meine Herren.«

Der Alte ließ seinen kalten Blick über die erstaunten Männer in aufgekrempelten Hemdsärmeln wandern. Da bemerkte er auch verwundert die schreckgeweiteten Augen seiner Männer. Er folgte ihren Blicken und sah die zusammengesunkene, auf einen Sessel gebundene Gestalt, die nichts Menschliches mehr an sich hatte. Seine Blicke schweiften weiter und er sah, dass überall auf dem Fußboden Blut und Auswurf klebte, auch an den Gesichtern und am weißen Stoff der Hemden der Ertappten erkannte er dunkelrote, gestockte Spritzer. Waren er und seine Einsatztruppe zu spät gekommen, fragte er sich zornig und mit einer heftigen Bewegung schleuderte er Felix Jussopow zu Boden. Sofort kroch dieser hinter die Reihen seiner Mittäter und brachte sich in Sicherheit.

Der Alte steckte seine Pistole in die Manteltasche und näherte sich der blutenden, vollkommen nackten, muskulösen Gestalt. Was er hier sehen musste, erinnerte den erfahrenen Mann an Skulpturen des gegeißelten Schmerzensmannes, die er in diversen Kirchen und Klöstern schon so oft gesehen hatte. Aber die künstlerische Umsetzung spottete bei aller Grausamkeit der Bestialität dieses Augenblicks. Zwischen den Beinen hing dem Gefolterten ein riesiger Penis schlaff herab. Magengegend und Genitalien zeigten Spuren schwerer Misshandlungen.

Zögernd ergriff der Anführer die in langen, fettigen Strähnen herabhängenden Haare des Gefesselten und hob den Kopf an, um das geschundene Gesicht im Licht besser erkennen zu können. Ein struppiger Vollbart bedeckte es fast vollständig. Ohne Zweifel, Rasputin.

Plötzlich regte sich die Gestalt. Der Mann in Feldgrau wich erschreckt zurück. Rasputin öffnete die Augen. Sein tiefliegender, stahlblauer Blick schien alles und jeden sofort zu durchbohren. Er hob die Hände und begann mit rauer, dunkler Stimme unverständliche Worte zu stammeln.

»Er zitiert die Bibel«, flüsterte der Pole seinem Anführer zu. Der nickte und deutete ihm zu verstummen. Er atmete tief durch und ging vor Rasputin in die Hocke, damit der ihm ins Gesicht sehen konnte.

»Erkennen Sie mich?«, fragte er den vor sich hin dämmernden Mann. Rasputin schien aus einer Trance zu erwachen und schaute ihn an. Nicht der Zustand des Gefesselten, sondern sein Blick war es, der in dem Österreicher zum zweiten Mal eine heftige emotionale Reaktion auslöste. Nur mit Mühe überwand er, wie schon bei ihrer ersten Begegnung, seine augenblickliche Abneigung gegen den Mystiker und versuchte, in seine antrainierte Professionalität zurückzufinden.

»Erkennen Sie mich, Grigori Jefimowitsch?«, wiederholte er.

Rasputin überlegte kurz, dann hob er röchelnd zu sprechen an: »Natürlich. Sie sind zurückgekommen, wie Sie gedroht haben. Nach zehn Jahren ... Und wieder mit vier anderen ... Nur diesmal ohne Auto, um mich totzufahren.« Rasputin verlor wieder das Bewusstsein.

Der Alte rieb sich die Stirne. Es war 1910 gewesen, als er und vier andere aus dem Rat der Zehn Rasputin mit dem Automobil überfahren hatten, um ihn zum Schweigen zu bringen. Aber der zähe Asket hatte überlebt. Lange Tage hatte er daraufhin selbst dem Genesenden im Petersburger Krankenhaus ins Gewissen geredet, dass er über das Geheimnis zu schweigen habe und es nicht anwenden dürfe. Aber nein, der starrsinnige Rasputin musste ja unbedingt den Zarewitsch am Leben halten! Ein sterbenskrankes Kind vor dem Tod zu bewahren, war kein Vergehen, das vom Orden bestraft würde, aber das allgemeine Aufsehen darum, die Hofintrigen, und dann der Lebenswandel dieses Mannes ...

Der grauhaarige Mann fragte sich, ob Rasputin wegen des gescheiterten Attentats und der ausgesprochenen Drohung, wiederzukommen, falls er sich nicht an die Regeln hielt, zu saufen begonnen hatte. Wer hätte das ahnen können! Die Frage war nun, ob er in all den Saufgelagen und Hurereien sein Schweigen eingehalten hatte oder nicht.

Der Alte richtete sich auf und stemmte die Fäuste in die Hüften. Schaute auf Rasputin hinab.

»Superior, wir verlieren wertvolle Zeit«, raunte ihm einer seiner Leute zu und fuhr fort: »Die feinen Herren hier haben den Mann grausam gefoltert, weil sie offenbar etwas von ihm erfahren wollten. Was ist, wenn es das …«

»Silentium!«, herrschte ihn der Alte an, gab aber dann zu: »Du hast recht, Bruder.« Mit schnellen Schritten war er bei Jussopow, der wimmernd und auf allen vieren zu entkommen suchte. Der Österreicher packte ihn an den Haaren und zog ihn auf die Beine. Mit der Linken hielt er den zappelnden Fürsten, mit der anderen zog er seine Waffe. Hauptmann Suchotin wollte Jussopow zur Seite stehen, aber der Tscheche kam ihm zuvor und schlug ihm mit dem Anschlagschaft seiner Steyr M12/P16 so heftig in die Rippen, dass er zu Boden ging. Ein Murmeln ging durch die Gruppe der prominenten Gefangenen, doch keiner wagte es, angesichts der auf sie gerichteten Waffen eine sinnlose Heldentat zu vollbringen.

Der Alte schob Jussopow den Lauf seiner M1912 so weit in den Rachen, dass er gurgelnd röchelte und auf die Automatik schielte. »Was hat Euch Rasputin verraten, Fürst?«, knurrte er. »Los, redet, oder ihr seid allesamt sofort und ohne Beichte auf dem Weg zur Hölle!« Kaum hatte er fertig gesprochen, hoben seine Männer ihre Waffen auf Augenhöhe der Gefangenen.

»Nichts hat er uns verraten!«, rief Doktor Lasowert schrill. »Weder, ob er die Töchter des Zaren wirklich gebadet, die Zarin gefickt oder den Zaren und den Zarewitsch behext hat, gar nichts hat der Teufel uns verraten!« Die Stimme des Mediziners überschlug sich vor Furcht.

Der Superior schnaubte verächtlich. »Das interessiert mich alles nicht, zum Donnerwetter!«, brüllte er. »Was ist mit dem geheimen Ritual, das er durchgeführt hat, um den Zarewitsch zu retten!«

Oswald Rayner vom Britischen Geheimdienst hob beruhigend beide Hände, die vier Männer in Feldgrau nicht aus den Augen lassend. Er erkannte professionelles Vorgehen, wenn er es sah, und diese Gruppe war nicht zum Spaßen aufgelegt.

»Gentlemen, ich weiß nicht, wer Sie sind, ob Sie in offiziellem Auftrag oder auf eigene Rechnung hier sind, aber ein Ritual war ganz gewiss nicht Inhalt unserer Befragung. Diese Herren und Seine Majestät wollten lediglich verhindern, dass dieser Scharlatan weiterhin Einfluss auf die Politik des Zaren ausübt und einen Frieden mit Deutschland herbeiführt«, sagte Rayner in betont ruhigem und um Sachlichkeit bemühtem Ton.

Der Alte schüttelte ärgerlich den Kopf. »Das ist doch alles Mumpitz. Damit hat sich der Bauerntölpel dort drüben doch gar nicht befasst. Er war es zufrieden, Starez genannt zu werden. Er wollte ein weiser Mann sein, mit direktem Zugang zu den göttlichen Mysterien. Darum hat er den Zaren vor dem Krieg gewarnt. Darum wollte er den Frieden!«, schimpfte der Österreicher wütend und presste Jussopow die Pistole tiefer in den Hals.

Fürst Felix Jussopow quiekte laut auf wie ein verletztes Schwein, hob flehend die Hände und zerrte am grauen Uniformmantel seines Peinigers. Der Alte schaute ihm in die angsterfüllten Augen.

»Was ist? Wollen Sie mir etwas sagen, Jussopow?«, knurrte er und bemerkte befriedigt den größer werdenden dunklen Fleck auf der Hose des Fürsten. Jussopow nickte hysterisch und dicke Tränen liefen über seine Wangen. Angewidert zog der grauhaarige Superior seine Pistole aus dem Mund des Adligen und wischte den Lauf an dessen Gewand trocken.

»Ich wollte ihn umbringen! Ja, das wollte ich wirklich!«, kreischte Jussopow. »Ich habe alles versucht, aber es ging nicht. Ich habe ihm Madeira mit Zyankali verabreicht. Nichts! Dann hat er Kuchen mit dem Gift gegessen, Unmengen davon. Wieder nichts! Da habe ich mich an die anderen gewandt um Hilfe. Suchotin hat ihm eine Kugel in die Brust geschossen. Und was macht der Teufel? Er tanzt! Der Dämon da drüben hat getanzt, mit mehreren Kugeln in der Brust! Was hätten wir tun sollen? Er ist nicht umzubringen …«

»Hat er etwa …«, rief der Pole überrascht aus.

»Offensichtlich hat er«, antwortete ihm der jüngere der beiden Österreicher.

»Silentium!«, fauchte ihr Anführer und zog Jussopow den Knauf seiner Pistole über den Schädel, um seinen Redefluss zu beenden. Der Fürst hielt sich mit verkrampften Fingern den blutenden Hinterkopf und verkroch sich schluchzend in eine Ecke.

Wladimir Purischkewitsch meldete sich kleinlaut zu Wort: »Verzeihen Sie, wenn ich mich einmische …«

»Einmischen? Zuerst foltern Sie einen Wehrlosen, und jetzt erst glauben Sie sich einzumischen, Sie wahnsinniger Politiker?«, polterte der Tscheche fassungslos und seine Pistole zielte auf Purischkewitsch.

»Aber es ist die Wahrheit!«, überschrie ihn der Politiker. »Wir haben alles versucht, aber der Mann wollte und wollte nicht sein Leben aushauchen. Ich persönlich habe ja nie etwas auf diese Märchen gegeben, aber es scheint zu stimmen, dass dieser Rasputin ein Anhänger der Chlysten ist.«

Der Alte blickte überrascht auf. Was wusste dieser Duma-Abgeordnete von der Sekte? Er schaute nervös auf seine Armbanduhr, sie hatten nicht mehr viel Zeit. Trotzdem hakte er nach: »Wie kommen Sie darauf?«

»Na hören Sie, das liegt doch auf der Hand«, sprudelte es aus dem Politiker heraus. »Kennen Sie die Geschichte nicht? Eine gewisse Irina Nesterowna hat mit hundert Jahren Iwan Suslow geboren, wie ihr zuvor geweissagt worden war. Der bestürzte Pope verweigerte ihm die Taufe, und auch ein Pate fand sich nach langem Suchen erst sechs Wochen später.« Nervös wischte sich der Politiker die schweißnassen Hände an seiner Hose ab. Dann fuhr er aufgeregt fort: »Die Chlysten deuten dieses Ereignis als die Erfüllung einer Prophezeiung des Propheten Esra. Suslow galt bei ihnen fortan als Christus, und der Frevler predigte auch als solcher. Als dieser Messias etwa dreiunddreißig Jahre alt war, erfuhr der Zar Alexej Michailovitsch von seiner Ketzerei und ließ ihn zusammen mit etwa vierzig Helfern im Dorf Pogostj festnehmen, verhören und foltern, allerdings ohne Erfolg. Und sie waren nicht die letzten, die nichts aus Suslow herausbekamen. Selbst der Patriarch Nikon und diverse Bojaren waren erfolglos und seine Lehre blieb weiter geheim.« Der Politiker schluckte und lockerte sich mit dem Zeigefinger den Stehkragen. »Die Legende besagt, dass selbst das Feuer des Scheiterhaufens ihm nichts anhaben konnte. Und nachdem er endlich seine Seele ausgehaucht habe, sei er kurze Zeit später seinen Leuten erschienen und habe weitergelehrt. Der Zar erfuhr von seinem neuerlichen Wirken und ließ ihn wieder foltern. Nachdem man ihm die Haut hatte abziehen lassen, kam eine seiner Anhängerinnen, eine Jungfrau, und wickelte den Geschundenen in ein reines Laken. Da sei das Wunder geschehen, dass das Laken an ihm anwuchs und zu menschlicher Haut wurde. Von diesen Dingen zeugen mehrere Lieder der Chlysten. Auf ungeklärte Weise kam Suslow frei und soll noch über dreißig Jahre lang in Moskau gelehrt haben. Nach seinem Tod ließ Suslow seinen Leib zurück, um als Fleisch gewordener Gottessohn ein Beispiel frommer Demut und Duldung zu geben …«

Die vier Männer in Feldgrau tauschten bedeutungsvolle Blicke, während der Superior die Augen verdrehte. »Und ein so gebildeter Mann wie Sie glaubt das allen Ernstes?«, fragte er den Politiker ruhig.

»Da, haben Sie das gesehen? Ihre Männer glauben das auch!«, kreischte Purischkewitsch.

Ohne eine Miene zu verziehen, schoss der Superior dem Abgeordneten gezielt durch die Schulter. Purischkewitsch sackte zusammen und verstummte.

»Noch jemand, der sich über alte Märchen so aufregt?«, fragte der Alte ruhig und blickte in die Runde. Niemand traute sich, sich zu rühren, alle blickten zu Boden. Da wandte er sich wieder Rasputin zu. Zweimal schlug er ihm mit der flachen Hand ins Gesicht, damit er wieder zur Besinnung kam.

»Grigori Jefimowitsch, hörst du mich?«, sprach er ihn an. Der Geschundene nickte.

»Gut so. Hast du etwas von dem, von dem ich dir geboten habe, auf ewig zu schweigen, an diese Männer hier verraten?«, fragte der Superior mit Nachdruck. Rasputin schüttelte den Kopf.

»Dann ist es gut, mein Sohn. Bereust du alle deine Sünden, Grigori Jefimowitsch?«, fragte der Feldgraue sanft. Rasputin nickte.

»Ego te absolvo a peccatis tuis in nomine Patris et Filii et Spiritus Sancti. Du weißt, was ich nun tun muss, Grigori?«, flüsterte der Alte.

Rasputin nickte wiederum. Dann jedoch hob er den Kopf und blickte mit starren Augen weit, weit weg und röchelte: »Falls ich von gewöhnlichen Attentätern ermordet werde, besonders durch meine Brüder, die russischen Bauern, dann hast du, der Zar, nichts zu befürchten für deine Kinder. Sie werden über Hunderte von Jahren Russland regieren. Falls ich jedoch von Bojaren, von Adligen, ermordet werde, falls sie mein Blut vergießen, dann werden ihre Hände fünfundzwanzig Jahre lang befleckt sein mit diesem Blut und sie werden mein Blut nicht abwaschen können. Sie werden Russland verlassen müssen, Brüder werden Brüder ermorden. Sie werden einander töten und sie werden einander hassen. Fünfundzwanzig Jahre lang werden keine Adligen mehr im Land sein.« Schweiß rann Rasputin über sein zerschlagenes Gesicht und seine Stimme wurde immer leiser. Doch er fuhr fort und alle hörten ihm entsetzt zu.

»Zar von Russland, wenn du die Glocke hörst, welche dir sagt, dass Grigori ermordet wurde, dann musst du Folgendes wissen: Wenn es deine Verwandten waren, welche meinen Tod verursacht haben, dann wird niemand aus deiner Familie, kein Kind deiner Verwandten, noch länger als zwei Jahre am Leben bleiben. Sie werden getötet durch das russische Volk.«

»Ach Grigori, das spielt doch alles keine Rolle mehr. Die oberste Heeresleitung hat doch schon längst ihr Paket geliefert«, raunte der Superior und streichelte sanft über Rasputins Kopf. Im nächsten Moment setzte er die Steyr an seiner Stirn auf und drückte ab. Der nackte Körper schnellte nach hinten, wurde durch die Lehne des Sessels wieder nach vorne geworfen.

Ein Aufschrei des Entsetzens zerriss die Anspannung. Die Russen hasteten zu dem Getroffenen. Mit weit aufgerissenen Augen beobachteten sie, wie die Zuckungen und Krämpfe des Sterbenden langsam verebbten.

»Wie haben Sie ...«, japste Doktor Lasowert und deutete abwechselnd auf den Toten und auf den Mann in Feldgrau, der regungslos dastand und langsam die Waffe senkte. Der Superior blickte den Mediziner mitleidig an und deutete sich auf die Stirn. »Das zentrale Nervensystem«, erklärte er kurz. Dann wandte er sich seinen Leuten zu und rief laut:

»Jetzt aber raus hier! Wir haben schon zu viel unserer kostbaren Zeit mit den Iwans verloren.«

Die fünf Männer stürmten los, aus dem schaurigen Zimmer hinaus und liefen hastig die Treppe hinunter. Unten jedoch wartete bereits eine Polizeitruppe auf sie, die sofort das Feuer eröffnete. Die Agenten der Ochrana, die Rasputin beschatteten, hatten Verstärkung von der Polizei angefordert, nachdem sie die fünf Männer in den Palast hatten eindringen sehen.

Der Superior und seine Leute erwiderten das Feuer, schossen ohne zu zögern zurück. Im heftigen Kugelhagel gelang es ihnen, sich in eines der Zimmer zurückzuziehen, deren Tür von der Treppe aus erreichbar war, um sich darin zu verschanzen. Immer wieder schlugen Projektile durch das Holz der Tür. Dann wurde es mit einem Mal still draußen. Die Verteidiger lauschten aufmerksam.

»Was machen die jetzt?«, flüsterte der Tscheche.

»Wahrscheinlich haben sie die Schweinerei im anderen Raum gefunden und befragen die feinen Herrschaften dazu«, zischte der Ungar.

»Ich glaube eher, die beraten sich darüber, wie sie uns am besten ausräuchern«, widersprach ihm der Pole.

»Ich habe die Schnauze gestrichen voll von euch. Ich will nur noch nach Hause«, fluchte der Ungar.

»Was denn? Etwa zurück zu Frau und Kind? Wie unsere tapferen Waffenbrüder an der Front?«, rief der jüngere Österreicher.

»Was soll das heißen?« Der Ungar richtete sich drohend auf und fixierte ihn.

»Das soll heißen, dass ihr ohne uns noch eine stinkende Grenzprovinz der Osmanen wärt und jetzt im Weltkrieg reihenweise Fersengeld gebt!«, fauchte der Österreicher, richtete sich gleichfalls auf, trat dicht an den größeren Ungarn heran und starrte ihm in die Augen.

»Du deutscher Hund!«, brüllte der Magyar in seiner Muttersprache.

Beide sprangen zurück und richteten ihre Waffen aufeinander, bereit, gegebenenfalls ohne zu zögern abzudrücken.

»Pax vobiscum, Brüder!«, brüllte der Superior. »Wir kommen hier nur lebend wieder heraus, wenn wir zusammenhalten. Lasst uns noch einmal treu und fest zusammenstehen. Mit vereinten Kräften!«, rief er die beiden zur Ordnung. Der Ungar schüttelte den Kopf.

»Das ist mir jetzt alles egal! Ich rede mit denen und gehe einfach heim!«, schrie er, warf seine Waffe auf den Boden und ging mit entschlossenen Schritten zur Tür. Die vier anderen sprangen in Deckung. Der Magyar drehte den Knauf der Türe und trat mit erhobenen Händen hinaus. »Ich ergebe mich!«, waren seine letzten Worte. Zahlreiche Kugeln zerfetzten im selben Moment seine Brust, von der Wucht der Treffer wurde die zuckende Leiche zurück ins Zimmer geschleudert.

»Sofort die Türe zu!«, befahl der Superior. Mit einem Fußtritt befolgte der Pole die Order, während vom Gang her ein lautes »Hurra!« aus zahlreichen Kehlen schallte.

»Scheiße, die haben uns am Wickel«, fluchte der Tscheche. »Sitzen da draußen und warten, bis wir blöd genug sind, um den Kopf raus zu stecken.«

»Im Angesicht des Todes zu fluchen, ist sündhaft«, tadelte ihn der Pole.

»Ach, leck mich nach Krakau!«, entgegnete der Tscheche.

»Es wäre an der Zeit für eine Gegenoffensive, meine Herren«, keuchte der junge Österreicher. Er war auf dem Bauch zu ihnen vor an die Tür gerobbt.

»Na bitte, wenn Sie wünschen«, schmunzelte der Pole und spähte zusammengekauert durchs Schlüsselloch hinaus auf den Gang.

»Sehr schön, wie im Lehrbuch. Geschlossene Linie«, raunte er den beiden anderen zu, die sich an die Wand gepresst aufgerichtet hatten. Dann hob er die linke Hand und zählte mit den Fingern bis drei. Als die Spitze seines Mittelfingers nach oben ging, trat der Tscheche mit lautem Krachen die Türe durch, schoss augenblicklich und traf den kommandierenden Offizier genau zwischen die Augen. Sofort schnellte er in seine Deckung zurück und murmelte grimmig: »Hab ich dich, Brüderchen.«

»Das macht dir doch hoffentlich keine Freude, Pawel?«, entsetzte sich der Pole.

Aber Pawel schaute ihn nur verächtlich an.

»Keine Namen!«, grollte der Superior und lauschte auf das tumultartige Stimmengewirr im Gang.

»Gut gemacht, Männer. Sie sind führerlos und verwirrt. Waffen auf Dauerfeuer und ausbrechen!«, befahl er mit fester Stimme. Er selbst steckte seine Steyr in den Halfter am Gürtel und lud sich ächzend den toten Ungarn auf die Schultern.

»Warum dieser Ballast, bitte?«, fragte ihn der Pole.

»Wir dürfen keinen von uns zurücklassen, niemals, das war immer so und wird immer so sein«, antwortete der Alte streng. Dann rief er: »Mit vereinten Kräften! Vorwärts!«

Die Mündungsfeuer der drei Steyr M12/P16 blitzten auf, Patronenhülsen prasselten durch die Luft und die vor dem Zimmer postierte Reihe Polizisten tanzte wie die Marionetten im Takt der Schüsse. Als ob ihnen jemand die Schnüre durchtrennt hatte, stürzten die Wachmänner mit aufgerissenen Brustkörben zu Boden. Die nächste Gruppe Uniformierter stürmte nach vorne, um von einer zweiten Salve sofort vollständig niedergemäht zu werden.

Mit geübten Handgriffen wechselten die Männer in Feldgrau ohne hinzusehen ihre Magazine aus, ihre Augen überwachten stets den Gang, der nun mit Leichen übersät war. Dann, ohne ein Wort zu verlieren, stürmten sie aus dem Zimmer hinaus und rannten im stummen Einvernehmen auf die Treppe zu. Die Agenten der Ochrana gaben nicht auf und schickten eine weitere Welle Polizisten die Stufen hinauf, ihnen entgegen. Jedoch auch ein weiteres Mal bewiesen die modernen österreichischen Waffen ihre Überlegenheit. Mühelos erreichten die vier Männer den Treppenansatz.

»So geht das nicht!«, hörten sie die Stimme des Engländers hinter sich. Nur noch wenige Meter trennten sie von der Freiheit. Da ertönte ein einzelner Schuss und der Superior, in den Rücken getroffen, brach hilflos unter seiner Last zusammen. Oswald Rayner, der britische Agent, hatte den gezielten Schuss vom Treppenkopf im oberen Stockwerk abgegeben.

»Verfluchter Schweinehund!«, schrie der Tscheche und bedeckte die Treppe mit einer Feuersalve. Rayner zog den Kopf ein und hechtete zurück, während die Kugeln ihm um die Ohren pfiffen.

»Daneben«, zischte Pawel enttäuscht durch die Zähne und spuckte aus.

»Komm, lass uns doch endlich verschwinden. Los, nimm du den Ungarn. Ich trage den Superior«, forderte der Pole und zerrte an Pawels Mantelschoß. Er kniete neben dem Alten nieder, der noch Leben in sich hatte.

»O nein, mein Freund, den Ungarn trage ich nicht. Viel zu lange haben unsere Leute diese hochnäsige Brut auf ihren Schultern getragen«, knurrte der Tscheche und lud nach. Er spähte nach oben, aber von dort ließ sich niemand mehr blicken.

»Na fein, dann trage ich ihn eben und du fährst«, zischte der herbeigeeilte Österreicher und ging dem Polen zur Hand.

Es hatte zu schneien begonnen in St. Petersburg. Dicke Flocken fielen vom Himmel, tanzten in den dunklen Straßen und legten sich wie ein weißes Leichentuch über die Stadt. Die Straßenlaternen zeichneten helle Kreise in den weißen Neuschnee, als die Tür des Jussopow Palastes aufsprang und die drei Männer auf die Straße stürzten, fast ausglitten und schließlich die dämmerige Straße hinunter auf ein großes, schwarzes Automobil zurannten. Kurz darauf spie das Palais Trauben von schreienden, rennenden und wild um sich schießenden Polizisten aus. Aus einigen finsteren Seitengassen kam Verstärkung, hinter den Fenstern der Häuser gingen wegen des Lärms die Lichter an und erschreckte Menschen im Nachtgewand lehnten sich schaulustig über die Fensterbretter.

Die drei Flüchtenden warfen die zwei Leblosen auf die Rückbank des Wagens, Pawel klemmte sich hinters Steuer. Schweratmend setzte sich der Pole zum röchelnden Superior und hielt seinen Kopf aufrecht. Kaum war der Österreicher auf den Beifahrersitz gesprungen, hatte der Tscheche auch schon den Motor gestartet und die Kupplung greifen lassen.

»Gott steh uns bei«, seufzte der Pole von hinten.

»Fürs Erste soll der liebe Skoda hier mit uns sein«, brummte Pawel und trat das Gaspedal durch. Der schwere Motor heulte auf und die Limousine schoss pfeilschnell nach vorne. Von dumpfem Poltern und heftigem Rucken begleitet durchbrach der Wagen einen Polizeikordon, Uniformierte wurden wie Stofffetzen an den Seitenfenstern vorbeigewirbelt. Mit heftigem Krach landete einer der Polizisten auf der Windschutzscheibe, die von dem Aufprall einen gewaltigen Sprung erhielt, dann wurde er auch schon weggeschleudert.

»Na, immerhin gehalten hat sie«, knurrte Pawel und gab erneut Gas.

»Das war er also«, seufzte der Österreicher, »unser letzter gemeinsamer Einsatz.«

»So Gott will«, meinte der Pole.

Der Superior öffnete die Augen, sah den Polen mit starren Augen an und hauchte schließlich mit versagender Stimme: »Gepriesen sei der, der da lebt und herrscht in Ewigke …« Noch bevor er seinen Satz vollenden konnte, starb er. Der Pole bekreuzigte sich stumm.

»Amen!«, sagte der Mann auf dem Beifahrersitz. Die beiden anderen schwiegen. Pawel trat das Gaspedal durch und mit heulendem Motor driftete der schwarze Skoda um eine enge Kurve und verschwand in der Dunkelheit der St. Petersburger Nacht.

Zar Nikolaus II. saß an seinem Schreibtisch und war guter Dinge. Die Strahlen der Morgensonne hatten seine gute Laune geweckt, was in Zeiten wie diesen selten geworden war. Plötzlich klopfte es und sein Sekretär betrat das Arbeitszimmer.

»Majestät, ein Mann von der Ochrannoje Otdelenie bittet um eine dringliche Audienz«, rief er und blickte erwartungsvoll auf seinen Zaren.

»Von der Sicherheitsabteilung? Soll reinkommen!«, antwortete der Monarch und fühlte seine gute Laune schwinden.

»Was will die Ochranka so früh am Morgen von mir?«, rief er dem Eintretenden entgegen, ohne auf die Höflichkeiten seiner Begrüßung zu warten. Er ahnte Schlimmes.

»Majestät, Rasputin ist tot. Unsere Leute haben seinen Leichnam heute aus der Newa geborgen«, stieß der Mann hervor und verbeugte sich rasch danach.

»Wie?«, entfuhr es dem Zaren erschrocken. Mit großem Unbehagen erinnerte er sich an den »Abschiedsbrief«, den er vor Kurzem erst von Rasputin erhalten hatte und der düstere Prophezeiungen über die Zukunft seiner Familie und für ganz Russland enthalten hatte.

»Ermordet, mein Zar«, murmelte der Geheimpolizist.

»Von wem?«, hakte Nikolaus nach und dachte dabei: Bitte, Gott, lass es für mich und meine Kinder einfache Attentäter gewesen sein.

»Das wissen wir nicht. Aber die Täter haben das hier im Mund des Opfers zurückgelassen«, stammelte der Gefragte zögerlich und streckte dem Zaren die geöffnete Hand entgegen.

»Ein roter Stern? Bolschewiki?«, wunderte sich Nikolaus.

»Wohl kaum, Majestät. Denn der Stern hat sechs und nicht fünf Zacken«, erklärte der Beamte.

»Finden Sie die Mörder!«, befahl der Zar streng. »Was gibt es sonst noch?«

»Nun, weil Sie diese Leute erwähnt haben, Majestät. Der Dissident Lenin ist mit einem versiegelten Zug der deutschen obersten Heeresleitung in Petersburg eingetroffen und beginnt Anhänger um sich zu scharen«, berichtete der Spitzel wahrheitsgetreu. Der Zar schaute unbeweglich aus dem Fenster seines Arbeitszimmers.

»Danke. Sie können gehen«, befahl er dann. In düsteren Gedanken gefangen verschränkte er die Arme hinter dem Rücken und fragte sich: »Vielleicht ist es mit diesem Krieg wirklich gekommen, das Ende der Zaren, Kaiser und Imperien?«

Innere Stadt, Wien/Österreich

Die Männer hatten sich umgezogen. Drei von ihnen trugen jetzt die roten Jacken der Rettungsärzte und Ambulanz-Fahrer und sie waren in Eile. Die typischen Erste-Hilfe-Koffer aus Metall in der Hand, stürmten sie die Treppen des Allgemeinen Krankenhauses in Wien hinauf, gefolgt von einem einzelnen Mann in einem grauen Anzug. Das größte Spital der Stadt kam nie zur Ruhe, ständig brachten Rettungsfahrzeuge aus ganz Wien Kranke und Verletzte in die Stationen der beiden Bettentürme, die weithin sichtbar das Stadtbild beherrschten.

Die Männer, die nun zwei Stufen auf einmal nehmend die Treppen hinaufeilten, fielen niemandem auf, sie fügten sich nahtlos in das Geschehen des ständigen Kommen und Gehens ein. Vor der Türe der geschlossenen Abteilung saß ein gelangweilter Polizeibeamter in Uniform, der keinerlei Verdacht schöpfte, als die drei Sanitäter mit den Worten »Notfall« an ihm vorbeieilten und die Klingel der Station drückten. Der Mann im Anzug blieb kurz stehen, zeigte ihm einen Brief, den der Polizist nachlässig überflog. Dann nickte er und verwies auf die Anmeldung, wo eine Schwester ungeduldig in Krankenakten blätterte und darauf hoffte, endlich abgelöst zu werden.

Die drei Sanitäter hatten in der geschlossenen Abteilung inzwischen ihre Koffer abgestellt und als der gutaussehende schwarzhaarige Mann der Schwester das Schreiben zeigte und sie anlächelte, warf diese nur flüchtig einen Blick auf den Brief, strich sich dafür kokett durch ihre Haare und meinte »Zimmer 2045«. Der Mann mit dem gepflegten Schnurrbart zwinkerte ihr verschwörerisch zu, dankte in knappen Worten und winkte den Sanitätern, ihm zu folgen.

Das Krankenzimmer 2045 roch nach Desinfektionsmittel und Erbrochenem. Das Linoleum war blank gescheuert und glänzte wie lackiert, die Vorhänge waren vor die großen Fenster gezogen und in dem Halbdunkel war der Patient nur schemenhaft unter seiner Decke zu erkennen. Zielstrebig trat der Mann im Anzug ans Bett und betrachtete den schlafenden, massigen Mann, der Verbände an Schulter und Oberarm trug.

Dann waren auch schon die Sanitäter im Krankenzimmer, schoben eine Rollbahre vor sich her und einer von ihnen öffnete seinen Koffer. Alles lief schnell und präzise ab. Während einer der Sanitäter dem

Patienten einen Baumwollbausch auf Mund und Nase drückte, waren die anderen bereits damit beschäftigt, den schweren Mann auf die Rollbahre zu heben und ihn mit einem großen, weißen Tuch zuzudecken.

Schweigend sah der schwarzhaarige Mann zu und nachdem das Zimmer leer war, kontrollierte er noch sicherheitshalber den großen Schrank neben dem Bett. Außer den Kleidern des Patienten war er leer. Der Unbekannte durchsuchte die Taschen, fand nichts und nahm sich daraufhin das kleine Schränkchen vor, das gleich daneben stand. Der sechszackige Stern an der dünnen Kette lag in der obersten Schublade. Nachdem er ihn eingesteckt hatte, verließ der Unbekannte mit schnellen Schritten das Krankenzimmer und die Station, nicht ohne der Schwester zugelächelt zu haben.

Am Ausgang rollten zur gleichen Zeit die drei Sanitäter den Patienten nicht zu einem der wartenden Krankenwagen, sondern bogen um die Ecke und schoben die Rollbahre weiter, bis sie außer Sicht des Empfangs waren. Am schwarzen Mercedes angekommen, öffnete einer der Sanitäter den Kofferraum und die anderen beiden warfen den betäubten Patienten unsanft hinein, zogen ihre roten Westen aus und schoben die Rollbahre einfach zur Seite zwischen parkende Autos.

Dann fuhr der schwarze Mercedes an, hielt kurz am Spitalsausgang, um den Mann in Zivil einsteigen zu lassen und beschleunigte aus dem Parkplatz des Krankenhauses heraus mit quietschenden Reifen, bog auf die vierspurige Umfahrungsstraße ein und fädelte sich rasch in den fließenden Verkehr. Im Wagen nahm der Mann im Anzug seine schwarze Perücke ab, zog den falschen Schnurrbart vom Gesicht und steckte die Brille mit dem eleganten Rahmen und den Gläsern aus Fensterglas in seine Jackentasche. Dann fuhr er sich durch seine kurzgeschnittenen blonden Haare und schaute zufrieden auf die Uhr. Die ganze Aktion hatte keine fünfzehn Minuten gedauert. Pater Johannes hatte noch eine halbe Stunde zu leben.

Der schwere Wagen verließ die Stadt nach Süden, als einige hundert Meter entfernt Kommissar Berner seinen Colt45 ACP auf den kleinen Tisch neben dem Metallscanner in der Eingangshalle der chinesischen Botschaft legte. Der Sicherheitsbeamte trat unwillkürlich einen Schritt zurück, erschrocken und alarmiert.

»Spielen Sie nicht damit herum, er ist geladen«, brummte Berner und ging durch den Scanner, der trotzdem wie verrückt piepste. Der Kommissar verzog das Gesicht, legte seinen Gürtel, Kleingeld, Feuerzeug, Kugelschreiber und Handy neben die Waffe und versuchte es nochmals. Mit Erfolg.

Der kleine Chinese am Empfangstresen schaute uninteressiert auf, zeigte stumm auf das Schild »Rauchen verboten«, als Berner sich eine Zigarette anzünden wollte und schob mit der anderen Hand ein weißes Blatt unter der Panzerglasscheibe durch.

»Eintragen«, meinte er nur und widmete sich wieder seinem Sudoku.

Berner reichte ihm den ausgefüllten Vordruck zurück und meinte: »Ich möchte den Botschafter sprechen, aber der wird sicher nicht da sein. Sein Sekretär wird keine Zeit haben, aber vielleicht ist der Presseattaché zu einem Gespräch bereit?«

Der Chinese schaute ihn vorsichtig an und griff zum Telefon. In raschem Mandarin feuerte er eine Salve nach der anderen auf seinen Gesprächspartner ab, machte schließlich ein erstauntes Gesicht, legte auf und wandte sich an Berner, den er mit neuem Interesse ansah.

»Seine Exzellenz erwartet Sie. Man wird Sie gleich abholen kommen.«

Der Kommissar dankte freundlich und rang sich ein Lächeln ab.

General Li Feng trat wenige Minuten später aus dem Aufzug und der Sicherheitsbeamte in der Empfangshalle salutierte instinktiv. Li Feng nickte Berner zu und ging an ihm vorbei, nahm dem Mann am Metallscanner den Colt ACP aus der Hand und betrachtete die großkalibrige Waffe. Der Sekretär des Botschafters, der ihn begleitet hatte, trat zu Berner, während Li Feng etwas auf Mandarin sagte.

»Der General fragt, warum Sie eine solche Waffe bei sich tragen, in einer so sicheren Stadt wie Wien.« Über das Gesicht des Botschaftssekretärs huschte ein unverbindliches Lächeln.

Berner straffte sich. »Sagen Sie dem General, die Welt ist voll von bösen Menschen und Grenzen sind keine Schwierigkeit für sie, weil sie manchmal sogar mit Diplomatenpässen reisen.«

Dem Sekretär gefror das Lächeln. Der General sah ihn fragend an, die Übersetzung kam blitzschnell und nicht mehr freundlich. Li Feng legte die Waffe mit eisigem Gesicht zurück, ging ohne einen weiteren

Blick an Berner vorbei und verschwand in einem angrenzenden Zimmer.

Das Büro des chinesischen Botschafters war geräumig, großzügig mit ausgesuchten Antiquitäten eingerichtet und zeugte von einem erlesenen Geschmack. Der Sekretär flüsterte dem Botschafter kurz etwas ins Ohr und zog sich dann zurück. Seine Exzellenz Hang Weng Huan war genau so, wie Berner sich immer Botschafter vorgestellt hatte, bevor sein Dienst in der Inneren Stadt ihn oft genug in Botschaften geführt hatte. Distinguiert, mit einem untadeligen Benehmen und mit einem Anzug, der dezent den vierstelligen Kaufpreis überspielte. Der Botschafter begrüßte Berner und deutete dann mit der ausgestreckten Hand auf eine Jugendstil-Sitzgarnitur, die so bequem war, wie sie aussah.

»Ich bin überrascht, dass Sie Zeit für mich gefunden haben, Exzellenz, ehrlich gesagt habe ich nicht damit gerechnet«, eröffnete Berner das Gespräch.

Der Botschafter lächelte verbindlich. »Einen so verdienten Polizeibeamten begrüßen zu können ist eine seltene Freude für mich, Kommissar«, erwiderte Weng Huan höflich, »Ihr Ruf ist Ihnen vorausgeeilt.«

Berner fragte sich im Stillen, was er damit meinte, und sagte dann: »Lassen Sie uns mit offenen Karten spielen, Exzellenz, ich bin auf dem diplomatischen Parkett nicht so zu Hause wie Sie. Ich bin nur ein einfacher Beamter ...«

»... in Pension, wenn ich recht informiert bin«, vervollständigte der Botschafter den Satz und zog ein silbernes Zigarettenetui aus seiner Tasche, bot Berner eine an und akzeptierte das Feuer des Kommissars.

»Sie sind bemerkenswert gut über die Vorgänge in dieser Stadt auf dem Laufenden, Herr Botschafter.«

»Das, Kommissar, ist ein Teil meiner Aufgabe hier in Wien«, meinte Weng Huan und blies eine Rauchwolke zur Stuckdecke.

»Das freut mich, Exzellenz, weil Sie mir dann bestimmt auch über gewisse Vorgänge, die mich interessieren, Auskunft geben können.« Berner lehnte sich vor. »Im Fuhrpark Ihrer Botschaft befindet sich ein schwarzer Audi A8?« Es war weniger eine Frage als eine Feststellung und der Botschafter nickte.

»Genau gesagt zwei Stück. Einer ist mein Dienstwagen, der andere steht Botschaftsangehörigen zur Verfügung. Warum interessiert Sie das, Kommissar?«

Tu nicht so unschuldig, dachte sich Berner und sagte laut: »Weil einer der beiden Audis bei zwei Verbrechen aufgetaucht ist, die sich vor wenigen Tagen in Wien ereignet haben. Bei zwei Morden, um genauer zu sein.«

»Da muss es sich um eine Verwechslung handeln, Kommissar. Ich kann mir nicht vorstellen, dass Sie in unsere Botschaft kommen und ernsthaft annehmen, dass unser Personal oder auch nur eines unserer Fahrzeuge in ein Verbrechen verwickelt sind.« Weng Huans Blick wurde eisig. »In welcher Funktion sind Sie heute eigentlich hier, Herr Berner, als pensionierter Kommissar oder als Privatperson oder als …«

Berner unterbrach den Botschafter unvermittelt. »… als Mensch, der es hasst, junge Menschen von den abgetretenen Fliesen eines Kirchenbodens aufsammeln zu müssen, nachdem man sie dreißig Meter tief fallen ließ. Oder einen unbescholtenen Fremdenführer nur mehr anhand seiner Fingerabdrücke zu identifizieren, weil ihm der halbe Kopf weggeschossen wurde.« Berner war wütend. »Und wofür das alles, Exzellenz?«

Weng Huan zog ungerührt an seiner Zigarette und schaute Berner nachdenklich an. »Lassen Sie es mich so formulieren, Kommissar. Das wollen Sie nicht wissen, glauben Sie mir. Es ist besser so. Für Sie.« Der Botschafter stand auf und ging zu seinem Schreibtisch, der bis auf wenige Blätter Papier, eine paar Fotos und ein goldenes Dupont-Schreibset leer war. »Gehen Sie nach Hause, Kommissar, genießen Sie Ihre Pension und überlassen Sie alles Ihren fähigen Nachfolgern. Die werden sicher herausfinden, dass weder das chinesische Volk noch die chinesische Botschaft etwas mit diesen beiden Verbrechen zu tun hat. Das steht für mich außer Zweifel.«

Berner stand auf und trat vor den Botschafter. »Sagen Sie mir eines, Exzellenz. Womit haben Sie das Innenministerium gekauft? Oder war es noch höher? Geht es um so wichtige nationale Interessen der Volksrepublik, dass ein paar Leichen mehr oder weniger keine Rolle spielen? Und die österreichischen Behörden mitmachen, weil man ihnen etwas versprochen hat, etwa eine Präferenz bei Exporten nach China? Oder die bevorzugte Behandlung bei Ausschreibungen für Lieferungen für das chinesische Militär?«

Die Miene des Botschafters war undurchdringlich. »Die Audienz ist beendet, Herr Berner. Ich glaube nicht, dass wir uns wiedersehen.«

Wie auf ein Stichwort betrat der Sekretär den Raum und forderte den Kommissar mit einer Handbewegung auf, ihm zu folgen. Berner überlegte kurz, stützte sich dann mit beiden Händen auf den großen Schreibtisch und sah Weng Huan in die Augen.

»Ich verspreche Ihnen eines, Exzellenz. Ich werde alles in meiner Macht Stehende unternehmen, diese beiden Morde aufzuklären. Staatsräson interessiert mich nicht, das hat sie nie, dafür war ich immer ein zu kleines Rädchen. Wenn ich bei meinen Recherchen das herausfinde, was ich vermute, dann lege ich Ihnen so viele Beweise vor die Tür, dass Sie über den Aktenstapel nicht mehr in Ihre Botschaft hineinkommen. Und dann, Exzellenz, dann zünde ich Ihnen das diplomatische Parkett unter Ihren Füßen an.«

Damit drehte sich Berner um und folgte dem Sekretär zum Aufzug. Während die beiden Männer wortlos nach unten schwebten, griff der Botschafter wütend zum Telefon und wählte eine Geheimnummer, die er auswendig kannte.

Berner atmete auf, als er wieder auf der Straße vor der Botschaft stand. Das Gewicht des Colt im Schulterhalfter hätte ihn eigentlich beruhigen sollen, tat es aber nicht. Er machte sich auf den Weg zu seinem Auto und überlegte sich den nächsten Schritt. Es wurde spät, aber der junge Pfarrer im Schottenstift würde noch im Museum sein. Er würde ihm seinen Ausweis vor die Nase halten und … sein Ausweis! Berner klopfte seine Manteltaschen ab, dachte nach. Wo zum Teufel hatte er seinen Ausweis gelassen? Dann fiel es ihm wieder ein. Der Bankmanager hatte doch eine Kopie gemacht und dann? Der Ausweis musste in der Bank liegen. Berner schloss seinen Wagen auf und schaute sicherheitshalber im Handschuhfach nach. Nichts. Der Kommissar fluchte. Zur Bank würde er es noch vor Geschäftsschluss schaffen, aber nur ganz knapp und nur, wenn er sich beeilte. Es war gut eine halbe Stunde Fahrt, inklusive Parkplatzsuche. Berner startete den Wagen und machte sich auf den Weg. Keine fünfzehn Minuten später klingelte das Telefon und Berner suchte hektisch mit einer Hand in seinem Mantel, der auf der Rückbank lag, nach seinem Handy. Er hatte es schon fast aufgegeben, da spürte er es in der Innentasche, zog es umständlich heraus, während er versuchte, einem Pensionisten, der vor seinem Wagen auf die Fahrbahn gesprungen war, das Weiterleben zu schenken.

»Ja!«, brüllte er entnervt ins Telefon.

»Ich dachte schon, die haben Sie bereits kassiert, Herr Kommissar«, sagte die Stimme am anderen Ende erleichtert.

»Eddy! Was heißt das, bereits kassiert?« Berner hörte die Besorgnis in der Stimme des alternden Ringers und war sofort alarmiert.

»Der alte Sina will Sie von der Straße haben.« Eddy hielt sich nicht mit langen Vorreden auf. »Sie müssen einigen Leuten auf die Füße gestiegen sein und die wiederum haben einige Fäden gezogen. Wie man hört, liegt Ihr Ausweis auf dem Schreibtisch in einer Privatbank in Wien. Stimmt das?«

»Eddy, du wirst mir unheimlich, ehrlich.« Berner war verblüfft.

»Wie auch immer, Herr Kommissar, passen Sie auf, Ihre Kollegen warten in der Bank auf Sie und wie man hört, sind sie nicht nur wegen dem Ausweis da. Aber es sind immerhin Müller und Burghardt, die mit Ihnen fast dreißig Jahre zusammengearbeitet haben, und keiner von den Nachwuchsschauspielern.« Eddy kicherte. »Vielleicht können Sie mit ihnen reden?«

»Danke, Eddy, wenn du jemals einen Job bei der Spionageabwehr brauchst, ich unterschreibe jede Empfehlung«, brummte Berner ins Handy. »Ich will gar nicht wissen, woher du das alles weißt, aber wer immer es ist, halt ihn dir warm …«

Eddy kicherte wieder sein unvermeidliches Gegacker. »Das mach ich ganz sicher, Herr Kommissar, es ist meine Tochter.« Damit legte er auf und ließ einen völlig verwirrten Berner am Telefon zurück.

Universitätsviertel, Wien/Österreich

Paul Wagner setzte Sina an der Universität ab und schaute seinem Freund nach, wie er, ohne einen Blick an die zahlreichen Studentinnen zu verschwenden, mit staksigen Schritten die Stufen hinaufstieg. Mit seinen langen Haaren und dem struppigen Bart würde Professor Sina inkognito bleiben, dachte sich Wagner und hoffte, dass ihn in seinem Institut noch jemand erkennen würde. Dann lehnte er die GSX-R auf den Seitenständer, überquerte die Fahrbahn der Ringstraße und betrat jenes Kaffeehaus, in dem er und Sina früher als Ober ihr Geld neben dem Studium verdient hatten. Rauch, Lärm und Lachen schlugen ihm entgegen, als er die Tür aufzog. Wehmütig schaute er sich um.

Alles so lange her, dachte er und bestellte eine Melange. Wir fallen durch die Jahre und je älter wir werden, desto schneller fallen wir, philosophierte er und fühlte sich steinalt angesichts der vielen Studenten und Studentinnen, die sich auf ihre Prüfungen und Seminare vorbereiteten, diskutierten und Bücherstapel über die Kaffeehaustische schoben. Er wollte sich gerade mit seiner Kaffeetasse zu einer attraktiven Medizinstudentin setzen, die »Anatomie II« durcharbeitete, und ihr klarmachen, dass er Spezialist für angewandte Anatomie sei, als sein Handy klingelte.

»Herr Kommissar, welche …« Wagner unterbrach sich und hörte zu, drehte sich um, stellte seinen Kaffee zur Seite, legte einen Fünf-Euro-Schein neben die Tasse, schnappte sich seinen Sturzhelm, warf der Studentin einen bedauernden Blick zu und sprintete los, immer noch das Handy am Ohr.

Berner war den beiden Kriminalbeamten in der Bank in die Arme gelaufen. Sie waren wegen seines Ausweises gekommen und jetzt ganz und gar nicht glücklich, als plötzlich ihr alter Kollege vor ihnen stand und sie herausfordernd anschaute.

»Hallo, Bernhard«, grüßte einer von ihnen linkisch und schaute verlegen zu Boden. Der andere legte die Hand auf Berners Schulter und meinte: »Es wäre besser gewesen, du wärst nicht gekommen.«

»Wieso?«, brummte Berner.

»Weil wir dich mitnehmen müssen, Sina will mit dir reden.«

»Habt ihr einen Haftbefehl?«, fragte der Kommissar neugierig.

»Nein, wir sollen dich ins Präsidium bringen, wenn wir dich sehen, hat es geheißen.« Der Kriminalbeamte schaute unglücklich.

»Na, dann habt ihr mich nicht gesehen, was meint ihr dazu?«

Der Beamte schüttelte den Kopf. »Komm mit, Bernhard, deinen Ausweis haben wir schon. Lass uns gehen.«

Die beiden nahmen Berner in die Mitte und gingen durch die Eingangshalle der Privatbank, dann durch die Drehtür auf die Straße und schließlich zu ihrem Wagen.

Berner hörte das Grollen als Erster und dann war die blau-weiße Suzuki auch schon da, raste mit aufgeblendeten Scheinwerfern auf dem Gehsteig dahin und während seine beiden Kollegen sich mit einem Sprung in Sicherheit brachten, blieb die Rennmaschine genau vor Berner stehen.

»Die Kavallerie ist da, Kommissar«, lachte Wagner vergnügt und Berner saß auch schon auf dem Rücksitz und machte im Geist sein Testament. Dann schleuderte die Suzuki mit durchdrehendem Hinterrad davon, über die Bordsteinkante auf die Straße und verschwand im Verkehrsgewühl. Die beiden Beamten schauten völlig verdutzt hinterher. Als sie sich ein wenig erholt hatten, sagte der größere der beiden: »Wir haben ihn nicht gesehen …«

»Wen nicht gesehen?«

»Berner, wir haben ihn nicht gesehen, wir haben nur seinen Ausweis.«

Der andere Beamte nickte ergeben.

Als Georg Sina die breite Treppe zwischen den beiden Rampen zum Haupteingang der Wiener Universität am Dr.-Karl-Lueger-Ring hinaufging, überkam ihn ein seltsames Gefühl. Er konnte es nicht sofort einordnen, es war eine Mischung aus nervöser Vorfreude und Angst vor der Begegnung mit einem geliebten Menschen aus der Vergangenheit. Um ihn herum tobte der ganz normale Universitätsalltag, laut, aufgeregt, lärmend. Niemand beachtete ihn, den Rückkehrer.

Er fühlte sich plötzlich wie ein Liebhaber, der sich vor langer Zeit aus dem Schlafzimmer einer Frau geschlichen hatte, als es noch dunkel war, davongestohlen wie ein Dieb in der Nacht. Nur auf dem Küchentisch hatte er eine kurze Notiz hinterlassen, hastig hingekritzelt: »Ich rufe dich später an. Wir sehen uns.« Leere Worte, wie so oft. Sein Versprechen hatte er niemals eingehalten. Und jetzt stand er wieder vor ihrer Tür, sein Finger zögerte über dem Klingelknopf, er dachte ans Weglaufen, zurück in die anonyme Fremde, in die er schon zuvor geflüchtet war. Warum? Weil Umarmungen auch Forderungen waren, Erwartungen, Verpflichtungen.

Heilige Mutter und Geliebte – ja, das war die Universität für ihn. Wenn viele seiner Kollegen die Wissenschaft nur als Job betrachteten, die Uni nur als Haus mit Büros und bis zum Bersten überfüllten Hörsälen, so war es bei ihm ganz anders. Als Sina sich entschieden hatte, den Weg eines Wissenschaftlers einzuschlagen, hatte er sich der »Alma mater Rudolphina«, der ältesten und größten Universität im deutschen Sprachraum, mit Haut und Haaren verschrieben. Im kleinen Festsaal der Universität hatte er ihr die ewige Treue geschworen, mit den Schwurfingern am Zepter der philosophischen Fakultät.

Damals war er ein anderer gewesen, viel jünger, in seinem neuen Anzug und den auf Hochglanz polierten Schuhen und die Streicher hatten die österreichische Bundeshymne und das »Gaudeamus igitur« nur für ihn gespielt, für ihn ganz alleine. Sina musste lächeln, als er daran dachte.

Dann, als junger Lektor, hatte er seine Studenten in den Einführungsvorlesungen gleich mit den richtigen Worten begrüßt: »Wissenschaft ist kein Job, sie ist eine Geisteshaltung, eine Lebenseinstellung! Wenn Sie einen Beruf lernen wollen, nur um Geld zu verdienen, dann machen Sie eine Berufsausbildung, und verschwenden Sie nicht Ihre und meine Zeit an der Universität.«

Aber dann war alles anders gekommen, das Leben hatte gespielt, das Schicksal gewürfelt und er hatte sich als Professor davongestohlen, einfach so, ohne sich umzudrehen. Er hatte Studenten, Freunde und Kollegen im Stich gelassen, seine Lebenseinstellung verleugnet, weil er den Sinn seines Lebens aus den Augen verloren hatte. Hätte die Universität ihm Kraft gegeben, wenn er geblieben wäre? Aber er hatte sich damals für die Einsamkeit entschieden und nun? Nun war er wieder da, die Zeit und die Entwicklungen der letzten Tage wollten es so.

Georg hob den Blick, ließ ihn langsam über die Bögen, Pilaster, Porträtbüsten und Schriftbänder an der Fassade im Neorenaissancestil schweifen und nahm die weichen Häuserrundungen wie Brüste und Hüften wahr. Wie würde sie reagieren, wenn er nach all den Jahren wieder vor ihr stand? Ihm ins Gesicht schlagen oder um den Hals fallen und ihn küssen?

Im Institut für Geschichte der Wiener Universität standen Professoren und Studenten in Dreierreihen im Kreis um Georg Sina und den Vorstand des Instituts herum. Sina schaute in die neugierigen Gesichter der Studenten und Assistenten und kam sich vor wie ein Heimkehrer aus der Kriegsgefangenschaft. Die Studenten konnten nicht aufhören zu tuscheln.

»Das ist er? Das ist Professor Sina?«

»Ja, wenn ich es dir sage!«

»Das glaub ich nicht! Der berühmte Professor für Mittelalterliche Geschichte?«

»Ja, genau der.«

»Wo war der denn? Er sollte mal zum Friseur gehen ...«

»Schscht, so seid doch still, ich verstehe nichts, was die da vorne sagen.«

»Ich frag jetzt nicht, wo du herkommst, Georg, und was du in den letzten Jahren gemacht hast, das kannst du uns irgendwann einmal erzählen, wenn du möchtest.« Der Leiter des Instituts, Professor Wilhelm Meitner, sah Sina mit Respekt und einer guten Portion Neugier an. »Aber du sollst eines wissen: Wir sind froh, dass du wieder da bist.«

Sina schaute in die Runde und sah die Erwartung in den Gesichtern der Studenten. Für sie war sein plötzliches Auftauchen eine Sensation. Die Legende war zurück und sie waren dabei gewesen, als plötzlich die Tür aufging und ein langhaariger Mann mit Bart und schmutzigen Jeans in das Institut platzte, im Schlepptau die lächelnde Sekretärin des Dekans.

Er musste sich eingestehen, dass er sich nicht unwohl fühlte an seinem alten Institut, also umarmte sie ihn doch und wies ihn nicht zurück? Mit einem Mal erinnerte er sich an Clara, wie sie vor neun Jahren auch hier gestanden hatte, in so einer Diskussionsrunde, eine von den neuen Studentinnen des Jahres 1999. Wunderschön, intelligent und mit einer Ausstrahlung, die ihn einfach sprachlos gemacht hatte. Und Sina hatte etwas getan, was er weder vorher noch nachher jemals wieder getan hatte – er hatte sich auf den ersten Blick verliebt. Paul hatte es sofort bemerkt, sein Jugendfreund war wie ein Seismograf, wenn es um Sina und seine Gefühle ging.

Professor Meitner riss ihn aus seinen Gedanken. »Was führt dich zu uns, Georg? Wolltest du nachschauen, ob hier alle arbeiten? Oder willst du dein Seminar wieder aufnehmen? Du könntest morgen ...« Sina unterbrach ihn mit einer Handbewegung. »Kann ich dich unter vier Augen sprechen, Wilhelm?«

»Aber natürlich, komm in mein Büro.« Der Kreis der Studenten öffnete sich und Meitner ging voraus. Als Sina ihm folgte, schauten alle Augen auf die Rückseite seiner zerschlissenen Jacke. Dort stand »instant human«, darunter »just add coffee«.

Als Berner vor dem Schottenstift abstieg, fehlten ihm die Worte. »Ähh …das ist …ich meine …das war …«

Wagner setzte den Vollvisierhelm ab und schaute in Berners rotes Gesicht, über dem die Haare nach allen Seiten abstanden.

Der Kommissar setzte erneut zum Sprechen an. »Wagner, das Teil ist waffenscheinpflichtig, das ist Ihnen klar, oder?«

»Schon gut, Kommissar, ich nehme das als einen Dank an die Kavallerie«, grinste der Reporter und stieg ab.

»Wie viel PS hat diese Rakete oder ist das ein Staatsgeheimnis?«, brummte Berner, der sich langsam wieder in der Welt zurechtfand, die nicht mehr mit irrwitziger Geschwindigkeit an ihm vorbeiströmte, sondern wunderbarerweise angehalten hatte.

»In der Version für Erwachsene knapp 170, bei einem Kampfgewicht von rund 200 Kilo. Das Leistungsgewicht eines Formel-1-Boliden ist auch nicht viel besser«, antwortete Wagner und klappte die Beifahrerfußrasten hoch.

Berner schüttelte den Kopf. Dann streckte er dem Reporter seine Hand hin. »Ich schulde Ihnen etwas, Wagner. Ich hätte nicht gedacht, dass ich das einmal sagen werde, aber in den letzten Tagen hat sich viel verändert.«

Der Reporter schüttelte dem Kommissar die Hand. »Wo werden Sie heute Nacht bleiben? Nach Hause sollten Sie besser nicht, die werden auf Sie warten …«

Berner zuckte mit den Schultern und Wagner holte daraufhin einen Schlüsselbund aus seiner Lederjacke. Er nahm einen Schlüssel ab und hielt ihn Berner hin. »Hier, das ist der Schlüssel zur Remise, ich hab noch einen. Quartieren Sie sich in einem Gästezimmer ein und machen Sie nicht auf, wenn fremde Männer an der Tür sind, o.k.?«

Berner lächelte, nahm den Schlüssel und steckte ihn ein. »Danke, wir sehen uns heute Abend.«

Wagner lachte laut. »Das klingt wie ein altes Ehepaar, Kommissar.«

»Machen Sie sich ja keine Hoffnungen«, brummte Berner, drehte sich um und machte sich auf den Weg ins Schottenstift. Doch dann kehrte er plötzlich um, griff in die Innentasche seines Mantels und zog den weißen Umschlag heraus. »Besser Sie nehmen das, Wagner. Mertens würde sicher wollen, dass Sie und Sina das lesen.«

Universitätsprofessor DDr. Wilhelm Meitner, von seinen Studenten respektvoll »Wilhelm, der Streitbare« genannt, hörte Sina aufmerksam zu und bohrte derweil hingebungsvoll und mit verzücktem Gesichtsausdruck in seinem rechten Ohr. Hin und wieder schüttelte er den Kopf, erst erstaunt und dann schockiert. Professor Meitner war skurril, um es mit den Worten seiner Studenten auszudrücken, aber eines jener Genies, die Forschung und unkonventionelles Querdenken an erste Stelle rückten und dafür sorgten, dass beides auch da blieb. Als Sina ihm in schnörkellosen Worten die Ereignisse der letzten Tage schilderte, von den Morden berichtete, von dem missglückten Attentat in der Remise und Friedrichs Geheimnis, dem sie in der Ruprechtskirche, auf dem Schottenaltar und in den Medaillen des Babenberger Stammbaums auf die Spur gekommen waren, schien Meitner wie abwesend, aber Sina wusste, dass der Schein trog. Nach einer Weile des Nachdenkens meinte der Institutsvorstand schließlich:

»Also hast du scheinbar doch recht gehabt mit deiner unglaublichen Vermutung, Leopold III. wäre ermordet worden, und ich habe dir damals nicht glauben wollen. Tja, das war wohl mein Fehler und glaube mir, Georg, er tut mir leid.« Er beugte sich über seinen überfüllten Schreibtisch und begann etwas zu suchen.

Meitner bemerkte Sinas verwunderten Gesichtsausdruck beim Anblick der Dutzenden Schnellhefter, einem riesigen Stapel ungelesener Diplom- und Seminararbeiten, und kommentierte knapp: »Das ist das Ergebnis von nur zwei Wochen Auslandsaufenthalt. Und die meisten wollen ihre Ergüsse schnell korrigiert und beurteilt haben. Du erinnerst dich daran, Georg? Wir könnten deine Hilfe gut wieder brauchen.«

Sina erinnerte sich in der Sekunde an die Sprechstunden, die verärgerten und fordernden Studierenden, an die Konferenzen, die überbordende Bürokratie und an die endlosen Institutssitzungen und wusste wieder, warum ihm der Abgang von der Universität dann doch eher leichtgefallen war.

Meitner verschob weiter Papiere und Unterlagen, hob Bücher und Prüfungsbögen hoch, bis er schließlich die neueste Ausgabe einer

Tageszeitung hervorzog. Auf dem Titelblatt waren Sina, Berner und Wagner nach dem Anschlag zu sehen.

»Du hast es in die Schlagzeilen geschafft, Georg«, lächelte Meitner und wurde dann wieder ernst. »Ich brauche dir nichts über den wissenschaftlichen Betrieb zu erzählen, Georg. Das Institut kann nicht in diese Geschichte involviert werden. Das ist dein Kreuzzug und den nehme ich dir auch nicht weg. Offiziell werde ich mit der Sache nichts zu tun haben, aber ich helfe dir, wo ich kann, und vertraue darauf, dass du mich auf dem Laufenden hältst.« Er kratzte sich nachdenklich das Kinn. »Das ist schon eine phantastische Geschichte und weißt du was? Ich bin geneigt, sie dir zu glauben.« Er wiegte den Kopf und fuhr fort: »Über Friedrich brauche ich dir nichts zu erzählen, da weißt du mehr als ich, Georg. Aber in deinen Erzählungen war ein Detail, das mich an etwas erinnerte. Was, sagtest du noch gleich, hatte der geschwärzte Engel in der Karlskirche im Mund?«

»Baumwolle«, erinnerte ihn Sina.

Meitner zog die buschigen Augenbrauen zusammen, lehnte sich in seinem Sessel zurück, dachte angestrengt nach. In dieser Pose wirkte er wieder völlig abwesend, aber Georg kannte sein Gegenüber und wartete schweigend. Plötzlich kicherte der Institutsvorstand, schüttelte heftig den Kopf und wandte sich erneut Sina zu.

»Ich glaube, ich habe es gefunden. Entschuldige mein Lachen, Georg, das hat gar nichts mit dir oder dem armen Mädchen zu tun, aber bei Baumwolle muss ich immer an diese seltsame Miniatur denken.«

»Welche Miniatur meinst du? Vielleicht hilft uns das weiter«, hakte Georg nach.

»Ach, du kennst sie sicher. Es ist dieser Baum, an dem Widder und Lämmer wie Äpfel wachsen. Die Europäer konnten sich nicht vorstellen, wie Wolle aussehen könnte, die auf Pflanzen wuchs und zudem von den alten Chinesen ›Baum-Wolle‹ genannt wurde. Also malten sie die Woll-Lieferanten einfach in die Bäume«, beschrieb Meitner das Bild.

»Aber natürlich!«, rief Sina und schlug sich mit der flachen Hand auf die Stirne. »Oderich von Portenau«, ergänzte er rasch, es fiel ihm wie Schuppen von den Augen und Wilhelm Meitner stimmte ihm zu. »Ja, genau, der vergessene österreichische China-Reisende kurz nach Marco Polo.«

Die Dame an der Kasse des Museums im Schottenstift erkannte Ärger, wenn sie ihn kommen sah.

Berner hielt sich nicht mit Nettigkeiten auf. »Kommissar Berner von der Kriminalpolizei. Sie haben hier einen jungen Pater, der durch die Ausstellung und Schausammlungen führt. Ich möchte ihn gerne sprechen und ich habe nicht viel Zeit«, sagte Berner und fügte im Stillen hinzu, »weil jede Menge Leute hinter mir her sind.«

Die Kassiererin schluckte nervös und eine ihrer Augenbrauen begann zu zucken. Sie griff zum Telefon und Berner legte sofort seine Hand auf ihre.

»Nein, nein, sagen Sie mir einfach, wo ich ihn finde. Wir wollen doch nicht unnötig Aufsehen erregen, oder?«, meinte Berner gönnerhaft.

»Er kommt gleich hierher, weil seine Führung in fünf Minuten beginnt, Herr Kommissar.«

»Gut, dann warte ich hier auf ihn, bemühen Sie sich nicht weiter, wir können uns ja kaum verpassen.« Berner blickte sich um und setzte sich auf die kleine Besucherbank in Sichtweite der Kasse. Es dauerte keine Minute, bis ein junger Pater in schwarzer Soutane hinter den Regalen auftauchte, den wartenden Kommissar erblickte und mit der Frage »Möchten Sie eine Führung?« auf ihn zutrat.

»Kommt darauf an, was für eine Führung Sie meinen, Pater.« Berner stand auf und baute sich vor dem jungen Geistlichen auf. »Eine Führung durch das Drachenviereck? Oder durch die Ruprechtskirche mit besonderer Berücksichtigung der fünf Buchstaben an der Empore?« Der Pater wich vor ihm zurück wie vor einem Geist. Er wischte mit fahrigen Bewegungen Ansichtskarten vom Kassenpult, sah sich suchend um, Panik stieg in ihm hoch. Berner folgte ihm, ließ ihn nicht aus den Augen, drängte ihn in Richtung der überfüllten Bücherregale.

»Sie können mir natürlich auch mehr über den sechszackigen Stern erzählen, über die Todesengel oder vielleicht über Pater Johannes?« Der Geistliche war jetzt leichenblass, stammelte unverständliche Worte vor sich hin, schaute nach rechts zum Ausgang und war schon auf dem Sprung, als die Hand Berners vorschoss und ihn an das Regal nagelte. Ein paar Bücher polterten zu Boden und riefen die Kassiererin auf den Plan. Ein scharfer Blick von Berner ließ sie wieder in ihren Sessel versinken.

Ein nervöses Blinzeln kam in die Augen des jungen Pfarrers, er wiederholte immer wieder »Lassen Sie mich, lassen Sie mich« und der Angstschweiß rann über seine Stirn.

»Ich soll Sie lassen? Was soll ich Sie lassen? Beten?«, fuhr ihn Berner an und zog ihn mit diesen Worten hinter sich aus dem Museum, auf den Platz und von dort sofort wieder durch das Portal der Schottenkirche vor das versperrte Gitter im Kircheninneren. Der junge Pater war so geschockt, dass er dem Kommissar widerstandslos folgte.

»Aufsperren«, herrschte ihn Berner an und der Geistliche begann fieberhaft in den Taschen seiner Soutane nach dem Schlüsselbund zu suchen, fand endlich den richtigen Schlüssel und musste ihn mit zwei Händen festhalten, um ins Schloss zu treffen. Quietschend schwang das schmiedeeiserne Tor auf und Berner schob den Geistlichen durch das offene Gitter in den Kirchenraum, zog das große Tor hinter sich zu.

»Im Namen des Vaters, des Sohnes und des Heiligen Geistes«, intonierte der Kommissar und automatisch antwortete der Pater: »Amen.«

»So sei es«, meinte Berner und zog den Zitternden in Richtung Altar hinter sich her, stieß ihn in die erste Bankreihe und pflanzte sich vor ihm auf. »Dann beten Sie, Hochwürden, es ist der richtige Platz dazu. Aber vorher möchte ich ein paar Dinge von Ihnen wissen. Fangen wir mit Ihrer Beziehung zu Bruder Johannes an.« Der junge Geistliche schüttelte den Kopf, seine Bestürzung war Entsetzen gewichen. »Das kann ich nicht, dann bin ich tot, dann holen sie mich …«

»Tot?«, donnerte Berner und beugte sich zu dem Mann im schwarzen Habit hinunter, auf dem sich Schweißflecken abzuzeichnen begannen. »Wenige Stunden nach Ihrem Treffen mit Bruder Johannes hätte der uns beinahe abgeschossen wie auf dem Schießstand.«

Der Geistliche schüttelte immer noch den Kopf, stammelte unzusammenhängende Worte. Berner holte seine Waffe heraus und legte sie neben dem Pater auf die Bank. Der Geistliche begann panisch zu schluchzen.

Berner beugte sich noch tiefer zu ihm. »Können Sie sich vorstellen, wie das ist, wenn einem die Kugeln um die Ohren fliegen, weil jemand Sie für einen Judaslohn verrät? Was haben Sie ihm erzählt?«

Der junge Pater schüttelte immer nur den Kopf.

Der Kommissar richtete sich auf und ging zum Altar vor. Die Hände in die Hüften gestützt, schaute er hinauf zu den Engeln und Heiligen, zu den Allegorien und den Tugenden, den Lastern und den Sünden. Als er sich umdrehte, sah er den Geistlichen, der sich die Pistole in den Mund gesteckt hatte und der nun mit zitternden Fingern abdrückte. Außer einem »Klick« war nichts zu hören. Berner schüttelte den Kopf, ging zu dem entsetzten Priester und nahm ihm die Waffe aus den Händen.

»Sie sind ein Kindskopf! Haben Sie wirklich geglaubt, ich würde Ihnen eine geladene Waffe in die Hand drücken? Außerdem, Herr Pfarrer, ist Selbstmord eine Todsünde und wird mit ewiger Verdammnis bestraft. Aber bei Ihnen spielt auch das keine Rolle mehr, der siebente Kreis der Hölle ist exklusiv für Verräter reserviert.«

Berner holte das Magazin aus der Manteltasche und schob es in den Griff, bis es einrastete. Dann steckte er den Colt zurück in den Schulterhalfter, nahm den widerstrebenden jungen Pater am Arm, zog ihn hoch und hinter sich her zum Beichtstuhl, der neben den vorderen Bankreihen stand. Es war eine Art dreiteiliger Wandschrank, dessen beiden Seitenteile offen waren, die Vorhänge zurückgezogen. Berner stieß den Pfarrer in eines der offenen Abteile und der sackte auf der Sitzfläche zusammen, schwitzend und zitternd.

»Es wird Zeit, Ihre Seele zu erleichtern, Hochwürden. Vor wem haben Sie so große Angst? Vor den Todesengeln? Vor Pater Johannes? Der ist bereits …«

Ein heftiger Schlag traf Berner am Hinterkopf, vor seinen Augen explodierte eine Kaskade von Blitzen und Feuerbällen und dann kamen schnell die Dunkelheit und das endlose Fallen ins Nichts.

Dankbar und ungläubig schaute der Pfarrer die Gestalt an, die sich über Berner beugte. Es war nur ein Schattenriss gegen das Licht der Kirchenfenster. »Danke, danke …« war alles, was der Geistliche hervorstotterte. Eine Welle der Dankbarkeit durchflutete ihn, diese Gestalt, die er durch seine Tränen und die Schweißtropfen nur verschwommen sehen konnte, war sein Retter, sein Erlöser, sein … Doch plötzlich kehrte die Angst zurück, Horror machte sich in seinen Eingeweiden breit und er wollte sich noch tiefer in den Beichtstuhl verkriechen. Die Gestalt hielt Berners Waffe in der Hand, trat näher, zielte kurz und drückte ab. Die Gewalt des Schusses riss den Pfarrer von seinem schmalen Sitz und er sackte am Boden des Beichtstuhls zusammen. Der Schuss donnerte durch die Kirche wie ein Kanonenschlag, brandete an die hohen Fenster und wurde wieder zurückgeworfen.

Die unbekannte Gestalt bückte sich erneut zu Berner herunter, drückte ihm den Colt in die Hand und verließ mit raschen Schritten durch die Sakristei und einen Seitenausgang die Kirche.

Professor Wilhelm Meitner lächelte nachsichtig. »Also die Geschichte vom österreichischen Franziskanerpater Oderich aus dem heutigen Pordenone, der eine Generation nach dem Venezianer Marco Polo in das Reich der Mitte gereist ist, ist dir sicher bekannt, Georg. Da brauche ich dir nichts mehr darüber zu erzählen.«

»Nein. Ganz im Gegenteil«, erwiderte Sina, »sag mir bitte alles, was du darüber weißt.«

»Hmmm …« Meitner legte die Fingerspitzen zusammen und suchte die Fakten zusammen.

»Soviel mir bekannt ist, kam Oderich nur zweiunddreißig Jahre nach Marco Polos Tod zur Welt. Du weißt ja, dass immer wieder Zweifel aufkommen, ob der Venezianer Polo überhaupt in China gewesen ist. Ein Makel, über den ›unser‹ Oderich vollkommen erhaben ist. Er nämlich war ganz sicher dort, aber leider hatte er das Problem, österreichischer Herkunft zu sein«, scherzte er.

»Was meinst du damit?«, fragte Sina stirnrunzelnd.

Meitner breitete die Arme aus, lehnte sich in seinem Sessel zurück und der Schalk blitzte ihm aus seinen Augenwinkeln. »Der typische ›Austriacus ignotus‹, keiner kümmert sich um ihn. Nur ein paar verschrobene Gelehrte, uns beide eingeschlossen, kennen überhaupt seinen Namen. Den Österreichern gilt er als Italiener, aber die wollen ihn gar nicht haben, weil er aus der Gedankenwelt eines Dante Alighieri stammte und sich im Heiligen Römischen Reich verwurzelt gefühlt hat. Als ein treuergebener Untertan von Rudolf von Habsburg sehnte er sich nach den langjährigen Thronwirren seiner Zeit nach einer Ordnung unter habsburgischer Führung.«

»War Portenau jetzt in Österreich oder nicht? Du verwirrst mich, Wilhelm«, fiel ihm Sina ins Wort.

»Im Jahr 1192 fiel die Stadt testamentarisch an die Babenberger, 1278 ging sie in den Besitz der Habsburger über, zusammen mit der gesamten Grafschaft Portenau, heute Pordenone. Also ein klares Ja. Oderich, dessen Familie allerdings ursprünglich aus Mähren stammt, brach 1318 aus Udine auf, um zum Großkhan T'ai Ting ti nach Khan Balik zu reisen.«

»Khan Balik? Wo ist das? In China?« Sina war verwirrt.

»Beijing, Georg. Oderich wurde nach Beijing geschickt, um die dortige florierende Mission des Franziskanerordens zu erweitern. Faszinierend, nicht wahr?« Meitner war in seinem Element.

»Im 14. Jahrhundert unterhalten die Franziskaner bereits eine Mission in der Hauptstadt Chinas. Der chinesische Kaiser duldete an seinem Hof Nestorianer, Schamanen, Franziskaner und tibetische Lamas gleichermaßen. Und da erzählen sie uns, die Globalisierung hätte erst in unserer Zeit begonnen ...« Der Historiker lachte, dann bemerkte er das verdutzte Gesicht seines ehemaligen Schülers. »Was ist, Georg? Du siehst aus, als hättest du einen Geist gesehen!«

»Das Drachenviereck! Die Franziskanerkirche liegt auf dem Drachenviereck, von dem ich dir erzählt habe«, erinnerte ihn Georg kurz. »Wo war Oderich noch, Wilhelm?«

»Nun ja, er pilgerte zum Berg Ararat, kam durch Aserbeidschan, Indien und gelangte über Sumatra erstmals nach Java und Borneo. Das muss eine gewaltige Betteltour gewesen sein, die er da mit zwei anderen Brüdern bewerkstelligt hat. Vergiss nicht, drei Jahre ist Oderich allein in Beijing geblieben! Danach zog er weiter und es gelang ihm sein Bravourstück: Als erster Europäer besuchte er Lhasa in Tibet. Mehr noch, er war der erste, der Tibet in seiner gesamten Ost-West-Ausdehnung durchquert hatte«, schloss der Institutsvorstand nicht ohne Stolz seinen Bericht über den Reisenden.

»China und Tibet ...«, murmelte Sina vor sich hin und begann Dreien mit seinen Fingern auf die Armlehne seines Stuhles zu zeichnen. »... Oderich ist in Tibet gewesen ...«

»Wenn du meinst, dass das von Bedeutung ist ...« Meitner dachte kurz nach. »Er war nicht der einzige Österreicher, der im Auftrag der Habsburger in Lhasa war, Georg.«

»Nicht? Wer noch? Und komm mir jetzt bitte nicht mit Heinrich Harrer.«

Meitner winkte verärgert ab. »Aber woher! Der Jesuitenpater Johannes Grueber besuchte Lhasa im 17. Jahrhundert, in der Regierungszeit von Kaiser Leopold dem Ersten.«

Es trat eine kurze Stille ein, Sina malte wieder auf die Armlehne und Meitner war in Gedanken versunken. Dann setzte Sina zum Sprechen an:

»In Ordnung, Wilhelm. Wenn du recht hast und Oderich etwas mit Friedrichs Geheimnis zu tun hat, warum hinterließ uns der Kaiser dann keinen direkten Hinweis auf den Franziskaner? Warum nur ein abartiger Killer in der Gegenwart?«

Meitner zuckte mit den Schultern. Dann fiel ihm etwas ein und er fragte: »Wie hieß der Habsburger, der als Erster die Heiligsprechung Leopolds III. erfolglos betrieben hat?«

»Rudolf IV., der Stifter«, antwortete Sina wie aus der Pistole geschossen. »Er gründete unsere Universität und ließ den Stephansdom ausbauen, den ursprünglich Heinrich Jasomirgott im romanischen Stil errichten hat lassen. Und er fälschte den zweiten, großen österreichischen Freiheitsbrief, das Privilegium maius, das auf dem ersten, dem Privilegium minus, wiederum aus der Regierungszeit von Jasomirgott, basiert. Aber bei der Heiligsprechung versagte er.«

Meitner nickte, stand auf und begann in seinem Büro auf und ab zu gehen. »Es ist Friedrich, der den Kanonisationsprozess des heiligen Leopold abschließt … und die schamlos ehrgeizige Fälschung seines Vorfahren rückwirkend für rechtsgültig erklärt«, erinnerte ihn Meitner.

»Und es ist Friedrich, der sich im Stephansdom ein Grabmal errichten lässt«, ergänzte Sina und begriff, worauf der Institutsleiter hinauswollte.

»Genau! Friedrich setzte die Arbeit des maßlos ambitionierten, jung verstorbenen Rudolf fort. Rudolf seinerseits baut scheinbar auf Heinrich Jasomirgott auf. Das wirkt wie eine logische Kette, ohne Zweifel. Und jetzt rate einmal, wo Rudolf der Stifter 1360 einen weiteren Dom, einen imposanten Zeitgenossen des Stephansdoms bauen ließ?«

»Etwa in Portenau?«, fragte Sina zaghaft.

»Exakt!«, begeisterte sich der renommierte Historiker. »Wie ich dich kenne, willst du aber einen direkten, unmittelbaren Hinweis von Friedrich auf Portenau und die beiden Kirchen von Rudolf sind dir nicht genug. Auch gut, dann – hier ist er! Erinnere dich an die Schilder und Helme, die Friedrich über seinem Grab im Stephansdom hat anbringen lassen. Neben den bedeutendsten Kronländern wie Österreich,

Kärnten, Steiermark und Krain zeigt einer der Schilde das Wappen der Stadt Portenau.«

Sina erinnerte sich an die Helme und Schilde, die zur 850-Jahrfeier des Stephansdoms an ihrem angestammten Platz in der Grabkapelle Kaiser Friedrichs ausgestellt gewesen waren. Unter den hohen, dunklen gotischen Kreuzrippen hatte der rote marmorne Sarkophag Friedrichs, darüber die bunten Schilder und die goldenen Stechhelme mit ihren hohen Helmzieren, ein imposantes Bild geboten. Und dann war da das Wappen Portenaus gewesen, eine geöffnete Türe auf rot-weißrotem Schild. Er hatte damals nicht verstanden, warum die reiche Handelsstadt einen Platz unter den wichtigsten Erbländern Österreichs erhalten hatte.

»Ja, natürlich, du hast vollkommen recht, Wilhelm«, bestätigte Sina. »Das war der Hinweis von Friedrich.« Er dachte kurz nach. »Aber warum hat der Mörder seinen Hinweis auf Oderich dem Engel mit dem schwarzen Gesicht in den Mund getan?«

Meitner holte mit seiner Hand aus und schlug auf den Stapel Dokumente vor sich. »Weil er gleich zwei Fliegen mit einer Klappe geschlagen hat, Georg. Das Wappen Portenaus und das Wappen der Familie Dürer sind beide sogenannte ›redende Wappen‹. Die Figuren darauf beschreiben den Wortlaut des Namens, beide sind daher geöffnete Türen oder Pforten. Und im Stile der Zeit und der Heraldik sehen die zwei identisch aus.« Der Institutsvorstand war beeindruckt. »Der Bursche ist gut, Georg. Er weiß genau, was er tut.«

»Das befürchte ich auch«, lächelte Sina dünn.

Kommissar Berner tauchte aus einem tiefen See der Dunkelheit auf. Erst hörte er Geräusche, Stimmen und das Scharren von Füßen neben ihm, dann beugte sich jemand besorgt über ihn und er roch einen leichten Hauch von Parfum. Er öffnete die Augen, unterschied zwar hell und dunkel, sah aber alles verschwommen. Jemand machte sich an seinem Kopf zu schaffen und eine Welle von Schmerz breitete sich rasend schnell in seinem Körper aus. Er stöhnte und wollte sich aufrichten, aber eine Hand hielt ihn zurück.

»Bleiben Sie ganz ruhig liegen, Sie haben eine Gehirnerschütterung und gehen gar nirgends hin«, meinte eine weibliche Stimme entschieden und Berner war zu müde, um zu protestieren. Langsam schärfte sich das Bild, er erkannte Fresken über sich, das Blau des Himmels und das Rosa der Putten, ihm wurde übel und er schloss die Augen wieder.

»Bernhard, das sieht nicht gut aus«, stellte eine Stimme über ihm fest und Berner war mit einem Mal geneigt, an den lieben Gott im Himmel zu glauben. Aber der würde nie das Gesicht des Kollegen Burghardt haben, dachte er sich, als er seine Augen öffnete und den langjährigen Gefährten zahlloser Fälle über sich gebeugt sah.

»Zumindest nicht, wenn er Geschmack hätte«, brummte Berner.

»Was meinst du?« Burghardt blickte irritiert.

»Ach nichts«, erwiderte Berner. »Habt ihr irgendetwas Brauchbares gefunden?«

»Kommt darauf an, was du meinst. Einen erschossenen Pfarrer, getötet mit deiner Waffe, wenn ich den Schulterhalfter richtig deute.« Berner nickte schwach, ließ es aber gleich wieder bleiben. »Jede Menge Fingerabdrücke auf der Pistole, alle nur von dir und dem Pfarrer, keine anderen Spuren.« Burghardt klang ganz und gar nicht zufrieden.

»War die Spurensicherung etwa schon da?«, wunderte sich Berner. »Bei mir waren die nie so schnell …«

»Neuer Besen kehrt gut, du weißt doch, es gibt da den ambitionierten, jungen …«

Berner hob die Hand und unterbrach ihn. »Hat jemand etwas gesehen?«

»Bernhard, es ist nicht dein Fall«, erinnerte Burghardt den Kommissar, als ein schlanker, junger Mann hinter dem Kollegen mit den Worten »Ganz genau, das wollte ich auch gerade sagen« auftauchte, Burghardt beiseiteschob und sich über Berner beugte. Der schloss gequält die Augen. Sein Nachfolger lächelte hochmütig und herablassend.

»Nein, Kommissar oder soll ich sagen Exkommissar? Sie sind jetzt mein Fall, wer hätte das gedacht?« Dann wandte er sich an die Ambulanzärztin. »Bringen Sie ihn in die geschlossene Sicherheitsabteilung im Allgemeinen Krankenhaus, wir sind doch um seine Gesundheit besorgt und wollen nicht, dass er einen bleibenden Schaden davonträgt.« Damit drehte er sich um und verschwand aus Berners Blickfeld.

Als die Sanitäter ihn auf ihrer Bahre aus der Schottenkirche trugen, fragte sich Berner immer wieder, ob er es sich nur eingebildet hatte oder nicht. Kurz bevor er niedergeschlagen worden war, hatte er einen Hauch desselben Parfums gerochen wie bei der Sanitätsärztin.

Georg Sina schlüpfte in seine Jacke und wollte sich gerade von Professor Meitner verabschieden, als er einer plötzlichen Eingebung folgte und fragte: »Was weißt du über Halley, Wilhelm?«

»Wen meinst du, Georg, den Astronom oder den Himmelskörper?«

»Den Kometen.«

»Ich habe mich mit dem Teppich von Bayeux beschäftigt, wie du weißt. Da ist er dargestellt, kurz vor der Schlacht von Hastings, als böses Omen, versteht sich. Da war es nur logisch, dass ich mir den Zyklus des Kometen angesehen habe. Warum?«, fragte der Historiker und zog interessiert die Augenbrauen nach oben. »Was hat Halley mit Friedrich zu tun?«

»Auf dem Altar des Schottenmeisters ist er auch dargestellt, als Weihnachtsstern über der Flucht nach Ägypten«, erklärte Sina knapp.

»Und auf Dürers Melencolia I stürzt auch ein Stern vom Himmel, der wie ein Kometenschweif aussieht. Da beißt sich die Katze in den Schwanz«, brummte der Institutsvorstand.

»Ja, da habe ich auch daran gedacht. Allerdings erscheint Halley 1456, also vor Dürers Geburt, am Himmel über Deutschland«, seufzte Sina.

»Und das nächste Mal erst wieder 1531, da war Dürer schon tot. Also worauf willst du hinaus, Georg?«, tastete sich Meitner langsam zum Kern der Sache vor.

»Wilhelm, jetzt haben wir so viel über China geredet, da habe ich mich gefragt, ob es nicht ein chinesischer Herrscher gewesen ist, der als Erster den Himmelskörper beschreiben hat lassen. Dass es vielleicht ein Großkhan war, der genau wie Friedrich den Kometen gesehen hat, wie dieser anonyme Anrufer zu mir gesagt hat. Hältst du das für möglich?«

»Interessante Theorie, Georg. Warte, ich habe eine Tabelle auf meinem Computer gespeichert.« Mit wenigen Anschlägen hatte Meitner das gewünschte Fenster geöffnet, schaute kurz drauf, runzelte die Stirn und meinte ruhig:

»Georg, das war nicht irgendein Großkhan, sondern *der* erste chinesische Kaiser. Am 25. Mai 240 vor Christus erschien Halley über China. Es war Qin Shihuangdi, der Kaiser mit der Tonarmee.«

Breitensee, Wien/Österreich

Paul Wagner drückte auf die Taste »Senden« und klappte zufrieden seinen Laptop zu. Ein großer, dreiteiliger Bericht war unterwegs an UMG und Elena, seine Honorarnote gleich mit angehängt. Hoffentlich machte es der alte Wineberg noch so lange, dass er seine Unterschrift unter den Scheck setzen konnte, dachte sich Wagner und trank den Kaffee aus. Der Neunzigjährige war nicht gerade ein Sympathieträger. Als Paul ihn vor zwei Jahren in West Palm Beach kennen gelernt hatte, saß Wineberg wie ein verhutzelter Gartenzwerg in einem Golf-Cart. Erst als er ausstieg und sein Caddie ihm die Schläger reichte, bemerkte Wagner, dass der Gartenzwerg fast 1.90 groß war und für sein Alter einen bemerkenswerten Drive hatte. Der Exil-Österreicher Wineberg wollte den österreichischen Korrespondenten seiner Zeitungen kennen lernen und Wagner war dem Ruf nach Florida gefolgt. Der Kurzurlaub war nett und erholsam gewesen und Elena eine wahre Augenfreude, aber sympathisch hatte er den greisen Wahlamerikaner keinen Moment gefunden.

Wagner ging von seinem Büro über die Treppe hinunter zum Küchenblock und schenkte sich eine zweite Tasse Kaffee ein. Es dämmerte schon und der Reporter spielte mit dem Gedanken, das Vermächtnis von Mertens zu öffnen, das ihm Kommissar Berner in die Hand gedrückt hatte, als sein Handy läutete. Die unbekannten Teilnehmer reißen heute auch nicht ab, dachte er sich und nahm das Gespräch an.

»Es gab einen Mord in der Schottenkirche«, eröffnete der Anrufer ohne Vorwarnung dem Reporter. »Diesmal ist einer von der Polizei darin verwickelt, ein Kommissar Berner. Man hat ihn mit der rauchenden Pistole vor der Leiche gefunden, einem jungen Priester. Glatter Durchschuss, kein Wunder bei einer 45er aus nächster Nähe. Keine Zeugen, keine anderen Spuren.« Der Anrufer schwieg.

»Wissen Sie, wohin man Berner gebracht hat? In welches Kommissariat?«, fragte Wagner nach.

»In die geschlossene Sicherheitsabteilung im Allgemeinen Krankenhaus. Er hat einen Schlag auf den Kopf bekommen, Gehirnerschütterung, aber er wird es überleben, der alte Sturkopf.« Der Anrufer lachte leise. »Die Menschen stolpern nicht über Berge, sondern über Maulwurfshügel. Konfuzius«, zitierte er trocken.

»Blödsinn, Berner hat niemals den Pater erschossen, Sie müssen den Verstand verloren haben, wenn Sie das glauben«, versetzte Wagner ärgerlich. »Und wenn schon Konfuzius, dann gebe ich Ihnen auch eines mit auf den Weg: Das Rechte erkennen und nichts tun ist Mangel an Mut.« Aber die Leitung war schon tot.

Berner mit einer Gehirnerschütterung und ein toter Priester … Wagner war verunsichert. Er steckte sein Handy in die Tasche und dachte an Pater Johannes gestern Abend. Der Tote konnte nur der junge Pater sein, den Berner befragen wollte, derselbe, der gestern zu Pater Johannes gelaufen war …

Wagner goss den Kaffee weg und schenkte sich dafür ein Glas Rotwein ein. »It's five o'clock somewhere«, zitierte er den Song von Alan Jackson und Jimmy Buffet und prostete sich zu. Auf Berner, auf den wir heute Abend vergebens warten werden, dachte er und überlegte, ob er nicht ins Allgemeine Krankenhaus fahren sollte. Da hörte er, wie Georg Sina das Tor zur Remise aufsperrte.

»Aber unser wunderlicher Hausmediävist ist wenigstens gekommen«, sagte er laut und sah, wie Sina seine Jacke aufhängte. Dann drehte sich der Wissenschaftler nochmals um, sperrte das Tor zweimal ab und prüfte sicherheitshalber nochmals, ob der Eingang auch wirklich zu war.

»Was heißt hier wunderlich und Hausmediävist? Das hab ich gehört, Paul«, tadelte Sina und sah Wagner mit dem Glas in der einen und der Flasche in der anderen Hand auf dem Weg zur zerschossenen Sitzgarnitur.

»Gott sei Dank, sie hat geputzt!«, murmelte der Reporter, nachdem er einen Blick in die Runde geworfen hatte. Dann fiel er aufs Sofa, schloss die Augen und ließ sich nach hinten auf die Rückenlehne kippen.

Mit zusammengekniffenen Augen beobachtete Sina seinen Freund, der starr vor sich hin ins Leere schaute. »Was ist los?«

»Auf Berner werden wir heute lange warten, er ist in Polizeigewahrsam und verbringt die Nacht außerhalb«, erklärte Wagner und nahm einen großen Schluck Rotwein. »Sie haben ihn in der Schottenkirche gefunden, bewusstlos, aber mit rauchender Pistole vor einem toten Priester.«

»Sie glauben, er hat den jungen Pater im Schottenstift ermordet?«, ereiferte sich der Wissenschaftler. »Was für ein Schwachsinn! Woher weißt du das?«

»Wenn du lange genug unbeschriftete Kuverts unter Türspalten durchschiebst, Georg, dann entwickelt die Polizei plötzlich Eigeninitiative«, kommentierte Paul knapp, rieb sich die Augen und lachte heiser.

»Und … Glaubst du hat er?«

»Natürlich nicht! Irgendwer hat ihm in der Schottenkirche eins übergezogen und mit seiner Waffe den Pater ins Jenseits befördert. Aber das muss der Kommissar erst einmal beweisen und ohne Zeugen sind seine Karten augenblicklich nicht die besten.«

»So eine Scheiße«, zischte Sina und ließ sich schwer neben dem Reporter auf die Couch fallen und stieß dabei den Couchtisch mit der Weinflasche um.

»Bitte, Georg, kannst du dich am Riemen reißen, ich werde ja seekrank.« Wagner hob die Flasche auf, verzog das Gesicht und fixierte Sina. »Schade um den guten Wein. Es wäre schön, wenn du dich weniger gehen lässt, wir sind in der Zivilisation und nicht daheim in deiner Einschicht.«

»Wie bitte? Ich soll mich nicht gehen lassen? Und was machst du dann die ganze Zeit? Du tust ständig nur, was dir gerade einfällt! Du erklärst mir überhaupt nichts, wenn ich nicht nachfrage! Du warst es, der den Anrufer in Klosterneuburg vertrieben hat!«, fuhr ihn Sina an.

»Was? Ich habe den Anrufer vertrieben? Du hast doch auf die Sicherheitskameras gedeutet und mich auf die Suche geschickt! Herr Professor sollte sich schon entscheiden, was Herr Professor eigentlich will. Für jemanden, der aussieht wie ein Neandertaler und unter meinem Dach logiert, nimmst du den Mund ganz schön voll!« Wagner war wütend, lenkte aber sofort ein: »Lassen wir das. Das hat keinen Sinn, wenn wir uns gegenseitig zerfleischen. Wir können dem Kommissar nicht helfen, wir können nur alleine weitermachen. Ich kann dieses Gefühl der Hilflosigkeit genauso wenig leiden wie du, also gib mir nicht die Schuld dafür.«

»Du kannst das Gefühl der Hilflosigkeit nicht leiden? Glaubst du, ich liebe es? Darf ich dich daran erinnern, dass ich es gewesen bin, der sich den Psychomüll in Klosterneuburg gegeben hat? Und gerade als es endlich aufschlussreich geworden wäre, bist du wie John Wayne und Dirty Harry in einer Person auf dem Parkplatz aufgetaucht und hast den Informanten verjagt!« Sina redete sich in Rage und ballte die Fäuste. »Und jetzt regst du dich auf, wenn ich deine durchlöcherte Sitzbank zum Schwingen bringe? Außerdem, mein Freund, ich muss nicht hier sein! Schau doch zu, wie du Friedrichs Rätsel ohne mich und mein Wissen knackst!«

»Oh, jetzt reagieren Monsieur sauer und schnappen ein? Nimm Friedrich und sein Rätsel und seine komischen Hinweise mit auf deine löchrige Burg und lass mich damit in Ruhe! Ich brauche keine schießwütigen Pater in meinem Haus, keine inszenierten Morde in Kirchen. Ich will meine Remise nicht abschließen müssen, weil ich nicht mehr weiß, ob ich morgen nicht mit durchschnittener Kehle aufwache. Nimm dein Mittelalter auch mit, wenn du gehst, ich bin ganz gut ohne ausgekommen. Und ich brauche auch keine Dankschreiben von pensionierten Kommissaren.« Wagner hielt inne. »Verdammt, ich mache mir Sorgen um Berner.« Er legte Sina die Hand auf die Schulter. »O.k., es tut mir leid! Ich entschuldige mich, für was auch immer. Meine Nerven liegen genauso blank wie deine.«

Sina drehte sich um. »Scheiße, Paul. Der Nachsatz musste ja sein – für was auch immer«, knurrte er. Dann hob er ruckartig den Arm und ballte die Faust. Paul zuckte instinktiv zurück, blieb aber, wo er war. Sina ließ den Zeigefinger vorschnellen und tippte Wagner auf die Brust. Mit jedem Stoß der Fingerspitze unterstrich er einen seiner Sätze:

»Du entschuldigst dich? Reichlich spät, oder? Du leierst eine Entschuldigung herunter, ohne zu begreifen, wofür. Aber das hast du immer schon so gemacht! Aber ich bin nicht unsere Lehrerin, der du schöntun kannst, weil du deine Hausübung vergessen hast, die du dann von mir abgeschrieben hast! Du warst und bist ja Everybody's Darling! Immer ein Scherz auf den Lippen! Immer vergnügt, darum lieben dich ja alle. Du weißt doch gar nicht, was es heißt, Verantwortung zu übernehmen!«

»Georg, ich verstehe ehrlich nicht, was das jetzt soll.«

»Du verstehst nicht?«, schrie Sina. »Genau das ist dein Problem, Paul, du verstehst nie etwas. Erst wenn man dich mit der Nase drauf stößt.«

»Georg, ich habe wirklich keine Lust ... Und schön langsam reißt mir der Geduldsfaden.«

»Bitte, dann reißt er eben. Glaubst du, ich fürchte mich vor dir?« Sina machte einen Schritt zurück und breitete einladend die Arme aus.

»Was wird das hier? Sollen wir uns jetzt prügeln? Tut mir leid, aber das ist nicht mein Stil.« Wagner winkte ab und entfernte sich langsam. »Rede mit mir, wenn du dich beruhigt hast.«

»Nicht dein Stil? Was genau ist dein Stil? Beamtenbestechung, Leichenfledderei und Klatschspalten? Ich erkenne dich nicht wieder! Was zum Beispiel ist das hier? Die schicke Remise, die Sammlung japanischer Motorräder, die trendigen Klamotten, der Whirlpool? Wem zum Teufel willst du etwas beweisen, Paul? Warum bist du ständig hinter jedem Rock her, der nicht bei drei auf den Bäumen ist? Wen willst du beeindrucken? Deine Mutter?«

Wagner erstarrte, aber er versuchte krampfhaft die aufsteigende Wut zu beherrschen. Er wusste nur zu gut, dass es sein Freund allein darauf anlegte, ihn zu provozieren. Er erinnerte sich an die langen Spaziergänge und Gespräche, die durchzechten Nächte und die ungezählten Morgengrauen am Würstelstand bei der Albertinarampe. Paul war sich bewusst, dass Georg darauf Bezug nahm. Er warf seine Worte wie seine Messer genau ins Ziel. Nach einer Pause meinte er bitter: »Mutter, Vater ... Du hast keine Ahnung davon, eine Mutter zu haben, die nach über zwanzig Jahren nicht eine einzige, einfache Umarmung zustande bringt. Die dir die Schuld gibt, dass ihre Karriere im Sande verlaufen ist. Die dich für jeden Tag deines Lebens, der ihres zerstört hat, zur Verantwortung zieht. Also rede du mir nicht von Verantwortung, mon cher. Aber reden wir von deinem Vater ...« Der Reporter lächelte grimmig. »Präsident Dr. Sina, Anzugträger und Überfigur, die Korrektheit in Person und die wandelnde tägliche Erinnerung ›werde so wie ich, Sohn!‹. Woher kommen denn deine langen Haare und deine mangelnde Teamfähigkeit? Verwechselst du nicht Schweigsamkeit mit Verantwortung, Trauer mit Charakterstärke?«

»Nein, das tue ich nicht. Aber ich habe eine Ahnung davon, was es heißt, einen geliebten Menschen zu begraben! Jemanden, den ein anderer, den man wie seinen Bruder liebt, auf dem Gewissen hat.« Sina baute sich vor Wagner auf. »Wie war das damals, Paul, wolltest du Clara auch beweisen, was für ein toller Hecht du bist? Wie grandios du mit deinem Motorrad umgehen kannst? Dass du um so vieles begehrenswerter bist als der fade Bücherwurm? Ich habe nie etwas gesagt, wenn du die Mädels aus unserer Schule oder an der Uni abgeschleppt hast. Selbst dann nicht, wenn es Mädchen waren, die mir gefallen haben, aber ich wieder einmal zu spät gekommen war oder einfach zu feige, um sie anzusprechen. Du hast mit ein paar flapsigen Sätzen im Vorübergehen erreicht, wofür ich meinen ganzen Mut zusammennehmen musste. Und dann hast du mir auch noch Clara weggenommen! Ich habe es selbst nicht verstanden, aber der Anrufer hatte recht, im Grunde wollte ich dir ein Messer verpassen! Für das, was du mir und Clara angetan hast!«

Sina sackte zusammen, hockte sich auf den Boden und vergrub das Gesicht in seinen Händen, seine Schultern bebten. Wagner stand schweigend neben ihm.

Schließlich hob Sina den Kopf und wischte sich die Tränen aus dem Gesicht. »Es tut mir leid. Das alles war zu viel für mich. Erst Pater Johannes, dann der Typ am Handy, der in mir rumgebohrt hat, und jetzt Berner und …«

Wagner setzte sich neben Sina auf den Boden und legte seinen Arm um ihn. Es wurde dunkel draußen. Lange saßen sie schweigend und es war wie früher. Der Reporter wollte mehrmals etwas sagen, schüttelte aber immer wieder den Kopf und verwarf den Gedanken wieder. Schließlich murmelte er: »Nein, Georg. Es tut mir leid. Ich habe den Tag Hunderte Male verflucht, an dem sich Clara hinter mich auf dieses Motorrad gesetzt hat. Ich habe dich immer wieder vor mir gesehen, wie du dagestanden bist, als sie aufgestiegen ist. Wie du dreingeschaut hast, so sorgenvoll und gar nicht begeistert. Ich hatte ja keine Ahnung, was wirklich in dir vorging. Niemals hätte ich dir Clara … Nicht einmal gedacht habe ich daran …«

Wagner erinnerte sich, wie schon so oft in den langen Nächten. »Ich wollte ja langsam fahren, aber da war das Motorrad, ihre Arme um meine Hüften, ihre Begeisterung … Und da habe ich ein bisschen mehr Gas gegeben und noch ein wenig mehr, wie immer … Ich bin die verdammte Strecke Dutzende Male zuvor gefahren, ich kannte sie auswendig … Alles war genau wie immer und dann war da plötzlich dieser Wagen, schoss aus der Nebenstraße, heraus auf die Hauptstraße, ohne zu bremsen, ohne nur einen Augenblick anzuhalten.«

Vor Sinas innerem Auge spielte sich der Unfall ab wie auf der Leinwand eines Kinos.

»Und bevor ich noch reagieren konnte, bin ich schon über den Asphalt gerutscht, das Motorrad trudelte vor mit her … An sich nichts Besonderes, es legt mich jedes Jahr mindestens einmal hin … Ich bin aufgestanden und wollte zu Clara gehen … Ihr sagen, was für ein Glück wir hatten … aber da habe ich sie gesehen. Wie sie dagelegen ist. Und ich habe es sofort gewusst …«, flüsterte Wagner und dieses Gefühl der Leere breitete sich wie ein riesiges schwarzes Loch wieder in seinem Magen aus. Er stand auf und suchte nach der Weinflasche.

»Wo ist das Motorrad, Paul? Hast du es noch? Ich will es sehen!«, hörte er Georgs Stimme hinter sich. Wagner drehte sich nicht um, schüttelte nur den Kopf und sagte: »Ich habe es verschrotten lassen. Ich wollte es nicht mehr in meinem Leben haben.«

Sina nickte, unfähig, ein Wort hervorzubringen. Er hätte die Begegnung mit dem Fahrzeug gebraucht, um endlich einen Schlussstrich ziehen zu können, sich selbst begreifbar zu machen, dass alles nicht nur ein böser Traum, sondern Realität war. Er hatte Clara nicht mehr gesehen, nicht mehr so Abschied nehmen können, wie er es wollte. Das Letzte, was er von ihr gesehen hatte, war ein Sarg, aufgebahrt unter einem Meer von Blumen am Wiener Zentralfriedhof. Dann war sie in einem Schacht verschwunden, vergraben und vergessen. Zwischen den Bäumen der Allee, in einiger Entfernung, wie ein Häufchen Elend, war Paul Wagner gestanden. Aber Georg war nicht hingegangen, er wollte ihm nicht begegnen, nicht ihm, nicht dem Mörder. Aus den Augenwinkeln hatte er beobachtet, wie sein Vater ihm dann doch die Hand geschüttelt hatte, den Arm um seine Schultern gelegt und ihn weggeführt hatte. Nur weg mit ihm, fort aus meinem Leben, hatte Sina gedacht. Am nächsten Tag schon war er auf seiner Burg gewesen. Die Zugbrücke hoch und Georg Sina war tot. Tot für die Welt und auf ewig aus ihr verschwunden, wie Clara.

Georg ging zum Küchenblock und Paul drückte ihm ein randvolles Glas in die Hand.

»Es ist gut«, hörte er Sina murmeln, »es ist gut.« Wagner und er blickten sich an. Sie brauchten keine Worte, um sich zu verstehen. Der Reporter öffnete den Mund, aber Sina schüttelte entschlossen den Kopf. »Es ist gut«, wiederholte er noch einmal.

»Sind wir wieder ... noch immer ... sind wir noch Freunde, Georg?«, fragte Wagner leise und zögernd.

»Wir waren nie wirklich verfeindet, Paul, oder keine Freunde. Das ist das wirklich Furchtbare daran«, raunte Sina und stürzte den Wein hinunter.

Allgemeines Krankenhaus, Wien/Österreich

Kommissar Berner lag auf dem Gang der geschlossenen Sicherheitsabteilung und wusste nicht, ob er lachen oder weinen sollte. Ein Schlauch führte in seinen linken Arm, sein Kopf war dick verbunden und er kam sich vor wie ein reparaturbedürftiger Güterwaggon, für den man nur noch das Abstellgleis suchte. Im Moment jedoch kümmerte sich niemand um ihn. Kaum war er in der Abteilung angekommen, war das komplette Chaos ausgebrochen. Man hatte entdeckt, dass Pater Johannes von Unbekannten abgeholt und einfach mitgenommen worden war. Spurlos verschwunden. Berner konnte sich ein Grinsen nicht verkneifen. Was für eine Schlappe! Er musste die Kaltblütigkeit der Entführer bewundern, die blitzschnell, ohne eine einzige Unsicherheit und professionell zugeschlagen hatten. Wie in meinem Fall, bemerkte er bitter und das Grinsen verschwand von seinem Gesicht.

Eine Tür öffnete sich und Burghardt kam aus dem Schwesternzimmer, das die Beamten nun als Besprechungsraum nutzten. Er kam zu Berner herüber und setzte sich seufzend aufs Fußende des Krankenhausbetts.

»Die reden und reden und wissen gar nichts. Bernhard, ich verstehe ja schon seit ein paar Tagen nicht mehr, worum es hier überhaupt geht. Erst der Mord in der Ruprechtskirche, dann in der Karlskirche, der Tod von Mertens, dann deine überraschende Pensionierung, der Angriff auf dich, Wagner und Sina, jetzt der tote Priester und der verschwundene Pater Johannes. Ich glaube, keiner von uns sieht auch nur einen Lichtblick am Ende des Tunnels.«

Berner winkte ab. »Doch, mein Nachfolger, aber der hat noch nicht begriffen, dass das Licht der entgegenkommende Zug ist.« Er stockte, weil sein Kopf Schmerzwellen durch seinen Körper schickte. Dann fuhr er fort: »Das ist alles viel zu kompliziert, um es dir hier und jetzt zu erklären. Und es ist zu groß, viel zu groß. Sina und Wagner haben das vor mir verstanden, sie stellen Zusammenhänge her, die durch die Jahrhunderte reichen und wir, wir sehen nur eine kleine Ecke, einen Ausschnitt«, brummte er und betrachtete misstrauisch den Schlauch in seinem Arm, durch den tropfenweise Flüssigkeit nachrann. »Ich wollte bisher nur eines, nämlich den Chinesen an den Karren fahren. Sie haben die ganze Geschichte ins Rollen gebracht mit den Morden an dem Fremdenführer und der jungen, blonden Frau. Aber da sind noch andere, wie dieser Johannes und der junge Priester … und jetzt sind sie auch hinter mir her.«

»Ich dachte, das war Zufall, dass du gestern bei Wagner warst«, meinte Burghardt erstaunt. Berner konnte ein Nicken gerade noch im Ansatz stoppen und atmete auf.

»Das gestern Abend war Zufall, aber das heute nicht mehr. Das heute in der Schottenkirche war zwar nicht geplant, aber jemand hat die Situation blitzschnell ausgenutzt. Er war genauso schnell wie die Truppe, die Pater Johannes hier unter euren Augen herausgebracht hat. Was macht ihr denn, wenn die Presse davon erfährt? Habt ihr darüber schon nachgedacht? Ist Wagner noch nicht da?« Berner lachte in sich hinein. Es tat zwar weh, aber es tat auch gut.

Burghardt schüttelte den Kopf. »Das letzte Mal, als ich ihn gesehen habe, saß er vor dir auf dem Motorrad …«, erinnerte er Berner säuerlich.

»Schon gut, schon gut«, wiegelte Berner ab. »Vergiss es einfach. Kannst du mir mein Handy bringen? Ich weiß nicht, wer es mir weggenommen hat.«

»Bernhard, ich darf dich nicht telefonieren lassen, das weißt du. Immerhin stehst du offiziell unter Mordverdacht«, erwiderte Burghardt lahm und schaute weg.

»Glaubst du wirklich, ich erschieße einen Pfarrer im Beichtstuhl?«, fuhr Berner auf und wurde sofort durch eine neuerliche Schmerzwelle bestraft. Er stöhnte und fiel zurück in sein Kissen.

Burghardt griff in die Tasche und zog sein Handy heraus. »Hier, nimm meines. Das kann mich meinen Job kosten, aber egal. Wenn ich mir deinen Ruhestand anschaue, dann will ich meinen gar nicht mehr erleben.« Burghardt stand auf und schaute auf Berner herunter. »Bernhard, versprich mir eines. Ruf nicht deine Erbtante in Australien an, ich hab nur ein kleines Beamtengehalt.« Dann drehte er sich um und ging zurück zur Besprechung.

»Darauf kannst du Gift nehmen«, lächelte Berner grimmig und begann zu wählen.

Breitensee, Wien/Österreich

Etliche Flaschen lagen leer auf dem Fußboden und Georg Sina stieß eine von ihnen an, als er auf allen vieren zu einem der Vitrinenschränke in Wagners Remise kroch. Er hatte zwei Ritterfiguren entdeckt, hölzerne Ritter mit Lanzen, die auf ihren Pferden saßen. Georg nahm sie heraus, wog sie in den Händen, betrachtete sie genau und erklärte dann leicht lallend: »Schaller, Rennzeug, originale Bemalung …« Dann stockte er und rief: »Um Gottes willen, die sind aus Deutschland, spätes 15. oder frühes 16. Jahrhundert. Paul, weißt du eigentlich, was du da hast? Die zwei sind echt.«

»Ja, kann schon sein. Die habe ich geerbt. Die zwei Ritter sind seit ewigen Zeiten auf dem Dachboden meiner Großeltern gelegen, haben irgendeinem Vorfahren von mir gehört. Mein Großvater hat erzählt, irgendein Wagner hatte sie in grauer Vorzeit von seinem Ziehvater geschenkt bekommen. Ich hab sie behalten, weil ich mir dachte, die machen sich gut in einem Glasschrank.« Paul war ganz und gar nicht beeindruckt. »Willst du sie haben? Ich häng nicht dran, ich schenk sie dir gerne!«

»Nein, die gehören dir. Aber lass uns das ausfechten! Ich fordere dich hiermit zum Duell!«, rief Sina und drückte dem Reporter eine Figur in die Hand.

»Bitte, was willst du von mir?«

»Lass uns ein Turnier mit Lanzen austragen! Der Staub des Bodens und die Schande der Niederlage für den Verlierer!«, tönte Sina theatralisch und gab seiner Figur einen Stoß, dass sie laut gegen Pauls Ritter knallte. Beide Statuen blieben im Sattel. Der Wissenschaftler seufzte enttäuscht.

»Das, mein Freund, war mehr als unfair gekämpft!«, entrüstete sich Wagner und packte seinen Ritter. »Los! Ich fordere Revanche und Genugtuung für erlittene Schmach, Sir Hinterhältig!«

Beide nahmen ihre Figuren in die Hand und knieten sich gegenüber auf den Boden. »Bereit?«, knurrte Paul.

»Bereit, Sir Dümpelfried!«

Gleichzeitig schnellten diesmal die Ritter aufeinander zu. Sie stießen so hart aufeinander, dass eine der Figuren zerbrach. Paul warf beide Arme in die Luft und rief: »Ha! Gewonnen! Hab ich dich erledigt, mein Großer! Die Feder ist mächtiger als das Schwert! Friss den Staub, Sir Hinterhältig!«

»Moment!«, unterbrach Sina Wagners Freudentaumel. »Da guckt etwas heraus. Es ist … Es ist ein Zettel. Vielleicht eine Botschaft?«

»O nein. Vielen Dank! Mit Rätseln sind wir bedient bis ins nächste Jahrzehnt. Wirf den Wisch einfach weg, ich will ihn gar nicht sehen«, rief Wagner und hielt sich verzweifelt die Augen zu. Aber Sina hatte das winzige Pergament schon entrollt und las laut vor:

**»Wo in Chemnitz einst das trutz'ge Schloss gestanden,
Wo nunmehr auch die schwarzen Brüder schweigen,
Sich an der Pforte Rosen um St. Mariens Bildnis wanden,
Sollst Du vor Kaiser Lothar Dich verneigen,
So viel gerühmt in unsren Sachsen-Landen.
Dann sollst Du frech der Kaiserin den Rücken zeigen.
So blickst Du wohin niemals Phoebus Wagen fährt,
Nun geh nach Leipzig wohl tausend Schritte,
Nicht am Grund, sondern wie's der Rabe lehrt,
Dort findest Du in des Dornenstrauches Mitte,
Dr. Fausti Hoellenzwang ganz unversehrt.**

**Doch gib nur Acht, der Preis ist hoch,
Was Engel zeugt, das bringt den Tod.
Am End ist oben unten.
Da die Engel herrschend, und dort die Himmel leer.«**

Georg Sina kratzte sich am Kopf, dann grummelte er: »Ich versteh kein Wort. Ist da wirklich der berühmte Faust gemeint?«

Wagner verdrehte die Augen und versuchte in einer der Flaschen noch etwas Rotwein aufzutreiben. »Ich sag dir ja, tu den Zettel weg. Verstecke ihn irgendwo, wo ich ihn nicht finde. Und wenn ich dich danach frage, dann weißt du gefälligst nicht, wovon ich spreche, bis wir unser aktuelles Rätsel gelöst haben. Dann erst darfst du mir damit kommen ... Nicht früher!«, drohte Wagner mit erhobenem Zeigefinger, richtete sich schwankend auf, trottete zum Küchenblock, überlegte es sich und bog ab zu seiner Lederjacke. Er suchte und fand den weißen Umschlag, den Berner ihm gegeben hatte. »Nachdem die Stimmung jetzt sowieso beim Teufel ist, können wir auch gleich lesen, was der gute Mertens uns geschrieben hat, oder nicht?«

Georg nickte und steckte das kleine Pergament in seine Hosentasche. Wagner riss das weiße Kuvert auf und begann vorzutragen:

»Vermächtnis ... Mein Gott, der trägt aber dick auf.«

»Ohne Kommentare bitte, wenn es recht ist«, brummte Sina, streckte sich auf dem Boden aus und verschränkte die Arme hinter dem Kopf.

Wagner murmelte etwas Unverständliches, dann begann er zu lesen:

»Vermächtnis

Wer immer dieses, mein Vermächtnis, finden sollte, der sei hier und jetzt gewarnt, sei drei Mal gewarnt, wie es die Tradition verlangt: Einmal vor der Macht, die korrumpiert und uns vergiftet, einmal vor der Gier, die uns von innen heraus zerfrisst und einmal vor der Sucht, die uns noch dann weitertreibt, wenn alles verloren scheint. Du wirst auf diesem Weg allen dreien begegnen und sie werden Dich vernichten, wenn Du nicht umkehrst.

Ich war immer ein Suchender, ein Reisender durch die Zeit und Forscher in den Tiefen des Unerforschlichen. Mit dem neuen Jahr hat der Himmel sich über mir verfinstert, ich bin meines Lebens nicht mehr sicher, sie ziehen ihre Kreise enger und ich habe nicht mehr viel Zeit. Darum habe ich beschlossen, die Ergebnisse meiner lebenslangen Suche niederzuschreiben, damit Du einen Eindruck davon bekommst, worauf ich in meiner unglaublichen Naivität und Leichtfertigkeit gestoßen bin.

Die Büchse der Pandora habe ich geöffnet, ohne zu wissen, was mich darin erwartet. Ich war betört von ihrer Schönheit, ihren verheißungsvollen Lippen.

Ich war nicht darauf vorbereitet, dass die Götter den Tod für mich in ihrer Schatulle versteckt haben. Du warst klug genug, zu durchschauen, dass Eleonore den Schlüssel für Dich aufbewahrt hat und Pandora mit ihrer Büchse den Zugang bewachte. Aber das ist nur der Anfang.

Darum, zu Deinem eigenen Wohl, kehre um und verbrenne den Brief. Aber die Macht, die Gier oder die Sucht werden Dich weitertreiben, wie auch ich ein Getriebener war. Darum hoffe ich für Dich, dass Du ein wahrhaft Suchender bist, keiner, der nur auf seinen Vorteil oder kurzfristigen Gewinn aus ist. Denn dieser Weg wird Dich verändern, diese Pilgerfahrt wird Dich läutern oder direkt in die Hölle stürzen.

Vielleicht hast Du sie schon bemerkt, die Schatten, die um Dich streichen, die Dich beobachten und jeden Deiner Schritte überwachen. Vielleicht haben sie Dich ausgelacht, weil Du verzweifelt auf die nächste Wachstube gegangen bist, Dir sicher warst, jemand sei in Deine Wohnung eingedrungen, hätte Dich verfolgt oder Dein Telefon angezapft. Aber lass Dich nicht beirren, Dich nicht ins Bockshorn jagen! Du hast recht, sie sind da! Sie sind Dir schon auf den Fersen! Hüte Dich vor den Pfaffen und ihren balsamischen Reden! Meide das Drachenviereck!

Wenn Du Dich jetzt fragst, wovon ich rede, dann wirf den Zettel weg und lache über mich. Solltest Du aber verstehen, dann lies und lauf! Denn ab jetzt bist Du auf der Flucht für den Rest Deines Lebens.

Alles hat für mich angefangen, als ich in jungen Jahren begann, mich mit Kaiser Friedrich II, dem Hohenstaufer, zu beschäftigen. Ich war fasziniert von seinem Wirken, seinem glanzreichen Hof und seinem Kastell del Monte, diesem steingewordenen Abbild der achteckigen Kaiserkrone, des himmlischen Jerusalems und dem Reich Gottes auf Erden. Mit ihm beginnt das große Geheimnis.

Tapsig und unbeholfen, mit dem Verstand eines Säuglings, bin ich in seine Welt eingetaucht. Dieses Eintauchen war der Beginn meiner Höllenfahrt! In welch illustre Gesellschaft ich mich auf diesem Engelssturz begeben habe, offenbarte sich mir erst später. Der Beginn des Geheimnisses jedoch ist ein Geschenk. Ein Präsent von sehr weit her, bestehend aus drei unscheinbaren Steinen.

Es gibt eine altitalienische Legende, in welcher der Priesterkönig Johannes Kaiser Friedrich II. auf die »Probe« stellt. Der Priesterkönig, Symbol für den priesterlichen und königlichen »Herrn der Welt«, übersendet Friedrich, den er als »Spiegel der Welt« bezeichnet, durch einen Boten drei Steine und lässt an ihn die Frage stellen, was er für das Beste auf Erden hält. Darauf antwortet dieser: »das Maß«, nimmt jedoch alle drei Steine, ohne nach ihren Kräften zu fragen. Daraus folgert Johannes, der »Kaiser sei weise in Worten, aber nicht in Taten«, weil er nicht nach den Kräften der Steine gefragt hatte, die zwar so unscheinbar im Aussehen, aber so besonders in ihren Kräften waren.

Oftmals wird in den Legenden vor allem ein Stein betont, ein »Stein, der nicht ein Stein ist«. Dieser Stein sei nur auf dem Gipfel des höchsten Berges – des polaren Bergs der Mitternachtssonne – zu finden, er ist der lapis elixier, der die Schwärze (nigredo) einer Reinigung (albedo) unterzieht, um sich im königlichen Rot (rubedo) zu vollenden. Dieser Stein der Weisen ist der Stein der königlichen Kunst, die sich in der Abfolge der alchemistischen Reichsfarben Schwarz-Weiß-Rot entfaltet.

Nun, die Legende erzählt weiter, dass nach seinem Tod in der Blüte seiner Jahre Friedrich in den Ätna geritten sei, wo er bis heute darauf wartet, wiederzukommen. So wartete man gemäß der Prophezeiung auf den dritten Kaiser Friedrich, um das Reich zu erneuern. Aber eine Warnung schreckte alle: Sein Erscheinen werde mit dem Untergang der Welt, der Apokalypse, zusammenfallen. Und dieser Friedrich war Friedrich III., dem das Geheimnis offenbart wurde und der in fünf unscheinbaren Buchstaben das Wissen der Welt vor vorwitzigen Blicken verbarg.

Aber ich habe den Schleier der Isis gelüftet und ihr Anblick ließ mich erzittern. Ich sah Scharen von Engeln die Erde bevölkern. Ein Geschlecht von Riesen wiederauferstehen, gezeugt aus den Mischehen der Söhne des Himmels und Menschenfrauen, wie es die Heilige Schrift offenbart. Gegen diese Brut werden kein Schwert, keine Kanone und kein Panzer bestehen. Sie werden uns zermalmen. Der Staub unserer Knochen wird ihre Sohlen benetzen. Sie werden über die Armeen der Welt marschieren, und nichts und niemand wird sie aufhalten. Ein solcher Riese war der heilige Christophorus, den Du auch auf dem Sarkophag des Kaiser Friedrich im Stephansdom findest. Das Gewicht des göttlichen Knaben drückte immer schwerer auf seine Schultern, wie auch die Last des Geheimnisses die Schultern des Kaisers immer tiefer beugte.

Der dritte Friedrich jedoch war weise in seinen Taten, er hinterfragte die Macht des Steins. Er musste entscheiden – Tod und Verderben für die Welt und ewige Größe für Österreich oder das Maß? Friedrich wählte richtig, versteckte den Stein und sein Geheimnis. Aber auch er war ein Mensch und konnte der Versuchung nicht widerstehen. Er erdachte stolz Rätsel und hinterließ uns Botschaften, die uns zum Geheimnis führen sollten.

Wir beide, Du und ich, sind seinen Fingerzeigen gefolgt. Dabei haben wir ihn aufgeweckt, den Wächter, den Todesengel, der drohend am Eingang zum Paradies steht und den zweiten Baum bewacht. Ein feuriger Stern erschien am Himmel, ein Zeichen der Vernichtung, Vorbote unseres Schicksals und aller, die vor uns suchten – Georg Faust, der Graf von Saint-Germain, Cagliostro und Rasputin und vielleicht noch andere, die ich nicht fand.

Keiner von ihnen hat uns etwas hinterlassen, das uns auch nur eine Handbreit näher an die Lösung führen könnte. Keiner? Doch, Doktor Faustus gelang das Unmögliche. Er notierte alles, was er herausgefunden und probiert hatte, in einem Buch. Dieses Buch, der »schwarze Rabe« genannt, oder »Höllenzwang«, ging in den Besitz seines Adlatus, Johann Wagner, über. Der erfüllte das Gebot seines Meisters und vergrub das Teufelsbuch in Chemnitz unter einem Dornenstrauch. Leider ist uns der Weg zu der genauen Stelle abhandengekommen. Aber finde das Buch und Du findest die Lösung!

Der schwarze Rabe, merkst Du auf? Ja, mein Freund. Mathias Corvinus ist mit von der Partie. Er eroberte mit seinem schwarzen Heer Friedrichs Besitz, nur zu dem Zweck, sich das Geheimnis anzueignen. Doch Friedrich nahm es mit auf seine Flucht. Dies ist der zweite Weg, den Du beschreiten kannst, um zum Licht zu kommen. Wählst Du den, dann rate ich Dir nur: Geh nach Graz! Beschreite den doppelt gewundenen Weg nach oben!

Doch am Ende sei weise in Deinen Taten und entscheide richtig!

AEIOU!

Gott sei Deiner und meiner Seele gnädig.

Wien, im Januar 2008.«

Paul Wagner war mit jedem Wort blasser geworden. Georg Sina richtete sich auf und stützte sich auf einem Ellenbogen ab. Er sah den Reporter an, der ungläubig auf die drei Blätter in seiner Hand blickte.

»Das ist jetzt aber nicht wahr ... Johann Wagner, war das einer meiner Vorfahren? Ist das möglich ...«, flüsterte er.

Spöttisch meinte der Wissenschaftler: »Soso, der Adlatus von Faust war aus deiner Familie ... Damit ist mir auch klar, warum die Killer so heiß auf dich sind. Sie glauben, du weißt etwas, was sie nicht wissen. Etwas über Höllenzwang und schwarzen Raben ...« Er kicherte und legte sich wieder lang. »Dabei wusstest du nicht mal, dass Faust einen Adlatus namens Wagner hatte.«

»Ja, ist ja schon gut, ich bin ein Ignorant und ich steh dazu«, grummelte Paul. »Stand da nicht etwas in dem Pergament, wo ist das? Hast du es eingesteckt?«

»Ich dachte, wir haben schon genug Rätsel und unser Bedarf an weiteren ist für die kommenden Jahrzehnte gedeckt«, kam es ironisch von Sina.

»Ach was, vergiss es. Das Pergament und Mertens' Vermächtnis ergänzen sich. Was machen wir jetzt?«, fragte Wagner ratlos und war plötzlich sehr nüchtern. Das Geheimnis hatte sie wieder eingeholt, die Lösung lag vielleicht näher als je zuvor.

»Die Frage ist jetzt rhetorisch gemeint, oder?«, fragte Sina und setzte sich wieder auf. »Schau nach, wann der erste Zug nach Chemnitz fährt. Es wird eine kurze Nacht. Während der Fahrt ... »

Das Klingeln von Wagners Handy unterbrach den Wissenschaftler. »Ich habe nur wenig Zeit, also unterbrechen Sie mich gefälligst nicht«, hörte Wagner und traute seinen Ohren nicht.

»Kommissar, wo ...«

»Ich hab gesagt, unterbrechen Sie mich nicht. Hören Sie zu. Pater Johannes ist weg, von einer professionellen Truppe aus der Sicherheitsverwahrung im Allgemeinen Krankenhaus einfach auf einer Bahre rausgerollt. Dieser verdammte Orden ist überall und es würde mich nicht wundern, wenn er den jungen Pater auch auf dem Gewissen hat und mich auch gleich mit einem Schlag loswerden wollte. Aber da müssen sie tiefer in die Trickkiste greifen. Hier laufen alle wie in einem aufgescheuchten Ameisenhaufen herum und haben keine Ahnung, worum es überhaupt geht. Und glauben Sie mir eines, Wagner, von mir werden sie die Antworten auch nicht bekommen.« Die Leitung war kurz stumm und Wagner glaubte schon, Berner habe aufgelegt. Aber dann war er wieder da.

»Friedrich zieht die Fäden, Wagner, auch wenn er schon fünfhundert Jahre lang tot ist. Wir stehen da, wo er will und wir laufen dann, wenn er uns lässt. Alles, was sich in den letzten Tagen ereignet hat, geschah nur wegen ihm und seinem Geheimnis. Und noch etwas, ich habe den Verdacht, dass dieses Geheimnis etwas sehr Aktuelles ist, etwas, das diese Welt aus den Angeln heben könnte. Ich war heute bei den Chinesen und ich sage Ihnen, die sind bis über ihre gelben Ohren …« Im Hintergrund wurden Stimmen laut und dann war die Leitung tot. Berner hatte aufgelegt.

Als Wagner sich nach Georg Sina umdrehte, hörte er leises Schnarchen vom Fußboden. Er ließ seinen Freund schlafen, warf den Laptop an und stellte schließlich seufzend den Wecker auf 4:00 Uhr früh, bevor er sich auf dem Sofa ausstreckte und Sekunden später eingeschlafen war.

Kapitel 8 – 15.3.2008

Eurocity 358 Wien–Dresden

Der Schnellzug war pünktlich um 5:58 Uhr aus dem Wiener Südbahnhof gerollt und kaum eine Minute früher hatten Sina und Wagner es in ihr Abteil geschafft. Es war leer, überheizt und roch nach Bremsstaub und süßer Limonade. Sina schnüffelte und verzog das Gesicht.

»So etwas schlägt sich bei mir immer sofort auf den Magen«, meinte der Wissenschaftler schlecht gelaunt.

Wagner seufzte theatralisch und ließ sich in den weichen Sitz fallen. »Zusätzlich zu dem, was sich gestern auch noch auf deinen Kopf geschlagen hat, ergibt das eine explosive Mischung, Herr Professor. Du hast gestern drei Flaschen Rotwein vernichtet.«

»Wir haben«, korrigierte Sina nachsichtig.

»Falsch, *du* hast«, erwiderte Wagner beharrlich, »meine drei hab ich gar nicht mitgezählt.«

Georg Sina schaute seinen Freund erschrocken an. »Kaum bin ich wieder mit dir zusammen, reißen die alten Gewohnheiten ein. Kein Wunder, dass es mir so schlecht geht. Mit unserem Restalkohol könnten wir noch eine Party schmeißen.«

»Dafür habe ich uns eigentlich ganz gut zum Bahnhof gebracht«, gab Wagner zu bedenken, »abgesehen von den paar Randsteinen und Straßenbegrenzungen, an denen wir entlanggeschrammt sind.« Er musste über Georgs entsetztes Gesicht lachen. »Ach was, glaub nicht alles, was ich am frühen Morgen erzähle. Du hast jedenfalls während der Fahrt noch tief geschlafen.«

Sina nickte. »Und genau das werde ich jetzt fortsetzen, und zwar hingebungsvoll.« Der Wissenschaftler sah sich im leeren Abteil um. »Kann man die Schiebetür absperren? Wenn nicht, dann sollten wir abwechselnd wach bleiben. Ich möchte gerne auch wieder aufwachen … Hast du eigentlich eine Waffe aus deinem Safe mitgenommen?«

Wagner schüttelte den Kopf. »Wir fahren ins Ausland, Georg. Das wäre eher kontraproduktiv, weil höchst illegal.«

»Lieber illegal als tot«, grummelte Sina, verschränkte die Arme und lehnte sich genussvoll in die Polster zurück.

»Sollten wir nicht zuerst das Pergament entziffern und dann schlafen?«, gab Wagner zu bedenken.

Sina winkte ab und öffnete nicht einmal die Augen. »Das machen wir, bevor wir ankommen, oder überhaupt erst an Ort und Stelle, das wird schon nicht so schwer sein«, beschloss er lässig.

»Das klingt aber ganz anders als gestern Abend, als ein mir bekannter Professor nach dem Lesen feststellte, er verstehe kein Wort«, erinnerte ihn Wagner.

»Da war der dir bekannte Professor auch voll wie eine Haubitze und seine grauen Zellen lagen im Koma«, feixte Sina, »und jetzt lass mich bitte schlafen. Wenn wir das Rätsel heute lösen wollen, dann brauche ich einen klaren Verstand und keine Alkoholnebel.«

Wagner schaute aus dem Fenster auf die vorbeiziehende niederösterreichische Hügellandschaft, über der langsam der Morgen dämmerte. Er fragte sich, ob sein Vorfahre jemals daran gedacht hatte, dass Generationen später wieder ein Wagner sich auf den Weg nach Chemnitz machen würde, um den »Höllenzwang« auszugraben. Sein kleiner Ritter hatte erst »sterben« müssen, bevor er sein Geheimnis preisgegeben hatte. War es bei Friedrich nicht genauso?

Einige Abteile weiter hinten im Zug zog ein Mann sein Handy aus der Tasche und wählte eine Nummer, die auf die israelische Botschaft in Wien eingetragen war. Trotz der frühen Stunde hob schon nach dem ersten Läuten jemand ab, der sich nur unverbindlich mit »Hallo« meldete. Der Anrufer beherzigte den Rat des Experten, der ihm tags zuvor eindringlich immer wieder gesagt hatte: »Niemals Namen in Telefongesprächen!«

»Wir sind gestern in dem grünen Mercedes nebeneinander gesessen und ich bin jetzt auf dem Heimweg.«

Sein Gesprächspartner schwieg.

»Es wird Sie vielleicht interessieren, dass die Person Ihrer, hmmm, sagen wir, Begierde gerade mit dem Zug nach Dresden reist und dann weiter nach Chemnitz. Ich habe ihn erkannt, er mich natürlich nicht. Der Reporter begleitet ihn. Es war reiner Zufall, dass ich gehört habe, wohin …« Das regelmäßige Tuten verriet ihm, dass sein Gesprächspartner bereits aufgelegt hatte.

Breitensee, Wien/Österreich

Der Beobachter, der die gesamte Nacht in der schwarzen Limousine verbracht hatte, stieg aus und streckte sich. Nachdem der rote Golf Wagners weggefahren war, hatte er überlegt, ihm zu folgen, und sich dann doch dagegen entschieden. Im spärlichen Frühmorgenverkehr wäre er bestimmt aufgefallen. Sicherheitshalber hatte er noch eine halbe Stunde gewartet, aber jetzt war er überzeugt, dass die Remise leer war. Entweder der Kommissar war gestern nicht wieder auf Besuch gekommen oder er schlief noch. Aber das würde sich bald herausstellen. Li Feng freute sich darauf, dass er ihn vielleicht in einem der Gästezimmer überraschen würde. Dann wäre die Ausbildung bei der NVA inklusive Sprachkurs doch zu etwas gut gewesen, dachte sich der General und freute sich auf Berners überraschtes Gesicht, wenn er ihm auf Deutsch einen »Guten Morgen« wünschen würde.

Li Feng sperrte den Audi ab, zog einen Schlüssel aus seiner Tasche und lief schnell und lautlos zum großen Tor der Remise. Es wurde langsam heller, aber nach mehr als sechs Stunden Überwachung war sich Li Feng sicher, dass keine Menschenseele in der Nähe war. Der Schlüssel passte und öffnete problemlos das Schloss. Manchmal ist dieser Südafrikaner doch zu etwas gut, dachte sich der General und zog die Tür leise wieder hinter sich zu.

Li Feng sah sich im Halbdunkel um und entdeckte nach und nach die Spuren der vergangenen Nacht. Leere Gläser, umgekippte Weinflaschen, Teller mit Essensresten. Er bückte sich und hob interessiert die Bruchstücke einer Ritterfigur auf, die über und über mit Lackschichten bemalt war. Er betrachtete den Hohlraum im Holz genau und bevor er die Stücke wieder auf den Boden fallen ließ, sah er eine zweite, ähnlich gearbeitete Figur halb versteckt unter dem Sofa liegen. Sie war noch ganz und Li Feng brach ihr den Hals. Enttäuscht musste er feststellen, dass sie massiv war, es existierte kein noch so kleiner Hohlraum.

Nachdenklich ließ der General den Blick über den Couchtisch schweifen und sah erst dann den weißen Zettel mit der hastig hingekritzelten Notiz: »Für Kommissar Berner. Sind auf dem Weg nach Chemnitz. Lösung greifbar nahe. P.W.«

Li Feng fluchte, steckte den Zettel ein und rannte aus der Remise. Es hatte also doch einen Hinweis gegeben, wie die chinesischen Wissenschaftler es schon seit Langem vermutet hatten, eine Überlieferung innerhalb der Familie Wagner. Li Fengs Gedanken rasten. Die Fachleute hatten auch schon zu DDR-Zeiten nach dem Buch gesucht, aber ohne genaue Angaben war es sinnlos gewesen. Das gesamte Material zu Fausts »Höllenzwang« war seit Jahren in Beijing zentral gesammelt, jedem noch so kleinen Hinweis nachgegangen worden. Bisher immer vergebens.

Der General startete den Audi und raste los. Während sie Archive und Sammlungen auf den Kopf gestellt, sich durch Bibliotheken gelesen hatten und allen Hinweisen von Zeitzeugen nachgegangen waren, Sagen und Legenden auf ihren Gehalt überprüft und verzweifelt Goethes Leben nach verborgenen Hinweisen durchforstet hatten, in all dieser Zeit war die Lösung greifbar nahe gewesen, versteckt in einer der beiden Ritterfiguren, die wahrscheinlich von einer Generation an die nächste weitergegeben worden waren, deren Bedeutung man vergessen hatte, deren Geheimnis am Ende niemand mehr kannte.

Wütend schlug Li Feng aufs Lenkrad. Dieser Einsatz war so verflixt kompliziert, so unvorhersehbar. Er hatte den Wissenschaftlern in Beijing nicht geglaubt, als sie Paul Wagner ins Spiel bringen wollten, den letzten Nachkommen des Adlatus Johann Wagner, ihre ultimative Chance auf den »Höllenzwang«. Li Feng musste sich eingestehen, dass er sich geirrt, dass der Zufall wieder einmal alle Karten neu gemischt hatte. Vielleicht mussten sie das Rätsel von Friedrich gar nicht lösen, vielleicht hatte das Faust schon für sie getan und es auch noch aufgeschrieben. Heute Abend schon könnte China im Besitz des größten Geheimnisses der Menschheit sein, Li Feng berühmt und Sina und Wagner tot.

Allgemeines Krankenhaus, Wien/Österreich

Kommissar Berner flog durch ein Universum von gigantischen Ausmaßen, in dem es von Engeln, seltsamen fliegenden Priestern und Notärztinnen in roten Einsatzjacken nur so wimmelte. Er suchte vergeblich einen Platz zum Landen, überall hinderten ihn spitze Kirchtürme wie lange Hellebarden daran, zu einem vernünftigen Anflug in die engen Straßen einer mittelalterlichen Stadt anzusetzen. Schließlich gab er auf und ließ sich einfach fallen, sah einen Markt mit bunten Ständen auf sich zurasen, mit entsetzt nach oben blickenden Menschen, die sich rennend vor ihm in Sicherheit brachten …

»Guten Morgen, Kommissar, haben Sie gut geschlafen?« Berner war der Stimme dankbar, die ihn aus seinem Traum holte und die Bruchlandung gerade noch verhinderte. Andererseits kamen damit auch die bohrenden Schmerzen in seinem Hinterkopf wieder zurück. Berner grummelte eine Erwiderung, wollte auf die Uhr schauen, bemerkte sein leeres Handgelenk und …

»Sieben Uhr«, flötete die Schwester, »Zeit für Ihre Medizin und ein kleines feines Frühstück.« Ihre Stimme erinnerte ihn an die seiner Exfrau am Morgen. Zu schrill, zu wach, zu befehlend. Berner seufzte ergeben. Stimmen wie dieser entkam man scheinbar nicht in seinem Leben, dachte er und unterdrückte die Regung, der Schwester zu sagen, was genau sie mit dem »kleinen feinen Frühstück« machen könnte. Als sie geschäftig die Lehne des Krankenbetts hochstellte, begann der Raum sich zu drehen, beruhigte sich aber nach ein paar Augenblicken wieder. Berner fühlte sich wie nach seiner Pension …

»Das zahle ich denen heim, darauf können Sie Gift nehmen und das Frühstück gleich hinterher«, brummte er und fixierte die Schwester, die sich verwundert zu ihm umdrehte. »Hatten eigentlich Sie Dienst, als Pater Johannes von der Station entführt wurde?«

Sie senkte die Augen und wurde rot, dann nickte sie.

»Machen Sie sich nichts draus«, beruhigte Berner sie, »das sind Profis, die machen keinen Fehler. Die haben Sie, mich, alle getäuscht. Waren Sie am Empfang gestern?« Die Schwester nickte wieder, zaghaft.

»Dann erzählen Sie mir genau, was Sie gesehen haben. Hier«, der Kommissar klopfte auf seine Bettdecke, »setzen Sie sich und versuchen Sie sich zu erinnern, an alles, jedes kleinste Detail.«

Die Schwester zögerte und setzte an zu sprechen, überlegte es sich dann doch wieder und blieb stumm.

»Lassen Sie mich raten. Die haben Ihnen gesagt, Sie sollen mir nichts erzählen, stimmt's?« Berner lächelte. »Das war bestimmt dieser junge neue Kollege, der uns frisch von der Schule in den Schoß gefallen ist.«

Die Schwester kicherte und meinte schließlich: »Er sagt, er sei Ihr Nachfolger und Sie würden unter Mordverdacht stehen. Aber das glaubt außer ihm niemand von den Kollegen, die gestern da waren.«

»Das würde ihm so passen«, brummte Berner und klopfte erneut auf die Bettdecke neben ihm. Diesmal kam die Schwester herüber und setzte sich neben ihn. Erst stockend, dann immer lebendiger schilderte sie gestenreich, wie die vier Männer vor ihr gestanden seien, einer im eleganten Anzug und drei in den roten Jacken der Notfallsanitäter. Sie hätten fast nichts gesprochen, wenige Worte nur, nein, Akzent sei ihr auch keiner aufgefallen. Dann sei alles sehr schnell gegangen, wenige Augenblicke später war der Patient hinausgerollt worden und der dunkelhaarige Mann im Zweireiher habe sie zum Abschied angelächelt.

»Würden Sie den wiedererkennen?«, hakte Berner nach.

»Aber natürlich, Herr Kommissar, ein sehr attraktiver Mann, schade, dass er diese Narbe am Hals hat, so rot und auffällig, auch die Schminke hat sie nicht ganz verdecken können.« Die Schwester lächelte verstehend. »Er schämt sich wahrscheinlich dafür.«

Berner überlegte kurz, dann fragte er: »Können Sie mir die Form der Narbe beschreiben?«

»Aber ja, ich habe mich selbst darüber gewundert, es sah aus, als habe ihm jemand die Kehle durchgeschnitten.«

Israelische Botschaft, Wien-Döbling/Österreich

Valerie Goldmann versuchte seit dreißig Minuten verzweifelt, Samuel Weinstein zu Hause telefonisch zu erreichen. Vier Anrufe später hatte der Militärattaché sich noch immer nicht gemeldet und langsam rann der jungen Frau die Zeit wie Sand zwischen ihren Fingern davon. Wagner und Sina waren auf dem Weg nach Chemnitz und ihr Zug würde um 14:00 Uhr am Hauptbahnhof ankommen. Sie saß noch immer in Wien, hatte weder den versprochenen Wagen gestellt bekommen noch hatte Weinstein ihr die Waffe, die Munition oder all die anderen Dinge auf ihrer Liste ausgehändigt.

Sollte sie den Botschafter aufwecken? Das Diner mit ihm und seiner Frau gestern Abend hatte bereits in einer sehr freundschaftlichen Atmosphäre begonnen. Goldmann hatte viel von ihrer Familie erzählt und nach einigen Minuten hatte sich herausgestellt, dass der Botschafter ihre Eltern kannte und man eine Handvoll gemeinsamer Freunde in Tel Aviv hatte. Von da an waren alle Förmlichkeiten vergessen, Valerie wurde wie eine Tochter behandelt, die nach langer Zeit wieder einmal auf ein Wochenende nach Wien gekommen war.

»Oded Shapiro hat mich erst vor wenigen Tagen angerufen und mir Ihren Besuch in Wien angekündigt«, meinte der Botschafter schließlich nach dem Kaffee und der hervorragend frischen Sachertorte, deren blütenweißer Schlagobers-Gupf für Valerie wie ein Kalorien-Mount-Everest auf einem Schokolade-Kontinent wirkte. Sie aß zwei Stück der köstlichen Wiener Spezialität und hatte den restlichen Abend ein schlechtes Gewissen.

»Er tat ziemlich geheimnisvoll, aber das gehört bei ihm ja sicher einerseits zum Geschäft und andererseits zur Gewohnheit«, fuhr der Botschafter fort und zündete sich hingebungsvoll eine Zigarre an, deren süßlicher Rauch sich bald schichtenweise über den gesamten Salon verteilte. »Nach und nach kam in unserem Gespräch eine Geschichte heraus, die mir so unglaublich vorkam, dass ich mich fragte, ob der Metsada diesmal nicht die Phantasie durchgegangen war.«

Der Botschafter blies in die Glut der Zigarre und schaute Goldmann über die rotscheinende Spitze hinweg an. »Verstehen Sie mich bitte recht, Major. Wir haben seit Bundeskanzler Bruno Kreisky ausgezeichnete Beziehungen zu Österreich und es würde mich persönlich sehr treffen, wenn Sie durch unbedachte Aktionen dieses Verhältnis gefährden würden. Wien ist nicht der Sinai.«

Valerie hielt seinem Blick stand und überlegte einen kurzen Moment, dann entgegnete sie: »Exzellenz, das Institut hat mich sicherlich nicht für diesen Einsatz ausgewählt, weil ich für meine unüberlegten Aktionen bekannt bin. Ich bin mir meiner Verantwortung durchaus bewusst, aber vergessen Sie bitte nicht, dass wir nicht die einzigen sind, die an diesem Rennen um Friedrichs Geheimnis teilnehmen. Noch dazu haben die anderen bereits einen großen Vorsprung und sind ganz und gar nicht zimperlich, wenn es darum geht, ihre Interessen durchzusetzen und ihr Ziel zu erreichen. Meine Anweisung von Oded Shapiro war ganz klar: beobachten, bei Gefahr eingreifen und im Endeffekt dafür sorgen, dass es entweder wir sind, die als Erste das Ziel erreichen, oder …«

»Oder?«, fragte der Botschafter leise.

Valerie schaute ihm ruhig in die Augen. »Oder dafür sorgen, dass es niemand erreicht. Um jeden Preis.«

Der Botschafter hatte nicht mit der Wimper gezuckt. Er blickte Goldmann skeptisch an. »Glauben Sie an dieses große Geheimnis, Major, das unsere Welt auch heute noch von Grund auf verändern würde? Glauben Sie, dass es überhaupt existiert, kein Hirngespinst eines alten Kaisers oder von ein paar abenteuerlichen Suchern zweifelhafter Abstammung ist? Glauben Sie daran, dass es überhaupt etwas zum Entschlüsseln gibt?«

Valerie beugte sich vor und stützte sich mit den Ellenbogen auf ihre Knie. »Exzellenz, ich kann mir in diesem Fall den Luxus des Glaubens nicht leisten und Sie sollten das ebenfalls nicht. Denn egal woran Sie glauben, ganz gleich wie gut die Verhältnisse mit Ihrem Gastgeberland sind, wenn wir uns irren und einem falschen Glauben unterliegen, dann wird bald keine Botschaft mehr hier existieren.«

Der Botschafter schreckte auf und lehnte sich nun ebenfalls vor. »Warum?«

»Weil es dann keinen Staat Israel oder Österreich mehr geben wird, Exzellenz, und das wissen Sie so gut wie ich.«

Das Klingeln des Telefons im Zimmer riss Goldmann aus ihren Erinnerungen an das Essen gestern Abend.

»Major Goldmann?«

Valerie atmete tief aus. »Endlich! Ich sollte schon unterwegs sein! Es ist etwas Unvorhergesehenes eingetreten und wir haben eine wichtige Information erhalten, der ich schnellstens nachgehen muss.«

Weinstein wurde augenblicklich wach.

»Ich habe fast alles beisammen, geben Sie mir eine halbe Stunde und ich bin in der Botschaft.« Valerie hörte, wie sich Weinstein während des Telefonats anzog.

»Ich gebe Ihnen zwanzig Minuten und die habe ich schon nicht mehr«, drängte sie ihn zur Eile.

Weinstein stöhnte. Mit einem »Bin schon unterwegs!« legte er auf.

Valerie verlangte bei der Vermittlung der Botschaft eine sichere Leitung und wählte dann eine Nummer, die Oded Shapiro ihr für Notfälle gegeben hatte. Als es läutete, rechnete Goldmann kurz nach, wie spät es jetzt in Israel sei, aber die wache Stimme des Geheimdienstchefs klang so frisch, als ob er bereits seit Stunden in seinem Büro saß.

»Major Goldmann, Sie sind früh auf und wenn mich nicht alles täuscht noch keine vierundzwanzig Stunden in Wien. Wo brennt es?«

»Das würde ich gerne von Ihnen wissen, Mr. Shapiro«, entgegnete Goldmann, »weil ich keine Ahnung habe, warum Sina und Wagner auf dem Weg nach Chemnitz sind.« Ein Moment der Stille verriet ihr die Überraschung Shapiros.

»Nach Chemnitz? Sind Sie sicher? Mein Gott, die alte Geschichte mit dem ›Höllenzwang‹ … Aber wie …?« Shapiro überlegte.

»Warum habe ich das Gefühl, dass Sie mir nicht alles erzählt haben?« Valeries Stimme verriet ihren Ärger.

»Ich habe nicht gedacht … Bitte glauben Sie mir, Major Goldmann, die Wahrscheinlichkeit, dass jemand …« Shapiro dachte kurz nach. »Gut, hören Sie mir zu. Es ist von jeher Inhalt zahlreicher Legenden und Geschichten gewesen, dass der Adlatus von Faust, ein gewisser Johann Wagner, die Aufzeichnungen seines Meisters und Lehrers in Verwahrung genommen hätte und dieses Buch nördlich von Chemnitz bei Nacht und Nebel vergraben habe. Niemand hatte jemals Genaueres darüber herausfinden können, viele behaupteten, den genauen Platz zu kennen, und doch fand niemals jemand das berüchtigte Werk. Es fehlten ganz einfach die letzten entscheidenden Hinweise. Nach dreihundert Jahren vergeblicher Forschung dachte ich nicht, dass sich daran jemals etwas ändert. Wenn Sie mir jetzt sagen, dass … Wagner, natürlich, was für ein Zufall! Ja, so muss es sein! Paul Wagner muss ein Nachfahre des Gehilfen von Faust sein und ich wette, er hat einen genaueren Hinweis gefunden!« Shapiros Erstaunen klang echt und Goldmann überlegte kurz.

»Wenn ich Sie jetzt richtig verstehe, dann könnte dieses Buch bereits die Entscheidung sein?« Valerie spürte, wie es in ihren Fingerspitzen zu kribbeln begann. »Die Lösung des Geheimnisses, aufgeschrieben vor dreihundert Jahren?«

»Das wäre möglich«, überlegte Shapiro, »aber ich muss gestehen, ich habe dieser Variante so wenig Glauben geschenkt, dass ich mich nicht näher damit beschäftigt habe. Lassen Sie mich das sofort nachholen, ich rufe Sie zurück. Sie werden zwar unterwegs nach Chemnitz sein, aber für eine kurze Zusammenfassung wird es reichen.«

Valerie stieß nach, solange sie Shapiro an der Leitung hatte. »Gibt es sonst noch etwas, was ich wissen muss? Die Zeit wäre günstig für etwaige Geständnisse …«

»Ich rufe Sie zurück«, war alles, was Shapiro noch sagte, dann beendete er das Gespräch und ließ Goldmann mit dem Gefühl zurück, dass sie auf trügerischem Treibsand unterwegs war und irgendjemand vor ihr die Wegmarkierungen verbrannt hatte.

Genau zweiundzwanzig Minuten nach ihrem Telefonat mit dem Militärattaché klopfte es an der Tür. Als Valerie öffnete, hielt ein aufgelöster Samuel Weinstein ihr eine Sporttasche hin. Er hatte seine Krawatte nur umgelegt und ein paar Hemdknöpfe standen offen, seine Haare waren nass und ungekämmt.

»Alles, was Sie bestellt haben, ist in der Tasche. Nur das Semtex habe ich in der Schnelligkeit nicht bekommen, sprengen können Sie also nichts, aber alles andere sollte für den stilechten Beginn des Dritten Weltkriegs reichen«, versuchte es Weinstein ironisch. Aber ein pikierter Blick Goldmanns ließ ihn verstummen.

»Das Auto?«

»Steht unten, es ist nur …«

Valerie hörte gar nicht mehr hin, schnappte sich Reise- und Sporttasche und war schon auf dem Weg in den Hof der Botschaft, einen gehetzten Weinstein auf ihren Fersen.

»Ich sollte vielleicht …« Der Militärattaché versuchte es nochmals, aber Goldmann schüttelte nur den Kopf und er hielt den Mund.

Valerie trat auf den Hof hinaus und erstarrte mitten in der Bewegung. Mit offenem Mund schaute sie den Wagen vor ihr an und war sprachlos.

Weinstein, schnaufend wie nach einem Hundertmeterlauf, rannte fast in sie hinein und baute sich neben ihr auf, folgte ihrem Blick und schrumpfte um einen Kopf. »Ich versuche Ihnen ja die ganze Zeit …«, begann er entschuldigend und Valerie schluckte.

»Das ist nicht Ihr Ernst, Weinstein. Was habe ich Ihnen gesagt? Klein, schnell, wendig und unauffällig. Unauffällig!« Goldmann schrie den Militärattaché an, der noch kleiner wurde.

»Na ja«, meinte er, »stimmt ja alles bis auf …«, stotterte er. »In der kurzen Zeit habe ich nichts Besseres gefunden.«

Vor ihnen auf dem Hof stand ein roter Mazda 3, beklebt mit riesigen Schriftzügen in den italienischen Landesfarben. »Pizza-Expresss« stand auf jeder Wagenseite mit meterhohen Lettern geschrieben.

Der Militärattaché versuchte sein Gesicht zu wahren. »Das ist der schnellste Mazda, der je gebaut wurde, knapp 300 PS und sechs Gänge, Sie wollten etwas Schnelles. Mein Freund hat einen Pizza Service …«

»Wer hätte *das* gedacht …«, unterbrach ihn Valerie ironisch.

»… und das ist sein Werbefahrzeug, hat noch keine tausend Kilometer auf dem Tacho. So etwas steht nicht auf dem nächstbesten Parkplatz von Autoverleihfirmen herum …« Weinstein verstummte unter Major Goldmanns vernichtendem Blick.

»Das glaube ich Ihnen sofort«, fuhr Valerie ihn an, »es gibt nämlich Menschen mit Geschmack!« Sie ballte die Fäuste. »Das werden Sie mir büßen, glauben Sie mir das. Es hätte ja auch ein grauer Audi S3 sein können oder ein schwarzer Honda Civic R oder ein grüner Alfa oder … Aber nein, nicht bei Ihnen, Sie suchen nach dem besonders Unauffälligen! Weinstein, bereiten Sie sich auf einen Posten in der Inneren Mongolei vor.« Valerie kochte vor Wut. »Und wenn es das letzte ist, was ich mache in diesem besch … ach was!« Sie stürmte zum Wagen, öffnete die Heckklappe und ließ ihre Reisetasche hineinfallen. Weinstein kam ihr nachgelaufen. »Äh, um einen befreundeten Geheimdienst zu zitieren, es wäre schön, wenn Sie ihn heil zurückbringen, Major.«

Goldmann grinste ihn verächtlich über das Autodach an. »Ich hoffe, Ihr Freund hat sich von seiner rollenden Litfaßsäule verabschiedet. Plündern Sie Ihr Bankkonto, Weinstein, und kaufen Sie ihm einen neuen Wagen, denn für die Reparatur der Reste wird die Botschaft sicher nicht aufkommen, wenn ich mit ihm fertig bin.«

Als Valerie mit quietschenden Reifen aus dem Hof beschleunigte, stand der Militärattaché noch immer regungslos auf dem Parkplatz und schaute ihr fassungslos nach.

Allgemeines Krankenhaus, Wien/Österreich

Die Schwester hatte Mitleid mit Kommissar Berner gehabt und ihm nach zahlreichen Versicherungen, dass er niemandem etwas davon erzählen würde, ein Frühstück mit starkem Kaffee, Ei, Toast und Marmelade gebracht. Als Burghardt die Tür zum Krankenzimmer aufstieß, war der Kommissar gerade damit beschäftigt, die weißen Bandagen von seinem Kopf zu rollen und die Beule an seinem Hinterkopf zu betasten. Er verzog das Gesicht und schaute erwartungsvoll Burghardt an, der sich neben das Bett setzte und in seine Tasche griff.

»Ja, ja, schon gut, ich hab sie nicht vergessen«, meinte der, zog ein Päckchen Zigaretten hervor und hielt es Berner hin. »Mit Turban hast du mir besser gefallen, Bernhard. So nach Yogi und indischer Heilslehre.«

Der Kommissar grummelte etwas Unverständliches und zündete sich eine Zigarette an, inhalierte und verzog beglückt das Gesicht. »So, und jetzt erzähl mir, was dich so früh schon aus dem Haus treibt. Du hast doch nicht etwa die Nacht im Büro verbracht?«

Burghardt schnitt eine Grimasse. »Erraten, Bernhard. Dein Nachfolger ist wild entschlossen, Pater Johannes zu finden, die Entführer natürlich gleich dazu und er glaubt außerdem, du hättest ihm von Anfang an alles verheimlicht. Deine Ergebnisse im Fall Mertens zweifelt er an, jetzt, wo er mit Pater Johannes nicht mehr sprechen kann und er ist fest davon überzeugt, du hättest den Pfarrer in der Schottenkirche erschossen. Ob im Streit oder aus einer Verkettung unglücklicher Umstände, darüber ist er sich noch nicht im Klaren.«

Berner paffte vor sich hin und schien gar nicht zuzuhören. Dann seufzte er. »Ja, und am 24. Dezember kommt der Weihnachtsmann überall auf der Welt gleichzeitig zu den braven Kindern. Und wie bin ich dann zu der Riesenbeule und der Gehirnerschütterung gekommen?«

»Der Priester habe dir im Zuge des Streits schon vorher einen Schlag verpasst, meint er. Kann sein, er mag dich nicht besonders?«

Berner zuckte mit den Schultern. »Wer keine Feinde hat, hat keine Freunde. Was sagt Sina?«

»Bis jetzt noch gar nichts. Er hält sich zurück, was ein mittleres Wunder bei ihm ist.« Burghardt schnupperte in Richtung des leeren Frühstückstabletts. »Kann es auch sein, dass ich Bohnenkaffee rieche? Glaubst du …?«

Berner hatte schon die Klingel in der Hand und läutete nach der Schwester. Dann sah er seinen Kollegen an. »Ich brauche mein Telefon, unbedingt. Wo ist es?«

Burghardt betrachtete eine Zeit lang eingehend seine Fingernägel. »Könnte ich vielleicht organisieren. Aber im Gegenzug dazu möchte ich von dir wissen, worum es hier eigentlich geht.«

Berner lachte und verschluckte sich prompt am Rauch. Er hustete und die Schmerzwellen aus seinem Kopf machten sich schon wieder auf den Weg. Da ging die Tür zum Krankenzimmer auf und die Schwester kam herein, schaute empört auf die Zigarette in der Hand Berners und vorwurfsvoll auf seinen Besuch.

»Herr Kommissar! Hier ist Rauchverbot und …«

Berner unterbrach sie. »Schon gut, Schwester, ich denke das nächste Mal dran. Könnten Sie uns noch einen Kaffee bringen? Mein Freund hier, Kommissar Burghardt, der Zigarettenhändler, würde gerne seinen Koffeinspiegel auf ein vernünftiges Niveau anheben.« Als die Schwester nach einem eiskalten Blick auf Burghardt wieder gegangen war, wandte sich Berner an den Kollegen.

»Du möchtest gerne wissen, worum es hier geht? Willkommen im Club! Ich weiß nicht, ob irgendjemand derzeit eine Ahnung hat, was hier gespielt wird, mich eingeschlossen. Du würdest es mir außerdem sowieso nicht glauben, wenn ich dir sage, dass ein Kaiser, der seit fünfhundert Jahren tot ist, uns wie die Marionetten tanzen lässt.« Berner schüttelte den Kopf. »Lass es gut sein und vertrau mir. Ich habe den Mord an Mertens geklärt und ich werde die beiden anderen Fälle in der Ruprechtskirche und in der Karlskirche auch noch lösen. Irgendwann bei einem Heribert erzähle ich dir die ganze Geschichte. Und jetzt mein Handy.« Berner streckte auffordernd seine Hand aus und Burghardt gab ihm seufzend das Telefon.

»Danke. Ich habe einen Auftrag für dich«, sagte Berner schließlich und bat den Kollegen um Papier und einen Kugelschreiber. Dann zeichnete er ihm den sechszackigen Stern auf. »Dieser Stern muss etwas mit der Karlskirche zu tun haben, ich bilde mir ein, ihn dort gesehen zu haben. Ich will wissen, wer dahintersteckt.« Berner schaute Burghardt eindringlich an. »Zu niemandem ein Wort, hast du mich verstanden?«

Burghardt nickte und steckte das Blatt mit der Zeichnung ein.

Als es klopfte und die Tür aufging, erwartete der Kommissar die Schwester mit dem Kaffee für Burghardt. Stattdessen kam lächelnd die Notärztin durch die Tür, die Berner gestern in der Schottenkirche verarztet hatte, eine dampfende Kaffeetasse in ihrer Hand.

»Wie geht es Ihnen, Kommissar? Haben Sie noch starke Kopfschmerzen? Ich war gerade im Haus und dachte mir, ich schau bei Ihnen vorbei.« Berner stellte Burghardt vor und ließ widerstrebend die Ärztin seine Schwellung am Hinterkopf betasten.

»Sie sind knapp an einer Schädelbasisfraktur vorbeigeschrammt, Kommissar«, meinte sie schließlich. Sie war mit dem Zustand ihres Patienten zufrieden, lehnte eine Zigarette ab und als sie wieder gehen wollte, hielt Berner sie doch noch kurz zurück. »Entschuldigen Sie die persönliche Frage, aber es ist etwas, das mich beschäftigt. Der Duft Ihres Parfums ist so markant, er erinnert mich an jemanden. Können Sie mir verraten, wie es heißt?«

Die Ärztin lächelte. »Aber natürlich, Kommissar, es ist ein ziemlich neues Parfum von Givenchy. Es heißt Ange ou Démon – Engel oder Dämon.«

3. Juni 1942, Krankenhaus Na Bulovce, Prag/ Reichsprotektorat Böhmen und Mähren

Es war Abend geworden in Prag, ein prächtiger Frühsommertag ging zu Ende und die Sonne versank blutrot hinter den dunklen Silhouetten des Hradschin sowie der Kuppeln und Türme der goldenen Stadt. Der Sonnenuntergang machte aus den Schäfchenwolken einen rosa Teppich auf blauem Grund. Wie ein rotgoldenes Band schlängelte sich die Moldau durch die beiden Stadthälften. Das Bild in den Straßen wurde von Frauen in bunten Kleidern und von flanierenden Uniformierten bestimmt. Ein sommerlicher Hauch von Unbeschwertheit und Frieden lag über der alten Wenzelsbrücke und ihren zahlreichen steinernen Heiligenfiguren, wo lachende, posierende Paare mit Rolleiflex auch im vierten Kriegsjahr noch zum Alltag gehörten.

Die fünf Männer in der schwarzen SS-Uniform der Obersturmbannführer stürmten zielstrebig und wortlos durch die fast leeren Gänge in einem alten Gebäude unweit der Moldau. Die Ärzte und Schwestern im Prager Krankenhaus »Na Bulovce« wichen ihnen ängstlich aus, vermieden jeden Augenkontakt mit den entschlossen blickenden SS-Männern, die ungeduldig alle zur Seite schoben, die ihnen nicht rechtzeitig aus dem Weg gegangen waren. Ihre Tritte hallten laut und martialisch durch die ruhigen Korridore. Jeder der hochgewachsenen Männer in der Totenkopf-Uniform hatte eine MP42 umgehängt, alle trugen lange Ordensspangen auf ihrer Brust und am Arm eine schwarze Schleife, die ein rotes Templerkreuz und einen kleinen sechszackigen Stern darunter zeigte. Die Schwestern, die sie sahen, flüsterten sich »Ahnenerbe« zu.

Der Anführer der Männer, fast zwei Meter groß, ging einen Schritt vor den anderen und fand ohne zu zögern den Weg in den Westflügel. Seine Begleiter folgten ihm fast im Gleichschritt.

»Diese Uniform macht aus dir einen anderen Menschen«, stellte einer der SS-Männer lakonisch fest und schob mit seinem linken Arm wie beiläufig einen Kranken zur Seite. »Man fängt automatisch an, sich wie ein Arsch zu benehmen, und kommt damit durch.« Sein Begleiter nickte, lächelte grimmig und nahm die Maschinenpistole noch fester.

Das »Na Bulovce«-Krankenhaus war in diesen Tagen in aller Munde. Nach dem kürzlich erfolgten Attentat auf ihn war SS-Obergruppenführer Reinhard Heydrich auf einem Kleinlastwagen von tschechischen Polizisten in das Krankenhaus eingeliefert und sofort operiert worden. Sein Krankenzimmer war das Ziel der fünf SS-Obersturmbannführer.

»Ziemlich lasche Sicherheit für den stellvertretenden Reichsprotektor von Böhmen und Mähren«, bemerkte einer der Männer halblaut, als er vor der Tür des Krankenzimmers nur zwei bewaffnete SS-Männer stehen sah. Die Wachen salutierten sofort angesichts der Rangabzeichen der Obersturmbannführer auf dem linken Kragenspiegel und der SS-Runen auf dem rechten.

»Meldung!«, herrschte sie der Anführer der SS-Offiziere an.

»Hauptscharführer Klamm und Gerber als Wache für SS-Obergruppenführer Heydrich abgestellt. Keine besonderen Vorkommnisse.«

»Ablösung?«

»Morgen sechs Uhr früh, Obersturmbannführer.«

»Abendvisite?«

»Schon vorbei, Obergruppenführer Heydrich hat sich alle Besuche für heute Abend verbeten.« Die Wache stand stramm und der große Anführer der Neuankömmlinge lächelte.

Dann war es auch schon zu spät. Die seltsam geformten spitzen Dolche, die von zwei der Obersturmbannführer wortlos gezogen wurden, drangen von unten in den Brustkorb der Wachen ein und die beiden Männer starben einen schnellen und lautlosen Tod. Während sie die Leichen langsam zu Boden gleiten ließen, blickten sich die SS-Offiziere sichernd um. Der Gang war menschenleer, das blaue Licht der Dämmerung badete alles in einem samtigen Halbdunkel. Nur hie und da brannte eine Deckenlampe mit flachem Schirm, verbreitete einen dünnen gelben Lichtschein, der kaum am Boden ankam.

Der Anführer der SS-Offiziere hatte bereits die Tür zum Krankenzimmer aufgestoßen und erkannte vor sich im Dämmerlicht das Bett mit dem schwer verwundeten Heydrich. Mit zwei großen Schritten war er neben ihm, gerade noch rechtzeitig, um die Hand des Obergruppenführers in der Schublade des Nachtschränkchens verschwinden zu sehen. Er schmetterte den Lauf seiner Maschinenpistole auf die Lade und Heydrich stöhnte auf.

»Wir wollen doch nicht ein Verfahren abkürzen, Obergruppenführer, das dem Rang und der Stellung Ihrer Person entspricht«, meinte der Offizier ruhig und ironisch. »Sie wollten immer schon ein Held des deutschen Volkes werden und wir sorgen dafür. Allerdings posthum.« Heydrich zog seine schmerzende leere Hand vorsichtig aus der Lade mit seiner Dienstwaffe und funkelte den Eindringling an.

»Wer sind Sie?«, stieß er mit seiner überraschend hohen Stimme hervor, die ihm den Beinamen »Ziege« eingebracht hatte.

Der Unbekannte lächelte nur. »Und wer sind Sie, Heydrich? Der Henker von Prag, der Mann an den Schalthebeln der Machtzentrale des SS-Terrors, der Machiavelli des Dritten Reiches, der Bluthund des Regimes, der Endlöser der Judenfrage, der Chef des Reichssicherheitshauptamtes, der liebende Familienvater? Ist für Sie diese Frage so leicht zu beantworten?«

Währenddessen hatten zwei der Neuankömmlinge den Platz der Wachen vor der Tür eingenommen und die Leichen im Bad des Krankenzimmers verstaut. Nun standen drei Mann in der schwarzen Uniform mit dem Totenkopf um das Bett des Obergruppenführers und schauten mit kalten Augen auf ihn nieder.

»Das ist also der Mann, vor dem alle zittern, bis in die höchsten Staatsränge«, sagte einer der drei mit einem leichten tschechischen Akzent. »Der Geigenspieler des Terrors.«

»Machen Sie den Mund auf«, forderte der Anführer Heydrich auf und zog ein kleines Messer aus der Tasche.

»Sagen Sie mir, was Sie wissen wollen«, antwortete der Reichsprotektor selbstbewusst und seine Hand näherte sich langsam der Klingel für die Schwester. Der Unbekannte schüttelte den Kopf, sah dann die Hand Heydrichs, trat vor und riss mit einer einzigen Handbewegung die elektrische Leitung der Klingel aus der Wand. Kalk und Putz rieselten auf den blitzblank gebohnerten Boden.

»Wir wollen doch ungestört bleiben, Obergruppenführer, entre nous, wie man in Ihren großbürgerlichen Kreisen so schön sagt. Sie haben sich ja für heute Abend schon jeden Besuch verbeten, dann belassen wir es doch dabei. Einverstanden?«

Heydrich starrte wie hypnotisiert auf den großen Mann in der schwarzen Uniform, der so selbstsicher vor ihm stand.

»Wir haben jede Menge Zeit, Obergruppenführer, nur Ihre läuft ab. Nein, Sie haben mich vorhin ganz falsch verstanden.« Er trat vor und beugte sich tief hinunter zu Heydrich. »Ich kenne Ihr Geheimnis, den Grund Ihrer Überheblichkeit, Ihrer Sicherheit und Ihres großspurigen Auftretens. Ich weiß, warum Sie auf bewaffnete Eskorten bei Ihren Fahrten im Protektorat verzichten, warum Sie immer im offenen Wagen unterwegs sind, stets auf derselben Strecke, das hat nichts mit Ihrem Vertrauen in die tschechische Bevölkerung zu tun, nicht wahr, Obergruppenführer? Und dass Sie Ihrem Attentäter so selbstbewusst gegenübergetreten sind, Ihren Fahrer veranlasst haben anzuhalten und auch noch ausgestiegen sind, um auf den Mann mit der Sten-Maschinenpistole zu schießen, das hatte einen ganz anderen Grund, den nur Sie und ich kennen.«

Heydrich war blass geworden. Schweißperlen sammelten sich auf seiner Stirn.

Der Anführer sprach langsam weiter. »Haben Sie nicht zwei Sportsfreunden letztes Jahr erklärt, Sie würden als Erster den Führer unschädlich machen, falls ›der Alte Mist baut‹? Haben Sie nicht ebenfalls erst letztes Jahr etliche Feindflüge an der russischen Front unternommen, so leichtsinnig, dass selbst Himmler Ihnen ähnliche Einsätze in Zukunft verbot? Was machte Sie so sicher, dass Sie das alles erleben und überleben würden, Heydrich? Ich werde es Ihnen sagen. Mund auf!«

»Niemals!«, schrie Heydrich und begann zu brüllen. »Hilfe! Hiilfee!« Seine schrille Stimme überschlug sich fast.

Entschlossen trat einer der Männer vor, holte kurz aus und schlug Heydrich mit seiner Maschinenpistole bewusstlos. »Zu seinem Beinamen Ziege sollte er auch noch Sirene bekommen«, stieß er spöttisch hervor. Dann hielt er den Mund des Reichsprotektors auf und der Anführer entfernte mit seinem Messer die Krone des linken Backenzahns. Darunter kam ein Hohlraum mit einer Kapsel zum Vorschein.

»Er hat sie wirklich«, meinte einer der beiden anderen Männer ehrfurchtsvoll, als der Anführer die nur wenige Millimeter große, unscheinbare weiße Pille aus der Kapsel nahm und sie so hielt, dass alle sie sehen konnten. Stöhnend kam Heydrich wieder zu sich, öffnete die Augen und erstarrte. Er spürte den offenen Hohlraum in seinem Zahn und sah dann die Pille zwischen den Fingern des Unbekannten.

»Nein«, flüsterte er entsetzt, »nein, nicht, das können Sie nicht tun …« Er wollte aufspringen, aber der Mann neben seinem Bett hielt ihn zurück. Wie in Zeitlupe sah er die Pille auf den glänzenden, in der Dämmerung blau schimmernden Linoleumboden fallen, bevor der Absatz des glänzenden Lederstiefels sie zerquetschte und zu Pulverresten zermahlte.

Der Anführer drehte den Absatz einmal hin und her, dann nickte er einem seiner Männer zu. »Doktor, die Spritze. Ab jetzt unterhalten wir uns auf einer Ebene.«

Heydrich war völlig gebrochen, die Nadel, die in seine Vene eindrang, nahm er kaum zur Kenntnis. Seine Augen schlossen sich langsam und während der junge Arzt Licht machte und die Minuten auf seiner Uhr abzählte, zog sich der Anführer einen Stuhl näher ans Bett und setzte sich. Er betrachtete Reinhard Heydrich im Lichtkreis der gelben Lampe, den von allen gefürchteten Machtmenschen, Herrscher über SS und Gestapo, den einst braven streberhaften Jungen aus einer erzkatholischen Familie, der es bis an die dritte Stelle im Reich geschafft hatte, gleich hinter Hitler und Himmler. »HHHH«, raunte man sich hinter vorgehaltener Hand zu, »Himmlers Hirn heißt Heydrich.« Der passionierte Informationssammler war als Chef des Reichssicherheitshauptamtes ein Aktenanleger geworden. Er wusste alles über alle, kannte jedes noch so dunkle Geheimnis. Und während der spleenige Himmler auf seiner dreieckigen Wewelsburg bei Fackeln und seltsamen Ritualen noch von lang vergangenen Zeiten träumte, war der Realist Heydrich längst allen um den entscheidenden Schritt voraus gewesen.

Der Reichsprotektor kam langsam wieder zu sich und der Arzt nickte dem Anführer zu.

»Ihr Name?« Die Frage kam im Befehlston und verfehlte ihre Wirkung nicht.

»Reinhard Tristan Eugen Heydrich.«

»Rang und Funktion?«

»SS-Obergruppenführer und stellvertretender Reichsprotektor von Böhmen und Mähren.«

Wieder nickte der Arzt dem Anführer zu. Das Serum war nun voll wirksam, die Fragen durften schwieriger werden.

»Erzählen Sie mir von Ihrer Jugend und Ihrem Werdegang«, forderte der Anführer ihn auf und lehnte sich im Sessel zurück.

Heydrich begann stockend zu erzählen. »Ich wurde 1904 in Halle geboren, mein Vater war Opernsänger und Musiker und gründete das Konservatorium, auf dem ich auch Klavier und Geige studierte. Mit 16 schloss ich mich dem örtlichen Freikorps an und verließ meine Heimatstadt zwei Jahre später, um eine Ausbildung zum Marinenachrichtenoffizier an der Ostsee zu beginnen.«

Der Unbekannte unterbrach ihn. »Die allerdings 1931 schon wieder zu Ende war, nachdem Sie von Admiral Raeder wegen ehrwidrigem Verhalten entlassen worden waren. Sie waren verlobt und hatten trotzdem die Tochter eines Werftbesitzers geschwängert, so viel zum Ehrenkodex«, meinte er spöttisch. Heydrich wollte auffahren, doch der Arzt hielt ihn zurück. Dabei rutschte der Ärmel von Heydrichs Schlafanzug hoch und die tätowierte SS-Nummer 10.120 kam zum Vorschein.

»Na, mit der Nummer war er auch nicht bei der ersten Welle«, meinte einer der SS-Obersturmbannführer spöttisch zum Arzt.

Der lachte. »Sei ruhig, du hast gar keine Nummer, höchstens eine auf dem Friedhof der Namenlosen, wenn das so weitergeht ...«

Der Anführer brachte sie mit einem Blick zum Schweigen und fuhr fort: »Sie wurden 1936 Leiter des Sicherheitsdienstes, der Gestapo und der Sicherheitspolizei für das gesamte Reich, 1939 Chef des Reichssicherheitshauptamtes und wurden 1941 von Himmler mit der Endlösung der Judenfrage beauftragt. Den Vorsitz über die berüchtigte Wannsee-Konferenz führten Sie selbst. Das ist alles bekannt.« Der Anführer beugte sich vor. »Aber es gibt Dinge, die kennt niemand von Ihnen, Heydrich. Die wissen nur wir. Wie kamen Sie dazu, das Geheimnis von Kaiser Friedrich zu suchen und das große Rätsel zu lösen?«

Ein überheblicher Ausdruck von unendlichem Stolz und unerschütterlichem Selbstbewusstsein zog über Heydrichs Gesicht. Er legte den Kopf in die Kissen zurück.

»Himmler«, stieß er dann hervor, »dieser Simpel, dieser Hühnerzüchter! Er glaubte, das Rätsel alleine lösen zu können, er wollte noch mächtiger werden, der erste Mann im Reich, größer und wichtiger als Hitler. Erst schickte er Otto Rahn auf die Suche nach dem Heiligen Gral ins französische Languedoc. Rahn, der Träumer, dieser Versager. Er wandelte auf den Spuren der Katharer, eröffnete in Frankreich ein Restaurant und machte schließlich Pleite. Dann kam er reumütig nach Hause, keine Spur vom Gral. Also schickte Himmler 1938 eine aufwändige Expedition nach Tibet, mit der SS-Standarte auf den Wagen und mit Kameraleuten, die alles im Bild festhalten sollten. Die Aufgabe war geheim, aber klar formuliert: Ernst Schäfer sollte die Drachenkönige finden und ihr Wissen und ihre Lehren erforschen. Alles, was dabei herauskam, war die Entdeckung einer Unterart des Damhirsches und jede Menge vermessener Tibeter-Köpfe.« Heydrich lachte laut. »Lauter Versager, wenn es ernst wurde. Und Otto Rahn, der Gralsforscher? Der schwule Heini brachte sich im März 1939 in Tirol selbst um. Sackgassen, nichts als Sackgassen. Aber dann …« Heydrich verstummte, seine Augen jedoch glänzten.

»Dann was?«, drängte der Anführer ihn.

»… dann kam ein Informant aus Wien direkt zu mir und erzählte mir von Kaiser Friedrich, dem Rätsel, von AEIOU und den anderen Hinweisen in der Ostmark, die wir ja 1938 annektiert hatten. Er wollte seinen Sohn vor der Front retten und bot mir die Ergebnisse seiner jahrelangen Forschungen gegen eine Freistellung für seinen Sohn an.« Der Mann im Bett schwieg erneut. Dann fuhr er vorsichtig fort: »Innerlich jubilierte ich, aber zuerst ließ ich seine Erkenntnisse überprüfen, von den besten deutschen Historikern und Fachleuten.« Heydrichs Stimme verlor sich in unverständlichem Nuscheln. Draußen war es inzwischen dunkel geworden.

»Reden Sie deutlich, Obergruppenführer!«, befahl ihm der Anführer laut. Der Arzt warf ihm einen warnenden Blick zu.

»Jawohl!«, antwortete Heydrich, diesmal wieder klar und verständlich.

»Was geschah dann?«

»Ich ließ Vater und Sohn beseitigen und teilte die Forschungen auf weit voneinander entfernte historische Institute auf, die niemals wussten, woran sie arbeiteten, weil ihnen der Gesamtüberblick fehlte. Wir kamen schnell voran. Ich schickte meine Männer nach Wien und dann kreuz und quer durch die Ostmark und sie wurden fündig. Die Ströme der Ergebnisse liefen alle bei mir zusammen und wurden von mir koordiniert. AEIOU, die fünf mächtigen Buchstaben, die keiner deuten konnte, die der Kaiser als Köder auslegte für alle scharfsinnigen Forscher …« Heydrichs Stimme schwoll vor Stolz. »Ich habe sie schlussendlich entdeckt, die wahre Bedeutung, habe das Geheimnis entschlüsselt und die Pille … die Pille …« Heydrich sah den SS-Obersturmbannführer anklagend an. »Sie haben sie zerstört, Sie Ignorant, Sie wissen ja nicht, was Sie getan haben«, jammerte er.

Der Anführer nickte befriedigt. »O doch, ich weiß es ganz genau. Sie haben nämlich etwas ausgelassen in Ihrem Bericht, Obergruppenführer. Sie wollten Friedrichs Geheimnis für Ihren ganz persönlichen Aufstieg an die Spitze des Reiches nutzen. Stimmt's?«

Heydrich richtete sich halb auf in seinem Bett und gestikulierte enthusiastisch. »Ja, es war meine Wunderwaffe, sie würde den Krieg entscheiden und Deutschland für immer groß und unbesiegbar machen, unter meiner Führung. Hitler und Himmler? Nur Staffage. Alle würden darüber sprechen, alle darauf hoffen, alle davon träumen. Wenn die feindlichen Bomber wieder Städte in Schutt und Asche legen würden und das deutsche Volk jede Hoffnung auf den Endsieg verloren haben würde, wenn der Krieg auf dem Scheidepunkt stehen würde, dann wäre ich gekommen, Reinhard Heydrich, als der große Retter, und dann hätte ich Hitler und Himmler und Bormann weggefegt, zurück in ihr Mittelmaß und ihre Kleinbürgerlichkeit. Aber Sie«, rief er schrill und zeigte mit dem Finger auf den SS-Offizier, »Sie haben sie vernichtet ...« Er sank zurück, ausgelaugt und erschöpft.

»Nun wird man vielleicht von dieser Wunderwaffe träumen, aber glücklicherweise wird es sie nie geben«, stellte der unbekannte Anführer ungerührt fest. »Und wie die Hoffnung zuletzt stirbt, wird auch der Glauben an die Wunderwaffe bis zum letzten Atemzug nicht zu erschüttern sein. Doktor?«

Der junge Arzt holte eine Spritze aus seiner Tasche, steckte eine extrem lange Nadel auf und drückte die restliche Luft heraus, während die beiden anderen SS-Männer Heydrich auf den Bauch drehten. Er protestierte kaum. Der Arzt löste den Verband um die Operationswunde, wo ihm vor wenigen Tagen seine tschechischen Kollegen die zerstörte Milz entfernt und das Zwerchfell genäht hatten. Dann stach der Arzt mit der Spritze direkt in die Wunde und drückte den Inhalt des Kolbens vollständig in den Bauchraum. Nachdem der Verband wieder angebracht worden war, drehten die beiden Männer Heydrich wieder auf den Rücken. Er atmete schwer. Die Wirkung des Serums ließ immer mehr nach, er schaute sich um und vor seinen Augen flimmerte alles. »Was haben Sie ...?«, setzte er an, doch der Anführer unterbrach ihn.

»Wir sind das Ende Ihrer Zeit, wir haben die Prophezeiung erfüllt. Erinnern Sie sich an den 19. November 1941, Obergruppenführer? Da waren Sie mit den höchsten tschechischen Würdenträgern in der Wenzelskapelle versammelt, gleich neben der Goldenen Pforte des Doms St. Veit, und der tschechische Staatspräsident Emil Hácha übergab Ihnen die sieben Schlüssel zur Krönungskammer. Minuten später standen Sie dann gemeinsam vor dem Allerheiligsten der Tschechen, der Wenzelskrone, erinnern Sie sich?«

Heydrich nickte spöttisch und verzog den Mund. »Nichts als Aberglaube«, versetzte er und fiel zurück in die Kissen.

Unbeeindruckt fuhr der Anführer fort: »Die Wenzelskrone – versehen mit einem juwelengeschmückten Kreuz, besetzt mit einem Stachel, angeblich von der Dornenkrone Christi und belegt mit einem Fluch: Wer sich diese Krone unbefugt aufsetzt, wird binnen Jahresfrist eines gewaltsamen Todes sterben, und danach sein ältester Sohn.« Der Anführer schwieg. Es war ganz still im Zimmer, nur der stoßweise Atem von Heydrich war zu hören.

»Sie setzten sich die Krone auf, in Ihrer grenzenlosen Überheblichkeit, zum Entsetzen der Tschechen. Sie wussten ja, es kann Ihnen nichts geschehen, nicht wahr, Heydrich? Sie hatten ja das Geheimnis …«

Der Mann im Bett hatte die Augen geschlossen und antwortete nicht.

»Es ist nicht wichtig, wer wir sind. Es gibt uns schon seit Jahrhunderten, aber heute sind wir gekommen, weil alle, die Friedrichs Geheimnis entdeckt haben, sterben müssen. Das ist die wirkliche Ironie des Schicksals und wenn Sie nachdenken, dann werden Sie es verstehen. Sie sind nicht der erste, Obergruppenführer, und Sie werden nicht der letzte sein. Damit werden wir auch die alte Prophezeiung der Tschechen erfüllen, aber das ist eine andere Geschichte.«

Heydrich drehte den Kopf und sah ihn lange stumm an.

»Bis zum Schluss?«, flüsterte er dann und der große Mann in der SS-Uniform meinte nur ruhig: »Ja, bis zum Schluss. Alle Welt wird glauben, Sie seien an einer Bauchfellentzündung und einer Sepsis gestorben. Ein winziges Stück der Innenverkleidung des Mercedes 320 sei in Ihrem Bauch vergessen worden und daran …« Er vollendete den Satz nicht. Heydrich wurde von den ersten Krämpfen geschüttelt. Langsam glitt er ins Koma.

Die drei Männer wachten die ganze Nacht an seinem Bett, saßen abwechselnd am Boden und auf dem einzigen Sessel neben dem Bett des Reichsprotektors. Die anderen beiden Männer hielten vor der Tür Wache, die Maschinenpistolen im Anschlag. Einmal, gegen Mitternacht, wollte eine Schwester nach dem verwundeten Reichsprotektor sehen, die beiden Wachen hinderten sie jedoch daran und schickten sie wieder fort.

Am frühen Morgen des 4. Juni, um 4:30 Uhr, starb Reinhard Heydrich, ohne das Bewusstsein nochmals erlangt zu haben. Der junge Arzt in der SS-Uniform fühlte nach seinem Puls und als er nichts mehr spürte, öffnete er die Tür zum Flur und ging eine Rollbahre holen. Darauf luden die drei Männer die beiden toten Wachen, deckten sie mit einem großen weißen Tuch zu und schoben sie schließlich aus dem Krankenhaus. Ihr entschiedenes Auftreten und ihr grimmiger Blick schreckte jedes Nachfragen ab.

Die beiden SS-Obersturmbannführer an der Tür des Krankenzimmers wurden um 6:00 Uhr früh wie geplant abgelöst und nachdem sie zuvor ihre Armbinden abgestreift hatten, schöpfte niemand Verdacht. Sie gähnten und streckten sich demonstrativ und waren aus dem Spital verschwunden, bevor der diensthabende Arzt eine Stunde später feststellte, dass der Reichsprotektor für Böhmen und Mähren in der Nacht an den Folgen des Attentats gestorben war.

Noch am nächsten Tag ließ Himmler von Vertrauensleuten den persönlichen Tresor Heydrichs öffnen, angeblich um gegen ihn und andere gesammeltes Material sicherzustellen. Als er keinerlei Aufzeichnungen über Friedrich und sein Geheimnis fand, war er maßlos enttäuscht und verdächtigte Heydrich des Staatsverrats. Den kleinen, sechszackigen Stern aus Karton, den jemand an die Innenseite des Tresors geklebt hatte, beachtete niemand. Alle hielten ihn für ein Geschenk seiner Kinder an den Vater.

Am 24. Oktober 1943 radelte Heydrichs ältester Sohn Klaus zum Ärger des Gärtners durch die zusammengerechten und aufgetürmten Laubberge. Auf dem Anwesen »Panenske-Brezany« im Norden von Prag, das die Familie seit mehr als drei Jahren bewohnte, war der Herbst eingezogen und die Bäume der langen Alleen wurden langsam kahl. Klaus drehte seine Runden um die Beete und die abgedeckten Springbrunnen, die nun für den Winter vorbereitet wurden. Er radelte durch Wasserpfützen und nahm Abkürzungen über den Rasen. Es war ein wunderschöner Herbsttag und die letzten roten und braunen Blätter schwebten von den alten Alleebäumen zwischen den beiden Schlössern langsam zu Boden.

Die SS-Wachen am Tor lachten und scherzten mit ihm, als sie ihn sahen, sie mochten den aufgeweckten Jungen. Dann drehten sich die Wachen um und wandten sich wieder ihrer Unterhaltung zu. Blitzschnell schoss der Zehnjährige an ihnen vorbei, radelte aus dem Tor und direkt in einen vorbeifahrenden Lastwagen. Reifen quietschten, es gab einen dumpfen Knall und Klaus Heydrich war auf der Stelle tot.

Den Lkw-Fahrer, einen gewissen Karel Kaspar, ließ die Gestapo nach einer ausführlichen Vernehmung wieder laufen. Man war überzeugt, dass er am Unfall keine Schuld hatte. Als Lina Heydrich zwei Jahre später im April 1945 mit ihren Kindern vor dem Feuersturm der vorrückenden Roten Armee flüchten musste, heuerte sie Karel Kaspar und seinen Lkw für den Abtransport ihrer Habe westwärts an. Er kehrte nie wieder zurück.

»Bis zum Schluss?«, hatte SS-Obergruppenführer Reinhard Heydrich vor seinem Tod gefragt. »Bis zum Schluss«, hatte ihm der Unbekannte geantwortet.

Eurocity 358 Wien–Dresden

Paul Wagner las zum dritten Mal das Vermächtnis von Hans Mertens durch, während die Landschaft draußen immer hügeliger wurde. Südlich von Prag war der Zugbegleiter wieder in ihr Abteil gekommen, um erneut die Fahrscheine zu kontrollieren. Er hatte dem seit Wien schlafenden und laut schnarchenden Sina einen seltsamen Blick zugeworfen.

Das klingt alles nicht gut, dachte sich Paul Wagner, steckte das Vermächtnis ein und war versucht, seinen Freund zu wecken. Der kalte Hauch der Geschichte schien durch das Abteil zu wehen, als Paul sich mehr und mehr bewusst wurde, dass einer seiner Vorfahren nicht nur die rechte Hand des berühmten Faust gewesen war, sondern dass er das Buch, nach dem die ganze Welt suchte, auch tatsächlich vergraben hatte und seit Generationen eine geschriebene Schatzkarte in der kleinen Ritterfigur versteckt gewesen war.

Paul konnte die drei handgeschriebenen Seiten von Mertens zwar einstecken, aber nicht einfach vergessen. Dieses Vermächtnis war wie eine einzige große Warnung. Waren sie wirklich knapp vor der Entdeckung des großen Geheimnisses? Lag in Chemnitz die Lösung und sie brauchten nur mehr eine Schaufel und etwas Glück? Und was kam danach? »Solltest du aber verstehen, dann lies und lauf! Denn ab jetzt bist Du auf der Flucht für den Rest Deines Lebens«, hatte Mertens geschrieben.

Paul stand auf und schob die Abteiltür auf, ging in den Gang hinaus und lehnte die Stirn an das kühlende Fenster. Noch vier Stunden bis Chemnitz, dachte er und wollte gerade Sina wecken, als der Wissenschaftler neben ihn ans Fenster trat und mit müden Augen auf die vorbeiziehende Landschaft blickte.

»Na, von den Toten wieder auferstanden?«, fragte Wagner und fand im gleichen Moment die Bemerkung doch nicht so witzig.

»Drei Flaschen Wein?«, fragte Georg Sina ungläubig nach.

»Vom guten«, antwortete der Reporter bestätigend.

»Na, wenigstens etwas«, lächelte Sina gequält und schaute auf die Uhr. »Wir sollten uns unserem kleinen Pergament zuwenden, was meinst du? Zeit für ein Quiz mit Johann Wagner.«

Als sie beide wieder im Abteil saßen, zog der Wissenschaftler das kleine Stück Papier aus seiner Tasche und rollte es auf. Dann las er vor:

»Wo in Chemnitz einst das trutz'ge Schloss gestanden,
Wo nunmehr auch die schwarzen Brüder schweigen,
Sich an der Pforte Rosen um St. Mariens Bildnis wanden,
Sollst Du vor Kaiser Lothar Dich verneigen,
So viel gerühmt in unsren Sachsen-Landen.
Dann sollst Du frech der Kaiserin den Rücken zeigen.
So blickst Du wohin niemals Phoebus Wagen fährt,
Nun geh nach Leipzig wohl tausend Schritte,
Nicht am Grund, sondern wie's der Rabe lehrt,
Dort findest Du in des Dornenstrauches Mitte,
Dr. Fausti Hoellenzwang ganz unversehrt.

Doch gib nur Acht, der Preis ist hoch,
Was Engel zeugt, das bringt den Tod.
Am End ist oben unten.
Da die Engel herrschend, und dort die Himmel leer.«

»Was fällt dir auf, Paul?«, fragte er und hielt Wagner das Papier hin.

»Es ist in zwei Teilen geschrieben, das erste ist mehr oder weniger eine genaue Anleitung und Beschreibung des Weges bis zu dem bewussten Dornenstrauch, den es heute sicher nicht mehr geben wird, und die letzten vier Zeilen sind eine Warnung wie im Vermächtnis Mertens'.«

Sina nickte. »Schau genauer hin. In jeder Zeile ist AEIOU zu finden, aber nur ein einziges Mal in der richtigen Reihenfolge: **Am End ist oben unten** in der vierzehnten Zeile. Das ist der Angelpunkt, um den sich alles dreht. Die letzte Zeile ist nur mehr eine Erklärung. Die Engel sind auf die Erde gekommen, sind aus dem Himmel heruntergestiegen und haben ihn leer zurückgelassen. Sie führen uns wieder einmal. Vom Engelssturz in der Michaelerkirche über den gefallenen Engel in der Karlskirche und den Engel bei Dürer in seiner Melencolia, der den Zirkel in der Hand hält, um das Drachenviereck zu zeichnen. Friedrich hat zwei große Faszinationen in seinem Leben gehabt: auf der einen Seite der heilige Christophorus, den er auf seinem Sarkophag sogar über seinem Kopf darstellen lässt und auf der anderen die Engel, die ihn beschützen sollen, wie bei seinem berühmten Engelsharnisch, der ihn und das Pferd einschließt. Sie müssen irgendetwas gemeinsam haben, das wir noch nicht kennen.« Der Wissenschaftler las weiter. »**Was Engel zeugt, das bringt den Tod** … hmm, was zeugt Engel? Werden Engel gezeugt?«

Wagner dachte nach. »Engel können auf jeden Fall fliegen, deswegen werden sie immer mit Flügeln abgebildet«, meinte er.

»Geht es um das Geheimnis des Fliegens? Konnte Friedrich fliegen? Wir haben nirgendwo die Abbildung eines fliegenden Kaisers, nicht einmal eines schwebenden …« Sina kratzte sich am Kopf. »Fangen wir von vorne an.« Er nahm das kleine Pergament und begann von Anfang an zu lesen.

»Berner hatte gestern gemeint, dass dieses Geheimnis etwas sehr Aktuelles sei, etwas, das die Welt aus den Angeln heben könnte«, erinnerte sich Wagner. »Da gehört fliegen nicht unbedingt zur ersten Wahl«, meinte er trocken und wollte sich neben Sina setzen, als sein Handy läutete.

»Kommissar, wir haben gerade von Ihnen gesprochen!«, begrüßte Paul seinen Gesprächspartner.

»Ich kann mir vorstellen, wie«, brummte Berner. »Haben Sie sonst nichts Besseres zu tun?«

»Was kann man auf einer Zugreise schon machen, außer schlafen und über abwesende Kommissare reden?«, stichelte Wagner. Dann las er Berner das Vermächtnis vor und erzählte von dem kleinen Pergament, über dem Sina gerade brütete.

»Verstehe ich richtig, dass Sie jetzt auf dem Weg nach Chemnitz sind, um dieses Buch zu finden?«, fragte Berner und wartete die Antwort nicht ab. »Es tut mir leid, dass ich Ihnen nicht helfen kann, aber passen Sie gut auf sich auf. Ich bin mir absolut sicher, dass alle bereits wie die Geier um Sie kreisen und nur darauf warten, dass Sie irgendetwas Buchähnliches in der Hand halten, um sich auf Sie zu stürzen. Halten Sie am besten Ihre Hände immer schön hoch, Wagner, sichtbar für alle.« Der Kommissar machte eine Pause. »Und für den unglaublichen Fall, dass Sie das Buch finden sollten, fällt mir überhaupt nichts ein. Dann werden Sie Ihr Leben teuer verkaufen müssen. Am besten handeln Sie wie die Levantiner, das Buch in der einen und Ihr Leben in der anderen Hand. Vergessen Sie aber eines nicht, Wagner. Die schießen zuerst und fragen gar nicht mehr. Sie werden einen guten Schutzengel brauchen. Und jetzt muss ich Schluss machen, es füllt sich hier und ich telefoniere eher am Rande der Legalität.« Damit beendete er unvermittelt das Gespräch und hinterließ einen sehr nachdenklichen Paul Wagner, der sich fragte, ob es wirklich gescheit gewesen war, dass er eine Hin- und Rückfahrt gebucht hatte.

Chinesische Botschaft, Wien/Österreich

Peer van Gavint wischte sich mit der gestärkten Stoffserviette den Mund ab und lehnte sich entspannt zurück. Das Frühstück in der Botschaft war wie immer vom Feinsten gewesen und als Kaffee hatte es seine Lieblingsmarke »Blue Mountain« gegeben. Er hatte heute länger geschlafen als geplant, aber die elektronische Anzeige des Peilsenders war ruhig geblieben und hatte ihn nicht geweckt, Wagner war also nicht mit seinem Motorrad unterwegs. Er beschloss, als Nächstes zur Remise zu fahren und den Lauf der Dinge abzuwarten. Als er die Fahrbereitschaft zwei Stockwerke tiefer anrief, um den Audi zu reservieren, erlebte er eine Überraschung.

»Es tut mir leid, Sir, der Wagen ist heute nicht verfügbar«, meinte der Chauffeur nur kühl und wehrte alle weiteren Fragen ab. Irritiert rief Gavint den Botschafter an.

»Ja, vollkommen richtig, Mr. Gavint, General Li Feng hat heute beide Audis mit acht Mann nach Chemnitz mitgenommen. Es sieht ganz so aus, als ob Sina und Wagner noch in der Nacht einen genaueren Hinweis gefunden haben, was den Verbleib der so lange gesuchten Aufzeichnungen von Faust betrifft. Der General hat beschlossen, sich persönlich um die Sache zu kümmern, und ist sofort beiden nach Chemnitz nachgereist. Er hat sich sehr früh heute Morgen auf den Weg gemacht.« Der Botschafter schien maliziös zu lächeln oder kam es Gavint nur so vor?

Diese Ratte, dachte Gavint, als er den Hörer auflegte, diese kleine, miese, chinesische Ratte. Der Südafrikaner war wütend. Li Feng war so erpicht darauf, den gesamten Ruhm für sich zu ernten, dass er alle Vorsichtsmaßnahmen außer Acht ließ. Kein Wort hatte er heute früh gesagt, nicht einmal eine Nachricht für Gavint hinterlassen. Der General hatte sich einfach aus dem Staub gemacht, auf dem Weg zu seinem ganz persönlichen Kreuzzug.

Gavint verließ den Frühstücksraum und ging auf sein Zimmer. Wenn Wagner und Sina tatsächlich das Buch finden würden, dann wäre Li Feng vor Ort und würde erst den beiden ihren Fund abnehmen und dann den Wissenschaftler und den Reporter einfach liquidieren, überlegte er. Der General käme im Triumphmarsch nach Wien zurück, mit dem »Höllenzwang« in einer Tasche und der sofortigen Beförderung ins Zentralbüro in der anderen. Deshalb war er aus Beijing gekommen, deshalb hatte er in Tibet versucht, im Alleingang das Geheimnis der Drachenkönige an sich zu reißen.

Aber so leicht wollte es Gavint dem chinesischen Karrieristen nicht machen, ganz im Gegenteil. Li Feng wollte den Alleingang, er und seine Soldaten gegen Wagner und Sina. Viel zu leicht, dachte der Südafrikaner, lächelte und holte sein Notizbuch, das würde dir so passen, du Emporkömmling. Als er das kleine blaue Buch mit den goldenen Jahreszahlen in seiner Manteltasche gefunden hatte, blätterte er vor bis zum »T«.

»Dann werde ich dafür sorgen, dass du nicht so alleine auf weiter Flur bist«, sagte er leise und suchte eine Nummer heraus, die er schon vor Monaten ausfindig gemacht hatte. Es war eine langjährige Angewohnheit des Südafrikaners, nichts dem Zufall zu überlassen. Er legte Wert darauf, seine Gegenspieler genau zu kennen, in ihre Psyche und ihre Gedanken einzudringen. Das hatte ihm in vergangenen Jahren schon oft das Leben gerettet. »Nur ein blinder Mann rannte in sein Verderben, ein sehender konnte immer noch ausweichen.« Dieser Satz war für ihn zu einem Credo geworden. Gavint wählte und wartete.

Als nach dem zehnten Läuten endlich jemand den Hörer abnahm, war der Südafrikaner überrascht, dass die männliche Stimme einen leichten amerikanischen Akzent hatte. Trotzdem verlangte er nach Frank Kohout.

»Am Apparat«, meinte die Stimme vorsichtig und setzte nach »Wer spricht?«

»Das tut nichts zur Sache, Frank. Wir kennen uns von einer Begegnung vor vielen, vielen Jahren, in einer anderen Welt, auf einem anderen Kontinent und in einer anderen Geschichte. Sie werden sich nicht mehr an mich erinnern, aber das ist auch ganz gut so.« Gavint lachte und als Kohout nichts sagte, fuhr er fort: »Hören Sie mir einfach nur zu, Frank. Danken können Sie mir später. Wagner und Sina sind auf dem Weg nach Chemnitz und ich denke, sie werden bald dort eintreffen. Wann genau, das herauszufinden sollte für Sie nicht schwierig sein, wenn Sie den Fahrplan der Züge aus Wien durchschauen. Die beiden haben Hinweise auf das Buch von Faust, das sein Adlatus nördlich von Chemnitz vergraben hat. Vielleicht kennen sie auch bereits den exakten Platz, ich weiß es nicht. Wie auch immer, General Li Feng von der chinesischen Armee ist seit heute Morgen mit ein paar schwer bewaffneten Elitesoldaten auf dem Weg dorthin und es wäre doch schade, wenn er kampflos an dieses Werk der esoterischen Weltliteratur kommen sollte. Finden Sie nicht auch?«

Gavint lachte wieder und diesmal war er sich der ungeteilten Aufmerksamkeit seines Gesprächspartners sicher. »Frank, Sie sollten sich schnellstens auf den Weg nach Chemnitz machen oder Sie werden diesen denkwürdigen Augenblick verpassen …« Mit diesen Worten legte Gavint auf, bevor Kohout seine nächste Frage stellen konnte.

Zufrieden steckte er sein kleines blaues Buch ein und beschloss, ein Taxi zu rufen. Es war an der Zeit, ein wenig Verwirrung zu stiften und den Gang der Ereignisse zu beschleunigen.

Auf der Autobahn A93 Regensburg–Hof/Deutschland

Valerie schaltete in den sechsten Gang und trieb den kleinen Mazda 3 über die deutsche Autobahn in Richtung Norden. Das Wetter war immer schlechter geworden und dunkle Wolken vor ihr verhießen nichts Gutes, aber noch war die Straße trocken. Sie hatte sich gegen die Route über Brünn und Prag entschieden, weil der schnelle Wagen nur dann seinen Vorteil ausspielen konnte, wenn er nicht durch eine Geschwindigkeitsbegrenzung auf der Autobahn ausgebremst wurde. Und schnell war der kleine Pizza-Expresss, das musste Goldmann zugeben. Jemand hatte bei dem Tuning wohl auch gleich die Abriegelung der Höchstgeschwindigkeit entfernt. Die Nadel des Tachometers hielt sich bei 250 km/h nicht auf, sondern der kleine Flitzer legte auch dann noch kräftig zu und röhrte dabei wie ein Hirsch. Na ja, dachte sich Goldmann, wie ein kleiner Hirsch …

Das Display der Navigation immer im Blickfeld, war Valerie zügig vorangekommen, hatte alle Radargeräte ignoriert und gehofft, dass nicht irgendwo eine Zivilstreife warten und sie aufhalten würde. Eine Wagenkontrolle hätte sie nicht so schnell und problemlos hinter sich gebracht, angesichts des Arsenals, das sie mit sich führte. Selbst ihr Diplomatenpass hätte sie dann nicht vor einer Nacht in der Zelle gerettet.

Valerie kontrollierte nochmals die Navigation, ihre voraussichtliche Ankunftszeit in Chemnitz, Hauptbahnhof, lag bei 13:55 Uhr. Sie hatte keine Zeit zu verschenken. Als das Telefon läutete, nahm sie das Lenkrad in die rechte Hand und das Handy in die linke und ließ die Geschwindigkeit nicht unter 200 km/h fallen.

»Ja«, meldete sie sich.

»Hier mein Rückruf, wie versprochen«, tönte die Stimme von Shapiro an ihr Ohr. »Sie sind schon unterwegs?«

»Ich sollte rechtzeitig dort sein, aber es wird knapp werden«, meinte Valerie. »Ein einziger kleiner Stau und wir haben ein großes Problem.«

»Haben Sie einen schnellen Wagen von der Botschaft bekommen?«, wollte Shapiro wissen.

Goldmann verzog das Gesicht. Sie erinnerte sich an eine Ampelphase in Wien, wo ein junger Mann neben ihr in seinem Auto vier Finger in die Höhe gestreckt hatte. Als sie mit fragendem Blick ihr Fenster heruntergelassen hatte, meinte er nur trocken: »Liefern Sie auch Quattro Stagione?«

»Lassen wir das«, sagte sie also nur und hielt das Lenkrad mit dem Knie fest, während sie mit der rechten Hand einen Gang herunterschaltete und wieder voll beschleunigte. »Sie wollten von dem Buch erzählen, das in Chemnitz angeblich vergraben liegt.«

»Ja, genau. Dieses Buch enthält die Aufzeichnungen des berühmten Faust über seine lebenslangen Experimente, die medizinischen und die alchemistischen. Wenn Sie so wollen, alles, was er je herausgefunden und an Entdeckungen gemacht hat, ist in dem Buch verzeichnet. Hier in Tel Aviv behaupten einige Wissenschaftler, dass sich Johann Wagner zum Schein an der Ermordung Fausts beteiligt hatte, damit er in Ruhe weiterarbeiten und schließlich dieses Buch gefahrlos vergraben konnte. Sonst hätte man ihn wahrscheinlich ebenso verfolgt und beseitigt wie seinen Meister. So aber konnte der Vorfahr Paul Wagners – und wir sind uns in der Zwischenzeit absolut sicher, dass es ein direkter Vorfahre unseres Reporters ist – nicht nur das Buch vergraben, sondern auch einen Hinweis verstecken. Wo, das wissen wir nicht, aber ganz offensichtlich müssen Wagner und Sina diese Aufzeichnungen gefunden haben. Deshalb sind sie so schnell nach Chemnitz aufgebrochen.«

Valerie wich einem Lastwagen aus, der plötzlich vor ihr auf die Überholspur ausgeschert war, um an einem langsamen Wohnwagengespann vorbeizuziehen. Sie riss den kleinen Wagen scharf nach rechts und schoss auf dem Pannenstreifen am Wohnwagen vorbei. Der Lenker gestikulierte empört.

»Wenn ich so überlege, dann werden die beiden kaum seelenruhig nach dem Buch graben können«, dachte Goldmann laut nach, schaltete wieder in den sechsten Gang und gab dem Begriff »Pizza-Expresss« eine völlig neue Bedeutung, als die Nadel des Tachometers wieder die 250 km/h-Marke passierte. »In Chemnitz werden doch schon alle auf sie warten, die das Rennen bisher bestritten haben, die Chinesen, die Tempelherren und wer weiß noch alles.«

»Davon bin ich überzeugt«, meinte Shapiro ruhig, »es wird ein Stelldichein aller beteiligten Parteien sein, ein erstes und vielleicht auch entscheidendes Treffen.« Er dachte kurz nach und Valerie kontrollierte erneut die Navigation. Voraussichtliche Ankunftszeit 13:51 Uhr, sie hatte wieder vier Minuten gewonnen.

»Ich glaube kaum, dass bisher Chinesen und Bewahrer aufeinandergetroffen sind, zumindest habe ich nichts Dementsprechendes von meinen Informanten gehört. Ausgenommen natürlich die Aktion in den neunziger Jahren, als die Tempelherren die drei Wissenschaftler beseitigt hatten, die im Rahmen des Polizei-Austauschprogramms nach Wien gekommen waren. Dabei war keine der beiden Seiten zimperlich gewesen, die Chinesen hatten ihr Leben teuer verkauft. Man erzählte mir, dass sie einem der Tempelherren sogar die Kehle durchgeschnitten hatten, er aber überlebte, weil er sofort in ärztliche Behandlung kam. Ich hoffe also, Sie sind für das Treffen in Chemnitz gut gerüstet, Major Goldmann«, schloss Shapiro.

»Ich hoffe es auch, aber es wird mir trotzdem an Ort und Stelle etwas einfallen müssen, weil ich sonst keine Chance sehe, an Wagner und Sina heranzukommen. Ich bin ein Ein-Frau-Unternehmen in Konkurrenz zu chinesischen Killern oder Soldaten auf der einen Seite und den Bewahrern auf der anderen, die seit fünfhundert Jahren das Geheimnis sehr effektiv bewacht haben.« Valerie klang nicht sehr optimistisch.

»Nutzen Sie das Überraschungselement, Major Goldmann«, meinte Shapiro und fuhr nach einer kurzen Pause fort: »Und vertrauen Sie mir, Sie haben noch einen Trumpf im Ärmel, von dem ich Ihnen nichts gesagt habe. Aber das ist auch gut so, sonst wären Sie nicht so unbelastet in diesen Einsatz gegangen. Vertrauen Sie mir einfach.«

»Ich glaube, ich vertraue derzeit niemandem außer mir selbst«, versetzte Valerie, »und schon gar nicht Ihnen, Shapiro. Sie setzen Ihre Informationen sehr sparsam ein und wissen Sie was? Ich glaube, Sie haben nicht nur mich geschickt. Ich bin mir fast sicher, Sie haben noch ein Eisen im Feuer. Wer hat zum Beispiel heute Morgen die Information an uns weitergeleitet, dass Wagner und Sina im Zug nach Chemnitz sitzen? Versuchen Sie mich für dumm zu verkaufen, Shapiro?«

»Die Leitung wird sehr schlecht, ich verstehe Sie nicht mehr«, rief der Geheimdienstchef ins Telefon und war auch schon im elektronischen Nirwana verschwunden. Das Tut-Tut-Tut klang in Valeries Ohren sehr spöttisch.

Eurocity 358 Wien–Dresden

Also fassen wir zusammen. Wir brauchen dringend einen Stadtplan von Chemnitz, eine Landkarte von Sachsen, ein Lineal und einen Kompass«, zählte Georg Sina auf.

»Nein, einen Kompass habe ich auf dem Schlüsselanhänger von der Suzuki, der ist gut und erprobt«, unterbrach ihn Paul Wagner und sein Freund grinste.

»Damit du eine Ahnung hast, wohin du gefahren bist, aber Hauptsache, du warst schneller dort?«

Wagner machte ein beleidigtes Gesicht. »Einsiedler brauchen natürlich keinen Kompass, die verlassen sich auf ihr Pferd«, entgegnete er, »damit sie die ›arenhandlung‹ finden und dann wieder nach Hause, zurück in ihr verfallenes Gemäuer, in dem außer ihrem Flohträger, Verzeihung, Hirtenhund niemand auf sie wartet. Was hast du eigentlich mit Tschak und deinem vierbeinigen Kompass gemacht?«

»Die sind beide gut untergebracht bei meinem Freund Benjamin, dem Messerschmied. Der freut sich immer, etwas Unterhaltung auf seinem Bauernhof zu haben.« Sina lächelte. »Er redet leichter mit Tieren als mit Menschen. Nach zwanzig Jahren alleine im Nirgendwo kann ich das auch verstehen. Vielleicht wäre ich auch so geworden, wenn du mich nicht aus meiner Einschicht herausgeholt hättest.«

Paul Wagner schaute auf seine Uhr. »Wir sind pünktlich in Dresden, so wie es aussieht, und wir haben ganze neun Minuten zum Umsteigen. Während du schon den Bahnsteig auskundschaftest und sicherstellst, dass uns keiner folgt, laufe ich zur Bahnhofsbuchhandlung und versuche, einen Stadtplan und eine Landkarte zu finden. Dann können wir während der zwei Stunden Zugfahrt nach Chemnitz schon die Möglichkeiten eingrenzen.«

Sina nickte und zog das Pergament von Johann Wagner nochmals heraus.

»Das sollte alles nicht so schwierig sein. Erste Zeile ist klar: **Wo in Chemnitz einst das trutz'ge Schloss gestanden** – es muss also in der Vergangenheit vor den Toren der Stadt ein Schloss gegeben haben, das zerstört oder verlassen wurde. **Wo nunmehr auch die schwarzen Brüder schweigen** – die schwarzen Brüder sind logischerweise Mönche oder Pfarrer, die nun auch nicht mehr dort sind. Also etwa ein Kloster, das zerstört wurde wie die Burg, beide an der gleichen Stelle. Die dritte Zeile ist kryptisch: **Sich an der Pforte Rosen um St. Mariens Bildnis wanden** – das werden wir an Ort und Stelle herausfinden müssen, aber ich kann mir vorstellen, dass es am Eingang der Burg oder des Klosters ein Marienstandbild mit einem Rosenstrauch gab. **Sollst Du vor Kaiser Lothar Dich verneigen, so viel gerühmt in unsren Sachsen-Landen** – nun, das Standbild des Herrschers kann noch da sein, wenn nicht, dann müssen wir herausfinden, wo es war. Warum wir uns verneigen sollen? Keine Ahnung, aber wir werden ja sehen.« Sina sah den ratlosen Ausdruck seines Freundes und musste lachen. »Schau nicht so verzweifelt, Paul, das wird sich alles ganz logisch ergeben, wenn wir erst mal dort stehen, wo uns dein Vorfahre hinschicken möchte.« Er wandte sich wieder dem Pergament zu.

»**Dann sollst Du frech der Kaiserin den Rücken zeigen** – das sollte dir nicht schwerfallen, Paul, dreh dich also um und schau in die Richtung, in die die Kaiserin schaut. **So blickst Du wohin niemals Phoebus Wagen fährt** – also nach Norden, dort steht niemals die Sonne. Kaiserin im Rücken, Norden vor uns. Ein erster Anfang. **Nun geh nach Leipzig wohl tausend Schritte, Nicht am Grund, sondern wie's der Rabe lehrt** – jetzt wird's schwierig. In Richtung Leipzig ist klar, deshalb brauchen wir auch die Landkarte. Tausend Schritte sind in den alten Maßen tausend Meter, pro Schritt ein Meter. Wie es der Rabe lehrt? Also Luftlinie von dem Punkt aus, wo wir nach Norden schauen und der Kaiserin den Rücken zukehren. Wie man tausend Schritte in direkter Linie machen soll, das frage ich mich. Damals war das vielleicht möglich, da gab es wahrscheinlich nur Wiesen und Äcker und vielleicht etwas Wald rund um den Startpunkt bei Schloss oder Kloster. Aber heute?« Sina kratzte sich am Kopf. »Wir brauchen eine gute Karte und zu Anfang jemanden, der sich in der Geschichte der

Stadt ein wenig auskennt. Und dann haben wir noch die beiden letzten Zeilen: **Dort findest Du in des Dornenstrauches Mitte Dr. Fausti Hoellenzwang ganz unversehrt** – also das mit dem Dornenstrauch vergessen wir gleich wieder, der ist schon lange verblüht und vertrocknet. Und das mit dem unversehrt hoffen wir stark …«

Wagner nickte nachdenklich. »Ich frage mich, wie ein Buch eingepackt sein muss, damit es Hunderte von Jahren vergraben überlebt und immer noch lesbar ist.«

»Das, mein Freund, werden wir erleben«, lächelte Sina, »und wenn wir es nicht finden, dann brauchst du dir darüber auch keine Gedanken mehr zu machen. Ob Metallkassette oder Lederbeutel spielt dann auch keine Rolle mehr.«

Plötzlich quietschten die Bremsen, der Zug wurde langsamer und rollte an langgestreckten Lagerhallen und abgestellten Lokomotiven vorbei in den Hauptbahnhof von Dresden. Draußen ballten sich dunkle Wolken zusammen und es sah nach Schnee aus.

Einige Abteile entfernt zog sich der unbekannte Reisende aus Wien seinen Mantel an und machte sich zum Aussteigen bereit. Er war an seinem Ziel angekommen. Als Wagner und Sina an ihm vorbeigingen, machte er den beiden lächelnd Platz und überließ ihnen den Vortritt. Dann nahm er seinen Hut, setzte ihn auf und folgte ihnen aus dem Zug.

Allgemeines Krankenhaus, Wien/Österreich

Böse Zungen würden behaupten, Sie arbeiten in Ihrer Pension mehr als früher, Kommissar«, kicherte Eddy und freute sich wie ein kleines Kind über sein Bonmot. »Aber wie ich höre, sind Sie gesund und munter und man hat Ihnen in der Sicherungsabteilung des Krankenhauses sogar Ihr Handy gelassen.«

Berner grunzte unverbindlich. »Eigentlich gar nicht so schlecht, so ein Spitalsbett, Vollverpflegung, immer eine nette Ansprache und medizinische Betreuung rund um die Uhr.«

»Und eine Leibwache vor der Abteilungstüre«, ergänzte Eddy ironisch. Im Hintergrund übertönten Arbeitsgeräusche, Hämmern, Schweißen und laute Zurufe fast die Stimme des Exringers.

»Hört sich nach gut gefüllten Auftragsbüchern an, Eddy«, meinte Berner und setzte sich auf. Das Zimmer drehte sich ein wenig, beruhigte sich aber schnell wieder. Der Kommissar begann sich besser zu fühlen. »Hast du da überhaupt noch Zeit für deine Freunde?«

»Wie meinen Sie das, Kommissar?«, fragte Eddy vorsichtig und Berner hörte, wie er aufstand und die Tür zu seinem Büro zumachte. Der Hintergrundlärm der Werkstatt wurde mit einem Schlag leiser.

»Ich frage mich, ob du noch immer so gut bist wie früher, Eddy. Ob du nicht im Lauf der Jahre deine Fingerfertigkeit verloren hast, im Kampf gegen das Übergewicht und um die Aufträge deiner Werkstatt. Ob dein Gefühl für Schlösser noch immer besser als dein Netzwerk ist oder ob du dich heute beruhigt zurücklehnst und deine Tochter die Arbeit machen lässt, in Rock und Bluse am richtigen Platz sitzend.«

Eddy war nicht im Geringsten beleidigt und kicherte fröhlich. »Wenn ich Sie nicht kennen würde, Herr Kommissar, dann wäre ich jetzt stinksauer. Aber so … Lassen Sie mich raten. Sie wollen gerne ein Schloss knacken und brauchen einen Experten, dem Sie vertrauen können und der Sie nicht verpfeift?«

»Und wenn es so wäre?«, fragte Berner zurück.

»Hmmm, dann wüsste ich sicher jemanden, der den Auftrag übernehmen könnte«, erwiderte Eddy. »Jemanden wirklich Guten, den Besten.« Stolz klang in seiner Stimme. Berner grunzte und wartete.

»Vorausgesetzt, der Auftrag ist legal, natürlich«, ergänzte Eddy nach einer Weile und Berner konnte sein breites Grinsen förmlich hören.

»Reden wir nicht um den heißen Brei herum, Eddy.« Berner versuchte aufzustehen und als er die drei Schritte bis ans Fenster geschafft hatte, war er euphorisch. Er stand aufrecht, sein Kopf verhielt sich ruhig und das Zimmer rührte sich nicht. Auf dem Gürtel, der vierspurigen Umfahrungsstraße vor dem Krankenhaus, rollte der Verkehr Stoßstange an Stoßstange.

»Herr Kommissar, sind Sie noch da?«, fragte Eddy besorgt.

»Ich bin wieder da, Eddy, wieder und noch immer. Also hör zu. Ich möchte jemandem einen Besuch abstatten, der mir nie die Türe öffnen würde. Ich brauche Informationen und die bekomme ich nur, wenn ich mir selbst einen Überblick verschaffe. Ich bin mir auch gar nicht sicher, ob ich an der richtigen Adresse bin. Also sollten keine Spuren zurückbleiben, schon gar nicht an den Schlössern.«

Eddy dachte nach. »Gibt es eine Alarmanlage?«, fragte er dann.

»Bin ich das Orakel?«, entgegnete Berner trocken. »Deswegen brauche ich einen Fachmann neben mir, der nicht bei der ersten Schwierigkeit kneift, sondern sich auch mit ein paar elektronischen Hindernissen auskennt.«

»Sie verlangen ziemlich viel, Herr Kommissar«, erwiderte Eddy.

»Ach was! Ich könnte auch anfangen nachzudenken, wo deine Tochter sitzt, sich die Nägel feilt und Informationen aufschnappt. Zeit genug dazu habe ich ja hier«, gab Berner ungerührt zu bedenken.

»Schon gut, schon gut, ich höre mich um«, lenkte Eddy schnell ein. »Geben Sie mir ein wenig Zeit.«

»Aber nicht lange, Eddy, ich will morgen hier raus sein und dann sollte die Inszenierung starten.« Berner klang wie ein Dirigent, der seinen Ersten Geiger zur Pflicht rief. Eddy kicherte wieder.

»Sie wollen den sicheren Hafen des betreuten Gesundens verlassen, Herr Kommissar? Sind Sie überzeugt, dass der bewaffnete Herr an der Türe mitspielt?«

Berner schaute dem Verkehrsstau zu, der sich langsam auflöste. »Das lass nur meine Sorge sein, Eddy«, brummte er und legte auf.

Als die Schwester keine zehn Minuten später das Mittagessen auf einem zerkratzten, orangefarbenen Tablett servierte, saß Berner an dem kleinen Tisch in seinem Krankenzimmer und telefonierte mit seinem Kollegen Burghardt. Die einzelne Tulpe vor ihm in der weißen Vase aus Augarten-Porzellan roch nach gar nichts und das beunruhigte ihn. Berner schnupperte an den Tellern, die ihm die Schwester hinstellte, und war dankbar, dass er durch den Schlag auf den Kopf nicht seinen Geruchssinn eingebüßt hatte. Das Essen roch zwar furchtbar, aber immerhin – es roch. Er beendete sein Gespräch und griff nach dem Besteck.

»Sagen Sie, Schwester …«, begann Berner und wurde gleich von ihr unterbrochen.

»Nein, Kommissar, ich habe leider nichts anderes für Sie. Sparmaßnahmen überall, auch in der Küche. Wir müssen dasselbe essen wie Sie, und das seit Monaten«, beschwerte sich die Schwester und Berner lächelte.

»Das tut mir leid, aber das wollte ich nicht fragen, obwohl …« Er ließ den Satz in der Luft hängen. »Nein, ich wollte wissen, ob Sie die Notärztin vorher schon einmal hier gesehen haben.«

»Ach, Sie meinen die hübsche Ärztin, die Sie heute Morgen besucht hat?« Die Schwester zwinkerte ihm verschwörerisch zu und Berner nickte.

»Die habe ich tags zuvor zum ersten Mal gesehen, als Sie hier eingeliefert wurden, Kommissar. Vorher war sie sicher noch nie hier. Aber das kann natürlich auch Zufall sein. Es gibt bestimmt Dutzende Notärzte in Wien.«

Berner dankte ihr und begann nachdenklich, seine lauwarme Suppe zu löffeln, die verdächtig nach Abspülwasser roch.

Autobahn A93, knapp vor Hof/Deutschland

Valerie hatte es vor der Ausfahrt Hof in einer 100 km/h-Geschwindigkeitsbeschränkung erwischt. Sie sah den roten Blitz, schaute auf ihren Tacho, las die 140 km/h und hoffte, dass die deutsche Polizei nicht nach dem Ende der Beschränkung auf die Temposünder warten würde. Aber genau das tat sie. Ein Polizist in gelber Warnweste und mit einer weiß-roten Kelle lotste sie auf einen Autobahnparkplatz, auf dem schon jede Menge Fahrer neben ihren Autos standen und mit den Polizisten argumentierten. Valerie schaute auf das Display der Navigation. Voraussichtliche Ankunftszeit in Chemnitz Hauptbahnhof 13:43 Uhr. Die Minuten tickten:

13:45 – der Polizeibeamte verlangte Führerschein, Wagenpapiere und Pass des Fahrers, nachdem es sich um ein ausländisches Kraftfahrzeug handelte.

13:48 – nach der Kontrolle der Papiere blickte der Beamte kurz in den Innenraum und Valerie betete, dass er nicht wissen wollte, was sich in der Sporttasche befand.

13:52 – die Belehrung darüber, dass man in einer 100er-Zone nicht 140 km/h fahren dürfe, auch nicht mit einem Diplomatenpass, hielt noch immer an. Goldmann saß wie auf Nadeln und bemühte sich, nur zu lächeln und nicht zu argumentieren.

13:55 – der Beamte ging daran, ein Strafmandat auszufüllen und verlangte schließlich 140 Euro in bar. Valerie zahlte anstandslos mit zwei Einhundert-Euro-Scheinen.

13:59 – als der Polizist endlich das Wechselgeld von 60 Euro aus seinem Einsatzwagen geholt hatte, verkniff sich Valerie ein »der Rest ist für Sie«.

14:02 – der rote Pizza-Expresss war wieder unterwegs. Mit quietschenden Reifen und unter den strafenden Blicken der Polizisten beschleunigte Goldmann vom Parkplatz heraus auf die Autobahn. Ihr ganzer Vorsprung hatte sich binnen kürzester Zeit in nichts aufgelöst.

Auf der tschechischen Autobahn 8, in der Nähe von Bystrany, raste ein schwerer Mercedes mit weit überhöhter Geschwindigkeit über den Asphalt und versuchte ebenfalls, einen Rückstand aufzuholen. Frank Kohout und die vier übrigen Männer vom Rat der Zehn hatten nach dem Anruf keine Minute verloren und waren sofort von Prag aus aufgebrochen. Die Männer in Wien zu alarmieren, dazu war die Zeit zu knapp gewesen. Sie wären nie rechtzeitig in Chemnitz eingetroffen. Dann hatte Kohout noch versucht, Schwester Agnes zu erreichen, doch sie hatte sich nicht gemeldet. Die Zeit drängte und Kohout entschied sich für eine sofortige Aktion. Nun steuerte er den schwarzen Mercedes über die fast leere Autobahn in Richtung deutsche Grenze, Dresden und dann nach Chemnitz. Er wünschte sich, schon auf der deutschen Autobahn zu sein. Dort könnte er den Mercedes endlich mit Vollgas vorantreiben und die Kraft des großen Motors ausnutzen.

Seine vier Passagiere waren schweigsam. Sie hatten zuerst ihre Waffen kontrolliert und dann bemängelt, dass sie nicht genug Vorlaufzeit gehabt hatten, um sich besser auf den Einsatz vorzubereiten. Als Kohout nicht auf ihre Diskussion eingegangen war, versiegte die Unterhaltung nach und nach. Die Navigation zeigte ihm noch eine Stunde und achtundzwanzig Minuten bis Chemnitz. Kohout war fest entschlossen, diese Zeit zu unterbieten.

Als er die Blaulichter der Einsatzfahrzeuge vor sich auf der Fahrbahn sah, fluchte er leise und bremste den schweren Wagen ab. Mit improvisierten Straßensperren lenkte die tschechische Polizei den Verkehr von der Autobahn ab. Der Fahrer eines vollbeladenen Lkw war eingeschlafen und mit seinem Fahrzeug ins Schleudern gekommen.

Dann war der Lastwagen samt Anhänger umgestürzt und die Ladung – Kühlschränke und Tiefkühltruhen – hatte sich über die gesamte Fahrbahn verteilt. Der freundliche Polizist, den Kohout gefragt hatte, wünschte ihm noch eine gute Fahrt und dann stand der Mercedes auch schon im Stau auf der Landstraße, die mit dem Verkehrsaufkommen völlig überfordert war. Damit nicht genug, dachte sich Kohout. Jetzt beginnt es auch noch zu schneien.

Zur gleichen Zeit glitten die beiden Audi A8 der chinesischen Botschaft über die Autobahn A4 in Richtung Chemnitz. Der Schnee fiel in dicken Flocken und wurde in dichten Wirbeln über die Fahrbahn getrieben. Li Feng saß im ersten Wagen und betrachtete besorgt das Wetter. Der Vierradantrieb des Audi ließ den Fahrer vergessen, dass es immer dichter schneite. Aber die Physik konnte auch er nicht überlisten. Der zwei Tonnen schwere Wagen brauchte eine Menge Platz, um zum Stehen zu kommen.

»Fahren Sie ruhig langsamer«, meinte Li Feng zu seinem Chauffeur, »wir haben genug Zeit. Nichts wäre ärgerlicher, als jetzt wegen eines Verkehrsunfalls die gesamte Aktion zu riskieren.« Erleichtert ging der Chauffeur des Botschafters vom Gas und ließ die Geschwindigkeit des A8 auf 100 km/h fallen. Der General lehnte sich nach einem Blick auf die Uhr zufrieden zurück. Sie würden rechtzeitig da sein, was immer in Chemnitz auch passieren würde.

Valerie bog auf die A4 ein und bald war ihr klar, dass die ersten dreißig oder vierzig Kilometer auf dieser Strecke eine Herausforderung an ihre Fahrkünste werden würden. Es ging bergauf und bergab, in kühnen Kurven schwang sich die Autobahn über die Kuppen und durch die Senken des ostthüringischen Hügellandes. Bis Chemnitz waren es noch rund siebzig Kilometer und die dunklen Wolken am Horizont waren in der Zwischenzeit noch schwärzer und bedrohlicher geworden. Goldmann wagte es gar nicht mehr, auf das Display der Navigation zu schauen. Jede Minute, die ihr jetzt fehlte, hatte Weinstein auf dem Gewissen, dieser Militärattaché des Unglücks, dachte sie immer wieder. Mehr als 180 km/h waren auf der kurvigen Autobahn nicht möglich und sie musste sich eingestehen, dass sie gerade dabei war, das Rennen zu verlieren. Wenn sie nicht rechtzeitig am Hauptbahnhof war, dann würde es nicht mehr möglich sein, die Spur von Wagner und Sina wiederzufinden. Dann war alles verloren. Valerie biss die Zähne zusammen und stieg aufs Gas. Dann fing es plötzlich an zu schneien und sie fuhr in eine weiße Wand aus wirbelnden Schneeflocken.

Breitensee, Wien/Österreich

Peer van Gavint bezahlte das Taxi und stieg aus. Er wollte den Rest des Weges zu Fuß gehen, schon um sicher zu sein, dass ihm niemand gefolgt war. Vorsichtig bahnte er sich seinen Weg durch das Gestrüpp und das hohe Gras, über die Gleise und Schwellen hinweg. Als er die hohen Buchen in der Ferne auftauchen sah, verlangsamte er seinen Schritt und lehnte sich an eine Hauswand, die über und über mit Graffiti beschmiert war. Die Fenster hatten schon lange kein Glas mehr und durch die schief in den Angeln hängenden Türen pfiff der Wind. Eine Ratte huschte lautlos über den Schotter und verschwand schnüffelnd in einem Kellerloch. Gavint wartete und beobachtete. Er stand mehr als zwanzig Minuten bewegungslos und achtete auf jedes Geräusch, jeden fremden Laut, jede Bewegung. Er hatte ein weites Blickfeld und das suchte er immer wieder von Neuem ab, von rechts nach links und wieder zurück, geduldig, immun gegen die Kälte. Dann entdeckte er sie. Es waren vier Mann, die mit Feldstechern in Tarnanzügen unter einem Gebüsch in Sichtweite von Wagners Remise lagen. Einer von ihnen hatte sich eine Zigarette angezündet und Gavint war das kurze Aufleuchten des Feuerzeuges sofort aufgefallen. Der Wind hatte gedreht und jetzt roch der Südafrikaner auch den Rauch der Zigarette. Rauchen schadet der Gesundheit, dachte Gavint lächelnd und bereitete sich vor.

Er bewegte sich langsam, zog sich vorsichtig zurück und schlug einen großen Bogen auf die andere Seite der Remise. Dann begann er mit seiner Suche. Als er nach weiteren zwanzig Minuten den großen Mercedes mit dem tschechischen Kennzeichen gefunden hatte, der gut versteckt dicht an einer Wand zwischen zwei Lagerhäusern geparkt war, griff er in seine Umhängetasche und holte eine Handgranate heraus. Er entsicherte sie und rollte sie mit Schwung in Richtung des schweren Wagens. Dann sah er zu, wie sie über die Betonplatten sprang, über einen kleinen Grünstreifen rollte und schließlich unter dem Mercedes verschwand. Er bereitete sich auf die Explosion vor, sah den grellen Blitz, die Detonation und dann explodierte der Benzintank und hob den schwarzen Wagen einen halben Meter hoch, bevor er brennend wieder auf die Reifen zurückfiel. Dicker schwarzer Rauch stieg auf und der Donner der Detonationen rollte über die Gleise und durch die Gassen der verlassenen Lagerhäuser, die sie im Echo wieder zurückwarfen.

Gavint holte seine Pistole mit Schalldämpfer aus der Umhängetasche, lud sie durch und wartete. Er wettete mit sich, dass sie einen Fehler machen würden. Und tatsächlich. Es dauerte keine zwei Minuten und einer der vier Beobachter kam um die Ecke gestürmt, ein Steyr-Schnellfeuergewehr in der Hand. Er sah den brennenden Wagen, blieb wie erstarrt stehen und riss das Gewehr hoch. Gavint schüttelte den Kopf. »Anfänger«, flüsterte er, zielte und drückte ab. Der Mann ließ das Gewehr fallen, schwankte und brach dann ohne einen Laut zusammen. Gavint wartete noch kurz, aber nachdem niemand mehr kam, gab er seine Deckung auf und zog sich zurück.

Nur das Prasseln des Feuers war noch zu hören, als Gavint immer weiter durch den verlassenen Teil des Güterbahnhofs lief. Bald hörte er die ersten Sirenen der Feuerwehr und der Polizei. Da überquerte er gerade die Gleise der Ostbahn und stieg an der anderen Seite den dicht bewachsenen Bahndamm hinunter. Als er hinter einem Würstelstand hervortrat, der gut besucht war, und sich die Hose abklopfte, rätselten die Gäste gerade, was eigentlich auf der anderen Seite des Bahnhofs geschehen war.

»Bestimmt eine alte Fliegerbombe aus dem Zweiten Weltkrieg, die jetzt hochgegangen ist«, meinte ein alter Mann im grünen Trainingsanzug, der sich an einer halbleeren Bierflasche festhielt.

»Oder die Reste vom Dynamit-Depot, das einmal die Firma Nobel da drüben gehabt hat, erinnert ihr euch?«, gab ein zweiter zu bedenken und ein allgemeines zustimmendes Gemurmel ertönte.

Gavint trat dazu und bestellte sich ein Bier. Er nahm die kalte Flasche mit dem gelben »Ottakringer«-Etikett, betrachtete die Wassertropfen, die herunterperlten, und hob sie dann in Richtung der schwarzen Rauchsäule, die über dem Güterbahnhof stand.

»Auf dein Wohl, Bruder Franziskus. Der Herr gibt und der Herr nimmt und ich bin der Herr. Amen.«

Chemnitz/Deutschland

Der Interregio 3088 von Dresden fuhr mit zehn Minuten Verspätung in den Hauptbahnhof Chemnitz ein. Eine elektronische Stimme meldete über Zuglautsprecher, dass der starke Schneefall an der Verspätung schuld sei, und bat die Fahrgäste um Entschuldigung. Paul Wagner und Georg Sina stiegen aus dem kurzen Zug und liefen durch das dichte Schneegestöber vom Bahnsteig in eine Unterführung und von dort weiter in die Ankunftshalle.

»Das Wetter hat uns gerade noch gefehlt«, beschwerte sich Wagner und bürstete sich mit den Händen den Schnee aus den Haaren. Sina wandte sich einem vorbeigehenden Reisenden zu und fragte ihn nach dem Büro der Stadtinformation. Der wies auf einen improvisierten kleinen Kiosk mit dem charakteristischen grünen Schild und dem weißen »I« und hastete weiter.

In dem offenen Stand saß eine lächelnde ältere Dame und freute sich, dass sie endlich jemanden mit Plänen, Prospekten und Informationen über die Stadt geradezu überschütten konnte.

»Wissen Sie, wir sind hier eine kleine Außenstelle der großen Stadtinformation auf dem Markt, aber die wäre zu weit weg für Sie und bei dem Wetter überhaupt ...« Wagner schaute seinen Freund Sina an und verdrehte die Augen.

»Chemnitz ist das ehemalige Karl-Marx-Stadt und mit fast einer Viertelmillion Einwohnern ...« Sina blätterte in einer der Broschüren, die ihm die freundliche Dame gleich stapelweise aufgenötigt hatte, Wagner heuchelte inzwischen Interesse.

»... die zweifache Olympiasiegerin Katharina Witt ist Ehrenbürgerin der Stadt und ...« Sie wollte gar nicht mehr aufhören zu erzählen. »Als ich hier 1963 ankam, da können Sie sich gar nicht vorstellen, was ...«

Schließlich hob Paul die Hand und schaffte es tatsächlich, ihren Redefluss zu stoppen. »Entschuldigen Sie, wenn ich hier kurz unterbreche, aber wir haben ein kleines Problem.« Ihr Interesse war geweckt und Georg Sina kam endlich dazu, die entscheidende Frage zu stellen.

»Wir suchen ein Schloss in Chemnitz, das früher einmal ein Kloster oder eine große Kirche war und das im Norden der Stadt liegt.

Damals muss es wohl vor den Toren von Chemnitz gelegen sein, aber inzwischen ist die Stadt gewachsen und …«

Die ältere Dame kam schon wieder in Fahrt und unterbrach ihn begeistert. »Aber natürlich, das ist die Schlosskirche, an die eines unserer Stadtmuseen angebaut ist. Sie stammt aus romanischer Zeit und war sowohl Teil einer Benediktinerabtei als auch später des Schlosses. Früher einmal war es die Klosterkirche St. Marien, das Kloster wurde 1136 gegründet, es lag am Schnittpunkt der Salz- und der Frankenstraße. Wissen Sie, die Abtei war etwas Besonderes. Sie war direkt dem Kaiser und dem Papst unterstellt.« Die nette Dame drehte sich nicht um, sondern zog mit geübtem Griff eine weitere Broschüre aus einem kleinen Fach hinter ihr hervor. Sie hörte keine Sekunde auf zu sprechen. »Aber das ist lange schon Geschichte, die Benediktiner sind Mitte des 16. Jahrhunderts verbannt worden und das Kloster wurde das Schloss von Herzog Moritz. Aber er kam nur selten hierher und so gab es kaum Feste oder prunkvolle Ereignisse auf dem Chemnitzer Schloss. Es ist traurig«, und ihre Stimme rutschte eine Oktave tiefer, »aber es wurde dem Verfall preisgegeben und im 19. Jahrhundert diente es als Lager, Lazarett und schließlich den Franzosen als Nachschubmagazin. Die Kirche aber blieb bestehen und trotz jahrzehntelanger Vernachlässigung ist sie heute schöner denn je. Nun ist es eine evangelisch-lutheranische Kirche, keine fünf Minuten von hier.« Sie musste Luft holen und Paul nutzte die Gelegenheit und breitete seinen Stadtplan aus.

»Könnten Sie mir zeigen, wo genau das ehemalige Schloss stand und wo die Kirche ist?«

»Aber selbstverständlich, schauen Sie …« Während die Mitarbeiterin der Information und Paul sich über den Plan beugten, sah sich Sina in der großen Halle um. Auf den ersten Blick konnte er niemanden entdecken, der sie beobachtete oder ganz offensichtlich auf sie wartete. Er zuckte die Achseln und wandte sich ebenfalls dem Plan zu, auf dem nun ein großer roter Kreis den Ausgangspunkt ihrer Suche markierte.

Als Wagner seinen Freund am Arm in Richtung Ausgang und Taxis zog, sah ihnen die Dame von der Touristen-Information fast bedauernd nach. Sie beachtete weder den Chinesen mit dem hochgeschlagenen Mantelkragen, der seine Zeitung zusammenfaltete und sich langsam in Richtung Ausgang in Bewegung setzte, noch den hochgewachsenen grauhaarigen Mann im dunklen Anzug, der plötzlich jedes Interesse an der Auslage eines Buchgeschäftes verloren hatte und nun Sina und Wagner langsam folgte.

Das Taxi entließ sie in das dichte Schneetreiben vor einem großen Steinbogen, der wie ein Überrest des alten Benediktinerklosters aussah. Links und rechts davon lief nur eine unregelmäßige niedrige Mauer entlang dem Park, auf der sich nun der Schnee sammelte. Vor ihnen erhob sich in einiger Entfernung der imposante Bau einer eckigen Kirche, an den sich ein modernes Gebäude anlehnte. Darauf stand in dunklen Metallbuchstaben »Stadtmuseum« geschrieben. Der große Park davor war wie ausgestorben, als Sina und Wagner über die verschneiten Wege zur Kirche gingen.

»Bei unserem Glück ist sie versperrt, der Pfarrer krank und seine Vertretung hat den Schlüssel verlegt«, knurrte Wagner und versuchte, den Plan und die Stadtinformationen unter seiner Jacke trocken zu halten.

»Falsch«, meinte Sina und wischte sich den Schnee von den Haaren, »sie ist offen, der Pfarrer nett und auskunftsfreudig und er hat überhaupt keine Vertretung, weil er die Gesundheit in Person ist. Wollen wir wetten?«

»Bin dabei«, antwortete der Reporter, »Einsatz?«

»Wie wär's mit einem extensiven Abendessen in einem Restaurant meiner Wahl?«, schlug Sina vor.

»Wieso deiner Wahl?«, fragte Wagner verblüfft.

»Ganz einfach, weil ich gewinne«, lachte Sina und drückte die Tür zur Schlosskirche auf, die lautlos nach innen schwang. »Der erste Gang ist mir schon sicher, fang an zu sparen, Paul.«

Bischof Frank Kohout sah Wagner und Sina von seinem Platz im Auto aus in der Kirche verschwinden, als sein Handy läutete. Er hoffte, dass es Schwester Agnes sein würde, und schaute auf das grün erleuchtete Display. Aber es war die Nummer eines jener Telefone, die seine Männer nach Wien mitgenommen hatten. Kohout nahm das Gespräch mit einem knappen »Ja« an und lauschte, während er das Tor der Kirche nicht aus den Augen ließ.

Wortlos und wütend legte er drei Minuten später wieder auf. Er hasste es, wenn seine Männer Fehler machten. Aber er hasste es noch viel mehr, wenn er so wie am heutigen Tag von allen Seiten nur verwirrende Nachrichten erhielt. Zuerst den anonymen Anrufer, der ihn so selbstlos und präzise auf die Spur von Wagner und Sina brachte, dann der Bericht aus Wien, dass ein Unbekannter den Wagen in die Luft gesprengt und eines der Mitglieder des Rats der Zehn erschossen hatte. Was war geschehen? Gab es außer den Chinesen noch eine weitere Gruppe, die plötzlich aufgetaucht war und nun ihren Platz im Rennen um das große Geheimnis beanspruchte? Einerseits half sie dem Orden und andererseits bekämpfte sie ihn? Oder waren das gar nicht dieselben Kräfte, die hinter dem Anruf und der Sprengung standen? Gab es weitere Interessenten, von denen er gar nichts wusste?

Kohout schüttelte den Kopf. Das alles dauerte bereits viel zu lange. Sie hätten den Reporter und den Wissenschaftler schon viel früher aus dem Verkehr ziehen sollen, zu einem Zeitpunkt, als Pater Johannes noch lebte und Hans Mertens beobachtete. Wagner und Sina hätten über ihren ersten Besuch in der Ruprechtskirche nie hinauskommen dürfen. Sie lebten schon zu lange. Bischof Kohout war fest entschlossen, das hier und jetzt zu ändern.

Er wollte gerade aussteigen und seinen Männern ein Zeichen geben, ihm zu folgen, als er durch das dichte Schneegestöber die beiden Audi A8 mit den Wiener Diplomatenkennzeichen vorüberrollen sah. Sie fuhren an den Straßenrand und hielten mit laufendem Motor in Sichtweite der Kirche. Eines der Fenster glitt nach unten und für einen kurzen Moment blickte Kohout in das lächelnde Gesicht General Li Fengs.

In der Schlosskirche war es dank einer Fußbodenheizung mollig warm und Paul Wagner, der es sich in einer der Bänke bequem gemacht hatte, dachte ernsthaft darüber nach, das Ende des Schneesturms hier abzuwarten. Der Pastor war hilfsbereit und geschichtsbewusst und erfreute sich bester Gesundheit, so viel zum Abendessen, dachte der Reporter. Der Pfarrer, sympathisch unrasiert und in Jeans und weißem Hemd unter seinem offenen Talar, stand gerade mit Georg Sina vor einem großen, braunroten Steinportal, das fast zehn Meter hoch im Inneren der Kirche aufragte, und die beiden fachsimpelten angeregt über einen Kaiser Lothar und eine Kaiserin Richenza.

Die Frau des Pastors werkte in der Sakristei der Kirche und polierte zwei große, fünfarmige Kerzenleuchter, als Paul beschloss, ihr Gesellschaft zu leisten, bevor er in der Bank einschlief. Er nahm Stadtplan, Landkarte und die Broschüren und ging langsam zwischen den Reihen der Bänke bis vor die Tür der Sakristei, die links vom Altar lag. Da versperrte ihm plötzlich eine lebensgroße Geißelungsgruppe, die aus einem riesigen Baumstamm geschnitzt und in lebhaften Farben bemalt worden war, den Weg. Jesus war an einen Baum gebunden und zwei Männer schlugen mit neunschwänzigen Peitschen auf ihn ein, das Blut rann ihm über den Körper.

»Ziemlich brutal, oder?«, ertönte eine weibliche Stimme hinter der Gruppe und als er aufblickte, sah er die Frau des Pastors mit einem dunklen Putzlappen lächelnd vor sich stehen. Hinter ihr in der Sakristei sah er auf einem langen Tisch die beiden Kerzenleuchter liegen. Sie glänzten wie neu versilbert.

»Ja, sehr lebensecht, zum Fürchten ...«, bestätigte Wagner und umrundete die Gruppe.

»Das war früher unser Altar, bevor sich immer mehr Paare weigerten, sich vor einer Geißelungsgruppe und einem blutüberströmten Jesus das Jawort zu geben«, meinte die Frau und deutete dann auf den wunderschönen Altar aus dem 14. Jahrhundert, der wie geschaffen für den Innenraum der Kirche wirkte und nun das zentrale Stück in der Apsis war. »Dann bekamen wir diesen Altar mit dem heiligen Christophorus und die Gruppe mit dem blutenden Jesus wurde an die Seite gestellt. Seither hat es bei Trauungen keine Beschwerden mehr gegeben.«

Sie drehte sich um und ging zurück in die Sakristei. Paul Wagner half ihr, die beiden frisch polierten silbernen Kerzenleuchter wieder an ihren Platz in der Kirche zurückzutragen. Georg Sina und der Pastor waren noch immer im Gespräch vertieft und Wagner nutzte die Gelegenheit, die Karten und den Stadtplan auf dem großen Tisch aufzulegen. Draußen schneite es in großen Flocken und nach einem Blick durch das Fenster der Sakristei kam es Wagner vor, als würde der frisch gefallene Schnee die Erde wie ein blütenweißes Leichentuch bedecken.

Valerie war verzweifelt. Als sie endlich auf dem Parkplatz vor dem Hauptbahnhof aus dem Mazda stieg, war es 14:28 Uhr und ihr war klar, alles war vorbei. Sie hatte Wagner und Sina verpasst, hatte ihre

Spur verloren, bevor sie die beiden überhaupt gefunden hatte. Der Schneefall auf der Autobahn war so stark gewesen, dass Goldmann teilweise gar nichts mehr gesehen und nur mehr auf ihr Glück vertraut hatte. Jetzt stand sie in der großen Bahnhofshalle und schaute hoffnungsvoll auf die Ankündigungstafeln der Züge. Der Interregio 3088 aus Dresden war bereits aus der Liste der Züge gelöscht.

Entmutigt sank sie auf eine der Bänke und blickte sich um. Von Sina und Wagner war weit und breit nichts mehr zu sehen. Menschen eilten geschäftig durch die Halle, zogen Koffer hinter sich her oder verabschiedeten sich von Angehörigen. Vor einem Buchladen stand ein Drehständer mit den neuesten Zeitungen und eine Verkäuferin sortierte in einer Sonderangebotsvitrine die Bücher neu. Im leeren Blumenladen nebenan war eine dicke Floristin damit beschäftigt, ein Gesteck mit roten Rosen zu binden, während sie, den Hörer zwischen Schulter und Ohr geklemmt, lachend telefonierte. Die ältere Dame in der Touristen-Information zog gelangweilt ihre Jacke enger um sich und fröstelte. Valerie stutzte. Stadtinformation. Vielleicht waren Wagner und Sina zur Information gegangen und hatten nach der Richtung gefragt? Sollte sich die Mitarbeiterin vielleicht erinnern können? Goldmann sprang auf und rannte zu dem kleinen offenen Kiosk, wo die ältere Dame schon erwartungsvoll in ihre Richtung blickte und mit einem geübten Griff einen Stapel Prospekte aus dem Fach vor sich zog.

Allgemeines Krankenhaus, Wien/Österreich

Kommissar Berner hatte sich nach dem missglückten kulinarischen Erlebnis des Mittagessens entschlossen, zur Entschädigung ein kurzes Schläfchen zu halten. Als er wieder die Augen öffnete, weil ihn ein Geräusch geweckt hatte, saß ein Besucher auf dem Sessel neben seinem Bett und Berner glaubte zu träumen. Er schloss die Augen kurz und öffnete sie wieder. Der Traum blieb.

»Sie müssen sich im Zimmer geirrt haben«, grummelte der Kommissar. »Pater Johannes lag auf 2045.« Berner machte eine effektvolle Pause. »Die Betonung liegt auf ›lag‹ …«, setzte er nach.

Polizeipräsident Dr. Sina schaute Kommissar Berner nachdenklich an und schwieg.

»Wie lange sitzen Sie eigentlich schon da und genießen die Aussicht auf einen kranken, pensionierten Kriminalbeamten unter Mordverdacht?«, fragte Berner mürrisch und setzte sich auf. Zu seiner Erleichterung blieb das Zimmer still und rührte sich nicht. Es geht aufwärts, dachte er dankbar und griff nach der Schachtel Zigaretten in seinem Nachtkästchen. »Hat sich der chinesische Botschafter beim Innenminister beschwert, über Staatsräson und internationale Hilfestellung schwadroniert und seine übliche Show der Überheblichkeit abgezogen? Darin ist er nicht schlecht, ich habe ihn vor Kurzem bei einem Gastspiel erlebt«, kommentierte Berner provokant und zündete sich eine Zigarette an. »Und dann hat der Innenminister …?« – der fragende Blick des Kommissars ließ Dr. Sina nur stumm nicken – »… der Innenminister hat also bei Ihnen angerufen und das bekannte Spiel mit ›das müssen Sie doch verstehen‹ und ›es ist im Interesse Österreichs‹ oder sogar ›im europäischen Interesse‹ angeleiert. Habe ich recht?«

Dr. Sina stand seufzend auf und ging zur Tür des Krankenzimmers, öffnete sie, schaute hinaus und schloss sie leise wieder. »Ja, Sie haben recht, Kommissar, fast wortwörtlich.« Er griff in seine Jackentasche und zog etwas heraus, das Berner nicht erkennen konnte. Dann fragte er: »Was wollen Sie eigentlich, Kommissar? Wohin führt dieser Kreuzzug des pensionierten Kriminalbeamten Bernhard Berner? Kämpfen Sie vielleicht gerne gegen Windmühlen und ich habe nie etwas davon gewusst?«

Berner drehte sich zu Sina und ließ seine Beine aus dem Bett baumeln. Er fragte sich, warum Spitalsbetten immer so hoch sein mussten. »Ich werde Ihnen jetzt eine Geschichte erzählen, Dr. Sina, eine Geschichte, die fünfhundert Jahre alt ist und in der unter anderem Ihr Sohn eine Hauptrolle spielt, in der die Chinesen das Drehbuch geschrieben haben und ein sechszackiger Stern das Zeichen der Todesengel ist. Es ist keine schöne Geschichte und so wie es aussieht, wird es kein Happy End geben. Sie werden nicht einmal einen kleinen Teil davon verstehen und ich gebe zu, mir geht es nicht besser. Aber ein österreichischer Kaiser mit einer geradezu teuflischen Phantasie zieht in dieser Geschichte die Fäden und nur Paul Wagner hat gemeinsam mit Ihrem Sohn eine kleine Chance, sein Geheimnis zu enträtseln.«

Der Polizeipräsident schaute Berner aus großen Augen völlig verständnislos an.

Der Kommissar fuhr unbeirrt fort: »Aber wenn sie es enträtseln, dann werden sie nicht mehr lange genug leben, um es mir oder Ihnen mitzuteilen. Haben die Chinesen Ihnen nicht auch gesagt ›das wollen Sie nicht wissen‹? Genau um dieses Geheimnis kämpft derzeit die mächtigste Wirtschaftsnation der Welt und sie geht über Leichen, um es endlich gelöst zu bekommen.« Berner machte eine Pause und zog an seiner Zigarette. Dann sagte er: »Das Problem ist nur, wir wissen alle nicht, was es mit dem großen Geheimnis auf sich hat. Dazu brauchen die Chinesen Wagner und Ihren Sohn. Die beiden haben alle gegen sich, darunter einen zu allem entschlossenen Orden, die Zeit und die Wahrscheinlichkeit.« Berner dachte kurz nach und sah dann Sina ernst in die Augen. »Wenn Sie mich fragen, dann ist es ein Wunder, dass sie überhaupt noch leben.«

Dr. Sina rückte mit besorgter Miene seinen Sessel näher an das Bett, lehnte sich vor und Berner begann zu erzählen.

Als er fertig war, stand der Polizeipräsident auf, ließ den Polizeiausweis Berners, den er die ganze Zeit in seiner Hand gehalten hatte, auf die Bettdecke fallen und ging wortlos zur Tür. Bevor er sie öffnete, drehte er sich noch einmal um.

»Vergessen Sie den Mordverdacht, Berner, und holen Sie sich Ihre Waffe ab, bevor Sie gehen. Ich werde sie bei der Schwester hinterlegen lassen. Mir sind die Hände gebunden, Ihnen nicht mehr und ich glaube, das ist ganz gut so.«

Er öffnete die Tür und wollte hinausgehen, überlegte es sich nochmals und schaute zurück zu Berner, der auf dem Bett saß und nachdenklich seinen Ausweis betrachtete.

»Und Berner – danke!«, sagte er, dann war er verschwunden.

Schlossviertel, Chemnitz/Deutschland

Wagner, Sina und der Pastor standen um den großen Tisch in der Sakristei, auf dem die Pläne ausgebreitet waren. Das kleine Pergament lag daneben und die Frau des Pfarrers hatte ein Lineal und einen Zirkel aus ihrer Wohnung im Nebenhaus geholt. Beides drückte sie dem Wissenschaftler in die Hand.

»Da draußen stehen drei große Limousinen mit ausländischen Kennzeichen und laufendem Motor. Gehören die zu Ihnen?«, fragte sie Sina arglos und Paul warf seinem Freund einen warnenden Blick zu.

Der Wissenschaftler dachte kurz nach. »Was immer auch hier passiert, ich möchte, dass Sie sich keinesfalls einmischen, im Gegenteil. Vergessen Sie alles und versuchen Sie nicht, uns zu helfen. Das ist eine Sache zwischen uns und den Männern in den Wagen vor der Kirche«, sagte Sina ernst zu dem Pastor und seiner Frau. »Sie würden den Versuch keine Minute überleben.«

Paul nickte und fügte hinzu: »Vielleicht wäre es besser, wenn Sie jetzt überhaupt nach Hause gehen würden. Lassen Sie uns allein und bringen Sie sich in Sicherheit.«

Der Pastor zögerte kurz, überlegte und nahm dann seine Frau in den Arm. »Wenn Sie meinen …«, sagte er.

Paul nickte nochmals. »Glauben Sie mir bitte, es ist besser so«, bekräftigte er.

Als der Pfarrer und seine Frau gegangen waren, atmete Wagner auf. »Es hat in dieser Geschichte schon zu viele unbeteiligte Tote gegeben«, murmelte der Reporter und beugte sich über den Stadtplan von Chemnitz.

»Ja, und von hier aus kann es nur schlimmer werden, weil wir ab jetzt auf dem Präsentierteller sitzen«, gab Sina zu bedenken. »Wie sieht dein Plan aus?«

Paul sah ihn verständnislos an. »Was meinst du? Welcher Plan? Ich halte es mit Kommissar Berner. Entweder wir finden das Buch nicht oder wir haben Glück und entdecken es doch noch. In beiden Fällen wird es knapp. Entweder die Freunde von Pater Johannes werden uns daran hindern, diese Stadt lebend zu verlassen, ob mit Buch oder ohne, oder die Chinesen werden uns loswerden und das Buch in ihren Besitz bringen wollen. Ich glaube, wir brauchen ein Wunder, und das noch verdammt schnell.«

Wie auf ein Stichwort hin flog mit einem Knall die Tür der Kirche auf und begleitet von einem Schwall dicker Schneeflocken stürmte eine Gruppe schwerbewaffneter Männer in das Gotteshaus, allen voran ein großgewachsener Chinese.

Valerie Goldmann lief aus der Halle des Chemnitzer Hauptbahnhofs, einen Stadtplan in der einen und einen Stapel Broschüren in der anderen Hand. Sie hatte die freundliche Dame an der Information nicht enttäuschen wollen, die ihr bis ins kleinste Detail geschildert hatte, wonach die beiden netten Herren sie gefragt hatten.

Jetzt bin ich wieder im Rennen, dachte sich Valerie und startete den Mazda. Wenn die beiden noch in der Nähe der Schlosskirche sind, dann finde ich sie.

Nach einem kurzen Blick auf den Plan reihte sie sich mit durchdrehenden Rädern in den spärlichen Verkehr ein. Der Schnee blieb auf den Straßen liegen und verwandelte den Asphalt in eine Rutschbahn. Goldmann hatte den Eindruck, dass alle Autofahrer im Schritttempo unterwegs waren. Ungeduldig schaute sie immer wieder auf die Uhr und kontrollierte auf dem Stadtplan ihre Route.

Je näher sie dem Schlossviertel kam, umso großbürgerlicher wurden die Häuser, die Plattenbauten wichen Villen und gediegenen Mehrfamilienhäusern mit Vorgarten. Der Verkehr dünnte aus und Valerie gab Gas, schoss durch schmale Nebenstraßen, immer auf der Suche nach der Schlosskirche. Die Gehsteige waren menschenleer, der starke Schneefall lud nicht zu einem Spaziergang ein. Als sie an einem kleinen Park vorbeifuhr, sah sie im letzten Moment die große Kirche hinter den riesigen kahlen Bäumen. Sie trat auf die Bremse, der Mazda schleuderte und Goldmann nützte den Schwung des Wagens, um auf einer kleinen Straßenkreuzung zu wenden. Wieder kam die Kirche in ihr Blickfeld und sie trat instinktiv auf die Bremse. Aus dem zweiflügeligen Tor kamen Wagner und Sina, gefolgt von einer Gruppe Männer. Ihr anfänglicher Enthusiasmus verebbte schlagartig, als sie die Waffen in den Händen der Chinesen sah.

Frank Kohout beobachtete ebenfalls die Gruppe der Chinesen, die Sina und Wagner vor sich hertreibend erst die Straße überquerten und dann zu Fuß in einer der zahlreichen Seitengassen verschwanden. Der Bischof schaute nachdenklich auf das Schild am Eingang der schmalen Gasse: »Sackgasse«. Dann überlegte er kurz, bedeutete seinen Männern auszusteigen und gemeinsam folgten sie in sicherem Abstand den Chinesen, die hinter dem Vorhang aus tanzenden Schneeflocken schon fast völlig verschwunden waren. Im Gehen entsicherten Kohout und seine Männer ihre Waffen und luden durch. Die letzte Phase hatte begonnen.

Valerie strich den Stadtplan auf ihren Knien glatt und überlegte fieberhaft. Die Gasse, in der Sina und Wagner verschwunden waren, endete in einem Wald, dem stadtbekannten Erholungsgebiet Schlossviertel, wie die Dame an der Tourismus-Information betont hatte. Es gab eine Festwiese und eine kleine Eisenbahn, die in der schönen Jahreszeit sicher jede Menge Spaziergänger anlockten. Aber jetzt im Winter …? Wohin wollten die beiden? Sicher direkt zum Versteck des Buches, die Chinesen würden ihnen gar keine andere Wahl lassen. Valerie schaute genauer auf den Stadtplan. Zahlreiche Wanderwege durchzogen das Waldgebiet, aber keine Straßen. Sie verfolgte die Richtung weiter, in die die kleine Seitengasse führte, immer entlang der Leipziger Straße, bevor sie im Wald endete, in Richtung Nordwest. Wenn man die Linie weiterzog, dann lag da auch das große Eissportzentrum von Chemnitz, mit Hallen und Außenanlagen, einer ovalen Eisschnelllaufbahn und mehreren Eishockeyfeldern. Alle Gebäude waren deutlich auf dem Plan eingezeichnet.

Die Anlage musste riesig sein. Valerie zögerte. Schon wieder lief ihr die Zeit davon. Sie musste sich jetzt entscheiden, sofort. Entweder sie machte sich ebenfalls zu Fuß auf den Weg, oder … Sie startete den Mazda und legte den Gang ein.

Auch schon egal, dachte sie sich, entweder jetzt oder nie. Dann schoss sie schleudernd an der Schlosskirche vorbei die enge Straße hinunter, in einer Schockwelle aus Schneeflocken und Auspuffröhren.

Den Plan in der Hand und die Chinesen im Rücken stapften Wagner und Sina in Richtung Leipzig durch den Wald, immer bemüht, der eingezeichneten Luftlinie auf der Karte zu folgen.

»Wir gehen ziemlich parallel mit der Leipziger Straße«, bemerkte Sina und Wagner blickte nach links, wo er deutlich den Verkehr hinter den schwarzen Baumstämmen sehen konnte.

»Wenn das eintrifft, was ich vermute, dann werden unsere Begleiter hier nicht sehr froh sein«, flüsterte Sina seinem Freund zu und kontrollierte wieder die Distanz auf dem Plan. Zwei Soldaten waren dazu abkommandiert worden, Schaufel und Hacke zu tragen und die

Schritte zu zählen. Sie waren bei 690 angelangt und noch immer umgab sie dichter Wald. Die Chinesen hatten sogar daran gedacht, ein Metallsuchgerät mitzubringen. Sollte Johann Wagner das Buch in einer Kassette verpackt und vergraben haben, dann standen die Chancen der Chinesen gut, dachte sich Sina, trotz Schnee und der nicht so genauen Ortsangabe. Es würde erst in drei Stunden dunkel werden. Genug Zeit, um ein großes Gebiet abzusuchen.

Wenn er von seinem Erfolg überzeugt war, dann ließ der Anführer der Gruppe dies durch keinerlei Regung erkennen. Mit versteinerter Miene und den Händen tief in den Manteltaschen vergraben, ging er direkt hinter Wagner und Sina. Li Feng war mit der Entwicklung sehr zufrieden. Seine Männer waren alle bis an die Zähne bewaffnet und er hatte sie angewiesen, ihre Waffen nicht zu verbergen. Das war ganz alleine seine Inszenierung und er würde die Schlappe von Tibet ein für alle Mal ausmerzen, hier und heute.

Valerie war bemüht, die Gruppe nicht aus den Augen zu verlieren. Sie fuhr im Schritttempo auf der vierspurigen Leipziger Straße stadtauswärts, ließ den kleinen Mazda rollen und verfluchte zum x-ten Male Weinstein und sein Gefühl für Unauffälligkeit. Das Rot und die riesige Aufschrift des Wagens leuchteten wie eine Markierungsboje im grauen Meer.

Das Eissportzentrum kam in Sicht und Goldmann beglückwünschte sich zu der Entscheidung, nicht zu Fuß gegangen zu sein. Im dichten Schneefall machte sie die Gruppe der Chinesen aus, die gerade an einem grünen Metallzaun angekommen war und beratschlagte. Dahinter, noch im Wald, sah sie in sicherer Distanz die Männer, die aus dem Mercedes ausgestiegen waren. Es mussten die Bewahrer sein und wenn Shapiros Informationen richtig waren, dann war der große Mann an ihrer Spitze Bischof Frantisek »Frank« Kohout, Exmarine und Exsöldner, Nahkampfspezialist und Scharfschütze.

Ein Mann, dem man besser nicht unvorbereitet über den Weg läuft, dachte Valerie, griff nach hinten und holte die Sporttasche vom Rücksitz. Die Entscheidung rückte näher.

Der Metallzaun hatte eher einen dekorativen Effekt und in wenigen Augenblicken stand die gesamte Gruppe der Chinesen auf der anderen Seite und umringte Wagner und Sina. 908 Schritte waren gezählt und der Anführer drängte die beiden, den Abhang hinaufzusteigen und weiterzugehen. Der Wissenschaftler lächelte und ging voran, den Plan in seiner Hand und Wagner im Schlepptau.

Als die beiden die Kuppe erreichten, schauten sie hinunter auf das riesige Oval der Eisschnelllaufbahn vor ihnen, eindrucksvoll, breit und eine Fläche von mehr als fünf Fußballfelder bedeckend. Sina ging zwischen den verlassenen Zuschauerbänken hinunter und betrat die verschneite, mehr als zehn Meter breite Bahn, die von blauen gepolsterten Begrenzungen eingerahmt wurde. In dem Oval der 400-Meter-Strecke waren zwei Eishockeyfelder angelegt worden, ihr Niveau um mehr als zwei Meter tiefer als die Rennbahn. Der Wissenschaftler stampfte einmal auf, wischte den Schnee von der Bahn weg und lachte laut. Was auch immer unter den Fundamenten der Sportanlage verborgen gewesen war, es war für immer verloren, mit dem Aushub wohin auch immer abtransportiert oder von den Baggern zerstört worden. Die gesamte Fläche war zubetoniert.

Die Chinesen folgten ihnen langsam die Tribünen herunter, einer der Soldaten noch immer laut zählend. Bei 1000 hielt er schließlich ratlos in der Mitte des Ovals an, stand breitbeinig genau über der Tormarkierung des rechten Eishockeyplatzes und schaute fragend zu Li Feng. Wagner und Sina sprangen von der Bahn auf den tiefer gelegenen Platz und gingen zu ihm, gefolgt von den anderen Chinesen und einem wütenden Li Feng, der verzweifelt versuchte, einen Fehler in ihren Berechnungen zu finden.

Dann brach mit einem Mal die Hölle los. Unbemerkt waren die Männer um Frank Kohout über die Kuppe gekommen, hatten den Chinesen genau in der Mitte des Ovals gesehen und sofort das Feuer eröffnet. Zwei Chinesen, die zurückschossen, fielen auf der Stelle im Kugelhagel der Angreifer, während die restlichen Soldaten verzweifelt zur anderen Seite der Bahn stürmten, auf der Suche nach einer Deckung. Einige rutschten auf der schneeglatten Fläche aus, fielen hin, versuchten wieder aufzustehen und schafften es nicht mehr. Frank Kohout und seine Männer lagen in ihrer sicheren Deckung und feuerten auf alles, was sich noch bewegte.

Wagner und Sina waren gleich zu Beginn des Schusswechsels zu der kleinen Mauer gekrochen, die den Eishockeyplatz von der Rennbahn trennte. Kugeln flogen ihnen um die Ohren, Schneefontänen spritzten neben ihnen auf. Die Einschläge kamen immer näher, dann hatten sie die niedrige Deckung erreicht und pressten sich atemlos an die eiskalte Betoneinfassung.

»Berner hatte recht«, stieß Wagner keuchend hervor. »Die schießen gleich und fragen gar nichts mehr.«

Sina nickte und schluckte. »Keine Waffen im Ausland, weil höchst illegal? Damit stehst du jetzt ziemlich alleine da, Paul«, rief der Wissenschaftler Wagner zu und versuchte, durch das dichte Schneetreiben die Deckung der Chinesen auf der anderen Seite der Bahn auszumachen. Der Schusswechsel hatte nicht nachgelassen, im Gegenteil. Wütend über ihre Verluste erwiderten die Chinesen erbittert das Feuer. Kaum hatte Sina seinen Kopf einige Zentimeter über die kleine Mauer gehoben, flogen ihm auch schon die Kugeln um die Ohren. Schnell ließ er sich wieder fallen und duckte sich in den Schnee.

»Wir sitzen fest, in der Mitte zwischen den Fronten. Genial!«, rief Wagner verzweifelt und schlug mit der Faust in den Schnee.

Valerie hörte die Schüsse, vertraute dem Stadtplan und durchbrach die rot-weiß-rote Absperrung des Eissportzentrums mit Vollgas. Die Stücke der Schranke flogen nach allen Seiten, da war auch schon die nächste Ecke da und Goldmann riss den Wagen nach links, schlitterte nur wenige Zentimeter von der Hauswand entfernt dahin und fing den Mazda wieder, bevor schon die nächste Häuserecke auf sie zuflog und die schmale Straße einen weiteren scharfen Knick machte. Sie sah aus den Augenwinkeln den Wegweiser »Zur Eisschnelllaufbahn« vorbeifliegen und nutzte die lange Gerade vor sich, um mit einer Hand das Schiebedach zu öffnen. Dann war auch schon das zweiflügelige grüne Gittertor da, das glücklicherweise nur zur Hälfte geschlossen war.

Der kleine Mazda röhrte durch das Tor und Valerie bog scharf links ab, sah eine Lücke in den blauen Seitenabdeckungen und war auch schon auf der 400-Meter-Bahn. Sie raste an den Chinesen in ihrer Deckung vorbei und erfasste die Lage mit einem Blick. Es sah nicht rosig aus. Wagner und Sina kauerten zwischen den Chinesen und den Bewahrern hinter einer lächerlich niedrigen Mauer, die man kaum

Deckung nennen konnte. Valerie zog die Handbremse und peilte die kleine Rampe an, die von der Bahn hinunter auf den Eishockeyplatz führte. Sie war schneebedeckt und so rutschig, wie sie aussah. Der kleine Mazda rodelte mehr, als er fuhr, und es blieben keine zehn Zentimeter Beton links und rechts von den Rädern.

Die Schüsse verebbten schlagartig, als der rote »Pizza-Expresss« über den verschneiten Eishockeyplatz tobte und Valerie durch das Schiebedach zwei Nebelgranaten in das Schneetreiben schleuderte. Mit einem Mal war die Welt weiß und undurchdringlich im Zentrum des Ovals, die Stille erschreckend. Sina und Wagner hoben überrascht den Kopf und sahen wie durch einen weißen Vorhang die Buchstaben »Pizza-Expresss« leuchten. Sie schauten sich an.

»Nein, ich hab keine bestellt«, konnte sich Wagner nicht verkneifen und dann wurde auch schon die Tür des kleinen roten Autos aufgestoßen und dem Reporter stockte der Atem. Clara! Clara lebte! Sie war wieder da! Sie saß am Steuer, nein, es war Claras ältere Schwester, oder? Wie war das möglich? Seine Gedanken überschlugen sich förmlich. Georg Sina schien nichts zu merken und war schon dabei, auf die Rückbank zu klettern, froh über das Pizza-Wunder. Wagner sprang auf und ließ sich auf den Beifahrersitz fallen, sprachlos, völlig überwältigt. Er schlug die Tür zu und wie auf Kommando begannen die Schüsse wieder. Der Nebel lag noch immer undurchdringlich über dem Spielfeld, schien sich rund um den Wagen zu ballen und Clara – nein, es war nicht Clara, es war nicht ihre Stimme, dachte Wagner – herrschte ihn an:

»Fenster auf! Sofort!«

Verzweifelt tastete Wagner nach dem Schalter, fand ihn und dann schnurrte auch schon das Fenster nach unten. Er sah die Fahrerin an. Sie legte den Gang ein, beschleunigte und griff gleichzeitig zwischen ihre Beine hinunter in den Fußraum. Mit grimmigem Gesichtsausdruck zog sie eine Uzi-Maschinenpistole hervor und hielt sie mit einer Hand Wagner vors Gesicht. Dann drückte sie ab.

Als der kleine rote Flitzer um die Ecke geröhrt und schleudernd auf die Eisbahn eingebogen war, hatte er damit Frank Kohout völlig aus dem Konzept gebracht. Es gibt also doch noch eine dritte Kraft in diesem Wettlauf, dachte er sich angesichts der Reaktion der Chinesen.

Die schienen genauso überrascht wie er und hörten auf zu schießen, als das Auto die schmale Rampe hinunterrutschte und dann die beiden Granaten aus dem Schiebedach flogen. Jetzt sah Kohout außer Weiß gar nichts und wusste nicht einmal mehr, wo der kleine rote Flitzer geblieben war. Der künstliche Nebel in Verbindung mit dem starken Schneefall hatten einen dichten Vorhang vor die Eishockeyplätze gezogen.

Immer dann, wenn man den Wind braucht, ist er nicht da, schoss es Kohout durch den Kopf, als plötzlich ein Feuerstoß aus der weißen Wolke ihn und seine Männer in ihre Deckung zwang. Die Kugeln schlugen rund um sie ein und rissen Teile der Holzverkleidung der Bänke auf, die Splitter flogen wie kleine Schrapnelle durch die Luft. Einer bohrte sich in die Wange Kohouts und er spürte das warme Blut über sein Kinn rinnen. Auch die Chinesen waren wieder aus ihrer Erstarrung erwacht und hatten offenbar beschlossen, Wagner, Sina und den Unbekannten im roten Auto zu unterstützen. Sie schossen sich auf Kohout und seine Leute ein.

Paul Wagner hatte die Augen geschlossen und betete. Als die Patronenhülsen der Uzi durch den Innenraum des Wagens prasselten, wie die Geldmünzen aus einem Automaten beim Jackpot, dachte er, seine letzte Stunde hätte geschlagen. Der Feuerstoß aus der automatischen Waffe vor seinem Gesicht war ohrenbetäubend laut, in seinen Ohren klingelte es ununterbrochen.

»Danke, jetzt bin ich nicht nur blind, sondern auch taub«, rief Wagner entsetzt.

Valerie jagte den Mazda mit einer Hand am Lenkrad die schmale Rampe hinauf und hoffte, dass der Schwung genügen würde, sie bis auf die Bahn zu katapultieren. Sobald sie mit einem kleinen Sprung oben angekommen war, riss sie das Auto nach links und wechselte die Uzi in die andere Hand. Dann war sie auch schon im Rücken der Chinesen und hielt die Maschinenpistole aus dem Fahrerfenster, den Finger fest am Abzug. Als das Magazin leer war, warf sie die Uzi in den Fußraum Wagners, driftete mit dem Mazda auch schon durch das grüne Tor und blieb dabei kurz mit der Ecke der hinteren Stoßstange hängen. Es krachte, aber Goldmann gab ungerührt Vollgas, gerade als Paul Wagner wieder die Augen öffnete. Er sah die scharfe Biegung des engen Weges auf sie zurasen, berechnete blitzschnell Geschwindigkeit plus Schnee plus Fahrphysik, kam zum Ergebnis und schloss die Augen wieder.

Frank Kohout und seine Männer sprangen über den grünen Metallzaun und liefen durch den Wald zurück zu ihrem Wagen, als der rote »Pizza-Expresss« auf der Leipziger Straße bereits in Richtung Autobahn A4 raste. Goldmann wusste, sie hatte im günstigsten Fall zehn Minuten Vorsprung. Und diesmal würde sie keine Sekunde verschenken.

General Li Feng saß auf der blauen Seitenabdeckung der Eisschnellbahn und schaute seinen Männern zu, wie sie die Toten und Verletzten bargen. Er hatte vier Mann in der Eisarena verloren und Erinnerungen an Tibet kamen hoch. Unablässig zerbrach er sich den Kopf über zwei Fragen: Woher hatten die Tempelherren gewusst, dass Wagner und Sina nach Chemnitz unterwegs waren? Und wer zum Teufel war die Frau im roten Auto gewesen, die ihm den Reporter und den Wissenschaftler vor der Nase weggeschnappt hatte?

Autobahn A4, Fahrtrichtung Hof/Deutschland

Haben Sie immer Nebelgranaten im Handschuhfach, wenn Sie Anhalter mitnehmen?«, fragte Paul Wagner Valerie und reichte die leergeschossene Uzi an Georg Sina weiter, der sich auf der Rückbank verkeilt hatte, um nicht ständig von einer Seite auf die andere geschleudert zu werden.

»Nur wenn es schwierige Typen sind«, lächelte Valerie und schaltete in den vierten Gang zurück. »Mein Name ist Valerie Goldmann und ich bin Ihr Schutzengel, wie Sie vielleicht bemerkt haben.« Sie blieb auf der linken Spur und beschleunigte wieder, nachdem sie einen Van mittels Lichthupe zum Rechtsfahren überredet hatte.

»Endlich eine erfreuliche Variante der Engel«, meldete sich Sina von der Rückbank. »Georg Sina, Historiker, und da vorne neben Ihnen sitzt mein Freund Paul Wagner, Journalist.« Sina machte eine Pause. »Doch das werden Sie ja bereits wissen, da Sie zur richtigen Zeit am richtigen Ort waren und das ist in der Eisarena von Chemnitz sicherlich nicht selbstverständlich. Aber wer immer Sie sind, danke für das perfekte Timing und den starken Abgang.« Er schaute auf die Uzi in seiner Hand und auf die Sporttasche neben ihm. »Darf ich annehmen, dass Sie noch weitere Überraschungen auf Lager gehabt hätten, wenn es notwendig gewesen wäre?«

»Sie dürfen«, meinte Valerie trocken und brachte den schleudernden Mazda wieder unter Kontrolle, der auf der schneebedeckten Fahrbahn mit den vielen Pferdestärken nicht so sehr in seinem Element war.

»Also unauffällig ist Ihr Transportmittel nicht gerade«, gab Wagner zu bedenken. »Sie halten wohl nichts von dezenten Auftritten. Oder fahren Sie in Ihrer Freizeit Pizza aus?« An Goldmanns eisiger Miene erkannte er, dass dies die völlig falsche Bemerkung gewesen war.

»Wollen Sie lieber zu Fuß gehen und Schneeflocken zählen?«, fragte Valerie, »dann müssen Sie aber während der Fahrt aussteigen, weil ich nicht vorhabe, mich überholen zu lassen.«

»Schon gut«, lenkte Wagner ein, »war nicht so gemeint. Ich bin mit allem zufrieden, das uns so schnell wie möglich von hier weg bringt. Wohin fahren wir eigentlich?«

»Nun, ich nehme an, Sie wollen wieder zurück nach Wien«, meinte Goldmann und schaute in den Rückspiegel. Kein Audi oder Mercedes war zu sehen, ihr Vorsprung hielt.

»Fahren wir lieber zu mir nach Grub«, meldete sich Sina. »Das liegt auf dem Weg und ist sicherer als die Remise von Paul. Ich hab eine Zugbrücke, ein Fallgatter und meterhohe dicke Mauern, die schon in den vergangenen Jahrhunderten einigen Angriffen widerstanden haben.«

Valerie lächelte. »Sie leben auf einem Schloss? Wie romantisch!« Shapiro hatte ihr tatsächlich einiges verschwiegen.

Wagner verdrehte die Augen. »Schloss? Eher ein paar Mauerreste um ein Wohnklo mit Kochgelegenheit ...«, warf er ein.

»... und allemal sicherer als dein Durchhaus«, ergänzte Sina. »Wir fahren zu mir. Aber vorher würde mich noch eines interessieren. Wer hat Sie denn zu unserem Schutzengel ernannt?«

Goldmann überlegte kurz und meinte dann: »Jemand, der sich große Sorgen um Ihre Gesundheit macht. Das muss vorläufig genügen.«

Wenige Kilometer vor Hof ließ der Schneefall nach und hörte bald ganz auf. Nachdem der »Pizza-Expresss« auf die A93 in Richtung Regensburg eingebogen und wieder südwärts unterwegs war, wurde die Fahrbahn sogar trocken.

Kaum vier Stunden später rollte der rote Mazda 3 ratternd über die Holzbohlen der Zugbrücke in den Hof der Ruine Grub. Im Scheinwerferlicht sahen die alten Steinmauern der Burg unbezwinglich und abweisend aus. Paul stieg aus, streckte sich und gab seinem Freund Georg im Stillen recht. So verfahren wie die Lage derzeit war, konnten sie gar nicht genug hohe Mauern zwischen sich und ihre Verfolger bringen.

Kapitel 9 – 16.3.2008

Kleingartenanlage Schellensee, Siebenhirten, Wien/Österreich

Ein paar dünne Fetzen Morgennebel trieben träge knapp über der Wasseroberfläche des romantisch gelegenen Schellensees, dem Mittelpunkt einer Kleingartenanlage im Süden Wiens. Der breite Waldgürtel um den See in Verbindung mit dem Bauverbot direkt am Ufer machte die Lage des kleinen Gewässers noch idyllischer. Mitte März waren die meisten der kleinen Holzhäuser unbewohnt, die Gärten im Winterschlaf. Erst mit den steigenden Temperaturen kamen jedes Jahr die Hobby-Gärtner zurück auf die handtuchgroßen Grundstücke, um ihrer Leidenschaft zu frönen.

So zeitig im Jahr waren große Teile des braunen Wassers noch mit Eisschollen bedeckt, Äste und Zweige, die von den Winterstürmen heruntergerissen worden waren, trieben im See und sahen aus wie knochige Hände, die aus der Wasseroberfläche ragten und nach einer unsichtbaren Beute griffen.

Die Polizisten, die am Ufer standen, hatten nur wenig Zeit, um sich den bizarren Schönheiten der Umgebung zu widmen. Einem Bewohner der Kleingartenanlage, der nach dem Ende des Winters nach seiner Hütte schauen wollte und dabei einen Rundgang um den See gemacht hatte, war am Morgen ein verdächtiger Gegenstand in der Mitte des Sees aufgefallen. Was da zwischen Eisschollen und toten Ästen schwamm, das holten eine Stunde später Polizeitaucher aus dem eiskalten Wasser. Die Männerleiche war kaum aufgedunsen und hatte demnach keine zwölf Stunden im Wasser gelegen.

»Nicht gerade die ideale Zeit zum Schwimmen«, bemerkte einer der Polizisten trocken zum Amtsarzt Dr. Strasser, der mit seiner Untersuchung der Leiche fertig geworden war, die Gummihandschuhe ausgezogen hatte und sich nun mit einem alkoholgetränkten Tuch die Hände säuberte.

»Der hat die Kälte nicht mehr gespürt«, gab der Arzt zurück, »der Einschuss am Kopf war tödlich und ich schätze, dass er erst sechs bis acht Stunden nach seinem Tod in den See geworfen wurde. Ist die Mordkommission schon verständigt?«

Der Polizist nickte. »Sollte schon lange da sein, aber die Herren verschlafen gern«, meinte er lachend und ging zurück zu seinem Einsatzwagen, der am grasigen Ufer geparkt war. Die Polizeitaucher waren bereits wieder am Einpacken ihrer Ausrüstung, die Beamten der Spurensicherung hatten das Ufer des Sees durchkämmt und nichts Verwertbares gefunden.

Der Polizist kam mit einem dampfenden Becher Kaffee zurück und drückte ihn dem untersetzten, grauhaarigen Arzt in die Hand. »Der hat mich durch den Nachtdienst gebracht, sollte Sie in den Vormittag katapultieren.« Dr. Strasser legte beide Hände um den Becher und lächelte dankbar.

Die Sonne kam über die Baumkronen gekrochen, als ein grauer Kombi den Weg zum Ufer herunterrollte und vor der Polizeiabsperrung stehenblieb. Der Wagen hatte bessere Zeiten gesehen und war eine Sammlung von Rostflecken und Aufklebern. Zweitere versuchten hartnäckig erstere zu überdecken und verloren gerade den aussichtslosen Kampf. Der Mann, der schließlich ausstieg, sah genauso zerknautscht aus wie sein Auto.

»Oh, oh, der Chef persönlich«, murmelte der Arzt und nahm noch einen Schluck Kaffee aus dem Styroporbecher, bevor er dem Kriminalbeamten entgegenging.

Kommissar Gerald Ruzicka hatte eine tschechische Mutter, einen Wiener Vater, eine italienische Großmutter und einen ungarischen Erbonkel, von dem er wohl nie etwas erben würde. Er war die personifizierte österreichische Monarchie und stolz darauf. In seinem letzten Dienstjahr ließ er es etwas ruhiger angehen, aber das sollte niemanden über den Scharfsinn und die Kombinationsgabe Ruzickas hinwegtäuschen. Er war einer der fähigsten Kriminalbeamten Wiens und sein Nachfolger würde keine leichte Aufgabe übernehmen.

»Hallo, Gerald«, begrüßte der Arzt Ruzicka und schüttelte ihm die Hand.

»Wie schön, dass du nicht ›guten Morgen‹ gesagt und den Tag mit einer Lüge begonnen hast, Doktor«, seufzte Ruzicka. »Willst du es mir erzählen oder soll ich dich fragen?«

Dr. Strasser grinste. »Um Gottes willen, streng dich nicht an, ich erzähl dir alles, langsam und zum Mitschreiben.« Beide gingen neben der Leiche in die Knie und Dr. Strasser hob die Plastikplane an und wies auf die Kopfwunde. »Großes Kaliber, er war sofort tot. Der Schuss muss aus einiger Entfernung abgegeben worden sein, es gibt keine Austrittsöffnung. Durch die Zeit im kalten Wasser lässt sich der Todeszeitpunkt nicht wirklich genau eingrenzen, aber ich schätze so gestern zwischen Mittag und 15:00 Uhr. Dann hat man ihn hertransportiert und wahrscheinlich gegen Abend ins Wasser geworfen.«

»Und gehofft, dass man ihn erst in ein paar Tagen findet, weil die gesamte Anlage eingezäunt ist und zu dieser Jahreszeit kaum irgendwelche Kleingärtner ihre Regenwürmer quälen«, ergänzte Ruzicka und sah sich um. »Eigentlich im Herbst der ideale Platz, um eine Leiche loszuwerden. Bis zum Frühling findet sie niemand.«

»Ich wollte dir zwei Dinge zeigen, Gerald«, bemerkte der Arzt und rollte den Kragen des grauen Pullovers zurück. »Jemand hat den Mann angezogen, und zwar, als er schon tot war. Er trägt den Pullover verkehrt herum, das Etikett ist vorne. Und so eine Narbe siehst du nicht so oft.« Damit wies Dr. Strasser auf eine rote Linie, die sich fast von einem Ohr zum anderen zog. »Jemand muss vor einigen Jahren versucht haben, ihm die Kehle durchzuschneiden.«

Burg Grub, Waldviertel/Österreich

Die Nacht war kurz gewesen und knapp nach Sonnenaufgang wurde Paul Wagner vom Hufgetrappel im Burghof geweckt. Als schließlich Tschak in den Wohnraum hereinstürmte und sich auf Wagner stürzte, ihn begeistert ableckte und ihm dann sofort den Platz auf dem Sofa streitig machte, war an Schlaf nicht mehr zu denken.

Paul war gerade dabei, den Tee aufzugießen und nach Kaffee zu suchen, als Georg Sina mit zwei prall gefüllten Satteltaschen hereinkam und den Inhalt auf den großen Tisch leerte.

»Das sollte für das Frühstück einer Großfamilie reichen, inklusive frisch gemahlenem Kaffee für den verwöhnten Großstädter«, lachte Sina und drückte Wagner die Packung in die Hand.

»Und für die müde Fahrerin eines internationalen Pizza-Service«, kam es von der Tür, wo eine verschlafene Valerie sich müde streckte. Ihre langen braunen Haare waren zerzaust und sie trug einen um Nummern zu großen Pyjama von Sina, auf dem sich Schiffe der österreichischen Kriegsmarine schwere Gefechte lieferten. Als Tschak sie hörte, lief er sofort schnüffelnd zu ihr, umkreiste sie neugierig und nahm sie sofort als neuen Freund in Beschlag.

»Damit gehört das Sofa wieder mir«, freute sich Wagner. »Sag mal, Georg, der Pyjama ist aber eine geschmackstechnische Entgleisung, da sind wir uns doch einig. Der schlägt sich ja auf den Magen, so früh am Morgen«, stichelte er.

»Trotzdem ziehe ich ihn nicht aus«, stellte Valerie fest, »auch wenn das ein netter Versuch war. Ihr werdet mich schon mit den Kriegsschiffen und dem Kanonendonner am Frühstückstisch aushalten müssen.«

Paul, der ihr gegenübersaß, ertappte sich immer wieder dabei, wie überrascht er über die Ähnlichkeit Valeries mit Clara war. Nicht nur ihr Aussehen mit den langen braunen Haaren und den feinen Gesichtszügen, sondern auch ihre Gesten und die Art, wie sie sich mit den Fingern über die Lippen fuhr. Ihr Lächeln hatte etwas ähnlich Madonnenhaftes, Unschuldiges. Dabei hatte er dieselbe Frau wenige Stunden zuvor in der Eisarena in Aktion erlebt und einen Blick auf die dunkle Seite der Madonna werfen können.

In Decken gewickelt waren sie gestern Abend noch vor dem offenen Kamin gesessen und hatten eine Flasche Rotwein auf den guten Ausgang des Abenteuers in Chemnitz geleert. Das Feuer hatte es nicht geschafft, die Kälte aus dem großen Raum zu vertreiben. Und Valerie war jedem Versuch, mehr über sie zu erfahren, geschickt ausgewichen. Der Schutzengel blieb geheimnisvoll.

Georg Sina genoss das Frühstück und die Tatsache, wieder auf seiner Burg zu sein. Nach der vergeblichen Suche in Chemnitz mussten sie nun da weitermachen, wohin Friedrich sie mit all seinen Hinweisen auf das Geheimnis schicken wollte: in südlicher Richtung aus Wien hinaus. Aber vorher wollte der Wissenschaftler noch einige Fakten in Ruhe überprüfen und dazu brauchte er seine Bibliothek.

Nach dem Ende des Frühstücks verschwand Goldmann unter die Dusche und Sina ging Holz hacken. Wagner versuchte vergeblich, mit seinem Handy eine Verbindung zum Telefonnetz zu bekommen, und gab bald entmutigt auf. Dann erinnerte er sich an die Dutzenden Patronenhülsen im Innenraum des »Pizza-Expresss« und an das ständige metallische Geklimper während der Fahrt, das ihn genervt hatte. Als er mit dem Einsammeln fertig war, ging er zurück in den Wohnraum und überraschte Valerie, die mit einem Foto Claras vor dem Fenster stand und es aufmerksam betrachtete. Als sie ihn hörte, drehte sie sich um und stellte den Rahmen schnell wieder auf das Fensterbrett zurück.

»Unglaublich, die Ähnlichkeit, findest du nicht auch?«, meinte Paul leise und trat neben sie. Beide sahen sie das Porträt Claras an und Valerie fragte:

»Wer ist sie?«

»Sie war Georgs Frau und sie ist bei einem Motorradunfall vor drei Jahren gestorben. Er vermisst sie immer noch sehr, weißt du?«, sagte er und nahm das Foto fast zärtlich in die Hand. »Ich bin damals gefahren und unsere Freundschaft wäre beinahe daran zerbrochen.« Er schwieg und meinte dann: »Ich kann es mir immer noch nicht verzeihen, auch wenn Georg mir in der Zwischenzeit verziehen hat. Sie war sein Ein und Alles, sein Lebensinhalt und als sie nicht mehr da war, da verkroch er sich in dieser Ruine und erst Friedrichs Geheimnis hat ihn wieder zurück in die Welt geholt. Aber das ist eine andere Geschichte.«

Valerie durchfuhr es eiskalt. Sie begriff plötzlich Shapiro und seine Strategie, den »Überraschungsfaktor«, wie er es genannt hatte. Er hat alles auf die psychologische Karte gesetzt, auf meine Ähnlichkeit mit Clara, dachte sie wütend. Deshalb sollte sie diese Aufgabe lösen und er wollte niemanden anderen schicken. Sie musste ihm wie ein Geschenk des Himmels vorgekommen sein, wie eine nie wiederkehrende Gelegenheit. Die Kombination von der sanften, geliebten, schmerzlich vermissten Clara mit einem ehrgeizigen, kampferprobten weiblichen Major der israelischen Armee. Und für den unwahrscheinlichen Fall, dass seine Taktik nicht funktionierte, die Rechnung nicht aufging, hatte sich Shapiro eine Hintertür offen gelassen, eine zweite Linie aufgestellt, wie es der Mossad immer machte.

Valerie wurde mit einem Schlag alles klar. Shapiro hatte nicht ein einziges Mal an dem Geheimnis gezweifelt. Er hatte perfekt Theater gespielt, hatte sie eingewickelt. Alles für das Geheimnis, so hieß seine Strategie, koste es, was es wolle. Sie war nicht hier, um zu beobachten und bei Gefahr einzugreifen, sie war hier, um das Geheimnis für Israel zu sichern und alle anderen auszuschalten. Wie hatte Shapiro gesagt? »Um jeden Preis«. Es ging nicht um Moral, es ging um Macht, um unvorstellbar viel Macht. Wagner und Sina waren der einzige Weg zu dieser Macht, ein Weg, den man benutzte, und dann?

Ich muss so schnell wie möglich mit Shapiro sprechen, schoss es Valerie durch den Kopf und sie lief los, um ihre Reisetasche zu holen.

Allgemeines Krankenhaus, Wien/Österreich

Sie werden uns fehlen, Kommissar«, flötete die Schwester, als sie Berner ein in braunes Papier gewickeltes Päckchen über die Tischplatte der Anmeldung schob, »und die nette Notärztin wird sicherlich enttäuscht sein, wenn Sie nicht mehr da sind.«

Berner grummelte etwas Unverbindliches und packte den Colt45 ACP aus, kontrollierte das Magazin und steckte ihn befriedigt in den Schulterhalfter.

Die Schwester beobachtete ihn mit großen Augen und Berner tastete instinktiv nach seiner Schwellung am Hinterkopf. »Tut es noch sehr weh?«, fragte die Schwester besorgt.

»Nur wenn ich lache …«, tat ihr Berner brummend den Gefallen.

»… und das ist selten genug«, vollendete Burghardt, der gerade den Korridor entlangkam. Berner sah ihn gequält an und sein Kollege zuckte die Schultern.

»Du könntest auch etwas Nettes sagen, wie etwa ›die Sonne geht auf‹ oder ›schön, dich zu sehen‹ oder auch ›ich lade dich zu einem Heribert ein‹«, schlug Burghardt vor.

»Schau ich so aus?«, fragte Berner mürrisch.

»Nein«, gestand Burghardt, »tut mir leid, dass ich dich abgeholt habe.«

Berner schüttelte den Kopf und klopfte ihm auf die Schulter. »Ach was, der letzte Vorschlag klang am besten.«

»Welcher letzte Vorschlag?«, fragte Burghardt ratlos.

»Der mit dem Heribert, du wolltest mich einladen«, grinste Berner.

»Bernhard, dafür, dass mich Ruzicka seit heute früh mit Anrufen traktiert, wo du geblieben bist, könntest du etwas mehr Feingefühl entwickeln.«

Berners Handy begann zu läuten, bevor er Burghardt antworten konnte. »Gerald, wir reden gerade schlecht über dich«, meinte Berner trocken, als sich Kommissar Ruzicka am anderen Ende der Leitung beschwerte, dass Berner wohl in das Rotlichtmilieu abgetaucht sei. Sie waren beide in die gleiche Klasse der Polizeischule gegangen und seit Jahrzehnten befreundet.

»Hauptsache, ihr redet überhaupt über mich«, erwiderte Ruzicka und setzte fort: »Dr. Strasser lässt dich schön grüßen, er hat mich gerade angerufen. Wir hatten heute früh einen Toten im Schellensee und die Tatwaffe scheint die gleiche zu sein wie bei deinem Mord in der Ruprechtskirche. Außerdem hat das Opfer eine sehr auffällige Narbe. Es sieht so aus, als habe ihm jemand vor Jahren einmal die Kehle durchgeschnitten.«

Berner schluckte und schaute die Schwester an. »Können Sie sich an den attraktiven Mann mit der Narbe erinnern?«, fragte er sie. »Der Pater Johannes aus der Abteilung entführt hat?«

Die Schwester nickte.

»Würden Sie ihn wiedererkennen?«

»Natürlich, Herr Kommissar«, sagte sie bestimmt.

»Dann ziehen Sie sich Ihren Mantel an und kommen Sie mit uns. Ich glaube, wir haben ihn gefunden.«

»Ich habe mich umgehört wegen diesem sechszackigen Stern«, meinte Burghardt, als er aus dem Parkplatz des Krankenhauses auf den Gürtel einbog. »In Verbindung mit einem Templerkreuz ist es das Zeichen eines Ordens, der bereits seit mehr als achthundert Jahren existiert und der sich vorwiegend karitativen Aufgaben verschrieben hat. Sein Name ist ›Tempelherren vom flammenden Stern‹. Allerdings hat mir ein alter gerichtlicher Sachverständiger für religiöse Gemeinschaften erzählt, dass ein Gerücht seit langer Zeit davon berichtet, dass es innerhalb des Ordens einen ›Rat der Zehn‹ gäbe. Der soll so etwas wie eine Gruppe von Vollstreckern oder Bewahrern sein, wobei es ein großes Rätselraten darüber gibt, was sie vollstrecken oder bewahren sollen.« Berner nickte grimmig.

»Das kann ich dir sagen. Sie bewahren seit fünfhundert Jahren das Geheimnis eines österreichischen Kaisers und sie machen es gründlich. Sina, Wagner und ich, wir haben sie die Todesengel getauft und Pater Johannes gehörte dazu, genau so wie der Mann mit der Narbe am Hals, der ihn aus dem Krankenhaus entführte. Der Orden konnte ihn nicht in unseren Händen lassen, das Risiko, dass er sprechen würde, war zu groß. Und ich wette mit dir, dass der Mörder des jungen Pfarrers in der Schottenkirche auch dazu gehört.« Der Kommissar zündete sich trotz aller Proteste von Burghardt eine Zigarette an. »Aber das ist alles reine Schadensbegrenzung. Der ganze Fall ist außer Kontrolle geraten. In Wirklichkeit sind sie hinter jemandem ganz anderen her. Sie müssen verhindern, dass Wagner und Sina hinter das Geheimnis von Friedrich kommen.«

»Dann kannst du mir sicherlich auch erklären, wer den Mann mit der Narbe erschossen hat und wohin Pater Johannes verschwunden ist«, sagte Burghardt und sah Berner erwartungsvoll an.

»Sei nicht so ungeduldig und schau lieber nach vorne auf den Verkehr. Vielleicht wissen wir heute Abend schon mehr«, meinte Berner kryptisch, lehnte sich zurück und hoffte, dass Eddy ihn nicht vergessen hatte.

Burg Grub, Waldviertel/Österreich

Nachdem sich Georg Sina in seine Bibliothek zurückgezogen hatte, machten sich Wagner und Goldmann mit dem »Pizza-Expresss« auf den Weg nach Wien. Kaum hatten sie den kleinen Ort mit der »arenhandlung« verlassen, begann Pauls Telefon zu klingeln.

»Sie sind in letzter Zeit schwierig zu erreichen«, sagte eine Stimme und Paul erkannte sofort einen seiner wichtigsten Informanten. Er schwieg und wartete.

»Es hat gestern Mittag eine Explosion gegeben, ganz in der Nähe Ihrer Remise. Ein Mercedes mit tschechischem Kennzeichen wurde gesprengt, die ersten Untersuchungsergebnisse deuten auf eine Handgranate hin. Aber die Spurensicherung hat noch etwas anderes gefunden. Nicht weit von dem ausgebrannten Wagen waren Blutspritzer auf einer der Betonplatten.« Der Mann schwieg und Paul überlegte.

»Wie weit weg von meiner Remise?«, fragte er dann.

»In Sichtweite. Ich dachte, das würde Sie interessieren«, schloss der Informant und legte auf.

»Probleme?«, fragte Valerie und bemühte sich, die Geschwindigkeitsbegrenzung auf der schnurgeraden Landstraße einzuhalten.

»Soll ich ehrlich sein?«, fragte Wagner und lächelte gequält. »Seit wir der Geschichte mit dem Geheimnis nachgehen, hören die Probleme nicht auf. Dabei sind wir erst ganz am Anfang.« Er spürte das Kuvert von Mertens mit seinem Vermächtnis in der Brusttasche seiner Lederjacke. »Chemnitz hätte einen schnellen Erfolg bedeuten können, aber es war ein jähes Ende, wie du ja weißt. Und jetzt sind wir wieder da, wo wir vor zwei Tagen aufgehört haben.« Er schaute Goldmann an, die mit einer Hand das Lenkrad festhielt und mit der anderen in ihrer Reisetasche kramte, die auf der Rückbank stand. »Ich möchte wissen, warum du genau zum richtigen Zeitpunkt in dieser Eisarena warst, um unsere Haut zu retten.«

»Vielleicht habe ich einen Tipp bekommen«, versuchte es Valerie lahm.

»Suchst du den?«, fragte Wagner und hielt ein kleines rotes Buch hoch. »Ein Diplomatenpass ausgestellt vor vier Tagen in Tel Aviv auf Major Valerie Goldmann. Ich habe ihn neben dem Sitz gefunden, als ich die Patronenhülsen aufgesammelt und im Wagen klar Schiff gemacht habe. Lass mich raten. Mossad?«

Valerie nickte stumm. »Eigentlich israelische Armee, abkommandiert.« Sie nahm Paul den Pass ab und steckte ihn in die Reisetasche.

»Kein Wunder, dass du mit einer Uzi so gut umgehen kannst. Sie haben dich als Ein-Mann-Armee geschickt, um uns …« Paul verstummte. »Ja, um uns was, Major Goldmann?«

Valerie schüttelte den Kopf. »Das kann ich dir nicht sagen, Paul, ich weiß es selbst nicht genau.«

Wagner hörte die Unsicherheit und die Ehrlichkeit in ihrer Stimme. »Ich will es dir sagen, Valerie. Sie haben dich ausgesucht, weil du wie Clara aussiehst, weil du deshalb an uns herankommen kannst, näher als alle anderen. Sie wollten jemanden direkt im Herzen des Geschehens. Nicht von außen beobachten, sondern Informationen aus erster Hand. Deshalb haben sie dich geschickt. Sie sind hinter dem Geheimnis Friedrichs her, wie alle anderen auch. Und du bist ihre beste Waffe in dem Kampf, Major Goldmann.« Valerie schaute geradeaus.

Nach einer Weile bot er ihr an: »Aber du hast uns gestern das Leben gerettet und nachdem ich nicht weiß, was dir deine Vorgesetzten alles gesagt haben, bekommst du jetzt meine Version der Geschichte, von Anfang an.« Er lächelte und lehnte sich im Sitz zurück. »Dann hast du wenigstens etwas nach Hause zu berichten, sollten wir uns nie wiedersehen.«

Der »Pizza-Expresss« bog auf den Parkplatz des Südbahnhofs ein, als Wagner mit seiner Erzählung fertig war. Goldmann hatte nur wenige Fragen gestellt, meist zugehört und war nun in Gedanken versunken. Sie ließ ihn neben seinem Golf aussteigen und Wagner zog seufzend das Strafmandat für Falschparken in der Kurzparkzone hinter dem Scheibenwischer heraus.

»Meine Handynummer hast du, Georg besitzt keine«, meinte Paul zum Abschied. »Aber du weißt auch sonst, wo du uns finden kannst, oder?« Goldmann nickte geistesabwesend, stieg aufs Gas und war auch schon um die Ecke verschwunden, kaum hatte Wagner die Autotür zugeworfen.

In seiner Bibliothek hatte Georg Sina nach kurzer Zeit immer höher werdende Bücherstapel aufgetürmt. Auf der Suche nach den Einzelheiten über Friedrichs Leben, über den ersten Kaiser von China und Oderich von Portenau, der das mögliche Bindeglied zwischen den beiden darstellen könnte, gab es zwar viele Einzelhinweise, aber keine offensichtlichen Verbindungen. Die Historiker hatten bisher den Kometen, den beide Kaiser gesehen hatten, ihr Wissen um das Geheimnis oder die Reise Oderichs in keinerlei Zusammenhang gebracht.

»Wir müssen dort anschließen, wo wir vor Chemnitz aufgehört haben und die Informationen von Mertens' Vermächtnis mit den Erkenntnissen von Professor Meitner und den Hinweisen von Friedrich kombinieren«, fasste Sina für sich selbst zusammen.

Er ging in die Küche und goss sich einen Tee auf. Während er den Blättern zuschaute, wie sie das heiße Wasser in eine duftende, goldgelbe Flüssigkeit verwandelten, verfolgte er seinen Gedankengang weiter.

Friedrich hinterließ ihnen Hinweise auf die Bewahrer, auf Hieronymus, auf Engel, auf das chinesische Längenmaß und damit auf das Drachenviereck. Er wies ihnen den Weg aus Wien heraus in Richtung Süden. »Da kommen nur Wiener Neustadt und Graz, zwei seiner Residenzstädte in Frage und auch Mertens hat von Graz gesprochen«, überlegte Sina laut. Also führte sie der nächste Weg dahin, immer dem AEIOU folgend und den Kunstwerken, die Friedrich hinterlassen hatte.

»Andererseits beweist das chinesische Längenmaß im Buchstabenwert von AEIOU, dass Friedrich von Oderich etwas erfahren haben muss. Von Oderich, der in Tibet war und der Beijing besucht hatte, der die Baumwolle mitgebracht hatte und der Friedrich schließlich so wichtig war, dass er Portenau als einziges Funeralschild einer Stadt bei seinem Begräbnis haben wollte. Ist es möglich, dass der chinesische Kaiser das Geheimnis lange vor Friedrich gekannt hat, Oderich seinen Hinweisen folgte und es aus China nach Europa mitbrachte?« Sina kostete den Tee und genoss die Wärme, die ihn von innen her durchdrang.

Chinesen … die Chinesen waren es in Chemnitz gewesen, die – wie immer auch – auf ihre Spur gekommen waren, die den »Höllenzwang« haben wollten, die wahrscheinlich auch hinter den Morden in der Ruprechtskirche und der Karlskirche steckten. Einerseits halfen sie ihnen mit ihren Hinweisen, brachten sie auf die richtige Spur, nein, zwangen sie geradezu, die Spuren zu verfolgen, andererseits … Sina nahm noch einen großen Schluck Tee aus dem schweren Becher. Dann wurde es ihm schlagartig klar: Die Chinesen wollten das Geheimnis nicht einfach haben, sie wollten es nach zwei Jahrtausenden wiederhaben!

Es dauerte keine fünf Minuten, bis der Wissenschaftler seinen Haflinger gesattelt hatte und begleitet von Tschak auf dem Weg in die »arenhandlung« war.

Café Diglas, Wien/Österreich

Paul Wagner saß bei einer Melange in seinem Stammcafé und hatte den aufgeklappten Laptop vor sich. Er tippte bereits den zweiten Artikel für Elena Millt und die UMG. Mertens' Vermächtnis, das kleine Pergament im Ritter, die Fahrt nach Chemnitz und die Rettung durch Valerie Goldmann aus der Eisarena waren die Grundpfeiler der Geschichte, die in wohldosierten Fortsetzungen die amerikanischen Leser in Atem halten sollte. Friedrichs mittelalterliches Geheimnis hatte es über den großen Teich geschafft.

Wie hatte Elena in ihrer letzten E-Mail geschrieben? »Mr. Wineberg verfolgt trotz seines schlechten Gesundheitszustandes mit großem Interesse Ihre Fortschritte in dieser Geschichte. Er vertraut darauf, dass Sie die UMG regelmäßig über die Ereignisse auf dem Laufenden halten, exklusiv, selbstverständlich.«

Wird gemacht, Elena, dachte sich Wagner und schickte mit einem Tastendruck den zweiten Artikel auf den Weg um die halbe Welt, da klingelte sein Handy. Als sich Georg Sina meldete, war Wagner mehr als überrascht.

»Seit wann existiert in deiner Welt ein Telefon, Georg?«, fragte er. »Lass mich raten. Du bist in der Kommunikationszentrale des Ortes, zwischen rosa Riesenschlüpfern und den neuesten Bauernkalendern?«

»Vergiss es, Paul, und hör mir zu. Wir brauchen dringend jemanden, der uns mehr über den ersten chinesischen Kaiser Qin Shihuangdi erzählt. Über sein Leben, sein Grab, seine Tonarmee, seine Hoffnungen und vielleicht seine verborgenen Leidenschaften und Erkenntnisse. Wenn ich richtig kombiniere, dann vermuten die Chinesen zwar den Kern seines Geheimnisses, aber die Spur hat sich im Laufe der Jahrtausende im Sand verlaufen.« Der Wissenschaftler machte eine Pause, dann fuhr er fort: »Die Chinesen müssen irgendwann durch einen Zufall erfahren haben, dass noch nicht alles verloren ist. Weil Oderich von Portenau es von seiner Reise nach Tibet und Beijing nach Europa mitbrachte, ein Geheimnis, so groß, dass nur ein Kaiser seiner würdig war. Erinnere dich an das Vermächtnis Mertens'. Friedrich II., der Hohenstaufer, war der erste, dem es offenbart wurde. Der verspielte es der Legende nach, wählte nicht das Maß, wie Mertens schrieb. Dann kam es zu unserem Kaiser Friedrich III. und der teilte es nicht einmal seinem Sohn mit. Nur er schrieb die magischen fünf Buchstaben auf, nur er hinterließ eine Reihe von Hinweisen, die bis heute Bestand haben. Aber er war ein gespaltener Mensch, hin und her gerissen zwischen dem Geheimnis, der Angst, es zu offenbaren und der Sucht, es zu verstecken und doch der Nachwelt eine Möglichkeit der Entdeckung zu hinterlassen. Friedrich, der Mann, der so stolz auf seine Geheimschriften war, dass er ›ich habe es erdacht‹ unter eine der ausgeklügeltsten schrieb, machte sich ans Werk und platzierte vorsichtig und ganz gezielt seine Hinweise. Gleichzeitig hatte er Angst vor seinem Mut, beauftragte die Bewahrer, als letzte Linie im Kampf um die Geheimhaltung.«

Paul begriff, worauf Sina hinauswollte. »Dann kamen die Chinesen drauf, dass es noch eine Hoffnung gab, das große Geheimnis wiederzufinden.«

»Richtig, sie waren aber darauf angewiesen, dass jemand die Hinweise für sie interpretierte, die richtigen Schlüsse zog, die notwendigen Kenntnisse mitbrachte. Vielleicht haben sie es ja auch schon selbst versucht, irgendwann, und sind auf die Bewahrer mit dem sechszackigen Stern getroffen. Also mussten sie eine andere Taktik finden.« Sina verstummte.

Wagner ergänzte: »Die neue Taktik waren wir, habe ich recht?«

»Ja, ganz genau, die neue Taktik waren wir, Paul, und bisher hat sie funktioniert. Wir sind dem Rätsel Friedrichs auf der Spur, aber die Chinesen wissen trotzdem noch mehr, als sie uns verraten haben. Es können nicht nur die Hinweise allein sein, es muss noch etwas anderes geben.« Sina stützte sich auf den runden Tisch in dem mit Waren vollgestopften Geschäft und überlegte. Tschak schnüffelte derweilen hingerissen an dem Regal mit den Hundefutterdosen und Kauknochen.

»Ich glaube wirklich, wir müssen mit jemandem sprechen, der mehr über den ersten Kaiser von China Bescheid weiß, der uns alles über ihn und seine Zeit erzählen kann, der uns vielleicht die Gemeinsamkeiten zwischen Friedrich und ihm aufzeigt. Professor Meitner ist auch kein Spezialist dafür.«

Wagner bestellte sich noch eine Melange und ging im Geist die Liste seiner Kontakte durch. »Warte, Georg, mir fällt gerade etwas ein. Es gibt in der Nähe von Wien ein Missionshaus St. Gabriel, in dem ein Altersheim für in die Heimat zurückgekehrte Missionare eingerichtet wurde. Das ist ein ruhiger Platz, wo viele Priester ihren Lebensabend verbringen, die in allen Teilen der Welt den christlichen Glauben verbreitet haben. Vielleicht finden wir da einen alten Missionar, der sein ganzes Leben in China verbracht und sich mit der Geschichte und der Kultur des Landes beschäftigt hat. Außerdem liegt das Ordenshaus auf dem Weg nach Süden, also auf unserem Weg zur Erleuchtung.«

Sina holte Tschak, der genussvoll an einer Dauerwurst kaute, hinter der Verkaufstheke hervor und warf der entschuldigend lächelnden Verkäuferin einen strafenden Blick zu. »Gute Idee, Paul. Hol mich ab und wir fahren gleich los. Es ist an der Zeit, dass wir den Vorsprung der Chinesen aufholen.«

Israelische Botschaft, Wien – Döbling/Österreich

Valerie stellte den »Pizza-Expresss« im Hof der Botschaft ab und ging direkt in die kleine Wohnung, die ihr während ihres Einsatzes in Wien zur Verfügung gestellt worden war. Sie ließ sich aufs Bett fallen, verwirrt und verärgert. Verwirrt, weil Paul Wagner so offen und ehrlich zu ihr gewesen war und sie nicht den Eindruck hatte, dass er ihr etwas vorenthalten wollte. Der Reporter und der Wissenschaftler waren wirklich auf der Suche, aus persönlicher Neugier, aus Ehrgeiz, ein Rätsel zu lösen, das ihnen ein alter Kaiser vor fünfhundert Jahren gestellt hatte. Sie wussten nicht einmal, was sie am Ende erwarten würde.

O nein, sie haben noch keine Ahnung, wie groß die Last der Entscheidung sein wird, dachte Goldmann. Aber sie müssen den ganzen Weg gehen, wohin er sie auch führt.

Dabei fiel ihr Shapiro ein, sie griff verärgert zum Telefon und verlangte eine sichere Leitung in die Zentrale des Mossad in Tel Aviv. Keine Minute später drang die Stimme des Leiters der Metsada an ihr Ohr.

»Hallo, Major Goldmann, wollten Sie Ihren ersten Bericht durchgeben? Wie war Chemnitz?«

»Bewegt und kalt«, meinte Valerie einsilbig. »Aber es ist alles so gelaufen, wie Sie es geplant hatten. Vor allem die Überraschung …« Sie ließ das Ende des Satzes in der Luft hängen.

»Wie meinen Sie das?«, fragte Shapiro verwirrt.

»Ich habe ein Foto von Clara gesehen, Sinas verunglückter Frau. Wussten Sie, dass sie auf Wagners Motorrad starb?«

Shapiro schwieg.

»Oder hatten Sie die Fotos in Ihrer Schreibtischlade, während Sie mir von allen möglichen Dingen erzählt haben, nur nicht, warum Sie ausgerechnet mich nach Wien schicken wollten? Sie haben mich nicht ausgesucht, nur weil meine Eltern aus Österreich stammen, ich deutsch spreche und selbst in Wien als Einheimische durchgehe, nicht weil ich mit Waffen umgehen kann und mich mit Leib und Seele der Armee verschrieben habe. Nein, Shapiro, Sie haben mich ausgesucht, weil ich wie eine Schwester von Clara aussehe oder besser noch, wie eine von den Toten auferstandene Clara.«

Die Leitung nach Tel Aviv blieb noch immer stumm.

»Sina hat ihren Tod bis heute nicht verwunden und es ist Paul Wagners Hartnäckigkeit zu verdanken, dass er ihn aus seiner Burgruine herauslocken konnte. Das alles haben Sie gewusst. Und trotzdem haben Sie mir nichts gesagt, haben die psychologische Karte gespielt und gehofft, damit in einem großen Schritt weiterzukommen als alle anderen, den Rückstand mit einem Schlag aufzuholen und Israel einen Vorsprung zu sichern bei dem Rennen um das Geheimnis Friedrichs. Nämlich ihre Agentin direkt an die Front zu bringen, neben die beiden Hauptakteure. Genial, Shapiro, und verdammt schmutzig.«

»In meiner Welt«, begann Shapiro ruhig, »in meiner Welt agiert man auf einer need-to-know-Basis. Je weniger Sie wissen, desto unbelasteter handeln Sie, desto spontaner reagieren Sie. Als ich die ersten Meldungen aus China und Österreich bekam, begann ich mich für jene Männer zu interessieren, die von den Chinesen dazu bestimmt waren, das Geheimnis des Kaisers zu enträtseln. Ich durchforstete ihr Leben, ihre Vergangenheit, erkundete ihre Schwächen und ihre Leidenschaften. Klassische Geheimdienstarbeit. Die Unfallfotos aus Wien waren nur ein kleiner Stein in dem Puzzle, bis der Zufall mich auf Ihre Fährte brachte, Major Goldmann. Ich sah Ihr Foto in der Zeitschrift, gemeinsam mit General Dany Leder bei einem Treffen der Militärattachés im Tel Aviv Hilton. Sofort ließ ich mir alle verfügbaren Unterlagen kommen, Lebenslauf, Fotos und Ihren militärischen Werdegang. Ich konnte mein Glück kaum fassen. Alles passte perfekt.« Er machte eine Pause und Valerie tat ihm nicht den Gefallen, ihn zu unterbrechen.

»Sie werden sich jetzt fragen, warum ich Sie nicht völlig ins Vertrauen gezogen habe. Nun, ich glaube, dass Sie Ihre Rolle in Chemnitz als herangaloppierende Kavallerie nicht so überzeugend hätten spielen können, wenn Sie immer nur auf die Reaktion von Wagner und Sina gewartet hätten. Darauf, was passiert, wenn Sie die Tür öffnen und ›einsteigen‹ rufen. Ich wusste, dass Sie früher oder später draufkommen würden. Ich hoffte, eher später.«

»Jetzt fühle ich mich wirklich beruhigt, was meinen Informationsstand betrifft, Mr. Shapiro«, meinte Valerie schließlich ironisch. »Wer weiß, was Sie sonst noch für kleine unbedeutende Kleinigkeiten für sich behalten haben, nur weil sie nicht in die Spielstrategie Ihres internationalen Schachspiels passen. Da kam mir der Bericht von Paul Wagner heute Vormittag um ein Vielfaches ehrlicher vor als Ihr Taktieren mit der Wahrheit.«

Valerie erzählte Shapiro von den Ereignissen in Chemnitz und fasste zusammen, was der Reporter ihr während der Autofahrt nach Wien berichtet hatte. Als sie auf den Anschlag von Pater Johannes zu sprechen kam, hakte Shapiro nach.

»Die Bewahrer werden nach Chemnitz ihre Bemühungen verstärken, Wagner und Sina aufzuhalten. Die Chinesen andererseits sehen in den beiden nach wie vor ihre einzige Möglichkeit, hinter das Geheimnis zu kommen. Solange sie noch auf der Suche sind, werden die Chinesen still halten. Aber Wagner und Sina sind nichts mehr für sie wert, wenn sie einmal das gefunden haben, wonach alle streben. Dann ist ihr Schutzengel wieder gefragt und er wird vielbeschäftigt sein.« Shapiro gluckste.

Valerie stellte endlich die Frage, die ihr schon seit Stunden durch den Kopf ging. »Und dann?«

Shapiro war sofort wieder auf der Hut. »Und dann was?«, fragte er vorsichtig.

»Dann wird der Schutzengel zum Todesengel, oder wie haben Sie sich das vorgestellt? Soll ich Wagner und Sina das Geheimnis abnehmen, bevor es die Chinesen machen, sie einfach über den Haufen schießen und laufen, weil wir sie dann nicht mehr brauchen? War das der Plan?« Shapiro schwieg und sein Schweigen erschien Valerie vielsagender als jede Antwort.

»Sie kotzen mich an, Shapiro. Dagegen ist jeder Häuserkampf eine aufrechte und ehrliche Aktion«, entfuhr es Goldmann wütend und sie legte auf.

Innere Stadt, Wien/Österreich

Kommissar Berner hatte nach dem Besuch im Leichenschauhaus wie immer das Bedürfnis, den Formalin-Geruch so schnell wie möglich aus seiner Nase zu bekommen. Er schickte Burghardt mit der Schwester zurück ins Krankenhaus, nachdem die Identifizierung eine Sache von kaum einer Minute gewesen war. Die Krankenschwester war sich absolut sicher, dass der Mann mit der Narbe auf dem Seziertisch und der Unbekannte, der gemeinsam mit drei Rettungssanitätern Pater Johannes aus dem Allgemeinen Krankenhaus in Wien entführt hatte, ein und dieselbe Person waren.

Kommissar Ruzicka war verblüfft daneben gestanden. »Wenn sie dich in der Inneren Stadt nicht mehr haben wollen, Bernhard, dann komm zu uns und vergiss die Pension«, sagte er mit einem Anflug von Bewunderung in seiner Stimme.

Berner verzog das Gesicht. »Fällt mir nicht ein, Gerald. Vom Regen in die Traufe«, brummte er und wehrte mit erhobenen Händen alle Fragen ab, die Ruzicka auf ihn abschoss. »Der Arzt meinte, dass die Kugel aus derselben Waffe stammt, die der Mörder in der Ruprechtskirche verwendet hat. Das ist noch immer mein Fall, Gerald, auch wenn es einige nicht wahrhaben wollen. Also lass mich machen und ich präsentiere dir den Täter und die Identität des Opfers aus dem Schellensee auf einem Silbertablett. Was willst du mehr?«

Ruzicka hatte ihn zu seinem Wagen gebracht und während der Fahrt hatte Berner ihm von seiner geplanten Reise nach Apulien erzählt.

»Ich lass mich scheiden und komm mit dir, Bernhard«, hatte Ruzicka nur sehnsüchtig geseufzt, bevor er Berner aussteigen ließ und mit seinem Auto in einer blauen Dieselwolke verschwand.

Kommissar Berner fuhr nach Hause und ging als Erstes unter die Dusche. Gerade als er sich überlegte, ob Eddy nun endgültig kalte Füße bekommen hatte, klingelte das Telefon.

»Es ist schön zu hören, dass Sie schon aus dem Krankenhaus entlassen wurden, Herr Kommissar«, stellte Eddy statt einer Begrüßung fröhlich fest.

»Ich will gar nicht wissen, welches Informationsnetzwerk du jetzt wieder angezapft hast«, brummte Berner und zündete sich eine Zigarette an. »Hast du es dir überlegt?«

»Sie meinen, was die Inszenierung betrifft?«, fragte Eddy vorsichtig.

»Ganz genau, die Aufführung sollte heute Abend sein und ich warte noch immer auf den Solisten«, sagte Berner. »Hast du die Besetzungsliste durchgeschaut?«

Eddy kicherte. »Die ist etwas dünn geworden in den letzten Wochen, ein paar Stars sind verhindert und andere haben Auslandsverpflichtungen«, erläuterte der Exringer und sein Ton war wie der eines Agenten, der seine Felle davonschwimmen sieht.

»Die Zeiten sind hart, Eddy«, meinte Berner lakonisch, »nur die Besten bleiben im Geschäft. Aber ich wollte nicht die Situation der ›darstehlenden‹ Künste mit dir erörtern«, grinste der Kommissar und Eddy konnte gar nicht mehr aufhören zu kichern.

»Sie haben gewonnen, Herr Kommissar«, stieß er schließlich atemlos hervor, »ich glaube, ich werde Sie am besten selbst zu der Premiere begleiten. Das wird ein ganz ungewohntes Ereignis werden, Sie und ich auf einer Bühne.«

»Die Kritiker werden begeistert sein«, brummte Berner.

»Soll ich noch jemanden als Statisten mitbringen?«, fragte Eddy und der Kommissar hörte Papier rascheln.

»Das ist ein Zweipersonen-Stück, Eddy, und als Kammerspiel sollte es auch dabei bleiben. Die Adresse und die genaue Uhrzeit schicke ich dir per SMS. Du kannst ja einmal dein Netzwerk vorsichtig abfragen, was ihm zu der Bühne im Nobelbezirk einfällt.«

»Mach ich, Herr Kommissar. Soll ich besondere Requisiten mitbringen oder reicht der übliche Notfallkoffer?«

»Kein Aufsehen, kein Feuerwerk und kein Programmheft, wir improvisieren«, meinte Berner trocken. »Und noch etwas, Eddy. Wenn das jemals bekannt wird, dann sorge ich dafür, dass deine Tochter ihren Job im Vorzimmer von Präsident Dr. Sina verliert und sich die Nägel woanders lackiert, verstehen wir uns?«

Für einen Moment war Eddy sprachlos. Dann klang wieder sein Kichern durch die Leitung. »Man kann Ihnen nichts verheimlichen, Herr Kommissar«, gluckste er, »aber von mir wird niemals jemand etwas erfahren. Mein Wort drauf.«

Paul Wagner umkreiste seine Remise zweimal zu Fuß, bevor er das große Tor aufsperrte und vorsichtig den großen Raum betrat. Er hatte niemanden bemerkt, der das Gebäude beobachtete, und keine ungewöhnlichen Spuren an den Schlössern der Türen gefunden. Trotzdem durchsuchte er erst einmal die ganze Remise von oben bis unten und war erst zufrieden, als er auch in den Abstellräumen nachgeschaut hatte. Dann stieg er in den oberen Stock, öffnete den Safe in seinem Büro und nahm eine »Glock«-Pistole heraus. Wagner kontrollierte das Magazin und steckte die Waffe in den Gürtel. Dann überlegte er es sich wieder, schob die Pistole doch wieder zurück in den Safe und schloss die schwere Tür mit Nachdruck. Ihm war Chemnitz eingefallen und die Feuerkraft, mit der Valerie sie aus der Eisarena befreit hatte. Eine einzelne Pistole hätte nichts ausrichten können gegen die zahlenmäßige Überlegenheit der Bewahrer und der Chinesen.

Er packte schnell seine Reisetasche und warf sie in den Kofferraum des Golf, als sein Handy klingelte.

»Paul? Hier ist Valerie.«

»Unser Schutzengel! Hast du schon wieder Sehnsucht nach uns oder ist das ein Kontrollanruf?«, fragte Wagner und startete den Wagen.

»Wieso Kontrollanruf?«, fragte Goldmann verwirrt.

»Na ja, ob wir noch leben«, entgegnete der Reporter und fuhr los. »Ich hole Georg ab und dann fahren wir in ein Altersheim für Missionare. Ich überlege mir, ob wir uns nicht gleich einschreiben und da bleiben sollten.«

»Altersheim für Missionare? Klingt aufregend«, meinte Valerie lächelnd. »Wollt ihr mich dabei haben?«

»Ich glaube nicht, dass uns jemand aus dem Rollstuhl heraus mit einer Kalaschnikow angreift«, schmunzelte der Reporter. »Außerdem fährst du mir zu hektisch. Nie beide Hände am Steuer.«

»Dir gefällt nur nicht, dass der ›Pizza-Expresss‹ so schnell wie deine Motorräder ist, gib es nur zu«, entgegnete Goldmann, dann wurde sie ernst. »Ich bin in Wien und solltet ihr mich brauchen, dann ruf mich an.«

»Danke, Valerie. Weißt du schon, wie dein Auftrag genau lautet?« Paul hatte es leichthin gesagt, aber Goldmanns Schweigen zeigte ihm, dass er ins Schwarze getroffen hatte.

»Ich … ich weiß nicht, was ich denken soll. Alles ist komplett verfahren.«

»Vielleicht ist es besser, ich rufe dich nicht an«, gab Wagner zu bedenken.

»Vielleicht«, antwortete Valerie und legte auf.

Chinesische Botschaft, Wien/Österreich

Ich glaube, die Situation entgleitet völlig Ihren Händen, Herr Botschafter.«

Der chinesische Armeeminister machte aus seiner persönlichen Einschätzung der Lage in Österreich kein Geheimnis. Botschafter Hang Weng Huan hielt dem Blick des Ministers stand, aber er hoffte, dass man die Schweißtropfen nicht sehen würde, die ihm auf der Stirn standen. Die eilig einberufene Videokonferenz hatte vor wenigen Minuten begonnen und der kleine abhörsichere Sitzungsraum in der chinesischen Botschaft war bis auf den letzten Platz gefüllt. Neben dem Botschafter waren General Li Feng, Peer van Gavint, der Sekretär des Botschafters und der Militärattaché anwesend. Alle bis auf Gavint, der Zahlenreihen auf ein Blatt Papier schrieb, blickten gebannt auf die kleine Projektionsfläche, von der Chinas Armeeminister mit vor dem Bauch gefalteten Händen wie ein ärgerlicher Buddha herabschaute.

»Wenn Sie schon Vergnügungsreisen ins Ausland unternehmen, General Li Feng, dann sollten Sie sich vielleicht etwas genauer mit den örtlichen Gegebenheiten auseinandersetzen«, donnerte der Minister, »denn das, was in Chemnitz passiert ist, kann man beim besten Willen nicht als koordinierte und durchgeplante Aktion bezeichnen, oder?«

Li Feng saß mit versteinertem Gesicht am Tisch.

»Sie sind in der Übermacht, Sie haben Sina und Wagner in Ihrer Gewalt, Sie gruppieren Elitesoldaten der chinesischen Armee an Ihrer Seite und wie sieht das Ende aus?« Der Armeeminister schlug mit der Faust auf den Tisch und beugte sich vor zur Kamera. »Sie verlieren vier Mann in einem Schusswechsel mit den Bewahrern, die Ihnen zahlenmäßig weit unterlegen sind. Wagner und Sina werden von einer Frau, wohlgemerkt *einer* Frau, in einer halsbrecherischen Aktion vor Ihren Augen weggeschnappt und während Sie noch den Schaden begrenzen, verliert sich die Spur der drei im frischgefallenen Schnee.« Das Gesicht des Ministers war purpurrot.

»Wer ist die Frau? Wo kommt sie her? Wo ist sie jetzt? Wo sind Sina und Wagner? Leben sie noch? Sind sie noch immer auf der Spur des Geheimnisses oder haben sie aufgegeben? Ihr Auftrag war klar und eindeutig. Beschützen Sie Sina und Wagner vor dem Orden und sorgen Sie dafür, dass sie ungefährdet das vollenden können, woran unsere Wissenschaftler gescheitert sind. Und was machen Sie, General? Sie nehmen sie mit vorgehaltener Pistole gefangen, anstatt ihnen die Tempelherren vom Hals zu halten, Sie laufen in eine Falle und dann verlieren Sie auch noch die Spur der beiden. Ich gratuliere!«

Der Minister legte beide Hände flach auf den Tisch und stellte die entscheidende Frage. »Warum wurde Mr. van Gavint nicht informiert? Warum wurde er nicht zu der Aktion hinzugezogen? Die Frage geht auch an Sie, Herr Botschafter.«

Gavint lächelte in sich hinein und schrieb weiter an seinen Aufstellungen.

Der Minister war noch lange nicht fertig. »Bisher waren alle Einsätze, die Mr. van Gavint in dieser staatswichtigen Angelegenheit durchführte, von Erfolg gekrönt. Er genießt voll und ganz das Vertrauen der Armeeführung und des Zentralkomitees und er hat es bisher in keiner Weise enttäuscht. Was man von Ihnen, General, nicht behaupten kann. Ich habe Sie bereits nach dem Fiasko in Tibet gewarnt. Für mich sieht es ganz danach aus, dass Sie wieder einen Alleingang in Chemnitz unternommen haben und wieder gescheitert sind. Und Sie, Herr Botschafter, haben nichts dagegen unternommen. Ich frage mich, ob ich nicht dem Zentralkomitee nahelegen soll, die gesamte Führungsmannschaft der Botschaft in Wien auszutauschen.

Ich hätte gute Lust dazu.« Der Minister holte Luft und der Botschafter nutzte den Augenblick.

»Herr Minister, es war nicht abzusehen, dass plötzlich eine dritte Partei auftauchen würde. Ich habe keinerlei Geheimdienstmeldungen erhalten, die …«

Der Minister unterbrach Weng Huan mit einem Zischlaut, der an eine Schlange erinnerte. »Wollen Sie damit die Schuld unserem Geheimdienst zuschieben, Herr Botschafter?«, fragte er lauernd, »um von Ihrer eigenen Unfähigkeit abzulenken?«

Gavint hielt dies für den perfekten Augenblick, um einzugreifen. Er blickte hoch zu der Videowand und lächelte maliziös. »Herr Minister, ich glaube, es ist an der Zeit, alle persönlichen Eitelkeiten hintanzustellen und an einem Strick zu ziehen – und zwar auf derselben Seite.« Gavint machte eine Pause, um seine Worte wirken zu lassen.

Der Minister lächelte. »Fahren Sie fort, Mr. van Gavint«, forderte er den Südafrikaner auf.

»Die Ereignisse in Chemnitz haben uns gezeigt, dass die Tempelherren zu allem entschlossen sind. Sie werden den Druck auf Wagner und Sina erhöhen, je näher die beiden der Lösung des Rätsels kommen. Was diese Frau betrifft, so muss ich dem Herrn Botschafter zum Teil recht geben. Alle Informationen, die uns der Geheimdienst dazu liefern könnte, wären hochwillkommen.«

Der Minister neigte zustimmend den Kopf.

Gavint lächelte in die Kamera wie ein Filmstar. »Lassen Sie die Frau mein Problem sein und betrachten Sie es als gelöst, Herr Minister. Sobald ich nähere Einzelheiten habe, nehme ich mich ihrer an. Was Wagner und Sina betrifft, so ersuche ich Sie um absolute Handlungsfreiheit und um die uneingeschränkte Unterstützung der hier Anwesenden. Dann werden wir die Aufgabe zu einem erfolgreichen Ende bringen, ich bin überzeugt davon.« Der Minister lehnte sich zurück und faltete wieder die Hände vor dem Bauch.

»Mr. van Gavint, ich sehe darin überhaupt kein Problem.« Der gönnerhafte Gesichtsausdruck verschwand genauso schnell, wie er gekommen war. »Herr Botschafter, General, Sie haben es gehört. Ich erwarte, dass Sie alles nur Mögliche unternehmen, um den einzigen Mann zu unterstützen, der in dieser Sache offenbar im Interesse Chinas handelt.«

Das Bild des Ministers verschwand von der Wand wie ein Phantom, das sich in Luft auflöste. Alle Anwesenden blieben betroffen sitzen. Nur Gavint stand auf, strich sich die Hose glatt und ging an die Tür, bevor er sich noch einmal umdrehte. Li Feng und der Botschafter blickten noch immer starr geradeaus.

»Ich habe Ihnen beiden den chinesischen Arsch gerettet und ich verspreche Ihnen, es war das letzte Mal«, sagte Gavint wie beiläufig. Keiner am Tisch rührte sich. »Ab sofort gibt es nur mehr eine Marschrichtung, und zwar meine. Wie heißt das große Wüstengebiet im Norden Chinas doch noch schnell?« Gavint ließ ein paar Sekunden verstreichen. »Ach ja, Gobi, die Wüste Gobi.« Er öffnete lächelnd die Tür und zog sie leise wieder hinter sich zu.

Missionshaus St. Gabriel, Mödling/Österreich

Sie werden ein wenig lauter sprechen müssen, Pater Pius hört schon etwas schlecht«, gab ihnen der Provinzial des Missionshauses mit auf den Weg in den dritten Stock, wo am Ende eines breiten Ganges das Zimmer des hochbetagten Missionars lag. Als Wagner und Sina an der dunklen Holztür klopften, erwarteten sie einen gebeugten Greis vorzufinden, der auf einem Stock gestützt kaum aus seinem Lehnsessel aufstehen konnte. Aber der Mann, der ihnen die Tür öffnete, hatte eine weiße Löwenmähne, helle, wachsame Augen und hielt sich kerzengerade. Niemand hätte Pater Pius seine knapp neunzig Jahre angesehen.

»Pater Jakob hat Sie angekündigt«, begrüßte er seine beiden Besucher und schüttelte ihnen mit überraschend festem Griff die Hände.

»Wir wollten uns bei Ihnen bedanken, dass Sie so freundlich waren, uns so kurzfristig zu empfangen«, meinte Paul Wagner und schaute sich in dem kleinen Zimmer um, das über und über mit Asiatica vollgestopft war. Figuren, Plakate, Stapel alter vergilbter Zeitungen, Jadeschnitzereien, gerahmte Fotos und lange Kalligraphie-Fahnen füllten den Raum rund um einen Arbeitstisch und ein schmales Bett aus. Pater Pius winkte ab.

»Ach was, ein alter Mann wie ich freut sich über jede Abwechslung. Außer meinen Erinnerungen redet hier kaum noch jemand mit mir.

Die Bewohner des Heims sind aus allen Ecken der Welt heimgekehrt und fast allesamt Sonderlinge, die kaum mit sich selbst ins Reine kommen, geschweige denn mit anderen«, philosophierte Pius und ließ sich in den Lehnsessel vor seinem Schreibtisch fallen. »Ich kann Ihnen leider keine Sitzgelegenheit anbieten, ich bin nicht auf Besuch eingerichtet. Sie werden mit dem Bett vorliebnehmen müssen.«

Während Wagner alte Tagebücher beiseiteschob und sich so auf dem Bett ein Plätzchen frei räumte, setzte sich Sina einfach auf den Boden zu Füßen des alten Missionars. Der Wissenschaftler war in seinem Element, die Stapel alter Zeitungen und Bücher, die Fotos an den Wänden und die Erinnerungsstücke eines langen Lebens im fernen Ausland schienen zu ihm zu sprechen und ihre Geschichten zu erzählen. Pater Pius stopfte sich eine langstielige Pfeife, während er Sina aufmerksam betrachtete.

»Seien Sie einem alten Mann nicht böse, aber ich glaube, ich habe Sie bereits irgendwo gesehen. Mein Gedächtnis lässt mich hin und wieder im Stich und deshalb weiß ich im Moment nicht so richtig, wo ich Sie einordnen soll.«

Der Wissenschaftler schüttelte den Kopf. »Es gibt keinen Grund, sich zu entschuldigen, Pater, ich weiß nicht, ob ich mich in Ihrem Alter noch an meinen Namen erinnern werde oder ob nicht alles in ein gnädiges Vergessen gleitet.«

Pater Pius hob seine Hand. »Halt, ich glaube, ich weiß es wieder, sagen Sie nichts. Sie sind Professor Sina, der Mittelalterforscher, habe ich recht?« Der alte Missionar zog an seiner Pfeife, schaute Sina an und nickte. »Ja, ich habe recht. Ich habe früher Ihre Veröffentlichungen mit Freude verfolgt. Sie sind ein alter Sturkopf, ein Querdenker, ein Enfant terrible der Geschichtswissenschaft.« Sina lachte und Pater Pius stimmte ein. »Na gut, das ›alt‹ nehme ich zurück«, meinte er dann schelmisch. »Was kann ein greiser Mann wie ich für Sie tun, außer Ihnen die Zeit zu stehlen?«

»Pater Pius, der Provinzial hat uns erzählt, dass Sie mehr als siebzig Jahre lang in China gelebt und missioniert hätten. Er hat Sie als passionierten Forscher beschrieben, als Kenner der chinesischen Geschichte, von Land und Leuten. Wir brauchen Ihre Erinnerung, Ihr Wissen und ein wenig Ihrer Zeit«, sagte Sina und der alte Missionar lächelte.

»Zeit habe ich genug, Erinnerungen zu viele und Wissen, ach Gott, Wissen wahrscheinlich viel zu wenig. Aber ich helfe Ihnen gerne, wenn ich kann. Was möchten Sie denn erfahren?«

»Können Sie uns etwas über den ersten Kaiser von China erzählen, der in der Nähe von Xi'an begraben liegt?«

»Qin Shihuangdi, der erste erhabene Gottkaiser von Qin, eine widersprüchliche Persönlichkeit, aber bis heute ein faszinierender Mensch.« Pater Pius schaute nachdenklich dem Pfeifenrauch nach, der sich in leichten Windungen an die Decke kräuselte.

»Schwierig, irgendwo zu beginnen«, meinte er langsam. »Er führte zukunftsweisende Reformen durch und einte ein Reich, das fast die gesamte damals in China bekannte Welt umfasste. Er standardisierte die Gewichte, die Längenmaße und die Münzwerte, aber er stützte sich auch auf Zwangsarbeit und seine Gewaltherrschaft kostete mehr als zwei Millionen Chinesen das Leben. Aber er begründete den Beginn des chinesischen Kaiserreichs und die einheitliche Schrift, die er einführte, wurde zum Fundament der chinesischen Kultur. Das hätte er ohne den Totalitarismus und seine Härte wohl nie erreichen können«, meinte Pater Pius und zog aus einem Stapel ein altes, fleckiges Buch, das er in der Mitte aufschlug.

»Was für ein Mensch war der Kaiser?«, fragte Wagner und der Missionar hob die Augenbrauen.

»Einer der wichtigsten Kaiser Chinas, wenn nicht der wichtigste überhaupt. Er begann den Bau der Chinesischen Mauer, die zu seinem Tod bereits mehr als viertausend Kilometer lang war, und er scheute sich nicht, dafür 300 000 Arbeiter zu rekrutieren. Für sein Mausoleum sollen es sogar 700 000 Menschen gewesen sein, eine unvorstellbare Zahl. Trotzdem arbeiteten sie dreißig Jahre lang an dem gewaltigen Vorhaben.« Pater Pius blätterte in dem alten Buch vor und zurück und suchte offenbar etwas.

»Heute ist Qin Shihuangdi vor allem für die riesige Armee von Tonsoldaten legendär. Er ließ achttausend Krieger erschaffen, jeder ein Unikat. Bis heute rätselt man, wozu diese riesige Armee gut sein sollte, ob sie ihn auf dem Weg in das Leben nach dem Tod begleiten oder sein Mausoleum beschützen sollte. Doch die Soldaten sind nur ein winziger Bruchteil dessen, was in Xi'an noch auf die Ausgrabung wartet. So spricht man von einem kompletten nachgebildeten Hofstaat, der sich auf eine Länge von über einhundertachtzig Kilometer erstrecken soll.«

Sina sah Pater Pius ungläubig an. »Ist das nicht ein wenig hoch gegriffen?«, fragte der Wissenschaftler den Missionar.

»Sie vergessen, Professor, dass das gesamte Gräbergebiet in Xi'an fast sechs Mal so groß wie etwa das Ruhrgebiet ist«, gab Pater Pius zu bedenken. »Es ist die wohl größte bekannte Grabanlage, manche bezeichnen es als das achte Weltwunder.«

»Ich habe selbst einen Teil der Ausgrabungen besichtigt, als ich mit meiner Frau in China zu Besuch war«, erinnerte sich Sina und Pater Pius hörte aufmerksam zu, »und wir hatten damals den Eindruck, dass die Sicherheitsvorkehrungen ein wenig seltsam waren. Sie schienen nicht so sehr auf Eindringlinge von außen zugeschnitten zu sein, sondern eher darauf, niemanden von der Armee oder des Kaisers Hofstaat entkommen zu lassen.« Der alte Missionar nickte.

»Ja, den Eindruck hatte ich auch, das ist eine seltsame Geschichte. Ich habe lange in der Nähe von Xi'an gelebt und es gibt eine Reihe von Besonderheiten, aus denen ich auch nie klug werden konnte. So haben die chinesischen Archäologen sich bis heute nicht getraut, den Grabhügel des Kaisers zu öffnen. Die Legende besagt, dass er auf einer Barke begraben sei, die auf einem Quecksilbersee schwimme, der von Quecksilberflüssen gespeist werde. Tatsächlich hat man bei Untersuchungen rund um die Grabpyramide einen überdurchschnittlich hohen Quecksilberwert im Boden festgestellt.«

Pius schwieg und zog lange an seiner Pfeife. Dann fuhr er fort: »Aber ich wollte Ihnen aus diesem Buch vorlesen, was der damalige Historiker Sima Quian, Zeitgenosse des Kaisers, über das Grabmal berichtete.« Pater Pius setzte eine randlose Brille auf und zitierte:

»An einer hohen Decke sind Tausende von Perlen und Edelsteinen befestigt, die den Sternenhimmel symbolisieren sollen. Auf dem Boden jedoch befindet sich ein Panorama von China, in dem alle Seen und Flüsse aus Quecksilber nachgebildet wurden. Die Flüsse sollen durch einen Automatismus ständig fließen. In der Mitte der Halle, auf einem See aus Quecksilber schwimmend, befindet sich der Sarg des ersten Kaisers von China.«

Er schaute Sina über den Rand der Brille hinweg an. »Wissen Sie, Professor, die Chinesen haben großen Respekt davor, die Grabkammer des Kaisers zu öffnen. Andere sagen, sie haben Angst. Ich persönlich glaube nicht, dass sie es in den nächsten fünfzig Jahren machen werden. Aber es kommt noch etwas anderes dazu.« Der Missionar zögerte und schaute erst den Wissenschaftler und dann den Reporter an. »Sie haben über die Sicherheitsmaßnahmen gesprochen. Nun, was ich Ihnen jetzt erzähle, sind Fakten. Sie müssen sich Ihr eigenes Bild davon machen, ich werde keine Schlüsse ziehen.« Pater Pius lehnte sich zurück und schloss die Augen. Als er zu erzählen begann, war es völlig still in dem kleinen Raum und was sie hörten, klang so unglaublich, dass Wagner und Sina ihren Ohren nicht trauten.

»Im Alter von 38 Jahren ergriff Qin Shihuangdi das königliche Schwert, das Symbol der Macht. In diesem Jahr erschien der Komet über China, der große Stern, und der Kaiser hielt es für ein Zeichen des Himmels, dass die Götter mit ihm seien. Er hatte recht. Er regierte elf Jahre lang unumstritten und entging glücklich mindestens zwei Attentaten. Eine Folge hatten die missglückten Mordversuche trotzdem: Sie schürten im Kaiser eine große Furcht vor dem Tod. Aber er glaubte fest daran, dass auch der Tod besiegbar sei und ihm als gottgleichen Kaiser das Anrecht zukäme, die Unsterblichkeit zu erlangen.«

»Qin Shihuangdi wollte unsterblich werden?«, fragte Wagner ungläubig.

Pater Pius nickte. »Als er auf einer seiner Inspektionsreisen zum ersten Mal von den China vorgelagerten ›Inseln der Unsterblichkeit‹ hörte, schickte er dreitausend Mann aus, die ihm das Elixier des Lebens beschaffen sollten. Die Expedition kehrte angeblich nie wieder zurück oder die Geschichtsschreiber berichteten zumindest nichts darüber. Vielleicht hatte der Kaiser einfach verboten, darüber zu reden oder zu schreiben. Irgendetwas muss jedoch damals passiert sein. Der Kaiser umgab sich ab diesem Zeitpunkt mit Schamanen und Alchemisten und gab Unsummen an Staatsgeldern aus, um Forschungen zu finanzieren, und er wollte endlich Resultate sehen. Hatte er Angst, dass der Tod nicht wartete?«

Wagner und Sina schauten sich an und wagten es nicht, den alten Missionar zu unterbrechen.

»Dann wird es noch mysteriöser. Der Kaiser hinterließ nie einen letzten Willen und viele sagen, man sah und hörte ihn noch nach seinem angeblichen Tod. Ob er wirklich in seinem Mausoleum begraben liegt, das weiß bis heute niemand und man wird es auch noch lange nicht wissen.« Pater Pius hustete und kam erst langsam wieder zu Atem. »Ein alter chinesischer Historiker, mit dem ich kurz vor seinem Tod sprach, war überzeugt davon, dass Qin Shihuangdi seinen Terrakotta -Soldaten Leben einhauchen könne, wie er sich ausdrückte. Deshalb habe er die Armee aufgestellt. Er wollte wiederkommen und dann über seine eigenen Soldaten verfügen können, eine Streitmacht von ihm ergebenen Elitekämpfern. Der Historiker war davon überzeugt, der erste Kaiser hätte das Geheimnis des ewigen Lebens gehabt, die Macht über Leben und Tod.« Der alte Missionar hatte wieder die Augen geschlossen und zog an seiner Pfeife.

»Legenden und Geschichten, die mit den Jahrhunderten immer mehr ausgeschmückt wurden«, meldete Sina Zweifel an.

Der alte Mann wiegte den Kopf und öffnete die Augen. Dann sah er den Wissenschaftler nachdenklich an. »Professor, Sie werden entscheiden müssen, woran Sie glauben und woran nicht, aber machen Sie nicht den Fehler und ignorieren Sie Fakten. Tatsache ist, die achttausend Elitekämpfer sind auf drei Gruben aufgeteilt, die vierte Grube ist seltsamerweise leer und niemand konnte das bisher schlüssig erklären. Die Krieger, die das Grab des Kaisers bewachen, sind alle zwischen 1,80 und 2,10 Meter groß, also Riesen im Vergleich zu der damaligen durchschnittlichen chinesischen Körpergröße. Sie sind so etwas wie perfekte Menschen aus damaliger Sicht, übergroß, modernst bewaffnet und alle individuell aus Ton geformt, wie etwa auch der Golem von Rabbi Löw in Prag. Vergessen Sie nicht, dass schon in der Bibel steht ›aus Staub bist du und zu Staub wirst du‹.«

»Wollen Sie damit sagen …«, begann Sina, aber der alte Mann hob seine sehnige Hand und unterbrach ihn.

»Ich habe nur die Tatsachen aufgezählt, Professor Sina. Nehmen Sie dann noch die seltsamen Sicherheitsmaßnahmen in Xi'an, die Angst der Archäologen vor dem Grabhügel des Kaisers und die Tatsache, dass der Leichnam nie gefunden wurde, und dann müssen Sie selbst entscheiden, was Sie glauben und was nicht.«

Als Wagner und Sina wieder vor St. Gabriel standen, hatte es angefangen zu regnen.

»Tut mir leid, aber der alte Herr war doch etwas weniger hell im Kopf, als es anfangs aussah«, bemerkte der Reporter bedauernd.

Der Wissenschaftler nickte nachdenklich. »Ja, es sieht so aus, als unterscheide er nicht mehr zwischen Legenden und Tatsachen. Ich finde, es gibt so gut wie keine Gemeinsamkeiten zwischen Friedrich und Qin Shihuangdi. Der eine ein Kaiser, der nie kämpfen wollte, während der andere mit dem Schwert eine Weltmacht begründete. Friedrich – ein geiziger, in sich verschlossener Mensch des Mittelalters, der von Prunk und Pracht nichts hielt. Der chinesische Kaiser, der sich ein gigantisches Mausoleum bauen lässt, das mit allen technischen Raffinessen wie fließendem Quecksilber ausgestattet ist, zahllose Paläste hat und ein Tyrann ist, der für den Tod von Millionen von Menschen verantwortlich ist. Zwischen den beiden liegen nicht nur geographisch Welten.«

»Folgen wir dem Weg des Kaisers, fahren wir südwärts nach Wiener Neustadt«, meinte Wagner und rollte vom Gelände des Missionshauses. »Aber wenn ich so überlege, eine Parallele fällt mir doch auf«, sagte der Reporter nach einer Weile. »Beim chinesischen Kaiser weiß man es nicht sicher, aber Friedrich liegt definitiv nicht in seinem Sarkophag in der Stephanskirche, im Gegenteil, er ist spurlos verschwunden.«

13. April 1976, Gräberfeld von Xi'an,
Provinz Shaanxi/Zentralchina

Die Gruppe der vier Archäologen aus Shanghai war bereits seit mehr als zwölf Stunden damit beschäftigt, die Farbschichten auf einem der Terrakotta-Soldaten zu fixieren. Erfahrungen der letzten zwei Jahre hatten gezeigt, dass die Farben der Tonfiguren weder Licht noch die wechselnden Temperaturen aushielten und sofort begannen, sich abzulösen und zu zerfallen. Die Konservierung der kunstvollen Bemalung war seit der Entdeckung der Armee aus Ton die vordringlichste Aufgabe der Restauratoren. Die Figuren in den drei Gruben würden noch in den nächsten Jahrzehnten den Arbeitsplan von Archäologen aus ganz China füllen.

»Ist die Gruppe von Professor Wu mit den Untersuchungen in der vierten Grube fertig geworden?«, fragte Man Ho, der Koordinator der Ausgrabungen, als er den Kopf durch die Tür der provisorisch errichteten Baracke steckte.

»Soviel ich weiß, ja«, antwortete eine junge Archäologin, die vor einem Jahr extra aus der Provinz Guangdong angereist war und ihren gut bezahlten Job als Assistentin an der Universität von Guangzhou an den Nagel gehängt hatte, um bei den sensationellen Ausgrabungen in Xi'an dabei zu sein.

»Professor Wu hat kurz vorbeigeschaut und ist dann weitergegangen zur großen Grabpyramide. Dort wurden heute Morgen die Magnetometer aufgestellt und die Ortungsgeräte in Betrieb genommen.«

Man Ho nickte und schloss wieder die Tür. Er verließ die Baracke und blickte sich um, während er den geschwungenen Weg zur Hauptausgrabungsstätte nahm. Er war immer wieder erstaunt, was für Veränderungen in den letzten zwei Jahren hier vor sich gegangen waren. Felder, die seit Jahrtausenden von den einheimischen Bauern bewirtschaftet worden waren, galten nun als Sperrgebiet, das von schwer bewaffneten Kräften der Armee gesichert wurde. Die Gegend um die große Pyramide war ohne besonderen Ausweis gar nicht mehr zu betreten. Wenn Man Ho daran dachte, dass es rund um Xi'an mehr als einhundert Pyramiden gab, machte er sich um die Zukunft seiner Tätigkeit hier keine Sorgen. Damit würden er und seine Söhne und seine Enkel beschäftigt sein, rund um die Uhr und 365 Tage im Jahr, bis an das Ende ihres Lebens.

Man Ho bereute es nicht, nach Xi'an, an den Ausgangspunkt der Seidenstraße, gekommen zu sein. Hier würde er auch in Pension gehen, dachte er, als er die Wache passierte, die aufmerksam und zum dritten Mal am heutigen Tag seinen Ausweis kontrollierte. Dann salutierte der schwerbewaffnete Soldat mit steinerner Miene und winkte Man Ho durch. Der Ingenieur nickte ihm zu und machte sich auf seinen Weg zur Grabpyramide des Kaisers. Sie lag genau zwei Li weit vom nächsten Fluss, dem Sha, entfernt. Die Konstruktion selbst war so ausgeklügelt, dass es noch Jahrzehnte dauern würde, bis man sie völlig verstehen würde.

Unter dem gewölbten Vordach, das sich über den Eingang zur zentralen Grabpyramide spannte, stand eine Gruppe von Männern in Zivil und in Uniform um mehrere große Apparate herum. Notstromaggregate ratterten unaufhörlich und bliesen dicke Dieselwolken in die Luft, die bereits rauchgeschwängert war. Man Ho hustete und blickte sich suchend nach Professor Wu um. Der kleine, fast kahlköpfige Mann, der in einem abgewetzten Anzug steckte und dessen Augen durch dicke, runde Brillen fast übernatürlich vergrößert wurden, diskutierte angeregt mit einem der Techniker. Die Regierung hatte ihn als einen der ersten Wissenschaftler nach Xi'an berufen und Wu hatte seinen Lehrstuhl an der Universität in Beijing innerhalb einer Woche aufgegeben, als er hörte, worum es ging.

»Professor Wu!«, rief Man Ho über den Lärm der Generatoren hinweg und winkte. Die kleine Gestalt löste sich aus der Runde und eilte auf den Koordinator der Ausgrabungen zu.

»Ingenieur, ich habe Sie schon gesucht, wir sind bei einem ganz entscheidenden Schritt angelangt. Wir haben den Eingang zur Grabpyramide des Kaisers freigelegt und werden in wenigen Minuten die Ortungsgeräte in die richtige Stellung gebracht haben, um Näheres über den Inhalt des Hügels sagen zu können.« Man Ho sah den Enthusiasmus in den glänzenden Augen des kleinen, hektischen Wissenschaftlers, der keine Minute stillstehen konnte und ununterbrochen in Bewegung war.

»Was haben Sie in der vierten Grube gefunden, Professor?«, erkundigte sich Man Ho neugierig und sah einen seltsamen Ausdruck über das Gesicht des Wissenschaftlers huschen.

»Hmm, das ist schwer in einem Satz zu sagen und ich weiß nicht, wie ich es ausdrücken soll. Wie Sie wissen, ist die vierte Grube leer, während alle Soldaten in den anderen drei Gruben erhalten sind.«

Man Ho nickte.

Der Professor schaute ihm in die Augen und überraschte ihn mit seiner nächsten Frage. »Wie gut kennen Sie die Geschichte und das Leben von Qin Shihuangdi? Kennen Sie seine Expeditionen, seine Reisen durch sein neues Reich, seinen Glauben?«

Man Ho zuckte mit den Schultern und kam sich vor wie bei einer Prüfung. »Ich glaube, wir haben uns alle seit zwei Jahren mit nichts anderem beschäftigt als mit dem Leben und Wirken des Kaisers«, gab er zu bedenken.

Professor Wu lächelte nachsichtig. »Das ist mir schon klar, aber ich spreche von etwas ganz anderem«, sagte der kleine Wissenschaftler ungeduldig und ging mit kurzen Schritten auf und ab. Dann trat er vor Man Ho hin und schaute ihn von unten her durch seine dicken Brillengläser an. »Lassen Sie es mich so formulieren. Wir haben die Abdrücke von 1735 Terrakotta-Soldaten und 24 Streitwagen mit 96 Pferden auf dem Boden der Grube vier gefunden. Sie sind nicht mehr da. Aber sie waren da und jetzt sind sie weg.«

Bevor Man Ho etwas erwidern konnte, schallten laute Rufe aus der Richtung der Technikergruppe vom Eingang der Grabpyramide. Professor Wu lief los und der Ingenieur folgte ihm hastig.

Der Eingang war geöffnet worden und gebückt, mit einer starken Taschenlampe in der Hand, drang Professor Wu immer tiefer in den quadratischen, mit bemalten Ziegeln ausgekleideten Gang vor. Man Ho folgte ihm vorsichtig durch den fast knöchelhohen Staub. In den Legenden und historischen Berichten war immer wieder von verborgenen Armbrustschützen die Rede gewesen, von vergifteten Bolzen und von teuflischen Fallen. Aber sie stießen auf nichts dergleichen, bis die beiden Männer endlich vor einem großen metallbeschlagenen Tor standen, das mit vier eindrucksvollen chinesischen Schriftzeichen verziert war, um die sich ein roter Drache wand. Schichten von Spinnweben spannten sich über die Tore, während die glasierten Ziegel der Einfassung glänzten, als seien sie erst gestern gebrannt worden.

Ehrfurchtsvoll standen Man Ho und Professor Wu vor dem hohen Tor, das mit drei Schlössern und einem Riegel gesichert war. Gerade als der Ingenieur zu sprechen beginnen wollte, quäkte sein Sprechfunkgerät los. Die Stimme war verzerrt, aber dennoch war die Aufregung des leitenden Technikers deutlich zu hören.

»Sie sollten nicht weitergehen! Die Ergebnisse der Bodenproben sind soeben vorgelegt worden, es gibt eine hohe Quecksilberkonzentration im Boden rund um die Grabpyramide. Die zeitgenössischen Berichte vom Quecksilbersee und seinen Zuläufen, die aus einem riesigen Quecksilberreservoir gespeist werden, scheinen richtig zu sein.« Professor Wu schien enttäuscht und seltsamerweise befriedigt zugleich. Er strich mit einer fast liebevollen Geste über das glatte Holz des Tores und wischte mit einer Hand die Spinnweben von den vier chinesischen Schriftzeichen und dem roten Drachen, der unter der Wärme der menschlichen Berührung gleichsam lebendig zu werden schien. Ohne Man Ho anzusehen, meinte Wu schließlich:

»Sie wissen zweifellos, was die vier Zeichen bedeuten. Auf dem rechten Torflügel steht ›ewiges Leben‹ und auf dem linken ›Unsterblichkeit‹. Der Drache ist das Symbol für den Kaiser.« Zum ersten Mal in zwei Jahren sah Man Ho den Professor bewegungslos und wie erstarrt stehen. Dann drehte er sich plötzlich um, ging wortlos an dem Ingenieur vorbei und der Schein seine Taschenlampe wurde im Dunkel des Ganges schnell kleiner.

Als sie vor der Grabpyramide wieder zu der Gruppe von Technikern stießen, die sich um ihre flimmernden Monitore scharten, war die allgemeine Aufregung fast greifbar. Aus den Augenwinkeln sah Man Ho einen Mann im makellosen dunklen Anzug, die vertraute Anstecknadel des Zentralkomitees am Revers. Mao Zedong und der Partei waren die historische und politische Bedeutung der Ausgrabungen bei Xi'an vollkommen bewusst. Seit zwei Jahren konnte sich Man Ho an keinen Tag erinnern, an dem nicht ein Vertreter des ZK anwesend gewesen war und unauffällig, aber dafür umso effektiver die Resultate erfasste und weiterleitete. Man Ho beugte sich mit Professor Wu zu dem leitenden Techniker, der unaufhörlich Aufzeichnungen in ein dickes Heft kritzelte.

»Unsere Ortungsgeräte zeigen Hunderte von kleinen und großen Vorrichtungen an, die wir weder erklären noch bestimmen können«, meinte der Techniker, ohne das Schreiben zu unterbrechen. »Der Sarg des Kaisers hingegen ist deutlich zu erkennen, er liegt auf einer Art Barke, einem kleinen Schiff, das auf irgendeiner Art von Flüssigkeit schwimmt, ich nehme an, es ist Quecksilber.« Seine Stimme wurde fast zu einem Flüstern und Man Ho musste sich anstrengen, um ihn zu verstehen. »Eines jedoch kann ich mit fast völliger Sicherheit aus den Signalen ablesen. Der Sarg ist leer, der Kaiser ist nicht in seiner Grabpyramide.«

Eine Hand legte sich auf die Schulter des leitenden Technikers und als er aufblickte, sah er in die kalten Augen des politischen Beobachters aus Beijing. Der bedeutete mit einem Wink dem Techniker, Man Ho und Professor Wu, ihm zu folgen. Die vier Männer gingen etwas abseits, weiter weg vom Lärm der ratternden Generatoren und in sicherem Abstand zu den übrigen Technikern und Archäologen.

»Unser großer Vorsitzender Mao hat eine Entwicklung wie diese vorhergesehen und mir Direktiven gegeben, was ich Ihnen von ihm in diesem Fall mitzuteilen habe«, begann der Politkommissar ohne Einleitung. »Dies ist die offizielle Richtlinie für die nächsten Jahrzehnte, was die Grabpyramide von Qin Shihuangdi betrifft. Sie wird nicht geöffnet, weil wir noch nicht über genügend Wissen verfügen, was die Restaurierung und Konservierung aller zu erwartender Objekte in einem derart umfangreichen und monumentalen archäologischen Projekt angeht. Jede bisher gemachte Entdeckung in der Pyramide wird als ›streng geheim‹ eingestuft und unterliegt ab sofort dem militärischen Gesetz der Geheimhaltung und den damit verbundenen Sanktionen.« Bei diesen Worten streckte er seine Hand aus und sah den leitenden Techniker auffordernd an. Der Mann im grauen Arbeitsmantel griff in seine Tasche und überreichte dem politischen Beobachter sein Notizbuch mit den Aufzeichnungen. »Teilen Sie dies auch Ihrer Gruppe mit«, forderte der Mann ihn kalt auf und wandte sich an Professor Wu.

»Gibt es etwas Besonderes, das Sie im Inneren der Pyramide gesehen haben, Professor?« Der Wissenschaftler schüttelte stumm den Kopf. Man Ho kam der nächsten Frage zuvor und schüttelte ebenfalls den Kopf. Nach einem forschenden, einschüchternden Blick auf die drei Männer drehte sich der Politkommissar abrupt um und ging den schmalen Weg zu den Bildschirmen der Ortungsgeräte zurück.

Mit vor Aufregung zitternden Fingern zündete sich Professor Wu eine Zigarette an und nahm einen tiefen Zug. Dann sagte er etwas, das Man Ho nie wieder vergessen sollte.

»Niemand hat je bedacht, dass Xi'an auch ›Unsterblicher‹ heißt. Das Wort bezeichnet ein Wesen, das körperliche Unsterblichkeit erlangt hat, das über die gewöhnliche ›Welt des Staubs‹ erhaben ist. In unserer Mythologie gibt es acht Unsterbliche, deshalb ist die Acht seit langer Zeit zur chinesischen Glückszahl geworden, aber auch zur Zahl der Unsterblichkeit. Wir haben hier in Xi'an einen Kaiser, der nicht in seinem Grab liegt, und 1735 Soldaten, die offensichtlich mit ihm verschwunden sind. Wann und wohin, das weiß niemand und es darf niemals bekannt werden.« Professor Wu wandte sich zum Gehen, überlegte es sich und drehte sich doch noch einmal um. »Und wenn wir es doch einmal wissen werden und es bekannt wird, dann möchte ich nicht mehr am Leben sein. Denn dann kommt das Ende der Zeit.«

Alte Burg, Wiener Neustadt/Österreich

Das Wetter hatte sich nicht gebessert, als Wagner und Sina vor der Wiener Neustädter Burg aus dem Golf stiegen. Der Nieselregen in Verbindung mit der Kälte war unangenehm und die hohe steinerne Wappenwand an der Außenseite der St.-Georgs-Kirche sah abweisend aus. Die alte Kaiserresidenz im Süden von Wien war die Heimatstadt der Theresianischen Militärakademie. Bereits vor zweihundertfünfzig Jahren war die Schule auf Verfügung der Kaiserin Maria Theresia in die ehemalige Burg Friedrichs eingezogen.

»Wusstest du, dass noch heute der Siegelring der Absolventen der Militärakademie die fünf Buchstaben ›AEIOU‹ trägt?«, fragte der Wissenschaftler seinen Freund Paul und schlug den Kragen der Jacke gegen Wind und Regen hoch.

»Für so eine prachtvolle Residenz ist das nicht zu viel verlangt, das Motto des Hausherrn auf einem Ring zu tragen«, meinte Wagner und schaute an der Wand mit ihren mehr als hundert Wappen hoch.

Sina folgte seinem Blick. »In der Mitte siehst du Friedrich, umgeben von den vierzehn Wappen der Habsburgischen Länder. Was interessant ist, er trägt den Herzoghut und nicht die Kaiserkrone.«

»Und die vielen anderen Wappen?«, fragte Paul.

»Nach Meinung vieler Historiker sind das Phantasiewappen sagenhafter Herrscher Österreichs aus einer Fabelchronik, deren Bedeutung bis heute niemand wirklich ergründet hat. Ich habe schon daran gedacht, dass es vielleicht sogar die Wappen der ersten Mitglieder des Ritterordens zum heiligen Georg sein könnten, dessen Kirche dies hier war und den Friedrich III. gegründet hatte, aber wirklich verfolgt habe ich diese Idee nie«, antwortete Sina und wies auf die drei Figuren am oberen Ende der Wappenwand.

»Da oben steht in der Mitte die berühmte Kirschenmadonna. Sie heißt so, weil das Jesuskind dem Betrachter einen Korb mit Kirschen entgegenhält, gerade so, als wollte er uns eine anbieten. Die heilige Barbara und die heilige Katharina stehen links und rechts von ihr.« Wagner zuckte unbeeindruckt mit den Schultern. Tschak schnüffelte begeistert an den alten Steinen der Kirchenmauer. »Kein Hinweis für uns, wie ich das so sehe, außer du kannst aus den Phantasiewappen etwas ablesen, das ich nicht erkenne.« Sie betrachteten so aufmerksam die vielen steinernen Wappen, dass keiner von ihnen den großen schwarzen Audi A8 bemerkte, der an ihnen vorüberglitt und sich in einiger Entfernung in eine Parklücke schob.

Peer van Gavint blickte zufrieden zu Wagner und Sina und gab seinem Chauffeur die Anordnung, im Wagen zu bleiben. Dann stieg er aus und nahm die schwarze Aktentasche vom Rücksitz mit. Während er langsam über den Burgplatz schlenderte, ließ er aufmerksam seine Blicke schweifen, kontrollierte im Geist Passanten und die geparkten Autos, an denen er vorüberging. Er schaute in Auslagenscheiben und lehnte sich in Nebengassen an die Wand, den Nieselregen ignorierend. Als er sicher war, dass niemand vom Orden in der unmittelbaren Umgebung war und eine Gefahr für Wagner und Sina darstellte, war Gavint beruhigt und kehrte langsam zum Wagen der Botschaft zurück. Er gab ihnen noch eine halbe Stunde, dann sollten sie den Hinweis gefunden haben.

»Auf den ersten Blick sehe ich auch nichts, das für uns von Bedeutung sein könnte«, stellte Sina fest und pflichtete damit Wagner bei, der sich etwas ratlos die Dutzenden von Wappen auf der Wand anschaute. Der Regen fiel ihm in die Augen und er wünschte sich einen Hinweis im Inneren der Kirche. Der würde sie wenigstens ins Trockene bringen.

»Das einzige, was mir aus dem Stegreif noch dazu einfällt, ist, dass die Wappenwand zur Zeit des Dritten Reiches hinter einer Ziegelmauer verborgen worden ist. Angeblich, um sie vor den Bombardements der Alliierten zu schützen. Aber das hat nichts zu bedeuten für unsere Suche. Das müssen wir methodisch angehen«, murmelte Sina und fixierte mit zusammengekniffenen Augenbrauen die opulent verzierte Fassade der Kirche.

»Was meinst du mit methodisch«, fragte Paul, aber er war schon gar nicht mehr richtig bei der Sache. Er beobachtete amüsiert, wie sich

Tschak vergnügt auf dem nassen Pflaster wälzte. »Du hast nichts gegen Kälte und Nässe, Tschak, ganz im Gegenteil. Du versuchst, die Autofahrt abzustreifen, was?«, lachte er und ging in die Hocke, um Tschak den Bauch zu kraulen.

»Ich meine, wir müssen die Augen aufmachen und schauen, ob wir etwas Ungewöhnliches sehen, das vielleicht bisher noch niemandem wirklich aufgefallen ist«, gab Georg zu bedenken. »Die Schilder sind zum Beispiel asymmetrisch angeordnet, was auf den ersten Blick gar nicht richtig ins Auge fällt«, fügte er rasch hinzu.

Paul hob überrascht den Blick. Sina hatte es völlig richtig gesehen, die ersten vier Reihen tanzten aus der geordneten Formation.

»Das erste Wappen auf der linken Seite steht alleine in der ersten Reihe, dann folgen darunter jeweils zwei links und rechts, noch mal darunter auf jeder Seite drei, dann folgen vier und danach sind die nächsten Reihen und Spalten symmetrisch. Das springt einen förmlich an, hat man es erst einmal entdeckt.«

Paul nickte und gab Georg recht. »Insbesondere im Zusammenhang mit unserem Geheimschriftfetischisten Friedrich ist diese Anordnung ganz bestimmt kein Zufall. Da hat er doch bestimmt wieder etwas ›selbst erdacht‹«, meinte er und wischte sich den Regen aus den Augen.

»Bei Phantasiewappen kann es doch völlig egal sein, wie sie angebracht sind«, gab Sina zu bedenken. »Und eines mehr oder weniger, um das Muster zu vervollständigen, das spielt dann doch auch keine Rolle, oder?« Er schaute angestrengt nach oben. »Eins … Vier … Sechs … und Acht«, zählte er.

»1468. Das ist eine Jahreszahl!«, ergänzte Paul rasch.

»Das meine ich auch«, grummelte Georg. »Aber was passiert 1468? Was will uns Friedrich damit sagen? Ich verstehe es leider nicht.« Der Wissenschaftler schüttelte den Kopf, zog Paul am Ärmel und beide machten sich auf den Weg ins Innere der Kirche.

»Sie sind schon in Wiener Neustadt«, sagte die weibliche Stimme am Telefon ruhig und Bischof Frank Kohout war alles andere als begeistert. »Außerdem ist Kommissar Berner wieder aus dem Krankenhaus entlassen worden, wie es aussieht, auf allerhöchste Anordnung. Ich war heute Vormittag auf der Station, aber da war er bereits gegangen.«

»Die Situation ist außer Kontrolle geraten, seit nicht nur die Chinesen, sondern jetzt auch noch diese unbekannte Frau im Spiel ist, von der wir nicht wissen, woher sie so plötzlich kommt«, meinte Kohout und schaute aus dem Fenster seines Büros hinüber auf die Prager Burg. Der Schneefall war in einen Dauerregen übergegangen und Kohout war wütend wegen der missglückten Aktion in Chemnitz am Vortag. Sie hatten dieses lächerliche rote Auto aus den Augen verloren, vier oder fünf Minuten Vorsprung hatten Wagner, Sina und der Unbekannten genügt.

»Soll ich unsere Männer nach Wiener Neustadt beordern? Sie haben sich nach dem Sprenganschlag auf den Mercedes getrennt. Einer beobachtet die Remise Wagners und die beiden anderen sind zur Burg Grub unterwegs.« Kohout warf noch einen Blick auf die letzten Berichte.

Die Stimme am anderen Ende der Leitung duldete keinen Widerspruch.

»Schicken Sie alle schnellstens nach Wiener Neustadt, es ist keine Zeit mehr zu verlieren. Wenn Sina und Wagner erst einmal in Graz sind, dann kennen sie den ersten Teil des Geheimnisses von Friedrich. Von da bis zur endgültigen Lösung ist es nur mehr ein kleiner Schritt. Sie sind schon viel zu weit gekommen.«

Sina und Wagner waren inzwischen in der St.-Georgs-Kirche damit beschäftigt, den verglasten Reliquienschrein Friedrichs zu umrunden, der inmitten des Gotteshauses auf vier kleinen Säulen ruhte. Das Monogramm des Kaisers sprang ihnen als Erstes ins Auge, umgeben von vierzehn Heiligen, die laut Beschreibung mit den Reliquien im Inneren des Schreines in Verbindung gestanden hatten.

»Ich sage dir, Paul, dieses Monogramm ist der Schlüssel. Ich spüre es ganz deutlich!«, sagte Georg und deutete mit der Hand darauf. »Dieses Zeichen war Friedrich ungeheuer wichtig. Nicht umsonst hat er es auf seinem Grabmal im Stephansdom ebenfalls anbringen lassen.«

»Ja, dieses Monogramm fasziniert mich auch und ich bin überzeugt, dass seine Entschlüsselung uns der Lösung des Rätsels um einen Riesenschritt näher bringt.« Wagner drehte bereits die dritte Runde um den Schrein und zählte. »Vierzehn Heilige … Vierzehn Erbländer Österreichs … und das Monogramm in der Mitte. Friedrich hat sich auch nicht als Kaiser, sondern eindeutig als Herrscher Österreichs draußen an der Wappenwand darstellen lassen. Möglicherweise gibt es da einen Zusammenhang, den wir noch nicht ganz begriffen haben«, meinte Wagner und senkte seine Stimme, weil gerade eine Gruppe von Besuchern des Gotteshauses die Kirche betreten hatte. Er betrachtete sie kurz und wollte sich schon wieder umdrehen, da sah er einen großen, elegant gekleideten Mann hinter einer Säule verschwinden, den er erst vor Kurzem gesehen hatte. Dennoch konnte er den Unbekannten nicht einordnen. Deshalb stieß er Sina an und murmelte: »Woher kennen wir den Typen da hinten? Ich versuche mich zu erinnern, aber …«

Georg unterbrach ihn aufgeregt. »Das ist doch der Mann, der in der Michaelerkirche in Wien in mich hineingerannt ist.« Er blickte dem Unbekannten misstrauisch hinterher. »Ich glaube in dieser Geschichte nicht mehr an Zufälle. Er verfolgt uns und er sieht mir nicht sehr chinesisch aus. Also, Alarmstufe rot.«

Wagner nickte und griff nach seinem Handy.

Goldmann hob nach dem ersten Läuten ab.

»Valerie, ich glaube, du solltest dich auf den Weg nach Wiener Neustadt machen. Das sind rund sechzig Kilometer südlich von Wien. Wir haben gerade Probleme ums Eck kommen sehen.«

»Bin schon unterwegs, wo finde ich euch?«

»Wir sind in der St.-Georgs-Kirche und haben den Golf auf dem Burgplatz geparkt. Den findest du auch in der Navigation.«

»Haltet euch in der Nähe von Menschengruppen auf und versucht nicht, irgendwelche abgelegenen Teile der Kirche zu besichtigen. Ich rufe dich an, wenn ich da bin.«

Wagner beendete das Gespräch und machte einer schmalen, entschuldigend lächelnden Frau Platz, die sich an ihm vorbei in Richtung Altar drängte und einen Hauch teuren Parfums hinterließ.

»Was meint Valerie?«, brummte Sina kaum hörbar und deutete mit dem Kopf auf die Säule, hinter der sie den Unbekannten zuletzt gesehen hatten.

»Dass wir schleunigst frische Luft schnappen und uns nicht in abgelegenen Grüften herumtreiben sollen«, kommentierte Paul knapp und ging mit schnellen Schritten in Richtung Ausgang.

Georg nickte zustimmend. »Ich denke, hier finden wir ohnedies nichts mehr«, knurrte er resigniert, steckte die Hände in die Hosentaschen und folgte ihm. Plötzlich jedoch hielt er inne, setzte sich in eine Kirchenbank und verschränkte die Arme vor der Brust.

»Was treibst du jetzt wieder, Georg?«, fragte Paul verdutzt und marschierte zu seinem Freund zurück.

»Also erstens regnet es draußen und ich habe diese Versteckspiele mit der Zeit satt. Wenn der große Unbekannte etwas von uns will, dann soll er ruhig kommen. Abknallen kann er uns hier inmitten einer von Touristen besuchten Kirche jedenfalls nicht unbemerkt und wenn er etwas zu sagen hat, dann nur zu, ich bin ganz Ohr«, meinte Sina und in seiner Stimme schwang ein trotziger Unterton mit.

Paul überlegte und gab seinem Freund recht. »O.k., der Punkt geht an dich, Georg. Hier sind entschieden zu viele Zeugen, um uns einfach über den Haufen zu schießen«, gab er zu und musterte Georg, der auf den Altar starrte. »Und zweitens?«

»Und zweitens will ich jetzt wissen, was es mit 1468 auf sich hat. Die Antwort muss in dieser Kirche sein, Paul«, stellte Georg klar und machte den Eindruck, als sei er knapp davor, mit dem Fuß aufzustampfen.

»Das ist nichts weiter als ein dummer, bürokratischer Lapsus, Professor Sina«, ertönte da eine Männerstimme unmittelbar neben ihnen. Paul und Georg zuckten zusammen. Wie aus dem Nichts stand plötzlich der Unbekannte da und schaute sie interessiert an. Paul trat verblüfft einen Schritt zurück, Georg fuhr auf.

»Wer sind Sie und was wollen Sie von uns?« Wagner schaute den großgewachsenen Mann scharf an.

»Wer ich bin? Ach, das spielt doch vorerst überhaupt keine Rolle. Ich bin hier und ich habe einen Teil Ihrer Konversation gehört. Sie wollen Antworten? Nun, es ist gut möglich, dass ich einige Antworten für Sie habe«, antwortete Gavint, süffisant lächelnd. Dabei musterte er den Reporter von Kopf bis Fuß.

Paul kam sich mit einem Mal schlecht angezogen vor. Erst wollte er dem Unbekannten eine Abfuhr erteilen, aber schließlich überlegte er es sich und seine Neugier siegte. »Woher wissen wir, dass Sie überhaupt die richtigen Fragen kennen«, konterte Paul schlagfertig.

Der Mann lächelte überheblich. »Nun, davon müssen Sie ausgehen, darauf müssen Sie vertrauen.« Er schaute Wagner in die Augen.

»Anders gesagt, Sie müssen ganz einfach mir vertrauen.« Mit einer Geste der Offenheit streckte der Südafrikaner die Hände aus und hielt Paul und Georg die Handflächen hin. Doch dann zog er sie wieder zurück und meinte lakonisch: »Oder wir lassen es gut sein, ich gehe wieder meiner Wege und Sie fischen weiter im Trüben nach Friedrichs flinken Fischen.«

»Mit Speck fängt man Mäuse, Herr Unbekannt«, schaltete sich Georg ein. »Wenn Sie uns etwas zu sagen haben, dann reden Sie. Was meinten Sie mit ›bürokratischer Lapsus‹?«

»Oh, ganz einfach, Professor. Dieses Gotteshaus war nicht immer eine Georgskirche, sondern ursprünglich eine Frauenkirche, die Maria, der Gottesmutter, geweiht war. Bis Kaiser Friedrich 1462 gelobte, einen Ritterorden zu gründen, im Zeichen des heiligen Drachentöters und zum Kampf gegen die Türken«, erklärte Gavint.

»Und dann?«, hakte Georg ungeduldig nach.

Der Südafrikaner ließ sich nicht aus der Ruhe bringen, lächelte unbeeindruckt weiter und setzte seinen Satz fort: »Und dann? Ich sage es Ihnen ja, dann passierte ein bürokratischer Lapsus. Friedrich rechnete offenbar fest damit, dass die offizielle Geburtsstunde seiner Bruderschaft 1468 schlagen würde. Diese Zahl ließ er verschlüsselt an der Wappenwand anbringen. Aber leider ließ sich Seine Heiligkeit Papst Paul II. bis zum 1. Januar 1469 Zeit, die entsprechende Urkunde auszustellen. Die Bürokratie im Vatikan hatte dem Kaiser ein Bein gestellt. Sie sehen, auch dem langfristig planenden Kaiser Friedrich unterliefen Fehler.«

»Das wäre Ihnen sicherlich nicht passiert, oder irre ich mich?«, warf Paul spöttisch ein, den die betont zur Schau getragene Selbstsicherheit des Mannes ärgerte.

Gavint schaute ihn nachsichtig an. »Warum so feindselig, Paul? Ich darf Sie doch Paul nennen? Ihr Freund Professor Sina hat Sie vorhin auch so genannt. Hat Ihnen das Feuerwerk vor Ihrer Remise etwa nicht gefallen? Den Bewahrern oder Todesengeln, wie sie die Zeitungen nannten, hat es ganz sicherlich nicht in den Plan gepasst.« Der Tonfall des Südafrikaners wurde mit einem Schlag kalt und distanziert. »Vergessen Sie eines nicht, Herr Wagner. Ohne mich würden Sie und Professor Sina schon längst auf der Harfe spielen und frohlocken, zusammen mit den Engeln, die Friedrichs Geheimnis bewachen.«

Paul schluckte.

»Ich war an Ihrer Seite in den letzten Tagen, ich habe Sie beobachtet, Sie beschützt. Es gibt keinen Grund für Ihre Feindseligkeit.« Gavint lehnte sich an die Kirchenbank und blickte sich in der Kirche um. »Glauben Sie, dass Sie so weit gekommen wären ohne meine Hilfe?«

Paul war verwirrt. Der Mann wusste offensichtlich Bescheid, aber auf welcher Seite stand er? Er sah nicht gerade chinesisch aus und zu den Todesengeln konnte er auch nicht gehören. Noch ein Geheimdienst? Wie viele Seiten gab es in diesem Rennen um das große Geheimnis überhaupt?

»Waren Sie etwa auch in Chemnitz?«, fragte er den eleganten Fremden.

»Nein, das war ein Ausflug, den ich nicht mitgemacht habe.« Gavint lächelte wieder und die Kälte in seinen Augen war mit einem Schlag verschwunden.

Ein gefährlicher Mann, dachte sich Georg und mit einem Seitenblick auf Paul stellte er fest: »Zugegeben, ich bin beeindruckt. Ihre Show ist gut, Ihre Informationen dafür leider weniger. Auf die Sache mit dem Ritterorden Friedrichs und dem bürokratischen Lapsus wäre ich nach ein wenig Nachdenken und Wälzen der richtigen Bücher auch gekommen. Und der kleine ›Knall‹ in Breitensee stand gewiss in jeder Zeitung. Also – nichts Besonderes, was Sie uns da anbieten. Sie pokern ein wenig und wir zwei hier …«, er deutete auf sich und Paul, »… haben dabei einen verdammt hohen Einsatz. Unser beider Leben ist im Topf. Ist Ihnen das klar?«

Gavint legte den Kopf schief, dann nickte er stumm.

Georg ließ sich nicht bremsen. »Aber wie steht es mit Ihnen? Warum oder für wen sitzen Sie am Tisch? Ich will jetzt wissen, ob Sie bluffen. Also erhöhen Sie den Einsatz oder passen Sie und verschwinden dahin, wo Sie hergekommen sind.«

»Sie wollen, dass ich die Karten auf den Tisch lege, Professor? Aber das nimmt dem Spiel doch den Reiz«, grinste Gavint und schüttelte den Kopf.

»Das ist mir vollkommen egal«, knurrte Georg und fixierte den Südafrikaner. »Unser Einsatz ist der höchste hier am Tisch und ich wiederhole: Ich will sehen!«

»Also gut, ich erhöhe, um bei Ihrem Bild zu bleiben, Professor. Sie wollen sehen? Dann zeige ich Ihnen etwas. Kommen Sie mit!« Der elegante Mann drehte sich um, ging erhobenen Hauptes voran und gab Paul und Georg über die Schulter ein Zeichen, ihm nach draußen auf den Burgplatz zu folgen.

Die schmale Frau, die hinter einem der massiven Kirchenpfeiler hervortrat, blickte den drei Männern überrascht nach und folgte ihnen dann in einigem Abstand.

»Was sehen Sie dort, Professor?«, fragte Gavint, deutete nach oben und blickte den Wissenschaftler erwartungsvoll an. Es regnete noch immer und lauter kleine silberne Perlen schienen entlang der Wappenwand vom Himmel zu fallen.

»Die Kirschenmadonna. Besser gesagt, ihre Kopie, das Original steht im Inneren der Kirche«, sagte Georg und wartete auf die versprochenen Erklärungen. Paul hatte inzwischen Tschak von seinem Platz am Kirchentor geholt und führte ihn an der Leine. Als der kleine Hund Gavint sah, strich er um seine Beine, schnüffelte, stellte dann die Nackenhaare auf und knurrte.

»Du hast offenbar ein gutes Gespür für Menschen, mein Kleiner«, flüsterte der Reporter Tschak ins Ohr und hob ihn vorsichtshalber zu sich auf den Arm.

»Gib ihn mir, bevor er noch ausfällig wird«, meinte Georg, nahm Tschak zu sich und kraulte ihn beruhigend zwischen den Ohren.

Der Südafrikaner betrachtete Mann und Hund herablassend und verzog seinen Mund zu einem schiefen Grinsen. Angewidert wandte er seinen Blick von Tschak ab und zeigte hinauf zu den drei Heiligenfiguren.

»Es geht zunächst nicht um Maria, sondern um die Frau links von ihr«, erklärte er kurz angebunden.

»Das ist die heilige Barbara«, antwortete Sina, »und die Figur rechts von Maria ist die heilige Katharina. Das weiß ich auch so. Was ist daran so Besonderes?« Tschak schnurrte wie eine Katze und genoss das Kraulen.

»Wissen Sie, Professor, nur weil diese Wappenwand und die Figuren unbemalt sind, heißt es doch nicht, dass hier keine Farben im Spiel sind«, bemerkte Gavint fast beiläufig und beobachtete aus den Augenwinkeln aufmerksam Georgs Reaktion.

Armer Tschak, dachte Paul, der mit halbem Ohr zuhörte, wenn ihn Georg so angestrengt weiterkrault, dann hat er bald eine Glatze.

Sina konzentrierte sich. »Aber natürlich«, rief er dann, »die schwarze Barbara und die rote Katharina! Schwarz und Rot sind die traditionellen Farben ihrer Gewänder.« Er blickte nochmals hinauf und dann überlegte er laut: »Maria ist eine Jungfrau … unbefleckt … Also ist sie weiß!«

»Denken wir in alchemistischen Begriffen«, forderte Gavint den Wissenschaftler auf. »Was bedeutete das?«

Georg musste nicht lange überlegen. »Barbara ist die Schwärze, die gereinigt werden muss, Maria ist die Reinigung, und das Rot der Katharina ist die alchemistische Vollendung, der Stein der Weisen?«

»Genau«, stimmte Gavint zu, »die drei alchemistischen Reichsfarben, die drei Steine aus der Legende vom Priesterkönig Johannes, wenn Sie von der schon einmal gehört haben.«

»Sie wissen sehr viel«, gab Sina zu, schaute an der grauen Wappenwand hoch und verstand die Symbolik mit einem Mal. Er dachte laut nach. »Barbara, Nothelferin in der Stunde der Sterbesakramente, ist die Schwärze. Maria, die weiße, reine Jungfrau, gebar den Menschensohn, Jesus Christus, der mit seinem Opfertod die Reinigung herbeiführte. Katharina, Nothelferin aller Studierenden, Schutzherrin der Universität und des Wissens, steht mit ihrem Rad für das unendliche Reich Gottes, das der Messias mit seiner Auferstehung von den Toten eingeleitet hat. Jesus hat demnach den Tod besiegt und das Reich Gottes eingeleitet. Das ist in mittelalterlicher Sakralkunst eine übliche Botschaft.«

Gavint nickte bestätigend und lächelte wieder sein nachsichtiges Lächeln. Paul kam sich vor wie ein Schulbub, der nur die Hälfte verstanden hatte. »Die Kirschen!«, warf er ein, »warum hält uns Jesus Kirschen hin?«

»Kirschen sind gut gegen Arthritis! Erinnerst du dich an den Schottenaltar mit all seinen Gräsern und Kräutern und Früchten?«, fragte Georg den Reporter.

»Ich habe es dir schon einmal gesagt, deinen Energydrink brauen wir ein anderes Mal«, seufzte Wagner und verdrehte die Augen.

»Oh!«, machte der Südafrikaner erfreut. »Sie erproben ein Rezept? Erzählen Sie mir mehr davon.«

»Wir erproben gar nichts, vergessen Sie es«, winkte Paul ab. »Wissen Sie etwas über die Kirschen im Korb?«

»Vordergründig handelt es sich um Steinobst, aber eigentlich sind Kirschen nur kleine runde rote Kügelchen, vergessen Sie das nicht«, gab Gavint gut gelaunt zu bedenken.

»Jetzt bin ich genauso gescheit wie vorher«, stellte Paul resignierend fest und schaute hilfesuchend zu Sina, der mit den Schultern zuckte.

Der Südafrikaner wurde wieder ernst. »Friedrich hat seine Hinweise immer auf mehreren Ebenen versteckt, das sollten Sie bei Ihrer künftigen Suche nicht vergessen.«

»Sie sind bemerkenswert gut informiert«, gab Sina zu, »sind Sie Historiker?«

Gavint lächelte anerkennend. »Touché, Professor Sina, allerdings Hobbyhistoriker. Es gehört zu meinem Beruf, gut informiert zu sein. Es ist sozusagen meine Lebensversicherung, die Hintergründe zu kennen.«

»Und was ist Ihr Beruf?«, wollte Paul wissen.

»Schutzengel zu spielen für Suchende und Irrende«, antwortete Gavint geheimnisvoll.

»Danke, mit Schutzengeln sind wir bereits bedient«, sagte Wagner. »Was haben Sie eigentlich in der Michaelerkirche gemacht? Waren Sie zufällig zur rechten Zeit am richtigen Ort?«

»Sagen wir, ich habe Sie nie ganz aus den Augen verloren, das hat mein Beruf so an sich.«

»Und was sollen wir Ihrer Meinung nach als Nächstes unternehmen?«, fragte Georg und ließ sein Gegenüber nicht eine Sekunde aus den Augen.

»Ich muss gestehen, dass meine Informationen bedauerlicherweise nur bis hierher reichen«, gab Gavint zu. »Alles Weitere müssen Sie schon selbst herausfinden. Ich werde mich wieder verabschieden, meine Herren. Ich bin überzeugt, dass wir uns bald wiedersehen werden. Vielleicht konnte ich Ihnen ja ein Stückchen weiterhelfen.«

Gavint deutete eine Verbeugung an, drehte sich um und war kaum zwischen den geparkten Autos verschwunden, als der »Pizza-Expresss« um die Ecke röhrte und Valerie genau vor ihnen anhielt.

»Ich bin froh, euch zu sehen«, sagte sie, »irgendwelche Probleme?«

»Nur ein seltsamer Kauz, der behauptete, unser Schutzengel zu sein und uns ein paar Hinweise gab«, meinte Georg und kletterte nachdenklich auf die Rücksitzbank des Mazda. Goldmann schaute alarmiert Paul an, der sich auf dem Beifahrersitz anschnallte.

»Glaubt ihr, er war von den Bewahrern?«, fragte sie.

Paul und Georg schüttelten die Köpfe. »Nein, er behauptete, er sei es gewesen, der ihren Wagen bei meiner Remise in die Luft gesprengt hatte«, überlegte Paul laut, »aber dann war er es wohl auch, der den Blutfleck nahe am Tatort hinterließ, wie mein Informant berichtete.«

»Ich bin aus ihm nicht klug geworden«, warf Georg ein und nahm Tschak, der neben ihm auf dem Sitz zusammengerollt lag, die Leine ab. »Vielleicht der nächste Geheimdienst, der sich einschaltet?«

Paul und Valerie überlegten angestrengt.

»Wir wissen noch immer nicht, wohin uns Friedrich von hier aus führen will. Im Grunde sind wir so weit wie vorher. Es ist frustrierend. Es sieht ganz so aus, als sei einer der Hinweise verloren gegangen in den Jahrhunderten, so wie ich es vermutet hatte«, stellte Paul schließlich fest und machte seine Jacke auf, die vom Regen durchnässt war. Er spürte etwas Hartes in der inneren Jackentasche und zog den feuchten Umschlag mit dem Vermächtnis Mertens' heraus.

»Der reist mit uns durch halb Europa«, meinte der Reporter und wollte das zerknitterte Kuvert in die Seitentasche der Wagentüre stecken, als Georg seine Hand ausstreckte.

»Warte, Paul, gib mir den Umschlag bitte, ich glaube, wir haben etwas übersehen.«

Wenige Minuten später beschleunigte der »Pizza-Expresss« südwärts, aus Wiener Neustadt hinaus und in Richtung der Südautobahn.

Die schmale Frau hatte ihren Mantelkragen hochgeschlagen, als der »Pizza-Expresss« auf dem Burgplatz eintraf. Sie beobachtete, wie Wagner und Sina einstiegen und fragte sich, wer der Unbekannte gewesen war, der so lange mit den beiden gesprochen hatte. Dann schaute sie ungeduldig auf ihre Uhr. Als sie wieder aufblickte, sah sie einen neuen, schwarzen Golf auf den Platz einbiegen. Sie winkte kurz und der Wagen beschleunigte in ihre Richtung, hielt und ließ sie einsteigen. Der rote Mazda stand noch immer mit laufendem Motor an derselben Stelle, als die Frau schon wieder ausstieg und in Richtung Innenstadt davonging.

Peer van Gavint hatte den Mazda und den Golf beobachtet und setzte nun seinen Feldstecher ab. Er lächelte, als der »Pizza-Expresss« losfuhr, gefolgt vom schwarzen Golf. »Wir bleiben etwas zurück, ich möchte nicht entdeckt werden«, sagte er zum Chauffeur und kurz darauf glitt der Audi A8 lautlos über das regennasse Pflaster in Richtung Süden.

Agnesgasse, Wien – Sievering/Österreich

Kommissar Berner saß nun bereits seit fünf Stunden in Sichtweite der großen, repräsentativen Villa und niemand hatte in dieser Zeit das Haus betreten oder verlassen. Die Fenster blieben dunkel und das große, zweistöckige Gebäude schien wie ausgestorben. Der Wiener Nobelbezirk Döbling mit seinen Botschaften und Herrschaftshäusern, Fabrikantenvillen und Stadtresidenzen ausländischer Potentaten war in die Abendruhe versunken. Nur ab und zu glitt ein Wagen an Berners geparktem Auto vorbei, manchmal öffneten sich Garagentore wie von Geisterhand und sensorgesteuerte Scheinwerfer beleuchteten gepflegte Kieswege und manikürte Rasenstücke. Dann versank alles wieder zeitgesteuert im Dunkel.

Berner war gerade dabei, sich auszurechnen, wie viele Jahrhunderte er wohl arbeiten müsste, um sich hier ein Haus leisten zu können, als es leise an der Seitenscheibe klopfte. Am massigen Schatten neben seinem Auto erkannte der Kommissar Eddy, der ganz in Schwarz mit der Nacht zu verschmelzen schien. Der Exringer ließ sich auf den Beifahrersitz fallen und zog die Tür leise hinter sich zu.

»Man kann sagen, was man will, schwarz macht schlank«, meinte Berner, »ich hab dich gar nicht kommen sehen.«

Eddy kicherte und stellte eine kleine Tasche zwischen seinen Beinen auf den Boden. »Guten Abend, Herr Kommissar. Sie sind überpünktlich. Ich hoffe nur, der Vorhang ist noch nicht hochgegangen und das Orchester stimmt sich noch ein. Ich möchte um keine Preis die Ouvertüre verpassen.«

»Schon gut, Eddy, alles wartet nur mehr auf dich«, brummte Berner und breitete eine Luftaufnahme vor Eddy aus. »Siehst du die hellgelbe Villa mit dem hohen Zaun? Das ist unsere Bühne.« Berner zeigte auf die Rückseite des Gebäudes. »Es gibt einen Hintereingang und durch den werden wir ins Haus kommen. Dann schauen wir weiter. Hast du dich in deinem Netzwerk umgehört?«

Eddy nahm das Foto und hielt es ans Licht, das von der Straßenlaterne durch das Seitenfenster in den Wagen fiel. »Ja, aber niemand weiß Näheres über das Haus. Es gehört einem religiösen Orden, der es kurz nach dem Zweiten Weltkrieg erworben hat. Es stand zum Verkauf, als die früheren Besitzer nicht mehr nach Österreich zurückkehren wollten, nachdem sie 1938 ins Exil in die USA gegangen waren. Ich nehme an, sie wollten nicht in einer zerbombten und geteilten Stadt wohnen, wer kann es ihnen verdenken?« Eddy gab Berner die Fotografie zurück. »Sonst war nichts zu erfahren, die jetzigen Besitzer sind nicht gerade für ihre intensive Öffentlichkeitsarbeit bekannt.« Der Exringer kicherte und nahm seine Tasche vom Boden. »Wollen wir? Ich nehme an, Sie haben die Villa lange genug beobachtet, Herr Kommissar?«

Berner nickte und sah sich ein letztes Mal um. Dann stieg er aus und machte sich gemeinsam mit Eddy auf den Weg zu dem vornehmen, schmiedeeisernen Tor, das kein Namensschild aufwies.

Die Straße war menschenleer. Eddy zog eine kleine Taschenlampe aus seiner Tasche und richtete sie auf das Schloss des Gartentors. »Kinderspiel«, murmelte er, rührte das Schloss jedoch nicht an, sondern nahm einen kleinen viereckigen Plastikwürfel mit Leuchtdioden und glitt damit über den Bereich des Schlosses und den oberen Teil des Tores. Erst als alle Leuchtdioden dunkel blieben, war er zufrieden und wählte einen flachen, schlüsselähnlichen Gegenstand aus einem Seitenfach der Umhängetasche. Kommissar Berner warf einen Blick über seine Schulter auf die Gehsteige und die Fenster der umliegenden Häuser, aber alles blieb dunkel und niemand war auf der Straße.

Als Berner sich wieder zu Eddy wandte, war das Tor offen und der beleibte Exringer kletterte mit einer wieselflinken Behändigkeit, die der Kommissar ihm gar nicht zugetraut hätte, die Stufen zum Eingang empor.

Berner lehnte hinter sich das Gartentor nur an und beeilte sich, ihm zu folgen. »Siehst du irgendwo Überwachungskameras?«, flüsterte der Kommissar, als er neben Eddy im Dunkel des Hauseingangs stand.

Sein Begleiter schüttelte den Kopf und antwortete leise: »Wir bleiben eng an der Wand und gehen zum Hintereingang. Wenn wir erst einmal auf der Rückseite sind, dann geben uns die Gebüsche und Bäume Deckung.« Eddy wollte schon loslaufen, als Berner ihn am Arm zurückhielt und auf ein kleines rotes Licht deutete, das durch die Eingangstüre zu sehen war. Es blinkte in regelmäßigen Abständen.

»Ein Bewegungssensor«, flüsterte Eddy, »aber er überwacht nur das Innere des Hauses. Los!« Sie umrundeten das Gebäude, kletterten über eine kleine Böschung und schlüpften durch einen Fliederbusch, dann standen sie vor der Rückseite der Villa. Drei Stufen führten zu einer kleinen Terrasse, auf der einige Gartensessel und ein großer Tisch standen. Eddy war bereits an der doppelflügeligen Glastüre und fuhr mit seinem Scanner den Rahmen auf und ab. »Alarmanlage«, sagte er nur und kramte in seiner Tasche. »Wenn wir die Türe aufmachen, dann haben wir maximal zehn Sekunden, bevor der Alarm losgeht. Wir müssen also schnell sein.«

Berner schaute Eddy ratlos an. »Ach was, stehen Sie mir nur nicht im Weg herum, Herr Kommissar, und machen Sie das, was ich Ihnen sage.« Damit widmete sich Eddy wieder der Glastüre, die keine fünf Sekunden später offen war. Sofort zog er Berner am Ärmel hinter sich ins Haus, schloss die Tür wieder und klebte eine kleine, grüne Halbleiterplatte mit den Kontakten auf einen der Signalgeber der Alarmanlage.

»Das wäre erledigt, und nun zum Bewegungssensor«, flüsterte Eddy zufrieden und verschwand im Dunkel. Kommissar Berner wagte es nicht, sich zu rühren und erwartete jeden Moment den schrillen Klang eines Alarms, der die Bewohner der umliegenden Häuser aus ihren Betten katapultieren würde. Doch zu seiner Überraschung blieb alles ruhig.

Eine Uhr läutete mit einem Westminster-Gong und Berner schaute aus Gewohnheit auf seine Armbanduhr. Es war genau 22:30 Uhr und der Klang eines vorbeifahrenden Autos wurde lauter und wieder leiser. Dann war es still und nur mehr das Ticken der Uhr war zu hören.

»Schon wieder da, alles erledigt, Sie können gefahrlos auf die Suche nach Ihren Informationen gehen«, kicherte Eddy, als er plötzlich wieder neben Berner stand.

»Die Leute haben nicht übertrieben, du bist wirklich der Beste«, murmelte der Kommissar anerkennend und Eddy lächelte bescheiden in der Dunkelheit. »Ich suche Akten, Aufzeichnungen, Dokumente oder alte Chroniken über den Orden, ich möchte wissen, wer dahintersteckt, was die Aufgabe der Todesengel ist und ich will Namen«, präzisierte Berner. »Schauen wir zuerst, ob es einen Safe gibt. Wenn nicht, dann verschwindest du so schnell wie möglich wieder von hier, Eddy. Es genügt, wenn ich mich in Schwierigkeiten bringe.«

Berner knipste seine Taschenlampe an und schirmte den Strahl mit seiner rechten Hand ab, dann ließ er den dünnen Lichtstrahl über die Wände wandern und pfiff leise durch die Zähne. Wertvolle Antiquitäten füllten den Raum und der Perserteppich, auf dem Berner stand, war mindestens zweihundert Jahre alt. Porträts und große, gezeichnete und kolorierte Stammbäume der Habsburger bedeckten fast den gesamten Platz an den Wänden.

»Das ist nicht gerade, was ich unter einem Bettelorden verstehe«, flüsterte Eddy anerkennend und blieb vor einem barocken goldenen Kelch stehen, der verschwenderisch mit großen Farbedelsteinen besetzt war. Dann begann er hinter jedes Bild zu schauen, fand aber keinen Wandsafe und ging weiter in die nächsten Räume. Berner folgte ihm. Die Villa hatte zwei Geschosse, die durch eine große geschwungene Treppe in der Halle miteinander verbunden waren.

»Schauen wir, ob es ein Arbeitszimmer gibt«, meinte Berner und schickte Eddy nach oben, während er selbst die Räume im Erdgeschoss durchsuchte. Neben der Küche und einem Speisezimmer gab es den Salon, durch den Berner ins Haus gekommen war, und eine Bibliothek, die an drei Wänden Platz für Hunderte von Büchern bot. Der Kommissar ließ das Licht seiner Taschenlampe über die ledernen Buchrücken gleiten. Neben französischen, italienischen und englischen Titeln standen wertvolle Erstausgaben von Goethe und Schiller. Bevor sich Berner entscheiden konnte, wo er hier mit seiner Suche beginnen sollte, hörte er einen leisen Pfiff. Schnell verließ er die Bibliothek und stieg die Treppe hinauf zu Eddy, der ihn in ein großes Zimmer winkte. Durch die zugezogenen Vorhänge fiel nur ein schmaler Lichtstreifen, aber der Kommissar erkannte einen großen, weißen Teppich mit einem roten sechszackigen Stern. Hinter einem der Ölgemälde, das Eddy abgehängt hatte, war der Safe. Und er stand zur Überraschung Berners weit offen.

»Ich nehme an, es war in Ihrem Sinne, Herr Kommissar«, meinte Eddy leise und deutete auf die Stapel von Dokumenten, die sich in vier Fächern übereinander türmten.

Berner nickte. »So, und jetzt raus hier, Eddy, alles andere ist meine Aufgabe. Wenn ich gehe, ziehe ich einfach nur die Türen zu. Danke für alles, du bist draußen.«

»Wie Sie wollen, Herr Kommissar, der letzte löscht das Licht …« Eddy kicherte und war auch schon in der Dunkelheit verschwunden. Berner zog die Vorhänge ganz zu und knipste eine kleine Lampe mit grünem Glasschirm auf dem Schreibtisch an. Dann nahm er den ersten Stapel Dokumente aus dem Safe und begann zu lesen.

Zwei Stunden später war Berner klar geworden, was für ein unbeugsamer Gegner ihnen gegenüberstand. Die Tempelherren waren mit ausreichend finanziellen Mitteln ausgestattet, die sich seit Jahrhunderten ununterbrochen vermehrt hatten. Kaiser Friedrich hatte gut für den Schutz seines Geheimnisses gesorgt. Er hatte von Anfang an eine große Summe bei den Fuggern hinterlegt, zu erstklassigen Konditionen. Selbst große und bedeutende karitative Vorhaben, wie die Gründung von Spitälern oder die Einrichtung von Armenhäusern, hatten nie ein großes Loch in das Budget des Ordens gerissen. Der Rat der Zehn, die Bewahrer, war stets vorzüglich ausgestattet gewesen, durch die Jahrhunderte hindurch bis heute. Selbst in den dunkelsten Zeiten hatten weder Regierungswechsel noch Wirtschaftskrisen oder Inflation den Schutz des Geheimnisses beeinträchtigen können. Der Rat war noch nie gescheitert, weder am Geld noch an den Umständen. Was Berner las, war eine fünfhundert Jahre lange Erfolgsgeschichte, stellenweise mit Blut geschrieben.

»Guten Abend, Herr Kommissar!« Die leise Stimme ließ ihn hochfahren und schuldbewusst die Mappe zuschlagen, in der er gerade gelesen hatte. Er blickte sich um. Im Schatten der Eingangstüre, außerhalb des matten Lichtkreises der Leselampe, stand eine zierliche Gestalt, die eine Pistole in der Hand hielt.

»Ich habe es mir gedacht«, sagte Berner leise in die Dunkelheit. Ein Hauch von »Ange ou Démon« erfüllte den Raum. »Sie waren es, die mich bewusstlos geschlagen und dann den jungen Pfarrer in der Schottenkirche erschossen hat. Als Notärztin sind Sie fünfzehn Minuten später wieder auf der Bildfläche erschienen, einen Metallkoffer in der Hand und das notwendige Wissen im Gepäck. Nur das Parfum konnten Sie nicht abwaschen.«

Schwester Agnes lächelte und trat langsam in den Lichtkreis. »Gut kombiniert, Kommissar. Ich habe in meiner Jugend begonnen, Medizin zu studieren, bevor ich in den Orden eintrat. Es war nicht so schwierig, eine Diagnose zu stellen in Ihrem Fall.«

»Vor allem nicht, nachdem Sie es waren, die mich niedergeschlagen hatten«, brummte Berner.

»Legen Sie bitte Ihre Waffe vorsichtig auf den Schreibtisch und Ihr Handy gleich dazu, dann treten Sie bis an die gegenüberliegende Wand zurück, Kommissar. Ich möchte Sie nicht verletzen, aber ich würde nicht eine Sekunde zögern und das wissen Sie.«

Berner holte langsam den Colt aus dem Schulterhalfter und sein Telefon aus der Manteltasche, dann legte er beides auf die Mappe mit der Aufschrift »Heydrich«, in der er zuletzt gelesen hatte. »Sie sind vor nichts zurückgeschreckt, um das Geheimnis Friedrichs zu schützen«, sagte Berner und trat an die gegenüberliegende Wand zurück. »Faust, Brahe, Saint-Germain, Cagliostro, Rasputin, Heydrich, eine illustre Runde des Todes.«

Schwester Agnes nickte stumm, nahm den Colt Berners und entlud ihn. Dann schaltete sie sein Handy ab und wandte sich an den Kommissar. »Ich freue mich, Sie heute als Gast in unserem Haus begrüßen zu dürfen. Manchmal nimmt uns Gott wichtige Entscheidungen ab. Dafür sollten wir ihm danken.«

»Amen«, erwiderte Berner und fragte sich, wie sie das gemeint hatte.

Kapitel 10 – 17.3.2008

Schloss Panenske-Brezany nördlich von Prag/ Tschechische Republik

Die Sonne war kaum über den Horizont gestiegen, als der schwarze, glänzende Sikorsky S-76-Executive-Hubschrauber mit Schwester Agnes und Kommissar Berner nach einer großen Runde über Prag und einem eleganten Anflug über einem gepflegten Park mit seinen weißen Vasen und griechischen Statuen direkt neben der restaurierten barocken Kirche landete. Das obere Schloss des Gutes war keinen Steinwurf weit entfernt.

Panenske-Brezany, unweit der Autobahn Prag–Dresden, kaum fünfzehn Kilometer nördlich von Prag gelegen, bestand neben dem alten Park aus weiten Ländereien, zwei Schlössern und ausgedehnten Nebengebäuden.

»Was für ein bescheidener Landsitz für einen karitativen Orden«, meinte Berner spöttisch, nachdem ihm Schwester Agnes aus dem Hubschrauber geholfen hatte. Das kleine, barocke Schloss, in Rosa und Weiß gehalten und an drei Seiten hinter hohen Bäumen versteckt, lag am Rande ausgedehnter, gepflegter Grünflächen, in die immer wieder Rosenbeete eingestreut waren.

»Auch der Helikopter gehört wahrscheinlich zu Ihrem alltäglichen Fuhrpark«, stichelte Berner und Schwester Agnes lächelte ihn nachsichtig an.

»Wir denken in großen Zeitabschnitten und Dimensionen. Wenn man fünfhundert Jahre ein Geheimnis hütet, dann darf man keine kurzsichtigen Entscheidungen treffen. Das hier ist historischer Grund und Boden, Kommissar, der Ort ist so alt wie unser Orden. Er war Besitz des Benediktinerinnenklosters St. Georg auf der Prager Burg, dann wurde er im Dritten Reich im Zuge der Arisierung von den Deutschen konfisziert, in Jungfern-Breschan umbenannt und zum Wohnsitz des Reichsprotektors von Böhmen und Mähren umgewidmet. Der Name Heydrich wird Ihnen nach der Lektüre unserer Unterlagen bestimmt etwas sagen.«

Berner nickte.

»Nach dem Krieg fiel es wieder an den tschechischen Staat zurück und wir konnten es erwerben. Seitdem gehört es zu den Besitzungen des Ordens.«

»Wie auch die Villa in der Agnesgasse in Wien?«, fragte der Kommissar und verwünschte sich dafür, Wagner und Sina nicht von seinem kleinen Besuch bei den Tempelherren informiert zu haben. Niemand würde auch nur die geringste Ahnung haben, wo er die Nacht verbracht hatte und wohin er verschwunden war.

»Wie eine Anzahl von anderen Stützpunkten in ganz Europa, Kommissar. Im Laufe der Jahre sind unsere Aktivitäten international geworden, wir sind mit der Zeit gegangen und das Geld, das Friedrich uns hinterlassen hat, musste angelegt und verwaltet werden, damit wir unserer Aufgabe nachkommen konnten. Es hat uns unsere Unabhängigkeit garantiert, die Vielzahl von karitativen Projekten in der ganzen Welt ermöglicht und nicht zuletzt hat es das geschützt, wozu es von Anfang an bestimmt war: des Kaisers Geheimnis.«

Schwester Agnes ging voran über die weitläufige Terrasse und öffnete die Gartentüre des Barockschlosses. »Und was den Hubschrauber betrifft, so borgen wir ihn uns bei Bedarf vom Hersteller aus, der hier in unmittelbarer Nähe seinen eigenen Flughafen hat und dessen Hauptaktionäre wir sind. Sie sehen, wir vergeuden keine Mittel.«

Die zierliche Frau nahm Berner die Handschellen ab und wies auf eine kleine Sitzgruppe, die nahe am Fenster einen Blick über den Park bot.

»Nehmen Sie bitte Platz, Kommissar, und genießen Sie die Aussicht. Ich werde uns Kaffee und ein kleines Frühstück bringen lassen, wenn es Ihnen recht ist. Und versuchen Sie nicht zu fliehen, das Schloss ist gut bewacht und Sie würden nicht weit kommen, glauben Sie mir.«

Berner nickte resigniert und sah sich in dem großzügigen Gartenzimmer um, dessen Wände mit Tapisserien und Jagdszenen aus allen Epochen geschmückt waren.

Schwester Agnes bemerkte seinen Blick. »Dieses Haus hat eine sehr wechselhafte Geschichte, aber die Jagd stand dabei meist im Vordergrund. Im Jahr 1909 kaufte es der österreichische ›Zuckerbaron‹ Ferdinand Bloch-Bauer und brachte seine Kunst- und Jagdtrophäensammlung hier unter. Was Sie sehen, sind die Stücke, die nach der deutschen Besetzung noch da waren. Schauen Sie sich die Bilder in aller Ruhe an, ich bin gleich wieder zurück.«

Damit verließ sie den Raum und Berner war allein. Als er ans Fenster trat, um den Blick über den Park zu bewundern, sah er aus den Augenwinkeln eine Bewegung. Ein Mann in Schwarz mit einem Schnellfeuergewehr im Arm war auf die Terrasse getreten und überwachte die Vorderfront des Schlosses. Der Kommissar zündete sich eine Zigarette an und suchte vergeblich nach einem Aschenbecher. Schließlich versenkte er das Streichholz in einer Blumenvase, die übervoll mit Tulpen und Narzissen den Frühling heraufbeschwor.

Keine zwanzig Minuten oder drei Zigaretten später betrat Schwester Agnes wieder den Salon, gefolgt von einem weiteren Mann in Schwarz, der auf einem silbernen Tablett Kaffee, Butter, Marmelade und ein Sortiment von Brot und Gebäck servierte. Lediglich die Pistole im Schulterhalfter wollte nicht ganz zu seiner Rolle als Butler passen. Agnes wirkte wie eine Gastgeberin, die es ihrem Besucher an nichts fehlen lassen wollte.

»Ihr Zimmer ist vorbereitet, wenn Sie sich nach dem Frühstück zurückziehen wollen, dann darf ich Sie nach oben begleiten. Es gibt genug Lesestoff und einen Fernseher, Sie werden sich also bestimmt nicht langweilen. Ich muss leider wieder nach Wien zurück und kann Ihnen nicht Gesellschaft leisten.«

»Wie lange wollen Sie mich hier festhalten?«, fragte Berner Schwester Agnes.

»Das kann ich Ihnen ganz genau sagen, Kommissar. Bis übermorgen Mittag, da haben wir den Austausch geplant.«

Berner runzelte die Stirn. »Und gegen wen oder was soll ich ausgetauscht werden? Ich bin nicht so berühmt, dass Sie eine große Summe Lösegeld oder wirklich wichtige Leute für mich bekommen werden«, meinte der Kommissar und wies mit einer umfassenden Handbewegung auf die reich dekorierten Wände. »Außerdem sieht es nicht so aus, als würden Sie noch ein paar Geldscheine mehr brauchen.«

Schwester Agnes lächelte und schüttelte den Kopf. »Nein, Kommissar, wir wollen kein Geld, wir wollen Paul Wagner und Georg Sina und wir sind sicher, dass sie kommen werden, wenn sie erst hören, dass wir Sie als unseren Gast hier haben. Aber darüber können wir uns heute Abend gerne unterhalten, wenn ich aus Wien wieder zurück bin. Ich hoffe doch, Sie werden mir beim Abendessen Gesellschaft leisten.«

»Und wenn Wagner und Sina nicht kommen, was dann? Warum sollten sie freiwillig in ihr Verderben laufen?« Berner blickte ratlos Schwester Agnes an, die plötzlich nicht mehr lächelte, sondern einen berechnenden und kalten Ausdruck in ihren Augen hatte.

»Ganz einfach, Kommissar. Aus Loyalität und aus der Tatsache heraus, dass wir den beiden sonst alle vierundzwanzig Stunden einen Teil Ihres Körpers zuschicken würden, so lange, bis sie es sich anders überlegt hätten.«

Donaustadt, Wien/Österreich

Eduard »Eddy« Bogner machte sich Sorgen. Er hatte zum achten Mal die Nummer des Handys von Kommissar Berner gewählt und stets hieß es »der Teilnehmer ist derzeit nicht erreichbar«. Der Exringer lehnte sich in seinem abgewetzten Bürostuhl zurück und sein rundes Gesicht legte sich in tiefe Falten. Das sah Kommissar Berner gar nicht ähnlich, sich nicht zu melden oder kein Lebenszeichen von sich zu geben, schon gar nicht nach einer Aktion wie gestern Nacht. Er war allein in der Villa in der Agnesgasse geblieben und nun hatte Eddy ein schlechtes Gewissen.

Ich hätte dableiben und zumindest das Haus vom Auto aus überwachen sollen, dachte er sich. Dann hätte ich Berner rechtzeitig warnen können, falls plötzlich unangemeldeter Besuch aufgetaucht wäre. Aber Eddy war nach Hause gefahren und hatte darauf vertraut, dass der Kommissar wusste, was er tat.

Der Lärm von mehreren Schweißgeräten drang aus der Werkstatt. Der Großauftrag für einen Lastenaufzug in einem der Lagerhäuser im Osthafen war zur rechten Zeit gekommen. Eddy wollte keinen seiner Arbeiter entlassen, schon gar nicht in Krisenzeiten wie diesen. Sie hatten alle eine dunkle Vergangenheit, jeder hatte schon einige Jahre seines Lebens hinter Gittern verbracht und die Werkstatt in der kleinen

Nebengasse in Wien-Donaustadt war für sie alle das Sprungbrett in ein normales Leben gewesen, der Weg heraus aus dem Sumpf der Kleinkriminalität.

Eddy überlegte, was in der Agnesgasse passiert sein könnte. Wurde Berner beim Studium der Akten aus dem Safe überrascht? War eine Alarmanlage losgegangen, als er das Haus wieder verlassen wollte? Hatte ihn dann womöglich die Polizei als Einbrecher verhaftet? Was immer auch in der Villa vor sich gegangen war, der Kommissar war nicht erreichbar und das war ein schlechtes Zeichen. Eddy beschloss, dass es an der Zeit war, einen Informanten anzurufen und ein paar Erkundigungen einzuholen.

Keine fünf Minuten später wusste der Exringer, dass Berner in den letzten Tagen viel mit dem Journalisten Paul Wagner und einem Geschichtsprofessor unterwegs gewesen war, angeblich dem Sohn des Polizeipräsidenten. Eddys dicke Finger trommelten auf die Schreibtischplatte, als er auflegte und nachdachte, was er nun machen sollte. Der nächste Schritt könnte sich als völlig falsch erweisen und ins Auge gehen oder aber dem Kommissar unter Umständen ein paar Probleme ersparen. Eddy wälzte das Problem noch einmal in Gedanken und rang sich dann endlich zu einem Entschluss durch. Er wählte erneut eine Nummer und hörte nervös dem Läuten zu. Als Paul Wagner sich meldete, wusste Eddy noch immer nicht, wie er beginnen sollte.

»Ich …also, es ist so … mein Name ist Bogner, Eddy Bogner und ich kenne Kommissar Berner seit vielen Jahren.« Eddy brach verunsichert ab.

Paul spürte seine Ratlosigkeit. »Ich kenne ihn auch seit langer Zeit, aber er ist mir erst vor Kurzem ans Herz gewachsen«, scherzte der Reporter, »erzählen Sie mir einfach, worum es geht.«

»Ich war gestern mit Kommissar Berner auf Besuch in einer Villa in der Agnesgasse in Wien-Döbling …« Eddy wusste nicht so richtig, wie er es Paul sagen sollte.

»Sie waren auf Besuch? Ja und?« Paul verstand nicht ganz, worauf sein Gesprächspartner hinauswollte.

»Na ja, Kommissar Berner hat gewisse Unterlagen gesucht …« Eddy war plötzlich nicht mehr so überzeugt, das Richtige getan zu haben, indem er Paul Wagner angerufen hatte.

Der Reporter begriff plötzlich. »Lassen Sie mich etwas fragen. War es vielleicht so, dass Sie dem Kommissar die Türe geöffnet haben, damit er zu seinen Unterlagen kommen konnte?«

Das Aufatmen war nicht nur hörbar, sondern geradezu spürbar. »Ganz genau so war es«, meinte Eddy erleichtert, »wir haben gemeinsam diese Villa von dem Orden besucht …«

Paul unterbrach ihn alarmiert: »Orden? Sind Sie sicher? Was für ein Orden? Wann war das?«

»Gestern am späten Abend und es war ein religiöser Orden, an dem der Kommissar sehr interessiert zu sein schien. Ein sehr luxuriöses Haus, mit vielen Antiquitäten, jeder Menge alter Ölgemälde an der Wand.« Eddy versuchte sich zu erinnern. »Er sprach von Todesengeln und in dem Zimmer, in dem der Safe war … ich meine …«

»Ist schon in Ordnung, ich verstehe schon, ich glaube, ich weiß, worum es Berner ging. Erzählen Sie bitte weiter.« Wagner klang ungeduldig.

Eddy leckte sich über seine trockenen Lippen und fuhr fort: »Also in dem Zimmer lag ein großer weißer Teppich mit einem roten Stern, ich glaube er hatte sechs Zacken. Und im Erdgeschoss stand ein wunderschöner, steinbesetzter Pokal, Prager Arbeit, Barock, so um 1720.« Der Exringer schwieg, als habe er schon zu viel gesagt.

»Ich entnehme daraus, dass Sie ein Fachmann sind«, drängte der Reporter. »Aber warum erzählen Sie mir das alles?«

»Weil ich seit heute Morgen versuche, den Kommissar am Handy anzurufen und es immer heißt, der Teilnehmer sei nicht erreichbar«, platzte Eddy heraus. Nun schrillten die Alarmglocken auch bei Paul.

»Was hat er gemacht, als Sie die Villa verlassen haben?«, fragte der Reporter nachdenklich.

»Er saß in dem großen Zimmer mit dem Safe und studierte Unterlagen, soviel ich weiß. Er schickte mich weg und ich bin nach Hause gefahren.« Eddys Stimme klang schuldbewusst.

»Wo, sagten Sie, war diese Villa?«, hakte Paul nach.

»In der Agnesgasse in Döbling«, antwortete Eddy, »es ist eine hellgelbe, zweigeschossige Villa mit einem hohen Zaun und einem schmiedeeisernen Tor.«

»Haben Sie Näheres über den Orden herausgefunden gestern Abend? Oder hat der Kommissar Sie gleich wieder weggeschickt?«

Eddy druckste herum. Er hatte es geahnt, dass es nie gut gehen würde, mit einem Reporter zu reden.

»So kann man es nicht sagen …es ist …ich habe, na ja, bevor ich gegangen bin …« Der Exringer stotterte, aber Paul ließ nicht locker.

»Hören Sie zu. Kommissar Berner und wir sind nun seit Tagen hinter jeder noch so kleinen Information her, die wir über den Orden bekommen können. Die Todesengel haben auf uns in Wien einen Anschlag verübt, haben versucht, dem Kommissar einen Mord anzuhängen und wollten uns in Chemnitz endgültig liquidieren. Nun ist Berner offenbar verschwunden. Eddy, spucken Sie es aus! Warum, glauben Sie, ist Kommissar Berner das Risiko eingegangen und hat der Villa einen Besuch abgestattet? Aus purem Vergnügen?« Paul wurde ärgerlich und ungeduldig. »Also, was haben Sie mitgenommen?«

»Wie kommen Sie darauf, dass ich …?«

Paul unterbrach ihn. »Was, Eddy?«

»Also, beim Weggehen habe ich kurz in die Bibliothek geschaut und da lag eine Schatulle mit rotem Samt bezogen und einem sechszackigen Stern darauf. Da dachte ich mir …«

»Ist schon gut, was war drin?«

»Nur Aufzeichnungen, nichts wirklich Wertvolles, aber vielleicht ist es für Sie von Interesse.« Eddy war erleichtert.

»Ich mache Ihnen einen Vorschlag, Eddy. Sie behalten die Schatulle und wir bekommen die Dokumente. Warten Sie kurz!« Paul überlegte fieberhaft. Sie waren in Graz unterwegs … Seine Remise kam nicht in Frage, die Ruine Georgs auch nicht, die israelische Botschaft schon gar nicht. Er brauchte einen sicheren Platz … Dann grinste er und sprach weiter: »Eddy, stecken Sie die Unterlagen in einen neutralen Umschlag und schicken Sie ihn mit einem Kurier an das Büro des Polizeipräsidenten Dr. Sina. Die Adresse kennt jeder Botendienst in Wien und lassen Sie einfach ausrichten, sein Sohn kommt das Kuvert heute oder morgen abholen. Und, Eddy, schreiben Sie groß ›Für Professor Dr. Georg Sina – Privat‹ drauf.«

Hotel »Zum Dom«, Graz, Steiermark/Österreich

Du hast *was*?« Georg war wie vor den Kopf gestoßen. »Wieso ausgerechnet das Büro meines Vaters? Ich wollte die nächsten Jahre einen großen Bogen darum machen. Jetzt muss ich hingehen, mit ihm reden und mir wieder alles Mögliche anhören, wie etwa ›wie siehst du wieder aus?‹ oder ›kannst du nicht auf den Namen Sina Rücksicht nehmen und etwas anderes anziehen?‹ oder ›warum kommst du nicht zum Essen?‹. Danke, Paul, das war wirklich gut überlegt.«

Wagner zuckte mit den Achseln und klappte den Laptop zu. Er hatte für Elena die neuesten Entwicklungen in einem langen Artikel mit dem Titel »Das Geheimnis des ersten chinesischen Kaisers« zusammengefasst und war von Eddys Anruf dabei unterbrochen worden. Jetzt war der Bericht auf dem Weg über den Atlantik und Paul wandte sich dem opulenten Frühstücksbuffet zu. »Ach, stell dich nicht so an, Georg. Früher oder später hättest du sowieso deinem Vater einen Besuch abstatten müssen.«

»Ja, später«, antwortete Sina trocken und köpfte mit einem Schlag sein weiches Ei. Sie waren gestern Abend noch bis in die Grazer Innenstadt gefahren und hatten eine Suite im luxuriösen Hotel »Zum Dom« nahe der Burg gebucht. Nachdem Tschak als vierbeinige Alarmanlage die Aufgabe der Bewachung sehr ernst genommen und bei jedem, der an der Zimmertüre vorbeigegangen war, gebellt hatte, waren Paul, Georg und Valerie beruhigt in einen tiefen, traumlosen Schlaf gefallen.

Paul hatte sich gerade für den Graved Lachs vom Buffet entschieden, als Valerie mit Tschak von einem Spaziergang durch die umliegenden Gassen zurückkam.

»Draußen ist es zwar kalt, aber wenigstens regnet es heute nicht«, meinte Goldmann und schnupperte erfreut den Kaffeeduft und das Aroma der frischen Brötchen. »Und ich habe niemanden Auffälligen gesehen, der in Autos herumsitzt und auf uns zu warten scheint.«

»Man wird geradezu paranoid mit der Zeit«, grummelte Sina und als Valerie mit an den Tisch kam, erzählte Paul vom Eddys Anruf und Berners Besuch in der Villa in der Agnesgasse.

»Du meinst, er ist dort eingebrochen?«, fragte Georg überrascht und ein wenig zu laut. »Das passt so gar nicht zu ihm. Berner muss die

Angriffe auf ihn wirklich persönlich genommen haben, da kennt er keinen Spaß. Jetzt haben die Bewahrer einen Feind mehr. Ich bin gespannt, was er entdeckt hat.«

Valerie strich Butter auf ihr Brötchen und löffelte Marmelade drauf, bis eine dicke Schicht entstanden war, die an der Seite heruntertropfte. »Ich glaube, langsam möchte ich diesen Kommissar Berner kennen lernen. Er klingt interessant«, sagte sie und als Paul sie grinsend anschaute, weil ihr die Marmelade über die Finger rann, fügte sie entschuldigend hinzu: »Wer weiß, wann wir wieder Zeit zum Essen haben. Ich sorge nur vor.«

Irgendwo im gut besuchten Frühstücksraum klingelte ein Handy. Drei Männer, die sich angeregt unterhielten, unterbrachen ihr Gespräch und einer zog sein Mobiltelefon aus der Tasche und nahm das Telefonat an. Er lauschte schweigend und legte wieder auf, ohne ein Wort gesprochen zu haben. Auf eine unmerkliche Kopfbewegung hin standen die drei auf und verließen eilig den Raum. Tschak, der unter dem Tisch eingerollt geschlafen hatte, wachte auf, hob kurz den Kopf und schaute ihnen nach.

Vom Hotel zur Grazer Burg waren es keine fünf Minuten zu Fuß. Valerie hatte ihre Sporttasche im Wagen gelassen und Tschak zur Bewachung auf dem Rücksitz. Als sie vor dem großen Tor der Burg mit dem charakteristischen Rundbogen standen, zog Georg das Vermächtnis Mertens' aus der Tasche und zitierte:

»Dies ist der zweite Weg, den Du beschreiten kannst, um zum Licht zu kommen. Wählst Du den, dann rate ich Dir nur: Geh nach Graz! Beschreite den doppelt gewundenen Weg nach oben!« Der Wissenschaftler faltete die Blätter wieder zusammen und sie betraten den hellen, gepflasterten Burghof.

»Ich habe mich an diese Zeilen erst gestern wieder erinnert, nachdem Paul den Umschlag in seiner Jackentasche gefunden hatte. Mertens ist den Weg schon vor uns gegangen und er hat uns in seinem Vermächtnis mit der Nase draufgestoßen. Graz musste unsere nächste Station sein und der doppelt gewundene Weg nach oben konnte nichts anderes als die Doppelhelix-Wendeltreppe sein, die Friedrichs Sohn Maximilian knapp nach dem Tod Friedrichs erbauen ließ.«

»Doppelhelix? Was meinst du damit?«, erkundigte sich Paul und Valerie zeigte auf die Buchstaben AEIOU, die gemeinsam mit der Jahreszahl 1493 auf einer der Wände der Burg eingraviert waren.

»Nun, es sind zwei parallel laufende Treppen, die symmetrisch nach oben steigen, wie eine Doppelhelix. Sie starten am gleichen Punkt und sie enden auch an ein und demselben Punkt, nur drei Stockwerke weiter höher. Zwei Wege nach oben, um dasselbe zu erreichen«, erklärte Georg und betrachtete die in die Burgmauer eingelassene Steintafel mit dem AEIOU.

»Wenn ich mir diese Gravur ansehe, dann wird mir eines sofort klar. Die fünf Buchstaben sowie die 14 in der Zeile darüber sind im Vergleich mit der 93 daneben keinesfalls von demselben Steinmetz gemeißelt. Die Vokale sind scharfkantig und tief eingegraben, auch die 1 und die 4. Die 93 dagegen ist mit dem Rest nicht bündig und nur ganz flach und ungenau ausgeführt. Gegen den ersten war der zweite Steinmetz offensichtlich ein Stümper.«

»Und was bedeutet das deiner Meinung nach?«, fragte Valerie.

»Das bedeutet, dass dieses Gebäude vor 1493, schon unter Friedrich begonnen, vielleicht sogar fast vollständig errichtet worden ist. Möglich, dass die Wendeltreppe sogar noch aus der Zeit Friedrichs stammt. Der Baumeister, oder sogar der Auftraggeber, ließ jedenfalls den Platz für das Jahr der Fertigstellung bewusst frei halten. Wer weiß, vielleicht hat Friedrich ja etwas aus seinem Lapsus an der Wappenwand gelernt? Jedenfalls hat jemand anderer im Auftrag Maximilians den Bau und die Inschrift vollendet.« Georg dachte kurz nach. »Eines fällt mir noch ein und ist vielleicht noch wichtiger: Im August 1493 litt der Kaiser an Altersbrand und sein linkes Bein musste amputiert werden. Das ließ er ohne Betäubung machen. Kurz nach der Operation, die er gut überstanden hatte, ist er unter ungeklärten Umständen gestorben, angeblich an einem heftigen Durchfall nach dem Verzehr von Melonen.«

»Das ist aber nicht dein Ernst«, warf Paul ein und lachte. »Daran stirbt man nicht.«

»Seltsam, nicht?«, bemerkte Georg. »Friedrich stirbt laut Historikern am 19. August 1493, genau in dem Jahr, das du auf der Inschrift im Hof lesen kannst. Vielleicht bezeichnet die Zahl das Ende seiner Herrschaft. Der Kaiser ist tot, es lebe der Kaiser!«

Goldmann stand vor einer Schautafel, die im Burghof den Besuchern einige Informationen zu der Zwillingswendeltreppe und der gegenüberliegenden Privatkapelle des Kaisers anbot. »Besonderes Interesse verdient die Aufteilung des Kapellenchores in zwei Altarräume. Diese Ausformung steht mit hoher Wahrscheinlichkeit in Verbindung mit der Weihe der Kapelle auf zwei Schutzheilige, die Mutter Gottes und den heiligen Georg«, zitierte sie.

»Erinnert uns das nicht an Wiener Neustadt, wo die Kirche auch zuerst eine Marienkirche war und dann dem heiligen Georg geweiht wurde?«, gab Paul zu bedenken.

»Lasst uns die Treppe anschauen«, schlug Georg Sina vor, ging zu einer kleinen Tür und drückte sie auf. Das niedrige Stiegenhaus teilte sich vor ihnen und je eine Treppe führte nach links und nach rechts. Sie drehten sich gegenläufig und trafen im ersten Stock wieder zusammen, um sich wieder zu trennen und weiterzuführen.

»Das ist wirklich ein Meisterwerk der Baukunst«, bewunderte Valerie das steinerne Monument, »so etwas habe ich noch nie gesehen.« Die Sonne brach durch die Wolken, ihre Strahlen fielen durch die Fenster des Treppenhauses und erweckten die grauen Steine der Treppe zum Leben. Die Maße und Abstände, die geschwungenen Handläufe und hohlen Spindeln, die kühne Konstruktion und die perfekte Symmetrie waren atemberaubend und ergaben ein Kunstwerk in einer Perfektion, wie es sie wohl kein zweites Mal in Europa gab.

»Friedrich hat seinem Sohn Maximilian die Fertigstellung der Doppelhelix-Treppe in seinem Testament aufgetragen, so wichtig war sie ihm. Vielleicht ist dies einer der wichtigsten und letzten Hinweise auf das Geheimnis, den Friedrich uns in seinem Leben gegeben hat«, meinte Georg leise und setzte sich auf eine der historischen Treppenstufen. »Wir müssen ihn nur noch richtig deuten …«

Valerie ging die Treppe ganz nach oben, von wo sie einen wunderbaren Rundblick über den Burghof hatte. Beamte des Steirischen Landtags in Anzug und Krawatte eilten geschäftig über den weiten Hof, Touristen schlenderten umher und posierten für die Kamera, eine japanische Reisegruppe folgte einem lächerlichen karierten Wimpel. Valerie schaute genauer hin. Drei Männer passten nicht so richtig in das Bild der fotografierenden japanischen Gäste. Sie hatten keine

Kameras, keine durchsichtigen knallgelben Regenumhänge und hörten der Reiseleiterin nicht zu. Sie blickten sich verstohlen um, als suchten sie etwas oder jemanden.

Sailfish Marina, Singer Island, Palm Beach Shores, Florida/USA

Die »Incommunicado« war eine 110-Fuß-Yacht und damit das größte Boot, das die exklusive »Sailfish Marina« im weltbekannten Palm Beach Shores anlaufen konnte. Die Wassertiefe im Intercoastal Waterway, der Wasserstraße an der Atlantikküste der Vereinigten Staaten, die parallel zum Meer von New York bis zu den Florida Keys reicht, ließ keinen größeren Tiefgang zu.

Obwohl es vier Uhr früh und noch dunkel war, warteten zwei weißgekleidete Angestellte der Marina am Steg darauf, dass der Kapitän das Boot längsseits brachte und sie die blau-weiße Yacht festmachen konnten. Das Manöver dauerte keine fünf Minuten und dann schaukelte die »Incommunicado« sicher vertäut in der sanften Brise, die warme Luft von den Bahamas brachte.

Medienmogul Fred Wineberg war in seinem Liegestuhl am Sonnendeck eingeschlafen. Als seine private Krankenschwester ihn weckte, um die Infusion zu erneuern, fuhr er hoch und blickte erst orientierungslos um sich. Dann erkannte er die Schwester und sein Mund verzog sich zu einem schiefen Grinsen.

»Ein neuer Cocktail für die Krebszellen?«, fragte er ironisch und schloss die Augen.

»Sie wissen genau, dass es Ihr Immunsystem stärken soll, Wunder kann die Infusion auch keine wirken«, gab die Schwester schnippisch zurück. Wineberg war ein launischer, reicher, mit einem Wort ein schwieriger Patient.

Bevor sie wieder ging, gab die Schwester Wineberg noch eine Mappe mit den neuesten Mails, die seine Sekretärin im kleinen Büro des Schiffes ausgedruckt hatte. Der alte Mann öffnete die Augen, sah die Mappe und sagte: »Meine Brille.«

»Auf Ihrer Stirn«, gab die Schwester ungerührt zurück und verließ das Sonnendeck.

Starke Halogenlampen erhellten das Deck der »Incommunicado« und Wineberg begann die neuen Berichte von Paul Wagner, die ganz obenauf lagen, zu lesen. Geregelte Arbeitszeiten hatte es für ihn nie gegeben, seit er vor Jahrzehnten in den USA angekommen war und es vom kleinen Reporter zum Besitzer von drei großen Tageszeitungen und zwei TV-Stationen gebracht hatte. Als er bei der Schilderung der Vorgänge in Chemnitz angekommen war, legte er die Mappe zur Seite, blickte grübelnd auf die schaukelnden Boote am Nebensteg und läutete nach seiner Sekretärin, die ihn auf allen seinen Reisen begleitete.

»Maggie, finden Sie heraus, wer diese Valerie Goldmann ist, von der in dem Artikel die Rede ist. Wenn nötig, rufen Sie Paul Wagner an und erkundigen Sie sich auch bei ihm. Und trödeln Sie nicht wieder herum.«

Dann las Wineberg den Bericht zu Ende und griff zu seinem Telefon, um mit Elena Millt zu sprechen. Ein leichter Lichtstreifen zeigte sich am Horizont und zwei Pelikane segelten elegant und lautlos übers Wasser und ließen sich auf einem der weißgestrichenen Stege nieder. Wineberg sah sie an und murmelte: »Unnötige Viecher, kommt mir ja nicht aufs Boot, ihr scheißt sowieso nur alles voll.«

»Millt, United Media Group.« Elenas Stimme klang professionell wie immer, obwohl sie Wineberg gerade aus dem Bett geholt hatte.

»Wineberg. Elena, ich brauch alles, was Sie zum ersten Kaiser von China finden können. Dann möchte ich von Ihnen alle Details zu diesem Kaiser Friedrich haben, von dem Wagner dauernd erzählt.«

»Haben Sie seine letzten Reportagen gelesen?«, fragte die Verlagsleiterin mit unverhohlener Begeisterung in der Stimme.

»Warum, glauben Sie, rufe ich Sie an?«, murrte Wineberg. »Weil mir langweilig ist?«

»Nein, Mr. Wineberg«, gab Elena kleinlaut zu.

»Ich möchte noch viel mehr über diese Vorgänge in Wien wissen und über das Geheimnis dieses Kaisers. Wagner erwähnte eine Valerie Goldmann im letzten seiner Artikel. Aber er war ziemlich schweigsam, was ihre Herkunft und ihren Beruf betrifft. Finden Sie alles über sie heraus, was Sie können. Ich will Ihren Bericht bis heute Mittag auf meinem Tisch liegen haben.« Winebergs Blick fiel auf die Infusionsflasche und wütend zog er sich die Kanüle aus dem Arm. »Und Elena, wann war Ihre letzte Gehaltserhöhung?«

»Vor vier Jahren«, antwortete Millt hoffnungsvoll.

»Dann müssen Sie jetzt nur mehr sechs Jahre warten«, meinte Wineberg trocken und legte auf.

Alte Burg, Grazer Innenstadt/Österreich

Valerie Goldmann lehnte sich aus dem Fenster und versuchte, die drei Männer nicht aus den Augen zu verlieren. Die Reisegruppe stand am Tor zu Friedrichs Privatkapelle und die Frau mit dem karierten Wimpel hielt einen kurzen Vortrag. Unmerklich schoben sich die Männer an den Rand der Gruppe und schlenderten schließlich langsam davon. Sie wandten sich allerdings nicht der Treppe zu, sondern gingen über den Burghof in Richtung Grazer Dom. Georg war ebenfalls bis zum Ende der Treppe hochgestiegen und beugte sich nun neben ihr aus dem Fenster.

»Als Friedrich mit dem Bau der Grazer Burg begann, nahm er auch den Neubau der Kirche in Angriff. Sie ist dem heiligen Ägydius geweiht und es existierte einmal ein Verbindungsgang zwischen der Burg und dem Dom, der aber im 19. Jahrhundert abgerissen wurde.« Valerie hörte nur mit halbem Ohr zu und ließ die drei Männer nicht aus den Augen, die gerade die Hofgasse überquerten.

»Lasst uns doch hinübergehen und einen Blick in die Kirche werfen«, rief Paul von unten. Er lehnte am Fuß der Treppe an der Wand und genoss die Sonnenstrahlen, die immer häufiger und wärmer durch die Wolkendecke fielen. Es roch endlich nach Frühling. Valerie stieß sich ab und rannte die Wendeltreppe hinunter, Georg sah ihr erstaunt nach. Paul hatte die Hände in die Hosentaschen gesteckt und war bereits auf dem Weg über den Burghof.

»Hier haben wir doch alles gesehen«, murmelte er vor sich hin, »wir sind den ›doppelt gewundenen Weg nach oben‹ geschritten und …« Er verstummte mit einem Mal. Die Welt schien rund um ihn zu versinken und er ging wie ein Traumwandler zu einer der Bänke, die auf der weiten Fläche des Burghofs aufgestellt waren. Er setzte sich und sein Blick war starr geradeaus gerichtet, aber er sah nichts von dem, was rund um ihn vorging. Seine Gedanken rasten, schoben Teile des Rätsels in ihre richtige Position, stellten Querverbindungen her, verbannten Unwichtiges in den Hintergrund und kramten Erinnerungen hervor, die sich in den letzten Tagen und Wochen in Ecken seines Gedächtnisses eingenistet hatten. Valerie kam angelaufen, sah ihn an und setzte sich besorgt neben ihn. Paul hob nur abwehrend die Hand, blieb in seiner eigenen Gedankenwelt. Noch war vieles zu ordnen …

Goldmann schaute nach links und rechts, suchte die drei Männer, aber sie hatte sie aus den Augen verloren. Waren sie in den Dom gegangen? Auf der Straße waren sie nicht mehr zu sehen. Georg Sina kam und ließ sich auch auf die Bank fallen, schaute Paul und Valerie erstaunt an.

»Was ist denn mit euch los? Habt ihr einen Geist gesehen?«, fragte er überrascht, als er den konzentrierten Gesichtsausdruck Wagners sah und die suchenden Blicke von Valerie.

»Georg, ich hab's!«, rief Paul mit einem Mal aus. »Es war ganz logisch, von Anfang an, aber wir haben es nicht sehen wollen, nicht sehen können, weil es so ungeheuerlich ist.« Valerie und Georg schauten ihn neugierig an und Goldmann vergaß für einen Moment die Unbekannten.

»Was ist so ungeheuerlich?«, erkundigte sich Sina stirnrunzelnd und lehnte sich interessiert vor.

»Friedrichs Geheimnis«, meinte Wagner ernst und stützte den Kopf in die Hände.

»Warte einen Moment«, sagte Georg und legte die Hand auf Pauls Schulter, »willst du mir sagen, dass du es herausgefunden hast? Jetzt und hier? Einfach so?«

Wagner schüttelte den Kopf. »Nicht einfach so, ganz im Gegenteil. Wenn die Treppe nicht gewesen wäre …«

Georg war ratlos. »Was ist an der Treppe so Besonderes, um Gottes willen, dass …« Plötzlich verstummte er und ein Leuchten trat in seine Augen. »Die Doppelhelix, natürlich …«, flüsterte er, »Friedrich kannte die Doppelhelix …«

Paul nickte, während Goldmann verständnislos von einem zum anderen blickte.

»Warum habe ich gerade das Gefühl, blind zu sein?«, seufzte sie.

»Du bist nicht blind, Valerie, nicht blinder als wir«, beruhigte sie Paul. »Aber der Kaiser hatte ein halbes Leben, um sein Geheimnis zu verschlüsseln. Er erdachte Geheimschriften, entwarf ein Monogramm und nahm sich fünfzig Jahre Zeit für sein Grabmal. Er ließ Kirchen bauen, Altäre malen und hinterließ selbst seinem Sohn die Anweisung für den Bau des letzten Hinweises. Aber er hinterließ ihm nicht das Geheimnis, weil es zu furchtbar war.«

Georg saß nachdenklich daneben und versuchte, seine Gedanken zu ordnen. Plötzlich fiel alles an seinen Platz, alle Steine passten mit einem Mal an die richtige Stelle. Was für eine unglaubliche Idee … Er zog aus seiner Tasche den Umschlag mit dem Vermächtnis heraus und suchte nach dem passenden Absatz. Dann erklärte er aufgeregt: »Hört zu. Mertens warnte uns drei Mal gleich zu Beginn.« Dann begann er zu lesen:

»Einmal vor der Macht, die korrumpiert und uns vergiftet, einmal vor der Gier, die uns von innen heraus zerfrisst und einmal vor der Sucht, die uns noch dann weitertreibt, wenn alles verloren scheint. Du wirst auf diesem Weg allen dreien begegnen und sie werden Dich vernichten, wenn Du nicht umkehrst.«

Georg verstummte und Paul schaute sinnierend auf die Seiten in Sinas Hand.

Dann sagte der Reporter leise: »Ich muss den alten Herren um Verzeihung bitten, ich habe das für eine Einleitung gehalten, eine Übertreibung, die wirren Gedanken eines greisen Mannes. In Wahrheit jedoch liegt darin das ganze Dilemma des Kaisers. Er begegnete allen dreien und kämpfte gegen sie sein Leben lang. Aber sie haben ihn nicht vernichtet und er, er ist nicht umgekehrt.«

»Und wie wird es bei uns sein?«, wunderte sich Sina und beobachtete Valerie, die verdutzt den Ausführungen der beiden folgte.

»Kennst du die versteckte Bedeutung der Wendeltreppe?«, fragte er Goldmann, die energisch den Kopf schüttelte.

»Die Doppelhelix ist das Trägermaterial der DNA, des menschlichen Erbguts. Friedrich kannte sie, weil der erste chinesische Kaiser sie kannte, weil er oder seine Ärzte, Schamanen und Alchemisten sich mit dem Leben, seinem Ursprung und seiner Vergänglichkeit beschäftigten. Erinnere dich, was uns der alte Missionar in St. Gabriel erzählt hat: Qin Shihuangdi wollte unsterblich werden.«

»Du meinst, ihr glaubt tatsächlich an diese Geschichte mit der Unsterblichkeit?«, platzte Valerie heraus.

Georg und Paul sahen zuerst einander und dann Goldmann völlig perplex an.

»Sag bloß, du hast davon gewusst?«, meinte Sina überrascht. »Es klingt zumindest so.«

Valerie schaute angestrengt auf ihre Hände und blieb stumm.

»Du *hast* davon gewusst«, stellte Paul resigniert fest und schüttelte enttäuscht den Kopf. Georg blickte sie vorwurfsvoll an und sagte kein Wort.

»Als ich das erste Mal von diesem Auftrag gehört habe, da hieß es, es ginge um die Zukunft dieser Welt, wie wir sie kennen«, erklärte Valerie stockend. »Ich fand das maßlos übertrieben. Dann, als ich die Mission angenommen hatte, erfuhr ich mehr und mehr und konnte es doch immer weniger glauben. Ich hielt es für die Phantasie von ein paar Geheimdienstleuten, mit denen die Pferde durchgegangen waren. Dazu kamen dann auch noch Wissenschaftler, die hinzugezogen worden waren, Historiker, Kenner des Talmuds, der Thora und natürlich der Kabbala. Sie alle hielten es zumindest für möglich, dass zuerst Qin Shihuangdi und dann Kaiser Friedrich das Geheimnis des ewigen Lebens besessen haben könnten. Und dann war da auch noch die Legende des Golem.«

Georg nickte nachdenklich. »Ja, genau, Prag und Rabbi Löw …«

»Sehr richtig. Ich habe diesen Punkt zuerst auch nicht ganz verstanden, aber jetzt ist es mir schon klar«, sagte Valerie. »Der Golem und die Terrakotta-Armee sind aus demselben Material, aus Lehm.«

»Und?«, hakte Paul nach.

»Die Talmud-Gelehrten haben es so erklärt: Gott erschuf den Adam aus Lehm …«, begann Valerie zu erklären.

»Zweiter Gesang der Genesis …«, warf Georg ein.

»… in der christlichen Bibel«, erwiderte Valerie. »Gott hauchte seinem Geschöpf seinen lebendigen Atem ein und Adam war geboren. Bei einem Golem aber handelt es sich um ein Wesen aus der jüdischen Sagen- und Mythenwelt, einem künstlichen, aus Lehm geformten Menschen. Wenn du so willst, eine Art Roboter, der von kabbalistischen Gelehrten für niedere Dienste wie dem Reinigen der Synagogen geschaffen wurde.«

»Gab es auch weibliche Golems, für alle möglichen anderen niederen Dienste?«, schmunzelte Paul, dem das alles jetzt doch zu phantastisch erschien.

»Gab es, aber die haben ihren Erzeugern kein Glück gebracht. Der Golem symbolisierte nicht zuletzt auch die Gefahr, dass sich die eigene Schöpfung gegen ihren Erzeuger wendet«, gab Georg zu bedenken.

»Genau«, bestätigte Goldmann. »Ein gewisser Rabbi Elijah von Chelm soll gegen Mitte des 16. Jahrhunderts einen Golem erschaffen haben, der zur Gefahr für die Menschen wurde. Der berühmteste Golem jedoch stammte von Rabbi Löw, einem Zeitgenossen von Tyho Brahe in Prag. Zusammen mit zwei Gehilfen formte er den Körper eines Mannes aus Lehm, umkreiste die Figur, wobei er den Text von der Schöpfung des Adam rezitierte. Der Mann aus ungebranntem Ton soll zu dampfen und zu glühen begonnen haben und es wuchsen ihm Haare und Fingernägel.« Valerie musste lachen, als sie die ungläubige und skeptische Grimasse von Paul sah.

»Und als Rabbi Löw den allerhöchsten Namen einprägte …«, fuhr sie fort.

»JHVH, Jahwe, den Namen Gottes«, ergänzte Georg.

»… öffnete die Kreatur die Augen und lebte. Aber es fehlte ihm die Fähigkeit zu sprechen«, vollendete Valerie. »Wochentags musste Joseph, wie der Golem in den Legenden heißt, arbeiten und das Ghetto beschützen, aber am Sabbat war der Name Gottes zu entfernen, dass das Geschöpf ruhen konnte.«

Paul lächelte froh. »Selbst der Golem musste sich irgendwann einmal ausruhen!«

Valerie blieb ernst. »Als Rabbi Löw einmal vergaß, den heiligen Ruhetag zu ehren und den Namen zu löschen, geriet der Golem außer Kontrolle. Er war außer Rand und Band und musste vernichtet werden. Seine Überreste sucht man bis heute auf dem Dachboden der Altneu-Synagoge in Prag. Jedoch vergeblich.«

»Tut mir leid, aber das klingt mir alles zu sehr nach alten Märchen, um kleine Kinder zu erschrecken«, stellte Paul entschieden fest und schüttelte den Kopf. »Auch wenn es scheinbar dazu passt, ich glaube nicht, dass Friedrich sich mit Kabbala beschäftigt hat, immerhin einer jüdischen Geheimlehre und er war christlicher Kaiser. Das Mittelalter ist nicht gerade für seine religiöse Toleranz bekannt.«

»Genau das habe ich auch Sha ..., meinem Führungsoffizier auch gesagt. Aber andererseits besteht Friedrichs Motto doch auch aus den fünf Buchstaben AEIOU«, gab Valerie zu bedenken, »fünf Buchstaben, hinter denen ihr seit Beginn dieser Geschichte her seid.«

»Am Anfang erschuf Gott das Wort. Es steht bereits am Beginn der Thora: Bereschit bara Elohim – Am Anfang schuf Gott ... Damit ist die Macht der Sprache als solche gemeint, die mehr als nur ein Mittel der Verständigung zwischen den Menschen ist«, unterstrich Valerie ihre Überlegung. »Und Sprache gründet auf Buchstaben und Wörtern. Der Kabbala zum Beispiel liegt die Vorstellung zugrunde, dass die hebräischen Buchstaben die ganze Schöpfung tragen und sie zum Ausdruck bringen.«

»Ein weiter Bogen, den du hier schlägst«, meinte Wagner, »und ich vermisse noch immer den direkten Zusammenhang mit Kaiser Friedrich.«

»Ich weiß, worauf Valerie hinauswill«, sprang ihr Georg zur Seite. »Bis auf das Aleph, dem A, einem der drei ›Mütter‹, beinhaltet die hebräische Quaderschrift keine Vokale. Sie müssen vom Leser der Texte an der richtigen Stelle eingefügt werden. Die Konsonanten stehen für die Knochen, die unbelebte Materie, oder das männliche Prinzip. Die Vokale für den lebendigen Atem Gottes, der dem Körper als weibliches Prinzip Leben gibt.«

»Heilige Mutter Gottes!«, entfuhr es Paul.

»Ziemlich genau auf den Punkt gebracht, mon cher. Alle Hinweise Friedrichs sind, oder waren ursprünglich, Maria gewidmet«, meinte Georg. »Und AEIOU haucht demnach als weibliches Prinzip Leben ein.«

Georg kramte ein zerknittertes Blatt Papier aus seiner Tasche. »Ich habe mir vor einigen Tagen diese Liste geschrieben, auf der ich die wichtigsten Bedeutungen des AEIOU gesammelt hatte. Wie ihr wisst, gibt es ja Hunderte, aber diese hier sind jene, die am meisten in der Literatur genannt werden:

Austriae est imperare orbi universo – Es ist Österreich bestimmt, die Welt zu beherrschen.

Austria erit in orbe ultima – Österreich wird im Erdkreis das letzte (Land) sein.

Augustus est iustitiae optimus vindex – Der Kaiser ist der beste Beschützer der Gerechtigkeit.

Austria est imperatrix omnis universi – Österreich ist die Herrscherin der ganzen Welt.

Der Wissenschaftler schaute nachdenklich auf das Blatt in seiner Hand. »In Verbindung mit dem Geheimnis bekommen diese Auslegungen plötzlich eine ganz gewichtige Bedeutung, findet ihr nicht auch?«

Paul hob die Hand, unterbrach Georg damit und schaute Valerie durchdringend an. »Was haben sie dir noch gesagt, bevor du auf deinem Weg nach Wien warst?«

»Ich weiß nicht, wie viel sie mir noch verheimlicht haben, das habe ich mich seitdem auch immer wieder gefragt«, gab Valerie zu. »Ich weiß nur eines. Der israelische Geheimdienst nimmt die beiden Kaiser, Qin Shihuangdi und Friedrich, sehr, sehr ernst. Wem immer es auch gelingen sollte, das Geheimnis des ewigen Lebens zu entdecken, das Wissen zu finden, wie die Uhr in den Zellen anzuhalten wäre, dem gehört die Welt.«

Als Wagner, Sina und Goldmann wenig später in den Grazer Dom eintraten, war es mit einem gemischten Gefühl und einer ganz neuen Sicht der Dinge. Sie suchten nicht mehr nach Hinweisen, die auf eine Erklärung warteten. Sie hatten das Rätsel gelöst, sie kannten das Geheimnis Friedrichs und nun sahen sie mit offenen Augen und fanden ihre Vermutung bestätigt, wohin sie auch blickten.

Paul ging langsam durch die geschnitzten Bankreihen und ließ die Atmosphäre der Hofkirche mit ihrem hohen, schmalen Kirchenschiff auf sich wirken. Seine Gedanken kreisten noch immer um die Unsterblichkeit, um die Kraft, Leben zu schenken. Er betrachtete gedankenverloren den Kirchenboden, der mit roten und weißen Marmorplatten ausgelegt war. Es erinnerte ihn an ein riesiges Schachspiel, ein gigantisches und niemals endendes Muster, das unzählige Variationen zuließ. Georg kam zu ihm, legte ihm den Arm um die Schultern und wies ihn auf die zwei riesigen Fresken über den östlichen und westlichen Eingängen hin.

»Schau ihn dir an, den heiligen Christophorus, einer der vierzehn Nothelfer und in dieser Funktion der Helfer gegen den plötzlichen Tod. Er war der wichtigste Heilige für Friedrich. Der Kaiser ließ ihn auf seinem prunkvollen Grabmal im Stephansdom über seinem Kopf abbilden. Hier über dem Eingang ist er riesig, mindestens acht Meter groß. Gleich gegenüber von ihm siehst du den Kaiser selbst als Christophorus.« Paul nickte und dachte plötzlich daran, wie sehr Friedrich das Geheimnis belastet haben musste.

»Er hat sich gefühlt wie der Heilige, dem das Jesuskind auf den Schultern mit jedem Schritt schwerer und schwerer wurde«, raunte er Georg zu. »Das Wissen, das er hatte, konnte er niemandem anvertrauen.«

»Der heilige Riese soll der Legende nach am anderen Ufer gesagt haben ›mir scheint, als habe ich die ganze Welt getragen‹«, erinnerte Georg seinen Freund. »Friedrich muss sich genau so gefühlt haben, sicher ließ er sich deswegen als Christophorus hier an die Kirchenwand malen.«

Valerie war auf der Hut. So fasziniert sie von der monumentalen Kraft des Domes mit seinen Kreuzgewölben, den wuchtigen und doch schlanken Säulen und den hohen Fenstern war, so unruhig machte sie die Tatsache, dass die drei Männer nirgends zu sehen waren. Sie waren wie vom Erdboden verschluckt. Während sie in einer Broschüre über die Geschichte der Kirche blätterte, beobachtete sie immer wieder die Besucher und Andächtigen und ließ Wagner und Sina nicht aus den Augen.

Als die nach dem Kirchenrundgang wieder neben ihr standen, drückte sie ihnen das dünne Büchlein in die Hand und machte sie auf den Schutzpatron der Kirche aufmerksam, den heiligen Ägydius. »Es gibt eine Legende, wonach er den Sohn des Fürsten von Nimes in Südfrankreich zum Leben erweckt hat. Sollte das auch ein Hinweis sein, den uns Friedrich hinterlassen hat?«

Georg nickte. »Ganz sicher! Ich bin überzeugt, Friedrich hat keine Gelegenheit ausgelassen, seine Hinweise ganz gezielt einzusetzen.«

Als sie sich zum Gehen wandten, sahen sie vor sich eine Grabplatte aus weißem Marmor mit einem seltsamen, runden Relief in der Mitte. Über einer mythologischen Landschaft mit Burgen, Palmen und Ziehbrunnen strahlte eine riesige Sonne. Darüber stand in einem Spruchband »Dieses leuchtet«. Doch neben der Sonne war etwas, das Valerie, Paul und Georg einen Schauer über den Rücken jagte – der sechszackige Stern, der fast so groß war wie die Sonne. Das Zeichen der Todesengel.

Instinktiv drehte sich Valerie um und schaute in die Runde, ihre Hand am Griff der Glock, die sie in die Jackentasche gesteckt hatte. Narrte sie ihre Phantasie? Waren die drei Männer ganz normale Geschäftsleute, die einen kleinen kulturellen Abstecher in die Burg gemacht hatten und durch Zufall in einer japanischen Reisegruppe gelandet waren?

»Kommt, lasst uns verschwinden«, forderte Valerie Sina und Wagner auf. »Wir haben hier alles gefunden, was es an Hinweisen gab.«

»Sie verlassen gerade die Kirche und gehen zu ihrem Auto«, sagte der Mann leise in sein Handy, als er Goldmann, Wagner und Sina aus der Grazer Hofkirche kommen und in Richtung Hotel »Zum Dom« schlendern sah. Die drei Männer, die Valerie gesehen hatte, saßen in dem schwarzen, zweitürigen Golf und der Fahrer telefonierte mit Bischof Kohout.

»Wartet, bis sie in die Hotelgarage gehen und in das Auto einsteigen wollen. Dann schnappt sie euch. Ich möchte kein Aufsehen in der Stadt. Fahrt aus Graz hinaus, am besten Richtung Süden, und liquidiert sie in einem Wald oder in der Nähe eines Flusses«, ordnete Kohout an und legte auf.

Gerade als die drei ihren Wagen verlassen wollten, trat ein schlanker, großer Mann an den linken Wagenschlag und hielt durch das offene Fenster dem Fahrer eine Beretta mit Schalldämpfer an die Schläfe. Ein eleganter Schal war nachlässig über die Waffe gelegt, um sie vor neugierigen Blicken zu schützen. Auf der anderen Seite stand plötzlich ein Chinese an der Wagentür, die Hand im Jackett seines dunkelblauen Anzugs.

»Wir gehen nirgendwo hin, nicht wahr?«, stellte der distinguiert gekleidete Fremde leise fest und lächelte gewinnend. »So einen Parkplatz finden Sie nie wieder«, grinste er, »dafür morden andere Verkehrsteilnehmer.«

Der Fahrer verzog das Gesicht zu einer Grimasse, die wohl ein missglücktes Lächeln sein sollte.

Peer van Gavint steckte die Pistole ein und beugte sich hinunter, bis er auf Augenhöhe mit dem Fahrer war. Seine freundliche Art war wie weggeblasen. »Für eine Stunde möchte ich aus diesem Wagen niemanden aussteigen sehen, haben wir uns verstanden? Der erste, der vor Ablauf dieser Zeit seinen Fuß auf diese Pflastersteine setzt, ist schneller tot, als er bis drei zählen kann. Dann kann Bischof Frank Kohout vom Rat der Zehn eure Nachrufe verfassen und an die spärlichen noch lebenden Mitglieder verschicken. Habe ich mich ganz klar und verständlich ausgedrückt, meine Herren?« Alle drei nickten stumm. Daraufhin verbeugte Gavint sich leicht und verabschiedete sich mit einem breiten Filmstarlächeln. Als er um die Ecke der Burggasse verschwunden war, trat auch der Chinese vom Wagenschlag zurück, drehte sich um und ging in die gegenüberliegende Richtung.

Auf der Rückseite des Blocks trafen sich Gavint und der chinesische Chauffeur beim Audi A8, der unter einem Halteverbotsschild geparkt war. Ein Polizist, der gerade vorüberging, sah das Diplomatenkennzeichen und ignorierte die schwarze Limousine geflissentlich. Der Chinese hielt Gavint den Wagenschlag auf und stieg dann selbst ein. Einen Häuserblock weiter sahen sie den »Pizza-Expresss« aus der Hotelgarage kommen und der schwarze Audi schob sich langsam aus der Parklücke, bevor er dem kleinen roten Wagen in sicherem Abstand folgte.

Sailfish Marina, Singer Island, Palm Beach Shores, Florida/USA

Fred Wineberg war sprachlos und das passierte ihm selten. Sowohl Elena Millt als auch seine Sekretärin hatten die Unterlagen und Recherche-Ergebnisse früher abgeliefert, als er es verlangt hatte. Doch das war normal und beeindruckte ihn nicht im Geringsten. Was ihn jedoch so überrumpelt hatte, das waren die Einzelheiten aus dem Leben der beiden Kaiser. Die Suche nach der Unsterblichkeit, die das Leben Qin Shihuangdis geprägt hatte und das Streben nach Machterweiterung ohne Krieg und Kampf, wie es Friedrich III. sein ganzes Leben lang praktiziert hatte. Die mysteriösen Buchstaben AEIOU faszinierten ihn wie Paul Wagner und das Monogramm, das der Reporter in einem seiner Artikel abgebildet hatte, gab ihm Rätsel auf. Unsterblichkeit. Konnte daran etwas Wahres sein? War es wirklich möglich, dass Friedrich im 15. Jahrhundert das Geheimnis der Zellen, der biologischen Zeit und der damit verbundenen Vergänglichkeit gekannt hatte?

Der alte Mann spürte den Krebs in sich wuchern, unaufhörlich und nicht mehr aufzuhalten. Er stand auf, legte die Unterlagen beiseite und blickte sich um. Die luxuriöse Marina mit ihren weißen Docks, den gepflegten und blitzsauberen Wegen und Beeten, den Palmen und dem klaren Wasser, das sich in einer leichten Dünung senkte und wieder hob. Die Luft war warm und roch nach Frangipani-Blüten. Der tägliche Regen in den Nachmittagsstunden, der im Frühjahr in Florida an der Tagesordnung war, würde die ersehnte Abkühlung bringen und dafür die Luftfeuchtigkeit steigen lassen. Es war ein guter Platz zum Leben.

Zum Leben – das Stichwort, dachte sich Wineberg und erinnerte sich zurück an seine Jugend in Wien. Aus Alfred Wimberger, dem Laufburschen und späteren jungen Buchhalter im Kaufhaus »Herzmansky« auf der Wiener Mariahilfer Straße, war nach seiner Emigration 1938 auf Ellis Island der Reporter Fred Wineberg geworden, der mit hohen Erwartungen auf den New Yorker Docks gestanden war und die Freiheitsstatue bestaunt hatte. Alles war so viel größer, impulsiver und auch fremder gewesen als im kleinen, provinziellen Österreich. Es gab bereits Tausende Emigranten, meist Juden, die sich bald über die großen Städte verteilten. Er war in New York geblieben, hatte sich durchgebissen, war immer ein wenig schneller und immer ein wenig besser gewesen als die anderen, manchmal auch ein wenig skrupelloser. Der Journalist Fred Wineberg hatte seine Vergangenheit begraben und nicht mehr zurückgeblickt, sondern immer nur nach vorne. Österreich hatte für ihn nach 1945 nicht stattgefunden und erst als Paul Wagner vor acht oder zehn Jahren seine ersten Berichte an UMG schickte, hatte er seine Wurzeln wieder gespürt, das Ziehen in der Herzgegend. Ein bisschen spät vielleicht, aber …

Wineberg nahm sein Telefon und wählte die Nummer von UMG.

»Elena, ich brauche einen Flug, heute, den nächsten, den Sie bekommen können. Ich fliege nach Wien, buchen Sie für eine Person, ich brauche keine Krankenschwester als Schnorrer mit, die auf meine Kosten Urlaub machen möchte. Immer, wenn die Frau in der Nähe ist, fühle ich mich todkrank. Erste Klasse, Direktflug ab Miami oder Palm Beach. Schicken Sie jemanden zur Marina, der mich abholt und alle Unterlagen hat. Und Elena?«

»Ja, Mr. Wineberg?«

»Schicken Sie einen Scheck an Paul Wagner für seine Recherchen. Ich möchte, dass er an der Geschichte dran bleibt.« Damit legte Wineberg auf und wandte sich dem zweiten Dossier, dem über Valerie Goldmann, zu. Dieses Mädchen hatte ihm der Himmel geschickt, dachte er sich und schaute sich lange das Porträtfoto an, das der ersten Seite der Unterlagen beigeheftet war. Das Geheimnis von Kaiser Friedrich war nur ein Grund, warum er nach Wien flog, Valerie Goldmann war der zweite und wichtigere.

Autobahn A2, Fahrtrichtung Wien, Steiermark/Österreich

Der »Pizza-Expresss« röhrte über die Autobahn A2 in Richtung Wien und Valerie, die am Steuer saß, schaute seit Graz immer wieder in den Rückspiegel und kontrollierte, ob ihnen jemand folgte. Bisher war ihr niemand aufgefallen und so fing sie langsam an, sich zu entspannen.

Neben ihr döste Paul auf dem Beifahrersitz, Georg lag mehr, als er saß, auf der Rückbank und hatte Tschak auf dem Schoß, der traumverloren schnarchte. Nur manchmal entfuhr ihm ein leises Knurren und Winseln, wobei seine Flanken heftig zitterten. Dann schaute Sina zu ihm hinunter und lächelte jedes Mal nachsichtig, wenn der kleine Körper im Traum bebte. Wurde das Zucken zu heftig, strich er ihm über den Kopf und sah dabei wieder aus dem Fenster, wo die Landschaft an ihnen vorbeiglitt wie die Bühnenleinwand auf einer endlosen Rolle, wie sie in den alten Filmen der fünfziger Jahre eine Reise vorgaukelte. Eine Reise, die doch nur im Studio stattfand und nirgendwohin führte.

Nach den Entdeckungen in Graz wirkte alles nun ein wenig irreal. Die Uhr schien in Zeitlupe zu ticken, alles schien zu verharren, wie das gleichzeitige Atemholen nach einem Langstreckenlauf und das Kräftesammeln vor einem anstrengenden Finale. Alle in dem kleinen roten Mazda träumten schweigend vor sich hin.

»Ich weiß nicht, wie es euch geht, aber wenn ich so über die Autobahn fahre und die Landschaft stundenlang an mir vorbeifliegt, da tauchen immer ganz seltsame Bilder vor meinen Augen auf und ich fange an, melancholisch zu werden …«, meinte Valerie und auf ihrem Gesicht erschien ein weicher, gedankenverlorener Zug.

Paul wachte auf und schaute sie an. Er bemerkte die Veränderung ihres Gesichtsausdrucks, der so gar nicht zu dem Major Goldmann passen wollte, den Georg und er bisher kennen gelernt hatten. »Wie meinst du das?«, fragte er und streckte sich in dem Schalensitz, so gut er konnte.

»Lacht mich bloß nicht aus!«, antwortete Valerie, »aber diese Reise ist auch eine Fahrt in meine Vergangenheit, eine Entdeckungsreise zu meinen Wurzeln. Ich dachte zuerst, das würde mir nicht nahe gehen, aber es ist ein seltsames Gefühl, plötzlich in einem Land unterwegs zu sein, aus dem meine Familie kommt und in dem sie jahrhundertelang zu Hause war. Nenne es eine philosophische Anwandlung.« Valerie blickte fast verlegen zu Paul hinüber.

»Vor mir brauchst du dich dafür nicht genieren«, erwiderte Paul und lächelte sie an, »mir ist nichts Menschliches fremd. Ich bin nicht wie du, ich spüre meine Wurzeln nicht so stark, ich bin da zu Hause, wo ich gerade bin, aber ich kann dich gut verstehen.« Valerie nickte zufrieden und sie gewann ihre gewohnte Sicherheit zurück.

»Niemand hier wird dich für deine Tagträumereien auslachen«, ergänzte Georg vom Rücksitz, »was glaubst du, mache ich stundenlang im Lehnsessel meiner Burg?«

»Wochenlang, meinst du«, korrigierte ihn Paul grinsend. »Während alle glauben, Professor Sina studiert fleißig in seiner Eremitage, macht er nichts anderes als seinen Gedanken nachzuhängen.«

»Bloßgestellt«, gab Georg zurück und lachte leise.

»Also manchmal …«, hob Valerie stockend an, »manchmal fühle ich mich so wie ein Zugvogel, der nach Süden zieht und der fliegt, so schnell er kann, um dem Winter zu entkommen. Ich rase auch durch mein Leben einem Ziel zu und dabei bleibt so vieles links und rechts zurück, vieles, dem ich mich nicht so widmen konnte, wie ich es eigentlich gewollt hätte: Menschen, Freunde, eine eigene Familie … Sie bleiben einfach auf der Strecke, weil ich keine Zeit habe.«

»Das klingt so, als fühltest du dich ziemlich einsam«, bemerkte Paul und versuchte, Valerie aufzuheitern, »aber ich versichere dir, du bist ganz bestimmt kein kleiner, grauer Vogel, der durch die Luft rast. Du hinterlässt bleibende Eindrücke … sehr nachhaltige obendrein«, scherzte er und erinnerte sich an das Feuerwerk in Chemnitz, das Valerie veranstaltet hatte, um ihn und Georg zu retten.

»Darum: Tu felix Austria nube. – Du glückliches Österreich heirate«, meldete sich Georg von der Rücksitzbank.

»Ich dachte immer, das heißt ›Drum prüfe, wer sich ewig bindet‹«, lachte Wagner. »Wie kommst du jetzt überhaupt da drauf? Manchmal bin ich bei deinen Gedankensprüngen wirklich verloren.«

»Einsam im Strudel der Zeit, unbesiegt und trotzdem das sichere Ende vor sich, so muss sich Corvinus gefühlt haben, als er diese Zeilen verfasst hat. Genau so wie Valerie«, murmelte Sina halblaut und begann Dreien auf seinen Oberschenkel zu zeichnen.

»Welche Zeilen hat Corvinus verfasst? Ein Gedicht? Erzähl mir davon«, fragte Valerie und schaute kurz über die Schulter nach hinten.

»*Bella gerant alii, tu felix Austria nube. Nam quae Mars aliis, dat tibi diva Venus.* – Kriege führen mögen andere, du, glückliches Österreich, heirate. Denn was Mars (den) anderen (verschafft), gibt dir die göttliche Venus«, rezitierte Sina versonnen und blickte aus dem Fenster auf das erste Grün auf den vorbeiziehenden Bäumen.

»Und was hat das mit Valeries Einsamkeit zu tun?« Paul schüttelte den Kopf. Er wusste nur, dass Georg gerade eine gute Gelegenheit, Valerie ein wenig besser kennenzulernen, ruiniert hatte. »Du kommst immer zur Unzeit auf tiefschürfende Themen zu sprechen und versaust jede gute Stimmung, ist dir das schon aufgefallen?«

Sina wischte den Einwand mit einer Handbewegung zur Seite. »Ignorant! Corvinus, der sich selbst so gerne als neuer Julius Caesar porträtieren ließ, hatte alles erobert und unterworfen, was es für seine Krone zu erwerben gab. Er war tief in Friedrichs Reich eingedrungen, hatte ihn vor sich hergejagt, aber letztlich war alles umsonst gewesen, und das wusste er.«

»Warum war alles umsonst gewesen?«, fragte Valerie und zog die Augenbrauen zusammen.

»Ganz einfach, weil Matthias keinen legitimen Erben hatte. Sein Königreich brach nach seinem Tod wieder auseinander und all seine

Eroberungen fielen an Friedrich zurück. Unser geduldiger Kaiser hatte den siegreichen Feldherrn nur überleben müssen, wie alle seine Feinde zuvor und danach. Friedrich kämpfte nicht, er verheiratete. Nicht Mars, Venus war sein Planet, nicht der Hass, die Liebe war seine Triebfeder. Friedrich vermählte seine Kinder und Kindeskinder, seine Nichten und Neffen mit den Kronprinzen und Kronprinzessinnen der Reiche dieser Welt und wartete. Dazu kommt, wie wir jetzt wissen, dass er dem Geheimnis des ewigen Lebens auf der Spur war.«

»Aber wäre es nicht furchtbar, mit ansehen zu müssen, wie alle Kinder, alle die einem jemals lieb und wichtig geworden sind, nach und nach wegsterben? Also ich finde die Vorstellung von einem Friedrich, der groß, hager und unsterblich auf seinem Thron sitzt und auf Todesnachrichten wartet, um sein Reich zu mehren, fürchterlich«, entsetzte sich Goldmann und blickte abwechselnd auf Paul und Georg.

»*Felix oblivio* – das Glück liegt im Vergessen – war immerhin Friedrichs eigentlicher, politischer Wahlspruch«, erklärte Georg und senkte den Kopf. Eine angespannte Stille machte sich breit.

»Was heißt eigentlich ›keinen legitimen‹ Erben?«, fragte Valerie. »Hatte Corvinus denn uneheliche Kinder?«

»Na ja, der König hatte einen Sohn, allerdings von einer Mätresse. Sie war aus Stein an der Donau …«, begann Georg und legte sich in Gedanken bereits die Geschichte vom ungarischen Monarchen und der Bürgerstochter zurecht.

»Kenne ich«, unterbrach ihn Paul energisch. »Das ist ein nettes Städtchen gleich neben Krems. Weitaus netter als der Ruf, den man mit dem Namen normalerweise verbindet.«

Valerie horchte auf. »Wieso? Was verbindet man denn normalerweise mit Stein?«

»Dort ist das österreichische Hochsicherheitsgefängnis. Ich bin schon öfters für Interviews mit den richtig schweren Jungs dort gewesen«, berichtete Paul nicht ohne Stolz. »Aber was in Stein wirklich einen Besuch wert ist, das sind die Heurigen. Lauschige kleine Gastwirtschaften mit Holzbänken und Weinlauben.« Er lächelte versonnen. »Und einen Wein kannst du dort trinken, da lässt du jeden Chateau Rothschild dafür stehen. Bei der Gelegenheit fällt mir ein, dass auf dem Steiner Tor, dem Wahrzeichen von Krems, ein AEIOU mit einer Jahreszahl ist. Und bei all dem, was du vorhin über Stein, Corvinus und seinen Sohn gesagt hast, könnte das ein Hinweis sein, den wir uns ansehen sollten.« Paul wurde ernst und sah Valerie von der Seite an. Er überlegte kurz, aber dann sprach er doch weiter: »Denn eines sollten wir nicht vergessen. Wir kennen jetzt zwar das Geheimnis Friedrichs, wissen aber weder, was es ist, noch wo er es versteckt hat.«

Der schwarze Audi A8 der chinesischen Botschaft war seit Graz immer in einem großzügigen Abstand geblieben. Peer van Gavint war sich so gut wie sicher, dass die drei nach Wien zurückfahren würden. Also wies er den Chauffeur an, sich zurückfallen zu lassen. Als im Süden der Hauptstadt der Verkehr etwas stärker wurde und die schwere Limousine gefahrlos dichter auffahren konnte, verlor Gavint trotzdem im beginnenden Kolonnenverkehr den »Pizza-Expresss« kurz aus den Augen und sah ihn dann plötzlich auf die Umfahrung Wiens verschwinden. Mit einem waghalsigen Manöver auf der Standspur gelang es dem Chauffeur, den Abstand nicht zu groß werden zu lassen und nach drei Kilometern war der rote Mazda wieder in ihrem Blickfeld. Gavint atmete auf. Jetzt durfte er Sina, Wagner und die Frau nicht mehr aus den Augen verlieren. Die entscheidende Phase rückte immer näher und nachdem er die Tempelherren ein wenig ausgebremst hatte, war es an der Zeit, sich um die Unbekannte am Steuer dieses lächerlichen Wagens zu kümmern. Gavint spielte in Gedanken ein paar Variationen durch und beschloss, sich mit ihr noch ein wenig zu vergnügen, bevor er sie liquidierte. Alles andere wäre Verschwendung gewesen und Gavint verabscheute Verschwendung.

Bischof Kohout tobte, als ihm nach mehr als einer Stunde der Chauffeur des schwarzen Golf Bericht erstattete. Die drei Männer hatten lange stumm dagesessen, dann beratschlagt und nach fünfundvierzig Minuten hatte endlich einer von ihnen die Wagentüre geöffnet und sich hinausfallen lassen. Nichts war passiert. Er stand vorsichtig auf und sah sich um, ignorierte die verwunderten Blicke der Passanten. Weder der elegante Unbekannte noch der Chinese waren zu sehen.

»Der älteste Trick der Welt und ihr fallt darauf herein!«, schrie Kohout ins Telefon. Was ihm jedoch insgeheim noch mehr Sorgen machte, war die Tatsache, dass der Fremde seinen Namen kannte, vom

Rat der Zehn wusste und von seiner ständig abnehmenden Mitgliederzahl. Diese Informationen konnte nur jemand haben, der ungewöhnlich gut informiert war und das bedeutete nichts Gutes.

Kohout griff erneut zum Hörer, wählte die Nummer der Superiorin, Schwester Agnes, und berichtete besorgt von den neuesten Entwicklungen.

»Wenn sie ihre sechs Sinne beisammenhaben, dann kennen sie jetzt das Geheimnis Friedrichs«, gab Kohout zu bedenken. »Sie wissen zwar nicht, woraus es besteht, und haben noch keine Ahnung, wo Friedrich es versteckt hat, aber bei der Hartnäckigkeit, die Wagner und Sina an den Tag legen, kann es nicht mehr lange dauern. Wir müssen sie schnellstens aufhalten, sonst ist es zu spät und wir sind zum ersten Mal gescheitert und das wäre unverzeihlich.«

Schwester Agnes schwieg für einen Moment und meinte dann ganz ruhig: »Beordern Sie unsere Männer zurück.«

»Wie meinen Sie, Schwester Superiorin?«, fragte Kohout ungläubig.

»Sagen Sie den Männern, sie sollen nach Prag zurückfahren und sich dort in Bereitschaft halten. Wir benötigen sie vorläufig nicht mehr«, sagte Agnes bestimmt.

Bischof Kohout war wie vor den Kopf gestoßen. »Wie Sie meinen«, erwiderte er verständnislos und wartete auf die Erklärung, die Schwester Agnes auch sofort nachschob.

»Bruder Franziskus, wir haben durch eine gütige Fügung in Panenske-Brezany einen Gast, der alle unsere Probleme mit einem Schlag beseitigt. Seit heute Morgen genießt Kommissar Berner die Annehmlichkeiten des Schlosses und ich werde für übermorgen Mittag einen Austausch organisieren. Berner gegen Wagner und Sina. Damit lösen wir eine Menge Probleme gleichzeitig, und zwar auf unserem eigenen Grund und Boden. Wagner und Sina kommen zu uns und ich glaube nicht, dass wir es uns leisten können, Kommissar Berner gehen zu lassen.«

»Ich verstehe sehr gut«, gab Kohout erfreut zur Antwort, »und ich bin überzeugt, Sie haben die richtige Wahl getroffen, Schwester. Unsere Männer sind auf dem Weg nach Wien, aber ich werde sie auf dem schnellsten Weg nach Prag zurückbeordern. Was machen wir mit diesem Unbekannten, der gemeinsam mit dem Chinesen in Graz aufgetaucht ist?«

»Wenn meine Informationen richtig sind, dann handelt es sich dabei um den Auftragskiller der Chinesen«, sagte die Superiorin, »und ich kann mir vorstellen, wo er derzeit ist. Überlassen Sie ihn mir, Bruder Franziskus.«

Krems-Stein in der Wachau, Niederösterreich/Österreich

Valerie hatte unglaubliches Glück und fand unmittelbar vor dem Steiner Tor und der Fußgängerzone der Oberen Landstraße einen Parkplatz.

»Sechs Wochen später, mit dem Beginn der Obstbaumblüte in der Wachau, kannst du hier nur mehr mit dem Fahrrad herkommen«, warnte Paul sie und streckte sich, während Georg mit Tschak aus dem Fond des »Pizza-Expresss« kletterte. Der kleine Hirtenhund verschwand begeistert in der Grünanlage.

»Wenigstens haben wir ein paar Sonnenstrahlen aus Graz mitgebracht«, meinte Valerie dankbar und schaute sich um. Das kleine Städtchen an der Donau hatte viel vom Charme der Vergangenheit erhalten und in die heutigen Tage herüberretten können, das hatte sie bereits bei der Anfahrt in die Innenstadt gesehen.

Das Steiner Tor war ganz nah und nach wenigen Schritten standen sie vor dem Stadttor, das nun den Zugang zur Fußgängerzone und nicht länger das Schicksal der ehemals wichtigsten Handelsstadt an der Donau bewachte.

»Dieses verträumte Städtchen war schon eine Weltstadt, als Wien noch ein Dorf gewesen ist«, sinnierte Georg. »Jetzt erinnert es mich zur Hochsaison nur noch an einen brummenden Bienenkorb voller Insekten auf der Suche nach Marillenblüten, Mariandl und Hofrat Geiger.«

»Nach wem?«, wunderte sich Valerie. Paul trat neben sie, blickte zu dem Tor hinauf und erklärte:

»Das kannst du nicht wissen, meine Liebe. In Israel ist dir das wohl erspart geblieben. Das sind zwei Figuren aus dem berühmtesten Heimatfilm der Nachkriegszeit. Er hat es sogar zu einem Remake gebracht. Starbesetzt für deutschsprachige Verhältnisse.«

»Hübsch ist es hier«, bemerkte Valerie und schaute sich um. »Die zwei kurzen runden Türme links und rechts des Tores sehen mit ihren hohen, spitzen Dächern aus wie zwei Gartenzwerge, die sich an einen größeren lehnen.«

Georg verdrehte leidend die Augen. Paul, der es bemerkt hatte, kicherte kaum merklich und stieß seinen Freund mit dem Ellenbogen in die Seite. »Da schmerzt das Herz des Burgbewohners, nicht wahr?«, flüsterte der Reporter. »Aber jetzt weiß ich, warum du einen Vollbart hast, mein Bester.«

Georg seufzte theatralisch. »Das sind Hakenbüchsentürme für leichte Artillerie, einsetzbar im Radius von 180 Grad«, brummte er und warf Valerie einen tadelnden Blick zu.

»Ich weiß, ich weiß, Herr Professor«, winkte Goldmann ab, »Hakenbüchsen sind große, grobgeschäftete Luntengewehre, aus ihnen haben sich erst die Arkebusen und Musketen, später die modernen Handfeuerwaffen entwickelt. Trotzdem sehen die Türme aus wie Wichtel.« Mit zufriedenem und leicht spöttischem Lächeln ging sie mit federnden Schritten auf den Wehrbau zu, verschränkte die Arme hinter dem Rücken und hopste dann über die Straße, als wäre sie ein kleines Mädchen, das über Kreidequadrate springen würde, die nur sie sehen konnte.

Georg stand der Mund offen und Paul prustete los. »Jetzt hat sie es dir aber gegeben, Herr Burgbesitzer.« Dann schlug er Sina mit der flachen Hand auf den Rücken und rief: »Irgendwo auf dem viereckigen Mittelturm, unter dem barocken Helm muss die Inschrift sein. Oder gleich neben dem Bogen? Ich weiß es nicht mehr genau. Jedenfalls war sie nicht im Fresko mit dem Reichsadler. Wir müssen sie suchen.«

Valerie stand mit ihren Händen auf dem Rücken staunend vor dem alten Tor und schaute nach oben. Ihre Wachsamkeit war auf Eis gelegt, nachdem ihr auf der Fahrt nach Krems niemand Verdächtiger aufgefallen war. Sie genoss die Wärme der Sonnenstrahlen und die Atmosphäre des kleinen Städtchens an der Donau.

»Da steht das AEIOU. Gleich neben den Steinen des Rundbogens.« Valerie deutete nach oben. »Es sind allerdings nur die fünf Vokale, durch Punkte getrennt. Dann eine Rose und die Jahreszahl 1480. Nach der Beschreibung auf der Schautafel dort drüben ist es das Jahr, in dem Friedrich die Stadtbefestigungen erneuern lassen hat, um die Beschädigungen durch den ungarischen Ansturm zu beseitigen.«

»Schade, das gibt nicht viel her«, meinte Paul ein wenig enttäuscht. »Nach allem, was wir jetzt wissen, ist die Rose wieder ein Mariensymbol. Aber der Rest ist vollkommen unspektakulär und im Zusammenhang logisch. Nichts Verstecktes, kein doppelter Boden.«

»Ich stimme euch zu«, sagte Georg schulterzuckend, »damit ist alles gesagt, was es zur Inschrift zu sagen gibt.« Er gab einer leeren Zigarettenschachtel, die vor seinen Füßen lag, einen leichten Tritt und Tschak nahm das sofort als Aufforderung, apportierte sie und blickte erwartungsvoll zu Georg auf. Sina schoss sie nochmals, etwas fester und weiter weg. »Die ganze Fahrt leider umsonst!«

»Aber gar nicht!«, lachte Paul. »Jetzt gehen wir nach Stein zum Heurigen. Wenn wir schon einmal da sind, machen wir doch das Beste draus. Essen müssen wir sowieso, also warum nicht in netter Umgebung.« Er schaute nochmals zu den fünf Buchstaben hoch.

»Gestatten Sie, dass ich mich anschließe?«

Goldmann, Wagner und Sina fuhren herum. Vor ihnen stand lächelnd der elegant gekleidete Unbekannte, lässig die Hände in den Manteltaschen versenkt. Er war wie ein Geist scheinbar aus dem Nichts aufgetaucht. »Die Fahrt von Graz hierher war anstrengender als erwartet. Vor allem der Beginn war voller Überraschungen und seltsamer Begegnungen. Ich könnte jetzt auch einen guten Schluck und einen Imbiss vertragen.« Peer van Gavint setzte sein Filmstarlächeln auf und schaute sich um. »Wirklich nett hier, da soll noch jemand sagen, Reisen bildet nicht.« Er war gut aufgelegt.

Valerie stand das Misstrauen ins Gesicht geschrieben. Paul stand neben ihr und raunte ihr zu: »Das ist der komische Kauz, wegen dem ich dich aus Wiener Neustadt angerufen habe.«

Valerie nickte mit ernster Miene. »Das habe ich mir schon gedacht«, flüsterte sie. »Wenn er in Graz war und ich ihn nicht bemerkt habe, dann ist er ein Profi. Und wenn er uns dann auch noch seit Graz gefolgt ist, wie er sagt, dann hat er das überaus diskret geschafft. Wir sollten auf der Hut sein.«

Georg hatte den Kopf schief gelegt und betrachtete den überraschend aufgetauchten Unbekannten nachdenklich. Tschak schnüffelte an den Hosenbeinen Gavints und knurrte. Diesmal ließ ihn Sina knurren.

Der Heurige in der Altstadt von Stein war umgeben von Weinterrassen und bot einen Panorama-Blick auf die Donau. Auf dem breiten, graugrünen und überhaupt nicht blauen Strom tuckerten behäbig Lastenkähne, Schlepper und Ausflugsschiffe vorbei. Auf einem nahen Berggipfel am anderen Ufer glänzten die Zwiebeltürme von Stift Göttweig in der Sonne. Goldmann, Sina, Wagner und Gavint nahmen an einem langgestreckten Tisch auf der Terrasse Platz. Die Kellnerin kam und bot ihnen eine kleine Weinprobe an, bevor sie sich für eine bestimmte Sorte entscheiden sollten.

»Wir haben auch einen sechshundert Jahre alten Weinkeller, wenn Sie möchten, dann kann ich Ihnen gerne eine kurze Führung vermitteln«, meinte die Kellnerin abschließend, bevor sie wieder verschwand, um die kleinen Gläser für die Weinprobe zu bringen.

Valerie blickte sich um und genoss die Aussicht und die Sonne. Wäre der Unbekannte neben ihr nicht gewesen, sie hätte sich entspannt und den Rest des Tages bis in den späten Abend wahrscheinlich hier verbracht. Wagner und Gavint waren in die Weinkarte vertieft, während Georg sein elegantes, stets unverbindlich lächelndes Gegenüber eingehend betrachtete und einzuschätzen versuchte.

Nachdem sie bestellt hatten, dauerte es nicht lange und Holzteller mit Wurst, kaltem Schweinebraten, Geräuchertem und Aufstrichen wurden serviert. Als besondere Spezialität hatte ihnen die Kellnerin die sogenannten »Wachauerlaberln« ans Herz gelegt, für die Region typische Brötchen, die perfekt zu den kalten Speisen passten. Georg Sina blickte mit Appetit über den Tisch und merkte erst jetzt, wie groß sein Hunger war. Die Enttäuschung über den fehlenden Hinweis am Steiner Tor war bereits wieder vergessen.

Paul kostete den Wein und sah in die Runde. »So war es immer«, scherzte er, »ist Georgs Stimmung auf dem Tiefpunkt, braucht man ihn nur zu füttern und schon geht es ihm besser. Nicht wahr, Professor?«

Sina grinste und nickte zustimmend mit vollem Mund. Ab und zu reichte er ein Stück geräucherten Schinken nach unten, wo Tschak zufrieden schmatzend Gavints Hosenbeine vergessen hatte und sich den Köstlichkeiten des Hundelebens widmete.

Paul prostete erst Valerie und Georg und dann mit unverbindlicher Miene auch Gavint zu. Er war es als Journalist gewohnt, mit Menschen an einem Tisch zu sitzen, die ihm nicht immer behagten, und trotzdem gute Miene zum bösen Spiel zu machen. Nur Sina bemerkte, dass Wagners Feierlaune eine geschickt inszenierte Maske war.

»Also, was führt Sie eigentlich nach Österreich und immer wieder an die Plätze, die wir auch besichtigen?«, fragte der Reporter und drehte sich zu dem Südafrikaner.

»Ich bin ganz einfach gerne hier«, antwortete Gavint, schwenkte sein Glas, nippte laut schlürfend und stellte mit weit ausladender Geste sein Glas wieder ab. »O ja, das ist ein guter Tropfen«, bemerkte er anerkennend und schnalzte mit der Zunge.

»Durchaus«, nickte Paul, »sehr fruchtig, nicht zu sauer und mit feinem Abgang. Aber Sie wollten doch nicht über Weine und ihr Bouquet mit uns plaudern.« Wagner schubste Tschak unter dem Tisch von den Hosenbeinen des Unbekannten weg. »Sie wollten uns doch verraten, was Sie nach Österreich führt.«

Georg nahm ebenfalls einen Schluck Wein und bemerkte, dass nun auch auf Pauls Gesicht ein makelloses Filmstarlächeln angeknipst worden war. Das Duell ist eröffnet, dachte er sich und widmete sich kopfschüttelnd wieder dem Schweinebraten.

»Ich habe Karten für die Wiener Staatsoper. Am 20. März gibt man dort Parsifal in der Inszenierung von Christine Mielitz, am Dirigentenpult steht Christian Thielemann und ein Rollendebüt soll es auch geben. Von Richard Wagner«, ergänzte Gavint maliziös mit einem Unterton, der sagte: ›für die Musikignoranten unter Ihnen‹.

»Richard Wagner! Lieben Sie *diese* Art deutscher Musik?«, fragte Valerie spitz.

»Nein, ich muss Sie enttäuschen, ich bin nicht der böse Nazi im Trenchcoat, für den Sie mich halten. Parsifal gilt zwar als antisemitisch …« Er ließ das Ende des Satzes unvollendet und lächelte Goldmann gewinnend an, aber seine Augen blieben kalt. »Darf ich annehmen, dass Sie Jüdin sind? Mossad vielleicht?« Gavint nippte an seinem Weinglas und kontrollierte seinen Treffer.

Valerie schluckte hart. Paul bemerkte ihre Betroffenheit und überspielte sie gekonnt, indem er Gavint Wasser anbot.

Gavint ließ nicht locker. »Es ist mir nicht entgangen, dass sich hinter Ihrer hübschen, verführerischen Fassade ein höchst gefährlicher Profi versteckt. Schön und letal. Wie die ›Fleur du Mal‹. Was man sich von Ihnen erzählt, ist bemerkenswert. Wo haben Sie Ihre Ausbildung gemacht?«

»Wo haben Sie denn Ihre gemacht?«, konterte Valerie und schürzte die Lippen kaum merklich.

»Lassen wir das«, unterbrach sie Paul und fixierte Gavint. »Warum sind Sie uns bisher gefolgt? Haben Sie wieder einen Tipp für uns? Georg und ich sind nämlich zurzeit mit unserem Latein am Ende. Ist es nicht so, Georg?« Paul schaute Georg auffordernd an, aber der winkte nur ab und widmete sich seinem Essen.

»Ich habe Ihnen doch gesagt, dass meine Informationen im Süden nur bis Wiener Neustadt reichen. Zu Krems und Stein kann ich Ihnen leider gar nichts erzählen«, meinte der Unbekannte entschuldigend. »Diesmal hatte ich gehofft, Sie könnten mir die Laterne vorantragen.«

»Wie wäre es zur Abwechslung einmal mit Ihrem Namen?«, warf Georg ein und fixierte sein Gegenüber.

»Ach, das würde unserer Beziehung doch das letzte bisschen Geheimnis nehmen, Professor«, wich Gavint aus. »Sie haben also auch keine Ahnung, wie es von hier aus weitergehen soll?«

»Tut mir leid«, meinte Paul, hob sein Weinglas und nahm einen tiefen Schluck.

»Gut, dann könnten wir vielleicht gemeinsam …«, bot Gavint an.

Wagner überlegte kurz.

»Also gut, wie Sie wollen«, sagte er dann. »Das letzte Mal haben Sie die Karten auf den Tisch gelegt, diesmal sind wir dran.« Valerie riss entsetzt die Augen auf, blickte schnell von Paul zu Georg. Sina nickte nur, schloss kurz die Augen und versuchte Valerie mit dieser Geste zu beruhigen. Aber es kam nicht wirklich an. Goldmann ließ sich kopfschüttelnd nach hinten auf die Lehne fallen und verschränkte demonstrativ die Arme vor der Brust. Georg war gespannt, wie Paul seine Karten spielen würde.

Nachdem Wagner dem Unbekannten alle Hinweise erzählt hatte, die sie hierher nach Stein geführt hatten, wischte er mit der Handfläche über den Tisch und rief: »So, jetzt sind Sie dran.«

»Und in Graz haben Sie sonst gar nichts herausgefunden?« Der Südafrikaner war sichtlich enttäuscht und zeigte es auch.

»Nein, leider«, erwiderte der Reporter, »bis auf einen Kulturgenuss, ein architektonisches Meisterwerk von Treppe, haben wir nichts nach Hause mitnehmen können. Wir tappen völlig im Dunkeln, genau wie Sie auch.«

»Das ist mehr als bedauerlich, wirklich«, seufzte Gavint. »Sie sind wirklich vollkommen ehrlich mit mir?«

»Genauso ehrlich, wie Sie es mit uns sind«, lächelte Paul und deutete mit dem Zeigefinger auf sein rechtes Auge. »Schauen Sie – können diese Augen lügen?«

Gavint brummte etwas und spießte ein Stück Geräuchertes auf. Dann hielt er inne, überlegte kurz und meinte: »Wie Ihr berühmter Doktor Freud zu sagen pflegte: Manchmal ist eine Zigarre nur eine Zigarre.«

»Wie bitte?« Paul und Georg sahen sich fragend an.

»Haben Sie schon einmal daran gedacht, dass uns Friedrich vielleicht aus gutem Grund gerade in diese Stadt gelockt hat? Wieder einmal aus voller Absicht?« Gavint blickte versonnen auf die Donau.

»Ich will nicht respektlos erscheinen, aber ich habe inzwischen den Eindruck, dass Friedrich nicht einmal ohne Plan auf die Toilette gegangen ist«, ärgerte sich Paul. »Also worauf wollen Sie hinaus?«

»In Stein war der Stapelplatz für Salz«, begann Gavint seine Überlegungen. »Die Ruprechtskirche ist die Kirche der Salzschiffer. Salz ist ein Mineral. Ein Mineral ist nicht zuletzt auch eine Art Stein. Zu Friedrichs Zeit ein überaus kostbarer und sehr wertvoller Stein. Nicht umsonst nannte man es das ›weiße Gold‹. Und diese Stadt heißt Stein.« Er lächelte gewinnend in die Runde.

»Sie meinen …« Georg schluckte den Bissen hinunter, an dem er gerade kaute, und sprach weiter. »Sie meinen, Friedrichs Geheimnis ist ein Stein? Ein Mineral? Vielleicht ein Edelstein?«

Gavint nickte bestätigend. »Genau, Professor. Ich denke, Friedrich der Geizhals, der jedoch ein Faible für Edelsteine hatte, wollte uns mit seinem Hinweis auf dem Tor zu dem Begriff ›Stein‹ führen.«

»Hmm«, überlegte Sina, »Friedrich hatte in Nürnberg sogar ein ziemlich umfangreiches, geheimes Privatdepot von Edelsteinen hinter der Wandvertäfelung einer Kirche angelegt. Der Schatz war so gut versteckt, dass man erst Jahrzehnte später draufkam. Also ein Edelstein?«

»Berühmte Edelsteine sind in der Regel geschliffen und gefasst, mein Bester«, gab Paul zu bedenken. »Und nachdem der Schatz in Nürnberg schon gehoben wurde, wo sollten wir diesen Edelstein dann suchen?«

»In einem Kelch«, warf Valerie überraschend ein.

»Wie bitte?« Gavint, Sina und Wagner schauten verdutzt auf Valerie, die bisher schweigsam dagesessen und zugehört hatte.

»Parsifal.« Valerie blickte herausfordernd auf Gavint. »Soweit ich mich erinnern kann, ist in Wolfram von Eschenbachs ›Parzival‹ der Heilige Gral ein Stein.«

Georg malte Dreien auf die grüne Holztischplatte. »Der Heilige Gral … eine andere Form des Steins der Weisen …«, murmelte er vor sich hin.

Valerie setzte hinzu: »Nachdem wir gerade aus Graz kommen …einer der Auftraggeber und Beschützer Wolframs war der Herzog der Steiermark. Das Wappen des Vaters von Parzival ist in dem Epos des Minnesängers darum auch der steirische Panther. Parsifals Vater besaß einen magischen Helm, der ihn unbesiegbar machte. Und aus Stein stammt die Mutter des Sohnes von Corvinus, den Friedrich und seine Truppen nicht bezwingen konnten.«

Georg hob erstaunt den Kopf. »Genial, weißt du das? Das ist es!«, rief er aus. »Das Geheimnis Friedrichs ist in Form eines Edelsteins in einem Kelch versteckt. Das ergibt Sinn.« Er bedachte Valerie mit einem anerkennenden Blick.

»Das ergibt wirklich Sinn«, wiederholte Paul, »Eddy, der Anrufer, der mich über Berners Verhaftung informiert hatte, hat einen barocken, reich mit Edelsteinen verzierten Kelch in der Villa der Tempelherren in der Agnesgasse erwähnt.«

Valerie warf ihm sofort einen warnenden Blick zu.

Gavint tat so, als hätte er diese Bemerkung nicht gehört und sah mit einer theatralischen Geste auf seine Breitling. »Schon so spät? Sie verzeihen, dass ich jetzt aufbreche. Ich habe noch eine Verabredung, die ich nicht versäumen möchte.«

»Schade«, meinte Paul überrascht, »ich hatte gehofft, Sie könnten uns noch ein wenig länger Gesellschaft leisten.«

Gavint lächelte entschuldigend und verneigte sich leicht in Richtung Valerie. »Tut mir leid, aber die Pflicht ruft.«

Nachdem der Südafrikaner mit wehendem Mantel auf der Straße verschwunden war, kam die Kellnerin und nahm die Rechnung auf. Paul und Valerie zählten auf, was sie gegessen und getrunken hatten und beglichen ihre Zeche. Plötzlich erschrak die Serviererin und stellte mit aufgerissenen Augen fest: »Es tut mir leid, aber da sind noch neun Stück Gebäck offen. Da kann irgendetwas nicht stimmen.«

»Doch, das geht schon in Ordnung, das sind meine«, unterbrach sie Georg verlegen und wurde rot im Gesicht. Dann zog er seine Brieftasche heraus und schob alles auf Tschak.

Auf dem Weg zum »Pizza-Expresss« lachten Paul und Georg lauthals und konnten gar nicht mehr aufhören. Valerie ging neben ihnen und dachte schon, die beiden hätten zu viel getrunken.

Aber dann sagte Georg nebenbei zu ihr: »Das hast du wirklich sehr gut gemacht, das war genau zum richtigen Zeitpunkt das passende Stichwort.«

Goldmann schaute den Wissenschaftler verwirrt an. »Was meinst du damit?«, fragte sie verwundert.

»Lassen wir unseren mysteriösen Unbekannten den Heiligen Gral suchen«, ergänzte Wagner. »Das ist die gerechte Strafe dafür, dass er uns noch immer nicht seinen Namen gesagt hat.« Und Georg und er fingen wieder an zu lachen, während Tschak den abendlichen Spaziergang genoss und Valerie sich fragte, was sie jetzt wieder verpasst hatte.

Agnesgasse, Wien – Sievering/Österreich

General Li Feng hatte nach dem Anruf Gavints in der Botschaft keine Zeit verloren. Wenn der edelsteinbesetzte Pokal in der Villa der Tempelherren sein sollte, dann würde er ihn finden. Abgesehen von Tibet war er dem Geheimnis noch nie so nahe gewesen und er schwor sich, diesmal keinen Fehler zu machen.

Die vier schwerbewaffneten Männer, die mit ihm im Audi der Botschaft saßen, waren zuverlässig und motiviert. Li Feng hatte ihnen ganz genau erklärt, worum es bei diesem Einsatz ging. Das Briefing, das der General im kleinen Sitzungssaal der Botschaft eilig einberufen hatte, war kurz und präzise gewesen, die Hausnummer in der Agnesgasse herauszufinden ein Kinderspiel.

Der Abend war hereingebrochen und in den Straßen Wiens flammten die ersten Lichter auf. Der Weg von der chinesischen Botschaft in die Gasse am nordwestlichen Rand der Stadt führte entlang dem Donaukanal, auf dem die ersten Ausflugsschiffe auf die bevorstehende Saison vorbereitet wurden. Doch die Gedanken des Generals drehten sich um ein ganz anderes Thema. Sollte das Geheimnis der Unsterblichkeit tatsächlich in einem Edelstein versteckt worden sein, der als Verzierung auf einem Barockpokal diente?

Als der A8 in die Krottenbachstraße einbog und westwärts beschleunigte, war Li Feng klar geworden, dass Gavint ihm mit seinem Anruf auch die Möglichkeit geboten hatte, Ruhm und die Ehre zu ernten. Vielleicht war der Südafrikaner doch nicht so unkooperativ, wie viele dachten, schoss es dem General durch den Kopf.

Die hellgelbe Villa lag ruhig und offensichtlich verlassen inmitten von ähnlich luxuriösen Anwesen. Alle Fenster waren dunkel und Li Feng hatte nicht vor, sich mit zeitraubenden Kleinigkeiten wie Überwachung oder Beobachtung aufzuhalten. Das grüne schmiedeeiserne Tor hielt dem Ansturm der Brechstange keine zwanzig Sekunden stand und sprang mit einem lauten, knirschenden Jaulen auf.

Gefolgt von seinen Männern lief der General mit gezogener Waffe die Stufen hoch bis vor die Eingangstüre. Er wollte bereits das Glas einschlagen, da sah er im letzten Moment das rote Lämpchen des Bewegungsmelders durch die Scheiben blinken. Mit einem Wink gab er seinen Männern den Befehl, auf der Rückseite der Villa nach einer Alternative zu suchen. Kaum dreißig Sekunden später stand er vor der Terrassentüre, durch die auch Eddy und Kommissar Berner in das Haus gelangt waren.

Der Mann mit der Brechstange zog einen Glasschneider aus seiner Tasche und setzte an, schnitt einen Kreis und löste das runde Stück Glas vorsichtig. Dann wiederholte er dasselbe für die innere Glasscheibe der Terrassentür und griff nach innen, drehte den Verschluss, stieß die Flügel auf und löste damit den stillen Alarm aus. Im Polizeikommissariat auf der Hohen Warte begannen hektisch Lampen zu blinken und eine Klingel schrillte ohrenbetäubend.

Mit großen Schritten drangen Li Feng und seine Männer in den ersten, mit Antiquitäten ausgestatteten Raum vor. Sie hatten weder für die Bilder noch für die Möbel oder die wertvollen Teppiche einen Blick. Der große barocke goldene Kelch, der verschwenderisch mit großen Farbedelsteinen besetzt war, stand auf einem einzelnen Podest aus dunklem Holz, direkt vor einem der Porträts und der General ergriff ihn gierig. Er wog ihn in seiner Hand, drehte ihn und betrachtete kurz die zahlreichen Edelsteine, die teilweise die Größe von Taubeneiern hatten.

Einer seiner Männer holte eine schwarze Tasche aus seinem Rucksack hervor, die Li Feng ihm aus der Hand riss und den Pokal darin verstaute. Dann drehte er sich um und wollte die Villa verlassen, als aus dem Garten leise Stimmen erklangen und der Strahl einer Taschenlampe die Fliederbüsche erleuchtete. Zwei der Soldaten zogen ohne zu zögern ihre Pistolen mit Schalldämpfer und traten aus der Terrassentüre. Sie schossen sofort und die beiden Polizisten, die das Kommissariat per Funk zu der Adresse in der Agnesgasse geschickt hatte, starben innerhalb weniger Sekunden. Auf ein Zeichen der beiden Soldaten verließ der General das Haus und stieg wortlos über die Leichen. Begleitet von seinen Männern umrundete er die Villa, eilte die Treppen hinunter zum Tor und trat auf die Straße. Der Polizeiwagen stand noch immer mit rotierenden Blaulichtern mitten auf der Fahrbahn. Einer der Soldaten fuhr ihn weg und als der Audi eine Minute später aus der Parklücke glitt, war die Aktion vorbei. Zufrieden lehnte sich Li Feng in die Polster der Rücksitzbank, zog sein Handy aus der Tasche und wählte.

»Ja?«, meldete sich Gavint und wartete.

»Wir haben den Pokal, Sie können Wagner und Sina liquidieren.«

»Sehr gut. Was soll mit der Frau geschehen?«

»Das überlasse ich Ihnen, für uns ist sie wertlos«, stellte Li Feng fest und legte auf. Die schwarze Tasche mit dem Pokal lag auf seinem Schoß und der General dachte nicht mehr daran, sie aus der Hand zu geben.

Kapitel 11 – 18.3.2008

Breitensee, Wien/Österreich

Als Valerie in einem der Gästezimmer von Pauls Remise erwachte, hatte sie Kopfschmerzen. Es war ein langer Abend gewesen und selbst Tschak schien noch zu schlafen, jedenfalls hörte Goldmann keinen Laut. Sie blickte auf die Uhr und schloss erschöpft die Augen. Doch dann erklangen plötzlich das Klappern von Geschirr und das Blubbern einer Kaffeemaschine und als sie wieder auf den Wecker schaute, hatte sie nochmals mehr als eine Stunde geschlafen. Seufzend stand sie auf und ging unter die Dusche. Während das heiße Wasser ihre Lebensgeister weckte, dachte sie an diesen seltsamen Unbekannten, der am Nachmittag in Stein an der Donau so schnell verschwunden war. Valerie verließ sich im Umgang mit anderen Menschen oft auf ihren Instinkt und der sagte ihr: »Gefahr!« Seine Rolle war undurchsichtig und diese elegante, distanzierte Freundlichkeit ließ sie frösteln.

»Ich muss gestehen, so ein kleiner Hund hat schon Vorteile, wenn es um den beruhigten Schlaf vor oder nach Mitternacht geht«, begrüßte sie Paul mit einer Schale Kaffee in der Hand, als sie die Treppen in die große Halle der Remise hinunterstieg.

Georg saß schon bei einer Tasse Tee und verteilte großzügig Butter auf Brötchenhälften. »Du musst dir nur mehr deine Schicht Marmelade draufladen«, meinte er grinsend und gab Tschak ein kleines Stück Butterbrot. Der kleine Hund schleckte die Butter vom Brot und brachte den Rest wieder zu Paul, dem er es vor die Füße legte.

»Raffiniert, ich frage mich, woher er das bloß hat?«, lachte Paul und setzte sich zu den anderen beiden an den Frühstückstisch.

»Du weißt ja, schlechte Angewohnheiten kommen und bleiben«, brummte Sina und schaute enttäuscht Tschak an, der den Kopf schief legte. »Du bringst uns in Verruf, es wird Zeit, dass wir wieder auf unsere Burg zurückkommen und der Alltag einkehrt, du Genießer!«

Valerie legte Georg ihre Hand auf den Arm und meinte versöhnlich: »Dafür hat er die ganze Nacht gewacht, damit uns nichts passiert und wir ruhig schlafen können. Das sollte uns bei Typen wie dem gestern oder bei den Todesengeln schon ein bisschen Butter wert sein.«

»Ja, unser Begleiter gestern in Stein war schon merkwürdig«, sagte Paul nachdenklich, »glitschig wie ein Fisch, verschwiegen, wenn es darauf ankommt, und immer auf der Hut.«

Goldmann griff nach dem Marmeladeglas, das ihr Georg über den Tisch zuschob. Sie wurde plötzlich ernst. »Das ist ein Profi durch und durch«, stellte sie fest und schraubte den Verschluss auf. »Er weiß viel mehr, als er preisgibt, und wenn er ein kleines Bruchstück an Information weglässt, dann erwartet er gleich ein Tauschgeschäft, bei dem er dann wieder besser aussteigt. Er ist entweder bei einem Geheimdienst oder …« Valerie verstummte. Georg schaute sie fragend an.

»… oder er ist ein Söldner, wie es sie zu Hunderten gibt. Leute, die ihre Kunst zu töten an den Bestzahlenden verkaufen.«

»Du meinst ein Auftragskiller?«, fragte Paul ungläubig und schenkte sich Kaffee nach. »Dazu ist er zu gebildet, zu elegant und kulturell interessiert.«

»Aber keineswegs«, widersprach Valerie, »es gibt Topleute, die studiert haben und bei jeder Wissenschaftsdiskussion im Fernsehen eine hervorragende Figur abgeben würden, lass dich nicht täuschen.«

»Und woher weißt du das?«, bohrte Paul hartnäckig nach.

»Einige aus der Armee sind auch diesen Weg gegangen und keiner von ihnen war dumm, glaub mir«, meinte Valerie ironisch lächelnd.

Georg hatte sich mit seiner Tasse Tee auf die zerschossene Sitzgarnitur zurückgezogen, seine Unterlagen mitgenommen und die beiden anderen am Frühstückstisch sitzen lassen. Er sympathisierte mit dem Ledersofa. Der Wissenschaftler fühlte sich völlig ausgelaugt. Er hätte sich nie träumen lassen, wie anstrengend es werden würde, wenn er seine selbst gewählte Einsamkeit beenden und in die Welt der Lebenden zurückkehren würde. Und es war nicht ein normales Leben, in das er zurückgekehrt war, es war Tag für Tag eine ständige Abfolge neuer Gefahren, Gewalttätigkeiten und überraschender Entdeckungen, die oft genug mit Blut erkauft waren.

Der Wissenschaftler dachte an den Kaiser, der so unvermittelt in sein Leben getreten war und es nun plötzlich bestimmte. Wie hatte Berner so richtig gesagt? Friedrich ließ sie tanzen wie die Marionetten, er lud ihnen Rätsel über Rätsel auf die Schultern und Sina hatte das Gefühl, selbst schon bald zum Christophorus zu mutieren. Er verstand mit jedem Atemzug unter dieser Bürde besser, warum sich der Kaiser so und nicht anders hatte darstellen lassen.

Für ihn kam aber noch etwas hinzu, das ihm zu schaffen machte. Nach dem Alleinsein und der Freiheit der Entscheidung auf seiner Burg lebte er jetzt auf engstem Raum mit zwei Menschen zusammen. Paul war es gewohnt, durch die Weltgeschichte zu vagabundieren, Valerie war viel unterwegs gewesen und ließ kein Abenteuer aus, aber er?

Vielleicht bin ich einfach zu verschroben für diese Welt, dachte er sich und widmete sich seufzend den Unterlagen. Der Druck seiner beiden Weggefährten lastete zusätzlich auf ihm. Sie blickten ihn voller Erwartung an, sobald es ein historisches Problem zu lösen galt, zweifelten nicht eine Sekunde daran, dass er problemlos jeden gordischen Knoten lösen würde. Was, wenn er versagte, sich irrte? Georg wusste die Antwort und sie machte ihm Angst. Machte er einen Fehler, dann waren sie alle drei tot. Und machte er keinen, dann war es wahrscheinlich am Ende genauso. Und dann gab es da natürlich noch eine Lösung. Ein anderer, vielleicht dieser mysteriöse Fremde, dieser »Hobbyhistoriker«, würde die richtige Lösung vor ihm finden, das Geheimnis lösen und damit das Ende der Welt einläuten.

»Das hast du jetzt von deinem Ruf des genialen Professors für mittelalterliche Geschichte«, sagte er halblaut und verwünschte Friedrich, der mit Leidenschaft und Akribie vor Jahrhunderten sein Netz von Hinweisen geknüpft und ausgeworfen hatte. Und jetzt, im neuen Jahrtausend, hatten sich ein Journalist, eine israelische Geheimagentin und ein wunderlicher Geschichtsprofessor darin gefangen.

So viel er auch in seinen Aufzeichnungen blätterte, es war sinnlos. Sie hatten das Geheimnis der Unsterblichkeit entdeckt, sie waren sicher, dass es in oder hinter einem Stein versteckt sein musste, in welcher Form auch immer, aber jetzt war das Ende der Fahnenstange gekommen. Georg wusste nicht weiter. Er war so hoch hinaus geklettert, wie er nur gekonnt hatte, aber der Mast war zu Ende. Unter ihm waren nur das Deck des Schiffes und das tosende Meer, über ihm der weite Himmel.

Tief in seinem Unterbewusstsein war da noch etwas, zu dem er im Moment keinen Zugriff hatte. Eine vage Idee, ein Verdacht, eine Ahnung, die man nur durch methodisches Vorgehen ans Tageslicht holen könnte. Georg schlug eine kleine Karte von Österreich auf. Sie waren den ganzen Weg gegangen, den Friedrich ihnen vorgezeichnet hatte, und der Wissenschaftler hakte im Geist die einzelnen Punkte ab und zog Bilanz. Was blieb ihnen noch? Was hatten sie noch nicht entziffert, welches Rätsel nicht gelöst? Hatte Paul recht und einige Hinweise waren einfach mit der Zeit im Vergessen verschwunden?

Dann stieß er auf eine Liste mit dem Wort »Monogramm«.

Ach ja, dachte er sich, das verflixte Monogramm auf dem Grabmal des Kaisers und auf dem Reliquienschrein in Wiener Neustadt. Aber dieses Rätsel hatte seit Friedrich keiner geknackt, zumindest nicht schlüssig. Er betrachtete die seltsam angereihten Buchstaben, diese Geheimschrift eines hochintelligenten Herrschers, der viel Zeit aufwandte, um Informationen unter Schichten von Querverweisen und Rätseln zu verstecken. Die ungleich langen Schenkel der Buchstaben fielen ihm auf, die Verteilung der Lettern, die Striche und Kreuze. Vor allem das Templerkreuz in dem Kreis, das um 45 Grad verdreht schien, sprang ihm ins Auge.

Das sieht aus wie eine Windrose, die nach Norden zeigen sollte, wenn man … Seine Gedanken verloren sich in Verzweigungen und Hypothesen, seine rechte Hand begann unwillkürlich Dreien auf die Tischplatte zu zeichnen. Was er jetzt brauchte, war eine Karte, am besten eine Weltkarte aus dem 15. Jahrhundert.

»Eine, die Friedrich auch gekannt und vielleicht sogar studiert haben könnte«, sagte er laut, »eine, die dem Wissensstand der Zeit am ähnlichsten ist.« Dafür gab es nur eine Lösung, ob sie ihm gefiel oder nicht.

Paul hatte Sina gehört und kam zu ihm herüber, die Kaffeetasse in der Hand. »Was gibt es? Brauchst du koffeintechnischen Nachschub?«, lächelte er verständnisvoll, als er Georgs verschlafene, rote Augen bemerkte.

»Nein, du wirst es nicht glauben, aber ich bräuchte deinen Laptop«, antwortete Sina.

»Du bist immer wieder für Überraschungen gut«, sagte Wagner verblüfft, »ausgerechnet du als alter Maschinenstürmer willst meinen Laptop ausborgen? Es passieren noch Zeichen und Wunder in dieser Remise. Wer garantiert mir denn, dass du mir keinen Systemfehler produzierst oder mir irrtümlich die Festplatte löschst?«, feixte er.

»Sei nicht albern, Paul. Ich habe eine Diplomarbeit, eine Dissertation und eine Habilitationsschrift geschrieben. Glaubst du, ich habe das mit Schreibmaschine und Blaupapier geschafft?«, gab Georg zurück und schüttelte den Kopf.

Paul kicherte leise. »Nein, eigentlich dachte ich, du hättest stilecht mit Federkiel und Pergament gewerkt.«

»Ja, ja, ist schon gut«, winkte Sina ab, »könnten wir den amüsanten Teil dabei überspringen und zum angewandten kommen? Ich brauche ein Bildbearbeitungsprogramm und das Internet.«

»Dein Wunsch ist mir Befehl, natürlich kannst du ihn haben.« Paul ging zu seiner Tasche hinüber, zog das Notebook heraus und stellte es aufgeklappt vor Georg auf den Tisch. Dann konnte er es sich trotzdem nicht verkneifen und beugte sich mit ernstem Gesicht zu seinem Freund hinunter, und während er fürsorglich die Hand auf seine Schulter legte, sprach er ruhig: »Bist du dir sicher, Georg? Ich meine, was du hier tun willst. Es ist immerhin ein heftiger Bruch mit deiner ...«

»Hau bloß ab!«, grinste Georg und schlug spielerisch nach Paul, der sich mit ein paar federnden Schritten außer Reichweite brachte. Valerie lachte laut und beschloss, noch ein halbes Brötchen zu essen.

»Wisst ihr was, haut doch beide ab«, schlug Georg gutmütig vor. »Ich rufe euch an, wenn ich euch wieder brauche. Lasst mir einfach ein Handy da, geht spazieren, tummelt euch unter der Dusche oder macht sonst irgendetwas. Am besten weit weg von mir!«

»Du willst gleich mit zwei Vorurteilen an einem Morgen aufräumen? Computer und Handy gleichzeitig? Die technische Revolution hält bald auch in Burg Grub Einzug«, sagte Wagner warnend zu Tschak und schob ihm noch ein Stück Butterbrot zu.

Noch auf Grub hatte der Wissenschaftler manche Nacht über dem rätselhaften Monogramm meditiert, hatte die Linien und Buchstaben auf sich wirken lassen. Immer wenn er dachte, das Monogramm spräche endlich zu ihm, war es doch nur eine unverständliche Sprache gewesen. Dann hatte Paul das Zeichen Friedrichs gesehen, als sie in der Stephanskirche das Grabmal fotografiert hatten. Die Worte seines Freundes gingen Georg seitdem nicht aus dem Kopf: »Friedrich arbeitet mit Ebenen. Die Buchstaben sind nur eine davon, es gibt mehrere.«

Auch als er jetzt das Monogramm betrachtete, hörte er Pauls Stimme.

»Die Ebenen ... die Ebenen ...«

So eindeutig das Templerkreuz im Kreis für den Wissenschaftler gewesen war, so rätselhaft war die Spirale auf der mittleren Linie, dieser nicht identifizierbare Schnörkel. Georg hatte schon oft in Büchern seiner Bibliothek nachgeschlagen, aber außer einem mittelalterlichen Symbol, das »contra«, also »gegen«, bedeutete, hatte er nichts gefunden, das dieser Spirale auch nur im Entferntesten ähnlich sah.

Dann war wieder Paul gekommen mit seinen Triviallösungen. »Das ist ein Fischschwanz. Eindeutig. Die beiden Zipfel da am Ende der Spirale sind nicht zufällig da. Das ist eindeutig ein Fischschwanz.«

So ein Unsinn, dachte sich Sina, was sollte ein Fischschwanz auf Friedrichs Monogramm? Aber ganz verdrängen konnte er Pauls Behauptung nicht. Dann kam das Templerkreuz dazu, das wie eine Windrose aussah und dann fiel es Georg wie Schuppen von den Augen. Was, wenn das Monogramm auch eine Landkarte war?

Seit er zum letzten Mal einen Computer bedient hatte, war mehr Zeit vergangen, als Georg bewusst war. Die Arbeitsoberflächen und Menüleisten hatten sich in den letzten Jahren ziemlich drastisch verändert, alles war bunt und schrill und erinnerte ihn an Kinderbonbons. Im Internet fand er schnell, was er für sein Experiment brauchte: Friedrichs Herrschermonogramm und die Karte des Fra Mauro aus dem Jahre 1459. Wenn der Kaiser eine Karte benutzt haben könnte, dann musste sie dieser sehr ähnlich sein, immerhin war sie die berühmteste jener Zeit.

In Georg wuchs die Anspannung. Er fragte sich, ob er auf der richtigen Spur war, ob ihn seine Ahnung nicht irreführen würde, ob dies tatsächlich der Weg zur Lösung des fünfhundert Jahre alten Rebus war. Dann hatte er das Monogramm auf der Karte platziert, genordet und jetzt sah er es und es verschlug ihm den Atem. Friedrichs Wille zur Macht überstieg noch Georgs kühnste Vorstellung. Die schwangere

Witwe seines Bruders ins Exil zu schicken, um Herzog von Österreich zu werden, war eines, aber das hier …

Mit Euphorie in der Stimme rief er nach Paul und Valerie: »Ich hab's, ich habe es gefunden. Schaut euch das an!«

»Was hast du?«, fragte Paul, kam herüber zu ihm und beugte sich über den Bildschirm. »Aber das ist ja unglaublich …« Ihm stockte der Atem.

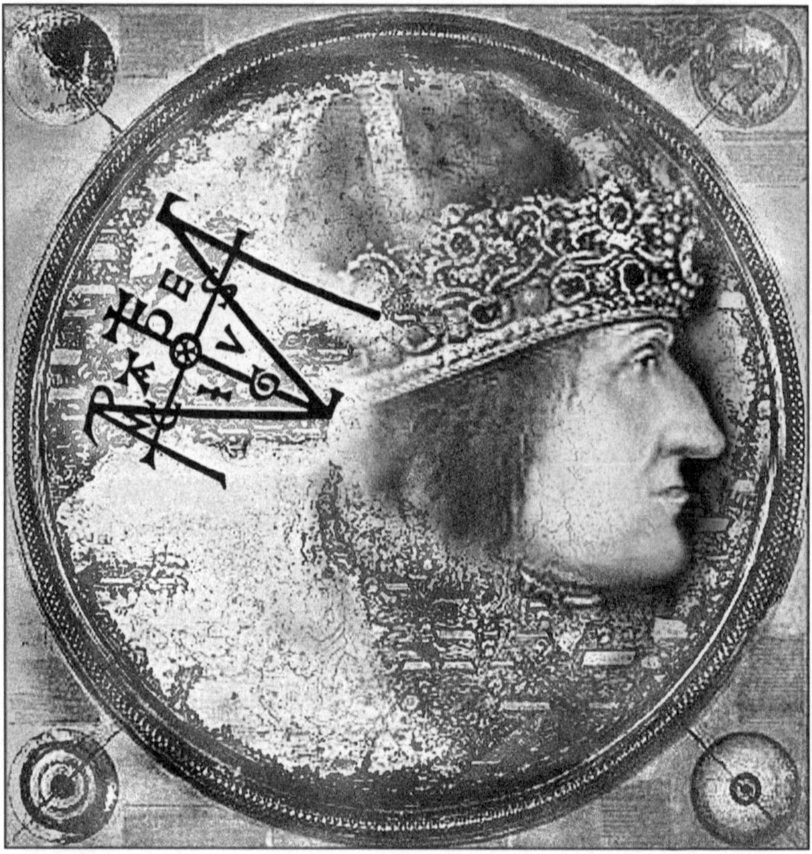

Gavint beobachtete aus sicherer Entfernung die Remise von Paul Wagner, und das schon seit kurz nach Mitternacht. Als Li Feng ihn angerufen und grünes Licht für die Liquidierung des Reporters und des Wissenschaftlers gegeben hatte, war Gavint sofort aufgebrochen. Er hatte noch während der Nacht in die Remise eindringen wollen, aber ein lautes Bellen hatte ihn davon abgehalten. Mit einem wachen Georg Sina und einer kampferprobten und zu allem entschlossenen Amazone im Doppelpack wollte auch er es nicht aufnehmen. Also wartete er auf den Tagesanbruch, machte in sicherem Abstand immer wieder eine Runde um das Gebäude und hatte zum ersten Mal seit langer Zeit das Gefühl, selbst beobachtet zu werden.

Seit seiner Zeit als Söldner in diversen blutigen Konflikten auf dem schwarzen Kontinent hatte er einen Instinkt entwickelt, der auf Erfahrung, Beobachtung und einem blitzschnellen Verarbeiten von Informationen aus seiner Umgebung beruhte. Auf diesen Instinkt, der ihm schon öfter das Leben gerettet hatte, konnte er sich blind verlassen. Gavint stieg aus dem A8 und drehte sich um. Niemand war zu sehen. Und doch. Der Südafrikaner fühlte ein Kribbeln zwischen den Schulterblättern. Jemand war hinter ihm her, beschattete ihn gekonnt und fehlerlos. Zwar sah er niemanden rasch in Deckung gehen oder hinter einem Baum oder einem Holzstapel verschwinden, wenn er sich überraschend umwandte, aber das Gefühl blieb. Es war, als ob ein Geist sich auf seine Fersen gesetzt hatte und ihn nicht mehr aus den Augen ließ.

»Was ist das?«, wollte Valerie wissen, die zu Georg aufs Sofa gekommen war und die Aufregung nicht ganz verstand.

»Das ist Friedrichs Monogramm auf der Karte des Fra Mauro«, erklärte ihr Georg. »Zuerst habe ich geglaubt, ich müsste gemäß mittelalterlicher Geografie, den Mittelpunkt, also das Tatzenkreuz im Kreis, auf Jerusalem legen, aber dann wählte ich in etwa Wien, Graz, Linz oder Wiener Neustadt, Friedrichs Residenzen, als Angelpunkt aus. Danach habe ich das Monogramm so gedreht, dass das Templerkreuz im Zentrum richtig stand.« Er zeigte mit dem Finger auf das kleine Kreuz, das nun genau nach Norden wies.

»Und siehe da, die mittlere Achse deutete von hier exakt auf Jerusalem, während die unterste im rechten Winkel stehende Linie den Küstenstreifen Palästinas entlang läuft.«

»Was ist mit den Buchstaben?« Paul setzte sich auf die andere Seite des Wissenschaftlers, »mit dem berühmten AEIOU?« Georg lächelte siegessicher.

»Das A erschien genau über Aquitanien, dem Südwesten Frankreichs, das E in etwa über dem Lauf der Elbe oder über dem Ermland, das I genau über dem Stiefel Italiens, das O über Österreich und das U bezeichnete Ungarn.«

»Da sind aber noch andere Buchstaben, was ist mit denen?« Valerie ließ nicht locker.

»Wenn du die Linie von dem P links oben weiterverfolgst, dann zeigt ihr Ende genau auf Lissabon, also Portugal. Und M und C im Winkel darunter … Ohne Zweifel, das sind die Inseln Mallorca oder Menorca und Korsika.«

»Und das S?« Goldmann zeigte auf die Karte mit dem Monogramm.

»Das S verschlüsselt wohl Sachsen, das größte Kurfürstentum in Mitteldeutschland. Folge ich allerdings der Linie, auf der das S geschrieben ist, so zeigt dieser angenommene Pfeil wie im Falle des P im Nordosten auf Schweden.« Paul nickte nachdenklich. »Und was bedeutet das für uns?«, fragte er Sina.

»Austria est impera orbi universi – Österreich beherrscht den gesamten Erdkreis. Die Linien des Monogramms berühren Nordafrika, umschließen Skandinavien und stoßen im Osten an die Küste des kaspischen Meeres. Das ist mehr oder weniger der Erdkreis, wie er den Römern bekannt war, die gesamte ›alte Welt‹. Friedrich plante demnach nichts Geringeres, als das Imperium Romanum wieder zu errichten.«

Gavint schaute ungeduldig auf die Uhr und machte sich Sorgen, ob die drei bereits aufgestanden waren oder ob sie ihm doch irgendwann in den Morgenstunden unbemerkt durch die Finger geschlüpft waren und nur den kleinen Köter zurückgelassen hatten. Sollte er an der Türe der Remise läuten oder warten, bis sie herauskommen würden? Nachdem aus dem nächtlichen Überfall nichts geworden war, hatte er für heute Vormittag einen netten Familienausflug geplant, von dem nur mehr er zurückkommen würde. Ein Abgang mit Stil, dachte er und rieb sich die Hände, in passender Umgebung und gespickt mit Hinweisen auf das Geheimnis Friedrichs, das sich nun bereits in der Hand Li Fengs befand.

Georg sah es immer klarer, je länger er auf die Karte schaute. »Mehr noch, Friedrich wollte sich Gebiete unterwerfen, die noch nicht Teil des Römischen Reichs waren. Darum überdecken die drei Balken des asymmetrisch geformten Kreuzes am Kopf des Symbols auch die britannischen Inseln, Irland und Dänemark.«

Paul deutete auf die Spirale. »Und was ist mit dem Fischschwanz?«, fragte er.

»Ach ja, dein Fischschwanz«, lachte Sina, »auch für den habe ich eine Erklärung. Wenn du genau hinschaust, begrenzen seine Windungen auf der Karte ziemlich genau den Küstenverlauf zwischen Griechenland, der Türkei und dem heutigen Israel. Dieses Meer ist die Heimat des Leviathan, des gewundenen Meeresdämons, einem Drachen oder einer Schlange aus dem alten Testament, dem Symbol für die Zerstörungskraft des Meeres. Hier steht er schlicht für ›Wasser‹, also das Meer.«

»Genial, einfach genial. Friedrich und du«, lächelte Valerie begeistert.

Paul stand auf und blickte aus einiger Entfernung auf das Monogramm. »Von hier sieht es wie ein großes M aus«, bemerkte er.

Georg lachte. »Mit Matthias Corvinus hat es sicher nichts zu tun, eher mit dem übersteigerten Selbstverständnis von Friedrich. Die Mittelachse ist ein I, der Rest ist ein M … Imperator Mundi. Friedrich, Herrscher der Welt.«

Der Südafrikaner hatte sich entschieden, er machte sich zu Fuß auf den Weg zur Remise. Es war kurz nach neun Uhr und an der Zeit, den letzten Akt einzuläuten. Gavint überquerte die alten Gleisanlagen, von denen bereits in den siebziger Jahren die Schienen abmontiert worden waren. Als er die geteerte Straße erreichte, die zu den hohen Toren der Remise führte, klopfte er sich die Hosenbeine ab und hörte schon das Bellen der kleinen Nervensäge. An der Seite des Gebäudes stand der »Pizza-Expresss«, diese optische Beleidigung auf vier Rädern. Zur Not würde er den Hund und das Auto noch zwei Stunden ertragen. Dann war sowieso alles vorbei.

In der Remise waren alle wieder um den Frühstückstisch versammelt. Georg war noch immer nicht zufrieden und hatte den Laptop mitgenommen, auf dem nun groß das Monogramm Friedrichs auf weißem Grund prangte. Alle drei schauten fasziniert auf die Buchstaben.

»Aber kommen wir zur nächsten Ebene. Immer wenn ich dieses Monogramm angesehen habe, habe ich deutlich das Wort ›Papes‹, Päpste, in der oberen Hälfte gelesen. Es sprang mir förmlich ins Auge. Zunächst konnte ich rein gar nichts damit anfangen, aber dann wurde mir einiges klar. Die äußeren Buchstaben bilden das Wort ›Friedericus‹, die inneren das Wort ›Papes‹ und die Spirale in der Mitte steht für ein ›Contra‹. Wenn wir das so lesen, dann steht hier ›Friedericus contra Papes‹ – Friedrich gegen die Päpste. Seltsam, oder?«

»Worauf willst du hinaus?«, fragte Paul und teilte den letzten Rest aus der Kaffeekanne brüderlich mit Valerie.

»Um mit dem Pontifex in Rom um die Vorherrschaft in der christlichen Welt konkurrieren zu können, um die Prophezeiung aus Mertens' Vermächtnis vollends erfüllen zu können, musste Friedrich der dritte Imperator dieses Namens sein. Nur so konnte er die im verlorenen Investiturstreit vom Heiligen Stuhl erlittene Niederlage herausfordern und für das Reich Revanche fordern und es so zu alter Größe und Macht zurückführen. Aber römisch-deutscher Kaiser war man nur, wenn man in Rom vom Papst gekrönt wurde. So sehr es ihm vielleicht missfiel, Friedrich brauchte die Päpste. Nur sie konnten seinen universellen Machtanspruch vor der Welt legitimieren.«

»Ich beginne dich zu verstehen. Friedrich war der letzte deutsche Kaiser, der in Rom gekrönt worden ist, richtig?«, fragte Paul und Georg nickte. »Und womit?«

»Was heißt womit?«, fragte Wagner perplex.

»Auf der römisch-deutschen Reichskrone steht *Me reges regnant*, durch mich herrschen die Könige. Friedrich musste mit dieser Krone gekrönt werden, sonst würde er seiner Würde verlustig gehen.«

»Das ist einleuchtend«, sagte Paul nachdenklich.

»Durch seine Krönung in Rom war er der rechtmäßige Erbe Friedrichs, des Hohenstaufers, der die drei Steine vom Priesterkönig Johannes empfangen hatte. Damit war er berufen, das Reich zu reinigen und zu unsterblicher Größe zu führen. Friedrich war der einzige, der wahre Imperator Mundi.« Georg überlegte kurz und fuhr dann fort: »Wenn Friedrich nach römischem Vorbild das Amt des Imperators mit dem des Pontifex maximus, des Papstes verband, dann war er selbst Friedericus Papa – Papst Friedrich.«

Paul griff nach einem Blatt Papier und begann Buchstaben und Zahlen aufzuschreiben, schließlich addierte er die Summen. Als er das Ergebnis vor sich sah, wurde er blass und flüsterte: »Die Buchstaben in *Friedericus Papa* ergeben den Zahlenwert 151. Die Inschrift *Me Reges Regnant* auf der Reichskrone ebenfalls genau 151. An einen Zufall glaube ich nicht, Friedrich hinterlässt keine Zufälle. Der Stein ist in der Reichskrone versteckt, dem Symbol der Macht, nicht nur über das Reich, sondern die ganze Welt!«

Genau in diesem Moment klingelte es an der Türe. Blitzschnell schlug Georg den Laptop zu und Paul raffte in Windeseile alle Notizen zusammen, drückte das Bündel Papier Valerie in die Hand, die sofort aufsprang und damit die Treppe zu den Gästezimmern hinauflief. Der Reporter wartete, bis Goldmann wieder mit leeren Händen aus einem der Schlafzimmer herauskam, bevor er sich auf den Weg zum Tor machte.

»Wer zum Teufel ist so früh unterwegs?«, zischte Wagner Sina zu, während Tschak bellte und Valerie zu ihrer Sporttasche griff, die sie neben dem Küchenblock abgestellt hatte. Sie holte eine Smith & Wesson heraus und Paul bedauerte, dass seine Glock noch immer im Safe lag. Dann wechselten alle drei noch einmal ernste Blicke, nickten sich zu und Paul schloss auf und drückte die Klinke herunter.

»Ein herrlicher Frühlingstag, um einen kleinen Ausflug zu unternehmen, finden Sie nicht?« Vor dem Tor stand ein bestens gelaunter Gavint und wippte leicht auf den Fußballen, während er neugierig an Paul vorbei ins Innere der Remise spähte. »Ein wirklich netter Unterschlupf, den Sie da haben«, schmeichelte er, »aber so blass, wie Sie beide im Moment sind, kann Ihnen ein bisschen frische Luft sicherlich nicht schaden.« Der Südafrikaner lächelte gewinnend in die Runde.

»Ihre ständige gute Laune ist geradezu widerlich«, brummte Georg, drehte sich um und gab Goldmann ein Zeichen der Entwarnung. Sie steckte die Pistole in den Hosenbund und zog ihren Pullover darüber.

Paul lehnte sich an das offene Tor und schaute den wie immer elegant gekleideten Fremden herausfordernd an. »Nennen Sie mir einen guten Grund, warum wir mit Ihnen eine Landpartie unternehmen sollten, Mister Unbekannt. Wiener Neustadt und Stein haben uns völlig gereicht. Wir haben heute andere Pläne.«

»Wer wird denn so feindselig sein, meine Herren? Die Sonne lacht vom Himmel …«

»… und die Vögel zwitschern in den Bäumen«, ergänzte Paul süffisant und verdrehte die Augen.

»… und irgendwer verkauft uns hier für dumm«, beendete Sina den Satz.

»Schade«, rief Gavint gutgelaunt, »ich hätte Ihnen gerne eine Entdeckung gezeigt, die ich nie richtig deuten konnte, von der ich aber glaube, dass sie fundamental für das Geheimnis Friedrichs ist. Eine Klosterruine unweit von Wien, deren Fundamente den letzten Hinweis zu Friedrichs Geheimnis bergen könnten.«

Wagner und Sina schauten sich an und zuckten beide die Schultern.

»Und diese Klosterruine ist Ihnen gestern nicht eingefallen, als Sie so plötzlich verschwinden mussten? Das kommt aber ein wenig überraschend, finden Sie nicht?« Paul war der Unbekannte immer unsympathischer und Valerie kam näher, die Hand hinter ihrem Rücken.

»Ich hatte diese Informationen schon länger, aber ich hielt sie bisher für einen unbedeutenden Nebenzweig dieses bemerkenswerten Geflechts aus Hinweisen, das Kaiser Friedrich ausgebreitet hat.« Gavint lächelte sein Filmstarlächeln, siegessicher. »Fast bin ich versucht, es einen ›Baum des Lebens‹ zu nennen.«

Der Südafrikaner hatte seine letzten Worte bewusst gewählt und sah in den Augen Wagners und Sinas, dass er den wunden Punkt getroffen hatte.

»Also gut, wir kommen mit, aber nur noch dieses eine Mal und ich hoffe für Sie, dass Ihre Hinweise tatsächlich zielführend sind«, sagte Paul und blickte zu Georg, aus dessen Miene das reine Misstrauen sprach.

»Ein weiteres Mal wird auch gar nicht mehr vonnöten sein, glauben Sie mir«, erklärte Gavint sanft und ein lauernder Ausdruck erschien in seinen Augen, der Paul einen Schauer über den Rücken jagte.

»Wir fahren mit unserem Auto«, entschied Goldmann und hielt Tschak zurück, der sich auf die Hosenbeine des Unbekannten stürzen wollte. Die Idee von dem kleinen Ausflug missfiel ihr immer mehr, aber jetzt war es zu spät für einen Rückzieher.

Paul überlegte, ob der »Hobbyhistoriker« und seine dubiosen Zuträger wirklich etwas entdeckt hatten, das Georg und ihm bislang verborgen geblieben war. Dann ging er seine Jacke holen und beschloss, seine Glock auch mitzunehmen. Gavint sah geschockt aus.

»Was? Sie wollen mit dieser lächerlichen roten Pizzaschachtel fahren? Ich habe nicht weit von hier eine geräumige Limousine für uns bereitstehen. Wollen wir nicht lieber damit ...« Er deutete mit dem Daumen über seine Schulter.

Valerie schüttelte ihren Kopf und unterbrach ihn. »... nein, wollen wir nicht. Wir fahren zu viert und nehmen den Mazda. Sonst platzt der Deal und wir machen gar keinen Ausflug.«

»Wie Sie wollen«, seufzte Gavint und bürstete ein unsichtbares Stäubchen von seinem Mantel. »Aber der Hund bleibt hier.«

»Der Hund kommt mit oder Sie bleiben hier«, knurrte Georg, nahm Goldmann die Leine aus der Hand, hängte sich seine Jacke um die Schultern und schob Gavint in Richtung »Pizza-Expresss«.

Chinesische Botschaft, Wien/Österreich

General Li Feng saß im kleinen Sitzungssaal der Botschaft und war sich der ungeteilten Aufmerksamkeit der Umstehenden gewiss. Vor ihm ruhte auf einem grünen Filztuch der Barockpokal und daneben lagen Zangen, Schraubenzieher, kleine Stichel und eine Schale. Der General hatte gestern Abend noch bei seiner Rückkehr in die Botschaft die Steine aus dem wertvollen Kelch brechen wollen, der Botschafter hatte jedoch sofort interveniert. Weng Huan hatte aus Salzburg angerufen, sobald er von seinem Sekretär erfahren hatte, dass der Pokal gemeinsam mit Li Feng in der Botschaft eingetroffen war.

»Ich werde morgen Vormittag nach Wien zurückkehren und bis dahin stellen Sie den Pokal in den Safe der Botschaft«, hatte Weng

Huan am Telefon angeordnet und der General hatte zähneknirschend gehorcht.

Jetzt waren der Botschafter, sein Sekretär und der chinesische Militärattaché neugierig über den rund fünfunddreißig Zentimeter hohen Kelch gebeugt, der im Licht der Halogenlampen seidig golden schimmerte. Misstrauisch beäugte Weng Huan die Werkzeuge auf der Tischplatte neben der kostbaren Antiquität.

»Ihnen ist klar, dass wir den Pokal zerstören werden, wenn wir die Steine herauslösen, Exzellenz«, gab sein Sekretär zu bedenken. Weng Huan nickte.

»Das war nicht der Grund für meine Bedenken«, gab er zurück, »ich habe nur Angst, dass wir möglicherweise einen Stein zerbrechen könnten, wenn wir nicht das richtige Werkzeug haben.« Der General beruhigte ihn.

»Für diese Art von Fassung sind keine speziellen Werkzeuge vonnöten«, stellte Li Feng fest und nahm den Pokal in die Hand. »Nach den Informationen von Mr. Gavint ist das Geheimnis in oder hinter einem Stein verborgen«, sagte er leise und drehte den Kelch, um ihn von allen Seiten zu betrachten.

»Und wie sieht das Geheimnis aus?«, erkundigte sich der Militärattaché.

»Das wusste auch Mr. Gavint nicht«, erwiderte Li Feng, »er sprach von einem Stein in einem Pokal oder etwas hinter einem Stein. Mehr Einzelheiten hatte auch er nicht.«

»Dann lassen Sie uns anfangen«, forderte Weng Huan den General ungeduldig auf.

Flughafen Wien-Schwechat/Österreich

Die weiß-rote Gulfstream G100 landete genau um 9:25 Uhr auf dem Wiener Flughafen. Das Charterflugzeug war mit nur einem Passagier besetzt. Fred Wineberg hatte sich den Flug mehr als 100 000 Dollar kosten lassen, nachdem es keine andere schnelle und direkte Verbindung von Palm Beach nach Wien gegeben hatte. Alle Linienflüge waren ausgebucht oder machten eine oder zwei Zwischenlandungen. Erst nach hektischen Telefonaten war es Elena Millt gelungen, eine Crew aufzutreiben, die sofort bereit war, über den Atlantik zu fliegen und auf die Wünsche ihres exzentrischen Fluggastes einzugehen. Die Gulfstream, die normalerweise eine bequeme Reisemöglichkeit für sechs bis acht Personen bot und nun nur mit einem schmalen, hageren alten Mann besetzt war, hatte die Strecke in weniger als elf Stunden geschafft, nachdem Wineberg von den Piloten die schnellstmögliche Route gefordert hatte.

Als er in Wien-Schwechat die Gangway hinunterstieg, fühlte er sich bestens, besser als in den letzten Wochen und Monaten. Er hatte bis auf eine Stunde nach dem Start den gesamten Flug verschlafen und die frische, kühle Luft in Wien weckte seine Lebensgeister. Fast genau siebzig Jahre waren vergangen, seit er zum letzten Mal in Österreich war, und die Aussicht darauf, noch einmal seine alte Heimat zu sehen, schickte Adrenalinstöße durch seinen Körper.

Die Passkontrolle war eine reine Formalität und der Wagen eines Privaten Shuttle-Service brachte Wineberg in die Innenstadt, ins Hotel »Sacher« hinter der Staatsoper. Elena Millt hatte eine Executive Suite reservieren lassen und Wineberg fand die sechzig Quadratmeter angemessen.

Auf seiner Fahrt ins Herz der Stadt hatte der greise Mann den Chauffeur immer wieder kurz anhalten lassen, war ausgestiegen und in seiner Erinnerung spaziert. Er fand alte Plätze, an die er sich erinnerte, und andere, die er nicht wiedererkannte. Ein ganzes Menschenleben war vergangen seit den dreißiger Jahren, seit er Alfred Wimberger begraben und seine schwangere Frau zurückgelassen hatte, angesichts der Nationalsozialisten, die vor den Toren Österreichs standen. Er hatte den Aufstieg Hitlers miterlebt und bereits in Gedanken seine Koffer gepackt, hatte die Unruhen in der Ersten Republik am eigenen Körper verspürt und war über Nacht verschwunden – verschwunden aus seinem Leben als Buchhalter, aus seiner Ehe, aus seinem gewohnten Umfeld, aus der gemeinsamen Wohnung in der Czerningasse in Wien-Leopoldstadt. Er hatte alles zurückgelassen und nichts mitgenommen außer einem Schiffsticket und ein paar Diamanten, die ihm sein Onkel vererbt hatte, als er fünfzehn Jahre alt war. Der Koffer blieb da, wo er war, gepackt auf dem schmalen Schrank im Schlafzimmer. Seine Frau hatte er nie mehr wiedergesehen, kein Foto seines Kindes verlangt und bekommen, seiner Familie nie wieder geschrieben.

Mit dem neuen Namen kam das Vergessen, das Verdrängen, das Negieren. Alfred Wimberger war tot, es lebe Fred Wineberg, der Reporter im Großstadtdschungel New Yorks. Amerika hatte ihn groß gemacht und das vergaß er ihm nie. Aber heimisch war er nirgends geworden. Wineberg war zeit seines Lebens ein Vertriebener geblieben und ein Getriebener geworden.

Als er endlich vor dem Riesenrad im Prater stand, da wurde ihm plötzlich klar, dass er nach Hause zurückgekehrt war. Wien hatte immer alle Heimkehrer mit offenen Armen begrüßt und so hieß es auch Alfred Wimberger willkommen. Und seit er denken konnte, weinte er das erste Mal, mitten auf offener Straße.

Im Hotel »Sacher« dann legte er sorgfältig die beiden Mappen nebeneinander auf den Schreibtisch der Suite. Auf der einen stand »die Kaiser« und auf der anderen »Valerie Goldmann«.

Nach einer Minute des Nachdenkens griff er zum Telefon und ließ sich mit einer Mobil-Telefonnummer verbinden. Als auf der anderen Seite abgehoben wurde und eine selbstsichere Frauenstimme sich meldete, schloss Wineberg kurz die Augen, lächelte und sagte dann:

»Hallo, Valerie, hier spricht Fred Wineberg, dein Großvater.«

Chinesische Botschaft, Wien/Österreich

Im kleinen Sitzungssaal der Botschaft war es so still, dass man die berühmte Stecknadel hätte fallen hören. Li Feng hatte den letzten der achtunddreißig Edelsteine aus dem Pokal gelöst, der nun wie eine leere Karkasse dastand und trotzdem noch Anmut und Eleganz behalten hatte. Er sah aus wie eine alte, nackte Diva, der man die schützenden und schmückenden Kleider weggenommen hatte und die sich doch nach wie vor ihre Würde und Grazie bewahrte.

In der kleinen Schale auf dem Besprechungstisch hatte der General Rubine, Saphire, Smaragde, Zitrine, Mondsteine und Achate gesammelt und peinlich genau darauf geachtet, dass kein einzelner verloren ging.

Nun untersuchte Li Feng den Pokal aufmerksam, drehte ihn in seinen Händen und begutachtete jede leere Fassung. Der Botschafter beugte sich über seine Schulter und ließ den Kelch nicht aus den Augen. Aber nirgendwo war etwas versteckt gewesen, hinter den Steinen war nichts zum Vorschein gekommen, außer ein wenig Staub und die Initialen »G.S.«, die wohl von einem der Goldschmiede oder Edelsteinfasser stammen mussten.

»Geben Sie ihn mir«, sagte Weng Huan und nahm den Kelch dem General aus der Hand. Der Botschafter drehte ihn um, schaute in den Fuß und ließ das goldene Gefäß mit einem kleinen Schlag auf die Tischplatte wie eine Glocke erklingen. Dann schüttelte er den Kopf und stellte den Pokal auf das grüne Filztuch zurück.

»Hier ist nichts versteckt, da bin ich mir sicher. Es gibt keinen doppelten Boden und keine Abdeckung, die Fassungen sind leer und jetzt bleiben nur mehr die Edelsteine«, stellte er fest, setzte sich an den Tisch und zog die Schale näher zu sich.

»Bringen Sie mir eine weiße Schreibunterlage«, wies er seinen Sekretär an und schaute geistesabwesend auf Li Feng. »Sollte an den Steinen nichts Auffälliges sein, dann weiß ich allerdings nicht mehr, wo wir nachschauen könnten.«

Der Sekretär kam im Laufschritt zurück und legte eine dicke weiße Mappe vor dem Botschafter auf den Tisch. Weng Huan kippte alle Steine vorsichtig auf die makellos weiße Papierfläche und verteilte sie mit flacher Hand.

Wenig später waren sich alle sicher – da war nichts versteckt, alle Steine waren genau das, was sie waren: Edelsteine. Weng Huan hatte jeden einzelnen zwischen seinen Fingern gedreht, ihn gegen das Licht gehalten und einige davon sogar in den Mund genommen, um sicherzugehen, dass es sich nicht um irgendeine Art von versteckter, gepresster Medizin handelte, die er am Geschmack erkannt hätte. Der Boschafter schaute ratlos in die Runde.

»Und was jetzt?«, fragte er Li Feng erwartungsvoll. Der General war blass geworden und erinnerte sich mit einem Mal an das Telefongespräch mit Peer van Gavint von gestern Abend. Hoffentlich hatte der Südafrikaner Wagner und Sina noch nicht liquidiert, sonst hatten sie sich soeben den Ast abgeschnitten, auf dem sie saßen. Li Feng sprang auf und verließ fluchtartig das Zimmer. Er betete, dass es noch nicht zu spät war.

Der Botschafter, sein Sekretär und der Militärattaché schauten ihm erstaunt nach. Dann überzog ein grimmiger Ausdruck das Gesicht Weng Huans.

»Warum habe ich das Gefühl, dass Li Feng schon wieder voreilig war und einen Fehler gemacht hat?«, murmelte er und stand auf. Dann verließ er das Sitzungszimmer, um mit Beijing zu telefonieren.

Im Paradies, Riederberg, Niederösterreich/Österreich

Valerie hatte den »Pizza-Expresss« am Ende des staubigen Feldwegs geparkt und war gerade ausgestiegen, als ihr Handy klingelte. Während Wagner, Sina und Gavint sich aus dem kleinen Mazda schälten, holte sie das Mobiltelefon aus der Tasche, las »unbekannter Teilnehmer« auf dem Display und ging ein paar Schritte vom Wagen weg.

»Goldmann«, meldete sie sich und wartete. Einen Moment lang hörte sie gar nichts. Dann kam etwas, das ihr den Atem nahm.

»Hallo, Valerie, hier spricht Fred Wineberg, dein Großvater.« Es war, als ob ein langer Arm aus der Vergangenheit sie einholte, zugriff und ihr die Luft abschnürte.

»Wie bitte?«, brach es aus ihr heraus und sie erkannte ihre eigene Stimme nicht mehr. »Meine Großeltern leben nicht mehr …«, setzte sie an und verstummte dann.

»Woher weißt du das so sicher, Valerie?«, fragte die Stimme und zugleich rief Paul: »Kommst du endlich?«

Mit einer Handbewegung schickte sie die drei Männer vor und lehnte sich verwirrt an den Wagen. Alle ihre Bedenken wegen des eleganten Unbekannten waren vergessen. Was die Stimme am Telefon zu ihr sagte, war ungeheuerlich und ihre Gedanken überschlugen sich.

»Meine Eltern haben mir immer erzählt, meine Großeltern wären in den Konzentrationslagern des Dritten Reichs umgekommen. Ich habe keinen Grund, daran zu zweifeln«, stellte Valerie klar. Das konnte nur eine Verwechslung sein, beruhigte sie sich und sah Wagner und

Sina nach, die neben dem Unbekannten über den Feldweg in Richtung des alten Klosters schlenderten.

»Dann haben sie dir nicht die ganze Wahrheit gesagt«, beharrte die Stimme, die überraschend fest klang. »Deine Mutter ist meine Tochter, ihr Mädchenname ist Wimberger. Richtig?«

In Valeries Ohren begann es zu sausen. Eine Frau im Trainingsanzug und mit zwei Nordic-Walking-Stöcken lief an ihr vorbei, schaute sie neugierig an.

»In meinem österreichischen Reisepass stand Alfred Wimberger, ich bin ihr Vater und dein Großvater, Valerie. Als die Nationalsozialisten in Österreich 1938 einmarschierten und die Ostmark dem Reich eingliederten, wie es damals hieß, bin ich bei Nacht und Nebel in die USA ausgewandert und habe meinen Namen in Fred Wineberg geändert. Ich habe mich angepasst wie viele andere auch.«

Valerie wusste nicht, was sie sagen sollte.

»Heute bin ich zum ersten Mal wieder nach Wien zurückgekehrt, weil ich in den Reportagen von Paul Wagner gelesen habe, dass du hinter dem größten Geheimnis der Menschheit her bist, dem Geheimnis von zwei Kaisern.« Der alte Mann machte eine Pause. »Dem Geheimnis der Unsterblichkeit.«

»Woher wissen Sie das?«, platzte Valerie heraus, »das haben wir erst gestern in Graz …«

»… erst gestern?«, unterbrach sie Wineberg. »Das ist doch offensichtlich, wenn man die Berichte von Wagner ernst nimmt und die richtigen Schlüsse zieht.«

Das alte Kloster, von dem nur mehr ein paar spärliche Mauerreste standen, schien nach und nach von der Natur verschlungen zu werden. Wie ein hungriger, aber lautloser Drache mit unendlicher Geduld schob sich die grüne Decke aus Sträuchern, Schlingpflanzen, Büschen und kleinen Bäumen immer näher an die Lichtung mit den alten Steinen. Sogar auf den brüchigen Mauerkronen wuchsen schon junge Birken. Obwohl jedes Jahr Freiwillige mit Sägen und Macheten versuchten, ihn zurückzudrängen, würde der Drache am Ende doch siegen. Es war nur mehr eine Frage der Zeit.

Unweit der Ruine plätscherte halblaut die heilige Quelle Sancta Maria in Paradyso, von dem der Ort seinen Namen hatte. In Form von Regen soll sie den Feldern des trockenen Tullnerfelds bereits seit Jahrtausenden jedes Jahr aufs Neue Leben geschenkt haben. Und gemessen an den ausgebrannten Kerzen, Heiligenbildchen und anderen Resten frommer Verehrung zog das angeblich wundertätige Wasser nach wie vor Leute an.

Das versunkene Franziskanerkloster rund fünfundzwanzig Kilometer westlich von Wien lag so abgelegen, dass sich selten ein Spaziergänger in die Nähe des schlanken Holzkreuzes verirrte. Es erinnerte in den Resten der gotischen Kirche an den Orden und die ehemalige heilige Stätte. Viele hatten das Kloster überhaupt schon vergessen, die meisten Wanderer auf dem österreichischen Jakobsweg nach Santiago di Compostela gingen achtlos daran vorüber. Hier gab es seit der ersten Türkenbelagerung von Wien kein Bett und keine Mahlzeit mehr für die Pilger.

Eltern, die am Wochenende zu einem Picknick vor der Stadt aufgebrochen waren und zwischen dem durch eine tiefe Klamm plätschernden Bach, den kleinen Gräben und den wuchernden Büschen ein Lagerfeuer angefacht hatten, ließen unbesorgt ihre Kinder zwischen den bröckelnden Umfassungsmauern der alten Klosterkirche herumklettern.

Bald würden nur mehr ein paar Steine von der großen Vergangenheit übrig geblieben sein. Hohe Fensterlöcher blickten in den Wienerwald hinaus, dessen Boden dicht mit braunem Laub bedeckt war. Der Duft von Bärlauch lag in der Luft. Nicht lange und der Waldboden würde übersät sein vom Grün der Blätter, die viele Wiener jedes Frühjahr begeistert sammelten. Aber noch war alles friedlich und einsam bis auf das Trommeln eines Spechtes und das entfernte Rufen eines Kuckucks.

»Auch wenn Sie der Historiker in der Runde sind«, begann Gavint lächelnd an Sina gewandt, »vielleicht lassen Sie mir den Vortritt bei den Einzelheiten dieser ehrwürdigen Stätte?« Der Wissenschaftler nickte und dann spazierten er und Paul gemeinsam mit dem eleganten Mann auf die Mauern zu, während Valerie beim Wagen geblieben war und telefonierte. Eine Kirchenglocke in der Nähe läutete elf Uhr. Gavint sah mit seinem langen Mantel und den auf Hochglanz polierten Schuhen auf der staubigen Forststraße deplatziert aus. Georg musste aber zugeben, dass er jede Menge interessante Details der Klostergeschichte kannte.

»Der Bettelorden der Franziskaner hat sich vor allem im 15. Jahrhundert von den großen Städten abgewandt und sich Plätze in abgelegenen Gegenden gesucht, um seine Klöster zu errichten. So war es auch beim ehemaligen Kloster St. Laurentius hier, das 1436 gegründet wurde und bis 1529 bestand.« Gavint hatte die Hände auf den Rücken gelegt und schien die Rolle des Historikers zu genießen. »Der Tod kam am 26. September 1529 in der Gestalt des türkischen Halbmondes, der schon Friedrich zu schaffen gemacht hatte und drei Jahre zuvor in der Schlacht bei Mohacs das Königreich Ungarn vernichtet hatte«, dozierte er.

Georg ergänzte: »Der Kaiser gründete zur Bekämpfung der türkischen Gefahr seinen Ritterorden St. Georg, der aber auch nicht wirklich erfolgreich war.«

Der Südafrikaner nickte. »Ja, das Symbol des Kampfes gegen den Drachen, der in dem Fall die Andersgläubigen waren«, fuhr er fort. »Den Angriff der türkischen Streifschar auf das Kloster an jenem späten Septembertag überlebte jedenfalls keiner der zweiundzwanzig Mönche. Nur ein Jahr später wurde der Entschluss gefasst, den einsamen Platz und die Gebäude völlig aufzugeben.«

»Angesichts der verlassenen Gegend müssen die Türken das Kloster aus Zufall gefunden haben, so versteckt wie es hier hinter den Hügeln am Bach liegt. Warum bringt jemand zweiundzwanzig harmlose Mönche um?«, wunderte sich Wagner.

Gavint nickte lächelnd. »Sie werden gleich merken, warum«, antwortete er. »Im Jahr 1839 begann ein geschichtskundiger Pfarrer mit Vermessungen und Grabungen. Man vermutet, dass er sein Wissen aus alten Papieren und Dokumenten des Ordens hatte, die er in einer Kiste versteckt auf dem Dachboden seiner Kirche gefunden hatte. Wie auch immer, er soll sogar in die bis dahin versteckten Kultkammern und Grüfte in der Nähe des Klosters vorgedrungen sein und es sieht so aus, als habe er die heute verschüttete Krypta der Kirche ebenfalls geöffnet.« Er blickte Paul und Georg nacheinander an. »Vergessen Sie nicht, dass dieses Kloster offiziell St. Laurentius im Paradies hieß und aufgrund einer Schenkung zustande kam, nämlich von Kaiser Friedrich höchstpersönlich. Und so ist es nicht verwunderlich, dass der Pfarrer in der Krypta eine Tafel fand mit AEIOU und einer Jahreszahl 1455, dem Baubeginn der Anlage.«

Wagner und Sina waren bereits am Kombinieren, aber Gavint kam ihnen mit seiner Erklärung zuvor.

»Bei näherer Untersuchung stellte der Pfarrer fest, dass die Inschrift nicht nur eine einfache Datierung war, sondern die Zahl 144 verschlüsselte. AEIOU MCCCCLV. Er musste nur den Zahlenwert 51 des AEIOU, wie es im Rechnen mit römischen Zahlen üblich ist, vom Jahr 1455 abziehen und das Ergebnis war 1404. Die Null in 1404 symbolisierte das, was sie war – nichts. Er ignorierte sie folgerichtig und heraus kam die Zahl 144.« Der Südafrikaner hob abwehrend die Hände, lächelte ironisch und sah Wagner und Sina herablassend an. »Ich bin nicht so gescheit, aber man fand eine Zeichnung mit Erklärungen in den Unterlagen des Pfarrers nach seinem Tod.«

Gavint verstummte und blickte sich unbehaglich um. Da war schon wieder dieses Kribbeln zwischen seinen Schulterblättern. Aber alles war ruhig und niemand war zu sehen, außer der Frau, die weit hinter ihnen den Pilgerweg entlang lief und schwungvoll ihre zwei Stöcke schwang.

»Und woher wissen Sie das alles?«, erkundigte sich Paul Wagner misstrauisch.

Gavint machte eine wegwerfende Handbewegung. »Sagen wir, ein paar befreundete Wissenschaftler haben das und mehr vor fast zwanzig Jahren herausgefunden, konnten aber nichts damit anfangen. Ich muss gestehen, ich kann es bis heute nicht.« Gavint bemerkte zufrieden, dass diese Lüge keinem der beiden auffiel.

Valerie lehnte mit zitternden Knien am Wagen, das Handy krampfhaft an ihr Ohr gepresst. Die Stimme des Mannes, der sich für ihren Großvater ausgab, war fest und stellenweise einschmeichelnd, aber die Informationen, die er ihr gab, hatten alle den Geschmack der Wahrheit. Vieles deckte sich mit dem, was ihre Eltern ihr erzählt hatten, seit sie denken konnte. Nur einige Dinge hatten sie ihr entweder verschwiegen oder es auch nicht besser gewusst. Die fehlenden Steinchen in dem Gebäude ihrer Familienvergangenheit ergänzte der alte Mann am Telefon ohne zu zögern und offenbar auch ohne Reue. Sie sah Wagner und Sina auf dem Feldweg immer kleiner werden und konnte sich doch nicht entscheiden, das Gespräch zu beenden. Wenn es wirklich ihr Großvater war, der aus der Versenkung wieder aufgetaucht war, dann musste alles andere warten. Zumindest für ein paar weitere Minuten.

»Und was erwarten Sie jetzt von uns? Was sollen wir hier, mitten im Nirgendwo, Ihrer Meinung nach noch ausrichten?«, erkundigte sich Georg und sah sich um. Die bröckelnden Mauern, die langsam überwuchert wurden, sahen nicht nach sensationellen Entdeckungen aus.

»Aber das liegt doch auf der Hand, Professor Sina«, erwiderte der Südafrikaner gewinnend. »Sie sollen mir helfen, den verschütteten und überwucherten Zugang zur Unterkirche zu finden. Mit Ihren profunden Kenntnissen der mittelalterlichen Architektur kann das doch kein Problem sein. Vielleicht hat der Pfarrer in der Krypta etwas übersehen, das uns weiterhelfen könnte. Und ich sage bewusst ›uns‹, weil wir ja alle am gleichen Strang ziehen, nicht wahr?«

Paul schaute den Unbekannten zweifelnd an. »Am gleichen Strang vielleicht, aber an entgegengesetzten Enden«, stellte er trocken fest, lenkte dann aber ein: »Das mit der Krypta ist einleuchtend und einen Versuch wert. Ich schlage vor, wir teilen uns auf, dann können wir schneller und effektiver suchen.«

Georg nickte und überblickte die Überreste der Kirche. »Paul und ich suchen dort hinten im Altarraum«, schlug er vor. »Oft war der Zugang zu einem unterirdischen System unter dem Altar im Boden verborgen.« Sina deutete auf die unmittelbare Umgebung und versuchte sich die Lage der alten Gebäude vor fünfhundert Jahren vorzustellen. »Sie schauen hier im Umkreis des Holzkreuzes«, sagte er zu dem eleganten Mann mit einem spöttischen Blick auf die glänzenden Schuhe. »Das muss in etwa die Stelle sein, wo sich das Portal oder die Vorhalle zum Langschiff befunden hat. Allerdings wird es schwer werden, unter dieser dichten Grasschicht zum ehemaligen Bodenniveau vorzudringen.« Dann gab der Wissenschaftler Wagner einen Wink und beide stiegen über kleine Gräben ins Innere der Ruine. Gavint blieb zurück, sah sich um und begann zu suchen.

»144! Was für ein Zufall!«, flüsterte Georg, »das ist die Anzahl der Edelsteine in der Kaiserkrone, wusstest du das?« Als Paul nickte, setzte er hinzu: »Die Entdeckung dieses Pfarrers bestätigt tatsächlich unsere bisherigen Ergebnisse, es ist ein zweiter Hinweis auf die Kaiserkrone. Der

Tipp mit dem Kloster war besser, als ich gedacht hätte. Aber jetzt sollten wir nach einer Möglichkeit suchen, um zu verschwinden. Mir ist dieser Typ unheimlich.«

Paul schaute sich rasch um und sondierte die Umgebung nach einer Möglichkeit, außerhalb der Sichtweite des Unbekannten unbemerkt einen Bogen zu schlagen und zu Valerie zurückzukehren. Die Glock in seinem Hosenbund gab ihm nicht das Gefühl der Sicherheit, das er sich so gerne gewünscht hätte.

Georg kniete sich nieder, teilte Grasbüschel und tastete das feuchte Erdreich darunter ab. »Das ist zwar vollkommener Unsinn, so finden wir nie im Leben irgendetwas, aber es wahrt den Schein, bis du eine Lösung gefunden hast«, brummte er. »Ich hätte Tschak nicht bei Valerie im Auto lassen sollen. Seine Nase hätte ich jetzt gerne. Es würde mich ja tatsächlich interessieren, ob da noch etwas darunter ist …«

»Mach ruhig weiter«, raunte Paul, »ich untersuche als Nächstes die Mauerreste da hinten, wo der Graben des Bachbettes beginnt. Vielleicht kommen wir von dort weg.«

Mit einem dünnen Lächeln auf den Lippen beobachtete Gavint aus der Hocke, wie Georg und Paul sich erst kurz beratschlagten und dann den hinteren Teil der Ruine untersuchten.

»Viel leichtgläubiger, als ich dachte«, murmelte er und bedauerte, wie leicht sie ihm in die Falle gegangen waren. Wo waren die Herausforderung, der Nervenkitzel, die Befriedigung des Jagdtriebes? Gavint fühlte sich um einen Teil seines persönlichen Erfolgserlebnisses geprellt. Aber den letzten Genuss würde er sich nicht nehmen lassen. Als er sich sicher war, dass sie ihre Aufmerksamkeit voll und ganz auf ihre hoffnungslose Suche gerichtet hatten und ihm keine Beachtung mehr schenkten, erhob er sich lautlos, zog seine Beretta aus dem Schulterhalfter und schraubte bedächtig, wie ein stiller Genießer, den Schalldämpfer auf den Lauf. Er kostete jede Sekunde dieses Rituals, dieses unglaublich befriedigenden Augenblicks aus, ließ sich Zeit. Dann lud er durch, hob langsam seinen Arm, zielte mit der Waffe in der Hand.

Nur nichts überstürzen, sagte er sich, einer nach dem anderen, mit ein paar Sekunden Zeit dazwischen, wie es sich gehört. Ruhig und flach atmend beobachtete er Sina über Kimme und Korn, zielte zwischen seine Schulterblätter, dann auf seinen Hinterkopf. Seine Hand zitterte nicht, stellte er mit Befriedigung fest. Der Druckpunkt am Abzug war erreicht, der Moment der Wahrheit und des Todes gekommen. Gavint verspürte so etwas wie Feierlichkeit, wie immer. In diesem Moment klingelte sein Handy laut und schrill.

Valerie hatte Tschak aus dem Auto springen lassen, während sie telefonierte, und der kleine Hund schnupperte aufgeregt an den Reifen des »Pizza-Expresss«. Fred Wineberg wollte sie nicht aus der Leitung lassen, wollte ihre Stimme hören, wollte mehr aus ihrem Leben erfahren und erzählte aus seinem. Schilderte seinen Weg von New York an die Westküste in den fünfziger Jahren, sprach von seiner Zeit in Kalifornien und von der ersten kleinen Zeitung, die er in einem winzigen Nest an der Grenze zu Arizona gekauft hatte, dem »Blythe Chronicle«. Es war, als sei eine längst vergangene Zeit wieder lebendig geworden und Valerie hörte fasziniert zu. War es tatsächlich möglich, dass dieser Mann am anderen Ende der Leitung ihr Großvater war? Goldmann war immer mehr geneigt, es zu glauben. Tschak wälzte sich im warmen Gras und streckte die Pfoten genießerisch von sich.

Der Klingelton schnitt durch die Stille der Natur wie Damaszenerstahl. Aufgeschreckt drehte sich Georg um, schaute in die Richtung, aus der das schrillende Geräusch gekommen war. Mit einem Blick erfasste er die Lage. Der Unbekannte kramte mit verärgertem Gesicht in seiner Manteltasche, holte ein Handy hervor und hielt es ans Ohr. In der anderen hielt er eine Pistole, die mit dem Schalldämpfer obszön lang aussah.

»Verdammt, Paul, nichts wie weg, der Kerl hat eine Waffe!!«, schrie Georg und rannte mit eingezogenem Kopf tiefer in das kleine Mauerlabyrinth in Wagners Richtung.

Paul, der nach einer Fluchtmöglichkeit gesucht hatte, war sofort alarmiert. Aus den Augenwinkeln sah er Georg auf sich zustürzen, sah ihn straucheln und war mit wenigen Schritten neben ihm, um ihn aufzufangen und weiterzuziehen.

»Wir haben nur eine Chance, Georg, tut mir leid«, keuchte er. Dann sprang er über den Rand der Klamm hinaus und riss Sina mit sich.

»Was ist los, General?«, fauchte Gavint in das Handy, nachdem er Li Fengs Namen am Display gelesen hatte.

»Brechen Sie die Operation ab, der Kelch ist leer!«, schrie der Chinese hysterisch am anderen Ende der Leitung. Zugleich sah Gavint, wie Sina plötzlich gebückt weglief, etwas rief und nach Deckung suchte. Sofort riss der Südafrikaner die Waffe hoch und wollte gerade abdrücken, als ein brennender Schmerz durch seine Schulter loderte, seine Finger ihre Kraft verloren und sich ihr Griff um die Waffe löste, die Beretta auf den Boden polterte. Sein Arm fiel augenblicklich schlaff herunter, wie ein Körperteil, der nicht mehr zu ihm gehörte. Eine Blutfontäne spritzte an seinem Gesicht vorbei und als er an sich herunterblickte, sah er eine dünne Metallspitze unter dem Schlüsselbein aus seinem Fleisch ragen. Verständnislos konnte er seinen Blick nicht von dem glänzenden Stück Metall lösen.

Verdammt!, schoss es ihm durch den Sinn. Ich habe es gewusst. Sie waren die ganze Zeit hinter mit her. Geistesgegenwärtig brüllte er in sein Handy: »Die Krone, Li Feng, die Krone!«, dann wurde es ihm aus der Hand geschlagen und flog in hohem Bogen ins Gras.

Gavint verdrängte die rasenden Schmerzen in seiner Schulter und fuhr herum. Er erwartete einen gut ausgebildeten Kämpfer der Tempelherren zu erblicken. Stattdessen stand er einer kleinen, schmächtigen Frau im Jogginganzug gegenüber, die seelenruhig die Aluminiumhülle von ihrem zweiten Nordic-Walking-Stock zog. Darunter kam eine lange Florettklinge zum Vorschein, die in der Sonne glänzte.

Der Südafrikaner sprang vor und holte mit der unverletzten Linken zu einem Schlag nach ihrem Kopf aus, aber die Frau tauchte geschickt ab und rammte ihm von unten das Florett in den Bauch. Die Spitze drang in seinen Körper ein und trat auf der anderen Seite wieder aus. Ein metallischer Geschmack machte sich sofort in seinem Mund breit. Verblüfft schaute Gavint an sich hinunter. Dunkelrote, dickflüssige Tropfen rannen aus seinem Mund und besudelten sein frisch gestärktes, weißes Hemd.

Paul und Georg schienen endlos zu stürzen. Schließlich schlugen sie hart am steil abfallenden Boden des tiefen Grabens auf. Welkes Laub, Wurzeln, dürre Äste und Schlammklumpen wirbelten um sie herum, während sie sich mehrmals überschlugen, gegen Baumstämme prallten und schließlich im kalten Wasser des schmalen Baches zum Liegen kamen.

Nach einigen Sekunden der Benommenheit raffte sich Sina auf, kam stöhnend auf die Beine und half Paul hoch, der sich den schmerzenden Rücken rieb.

»Danke. Ich glaube, du hast uns gerade das Leben gerettet«, stieß Georg schwer atmend hervor.

Paul tastete nach der Glock in seinem Gürtel und zog sie heraus. »Es ist noch nicht vorbei, Georg. Wir müssen sehen, dass wir Land gewinnen. Ich habe zwar die Pistole noch, aber gegen einen Profi sollten wir es nicht einmal versuchen. Also nichts wie weg, bestimmt verfolgt er uns. Komm!«

»Warte noch«, hielt ihn Sina auf, »da stimmt etwas nicht.« Mit zusammengekniffenen Augen spähte er zur Ruine über ihnen hinauf. Nichts passierte, alles war ruhig, zu ruhig.

Der Schmerz raste durch Gavints Körper, lähmte ihn, aber der Wille des Söldners war ungebrochen. Kampflos würde er nicht untergehen, nicht hier, in dieser verlassenen ländlichen Einöde, inmitten von alten Steinen. Er würde sie mitnehmen, wohin auch immer, diese hinterhältige kleine Schlampe. Mit letzter Kraft hob er die linke Hand und packte die Angreiferin im Gesicht. Er presste seine Finger zusammen so stark er nur konnte. Er spürte das weiche, samtige Fleisch, darunter ihr Kiefer und ihre Wangenknochen, drückte noch fester zu.

Die Frau stieß einen spitzen Schrei aus. Mit voller Wucht warf sie sich gegen seinen Körper, die Florettklinge noch immer fest mit beiden Händen gepackt. Mit einer Kraft, die der Südafrikaner dem schmächtigen Körper niemals zugetraut hätte, hob sie ihn fast von den Füßen, drängte ihn unerbittlich rückwärts. Gavint konnte nicht anders, als in die Richtung zu trippeln, in die sie ihn unaufhörlich schob. Wie aus unendlicher Entfernung beobachtete der Südafrikaner, wie sein Daumen und die restlichen Finger die feinen Züge eines Frauengesichts verfremdeten, wie sie schließlich kraftlos wurden und die Hand endlich vollends von ihr abglitt.

Seine Kräfte verließen ihn, strömten aus seinem durchbohrten Körper, als ein dumpfer Aufschlag seinen Weg beendete. Die Metallspitze, die aus seinem Rücken ragte, hatte sich irgendwo hineingebohrt. Die Frau ließ den Stock los, aber er gab nicht unter seinem Gewicht nach.

Der Blick der Fremden ruhte kalt und emotionslos auf ihm. Ohne Zweifel, sie sah ihm aufmerksam beim Sterben zu. Bilder rauschten an seinen Augen vorbei, ein Schnellzug der Erinnerung. Die blutgetränkten Böden von Nigeria, die Diamanten-Kriege in Botswana, die Aufstände in den südafrikanischen Townships, eine kühle Schweizer Schalterhalle, Wände voll kalt glänzender Schließfächer, Flughäfen und Zugabteile, die Templerburg in Portugal, der fallende Engel in der Karlskirche. Der Film beschleunigte sich zu einem Stroboskop von blitzartig auftauchenden Eindrücken und Gefühlen. Dann war er zu Ende und Gavint sah wieder den abschätzenden Blick seiner Angreiferin und er wusste, dass sein Weg jetzt und hier zu Ende war. Er spürte ihre Körperwärme, roch sie ganz deutlich und wenn die Umstände andere gewesen wären, hätte ihm das alles auf eine intime Art gefallen. Ange ou Démon von Givenchy, dachte er mechanisch. Sie hat Stil. Wenigstens eine ebenbürtige Gegnerin.

Die zierliche Frau blickte ihn unverwandt an. »Haben Sie wirklich gedacht, wir würden Sie bis zur Krone kommen lassen?«, raunte sie. Sie trat näher an den Sterbenden heran, flüsterte ihm etwas ins Ohr. Gavint verzog das Gesicht zu einer Grimasse. »Das ist Friedrichs Geheimnis und Sie werden es mit ins Grab nehmen«, sagte sie und drehte sich um, ging rasch zwischen den Bäumen davon, ohne sich noch einmal umzusehen. Gavint wollte rufen, aber er brachte keinen Ton heraus. Er fühlte die Dunkelheit näher kommen, die Schatten ihn einholen. Da hatte er noch eine letzte Idee, ein ultimatives Aufbäumen seines Egos. Er tauchte den Finger in die offene Wunde und zeichnete mit dem eigenen Blut über seinen Kopf ein Symbol auf das Kreuz. Schließlich stürzte er in eine bodenlose Schwärze und es wurde kalt.

Valerie hatte das Gespräch mit ihrem Großvater beendet und lehnte noch immer gedankenverloren am Wagen. Sie sah Tschak zu, der in der Wiese herumlief und den ersten kleinen Insekten nachjagte. Dann hörte sie plötzlich aus der Richtung der Klosterruine den Schrei einer Frau. Sofort fühlte sie nach ihrer Pistole und rannte los. War der Joggerin etwas passiert oder hatte sie etwas entdeckt, das sie zu dem Schrei veranlasst hatte? Goldmann verwünschte sich dafür, dass sie so lange telefoniert, Wagner und Sina mit dem gefährlichen Unbekannten einfach allein gelassen hatte. Tschak lief mit ihr, laut bellend und froh über die Abwechslung. Er überholte sie, umrundete sie mehrmals und brachte ihr einen kleinen Stock.

»Nein, Tschak, jetzt nicht, das ist kein Spiel!«, rief sie ihm zu und rannte den staubigen Feldweg auf die Ruine zu. In ihrer Vorstellung sah sie bereits Paul und Georg zwischen den Mauerresten der Klosteranlage liegen, von einer entsetzten Joggerin entdeckt, die nun mit großen Augen und blassem Gesicht voll Panik vor den leblosen, blutüberströmten Körpern stand.

Als sie auf der Lichtung ankam, war alles ruhig und kein Mensch zu sehen. Über der Wiese zwischen den Mauern brummten die Insekten und in den Bäumen zwitscherten die Vögel. Doch ihr Instinkt sagte ihr etwas ganz anderes: »Zu friedlich, zu ruhig …« Sie zog ihre Waffe, sicherte vorsichtig jede Blickrichtung und näherte sich langsam der ehemaligen Kirche. Ganz in der Nähe hörte sie das Plätschern einer Quelle.

Tschak schnüffelte interessiert an einem Fleck auf dem Gras und bellte. Goldmann ging zu ihm, bückte sich und wischte über die feuchte Stelle. Als sie ihre Hand wegzog, war sie blutverschmiert. Dann stürmte Tschak plötzlich mit großen Sprüngen durch das hohe Gras los und Valerie blickte ihm aufmerksam hinterher. Als sie sich aufrichtete, stand Tschak stumm vor dem grazilen Holzkreuz am Eingang der Kirchenruine.

»Da ist Tschak!«, freute sich Georg, als er das Bellen des kleinen Hundes hörte.

»Sehr gut!«, keuchte Paul, »das bedeutet, dass Valerie nicht weit sein kann.« Sie waren mühsam den Abhang hochgeklettert, hatten den Grat erreicht und stiegen nun zurück in die Klosterruine. Wagner reichte Sina die Hand und zog ihn zu sich nach oben. Am Ende der eingestürzten Mauern erkannten sie Goldmann, die mit schreckgeweiteten Augen auf das Holzkreuz vor ihr starrte und ihre Waffe langsam senkte.

Schwester Agnes erreichte ihren Wagen gerade zu dem Zeitpunkt, als die drei schweigend vor dem Kreuz standen und auf den toten eleganten Unbekannten starrten. Die Superiorin startete und fuhr los, aus dem kleinen Ort hinaus und nahm die Straße in Richtung Wien. Dann griff sie ins Handschuhfach und holte ihr Mobiltelefon heraus.

Die drei standen einfach nur da, unfähig, auch nur ein Wort zu sprechen. Fassungslos blickten sie auf den eleganten, namenlosen »Hobbyhistoriker«, der mit einer langen Klinge an das Holzkreuz genagelt war. Sein Körper hing schlaff auf dem dünnen Metall. Eine zweite Klinge war von hinten durch seine rechte Schulter gebohrt. Über seinem Kopf hatte er mit seinem Blut so etwas wie eine Krone und ein großes A gemalt. Tschak lief aufgeregt herum und schleppte schließlich die Aluminiumhülse eines Nordic-Walking-Stocks an, die er mit treuherzigem Blick Georg vor die Füße legte.

»Habt ihr auch die Frau gesehen, die hinter euch auf dem Feldweg lief?«, fragte Valerie alarmiert und erinnerte sich an die zierliche, freundliche Frau, die ihr zugenickt hatte.

»Ja, da war jemand, aber ich habe nicht darauf geachtet«, gab Sina zu und konnte den Blick nicht von dem Toten abwenden. »Wie er da so hängt, erinnert er mich an einen Käfer auf einer Stecknadel. Wie von einem Freund der Insektenkunde in einen entomologischen Sammlungskasten gepinnt«, meinte er und schüttelte den Kopf. »Der Typ war zwar ein arrogantes Arschloch, aber das hat er nicht verdient.« Sina drehte sich um und ging, wollte diese Geschichte ein für allemal hinter sich lassen und sie so schnell wie möglich wieder vergessen. Tschak umsprang aufgeregt kläffend seine Beine und wünschte sich, dass Georg ihm nochmals einen Stock werfen würde.

»Was soll das Zeichen über seinem Kopf?«, fragte Valerie und Paul meinte: »Es sieht aus wie eine Krone mit einem A darüber und ein Punkt in der Mitte der Krone. Vielleicht wollte er einen letzten Hinweis hinterlassen, für wen auch immer.«

»Was machen wir jetzt mit ihm?«, fragte Georg ratlos.

»Gar nichts. Lasst uns verschwinden, bevor noch jemand kommt«, antwortete Valerie und steckte ihre Waffe wieder ein. Der unberührte, professionelle Ausdruck in Goldmanns Gesicht gab Paul zu denken. In diesem Moment des Schweigens klingelte plötzlich sein Handy und alle drei zuckten zusammen.

»Herr Wagner, wie schön, dass Sie trotz des ungewöhnlichen Ortes und des gar nicht so bedauerlichen Anlasses mit mir sprechen«, sagte eine freundliche, weibliche Stimme verbindlich, als würde sie die guten Wetternachrichten von morgen vorlesen. »Ich hoffe, der Tod von Mr. Peer van Gavint schockiert Sie nicht allzu sehr. Er hat ihn tausend Mal verdient, dessen können Sie sicher sein. Er war es auch, der die Morde in der Ruprechtskirche, in Portugal und in der Karlskirche beging. Also trauern Sie nicht zu viel um ihn.«

»Wer sind Sie?«, fragte Paul stockend, obwohl er wusste, dass er auf diese Frage keine Antwort erhalten würde.

»Das werden Sie bald genug erfahren, Herr Wagner. Ich erwarte Sie und Professor Sina morgen um 12:30 Uhr bei mir auf Schloss Panenske-Brezany nördlich von Prag. Kommissar Berner war so unvorsichtig und hat sich vor dem offenen Safe in unserer Wiener Niederlassung erwischen lassen. Seitdem genießt er unsere Gastfreundschaft. Sie brauchen nur den Blick zu heben, um zu sehen, dass ich wirklich nicht vor drastischen Maßnahmen zurückschrecke. Sie wissen also, was Kommissar Berner erwartet, sollten Sie nicht kommen. Bis morgen und grüßen Sie Professor Sina von mir.« Dann war die Leitung tot.

Der Chauffeur der chinesischen Botschaft hatte mehr als zwei Stunden im Audi gewartet, bevor er ausstieg und sich auf die Suche nach dem Südafrikaner machte. Er war dem roten Mazda in sicherem Abstand von der Remise bis hierher gefolgt, aber nun dauerte es bereits zu lange und Gavint hätte schon lange wieder zurück sein müssen. Als schließlich der »Pizza-Expresss« an ihm vorbeigerollt war, die Frau am Steuer und die beiden Männer unversehrt mit ihr im Wagen, wusste er, dass etwas schiefgegangen war. Er lief die Forststraße entlang auf die Klosterruine zu, von der ihm Gavint erzählt hatte. Als er nach wenigen Minuten den Toten fand, griff er zu seinem Telefon und rief Weng Huan an. Emotionslos beschrieb er genau die Umstände und machte mit seinem Handy einige Fotos des Symbols und des Buchstabens über dem Kopf des Toten. Dann rannte er so schnell er konnte zum A8 und fuhr in einer Staubwolke in Richtung Wien.

Wagner, Sina und Goldmann waren so vertieft in ihre Gedanken, dass sie dem großen schwarzen Audi mit dem Diplomatenkennzeichen, der an ihnen auf der Westeinfahrt von Wien mit überhöhter Geschwindigkeit vorbeizog, keine Aufmerksamkeit schenkten. Während Goldmann das Gespräch mit ihrem angeblichen Großvater Revue passieren ließ, beschloss Georg, das geheimnisvolle Kuvert so schnell wie möglich aus der Polizeidirektion zu holen. Wagner berichtete von Berner, den Tempelherren und dem geplanten Austausch am kommenden Tag in Tschechien.

Bei der ersten U-Bahn-Station, die am Weg lag, stieg Georg aus. Er wollte die Angelegenheit im Büro seines Vaters hinter sich bringen und vorher allein sein, um seine Gedanken ordnen zu können. Valerie hatte sich zu einem persönlichen Gespräch mit dem alten Mann durchgerungen, der es so eilig gehabt hatte, aus Amerika nach Wien zu fliegen. Diese Gelegenheit, ihn kennenzulernen und mehr zu erfahren, bot sich vielleicht nur ein Mal. Sie spürte deutlich, dass diese Begegnung keinen Aufschub duldete und ihr nicht mehr viel Zeit dafür blieb. Gemeinsam machten sich Wagner und Goldmann mit dem »Pizza-Expresss« auf den Weg in die Innenstadt.

Paul entschied sich, im Café nahe der Universität auf die Rückkehr von Georg und Valerie zu warten und inzwischen die neuesten Ereignisse an Elena Millt zu berichten. Solange ich noch am Leben bin, dachte er sich bitter und sah den blutüberströmten Mann am Kreuz in der Klosterruine vor sich.

Bundespolizeidirektion, Schottenring, Wien/Österreich

Professor Georg Sina stieg die Treppen zum Eingang der Polizeidirektion hinauf und ignorierte den seltsamen, abschätzigen Blick des wachhabenden Uniformierten am Tor. Der Wissenschaftler ging an ihm vorbei zur Anmeldung, wo ein weiterer Polizist damit beschäftigt war, die Personalien einer jungen Frau aufzunehmen, die offenbar ins Archiv wollte und nun einen Ausweis nach dem anderen vorlegen musste. Als Georg an der Reihe war, sagte er einfach »Sina«.

Der Polizist schaute ihn von oben bis unten an und verzog das Gesicht. »Das heißt für Sie immer noch Polizeipräsident Dr. Walter

Sina und ich glaube nicht, dass er jemanden wie Sie sehen will«, stellte der Beamte fest, nachdem er die langen Haare, den wirren Bart, die abgewetzten Jeans und die fleckige Lederjacke registriert und gedanklich eingeordnet hatte: Stadtstreicher. Er wollte schon dem Nächsten in der Reihe ein Zeichen geben, da lehnte sich Georg vor, bis sein Gesicht nur mehr Zentimeter von dem des Polizisten entfernt war.

»Beide Male falsch. Das heißt Professor Dr. Georg Sina und ich bin überzeugt, er will mich sehen. Leider.«

Keine drei Minuten später stand Georg vor der gepolsterten Türe des Büros seines Vaters und wurde im Vorzimmer von einer freundlich lächelnden Sekretärin empfangen, die ihm ungefragt eine Tasse duftenden Darjeeling-Tee in die Hand drückte.

Sina dankte ihr. »Sie sind bemerkenswert gut informiert«, stellte er fest und nippte genüsslich an dem heißen Getränk.

»Das ist meine Aufgabe«, antwortete sie mit einem schelmischen Gesichtsausdruck, den Georg nicht ganz deuten konnte. Dann drehte sie sich um, zog einen großen braunen Umschlag aus der obersten Schublade ihres Schreibtisches und hielt ihn Sina entgegen.

»Ich nehme an, das ist der Grund Ihres Besuches. Ein … Bote hat es gestern Nachmittag hier abgegeben.«

Georg wog das schwere Kuvert in seiner Hand und las »Professor Dr. Georg Sina persönlich« in schwungvollen Lettern geschrieben. Er nippte nochmals an dem Tee, stellte die Tasse ab und war versucht, einfach wieder zu gehen. Da öffnete sich die rotgepolsterte Türe und sein Vater stand da und schaute ihn an. Georg fuhr sich mit einer Hand durch die Haare und ging ihm dann entgegen.

Dr. Sina forderte ihn mit einer stummen Handbewegung zum Eintreten auf und schloss langsam hinter ihm die Tür. »Es ist schön, dass du gekommen bist«, sagte der Polizeipräsident leise und wollte seinem Sohn die Hand auf die Schulter legen, überlegte es sich jedoch und zog sie wieder zurück.

»Das hat Paul eingefädelt, wie immer, du kennst ihn ja«, seufzte Georg und ließ sich in einen der Fauteuils der Sitzgruppe fallen.

Sein Vater nickte und versuchte, über die struppige Frisur und den Bart seines Sohnes hinwegzusehen. »Du und Paul, ihr seid hinter einer großen Geschichte her, habe ich erfahren.« Er schaute auf das Kuvert, das Georg noch immer fest in seiner Hand hielt.

Georg nickte und überlegte sich, ob er seinem Vater etwas über den geplanten Austausch mit Kommissar Berner sagen sollte. Dann entschloss er sich dagegen. »Paul hat mich damit aus meinem Eremitendasein geholt vor …«, Georg dachte nach und meinte nach einer kleinen Pause, »… und es kommt mir so vor, als sei es schon vor langer Zeit gewesen, dabei sind erst ein paar Tage vergangen. Aber Friedrichs Geheimnis war es wert.«

»Wirst du mir einmal die ganze Geschichte aus deiner Sicht erzählen?«, fragte sein Vater vorsichtig.

»Ja, gerne, wenn alles zu Ende ist und du nicht sowieso schon mehr weißt als ich«, gab Georg zurück. Beide schwiegen und schauten auf ihre Hände.

Schließlich gab sich Dr. Sina einen Ruck. »Ich wollte dir schon öfter in den letzten drei Jahren sagen, wie leid es mir wegen Clara tut. Ich weiß jetzt, was sie dir bedeutet hat.« Georg hob den Blick nicht und schwieg. So leicht würde er es seinem Vater nicht machen. Der Polizeipräsident stand auf und ging zum Fenster.

»Du weißt in der Zwischenzeit, dass Paul keine Schuld trifft an dem Unfall.« Es war mehr eine Feststellung als eine Frage.

Der Wissenschaftler nickte.

»Ich habe zwei Untersuchungen in Auftrag gegeben und beide sind zu demselben Resultat gekommen. Er hatte nicht schneller reagieren können und an ein Ausweichen war nicht zu denken. Der Rest war …« Er wollte Schicksal sagen, aber er überlegte es sich noch einmal.

»Du hast Clara nie akzeptiert, wenn ich mich recht erinnere«, meinte Georg leise, »und Mutter auch nicht. Meine Frau hatte ihr Studium abgebrochen, kam aus der falschen Familie, war nicht so angepasst, wie ihr es gerne gehabt hättet. Die eine Stunde, die ihr für unsere Hochzeit erübrigt habt, war ein Gesichtsbad für dein Ego. Ich kann mich nicht erinnern, dich oder Mutter danach je bei uns zu Hause gesehen zu haben. Telefonate waren das höchste der Gefühle. Deine Einsicht kommt also reichlich spät. Clara ist seit mehr als drei Jahren tot.« Das Schweigen, das sich über den Raum legte, war wie ein Tuch, das alle Geräusche auslöschte und doch den Graben nicht zudecken konnte.

Georg Sina stand auf und ging zur Türe, als ihn die Stimme seines Vaters einholte.

»Ich hoffe, du machst nie in deinem Leben Fehler, Georg«, sagte der Polizeipräsident so leise, dass der Wissenschaftler sich anstrengen musste, seinen Vater zu verstehen. »Es gibt Fehler, die man leicht wiedergutmachen kann, welche, die einem noch lange nachhängen und welche, die man sich nie wieder verzeiht.«

»Ja, aber jeder muss dafür selbst geradestehen«, erwiderte Georg bitter. »Clara war im vierten Monat schwanger, als sie starb. Wie ich dich kenne, hättest du keine Zeit für die Taufe gehabt. Vergiss es einfach.« Damit knallte er die Türe zu und hielt das schwere Kuvert ganz fest in seiner Hand, während ihm die Tränen über die Wangen liefen.

Hotel Sacher, Innenstadt, Wien/Österreich

Der Portier des weltberühmten Hotels hielt Valerie die schwere Eingangstüre auf und verneigte sich leicht. Als der Wagenmeister den »Pizza-Expresss« gesehen hatte, den Goldmann einfach in der Parkzone des Hotels abstellte, hatte er energisch mit erhobenem Zeigefinger ein »Kommt gar nicht in Frage« in die Luft gewinkt. Goldmann winkte mit einem 20-Euro-Schein zurück und der abweisende Zeigefinger verwandelte sich in eine offene Hand.

»Valerie Goldmann. Ich bin gekommen, um Mr. Wineberg zu sehen«, sagte sie dem Portier, als sie vor dem Empfang stand. Der blätterte zuvorkommend in der Gästeliste, griff dann zum Telefon und sagte nur: »Frau Goldmann ist hier!« Er lauschte und gab einem Bell-Boy ein Zeichen, Valerie hinaufzubegleiten.

Die Suite im obersten Stockwerk des Hauses war hell und freundlich, in den Farben Creme und Blau gehalten, und kam Goldmann durch die bodenlangen Fenster sehr groß vor. In einem gepolsterten Lehnsessel vor einem dieser Fenster saß kerzengerade ein Mann, mit dem Rücken zu ihr, und schaute über die Dächer der Stadt. Er hatte spärliches weißes Haar und die Hand, die auf der Lehne ruhte, war mit braunen Altersflecken übersät. Valerie sah sich um. Das Zimmer wirkte aufgeräumt und irgendwie nicht bewohnt. Entweder hatte Wineberg sein Gepäck nicht ausgepackt oder er hatte keines dabei.

»Man hört und liest nur die besten Dinge über dich, Valerie«, sagte der Mann mit einer erstaunlich festen Stimme, ohne sich umzudrehen. »Ich freue mich, dass du dich doch dazu entschließen konntest zu kommen.« Valerie stand da und wusste nicht, was sie sagen sollte. Sie sah an dem Sessel des alten Mannes vorbei auf das Häusermeer. Das Dach der Wiener Staatsoper, in der Ferne die Kuppeln der zwei Museen an der Ringstraße und am Horizont die beiden markanten Hausberge Wiens, der Kahlenberg und der Leopoldsberg.

»Es ist eine wunderschöne Stadt«, sagte sie schließlich, »und es ist der Platz, an dem meine Wurzeln sind, das spüre ich immer mehr. Ich bin, so seltsam es klingt, Kaiser Friedrich dankbar, dass er mich mit seinem Geheimnis hierher geführt hat.«

Der alte Mann wiegte den Kopf und blickte immer noch über die Dächer. »Genau darüber wollte ich mit dir von Angesicht zu Angesicht reden, Valerie, und nicht am Telefon.« Wineberg stand auf, schwankte ein wenig und drehte sich dann zu ihr um. Goldmann war überrascht, wie groß er war. Er überragte sie fast um einen Kopf. Sein schmales Gesicht war von tiefen Falten durchzogen und die Augen lagen tief in den Höhlen. Valerie sah sofort, dass er todkrank sein musste. Er war hager, fast abgezehrt und seine sehnige Hand schien nur aus langen, spinnenartigen Fingern zu bestehen.

Das ist also mein Großvater, dachte sie sich und wartete auf ein Gefühl, eine Reaktion der Zuneigung, der Wärme angesichts des alten Mannes. Nichts. Sie standen sich gegenüber und Goldmann beschloss, ihm nicht um den Hals zu fallen, wie sie es vielleicht sonst getan hätte. Er sah sie an und schien ihre Gedanken lesen zu können.

»Es ist nicht leicht, plötzlich einen Großvater zu haben, oder?« Wineberg lächelte, seine Augen jedoch blieben unbewegt. »Wir haben uns heute bereits ausführlich am Telefon unterhalten«, meinte der alte Mann, »aber wir haben nicht über das Wesentliche gesprochen, nämlich über Friedrichs Geheimnis, das Geheimnis der Unsterblichkeit. Nachdem ich Wagners Berichte gelesen hatte, stand für mich fest, dass der Habsburger die Macht des ewigen Lebens hatte. Stimmt das?«

Valerie schaute in Winebergs braune Augen, die das Alter bereits ein wenig getrübt hatte. Sie sah einen Mann, der seine schwangere

Frau angesichts der braunen Gefahr im Stich gelassen und sich aus dem Staub gemacht hatte. Einen Alfred Wimberger, der nie wieder zurückgeschaut, keinen Gedanken an seine Familie verloren hatte und nun mit einem Mal an seine Enkelin dachte.

Valerie antwortete mit einer Gegenfrage. »Warum erinnern Sie sich ausgerechnet jetzt an Ihre Familie, Mr. Wineberg? Nach einem Weltkrieg und der Shoa, nach einem ganzen Menschenleben fällt Ihnen plötzlich ein, dass Sie eine Enkelin haben? Warum hat Sie dann Ihre Tochter nie gekümmert? Ich will es Ihnen sagen, Herr Wimberger. Es ist nicht Ihre Enkelin, es ist das Geheimnis Friedrichs, das Sie nach Wien gelockt hat. Der Drang, unsterblich zu werden, das Alter und die Krankheit zu besiegen, der alte Menschheitstraum vom ewigen Leben. *Das* hat Sie hierher gebracht und nicht ich. Habe ich recht?«

Der große alte Mann sah die junge Frau nachdenklich an. »Wäre das so verwerflich, so unverständlich?«, fragte er dann ruhig. »Wäre es nicht menschlich zu versuchen, dem Tod zu entkommen, um jeden Preis? Ist das nicht ein Wunsch, der in uns allen schlummert, seit dem Tag, an dem wir geboren werden?« Er drehte sich wieder um und ging langsam an die Fensterfront, hinter der Wien wie in einem Aquarium lag. »Ich habe für mich ein bescheidenes Imperium aufgebaut, nichts im Vergleich zu den wirklich Großen wie Turner oder Murdoch oder Berlusconi, aber ein gewinnbringendes, kleines Reich, das ein wenig Einfluss auf Entscheidungsträger in den USA hat. Es ist das Ergebnis von vierzig Jahren harter Arbeit und wer kann es mir verdenken, dass ich es nicht einfach aufgeben möchte?«

Valerie konnte ihre Verachtung nicht verbergen. »Sehen Sie«, sagte sie zynisch, »es dauert manchmal etwas länger, bis die Gerechtigkeit an einem Punkt angekommen ist, an dem sie schmerzt. Sie haben sich die einsame Welt, in der Sie leben, selbst zu verdanken. Sie haben sie selbst erschaffen und jetzt werden Sie in ihr sterben. Das Geheimnis Friedrichs war so fürchterlich, dass er selbst davor zurückgeschreckt ist. Es war ihm bewusst, dass es das Ende der Zeit eingeläutet hätte.« Valerie schüttelte den Kopf. »Sie haben Ihre Frau dem sicheren Tod preisgegeben, Ihr Kind aus Ihrem Gedächtnis radiert und den Egoismus gelebt, an den Sie geglaubt haben. Sie haben keine Familie, Mr. Wineberg und ich, ich habe keinen Großvater.« Damit drehte sich Valerie um und verließ die Suite. Als die Tür hinter ihr ins Schloss fiel, klang es wie ein Startschuss in ein neues Leben. Oder wie das Ende eines anderen.

Valerie verließ das Hotel Sacher hinter der Wiener Staatsoper und war kurz ratlos, wohin sie gehen sollte. Passanten strebten eilig an ihr vorbei, einige Männer im Anzug rempelten sie ohne ein Wort der Entschuldigung an und hasteten weiter. Der Verkehr wogte an ihr vorbei und sie fühlte sich mit einem Mal einsam und verloren in dieser hektischen Großstadt, die auf den zweiten Blick jede sprichwörtliche Gemütlichkeit verloren hatte.

Manche Dinge wünscht man sich zu sehen, aber blickt man ihnen einmal ins Gesicht, wäre es besser gewesen, die Augen geschlossen gehalten zu haben, dachte sie und ließ sich in den Trubel fallen und vom Verkehr zur weltberühmten Grafiksammlung der Albertina treiben.

Am Ende des Häuserblocks erkannte Goldmann das bei Cineasten weltberühmte Café Mozart. Mit einem traurigen Lächeln dachte sie angesichts dieses legendären Treffpunkts an den gewissenlosen Penizillinschieber und Kriegsgewinnler Harry Lime, der sich trotz seines lausbübischen Charmes mit den menschenverachtenden Methoden der regierenden Stärkeren identifiziert hatte. Ihre Eltern hatten ihr einmal gesagt »Der ›Dritte Mann‹ ist Wien« und nachdem sie Alfred Wimberger getroffen hatte, verstand sie, warum.

Goldmann betrachtete die riesigen Steinklötze des Mahnmals gegen Krieg und Faschismus auf dem großen Platz vor der Albertina, die wuchtigen Formen mit ihren grob und plastisch aus dem Stein gehauenen geschundenen Körpern. Als sie vor dem bronzenen alten Juden in der Mitte stand, der mit der Reißbürste den Boden schrubben musste, wurden ihre Augen feucht. Würde nun Wien für sie immer das Gesicht Alfred Wimbergers haben, der auch heute noch keine Reue zeigte? Das aber wollte sie nicht zulassen, um keinen Preis.

Trotzig ging sie weiter durch den Burggarten, zwischen hohen Bäumen, auf weiß gepflasterten Wegen und an grazilen Figuren vorbei. Ihr Selbstbewusstsein gewann langsam wieder die Oberhand, die schwermütigen Gedanken verflogen. Sie ließ ihre bewundernden Blicke über die wuchtige Fassade der Hofburg schweifen. Hier haben sie also regiert, die Kaiser, ging es ihr durch den Kopf, das war das Zentrum der Macht des Reiches. Selbst Friedrich, der Mann, der sie nach Wien gebracht hatte, war hier an den Schalthebeln der Macht gesessen, hatte die Fäden gezogen, wollte Beherrscher dieser Welt werden wie einst Qin Shihuangdi in China.

Valerie überlegte, wie sie dem historischen Phantom Friedrich näher kommen, wie sie ein Gesicht, ein wenig Leben in diese Persönlichkeit bringen könnte.

Sie hatte in den Stadtinformationen gelesen, dass sich in den endlosen Fluchten dieses riesigen Palastes auch die Hof-, Jagd- und Rüstkammer befand. Ob es dort noch irgendetwas von Friedrich gab? Sie stieg über die breiten Treppen ins Museum hinauf und erkundigte sich an der Kasse, ob in den Ausstellungen etwas aus dem Besitz des Kaisers zu sehen sei.

»Aber selbstverständlich, eines der Prunkstücke der Rüstkammer ist sein Harnisch«, sagte die Dame freundlich, »gehen Sie nur hinauf und schauen Sie ihn sich an, er ist es wert.« Eine Rüstung, die in jeder Hinsicht sein Abbild in Eisen darstellte und sein Leben beschützte, das war mehr, als Valerie erwartet hatte.

Als sie die breite Freitreppe zu den Schauräumen der Rüstkammer am Heldenplatz hinaufging, blieb ihr vor Staunen fast der Mund offen. Dieses Schloss war riesig und prunkvoll, von wahrlich imperialen Dimensionen. Die gesamte halbrunde, nach innen gewölbte mittlere Fassade war im Inneren ein einziger Raum, in dem marmorne Treppen nach oben in die einzelnen Flügel führten. Es war hier keineswegs dunkel und muffig, wie sie es von anderen Prunkbauten gewohnt war. Die Frühlingssonne schien durch die hohen Fenster herein und beleuchtete die Gesichter auf den großflächigen Porträts in schweren, geschnitzten Goldrahmen.

Direkt vor ihr ragte die wuchtige Gestalt eines Ritters in seiner Rüstung auf einem großen Pferd auf. Der Stahl schimmerte kalt, das Rot und Gelb der Pferdedecke flammte förmlich dagegen auf. Sie umrundete beeindruckt den Turnierreiter, hinter dem zwei weitere aufgestellt waren und scheinbar aufeinander zupreschten. Sie hörte förmlich das Schnaufen der Rosse und das Donnern der Hufe auf dem Sand des Turnierplatzes. Die Reiter stammten in etwa aus der Zeit Friedrichs und seines Sohnes, und Goldmann bekam einen Eindruck davon, wie ihre Zeit ausgesehen haben musste, bunt, gewaltig und kraftstrotzend … und todbringend.

Goldmann schritt die langen Reihen der Rüstungen ab und bewunderte ihre Kunstfertigkeit, die beinahe vergessen ließ, wozu sie gebaut worden waren. Sie bestaunte die farbenfrohen Tapisserien an den Wänden. Interessiert musterte sie die Ausrüstungsgegenstände und prunkvollen Waffen in den Vitrinen, aber den Harnisch von Kaiser Friedrich III. konnte sie nicht entdecken.

Hilfesuchend wandte sie sich an einen Aufseher. Der ältere Herr hatte einen dicken Schnauzer im schmalen Gesicht und dunkle, halblange Haare, die von grauen Strähnen durchzogen waren. Seine Uniform wirkte um Nummern zu groß, der Körper darunter musste sehnig und knochig sein. Er lächelte sehr freundlich, als ihn Valerie ansprach:

»Entschuldigen Sie, können Sie mir sagen, wo die Rüstung ist, die Kaiser Friedrich III. gehört hat?«

Der alte Museumsdiener nickte, begeistert darüber, dass sein eintöniger Tag eine so attraktive Abwechslung in Form dieser jungen, hübschen und dazu noch interessierten Besucherin erfuhr. Mit einer einladenden Geste bat er Goldmann in einen der hinteren Schauräume.

»Es ist nicht direkt eine Rüstung von Friedrich, aber dafür sein berühmter Rossharnisch«, erklärte er, »er wurde in Augsburg 1477 angefertigt und ist eines der schönsten Exemplare seiner Zeit.«

»Was ist ein Rossharnisch? Eine Rüstung für ein Pferd?«, fragte Valerie und war ein wenig erstaunt.

»So ist es«, bestätigte der Museumsdiener, »damit wurde auch der lahmste Gaul zum vorpreschenden Panzer.« Der alte Mann lachte herzlich. Dann standen sie vor dem Prunkstück. »Hier ist er«, sagte der Museumsdiener stolz, »so könnte Kaiser Maximilian I. bei seinem Einritt in Regensburg nach der siegreichen Schlacht bei Wenzenbach 1504 ausgesehen haben.«

Valerie blickte zu einem Schimmel auf, der vollkommen durch eine eiserne Rüstung beschützt wurde. Ein Engel mit feinen Gesichtszügen und lockigen Haaren, in seiner Hand ein leeres Wappenschild, spannte seine Schwingen über die Brust des Schimmels.

»Wunderbar, nicht war?«, strahlte der alte Mann Valerie an, »der Engel beschützt Ross und Reiter.«

Ein Schutzengel, dachte Goldmann, ein riesiger Schutzengel.

Da lenkte der Museumsdiener ihre Aufmerksamkeit auf den hinteren Teil der Rüstung. »Schauen Sie nur! Links und rechts hinten besteht die Rüstung aus zwei plastisch geformten Reichsadlern. Der gesamte Rossharnisch ist darauf angelegt, das Pferd optisch in einen Drachen zu verwandeln.«

Valerie schaute genauer hin und sah an der Rückseite einen Drachen mit Fledermausflügeln, aufgerissenem Maul und spitzen Zähnen. »Engel und Drachen …«, flüsterte sie und ging beeindruckt um die Figur herum. Das Fabeltier schien zu leben, sie laut fauchend anzugrinsen. »Was für eine unglaubliche Arbeit«, sagte sie bewundernd. »Gibt es noch Aufzeichnungen über die Schmiede, die das Kunstwerk vollbrachten?«

Der Mann nickte. »Es gibt Punzen auf den einzelnen Platten des Rossharnisches und der Rüstung: Lorenz Helmschmied, Konrad Seusenhofer, Meister H und den Meister der Globusmarke.«

Valerie horchte auf. »Einer der Handwerker hatte einen Globus als Zeichen? Sie meinen wirklich einen kleinen Erdball?«

»Ja. Niedlich, nicht?« Der Museumsdiener kicherte.

Valerie sah die Figur plötzlich mit anderen Augen. Sie fand beim Gedanken an das Monogramm und seine versteckte Bedeutung vom Imperator Mundi nichts Niedliches mehr an der Globusmarke und an dem, was da vor ihr stand.

Sie blickte auf Maximilian hinauf, der mit blankem Schwert und offenem Visier auf dem Streitross seines Vaters von Sieg zu Sieg ritt, und erschauerte. Jetzt verstand sie mit einem Mal, warum Friedrich das Geheimnis vor seinem Sohn versteckt hatte.

Burg Grub, Waldviertel/Österreich

Es war schon fast dunkel, als der »Pizza-Expresss« mit Valerie, Paul und Georg über die Zugbrücke von Burg Grub ratterte. Mit einem Laut, der an einen tiefen Paukenschlag erinnerte, ließ Georg das Zuggatter in das Pflaster einrasten. Dann schloss er die beiden metallbeschlagenen Tore, legte den Riegel vor und atmete auf.

»Nach einem Tag wie heute habe ich das dringende Bedürfnis, so viele Schlösser und Riegel wie nur möglich zwischen mich und die Welt zu bringen«, meinte der Wissenschaftler müde und holte Feuerholz für den Kamin im Wohnturm, während Paul am großen Tisch vorsichtig das Kuvert öffnete, das Sina aus der Polizeidirektion geholt hatte. Valerie machte Tee und war schweigsam, Tschak stürzte sich genüsslich auf den Inhalt einer großen Hundefutterdose.

Aus dem braunen Umschlag, den Eddy ihnen geschickt hatte, zog Wagner einen dicken Stoß Aufzeichnungen, Dokumente, Notizen und Skizzen. Er blätterte darin, überflog die Zeilen. »Irgendwie …«, murmelte er gedankenverloren und las weiter. »Wisst ihr, was ich glaube? Eddy hat diese Schatulle mitgenommen und damit durch Zufall die Papiere von Mertens gefunden, die Pater Johannes in der Wohnung am Schwedenplatz mitgenommen hatte«, sagte er aufgeregt einige Augenblicke später. »Jetzt haben wir nicht nur sein Vermächtnis, sondern auch noch seine Arbeitsunterlagen. Als Johannes den alten Mann umgebracht hatte, durchsuchte er das Wohnzimmer und nahm alles mit, was irgendwie mit Friedrich und dem Rätsel in Zusammenhang stehen konnte. Dann leitete er es an den Orden weiter.« Der Reporter überflog den Inhalt und teilte die verschiedenen Themen auf. Bald war der gesamte Tisch voll mit Blättern und kleinen Papierstapeln. »Wir haben nicht die Zeit, das so rasch durchzuarbeiten oder alles zu lesen. Lasst uns versuchen, die wichtigsten Dokumente herauszusuchen!«

Als es Mitternacht schlug, saßen die drei noch immer beisammen, am Boden, in Decken gehüllt, vor dem Feuer des offenen Kamins. Die Scheite in den Flammen knisterten und kleine Kometen aus glühenden Holzstückchen zischten durch die Luft. Tschak hatte seine Schnauze auf die Schenkel von Valerie gelegt und schlief.

»Er träumt vom Kaninchenjagen, schau, wie seine Beine zucken«, bemerkte Paul und Georg meinte nachdenklich: »Das ist so wie bei uns Menschen, er träumt davon, aber er erreicht sie nie.« Valerie streichelte über den Kopf des kleinen Hundes.

»Mertens hat wirklich einen großen Teil seines Lebens der Suche nach Friedrichs Geheimnis gewidmet«, meinte Georg bewundernd. »Ich habe ein Dokument gefunden, das sich mit den Funden von Riesenknochen in Wien beschäftigt. Friedrich hat auf einige dieser Knochen seine fünf Vokale malen lassen. Sie müssen ihn auch beschäftigt haben. Die Wissenschaftler gehen zwar davon aus, dass es sich um die

Reste eines Mammuts handelt, die beim Bau der Stephanskirche gefunden wurden, aber es gab vorher und danach immer wieder Riesenknochen, die in Wien ausgegraben wurden. Der Legende nach sollen in der Stadt Überreste der beiden biblischen Riesen Gog und Magog gefunden worden sein.«

Valerie blickte nachdenklich auf fünf handgeschriebene Seiten in ihrer Hand, die bereits vergilbt waren und die Mertens oft gelesen haben musste. Sie waren abgegriffen, zerknittert und hatten Eselsohren. Die Überschrift lautete: »Der Stein der Weisen oder die Lebensformel« und Valerie las den Text laut vor. Als sie geendet hatte, schaute sie Paul und Georg nachdenklich an. »Mertens hat also herausgefunden, in welcher Form Friedrich sein Geheimnis aufbewahrte und wer sonst noch im Laufe der Zeit Zugang zur Lebensformel hatte, wer nahe an ihrer Entdeckung war oder sie sogar gefunden hatte. Er kannte aber Friedrichs Versteck nicht genau.«

»Oder er wollte es nicht aufschreiben«, gab Sina zu bedenken, der in anderen Papieren blätterte. »Ich habe in seinen Unterlagen Andeutungen auf den Ort gefunden und mir meinen Reim darauf gemacht. Aber ich muss noch darüber nachdenken.«

Paul schaute fasziniert in die Flammen und murmelte: »Der Stein der Weisen, nach dem so viele in den vergangenen Jahrtausenden gesucht haben, die Formel des Lebens, ist also eine rote Pille und es hat noch zwei andere gegeben, daher die drei Steine des Priesterkönigs.«

Georg nickte. »Das Wissen darum hatten einige, aber nur wenige trauten sich den Weg zu Ende zu gehen, weil sie wussten, er endet im Verderben«, meinte er. »Und alle jene, die sich nicht abschrecken ließen, wurden von den Bewahrern getötet, die das Geheimnis seit Friedrichs Zeiten behüteten.«

»Also sind wir uns einig wegen morgen?«, fragte Valerie wenig später, als allen bereits vor Müdigkeit die Augen zufielen. Sie hatten einen Plan entworfen, wie der Austausch von Berner ablaufen könnte.

Paul zuckte die Schultern. »Das ist kein Plan, das ist ein Himmelfahrtskommando, Major Goldmann. Das kann nur schiefgehen. Das weißt du, das weiß ich und Georg auch. Trotzdem können wir Berner nicht hängen lassen. Also werden wir's so machen. Ich muss gestehen, mir fällt auch nichts Besseres ein.«

»Dann lasst uns schlafen gehen«, sagte Valerie und stand auf. Tschak sah sie vorwurfsvoll an, rollte sich schließlich näher am Feuer zusammen und schlief weiter. Goldmann streckte sich, zog dann die Decke wieder fester um sich und wandte sich zum Gehen. Als sie sich vor der Schlafzimmertüre noch einmal umdrehte, war ihr Blick der eines kleinen Mädchens, das sich nicht ganz sicher ist, ob es die richtigen Worte findet. »Vertraut mir bitte. Macht genau das, was ich euch sage, und wir werden es schaffen.« Damit verschwand sie im Schlafzimmer.

Paul saß für eine Weile unbeweglich im Schein der Flammen.

»Woran denkst du?«, fragte ihn Sina schließlich und legte noch ein Scheit ins Feuer.

»Daran, dass Valerie immer noch eine israelische Agentin ist und einen Auftrag hat.« Paul stützte das Kinn in seine Hand und schaute nachdenklich in die rote Glut. »Wie der lautet, das können wir uns leicht ausmalen, auch wenn sie nicht darüber redet. ›Bringen Sie das Geheimnis nach Israel und beseitigen Sie alle Mitwisser.‹ Stell dir vor, was Israel dafür geben würde, das Wissen um die rote Pille zu haben. Da sind wir beide eine zu vernachlässigende Größe.« Paul stand auf und ging zu Georg, der an den Kamin gelehnt am Feuer stand. »Und morgen ist der perfekte Tag dafür.«

»Wofür?«, fragte Georg.

»Die letzten beiden Hindernisse zu beseitigen, die zwischen Valerie und dem ewigen Ruhm stehen.«

Kapitel 12 – 19.3.2008

Burg Grub, Waldviertel/Österreich

Georg Sina saß auf dem Ast eines toten, kahlen Baumes und er war nicht allein. Auf der Kuppe eines grasbewachsenen Hügels, in unmittelbarer Nähe entdeckte er zu seiner Überraschung Paul Wagner. Er war es, und er war es doch nicht. Pauls Haar hing an seinem Kopf in langen dünnen Strähnen herab, und er trug einen offenen schwarzen Mantel mit einer Kragenverbrämung aus Fischotter. Sein Gesicht war leichenblass. Der Himmel über ihm war silbergrau bewölkt, wirkte unheimlich und bedrohlich. In den Händen hielt Paul einen abgewetzten, in Schweinsleder gebundenen Folianten.

Wagner schlug das Buch auf und las daraus vor: »Visita interiora terrae rectificando invenies occultum lapidem!«

Suche die inneren Bereiche der Erde auf, wenn du es richtig machst, wirst du den verborgenen Stein finden!, übersetzte Sina das Vorgetragene in seinen Gedanken.

Doch dann plötzlich erhob er sich in die Lüfte und die Gestalt Paul Wagners wurde immer kleiner unter ihm. Er wollte etwas sagen, nach dem Freund rufen, aber anstelle seiner Stimme hörte er nur das Krächzen eines Raben. Er blickte an sich herunter und erkannte mit Entsetzen, dass er anstelle seiner Arme schwarz gefiederte Schwingen hatte. Als er noch genauer hinschaute, sah er, dass er auch keine Füße mehr hatte, sondern die Krallen eines Vogels.

Der kalte Wind toste um ihn herum und scheinbar mühelos glitt er durch das fremde Element, als wäre es für ihn das Vertrauteste und Natürlichste auf der Welt. Er überraschte sich dabei, Gefallen am Fliegen zu finden, und er segelte begeistert über weite Felder, nutzte den Aufwind und genoss den Flug.

Unter sich sah er bewaldete Berge und Hügel, die silbern glitzernden Arme von Flüssen und Bächen und schließlich ein weites Tal, dessen Sohle von Wiesen bedeckt war.

Es leuchtete rot zu ihm empor und als er näher kam, machte er am Waldrand am Fuße der Berge ein fürstliches Zeltlager aus. Rot-weiß gestreifte Banner flatterten im Wind, Pferde mit farbenprächtigen Decken drängten sich, von Knappen gehalten, um eine Futterkrippe. Sina landete auf einer der Zeltspitzen und erblickte einen bartlosen, leicht untersetzten König mit schulterlangem, gewelltem Haar in einer prachtvollen Rüstung. Anstelle einer Krone trug er einen Lorbeerkranz auf der Stirne. Sina wusste sofort, dies war Matthias Corvinus. Seine Hauptleute und fremde Herolde machten ihm seine Aufwartung. Alle beugten sich danach über einen Tisch mit Karten und beratschlagten aufgeregt. Nur der Feldherr bewahrte die Ruhe.

Plötzlich drang der Lärm von Tausenden Trommeln und Querpfeifen zu ihm. Er wandte sich von Corvinus und den weißen Zelten ab, flog auf und in jene Richtung, aus der dieser orgiastische Tumult zu kommen schien. Je näher er kam, umso mehr wuchsen die schrillen Töne zu einem ohrenbetäubenden Lärm an. Unter Georg wälzte sich der gewaltige Körper einer riesigen Armee über die Ebene.

Sina verringerte die Höhe, bis er zwischen den schimmernden Spitzen der Lanzen und Piken die Wimpel und Flaggen erkennen konnte. Auf den bunten, sich im Wind aufbauschenden Standarten sah er die weißen Lilien Frankreichs, die goldenen Löwen Englands, den heiligen Georg und den zweiköpfigen Adler Russlands und viele andere heraldische Symbole der alten Welt.

»Die Könige der Erde haben sich an dieser Stelle versammelt, um gemeinsam eine Schlacht zu schlagen, angeführt von König Matthias Corvinus«, erkannte Georg und flog in großen Kreisen über dem gewaltigen Aufmarsch, um so viel wie möglich von diesem phantastischen Tross zu betrachten. Der Anblick überstieg seine kühnsten Phantasien.

Bedächtig schwebte er die Schlachtreihen der Reiter und Fußsoldaten entlang, bis er an der vordersten Front angekommen war. Hier marschierten die Landsknecht-Haufen der Eidgenossenschaft, riesige Vierecke aus Männern, die einen Wald von Spießen und Piken bildeten.

Und dann geschah es. Sina war plötzlich kein Rabe mehr, vielmehr steckte er nun in der Rüstung eines der Soldaten in der ersten Schlachtreihe. Er spürte das Adrenalin in seinem Körper, nahm die Welt nur mehr durch den Sehschlitz seines Helmes wahr, spürte das Gewicht eines Kürass auf dem Leib und das Drängen und Stoßen der anderen.

Mit einem Mal lichtete sich die silbergraue Wolkendecke und gab den Blick auf einen glühenden Stern frei, der einen riesigen Feuerschweif hinter sich herzog. Der Halleysche Komet. Ein Aufschrei des Entsetzens über dieses böse Omen ging durch die gesamte Armee.

Georg roch die Angst und die Anspannung der Männer neben sich. Er spürte in diesem Moment instinktiv, dass der Augenblick des Zusammentreffens nahe war. Sein Magen verkrampfte sich.

Die Formationen stoppten wie ein Mann. Vor ihnen wölbte sich eine Bodenwelle auf, sanft wogte das hohe Gras an der Kuppe im Wind. Löwenzahn- und Lindensamen tanzten in der Brise vor Georgs Augen. Die Luft unter seinem Helm war heiß und stickig und er bekam das Gefühl, in diesem eisernen Topf gefangen zu sein. Mit ungeahnter Wucht machte sich die Panik in ihm breit, zog brennende Spuren durch seine Adern und nahm ihm den Atem. Mit einer fahrigen Bewegung riss er sich den Helm vom Kopf und sog mit unendlicher Erleichterung die kühle, klare Luft ein. Da spürte er den Boden unter sich zittern. Es hatte begonnen.

Die Instrumente verstummten plötzlich und es wurde totenstill, bis auf ein dumpfes Dröhnen, das bald die ganze Atmosphäre zu erfüllen schien. Mit jedem Erklingen der Schläge bebte kurz die Erde. Sina lauschte. Ein eisiger Schauder lief ihm über den Rücken und er bekam eine Gänsehaut. Diese Laute waren zweifellos Schritte. Nicht von einem, sondern von vielen, riesigen Kolossen, die auf sie zukamen.

Mit lautem Klirren senkten die Eidgenossen ihre Piken, erwarteten den Aufprall einer schweren Reiterarmee, wie sie das Dröhnen ankündigte. Sie agierten routiniert, ihre Taktik war in Hunderten von Schlachten am ganzen Kontinent erfolgreich gewesen. Auch Georg packte den Schaft seines Speeres und beschloss standzuhalten, komme, was da wolle.

Doch was dann kam, war furchtbar. Anstelle der Rosse und ihrer Reiter erschienen Köpfe und Schultern in Eisen über dem Grat der Bodenwelle. Die Krieger, die vor Sina dort auftauchten, waren riesig.

Sie überragten ihn und die Männer an seiner Seite um gut eine Körperhälfte. Einige trugen Helme, andere waren barhäuptig. Georg erkannte die teils bärtigen, wutverzerrten Gesichter. Er hatte sie im »Riesensaal« von Klosterneuburg gesehen. An ihren Waffenröcken über den Panzern prangten der rot-weiß-rote Bindenschild, der Reichsadler oder das AEIOU. Doch da waren noch andere, fremdartige Soldaten mit langen dunklen Haaren, zu Zöpfen oder Haarknoten frisiert, die sich federnd bewegten wie von einer Sehne geschnellt. Sie waren etwas kleiner als die Riesen, von asiatischem Aussehen, doch noch immer furchterregend in ihrer leisen und eleganten Art. Sie trugen Lederpanzer, aus kleinen Vierecken gearbeitet, mannshohe Bögen, Armbrüste und kurze Schwerter.

Die Kolosse brüllten laut, bei manchem spritzte der Speichel. Ihre Stimmen waren rau und hart und sie griffen ohne Vorwarnung an, schwangen ihre Gassenhauer, riesige Schwerter, mit ununterbrochenem wütendem Elan. Die langen Klingen schnitten durch die Reihen der schrill schreienden Landsknechte wie die Sense durch die Mahd.

Die Schweizer rammten verzweifelt ihre Spieße in die Berserker. Aber anstatt sie damit aufzuhalten, stachelten sie damit nur den Zorn der Riesen an. Die Waffen drangen in die massigen Körper ein, Blut schoss in Fontänen heraus, kurz darauf jedoch war die Wunde wieder verschwunden.

Mit Gebrüll stürzten sich die riesigen Kämpfer wieder und wieder auf ihre hilflosen, winzigen Widersacher, während die ledergepanzerten fremdartigen Soldaten Wolken von Pfeilen auf die Gegner herunterhageln ließen.

Zerschlagene Körper wirbelten um Georg herum, Schreie gellten und heulten überall, das Verderben war zum Greifen nahe. Er fühlte sich in einen Hexensabbat oder einen Dämonentanz versetzt, suchte verzweifelt nach einem Ausweg. Aber dann wurde er vollkommen überraschend schwer und dumpf getroffen und zu Boden geworfen. Ihm wurde schwarz vor den Augen, alles war plötzlich ruhig und sehr friedlich.

Georg erlangte wieder das Bewusstsein und schaute direkt in die gebrochenen Augen eines Erschlagenen, der von der Wucht eines Hiebes getroffen auf ihn geschleudert worden war. Er erschrak und stieß und trat und wälzte schließlich die Leiche von sich herunter, rappelte sich hoch und spürte, dass der Boden unter ihm ganz feucht war. Er hob die Hand vors Gesicht und erschrak, sie war blutrot und sein Gewand war getränkt von Schweiß und Blut. Er blickte sich um. Georg lag inmitten eines Meeres aus zerborstenen Waffen und zerfetzten Körpern. Vor Entsetzen schrie er auf und schrie und schrie …

»Es ist gut, Georg, es ist gut«, sagte eine Stimme und das Entsetzen flaute ab, rann an ihm hinunter wie das Blut, das er gesehen hatte, und hinterließ nur mehr beunruhigende Spuren. Sina schlug die Augen auf. Paul stand neben seinem Bett und hatte die Hand auf seine Schulter gelegt.

»Es ist nur ein Traum gewesen«, murmelte Georg erleichtert und fuhr sich fahrig mit der Hand übers Gesicht. »Nur ein Traum …«

»Ich würde ja gerne sagen, ›es ist alles nicht so schlimm‹, aber ich weiß nicht, was beängstigender ist: dein Traum oder die Wirklichkeit«, seufzte Wagner, setzte sich aufs Bett des Wissenschaftlers und sah auf seine Armbanduhr. »Es ist noch früh am Morgen, ich bin durch deine Schreie aufgewacht. Valerie scheint einen besseren Schlaf zu haben oder sie hat Nerven wie Drahtseile.« Tschak lag eingerollt vor dem kalten Kamin auf seiner Decke und schlief noch immer tief.

»Komm, lass uns Kaffee machen, an Schlaf ist sowieso nicht mehr zu denken«, gähnte Sina und stand auf. »Dann erzähle ich dir meinen Traum, wenn du möchtest.«

Wagner nickte. »Dann denke ich für eine kurze Zeit vielleicht nicht daran, dass wir wahrscheinlich in ein paar Stunden tot sind.« Paul schaute in den großen, halbblinden Spiegel über der Kommode. »Sieger sehen anders aus«, murmelte er und fragte sich, ob er seine Remise jemals wiedersehen würde. Vielleicht war das alles nur ein riesengroßer Fehler und kein durchdachter Plan. »Vielleicht haben wir den Fehler ganz am Anfang gemacht«, sagte er laut, »ich hätte dich in deiner Ruine sitzen lassen und mich um ganz andere Dinge kümmern sollen als den Toten in der Ruprechtskirche.«

Georg lächelte und goss den Kaffee auf, während Tschak hoffnungsvoll vor seiner leeren Schüssel stand und von einem zum anderen schaute. »Du weißt ja. Je verrückter Pläne sind, desto mehr Chancen haben sie, zu funktionieren«, gab er zu bedenken.

»Na, dann muss unserer ja geradezu ein Garant für Erfolg sein«, murmelte Wagner und schob seine Glock in den Hosenbund. »Heute werden wir alles Glück der Welt brauchen und noch ein bisschen mehr.«

Chinesische Botschaft, Wien/Österreich

General Li Feng fluchte laut, als er auf die Uhr neben dem nervend klingelnden Telefon schaute. Wer zum Teufel störte ihn so früh am Morgen? Das Schrillen der Glocke hatte ihn aus einem tiefen, traumlosen Schlaf gerissen. Er setzte sich in seinem Bett auf und hob ab.

»General Li Feng?« Die Stimme des Armeeministers war kalt und klang sehr bestimmt. »Ich hoffe, dass Sie bereits so wach sind, dass Sie mir folgen können. Ich bedauere den Tod von Mr. van Gavint sehr, er ist bei all seiner Eitelkeit ein überaus professioneller und verlässlicher Partner gewesen, der stets nur das Interesse Chinas im Auge hatte.«

... und die Höhe seines Bankkontos, fügte Li Feng im Stillen hinzu. Laut sagte er:

»Jawohl, Herr Minister, es ist sicher ein großer Verlust, aber ich glaube, dass wir nun endlich am Ziel unserer Wünsche sind. Das Geheimnis der beiden Kaiser ist zum Greifen nahe und ...«

Der Minister ließ Li Feng nicht aussprechen. »... ach ja, das glauben Sie? Nur weil Mr. van Gavint eine Krone mit einem A über seinen Kopf malte?« Die Stimme des Armeeministers war überheblich und der General kam sich vor wie ein kleiner gemaßregelter Schuljunge. »Dutzende Wissenschaftler im ganzen Land haben in den letzten Stunden ununterbrochen gearbeitet, nachdem sie das Foto des Symbols erhalten haben, das Mr. van Gavint auf das Kreuz malte. Sie haben auch versucht, den Punkt in der Krone zu deuten.« Der Minister schwieg kurz. Dann fuhr er fort: »Wenn wir davon ausgehen, dass es sich um die österreichische Kaiserkrone handelt, wie stellen Sie sich dann Ihr Vorgehen weiter vor? Sie brechen in die Wiener Schatzkammer ein und stehlen vor allen Augen und angesichts der größten

Sicherheitseinrichtungen des Landes die Krone, marschieren damit aus der Hofburg und suchen was genau? Wollen Sie alle Steine aus dem alten Symbol der Macht brechen wie aus dem Barockpokal? General, kommen Sie auf den Boden der Tatsachen zurück. Sie würden nicht einmal lebend über die Schwelle des Ausstellungsraums kommen. Die Schatzkammer ist nicht die Villa der Tempelherren, die Kaiserkrone nicht der Kelch, den Sie bei Ihrem Besuch völlig unnötigerweise mitgenommen haben, wie sich kurz darauf herausgestellt hat.«

Li Feng biss sich auf die Unterlippe.

»Ich hätte gute Lust, Sie den Pokal zurückbringen zu lassen, General.« Der Ton des Politikers war spöttisch und herablassend. »Wie ich bereits sagte, der Tod von Mr. van Gavint reißt eine große Lücke in unsere Linien und das Zentralkomitee ist ebenfalls zutiefst dieser Auffassung. Aber wie dem auch sei, ich habe Informationen für Sie, General, die das Blatt endgültig zu unseren Gunsten wenden könnten und mit Sicherheit auch werden, dafür werden Sie sorgen!«

Li Feng beeilte sich zuzustimmen.

»In nur wenigen Tagen wird etwas passieren, was nicht oft der Fall ist. Die Kaiserkrone wird auf eine Reise nach Aachen gehen, in die Krönungskirche, als einer der Höhepunkte einer Ausstellung über die römisch-deutschen Kaiser. Sie wird ihren alarmgesicherten Platz in der Schatzkammer verlassen und in einer wesentlich weniger geschützten Umgebung ausgestellt.«

Li Feng horchte auf.

»Es sollte kein Problem sein, eine offizielle Einladung der deutschen Regierung zu erhalten«, fuhr der Minister fort. »Wir werden die Kopfstärke der Delegation mit zehn Mann angeben und Sie werden ihr Leiter sein, General. Neun Soldaten und Sie sollten ausreichen, um überraschend zuschlagen zu können. Ich schicke heute noch dementsprechende Kräfte auf den Weg nach Wien, damit wir für alle Fälle gerüstet sind.«

Li Feng hakte nach. »Ja, aber was suchen wir genau?« Für eine halbe Minute war es ruhig in der Leitung, so als wolle der Minister das letzte Geheimnis nicht jemandem wie dem General verraten.

Dann seufzte er. »Hören Sie zu, Li Feng. Unsere Wissenschaftler sind zu dem Schluss gekommen, dass der Rubin im Zentrum der

Krone das Geheimnis Friedrichs ist oder es enthält. Deshalb der rote Punkt in der blutigen Zeichnung über dem Kopf von Mr. van Gavint. Es war kein Stein im Kelch, es ist ein Edelstein in der Krone. Kennen Sie den Stein der Weisen, General?« Li Feng war von der Frage überrascht und wartete auf eine Erklärung.

»Unsere Spezialisten haben bereits seit Langem die Legenden analysiert und glauben nun, es handelte sich um eine Substanz in Form einer Pille, um ein Konzentrat, wahrscheinlich in der Farbe rot. Das ist alles, was Sie wissen müssen.« Der Minister klang ungeduldig.

»Wenn sich die Pille tatsächlich in der Krone befindet, dann sollen wir …« Der General wurde erneut unterbrochen.

»… die Krone aus der Vitrine nehmen, die Pille suchen und entnehmen, ja! Wahrscheinlich eine rote Pille. Rot – Rubin, der Schluss liegt auf der Hand. Hinter einem blauen oder grünen Stein lässt sich eine rote Pille nur schwer verstecken. Aber lassen Sie um Gottes willen die Krone da, die braucht niemand, General.« Der Minister klang nun endgültig genervt. Er bedauerte immer mehr den Tod von Peer van Gavint und zweifelte an dem Urteilsvermögen seines Generals. Aber die Zeit war zu knapp, um Alternativen zu finden.

»Sollten Sie es bisher noch immer nicht begriffen haben, diese Pille macht China mit einem Schlag zur führenden Nation auf dieser Welt. Sie ebnet den Weg in ein neues Jahrtausend, ein neues Zeitalter, das die Welt unter chinesischer Führung einen wird. Ein Weg, General, an dessen Ende eine chinesische Welt steht. Qin Shihuangdi hat es uns vor zweitausend Jahren vorgemacht. Er hat China mit dem Schwert und einer harten Hand aus sieben streitenden Reichen geschaffen. Stellen Sie sich vor, was wir mit der Waffe der Unsterblichkeit erreichen könnten. Es gäbe keine Feinde mehr, es gäbe nur mehr Verbündete. Die Nationen würden von der Landkarte radiert, es würde wieder ein gemeinsames Reich geschaffen werden, unter unserer Führung. Dazu brauchen wir keine veralteten Symbole wie eine goldene Krone. Wir brauchen die rote Pille, die Kraft der Unsterblichkeit, das Geheimnis der Kaiser, den Stein der Weisen.«

Li Feng schluckte. »Alles das ist mir völlig klar, Minister«, erwiderte er, »das Problem werden die Sicherheitsschleusen sein und die Metallscanner in der Krönungskirche, die sicherlich installiert werden, um jeden Besucher zu durchleuchten.«

»Das lassen Sie nur meine Sorge sein, General«, winkte der Minister ab. »Sie werden alles mitnehmen können, was Sie brauchen, vertrauen Sie mir.« Die Pause, die dann kam, ließ Li Feng Schlimmes ahnen. »Es ist die letzte Chance, Li Feng«, zischte der Minister unvermittelt. »Machen Sie keinen Fehler mehr, nicht einen einzigen, sonst lasse ich Sie Ihr Grab schaufeln.«

Burg Grub, Waldviertel/Österreich

Valerie war schon vor den beiden Männern aufgestanden und hatte im Wohnzimmer auf dem Sofa Georg Sina gesehen, wie er sich unruhig von einer Seite auf die andere geworfen hatte. Paul Wagner hatte auf seinem Matratzenlager neben dem Kamin geschlafen wie ein Baby, Tschak neben ihm, eingerollt und leise schnarchend.

Sie hatte den »Pizza-Expresss« genommen und war in den Ort hinuntergefahren, bis ihr Handy endlich funktionierte. Dann war es nur mehr eine Frage der Zeit und der Hartnäckigkeit, bis sie Weinstein am Telefon hatte.

»Goldmann, guten Morgen.«

Der Militärattaché stöhnte nur leise und verschlafen.

»Würden Sie bitte aufwachen und mir aufmerksam zuhören?«

Irgendetwas im Ton von Valerie beseitigte die Spinnweben in Weinsteins Gehirn schneller als jeder Industriestaubsauger. »Wissen Sie, wie früh es ist?«

»Ja, ich bin schon länger wach«, antwortete Goldmann mitleidslos, »und es wäre nett, wenn Sie sich mir anschließen würden. Ich habe verdammt wenig Zeit und jede Menge Probleme.«

Weinstein versuchte aufzubegehren. »Ich hatte jede Menge Zeit und verdammt wenig Probleme, bis Sie kamen, Major.«

»So ändern sich die Zeiten«, grinste Valerie, »aber ich kann gerne Oded Shapiro anrufen und ihm mitteilen, dass sich sein Kontaktmann nach einem Posten mit mehr Problemen und weniger Zeit sehnt, an einem weniger attraktiven Ort als Wien. Sagen wir Beirut?«

Weinstein zuckte zusammen. Revolution gescheitert. »Schon gut, Major, es ist noch nicht mal sieben Uhr morgens«, gab er nach. »Was brauchen Sie?«

Valerie gab ihm ihre Wunschliste durch und hörte, wie Weinstein mitschrieb.

»Bis wann?«

»Um neun Uhr bin ich in der Botschaft und dann möchte ich, dass alles bereitliegt«, verkündete sie und ihre Stimme ließ Weinstein keinen Platz für Ausflüchte.

»Das ist unmöglich«, protestierte der Militärattaché, »das sind kaum zwei Stunden und ich glaube nicht, dass ich das …«

Goldmann unterbrach ihn. »Versuchen Sie nicht eine einzige Ihrer Verzögerungstaktiken. Ich denke jedes Mal mit Mordgedanken an Sie, wenn ich mit diesem lächerlichen Fahrzeug, das Sie mir untergeschoben haben, irgendwohin fahre. Jetzt haben Sie die Chance, dieses Fiasko wieder ein wenig auszubügeln.«

Weinstein verfiel zusehends am Telefon. »Ich werde wirklich mein Möglichstes tun, aber …«

Goldmann gab ihm keine Chance. »Ich bin um neun da.« Damit legte sie auf.

Weinstein schaute auf den Hörer in seiner Hand und murmelte hilflos: »Ich werde den Tag preisen, an dem Sie die Heimreise antreten, Major Goldmann.« Dann blätterte er in seinem Notizbuch und begann zu wählen.

Als Valerie in den Wohnturm der Burg zurückkam, roch es verführerisch nach frischem Kaffee. Sie blickte in die verwirrten Gesichter von Wagner und Sina, während sie Tschak streichelte, der schwanzwedelnd an ihren Beinen schnüffelte.

»Wir dachten, du schläfst noch«, meinte Georg erstaunt und holte eine dritte Tasse aus dem Hängeschrank.

»Ach was, ich hab schon ein paar Dinge organisiert und einen Militärattaché um seinen Morgenschlaf gebracht«, feixte Valerie. »Gibt es dafür eine Belohnung in Form von Kaffee?«

»Kommt gleich!«, lächelte Paul und stand auch schon mit der dampfenden Tasse vor Valerie. »Wann fahren wir?«

»Ich habe mir ausgerechnet, dass wir spätestens um neun in der

Botschaft sein sollten«, meinte Goldmann und schlürfte ihren Kaffee.

»In welcher Botschaft?«, fragte Wagner überrascht.

»In der israelischen, ich muss noch ein paar Dinge abholen, die ich heute Morgen bei unserem Militärattaché bestellt habe.« Valerie grinste erneut. »Und ihn damit wieder einmal in die Verzweiflung gestürzt habe.«

Paul und Georg sahen sich an. Dann zuckte Paul mit den Schultern, drehte sich um und ging seine Jacke holen.

»Paul!«, rief ihm Goldmann hinterher.

»Ja, was ist?«, fragte Wagner.

»Gib mir deine Pistole. In die Botschaft darfst du damit nicht hinein und bei unserem Ausflug nach Tschechien kannst du sie nicht brauchen, weil ihr unbewaffnet sein sollt.« Valerie streckte ihre Hand aus. Paul zögerte und sah ihr in die Augen. Goldmann hielt seinem Blick stand.

»Gib sie ihr, Paul«, meinte Sina nach einer Weile mit ruhiger Stimme. »Sie hat recht. Es macht keinen Unterschied, wie immer du es siehst.«

Wagner reichte Goldmann die Glock, drehte sich schnell um, nahm seine Jacke und ging hinaus. Valerie zog eine Schublade der alten Kommode auf und legte die Waffe hinein.

»Er vertraut niemandem, nicht wahr?«, fragte sie Georg, der sie nicht aus den Augen gelassen hatte.

»Das kannst du ihm nicht verübeln. Nicht nach dem, was in den letzten Tagen passiert ist. Ich vertraue nicht einmal mehr mir selbst«, fügte er hinzu und ein dünnes Lächeln spielte um seine Lippen. »Paul wollte vor Kurzem mit mir wetten. Ich sollte mir den Bart rasieren und zum Friseur gehen, wenn ich die Wette verliere. Das war der Einsatz.«

»Und was war die Wette?«

»Er sagte, dass wir das Geheimnis entdecken würden. Ich hielt nicht dagegen, weil ich ebenfalls überzeugt war, dass wir es finden würden. Und jetzt? Jetzt haben wir es entdeckt und eigentlich haben wir beide gewonnen. Aber haben wir das wirklich?« Georg nahm seine Jacke und zog sie an. »Nichts ist so, wie es scheint, Major Goldmann. Da verlernt man schnell jedes Vertrauen. Vergiss das nicht.« Den Blick, den er ihr zuwarf, sprach Bände. Dann wandte er sich um und folgte Paul in den Burghof.

Israelische Botschaft, Wien-Döbling/Österreich

Als der »Pizza-Expresss« knapp vor neun Uhr auf dem Hof der israelischen Botschaft einparkte, war Militärattaché Samuel Weinstein am Ende seiner Kräfte. Er schaute von seinem Büro im dritten Stock hinunter auf das rote Auto, aus dem Goldmann und zwei Männer ausstiegen. Einer der beiden zeigte plötzlich aufgeregt auf den grünen Mercedes-Van, der auf einem der reservierten Parkplätze stand.

»Das ist er, gar keine Verwechslung möglich«, rief Paul und deutete auf die grüne V-Klasse. Valerie runzelte die Stirn.

»Was ist wer?«, fragte sie verwirrt.

»Der grüne Mercedes stand vor dem Stift Klosterneuburg, als der Unbekannte mit Georg telefonierte und ihn dabei beobachtete, weil sie die Sicherheitskameras angezapft hatten. Ich lief hinaus und versuchte herauszufinden, wo die Hacker waren. Als ich auf den Parkplatz kam, beendete der Unbekannte sein Gespräch schnell und der Van fuhr sofort davon in Richtung Stadt.« Paul wandte sich an Georg. »Sieht ganz so aus, als hättest du mit jemandem telefoniert, der aus dieser Botschaft kam.«

Der Wissenschaftler war überrascht und sah Valerie an. »Weißt du, wem der Wagen gehört?«

Sie schüttelte den Kopf. »Aber ich kann mich erkundigen«, sagte sie und machte sich auf den Weg in Weinsteins Büro.

Der Militärattaché wusste, dass Major Goldmann nicht zufrieden sein würde. Er sah es ihr an, nachdem sie die Dinge durchgegangen war, die auf seiner Liste gestanden hatten.

»Aber an einem Morgen zwischen sieben und neun Uhr früh ist einfach nicht alles aufzutreiben«, murmelte Weinstein entschuldigend und sah Wagner und Sina hilfesuchend an.

»Jeder gut ausgerüstete Militärattaché hat das in den obersten Schubladen seines Notfallkoffers«, meinte Valerie eisig und warf Weinstein einen vernichtenden Blick zu. »Nur bei Ihnen gibt es immer Schwierigkeiten. Und was ist *das*?« Valerie hielt mit zwei Fingern eine großkarierte Holzfällerjacke hoch, als sei sie der Nährboden für eine seltene ansteckende Krankheit.

»Ähh, das ist die spezielle Jacke, um die Sie mich gebeten haben. Es war nichts anderes …«

»Sagen Sie nichts«, unterbrach ihn Valerie, »das ist wirklich der letzte Schrei.«

»Eher eine Art von Urschrei«, grinste Paul und begann insgeheim, Weinstein zu bedauern.

»Gut, zur Not wird es gehen müssen. Und die anderen Sachen?«, fragte Goldmann und Weinstein zeigte stumm auf das Sofa am anderen Ende des Zimmers. Mit einem Wink bedeutete Goldmann Wagner und Sina, ihr zu folgen.

»Was ist das alles?«, fragte Wagner, als er vor dem Sofa stand. Er und Georg schauten Valerie neugierig und etwas misstrauisch an.

»Eure Lebensversicherung, ich habe den Plan etwas geändert«, lächelte Goldmann und erklärte den beiden ihre neue Taktik. Als sie geendet hatte, ließ sich Wagner auf einen Sessel fallen und schaute Valerie völlig geschockt an.

»Das ist jetzt nicht dein Ernst, oder?«, fragte er und selbst Georg Sina war blass geworden. Ihr Misstrauen flackerte wieder auf und brannte bald lichterloh. Was Valerie da vorgeschlagen hatte, reichte für zehn Albträume und machte es ihr leicht … Die zwei Freunde blickten sich an und hofften insgeheim, dass Goldmann nur gescherzt hatte. Aber ein Blick in ihre Augen belehrte sie eines Besseren.

»Ich glaube, uns läuft die Zeit davon und wir sollten uns nicht mehr mit Scherzen aufhalten«, stellte Valerie trocken fest. »Los, macht, was ich euch gesagt habe.« Dann wandte sie sich wieder Weinstein zu.

»Danke für alles, es wird schon schiefgehen«, sagte sie und Weinstein blühte sichtlich auf. »Aber nun etwas anderes. Im Hof steht ein grüner Mercedes-Van, sehen Sie ihn?« Sie nahm Weinstein am Arm und zog ihn zum Fenster, deutete auf den Kleinbus.

Der Militärattaché nickte. »Das ist der E-Bus, wie wir ihn nennen. Vollgestopft bis zum Dach mit Elektronik, darunter Abhörtechnologie der neuesten Generation. Man erzählt sich wahre Wunderdinge von dem Van, aber ich habe ihn noch nie von innen gesehen.«

»Vor einigen Tagen war der Bus im Einsatz in Klosterneuburg. Wissen Sie, wer von der Botschaft ihn benützt hat?«

Weinstein schüttelte den Kopf. »Ich habe keine Ahnung, aber ich kann es herausfinden, wenn Sie wollen.«

Valerie nickte. »Bitte rufen Sie mich an, wenn Sie etwas erfahren.«

Nur wenige Minuten später waren alle drei wieder unterwegs. Während Paul die Navigation programmierte und versuchte, Panenske-Brezany einzugeben, war Valerie damit beschäftigt, den richtigen Weg nach Osten aus Wien heraus zu finden, während der kleine Computer die beste Route ausrechnete. Knapp vor der Stadtgrenze klingelte Goldmanns Handy und Weinstein war in der Leitung.

»Das war echt schnell«, lobte Valerie den Militärattaché und der Stolz in der Stimme des Militärattachés war unüberhörbar.

»Der E-Bus war nur einen einzigen Tag in diesem Monat im Einsatz, also nehme ich an, es war da, wo Paul Wagner ihn in Klosterneuburg gesehen hat. Wir hatten Besuch aus Deutschland und ich habe erfahren, dass der Mann aus Dresden, ein gewisser Professor Klein, auch in dem Bus saß.«

Valerie gab Gas und der »Pizza-Expresss« schoss noch schnell über eine Kreuzung, bevor die Ampel auf Rot schaltete.

»Und wer saß sonst noch im Bus außer dem Mann aus Dresden?«, fragte Goldmann, wechselte die Spur, überholte einen städtischen Autobus und zwängte sich gerade noch vor der entgegenkommenden Straßenbahn wieder auf ihre Fahrspur.

»Sie werden es nicht glauben, aber es war der Botschafter persönlich«, stellte Weinstein mit flacher Stimme fest.

Valerie legte auf und wusste mit einem Mal, wen Oded Shapiro als zweite Linie aufgestellt hatte.

Schloss Panenske-Brezany nördlich von Prag/
Tschechische Republik

Kommissar Berner hatte schlecht und wenig geschlafen. Im reichverzierten Bett seines feudalen Gefängnisses hatte er sich stundenlang hin und her gewälzt und in Gedanken alle nur möglichen Auswege durchgespielt. Am Ende, gegen vier Uhr früh, war ihm eines klar geworden. Die Chancen, wieder lebend aus Panenske-Brezany wegzukommen, waren verschwindend gering, egal ob Wagner und Sina nun kommen würden oder nicht. Was er über das Geheimnis Friedrichs und den Rat der Zehn erfahren hatte, das war zu viel, um ihn am Leben zu lassen. Die Tempelherren wollten Wagner und Sina in ihre Hände bekommen, aber gleichzeitig auch ihn beseitigen, Austausch hin oder her. Berner glaubte nicht, dass er den Austausch überleben würde.

»Apulien wird für immer ein Traum bleiben«, murmelte er und stand auf. Er ärgerte sich darüber, seine Tochter nicht angerufen zu haben. Dann dachte er an Burghardt und Ruzicka. Die Nachrede der Kollegen würde nicht nur positiv ausfallen, aber das war auch schon egal.

»Die Pensionsversicherung hast du völlig unnötig eingezahlt, Bernhard«, sagte er laut, als er unter der Dusche stand und überlegte, was er mit dem Geld alles hätte machen können.

Als er fertig war, klopfte er von innen an die Tür und nur wenige Augenblicke später wehte ihm ein Hauch von »Ange ou Démon« entgegen und Schwester Agnes stand vor ihm.

»Ich hoffe, Sie haben sich auch in der zweiten Nacht wohl gefühlt in unserer Gesellschaft. Noch dazu, wo ich ganz sicher bin, dass Sie uns heute verlassen werden, was ich persönlich sehr schade finde«, meinte sie lächelnd und lud Berner mit einer Handbewegung ein, ihr zu folgen. Der Kommissar sah sich rasch um, doch außer der Schwester war niemand zu sehen. Die Superiorin schien seine Gedanken zu erraten. »Machen Sie sich keine Illusionen, Kommissar. Meine Männer sind zwar nicht unsichtbar, aber sehr diskret und das hat in keiner Weise etwas mit ihrer Effizienz zu tun.«

Berner grummelte etwas Unverbindliches und folgte Schwester Agnes in den Salon, wo wieder ein Frühstück bereitstand, das auch einem Fünf-Sterne-Hotel jede Ehre gemacht hätte.

»Wie Sie sehen, verwöhnen wir unsere Gäste«, meinte die Superiorin und nahm gegenüber von Berner Platz.

»Kann es sein, dass es diesmal meine Henkersmahlzeit ist?«, versuchte Berner sie aus der Reserve zu locken.

Schwester Agnes schüttelte tadelnd den Kopf. »Kommissar, es geht uns um Paul Wagner und Georg Sina und nicht um Sie und das sollten Sie wissen. Sie haben nur versucht, Ihre Pflicht zu tun und seien wir ehrlich, Sie wären ohne das kombinierte Wissen Georg Sinas und die Verbindungen Paul Wagners nicht einen einzigen Schritt weitergekommen. Die beiden Morde in der Kirche und an Mertens wären für immer ungeklärt geblieben. Und jetzt wollen wir essen.«

Berner sah ihren gesenkten Kopf, der sich über das Müsli beugte, und glaubte ihr kein Wort. Er hoffte, dass Wagner und Sina eine geniale Idee hatten, eine göttliche Eingebung oder einen unfehlbaren Plan. Wenn nicht, dann würden sie alle in wenigen Stunden tot sein.

Die Betonplatten der tschechischen Autobahn nach Prag rüttelten die Insassen des »Pizza-Expresss« durch wie die Teststrecke eines Fahrzeugherstellers. Valerie versuchte, sich an die Geschwindigkeitsbeschränkung zu halten, um nicht bei einer der zahlreichen Polizeikontrollen aufzufallen. Alles konnten sie derzeit brauchen, nur keine Verzögerung. Der Zeitrahmen war eng genug gesteckt, der Plan waghalsig und Valerie wollte den Faktor Glück nicht noch weiter ausreizen.

Wagner und Sina hingen jeder seinen Gedanken nach und waren sehr schweigsam. Der Austausch war für 12:30 Uhr Mittag geplant und mit jeder Minute, die verging, rückte die Entscheidung wieder ein wenig näher, rann der Rest der Zeit durch ihre Finger.

Goldmann brach das Schweigen kurz vor der Stadtumfahrung von Prag. »Wollt ihr es euch noch einmal überlegen?«, fragte sie und sah zu Paul hinüber, der geistesabwesend durch die Windschutzscheibe auf die Straße starrte. »In einer halben Stunde ist es zu spät.«

Georg antwortete an Pauls Stelle, seine Stimme kam überraschend selbstbewusst von der Rückbank des Mazda. »Das ist sicherlich das Verrückteste, was ich je in meinem Leben gemacht habe, und wie ich mich kenne, würde ich mir das nie verzeihen, wenn wir das jetzt nicht durchziehen. Also vergiss es.« Valerie grinste, blickte nochmals zu Paul hinüber und sah ein kleines Lächeln um seinen Mund spielen.

»Weißt du, in unserer Jugendzeit habe ich mich mit Georg oft wegen jeder Kleinigkeit gestritten und wir haben uns stundenlange Wortgefechte geliefert. Die Anlässe waren lächerlich, meist nur ein Vorwand. Dann haben wir Abende damit verbracht, uns gnadenlos mit Argumenten zu bewerfen und verbal fertigzumachen. Einfach so, nie waren wir deshalb wirklich zerstritten. Es war wie ein Sport, ein Kräftemessen, eine Diskussion um der Diskussion willen.« Das Lächeln erreichte seine Augenwinkel und schien sich darin einzunisten. »Heute sind wir dabei, entweder den ultimativen Fehler in unserem Leben zu machen oder den Coup des Jahrhunderts zu landen. Und jetzt, wo es so viel zu sagen gäbe, kann ich nur feststellen: Ich pflichte Georg voll und ganz bei.«

Kommissar Berner schaute auf die Uhr und sah, dass es fünf vor zwölf war. Wie sinnig, dachte er, der Moment der Wahrheit rückt näher. Er ärgerte sich, dass er seinen Mantel nicht mitgenommen hatte. Das Wetter hatte sich verschlechtert und ein stürmischer Wind kam von Norden die Hügel herab, begleitet von Gewitterwolken. Der Rotor des schwarzen Sikorsky-Helikopters, der noch immer unweit der Kirche stand, drehte sich langsam im auffrischenden Wind. Der Pilot machte sich im Cockpit zu schaffen und nach und nach blinkten Lämpchen in allen Farben auf.

»Sie verlieren keine Zeit«, meinte Berner zu Schwester Agnes, die neben ihm stand.

»Wir haben einen vorgegebenen Flugplan einzuhalten«, antwortete die Superiorin. »Die tschechische Luftüberwachung ist genau so streng wie in allen anderen Ländern der Europäischen Union.«

Damit begann die letzte halbe Stunde Warten.

Valerie sah mit einem Blick den Helikopter, das Schloss und die Grünfläche, den Mann und die Frau, die beim Eingang des Gebäudes standen, und die beiden bewaffneten Männer in Schwarz, die aus einer Seitentüre traten, als sie das kleine rote Auto um die Ecke biegen sahen. Sie blickte auf die Uhr. 12:32 und nur leicht verspätet.

»Das da drüben ist Berner«, sagte Paul zu ihr und sie entschloss sich, den Mazda im gleichen Abstand vom Hubschrauber und dem Schloss anzuhalten, so dass sie beides im Sichtfeld hatte.

»Georg, du gehst auf die Frau zu, sie ist vermutlich die Superiorin und leitet den Rat der Zehn«, ordnete Goldmann an und Sina fragte sich alarmiert, woher sie das wusste. Das Gesicht der Frau konnte er auf die Entfernung nicht genau erkennen.

»Paul, du gehst in die andere Richtung, nicht zu ihr, sondern auf die beiden bewaffneten Männer zu. Ihr trennt euch, sobald ich Berner hier am Auto habe und geht langsam, ganz langsam.« Valerie griff nach ihrer Smith & Wesson, lud sie durch und steckte sie in den Hosenbund. Dann nahm sie die Holzfällerjacke und stieg aus.

»Vertraust du ihr?«, fragte Paul und öffnete die Türe.

»Wenn ich das wüsste, wäre mir wohler«, seufzte Georg.

Berner fand den »Pizza-Expresss« gelinde gesagt verwunderlich. Mit seiner grellen Aufschrift wirkte er in dem gepflegten Park inmitten der weißen griechischen Göttinnen und neben der barocken Kirche völlig deplatziert. Noch mehr aber überraschte Berner, dass eine Frau ausstieg, die – aussah wie Clara Sina! Der Kommissar kannte die Unfallfotos und war völlig perplex. Auch Schwester Agnes schien überrascht zu sein. War die Frau dieselbe, die den Reporter und den Wissenschaftler aus der Eisarena in Chemnitz gerettet und die sie gestern im Paradies gesehen hatte? Dann öffnete sich die Beifahrertür und Paul Wagner, gefolgt von Georg Sina, stieg aus. Sie stellten sich neben die Frau und warteten.

»Ich hoffe, du triffst gut«, raunte Georg Valerie zu, »wir werden keine zweite Chance bekommen.«

»Ich hoffe, du bist schnell genug«, murmelte Goldmann zurück und schaute Paul an, der konzentriert in Richtung des Kommissars blickte. In seinem Gesicht war eine Entschlossenheit, wie Valerie sie vorher noch nie bei ihm gesehen hatte. Oder war es Verzweiflung?

Berner fror im kalten Wind und war zugleich unendlich erleichtert, Wagner und Sina zu sehen. Sie sind doch gekommen, haben mich nicht im Stich gelassen, dachte er dankbar. Da wurden seine Gedanken unterbrochen.

»Gehen Sie los, Kommissar«, sagte Schwester Agnes leise zu ihm und Berner setzte sich folgsam in Bewegung. Als sie das sahen, stießen Wagner und Sina sich vom Wagen ab und machten sich langsam auf den Weg Berner entgegen. Alle Blicke hingen an den drei Männern, die stetig aufeinander zugingen. Auf der Hälfte des Weges über den Rasen trafen sie sich und der Kommissar wollte etwas sagen, aber Wagner hob unmerklich die Hand.

»Machen Sie alles, was sie sagt, und gehen Sie schnell«, zischte er Berner zu, dann waren sie auch schon vorbei. Während der Kommissar die Schritte beschleunigte, wurden Wagner und Sina langsamer. Berner erreichte Valerie, die ihm die Holzfällerjacke hinhielt und »Anziehen und zumachen!« raunte. Da trennten sich Wagner und Sina unvermittelt: Georg ging weiter auf Schwester Agnes zu, während Paul schräg links abbog. Und dann geschah es. Schneller, als Berner schauen konnte, zog Valerie ihre Pistole und schoss zwei Mal. Die Zeit schien stillzustehen. Dann brachen Paul Wagner und Georg Sina getroffen zusammen.

Die Gewalt des Einschlags hob Paul fast aus den Schuhen und er wurde nach vorne geschleudert. Der Schmerz raste durch seinen Körper und er hatte das Gefühl, von einem Dampfhammer getroffen worden zu sein. Dann spürte er, wie das Blut sich auf seinem Rücken ausbreitete, er fiel und seine Finger krallten sich ins Gras. Ein dünner Faden Blut floss aus seinem Mund und er kämpfte mit der Schwärze, die alles verschlingen wollte.

Georg Sina hatte mit allem gerechnet, nur mit dem nicht. Es fühlte sich an wie ein Lkw, der ihn von hinten erwischte und einfach nach vorne katapultierte, direkt vor die Füße von Schwester Agnes. Ein hellroter Blutfleck auf seinem Rücken wurde mit erschreckender Geschwindigkeit größer, im selben Ausmaß wie der Schmerz, der sich von seinem Rücken aus überall hinzufressen schien. Gott im Himmel, hilf mir!, dachte er stöhnend.

Berner schrie »Nein!« und wollte Valerie in die Hand fallen, aber die drückte ihm schon die Pistole unter das Kinn.

»Keine Bewegung!« Ihre Stimme war rau, aber die Hand zitterte nicht.

Schwester Agnes gab einen Wink und ein einzelner Schuss donnerte über den Rasen. Die Kugel traf Berner genau in der Höhe seines Herzens. Er wurde gegen den Wagen geschleudert, griff sich an die Brust und sackte röchelnd zusammen.

Im gleichen Moment ließ Valerie sich fallen, riss die Smith & Wesson hoch und feuerte auf die beiden bewaffneten Männer, die sofort in Deckung gingen. Schwester Agnes beugte sich zu Georg Sina hinunter, dem hellrotes Blut aus dem Mund tropfte, und wollte nach seinem Puls fühlen, als seine Hand vorschnellte, ihren Hals wie einen Schraubstock festhielt und sie zu sich hinunterriss. Ein Wurfmesser, das in seinem Ärmel versteckt gewesen war, lag plötzlich in seiner Hand und die Spitze drückte genau auf die Halsschlagader der Superiorin.

»Die Spielregeln sind hiermit geändert, Schwester«, kam es heiser und stoßweise aus seinem Mund, »wir übernehmen genau ab hier.« Dann stand er auf und zog Schwester Agnes mit sich hoch, das Messer immer an ihrem Hals.

»Fallen lassen!«, hallte sein Kommando an die beiden Bewaffneten über den Rasen, »oder eure Superiorin hat nicht einmal mehr Zeit für ein letztes Gebet.«

Paul Wagner hörte die Waffen auf den Boden klappern und zwang sich, trotz der flammenden Schmerzen in seinem Rücken aufzustehen und die Pistolen einzusammeln. Dann griff er in seine Tasche, holte zwei Kabelbinder heraus und fesselte die beiden Männer. Ein Blick zurück zum Wagen genügte ihm. Valerie kniete neben Berner und knöpfte ihm die lächerliche Holzfällerjacke auf. Doch dann bemerkte Wagner noch etwas: Der Pilot war nicht mehr in seiner Kanzel!

Kommissar Berner schaute in das Gesicht Clara Sinas und wusste, er war tot. Das Gefühl ist eigentlich gar nicht so schlecht, wenn nicht die verdammte Kälte und die Schmerzen in der Brust wären, dachte er sich. Dann sah er Paul auf sich zulaufen. Auch tot, dachte Berner, die Verrückte hat auch ihn erschossen. Erst als er Georg Sina auf sich zukommen sah, der mit einem grimmigen Gesichtsausdruck Schwester Agnes vor sich herschob, kamen ihm die ersten Zweifel.

Valerie sah, dass Berner lebte und Georg die Lage unter Kontrolle hatte. Was drei schusssichere Westen und ein wenig Theaterblut am strategisch richtigen Fleck nicht alles bewirken können, dachte sie sich zufrieden, doch dann sah sie Paul auf sich zustürmen, eine Pistole in der Hand. Alarmiert richtete Goldmann sich auf, Wagner blieb stehen, hob die Pistole und Valerie schaute genau in den Lauf. Dann drückte Paul ab.

Die Kugel pfiff keine drei Zentimeter von Valeries Kopf vorbei und traf den Piloten, der sich mit gezogener Waffe auf der anderen Seite des »Pizza-Expresss« angeschlichen hatte, in die Hand. Er ließ mit einem Schrei die Waffe fallen und Valerie erwachte aus ihrer Erstarrung. Schon stand Paul neben ihr und lächelte sie an. »Vertrauen Sie mir etwa nicht, Major Goldmann?«, fragte er und reichte ihr die Pistole. »Jetzt kannst du sie haben, ich brauche sie nicht mehr.«

»Es wird Zeit, dass wir verschwinden«, stellte Georg fest und schob Schwester Agnes vor sich her auf den Mazda zu. »Die Verstärkung wird nicht lange auf sich warten lassen und dann sollten sie uns nicht mehr hier finden.«

»Deswegen bin ich auch für das schnellere Transportmittel«, antwortete Valerie und zeigte auf den Hubschrauber.

Schwester Agnes schüttelte den Kopf. »Die einzige Schwierigkeit ist, dass Sie den Piloten gerade außer Gefecht gesetzt haben«, meinte sie spöttisch.

»Aber nicht so nachhaltig, wie Sie gestern den Killer ans Kreuz genagelt haben«, gab Valerie zurück. »Das waren doch Sie?«

Schwester Agnes blieb stumm.

»Wer sitzt dann im Hubschrauber auf dem Pilotensitz?«, fragte Wagner.

»Du weißt doch, ich lasse ungern andere ans Steuer«, lächelte Goldmann und zog Berner hoch, der verwundert an sich hinabschaute, »egal ob auf dem Boden oder in der Luft.«

»Du kannst den Heli fliegen?«, fragte Wagner erstaunt, während Sina mit Schwester Agnes bereits auf dem Weg übers Gras zu dem schwarzen Sikorsky war.

»Ich bin mal geflogen, vor langer Zeit, aber das ist wie Rad fahren. Das verlernt man nie.« Valerie hatte einen seltsamen Ausdruck in den Augen, der Paul keineswegs beruhigte.

»Fliegst du so, wie du fährst?«

»Wart's ab, du wirst es gleich erleben«, entgegnete Valerie und holte ihre Sporttasche aus dem Mazda. Weinstein wird einen Heimholdienst für den »Pizza-Expresss« organisieren müssen, dachte sie und grinste bei dem Gedanken in sich hinein.

»Erleben kling gut«, brummte Berner und schaute zum Himmel, wo tiefhängende Regenwolken vom Wind südwärts getrieben wurden. »Ihr müsst noch ein wenig auf mich warten da oben, wie es aussieht«, rief er in den beginnenden Sturm. Und dann lachte er aus vollem Hals.

Der Mann, der aus einem Fenster im oberen Stockwerk des Schlosses alles beobachtet hatte, fluchte laut, als Sina das Messer an den Hals der Superiorin hielt und die Lage blitzschnell außer Kontrolle geriet. Als er verwundert sah, wie die Gruppe auf den Sikorsky zulief, war er zuerst starr vor Erstaunen und seine Gedanken rasten, dann jedoch griff er rasch zum Telefon und begann hektisch zu wählen.

Während sich Paul auf dem Copilotensitz anschnallte, beobachtete er Valerie, die mit geübten Bewegungen Schalter umlegte, Knöpfe drückte und Instrumente kontrollierte. Dabei murmelte sie vor sich hin: »Battery switch on, fuel pumps checked, fuel pressure checked, fuel quantity checked.« Ihre Hände flogen über die Kippschalter und Taster, ihre Augen kontrollierten die Leuchten und Skalen. »Throttle closed, rotor free, area clear, starter engage.« Mit einem hellen Singen begann die Turbine sich zu drehen und Goldmann beobachtete den Öldruck, der sich vorschriftsmäßig aufbaute. Sie hielt den Starterknopf fest, bis sich die Drehzahlen des Rotors in den vorgeschriebenen Prozenten befanden, dann legte sie Gas an.

»Wir müssen den Motor warmlaufen lassen, zumindest eine Minute. Hältst du die Umgebung im Auge?«, rief sie Paul über dem Motorenlärm zu und schaltete das Funkgerät ein. Dann ging sie die letzten Punkte vor dem Start durch. Der Sikorsky war ein eleganter und luxuriös ausgestatteter Reisehubschrauber mit einer Höchstgeschwindigkeit von rund 300 km/h. Keine Kampfmaschine, eher ein amerikanischer Straßenkreuzer, dachte Goldmann.

In ihr kamen Erinnerungen hoch, erst vereinzelt, dann immer dichter, ein Kaleidoskop von Bildern und Farben, Schreien und Blitzen, Explosionen und Wirbeln, die sie sofort wieder verdrängte. Sie zwang sich dazu, sich voll auf den Start zu konzentrieren.

Nach einem letzten Blick auf die Instrumente, die alle im grünen Bereich waren, gab sie Vollgas. Die Drehzahl erreichte 100 % und mit einem leichten Zug am Steuerknüppel ließ Valerie den Sikorsky abheben und in einigen Meter Höhe schweben. Sie zog das Fahrwerk ein und drehte den Hubschrauber einmal um sich selbst, um seine Agilität in der Luft zu überprüfen. Dann wiegte sie ihn von links nach rechts und wieder zurück wie ein Baby. Zufrieden nickte sie und als Paul den Kopfhörer mit dem Mikrofon aufsetzte, hörte er sie etwas vor sich hin summen.

»Was singst du?«, fragte er überrascht.

Valerie grinste. »Lady Luck. Du kennst Rod the Mod?«

Paul lachte und nickte.

Aber Goldmann wurde sofort wieder ernst und schaltete das Intercom auf »All«. »Ich hoffe, alle haben sich angeschnallt. Es geht los.«

Kommissar Berner hatte es sich in der großzügigen Passagierkabine mit Georg Sina gemütlich gemacht. Sechs ledergepolsterte Sessel, eine Hausbar und zwei Flachbildschirme waren die Grundausstattung des Reisehubschraubers für Manager. Schwester Agnes saß mit gleichgültiger Miene neben Sina, der sie nicht aus den Augen ließ.

»Die Schmerzen in der Brust lassen langsam nach«, stellte Berner fest. »Wie geht es Ihrem Rücken, Professor?«

»Wie nach einer Massage durch einen wildgewordenen Elefanten«, meinte der Wissenschaftler trocken.

»Wer ist auf die brillante Idee mit der Holzfällerjacke gekommen?«, erkundigte sich Berner neugierig. »Geschmacksnote Null, aber die Effektivität verdient eine glatte Eins.«

Sina nickte und tastete nach der eigenen Kevlar-Weste. »Valerie hatte den Plan im letzten Moment geändert und den Militärattaché der israelischen Botschaft auf Einkaufstour geschickt. Sie ist Major bei der Armee und wie es aussieht, kann sie auch fliegen.«

»Ist Ihnen eigentlich … ich meine … ich weiß nicht, wie ich es sagen soll …« Berner brummelte vor sich hin und versuchte, die richtigen Worte zu finden.

Georg Sina sah ihn aufmunternd an.

»Na ja, ist Ihnen eigentlich schon die Ähnlichkeit mit Ihrer verstorbenen Frau aufgefallen?«

Der Wissenschaftler blickte irritiert. »Mit Clara? Nein, aber jetzt, wo Sie es sagen … eine entfernte Ähnlichkeit vielleicht …« Er verstummte und dachte nach. »Wissen Sie, Kommissar, Clara war einzigartig, unvergleichbar. Aussehen zählt nicht nur allein.«

Berner nickte.

»Aber Valerie? Die Frau kann vieles, Auto fahren, schießen und sie hat Nerven wie Drahtseile, das muss man ihr lassen. Aber so wie Clara ist sie niemals.« Sina schaute zurück auf die kleine Barockkirche im Park. »Wenn sie so gut fliegt, wie sie …« Mit einem Mal kippte die Welt draußen und Georg hielt erschreckt den Atem an. Valerie hatte den Sikorsky fast auf seine Schnauze gestellt und ließ ihn nach vorne davonschnellen.

»Die Bäume! Das Schloss!«, schrie Paul in Panik vom Copilotensitz, als er die Fenster des ersten Stocks durch die Zweige der kahlen Bäume auf sich zurasen sah. Goldmann zog leicht am Steuerknüppel und der Hubschrauber donnerte kaum einen Meter über den Dachfirst hinweg. Dann ließ ihn Valerie in einer engen Linkskurve genauso schnell wieder hinunterfallen und schwebte plötzlich einen Meter über der Dorfstraße, die am Schloss vorbeiführte.

»Du bist wahnsinnig, weißt du das? Was machst du bei Gegenverkehr?«, wollte Paul entsetzt wissen.

Wie auf ein Stichwort kam plötzlich ein LKW um die Ecke gebogen und fuhr direkt auf den Helikopter zu. Die Panik stand dem Fahrer ins Gesicht geschrieben, als er unvermittelt einen schwarzen Hubschrauber vor sich sah und eine Vollbremsung einleitete. Goldmann schaute kurz nach oben und zog den Sikorsky hoch wie einen Expressfahrstuhl.

»Ist zwar kein Apache-Kampfhubschrauber, aber trotzdem nicht schlecht«, grinste sie und leitete eine weite Kurve ein, brachte den Sikorsky sanft auf Kurs West. Die Karte auf dem Navigationsgerät drehte sich und stabilisierte sich wieder langsam. »Ich würde vorschlagen, wir machen einen Bogen um Prag und nehmen einen Südkurs über Budweis ins österreichische Waldviertel und weiter nach Wien.« Unter dem Hubschrauber schlängelte sich das Band der Autobahn nach Prag und gleich dahinter war ein großes Flugfeld zu sehen, mit einer langen betonierten Landepiste. Vor einem der Hangars wärmte ebenfalls ein Helikopter auf.

Goldmann deutete auf die Startbahn und Werkshallen. »Das da unten ist der größte tschechische Luftfahrtbetrieb, AERO Vodochody.

Er baut Schulflugzeuge für Armeen in aller Welt und den Sikorsky, in dem wir jetzt fliegen.« Sie wich nach Süden aus, um den Luftraum über dem Flugfeld frei zu halten. Dann meldete sich die tschechische Flugsicherung über Funk und Goldmann gab das Flugziel und die voraussichtliche Ankunftszeit an. »Wenn alles gut geht, sind wir in knapp einer Stunde in Wien«, sagte sie zuversichtlich zu Paul und drehte die Heizung höher.

»Es sieht so aus, als wärst du in Hubschraubern aufgewachsen«, meinte Wagner. »Wie lange fliegst du schon?«

»Viel zu lange und viel zu lange nicht mehr«, antwortete Valerie kryptisch und das Kaleidoskop in ihrem Kopf begann wieder, Farben und Bilder zu versprühen. »Ich war Hubschrauberpilotin bei der israelischen Armee, bevor ich zu den Landstreitkräften gewechselt bin. Aber das ist jetzt schon sechs Jahre her.«

Paul hörte den Stress in ihrer Stimme. »Schlechte Erinnerungen?«, drang er weiter in sie.

Goldmann nickte stumm.

»Gab es einen Grund, warum du zu den Bodentruppen gegangen bist? Oder hat dich das Fliegen einfach nicht mehr gefreut?«

»Ich bin für mein Leben gern geflogen, bis …« Wagner beendete den Satz für sie.

»… zu dem Unfall?« Valerie nickte wieder und die Bilder in ihrer Erinnerung wurden lebendig.

»Vielleicht sollten wir das Thema wechseln, du brauchst deine volle Konzentration«, schlug Paul vor und sah aus dem Cockpit-Fenster auf die vorüberziehende Landschaft. Der starke Wind schüttelte den Hubschrauber immer wieder durch und die tiefhängenden Wolken ließen keine große Flughöhe zu.

Zuerst sagte Goldmann gar nichts. Sie kämpfte mit sich, wollte die Bilder wegwischen und konnte es doch nicht. »Es war ein Auslandseinsatz, streng geheim und auf freiwilliger Basis«, begann sie stockend. »Ich habe mich gemeldet, weil … ach, das tut nichts zur Sache. Wir flogen mit einem Bell-Hubschrauber durch ein winziges Tal. Ich hatte das Kommando, einen erfahrenen Copiloten neben mir und sechs Mann voll ausgerüstet in der Kabine. Das schmale Tal war wie ein Tunnel, unten der Wasserlauf, links und rechts überhängende Bäume, die mit ihren Kronen das Dach bildeten. Ich hatte nach oben fünf Meter und nach unten vielleicht zwei …« Sie verstummte und Wagner wartete.

»Ein Kampfhelikopter war uns auf den Fersen und der Pilot war kein Neuling. Er kannte alle Tricks, jeden Kniff, jede Biegung des Bachlaufs. Er war hier zu Hause, aufgewachsen, wir waren die Eindringlinge. Ich konnte nicht nach oben, nicht nach unten, nur nach vorn. Aber er kam unaufhaltsam näher, ich flog bereits am Limit und er ging drüber hinaus.« Der grüne Tunnel raste vor ihren Augen an ihr vorbei, Äste, die gierig nach ihr griffen, und eine trügerische Wasseroberfläche, die sich bei der leisesten Berührung in Beton verwandeln würde. Schweißperlen standen ihr auf der Stirn, als sie weitererzählte.

»Und dann begann er seine Raketen abzufeuern. Die ersten beiden schlugen in das Ufer ein, weil der Bach eine Biegung machte und ich schneller um die Ecke verschwunden war, als er es für möglich hielt. Doch dann sah ich ein langes gerades Stück vor mir und wusste, das ist die Endstation. Ich nahm die Geschwindigkeit weg und schrie ›alles raus hier‹, schnallte mich ab, stellte auf Autopilot und ließ mich aus der Tür fallen, hinunter ins Wasser, das mir den Atem nahm, als ich mit vielleicht achtzig Sachen aufschlug. Zur gleichen Zeit traf die nächste Rakete voll. Es gab eine Explosion, einen Feuerball, Trümmer regneten ins Wasser und dann raste auch schon der Kampfhubschrauber über mich hinweg und verschwand hinter der nächsten Biegung.« Valerie schloss kurz die Augen. »Niemand überlebte außer mir.«

»Ich verstehe«, sagte Wagner leise und war versucht, ihre Hand zu nehmen.

»Nichts verstehst du«, antwortete Goldmann bitter, »gar nichts. Der Copilot …« Sie schluckte und versuchte die Tränen zurückzuhalten. »Wir waren verlobt, wollten in fünf Wochen heiraten.«

Keiner hatte den anderen dunkelblauen Sikorsky mit dem Aero-Logo bemerkt, der langsam näher gekommen war und seine Position hinter dem schwarzen Hubschrauber einnahm. Neben dem Piloten waren die drei Männer des Rats der Zehn an Bord, die auch den Austausch Berners im Schloss überwachen sollten. Sie waren mit Maschinenpistolen bewaffnet und fest entschlossen, nun ihren Auftrag zu Ende zu führen. Nach einem kurzen Telefonat mit Bischof Kohout stand eines für sie fest. Selbst wenn Schwester Agnes bei der Aktion ums Leben kommen sollte, Wagner, Sina, Berner und die israelische Agentin durften Österreich nie erreichen und es bis in die Schatzkammer schaffen.

Der Angriff war genauso brutal wie überraschend. Ein Kugelhagel prasselte plötzlich auf den schwarzen Sikorsky-Hubschrauber ein und durchlöcherte die dünne Außenhaut wie Papier. Eines der Geschosse durchschlug glatt Sinas Oberarm und blieb im Lederpolster des Sitzes gegenüber stecken. Zwei weitere fing die kugelsichere Weste ab. Valerie reagierte blitzschnell und ließ den Hubschrauber nach links kippen. Unter ihnen lagen Wälder, kleine Orte und ein Flusslauf, der sich in engen Schlingen südwärts wand.

»Wo ist meine Sporttasche?«, rief Goldmann aufgeregt und drückte den Sikorsky schon in die nächste Kurve, die Paul in seinen Sitz presste.

»Hier neben mir«, antwortete Wagner und riss panisch am Verschluss.

»Dann nimm die Uzi und halt sie uns vom Leib!«

Paul versuchte das Fenster zu öffnen.

»Halt dich nicht damit auf, schieß einfach durch.«

Mit dem ersten Feuerstoß aus der Uzi verschwand die Scheibe wie von Geisterhand. Der Wind presste ins Cockpit und es wurde schlagartig kalt. Paul steckte den Kopf hinaus und hielt nach dem anderen Hubschrauber Ausschau. Er flog schräg hinter ihnen und kam näher.

»Zieh die Handbremse, ich will ihn neben uns haben«, schrie Paul über das Toben des Windes und dann wurde er auch schon in die Gurte gepresst. Der andere Pilot reagierte langsamer und Wagner vergeudete keine Sekunde. Der nächste Feuerstoß war gut gezielt und brachte den dunkelblauen Sikorsky sofort zum Abdrehen.

»Kurze Atempause«, stieß Valerie hervor und suchte verzweifelt nach einem Ausweg. Paul deutete hinunter auf den schmalen Wasserlauf mit seinen Windungen, der sich in Jahrtausenden sein Bett durch Wälder und Wiesen gegraben hatte.

»Er ist genauso schnell wie wir, aber du kannst besser fliegen. Also hinunter mit uns!« Pauls Stimme klang entschlossen. Goldmann zögerte kurz, rang mit sich und ließ den Sikorsky schließlich im Steilflug auf das Wasser zustürzen.

In der Kabine hatte Berner inzwischen Sinas Arm mit einem Streifen aus seinem Hemd verbunden, der aber auch schon wieder durchgeblutet war.

»Skrupel ist ein Wort, das Ihre Männer nicht kennen, Schwester«, stellte der Kommissar wütend fest.

Die Superiorin schaute ihn verächtlich an. »Wir haben eine Aufgabe zu erfüllen und das wissen Sie. Wir haben uns fünfhundert Jahre lang nicht aufhalten lassen und das wird sich jetzt durch nichts ändern.«

»Ich werde Sie wegen dem Mord an dem jungen Pfarrer in der Schottenkirche vor Gericht bringen, dessen können Sie sich sicher sein«, stieß Berner hervor.

Schwester Agnes schüttelte den Kopf. »Das glaube ich nicht, Kommissar. Niemals stand einer aus dem Rat der Zehn vor Gericht und das wird auch nie geschehen.«

»Verlassen Sie sich besser nicht darauf«, fuhr Berner sie an. »Den Schuss auf mich vor dem Schloss nehme ich persönlich und ohne diese Westen wären Professor Sina und ich jetzt bei unseren Ahnen.«

Das Wasser raste mit einer solch atemberaubenden Geschwindigkeit auf sie zu, dass Paul sich unwillkürlich mit beiden Füßen gegen den Boden des Cockpits stemmte, um den Sturzflug zu beenden. Durch das zerschossene Fenster stürmte der Wind mit voller Kraft herein, der Lärm erinnerte ihn an einen vorbeidonnernden Güterzug. Keine zehn Meter über dem braunen Wasser des kleinen Flusses fing Valerie den Hubschrauber sanft ab, machte jedoch keine Anstalten, die Geschwindigkeit zu reduzieren.

»Das kommt mir vor wie ein Computerspiel, das im Zeitraffer läuft«, rief Wagner und sah die nächste Biegung viel zu schnell auf sie zufliegen. Dann lag der Sikorsky auch schon in der Kurve und die Rotorblätter schienen das Wasser zu streifen. Vor ihnen öffnete sich nun eine ziemlich gerade Strecke, die durch einen Wald führte. Die großen Laubbäume standen nahe am Ufer, die ersten kleinen Blätter grünten. Der Fluss sah aus wie eine Allee, durch die sie wie einer der apokalyptischen Reiter dahinstürmten. Ein gigantischer Wirbel aus Wasser und abgerissenen Blättern folgte ihnen, ein wütender Geist, der nach ihnen griff und versuchte, sie aus der Luft zu schmettern.

Gerade als sich das Blätterdach über ihnen schloss, der Fluss zu einem hellgrünen Tunnel wurde und Valerie ein Déjà-vu-Erlebnis hatte, pfiffen Kugeln wie Hornissen an ihnen vorbei und ließen lange Striche von Fontänen aus dem Wasser wachsen. Valerie umklammerte den Steuerknüppel fester und zog leicht hoch. Der Rotor schnetzelte Zweige und dünne Äste aus dem Blätterdach und schleuderte sie nach hinten auf die Verfolger, die sofort leicht zurückfielen.

»Alter Trick, aber mach das nie nach«, rief sie Paul zu, »nur ein einziger dicker Ast und die Reise ist mit einem großen Knall zu Ende.« Der Reporter war viel zu geschockt, um darauf zu antworten. Valerie nutzte die gesamte Breite des Flussbetts aus und flog in leichten S-Kurven. Wieder drängten die Bilder aus der Vergangenheit auf sie ein, der Einschlag der Raketen, der Feuerball. Sie versuchte krampfhaft, sie auszublenden. Paul lehnte sich gegen den Wind aus dem Fenster und schickte ein paar Feuerstöße in Richtung der Verfolger, die daraufhin noch weiter zurückfielen. Als das Magazin der Uzi leer war, blickte er Goldmann fragend an. Die schüttelte den Kopf und Paul ließ daraufhin die Maschinenpistole einfach ins Wasser fallen. Das Ende des Tunnels kam näher und Valerie hatte eine Idee.

»Paul, halt die Tasche gut fest«, rief sie und zog den Sikorsky in voller Fahrt steil nach oben, sobald sich das Dach aus Zweigen und Ästen öffnete. Dann zwang sie den Helikopter in den schnellsten und engsten Looping, den Wagner je erlebt hatte.

In der Kabine herrschte das reine Chaos. Alles flog durcheinander und für einen Moment wusste Berner nicht, wo oben und unten war. Als die Welt wieder an der richtigen Stelle zu sein schien, war Schwester Agnes von ihrem Platz verschwunden. Verwirrt blickte sich der Kommissar um und sah die Superiorin an der Kabinentür stehen, die aufschwang und einen Schwall kalter Luft hereinließ.

Valerie hatte den Looping zwanzig Meter höher beendet und befand sich nun in der günstigeren Position, über dem Ausgang des Tunnels schwebend. Ihre Verfolger sahen den schwarzen Sikorsky nicht mehr vor sich, die lange Gerade war leer und sie wurden unsicher, verringerten ihre Geschwindigkeit und tasteten sich vorsichtig zum Ende des Blättertunnels vor.

»Es tut mir leid, Kommissar, ich kann wirklich nicht mit Ihnen nach Wien kommen«, rief Schwester Agnes und machte einen Schritt zurück, gerade als Berner zur Tür stürzte, um sie aufzuhalten. Er fiel, landete auf dem Bauch, griff nach ihr, aber sie war bereits verschwunden. Berner schaute über die Kante des Kabinenbodens hinunter ins Leere und sah sie fallen. Genau in diesem Moment schob sich der dunkelblaue Hubschrauber aus dem Tunnel und Schwester Agnes fiel von oben in die Rotorblätter. Berner schloss die Augen und das Geräusch, das dann kam, würde er in seinem ganzen Leben nicht mehr vergessen.

Der Pilot, schockiert vom Blut und den Körperteilen auf seiner Cockpitscheibe, verriss den blauen Aero-Helikopter, streifte mit den Rotorblättern die Bäume an der Uferböschung und schmierte ab. Die Wucht der Explosion nur dreißig Meter unter ihnen schleuderte den Sikorsky Valeries hoch und schüttelte ihn wie eine riesige Faust.

Kommissar Berner war leichenblass, als er die Kabinentür mit Mühe schloss und sich in einen der Sitze fallen ließ. Er sah Georg Sina mit großen Augen an, in denen blankes Entsetzen stand.

Der restliche Flug und die Landung in Wien waren reine Routine und nach einem Anruf bei der Botschaft wartete bereits ein Wagen am Flugfeld, der sie abholte.

»Professor Sina, ich bringe Sie ins Allgemeine Krankenhaus, ich habe da ganz gute Beziehungen und Sie müssen Ihre Schusswunde verarzten lassen«, meinte Berner und Paul beschloss, sich ihnen anzuschließen.

Valerie gab dem Chauffeur dementsprechende Anweisungen. »Was macht ihr danach?«, fragte sie und verstaute die schusssicheren Westen und ihre Sporttasche im Kofferraum.

»Wir gehen in die Schatzkammer und ich nehme an, du möchtest gerne mitkommen«, antwortete Paul, »wir wollen Friedrichs Geheimnis endlich gegenüberstehen.«

Israelische Botschaft, Wien-Döbling/Österreich

Militärattaché Samuel Weinstein lief rasch die Treppen herunter und nahm zwei Stufen auf einmal. Er war in Eile und schon zu spät dran, die Tagung der Internationalen Kommission für Abrüstungsfragen in der Hofburg war zu wichtig, um bei einer der begehrten informellen Runden durch Verspätung oder gar Abwesenheit zu glänzen.

Bevor er die Tür in den Hof aufziehen konnte, wurde sie von außen aufgedrückt und er lief Major Goldmann in die Arme. Sie versperrte ihm den Weg, indem sie ihm einen Autoschlüssel vor die Nase hielt, nach dem er instinktiv griff.

»Wow, heute in offizieller Mission unterwegs?«, fragte Valerie und schaute Weinstein von oben bis unten an.

»Ja, es ist wichtig … dringend … ich muss eigentlich …«, stotterte der Militärattaché und schielte auf den Schlüssel in seiner Hand. »Wo haben Sie ihn geparkt?«

»Etwas weiter weg und nicht sehr gut«, erklärte Goldmann unschuldig, »Sie werden ihn aber sicher finden, wenn er noch da steht.« Damit ging sie an ihm vorbei, aber Weinstein hielt sie misstrauisch an der Schulter zurück.

»Moment, Major Goldmann, wo genau haben Sie ihn geparkt?«

Valerie drehte sich lächelnd um. »Kennen Sie Panenske-Brezany? Eine wirklich schöne Gegend, sehr gepflegter Park.«

»Panen … wie bitte?« Weinsteins Blick schwankte zwischen Panik und völligem Unverständnis. »Ich habe keine Zeit für Scherze, ich sollte schon wieder in der Konferenz sein. Also wo steht der Wagen?«

»Habe ich Ihnen doch gerade gesagt, in Panenske-Brezany, am oberen Schloss. Allerdings steht er mitten auf dem Rasen im Park und ich weiß nicht, ob er nicht in der Zwischenzeit wegen Beleidigung der Sehnerven entfernt und entsorgt wurde. Das Rot schlägt sich mit dem Grün, und die Buchstaben erst!«

Weinstein schaute Valerie fassungslos an. »Sie meinen, Sie haben ihn einfach irgendwo mitten im Nirgendwo stehen lassen? Das darf nicht wahr sein. Mein Freund bringt mich um, wenn ich ihm den Wagen nicht wieder unbeschädigt vor die Tür stelle. Das ist sein einziger Werbeträger.« Weinstein klang verzweifelt.

»Von unbeschädigt war nie die Rede und er steht nicht im Nirgendwo, er steht in Panenske-Brezany, rund fünfzehn Kilometer nördlich von Prag entfernt und ich habe den Schlüssel abgezogen, wie Sie sehen. Man kann ja heute nicht vorsichtig genug sein, oder?«, meinte Goldmann und ging an Weinstein vorbei die Treppe hoch.

»Und wie soll ich nach Panenske-Bresch … dorthin kommen?«, rief ihr Weinstein nach.

»Zug, Flugzeug, Taxi, Auto mit Chauffeur, lassen Sie sich etwas einfallen, Sie geizen ja sonst nicht mit gloriosen Ideen, wenn es um schnelle, unauffällige Kompaktwagen geht.« Damit war sie um die Ecke verschwunden und ließ wieder einmal einen zerstörten Samuel Weinstein zurück.

»Ist der Botschafter im Haus?«, fragte Valerie die Sekretärin, die dabei war, die Post zu frankieren und in Stöße aufzuschichten.

»Ja, der Botschafter ist in seinem Büro, er hat die Glückwünsche zum Pessach-Fest unterschrieben und ich trage sie gleich zur Post. Wollen Sie ihn sprechen?«

Keine drei Minuten später saß Goldmann in einem bequemen Fauteuil dem Botschafter gegenüber und berichtete ihm von den Ereignissen der letzten Stunden. Während er noch die letzten Glückwunschkarten unterschrieb, hörte er ihr aufmerksam zu und stellte wenige Fragen. Als Valerie auf die Hubschrauber-Verfolgungsjagd und das Ende von Schwester Agnes zu sprechen kam, hakte er nach.

»Das heißt, der Rat der Zehn ist führungslos und besteht nur mehr aus wenigen Männern, wenn ich das richtig verstehe«, meinte er und Valerie nickte.

»Ja, aber es gibt noch immer ihren Stellvertreter, Bischof Kohout, dem ich zwar noch nie begegnet bin, der aber Stoff für Legenden zu sein scheint. Oded Shapiro hat mir ein Foto von ihm gezeigt, auf dem er einen Tarnanzug der Marines trägt und mit einem Sturmgewehr schießt. In Chemnitz muss er es gewesen sein, der die Aktion geleitet hat, und wäre ich nicht gewesen, dann hätte er Erfolg gehabt. Wagner und Sina wären tot und längst begraben, die Chinesen hätten wenig dagegen ausrichten können. Gavint war ihr stärkstes Eisen im Feuer und der ist seit gestern ebenfalls schon Geschichte.«

»Und General Li Feng?«, fragte der Botschafter und machte sich eine Notiz.

»Ein Karrierist, der bisher wenige Erfolge zu verzeichnen hat. Nach Geheimdienstberichten misstrauen ihm Armee und ZK. Trotzdem wird ihnen nun keine Wahl bleiben, jetzt wo Gavint tot ist. Aber er hat weder das Format noch die Weitsicht.« Valerie schüttelte den Kopf. Sie dachte plötzlich an das Gespräch mit ihrem Großvater und musste schlucken.

»Wagner und Sina haben alle Rätsel Friedrichs gelöst. Die schwarze Pille von Corvinus gibt es seit mehr als fünfhundert Jahren nicht mehr und niemand hat je in seinen Unterlagen eine Anleitung gefunden, wie sie herzustellen ist. Die weiße Pille hatte Heydrich und sie sollte die Wunderwaffe der Deutschen werden, wie aus den Unterlagen hervorgeht, die Eddy aus dem Safe der Tempelherren mitnahm und Professor Sina übergab. Das haben 1942 die Tempelherren verhindert und aus Heydrichs persönlichem Safe auch die Aufzeichnungen und Analysen der verschiedenen Institute und Labors entwendet und vernichtet. Bleibt nur mehr eine Pille, die wichtigste, die kostbarste: die rote Pille, die Friedrich hatte und von der wir nicht wissen, ob er sie jemals verwendet hat oder nicht. Wagner und Sina behaupten, den Platz zu kennen, an dem sie versteckt ist. Heute Abend wollen sie es mir beweisen.« Valerie schwieg und beschloss instinktiv, nichts von der Schatzkammer zu sagen.

Der Botschafter schaute sie durchdringend an. »Glauben Sie wirklich, dass es die rote Pille noch gibt?«, fragte er und legte den Kugelschreiber aus der Hand. Neugierig lehnte er sich vor und wartete auf die Antwort Valeries.

»Ich weiß es nicht, Exzellenz«, erwiderte Goldmann, »aber ich werde es Ihnen spätestens morgen früh sagen können.«

Der Botschafter nickte und stellte eine abschließende Frage: »Rufen Sie Oded Shapiro an und berichten ihm?«

Valerie stand auf, trat an den Schreibtisch und schaute auf den Botschafter hinunter. »Exzellenz, ich glaube das können Sie ebenso gut und das haben Sie doch in den letzten Tagen immer wieder getan. Täusche ich mich, oder hat nicht Oded Shapiro Sie als zweite Linie aufgestellt? Waren es nicht Sie, der einen gewissen Professor Klein aus Dresden hat kommen lassen und der neben ihm gesessen ist, als er mit Professor Sina telefoniert hat? Waren es nicht Sie, der den E-Bus nach Klosterneuburg gebracht und die Überwachungskameras angezapft hat? Wollten nicht Sie damit persönlichen Druck auf Professor Sina ausüben, indem Sie jemanden ins Boot geholt haben, der ihn von früher her kannte, einen Klassenkameraden zum Beispiel?« Valerie sah an den Augen des Botschafters, dass sie genau ins Schwarze getroffen hatte.

»Und nebenbei haben Sie Sina auch noch ein paar Hinweise zugespielt, damit er bei der Stange blieb und sich womöglich vom Angriff der Tempelherren am Vorabend nicht entmutigen ließ? Oded Shapiro baute auf zwei Ebenen, um ans Ziel zu kommen. Er brauchte die Frau, die aussah wie Clara Sina, um an die beiden heranzukommen und sich in ihr Vertrauen zu schleichen. Und dann war er sich plötzlich nicht mehr so sicher, ob das funktionieren würde, und er beschloss, die zweite psychologische Karte zu spielen, ein Sicherheitsnetz zu spannen. Dieses Netz waren Sie, habe ich recht?«

Der Botschafter sah Valerie lange an. Dann wandte er sich wieder den Glückwunschkarten zu und meinte bestimmt: »Geben Sie mir morgen früh Bescheid, ob es die rote Pille gibt und wo sie sich befindet. Alles andere ist dann nicht mehr Ihre Aufgabe.«

Schatzkammer, Wiener Hofburg/Österreich

Die achteckige Krone der Kaiser und Könige des Heiligen Römischen Reiches lag auf dunkelrotem Samt in einem besonders gesicherten und klimatisierten Raum der Wiener Schatzkammer. Sie glänzte geheimnisvoll und märchenhaft im Licht der kleinen, starken Lampen, die das Gold, die Perlen und die 144 Edelsteine erstrahlen ließen. Der übrige Ausstellungsraum lag im Dunkel und der Museumswärter, der die Krone und die drei späten Besucher nicht aus den Augen ließ, war nur schemenhaft zu erkennen. Paul hatte seine Beziehungen spielen lassen müssen, da er, Georg und Valerie es nicht mehr rechtzeitig vor der Schließung der Ausstellung geschafft hatten. Der Direktor des Kunsthistorischen Museums in Wien, ein persönlicher Freund Wagners, hatte ihnen noch eine halbe Stunde eingeräumt, nachdem alle anderen Besucher gegangen waren. So standen Sina, Wagner und Goldmann nun allein vor der Vitrine mit dem wichtigsten Prunkstück der Wiener Schatzkammer.

»Friedrich war genial«, sagte Georg Sina ehrfürchtig in die Stille. »Er konnte die rote Pille nur mit einer List verstecken, weil er sonst lediglich eine einzige Gelegenheit gehabt hätte, nämlich bei seiner Krönung 1452 in Rom. Die Reichskleinodien wurden damals nicht in Wien, sondern in Nürnberg aufbewahrt und nur anlässlich seiner Krönung zum Kaiser verließen sie die Stadt und wurden nach Italien gebracht.« Sina lächelte und wies auf die Vitrine.

»Aber schaut euch die Krone zuerst genau an. Für alle Edelsteine und Perlen wurden Löcher in das Gold gesägt, damit das Licht auch von hinten durch die Steine fallen konnte und sie richtiggehend glühten. Damit war es nicht möglich, etwas hinter einem Stein zu verbergen. Also musste Friedrich die Pille im Inneren eines Steines verstecken und der Zufall kam ihm dabei zu Hilfe.« Wagner und Goldmann lauschten atemlos und es schien, als ob selbst der Museumswächter, der sich nicht rührte, aufmerksam zuhörte. Die Lösung des letzten Rätsels lag nun vor ihren Augen.

»Wenige Jahre zuvor war der berühmteste Edelstein des Mittelalters, der sogenannte ›Waise‹ aus der Krone verschwunden. Man nannte ihn deshalb ›den Waisen‹, weil er weder vorher noch nachher jemals woanders zu sehen war als in der Reichskrone. Es handelte sich um einen blutroten Edelstein, über den der zeitgenössische Historiker Albertus Magnus schrieb › *dieser Edelstein glänzt stark und es heißt, er habe einst sogar bei Nacht geleuchtet; doch das tut er in unserer Zeit nicht mehr. Wohl aber wird gesagt, dass er die Ehre des Reiches bewahre.*‹ Nun, die Wissenschaftler streiten sich bis heute, wo der Waise in der Krone angebracht war, aber sowohl der Saphir als auch der Rubin in der Stirnplatte passen nicht zu ihren jeweiligen Fassungen, wenn ihr genau hinschaut. Friedrich beriet sich also mit seinen Alchemisten und ließ einen Stein anbohren, der ungeschliffen war, nicht glänzte und fast undurchsichtig war, und in dem entstandenen Hohlraum versteckte er die Pille. Dann ließ er den Stein wieder kunstvoll verschließen und bot ihn als Ersatz für den Waisen an, ließ ihn in der Krone anbringen und hatte sein Ziel erreicht. Er hatte die wichtigste, die rote Pille, in dem mächtigsten Symbol versteckt, das seine Zeit zu bieten hatte – in der Reichskrone.«

»Und wo waren die anderen zwei Pillen versteckt? Mertens hatte erwähnt, dass es eine schwarze und eine weiße ebenfalls gab.« Valerie ertappte sich dabei, dass sie vor Ehrfurcht flüsterte und dabei die Steine auf der Stirnplatte nicht aus den Augen ließ.

Georg nickte und fuhr fort: »Die schwarze Pille des Matthias Corvinus, genannt der Rabe, seines Zeichens Alchemist und ungarischer König, war in der ›Szent Korona‹, der ungarischen Königskrone versteckt. Sie galt den Magyaren als die ›einzig heilige‹ Krone, symbolisierte die Einheit Ungarns, verband das irdische mit dem himmlischen Königreich und daher war keine andere als die heilige Krone bei einer Krönung zulässig. Interessant ist, dass traditionell die Krone immer zusammen mit zwei Engeln als Beweis für ihre göttliche Herkunft dargestellt wurde.«

»Da sind unsere Engel wieder«, gab Valerie zu bedenken.

»Die heilige Krone, von der ich spreche, entstand zwischen dem 11. und 13. Jahrhundert und liegt heute in Budapest in einem streng bewachten Safe. Die ursprüngliche, originale Stephanskrone aus dem Jahr 1000 in Form eines Diadems ging um das Jahr 1075 irgendwo in Österreich verloren.«

»Und man hat sie nie mehr gefunden?«, fragte Paul.

»Nein, sie blieb für immer verschwunden. Wie die schwarze Pille jedoch zwischen die beiden Teile der heiligen Krone, die innere und äußere Stirnplatte mit dem Christus Pantokrator gekommen ist, das ist bis heute unbekannt. Fest steht, dass der Priesterkönig Johannes sie erwähnte, als er die drei ›Steine‹ an Friedrich den Staufer übergab. Die schwarze Pille, das erste Stadium der alchemistischen Transmutation, machte unbesiegbar. Corvinus und seine schwarze Armee waren tatsächlich unbesiegbar und sie drängten nach Österreich, weil sie auf der Suche nach der roten Pille waren, nach dem ultimativen Geheimnis Kaiser Friedrichs. Aber das bekamen sie nie. Der Legende nach jedoch warten König Matthias und seine Getreuen bis heute im Inneren des Berges Petzen auf das Kommen einer Weltschlacht.« Georg dachte kurz nach und erklärte weiter.

»Die weiße Pille, Zeichen der zweiten Stufe der alchemistischen Verwandlung, war in der Wenzelskrone des Königreiches Böhmen versteckt, der Lilienkrone, die aus Tradition weiß als Hauptfarbe repräsentiert. Als Heydrich nach den ersten Hinweisen die weiße Pille in der

Wenzelskrone entdeckte, glaubte er, sie sei das wahre Geheimnis Friedrichs, weil er die rote Pille nie fand und überhaupt nur von der Existenz einer einzigen Pille wusste. Also ließ er die weiße analysieren, aber er hatte immer Angst, dass jemand sein Geheimnis entdecken könnte. Argwöhnisch wie er war, versteckte er die Pille in seinem Zahn. Er hatte bald herausgefunden, dass sie unverwundbar machen sollte. Was konnte ihm also noch passieren? Er brauchte ja nur zubeißen. Er setzte sich die Wenzelskrone auf und ignorierte ihren Fluch, er flog waghalsige Angriffe an der russischen Front und er lief seinem Attentäter sogar noch entgegen. Wenn die Tempelherren nicht gewesen wären, dann hätte sich Heydrich mit der Herstellung der Pille als entscheidende Wunderwaffe des Zweiten Weltkriegs an die Spitze des Deutschen Reiches gesetzt und alles wäre ganz anders gekommen.« Sina verstummte und alle Augen waren nun auf die Reichskrone gerichtet.

»Und nun zur roten Pille, der dritten und höchsten Stufe der Verwandlung, der königlichen Farbe, der Farbe des kaiserlichen Drachen. Sie verleiht nicht nur das ewige Leben, sie schenkt auch die Gabe, tote Materie wieder zum Leben zu erwecken. Denkt etwa an die mächtigen Fähigkeiten der tibetischen Dalai-Lamas, an die geheimen Kräfte der Drachenkönige, deren Ruf bis nach Europa drang und immer wieder in den letzten tausend Jahren Forscher auf das Dach der Welt lockte. Friedrich erfuhr von der roten Pille durch Oderich von Portenau, der das kaiserliche Geheimnis aus China nach Europa brachte. Und ab diesem Zeitpunkt wurde Friedrich ein Getriebener, ein Christophorus, den die Last des Geheimnisses immer schwerer niederdrückte. Nicht zuletzt deshalb ließ er sich in der Grazer Schlosskirche als riesiger Christophorus darstellen – mit dem Herzogshut und nicht mit der Kaiserkrone, weil das zu verräterisch und offensichtlich gewesen wäre.«

»Du hast recht, er war wirklich genial«, raunte Paul und brachte sein Gesicht so nah wie möglich an die Scheibe der Vitrine. Er betrachtete genauestens jeden einzelnen Stein und versuchte, die Pille zu entdecken.

»Gab es eigentlich jemanden, der alle drei Pillen hatte?«, fragte Valerie leise und schaute Sina neugierig an.

»Ja, einen. Qin Shihuangdi, der erste Kaiser von China, hatte alle drei Pillen und er war es, der ihr Geheimnis vor zweitausend Jahren als Erster entdeckte. Von dort nahm das Wissen seinen Weg nach Europa, das Wissen um die Unbesiegbarkeit, die Unverwundbarkeit und die Unsterblichkeit. Er ließ seine riesige Tonarmee formen, um jederzeit Tausende Krieger zur Verfügung zu haben. Er hätte ihnen ja jederzeit Leben einhauchen können und wer weiß? Vielleicht tat er es auch.« Sina schaute die Krone an und die Edelsteine, bewunderte das Symbol absoluter Macht. »Und heute stehen wir drei vor dem Geheimnis des ewigen Lebens. 144 Steine für die Gerechten der Apokalypse und acht Ecken für das himmlische Jerusalem, das Königreich der Ewigkeit. Wie heißt es so richtig auf der Reichskrone? ›Me reges regnant – durch mich herrschen die Könige.‹ Wer Herr über Leben und Tod ist, der regiert wirklich.«

Paul kniete inzwischen vor der Vitrine, um die Steine in Augenhöhe besser betrachten zu können.

Der Museumswächter trat nervös von einem Bein auf das andere.

»Ich glaube, ich hab sie gefunden«, flüsterte der Reporter schließlich und zeigte auf den Rubin in der Mitte der Stirnplatte. In dem fast undurchsichtigen, unregelmäßigen Edelstein konnte man in der Mitte eine dunklere Stelle ausmachen. Valerie und Georg beugten sich ebenfalls hinunter und schauten gebannt auf den Rubin, versuchten ihn mit ihren Blicken zu durchdringen. Die Pille zeichnete sich in dem Stein immer klarer ab. Sie war gleichmäßig oval und überraschend klein. Jetzt verstand Wagner, wie Heydrich die weiße Kapsel in seinem Zahn hatte verstecken können.

»Der Traum vom ewigen Leben. Das größte Geheimnis der Menschheit«, sagte Paul leise und ehrfurchtsvoll, »und wir haben es wieder entdeckt, nach fünfhundert Jahren des Vergessens. Jetzt ist es zum Greifen nahe, wir brauchen nur mehr die Hand auszustrecken.« Ein Schauer der Erregung ergriff ihn. Er verstummte und richtete sich auf.

»Könnt ihr euch vorstellen, was es bedeutet hätte, wenn Friedrich seinem Sohn Maximilian, dem letzten Ritter, das Wissen und die Pille vererbt und das Geheimnis nicht versteckt hätte? Österreich wäre unbesiegbar geworden, weil seine Soldaten unsterblich gewesen wären. AEIOU – Alle Erde ist Oesterreich untertan. Jetzt verstehe ich die Bedeutung voll und ganz. Zuerst hätte Österreich gesiegt und gesiegt, weil Maximilian Engel geschaffen hätte, unsterbliche Wesen, die alle überlebt und dann wieder unsterbliche Kinder gezeugt hätten.« Wagner verstummte angesichts der entsetzlichen Vision einer übervölkerten Erde mit unsterblichen, ewig lebenden Wesen. »Der Himmel wäre tatsächlich leer gewesen, die Engel auf die Erde herabgestiegen. Und dann …«

Valerie unterbrach Paul und setzte seinen Satz mit ergriffener Stimme fort: »… dann wäre das Ende der Welt gekommen, das Ende der Zeit, wir wären selbst zu den apokalyptischen Reitern geworden, zu gefallenen Engeln. Was für eine schreckliche Vorstellung. Wenn Friedrich das Maß nicht gehabt hätte, sein Gewissen nicht über Machtgier gestellt hätte, dann wären wir jetzt nicht mehr hier. Weil die Welt schon längst in den Fluten der unsterblichen Menschenmassen untergegangen wäre.«

Alle drei schwiegen und schauten auf den blutroten Rubin in der Reichskrone mit seinem verhängnisvollen Inhalt.

Georg Sina sprach aus, was sie alle dachten. »Friedrich hat die Wahl gehabt – zwischen einem weltbeherrschenden, allmächtigen und unsterblichen Römisch-Deutschen Reich und seinem Gewissen. Er sah es kommen, er hatte die Folgen gut abgewägt, jahrelang bedacht. Das war ihm wichtiger, als Schlachten zu schlagen und um Länder zu kämpfen. Er hätte sie alle mit einem Mal haben können. Wie unbedeutend muss ihm alles andere erschienen sein angesichts dieser Entscheidung.« Der Wissenschaftler legte die Hände auf die Vitrine, fühlte die Kraft und die Macht und das schlummernde Verderben, die darauf warteten, wieder erweckt zu werden. Es schien, als sauge die Krone alle Energie aus ihm, und er fühlte sich plötzlich schwach und unbedeutend. Hatte Friedrich sich auch so gefühlt? Wieder hatte er das Gefühl, der Kaiser stehe im Raum mitten unter ihnen und beobachte sie mit einem nachsichtigen Lächeln, sicher, dass sie die richtige Entscheidung treffen würden.

»Und heute, fünfhundert Jahre später, heute stehen wir vor derselben Wahl wie Friedrich und nichts hat sich geändert. Gar nichts.«

Paul und Valerie fehlten die Worte und die Wucht der Erkenntnis traf sie wie ein Blitzschlag. Die Zukunft der Welt würde hier und jetzt entschieden werden, sie hatten es in der Hand.

Der Museumswächter schien die Spannung zu spüren, er kam näher, blieb aber im Dunkel, verschränkte die Hände auf dem Rücken und ließ die drei Besucher und die Krone nicht aus den Augen.

»Ich kann es nicht«, sagte schließlich Valerie mit brüchiger und leiser Stimme, »niemand kann es und kein Mensch sollte vor eine solche Entscheidung gestellt werden.« Sie dachte an ihr Land, ihre Familie, ihren todkranken Großvater und dann? Ihr Gehirn konnte sich die Folgen nicht ausmalen, zu schrecklich waren sie.

Georg hatte sich bereits entschieden. »Die Welt, wie wir sie kennen, würde morgen untergehen«, meinte er nachdenklich, »wenn wir jetzt diese Pille herausholen und sie wem immer auch anvertrauen.«

Paul nickte und ergänzte: »Wie sagte Mertens in seinem Vermächtnis? ›Doch am Ende sei weise in Deinen Taten und entscheide richtig.‹ Er hatte es geahnt.« Sie blickten sich alle drei an und sahen in den Augen der anderen, dass die Entscheidung bereits gefallen war.

Die Krone glänzte auf ihrem dunkelroten Samtpolster und der Rubin leuchtete verführerisch und teuflische leise Stimmen flüsterten »unendliche Macht für immer und ewig«. Aber maßloser Schrecken und nie gesehenes Verderben lauerten dahinter, Apokalypse und Armageddon, die Versuchung, die Engel auf die Erde zu holen und damit das Ende der Zeit einzuläuten. Das ewige Leben würde nur von kurzer Dauer sein.

Valerie, Paul und Georg drehten sich um und keiner sprach ein Wort. Als Valerie sich am Ausgang des Ausstellungsraums nochmals umwandte und zur Krone zurückschaute, sah sie Bischof Frank Kohout in der Uniform eines Museumswärters neben der Vitrine stehen. Er blickte den Dreien nachdenklich hinterher und steckte seine Waffe wieder ein.

Epilog

I.

Die Krönungskirche in Aachen war in ein blaues, geheimnisvolles Licht getaucht, das hinter dem berühmten Kaiserthron durch die hohen Fenster fiel. Die achteckige Form der Pfalzkapelle wiederholte sich in der einzigartigen Krone, die auf einem roten Samtpolster in Sichtweite des Throns lag und von schusssicheren Scheiben von allen Seiten beschützt wurde. Die 144 Edelsteine der Reichskrone, höchstes Zeichen des Heiligen Römischen Reiches, leuchteten wie von einem inneren Licht beseelt.

Sicherheitsbeamte behielten die Leihgabe aus der Wiener Schatzkammer fest im Auge. Sie war durch halb Europa gereist, in den Tresoren einer Spezialfirma, die für Werttransporte dieser Art die überzeugendsten Referenzen hatte. Die zwei neuen Sicherheitsleute, die für ihre beiden kranken Kollegen eingesprungen waren, verfügten über die besten Zeugnisse und hatten bereits seit Jahren Erfahrung bei internationalen Kunsttransporten sammeln können. So kam die Krone auch erwartungsgemäß unbeschadet und pünktlich in Aachen an, was niemanden wirklich besonders erstaunte.

Die Gruppe aus Beijing, höchste Vertreter der Volksrepublik China, wurde von drei Dolmetschern und einem Vertreter der Deutschen Regierung betreut. Sie bewunderten pflichtgemäß den Thron und die reich verzierte Kirche, aber ihre Blicke auf die Uhr verrieten, dass sie auf etwas warteten oder sich langweilten, allen Erklärungen der bemühten Kuratoren zum Trotz. Einige der Diplomaten, die man auf Ansuchen der chinesischen Regierung durch einen eigens für solche Fälle angelegten VIP-Eingang in die Kirche geschleust hatte, sahen eher wie kampferprobte Elitesoldaten aus als Botschaftssekretäre. Ihre wachsamen Augen hinter den einheitlichen Sonnenbrillen ließen das Sicherheitspersonal keinen Moment aus den Augen. Hätte man sie kontrolliert und durch den Metallscanner geschickt, den jeder zahlende Besucher passieren musste, dann hätten wohl alle Alarmglocken geschrillt. Sie trugen nicht nur kugelsichere Westen, sondern hatten die kurzen Sturmgewehre unter ihren dunkelblauen Mänteln versteckt und genügend Granaten bei sich, um die Krönungskirche in Schutt und Asche zu legen.

General Li Feng schaute ein letztes Mal auf die Uhr, die nun 13:55 zeigte, hob die Augenbrauen und wie auf Kommando wandten sich alle chinesischen Besucher der Reichskrone in der Mitte der Kirche zu. Sie umringten sie an drei Seiten und zwei unnahbar aussehende Männer sorgten dafür, dass niemand sich der Ostseite der Vitrine näherte.

Als genau um 14:00 Uhr die Sonne auf den roten Rubin der Reichskrone traf und ihn von hinten zum Aufleuchten brachte, eilte der General an die leere Seite der Vitrine, hielt den Atem an und brachte sein Gesicht so nahe wie möglich an das Sicherheitsglas. Die Soldaten bereiteten sich vor.

Der Rubin im Zentrum der Krone, der eine unregelmäßig dreieckige Form hatte, glühte wie das Tor zur Hölle. Das Feuer der ewigen Verdammnis hatte sich an jenem Punkt konzentriert und bannte den Blick des chinesischen Generals.

Li Feng sah genauer hin, noch einmal und immer wieder. Seine Soldaten warteten auf ein Zeichen, er spürte ihre Blicke auf seinem Gesicht.

Der Stein hypnotisierte ihn, er konnte ihn nicht mehr aus den Augen lassen. Doch was er suchte, war nicht mehr da. Die Pille war weg. Er schien zu schwanken, fing sich wieder, schaute nochmals hin. Er traute seinen Sinnen kaum, wollte es nicht wahrhaben. Die Soldaten lauerten noch immer, bereit, einen Sturm aus Tod und Verderben über die Kirche zu bringen für die Krone, die das Geheimnis der Geheimnisse in sich barg.

Li Feng konnte es nicht glauben. Sie waren ihm zuvorgekommen, den entscheidenden Schritt schneller gewesen. Er war gescheitert, zum letzten Mal in dieser Aktion, die von Anfang an unter keinem guten Stern stand. Die Volksrepublik hatte verloren, das Geheimnis der Kaiser zwar erfahren, war aber schlussendlich zu spät gekommen, um es auch zu nutzen. China hatte die Chance verpasst, mit einem Schlag die Welt zu beherrschen. Es war endgültig vorbei. Das größte Geheimnis der Menschheit würde für immer eines bleiben.

Der General richtete sich auf, straffte sich und verließ schnellen Schrittes die Kirche. Seine schweren Schritte hallten zwischen den Säulen. Die Delegation folgte ihm auf dem Fuße, während die Dolmetscher auf den General einredeten und ihn zum Bleiben zu bewegen versuchten. Während die Kuratoren in der Kirche noch ratlos konferierten, waren die Strahlen der Sonne weitergewandert und der Rubin in der Reichskrone erlosch wieder zu seinem normalen Glanz.

Als die Chinesen die Krönungskirche verließen, sahen ihnen zwei alte Männer nach, die auf einer der gepolsterten Bänke in der Ausstellung Platz genommen hatten. Sie waren unaufdringlich und zeitlos elegant gekleidet. Einer der beiden stützte sich auf einen Stock mit silbernem Knauf, der einen Engel darstellte. Der Mann war hager und hatte ein langes, schmales Gesicht, das von einer Hakennase beherrscht wurde. Sein energisches Kinn und die schmalen Lippen verrieten Entschlossenheit und Energie. Die feingliedrigen Hände, die ruhig auf dem silbernen Engel ruhten, hätten einem Künstler oder Musiker gehören können, so zart waren sie.

Sein Nachbar war asiatischer Herkunft und hatte ein rundes, leicht mongolisch angehauchtes Gesicht. Die dunklen, schräg stehenden Augenbrauen über den fast schwarzen Augen ließen ihn stets ein wenig martialisch und schlecht gelaunt aussehen. Aber das täuschte. Das Alter hatte ihn milde gestimmt, seine massige Figur verriet den sinnlichen Genießer. Er lächelte den alten Mann neben ihm an und nickte ihm zu. Beide standen auf, warfen noch einen langen und nachdenklichen Blick auf die ehrwürdige römisch-deutsche Kaiserkrone und verließen dann Seite an Seite gemächlich den achteckigen Sakralbau.

Der große, hagere Mann mit der Adlernase stützte sich auf seinen Stock und hinkte leicht, weil er eine Beinprothese hatte.

Wahrscheinlich Kriegsveteranen aus dem Zweiten Weltkrieg, dachte sich einer der Sicherheitsleute, als er die beiden mit freundlichem Kopfnicken verabschiedete und sie mit einer Handbewegung zum Ausgang wies.

»Li Feng ist ein überheblicher Idiot. Ich hätte ihn zu meiner Zeit köpfen lassen«, sagte der Asiate auf Chinesisch zu seinem Begleiter, der ihn fast um einen Kopf überragte und dessen Augen die Menge an den Stufen der Krönungskirche absuchte.

»Seien wir froh, dass er ein Idiot ist, mein Freund«, schmunzelte der Hagere, »seien wir froh.« Und während sie leise lachend die Stufen zur Straße hinabstiegen, machten sich ihre zahlreichen asiatischen Leibwächter unauffällig daran, den weiteren Weg der beiden alten Männer durch die Menge zu sichern.

II.

In der Virgilkapelle neben dem Wiener Stephansdom, rund zwölf Meter unter dem Platz vor der weltberühmten Kirche, des Wahrzeichens der Stadt an der Donau, in Rufweite des Sarkophags Friedrichs, standen etwa zur gleichen Zeit fünf Männer im Kreis um den unterirdischen Brunnen. Ihre weißen Mäntel mit dem sechszackigen flammenden Stern leuchteten im Licht der vielen Kerzen, die am Boden brannten und die kleine Kapelle mit ihren sechs Nischen erhellten.

Einer der Männer holte die kleine rote Pille hervor und hielt sie hoch, sodass alle Anwesenden sie sehen konnten. Die Männer warfen ehrfürchtige Blicke auf die Materie, die jahrhundertelang als der Stein der Weisen gegolten hatte, als die Formel des Lebens, das Siegel Salomons, der Triumph über Leben und Tod.

Sie verneigten sich leicht und voller Ehrfurcht, und als die Pille geräuschlos in den tiefen Schacht des Brunnens fiel, blickten sie ihr nach. Das Ende ihres Weges war gekommen. Sie falteten die Hände und beteten ein Vaterunser. Ihre Stimmen waren fest und wohltönend.

Dann, wie auf ein unhörbares Kommando, zog jeder von ihnen einen seltsam geformten Dolch aus seinem Mantel. Die doppelschneidigen Klingen waren auf beiden Seiten mit geheimnisvollen Zeichen und Namen verziert, jeder Griff bestand aus einem Stück eines Narwalzahns, dem Symbol des ewigen Lebens. Den Knauf bildete ein sechszackiger roter Stern, zur Gänze mit Rubinen ausgefasst.

Alle Worte waren gesprochen, alle Aufgaben erfüllt, das Geheimnis war bewahrt worden. Sie setzten sich die Waffen an die Brust, auf den Stern, der über ihrem Herzen lag, stießen zu und einer nach dem anderen fiel auf die Knie und stürzte vornüber in den Brunnen, bis auch der letzte in dem tiefen Schacht verschwunden war. Kein Laut war zu hören, die Kapelle lag leer und einsam da. Nur die Kerzen flackerten noch leicht und wer genau hinsah, der erkannte, dass sie auf dem Boden der alten Kapelle fünf Buchstaben bildeten:

A E I O U

III.

Einige Monate später …

Die Sonne schien heiß von einem wolkenlosen Himmel und der rote Ball flog hoch über die graue Steinwüste der Schottergrube nördlich von Chemnitz. Die Luft flimmerte und Tausende Insekten schwirrten zwischen vertrockneten Büschen und der stillen Wasseroberfläche des kleinen Baggersees. Der schmächtige Junge, der mit seiner größeren Schwester um den Ball kämpfte, wäre beinahe ins Wasser gefallen und fing sich im letzten Moment.

Jetzt zeig ich ihr, wie weit ich den Ball treten kann, dachte er sich und nahm einen weiten Anlauf. Dann schnellte er vor, traf den roten Ball mit voller Kraft und im hohen Bogen sauste das Leder über die steile Böschung. Es flog über den Kamm der Aufschüttung und verschwand auf der anderen Seite aus dem Blickfeld der Kinder.

»Jetzt gehst du ihn aber holen«, maulte die große Schwester, aber der trotzige Junge weigerte sich. Schließlich stampfte das Mädchen zornig auf und ging selbst auf die Suche nach dem Ball. Es stieg die Böschung hinauf, löste kleine Steinlawinen aus und kletterte über den schmalen Grat. Beim Abstieg auf der steilen, abgewandten Seite kam die Kleine ins Rutschen und schlitterte über Gestein, Schotter und Abraum. Aus einem Gebüsch am Fuße des Abhangs leuchtete es ihr rot entgegen.

Das Mädchen lief hin und holte den Ball seufzend aus dem Gestrüpp, das nach ihm zu greifen schien. Dann stieg es schnell denselben Weg, den es gekommen war, wieder hinauf. Knapp vor der Kuppe bemerkte es vor sich am Boden ein Glänzen. Es hatte bei seinem Abrutschen die Erde aufgerissen und aus der Furche ragte nun die Kante eines metallischen Gegenstands.

Vielleicht habe ich einen Schatz gefunden, hoffte das Mädchen und rief seinen kleinen Bruder. Gemeinsam gruben die Kinder mit ihren Händen und einem alten Nagel in der harten trockenen Erde und legten bald eine Metallkassette frei. Sie war verbeult und sah uralt aus. Ihr Großvater hatte sie immer vor dem Kriegsschrott gewarnt und dass es gefährlich sei, damit zu spielen. Aber das sah nicht wie eine Bombe aus, die der Opa oft beschrieben hatte. Bei näherem Hinschauen entdeckten sie einen rostigen Deckel, der von fein gearbeiteten Scharnieren festgehalten wurde. Eine dicke Schicht aus Schmutz bedeckte die Kassette, nur an einem Eck war ein fein getriebenes Muster zu erkennen.

»Das ist die Schatzkiste einer Prinzessin«, sagte das kleine Mädchen stolz und wischte neugierig die Erde und den Schmutz beiseite. Der kleine Junge schaute seiner Schwester neidisch über die Schulter. Die verschlungenen Pflanzenranken und Arabesken der Gravur liefen im Zentrum zusammen und bildeten den Rahmen einer fein gearbeiteten Medaille, die beide Kinder mit offenem Mund bewunderten. In der Mitte des Ornaments saß ein Rabe, der ein Spruchband in seinem Schnabel hielt. Das Mädchen nahm die Kassette vorsichtig in die Hand, fuhr mit den Fingern das Spruchband entlang und las zögernd ihrem kleinen Bruder vor:

»Ewig«

Paul Wagner beschrieb auch den Ausgang der Geschichte in zwei weiteren Artikeln und schickte sie exklusiv an Elena von UMG. Er verschwieg den Aufbewahrungsort der Pille. Der Scheck von Mr. Wineberg fiel trotzdem überraschend hoch aus und so konnte sich Paul einen Jugendtraum erfüllen – er kaufte sich einen alten Porsche Carrera RS, den er nun in der Remise immer dann restauriert, wenn Georg Sina in Grub ist und die Studentinnen in seinem Stammcafé im Prüfungsstress sind und keine Zeit haben … Ansonsten erkundet er mit den verschiedenen Rennmaschinen aus seiner Sammlung die österreichischen Landstraßen.

Georg Sina kehrte zurück auf Burg Grub und nahm zur Freude Professor Meitners seine Stelle am historischen Institut der Universität wieder ein. Er holte sich seinen Führerschein zurück und Paul schenkte ihm den roten Golf und ein Handy. Wenn er in Wien ist, wohnt er bei Paul in der Remise. Fürs Motorradfahren kann er sich nach wie vor nicht begeistern, doch Tschak hat sich schon fast abgewöhnt, die Vorderreifen der Motorräder anzupinkeln.

Bernhard Berner stattete Eddy noch einen Abschiedsbesuch ab, lud Burghardt und Ruzicka zu einem Heribert ins Nachtcafé ein und erzählte den beiden die ganze Geschichte von Friedrichs Geheimnis und dem Abenteuer von Panenske-Brezany. Dann packte er die Koffer, sperrte seine Wohnung ab, rief zum Abschied Wagner und Sina an und brach danach zu einer langen Reise nach Apulien auf. Er nahm sich vor, keine Ansichtskarten zu verschicken. Bis jetzt widerstand er der Versuchung erfolgreich.

Valerie Goldmann gab ihren Bericht an Oded Shapiro durch und betrachtete ihre Mission damit als erfüllt. Niemand hatte am Ende die Pille bekommen und das war gut so. Das sagte sie auch dem Geheimdienstchef, der ihr schließlich beipflichten musste. Dann rief sie General Danny Leder an und bat um einen Sonderurlaub von vier Monaten, den er ihr widerstrebend bewilligte. Sie blieb in Österreich und entdeckte das Wien ihrer Eltern. Sie geht immer wieder in die Vorlesungen von Georg Sina und denkt darüber nach, aus den vier Monaten ein halbes Jahr zu machen … Von ihrem Großvater hörte sie nie wieder etwas. Samuel Weinstein macht noch immer einen großen Bogen um sie. Aber die Motorradtouren mit Paul Wagner will sie nicht mehr missen, auch wenn sie nicht ans Steuer darf.

Li Feng wurde umgehend nach China zurückbeordert und sofort nach Beijing befohlen, wo er dem Armeeminister und den Vertretern des Zentralkomitees Rede und Antwort stehen musste. Alle waren sich einig, dass Li Feng zu viele Fehler gemacht hatte. Er wurde zum Militärattaché in Ulan Bator ernannt und erkundet nun in seiner üppigen Freizeit zwischen den vereinzelten Empfängen und jährlichen mongolischen Truppenmanövern die Landschaft der inneren Mongolei.

Der »**Pizza-Expresss**« wurde von Samuel Weinstein aus Panenske-Brezany abgeholt. Er stand noch immer da, wo Valerie ihn geparkt hatte, mitten im Park, unweit der barocken Kapelle. Nachdem der Kotflügel wieder repariert worden war, gab Weinstein ihn an seinen Freund zurück. Der fand bei der nächsten Innenreinigung noch fünf Patronenhülsen und schwor sich, Weinstein nie wieder aus der Patsche zu helfen, wenn es um ein schnelles Auto ging. Als der Werbeträger nach sechs Monaten verkauft wurde, erwarb ihn Paul Wagner und parkte ihn in seiner Remise zwischen den Rennmaschinen.

Nachwort

Ich habe sie nie verstanden – ob bei Oscarverleihungen oder in den Nachworten bekannter amerikanischer und englischer Autoren –, die diversen überschwänglichen Danksagungen. Da dankt man den Eltern, dass sie einen geboren hatten, den Großmüttern, dass sie noch immer lebten, den Frauen, dass sie einen geheiratet hatten, und den Kindern, dass sie so ruhig waren, während man am Bestseller geschrieben hat. Na ja, jedem das Seine, dachte ich mir immer, aber was ich dann überhaupt nicht mehr verstand, das waren Sätze wie »ohne meine Lektorin XY wäre dieses Buch nie zustande gekommen« (Weichei! Was brauchst du eine Lektorin dafür??) oder »Meine Verlegerin ist die beste der Welt und ohne sie ...« Na, das Übliche. Oder sind das einfach leere Höflichkeitsformeln? Nur um nirgendwo anzuecken, bedankt man sich bei allen, dem Pförtner inklusive?

Also überblätterte ich diese Danksagungen meist, geschrieben, weil es offenbar so Sitte war – und auch noch immer ist – in den anglophilen Ländern. Ein höflicher Rundumschlag der Dankbarkeit, nur niemanden vergessen, das könnte böse enden!

Dann kam dieses Buch, es war das erste gemeinsam geschriebene Buch von David Weiss und mir. Wir waren schon lange befreundet, aber über gemeinsame Recherchen und ein paar berufliche Diskussionen kamen wir jahrelang nicht hinaus. Bis wir uns hinsetzten und aus einer spontanen Idee ein genauso ungeplantes Buch wurde. Vom ersten Einfall bis zu den ersten Zeilen vergingen keine vierundzwanzig Stunden und wir entdeckten Friedrich, seine Zeit und sein Geheimnis schreibend. Und ja, wir schrieben beide an diesem Buch, gleichzeitig, manchmal gemeinsam, und wir fügten oft Teile wie ein Puzzle aneinander. Jeder von uns hat Stärken, jeder hat Schwächen und wir sind im Laufe des Schreibens draufgekommen, dass wir uns perfekt ergänzen. Das ging so weit, dass David einen historischen Einschub schrieb, nicht ganz zufrieden war, ihn noch mal schrieb und überarbeitete und ihn mir schließlich schickte. Ich las ihn, schrieb ihn wieder in die Urversion zurück (ohne sie zu kennen) und wir landeten da, wo er angefangen hatte. Bei der besten Version.

Also gehört an erster Stelle mein Dank meinem Coautor David Weiss, ohne den dieses Buch wirklich nicht entstanden wäre. Ich kann mir niemand anderen vorstellen, mit dem ich gemeinsam schreiben könnte, ohne nach kurzer Zeit schreiend davonzulaufen. Es gehört viel Format dazu, die persönlichen Eitelkeiten zurückzustellen und sich hin und wieder sagen zu lassen »So geht das nicht« und dann mit einem »Du hast recht« zu antworten. Dass er mich dafür noch nicht in die Erdumlaufbahn geschossen hat, dafür gebührt ihm wirklich mein aufrichtiger Dank.

Als die ersten fünfzig Seiten fertig waren. kamen sie über verwinkelte Wege zu Tanja Frei im Langen*Müller* Verlag in München – ohne mein Wissen. Als ich eines Tages ein E-Mail bekam mit dem Wortlaut »Bin begeistert, wo sind die neuen Seiten?«, war mir noch nicht klar, dass dieser Satz ab sofort mein Leben begleiten sollte – »wo sind die neuen Seiten?«

Wenn jemand mit Enthusiasmus, Überzeugung und hundertprozentigem Engagement vom Tage Null an hinter diesem Buch stand, dann war das unsere Lektorin und Langen*Müller*-Programmleiterin Tanja Frei, die nie lockerließ, immer die Latte noch ein Stück höher legte und die Termine knapp hielt, lächelnd jeden Fehler fand, immer erreichbar war und das Buch bald besser kannte als wir – »und wo sind die neuen Seiten?«. Ihr gebührt mein Dank dafür, dass sie von Anfang an hinter diesem Projekt stand, immer daran geglaubt hat, den Newcomern eine Chance gegeben hat und bei all ihrer Professionalität vor allem noch eines hat: den Enthusiasmus der glänzenden Augen.

Was dann folgte, das ließ mich begreifen, was die amerikanischen und englischen Autoren manchmal zu wahren Lobeshymnen auf ihre Verlage veranlasst. Unsere Manuskriptseiten kursierten bald im ganzen Haus, wurden gehandelt wie auf dem Schwarzmarkt und in Zügen, U-Bahnen und im Stau gelesen, waren schuld an verpassten Stationen und verspätetem Heimkommen und – »wo sind die neuen Seiten?«

Es schlug uns aus dem gesamten Verlag eine Welle des Engagements und der Begeisterung entgegen, die uns von Anfang an mitriss.

Mein Dank geht also an unsere Verlegerin Brigitte Fleissner-Mikorey und ihr gesamtes Team, das sich uns Neulingen angenommen hat und uns gezeigt hat, wie man das macht, wenn man es richtig macht. Als das Buch noch kaum halb fertig geschrieben war, ging es schon um Pressetexte, Konferenzen, Lesungen, Folder, Kataloge, Aussendungen für Buchhändler und alles andere Organisatorische, von dem der glücklich vor sich hin schreibende Autor keine genauen Vorstellungen hat. Wenn dieses Buch ein Erfolg wird, dann hat dieses unglaubliche Team einen maßgeblichen Anteil daran. Und wenn es kein Erfolg wird, dann sind ausschließlich wir daran schuld.

Mein Dank geht auch an alle geduldigen Menschen, die während der Entstehungsphase dieses Buches um uns waren und uns ausgehalten haben. Wir sind keine einfachen Menschen, wenn wir schreiben, und wir tauchen ganz und gar in die Welt ein, die wir schaffen. Wir reden dann tage- und nächtelang nur von den Personen, dem Geheimnis, der Dramaturgie oder dem Erzählbogen und wer uns da aushält, der ist auch sonst nahkampferprobt. Wir haben Freunde genervt bis zum Exzess, sind auf Terrassen, in Wohnzimmern und an Küchentischen diskutierend bis in den frühen Morgen gesessen – und Friedrich war mit uns und hat sich über unsere Ideen und verworfenen Einfälle wahrscheinlich kopfschüttelnd gefreut. Deshalb will ich mich auch bei den beiden alten Herren bedanken, die so geduldig und so nachsichtig mit uns waren, wenn wir in ihrer Vergangenheit gekramt haben und ihre Geheimnisse entdeckt haben. Es gehörte wahrhaft eine kaiserliche Geduld dazu, aber sie waren immer mit uns und wir hatten manchmal das Gefühl, dass sie einen Teil dieses Buches diktierten …

Es gab einige wichtige Menschen, die im Laufe der Entstehung des Manuskripts bereits mitgelesen haben und sich die Nächte um die Ohren geschlagen haben, um uns kritisch, aber immer konstruktiv auf unserem Weg zu begleiten. Sie haben ihr Bestes gegeben, uns mit ihren Kommentaren, ihrem umfangreichen Wissen oder ganz einfach mit ihrer Meinung bestärkt oder auch auf den einen oder anderen Lapsus aufmerksam gemacht. Dafür möchte ich mich bedanken, weil ich ihnen die viele Zeit, die sie aufgewendet haben, nicht zurückgeben kann. Sie haben sie uns geschenkt und dafür bin ich ihnen dankbar.

»Ewig« war ein Traum von David und mir, sobald die Idee einmal geboren war: ein Buch zu schreiben, das wir selbst gern lesen würden, das ganz aus der Art schlägt und neue Entdeckungen in Form eines Thrillers voll mit Action und ein wenig Humor an den Leser und die Leserin bringt. Wir hoffen noch immer, dass uns das gelungen ist. Paul Wagner und Georg Sina und der grummelnde Kommissar Berner werden uns noch einige Zeit begleiten. Genauso wie das Team im Langen*Müller* Verlag und die unvermeidliche Frage – »Wo sind die neuen Seiten?«

Gerd Schilddorfer
Wien, im Juni 2009